我们都有一个家

影视、戏剧文学集

王炜 著

人民东方出版传媒
People's Oriental Publishing & Media
東方出版社
The Oriental Press

一位“老西藏”后代的文学热望

认识本书作者王炜，是2017年夏天在北戴河，中国戏剧文学学会（以下简称“学会”）与文化部文化干部管理学院联合举办的“全国戏剧创作高级研修班”上。当时班里有4位60岁以上的学员，王炜是其中之一。其他三位是江苏省和重庆市的业内老戏骨，已经在戏剧文学领域取得了不俗的艺术成就。而王炜却是在知青、工人、公务员的人生之路上摸爬滚打了几十年，直至退休才将兴趣爱好和情怀使命相结合，不断学习探索走上编剧艺术道路的。记得那次高研班结业时，她把电视剧剧本《为了母亲的微笑》（现已将该剧本改名为《我们都有一个家》）的大纲、电影剧本《小棉鞋》的梗概的打印稿给了我，请我帮她看看。五六年过去了，其间虽然交往不多，我对这位勤奋上进的学员却印象深刻。2019年在江西婺源召开学会会员代表大会之际，学会从众多会员中推荐王炜参会。巧合的是，会议召开的当天恰逢她小孙子的生日，她便极力为一基层创作人员争取机会。从其对年轻人的提携和关心来看，她对戏剧艺术是有“追远”预期的。2021年第二届“乡村振兴戏剧节”期间，学会和章丘宣传文化部门联合举办了研讨会和颁奖活动，王炜的两部作品获“戏剧中国”等级荣誉；2022年她的电影剧本《小棉鞋》又获《电影中国》“儿童剧本”等级荣誉。可见其在艺术追求的道路上是不断进步的。

从打印出来的书稿看，收录进该书的作品有电影剧本（含微电影）、大型话剧剧本、大型电视连续剧剧本大纲（该剧本已多次在全国剧本征集中获得荣誉，因篇幅原因未将完整剧本收进该书），还有一首“老西藏”歌曲和《人性多棱镜——话剧〈原野〉》人物赏析，作品涵盖了影视、戏剧、音乐文学等门类。该书以“长期建藏、边疆为家”的“老西藏”题材为主，以取材于历史真实事件和生活中撷取的思想火花为辅，重在宣扬以艰苦奋斗、无私奉献为核心的“老西藏精神”，表达中国人民追求正义、和平、友谊的主题，探讨时代背景下亲情关系的本质。其作品的主旨和立意是高昂向上的，是意识形态领域和当下社会需要的正能量，是文学艺术交响乐中的主旋律。

纵览收入全书的大小十部作品，最值得推崇的还是电视剧剧本《我们都有一个家》。这部以西藏民主改革后的建设发展为背景，以“长期建藏、边疆为家”的“老西藏”为叙事对象，以鲁琪、韩冬梅家庭为主线，讲述了几个家庭、几代人、几十年悲欢离合的家国故事，诠释了中华民族共同体理念的长篇巨作，无疑是作者付出心血、精力和代价最多的作品之一。作者从去西藏考察采风开始，历时十几年搜集查阅资料、拜访耄耋之年的“老西藏”及其后代、钻研学习电视剧剧本的创作手法，直至创作、修改、补充、完善，再修改再提升。一部60多万字的作品，据说仅大的修改就有六次。这对年已60多岁的作者来说，既是对体力、精力的巨大考验，又是其使命般执着坚守的意志力的体现。

据悉，她为了提高创作水平，在繁重的家务劳务之外，无缝隙地参加了线上线下各种学习培训，登门求教各个层次、多个门类的专家，现场观摩、收听、收看各种演出和播映，学习、练笔多个门类的艺术呈现。2015年，她原创的当地集中营题材的大型话剧剧本《乐道钟声》在《中国剧本》发表，2016年凭借该剧本她敲开了文化部在上海举办的“全国戏剧创作与评论高级研修班”的大门，成为全班24名学员中严重超龄的“大龄”学员，得到了著名编剧喻荣军老师一对一的指导。同年，《乐道钟声》剧本被编入《海风》书籍出版发行。2019年她又凭借电视剧剧本《为了母亲的微笑》，成为中国电视艺术家协会举办的“全国新文艺人才（编剧高研班）”学员，在影视编剧领域又上了一个高度。虽然她一直自称是“草根”编剧，但她在大树的缝隙里追逐阳光雨露的勇气和积极态度，是难能可贵的。

阅读王炜的作品，不难发现作者自身的几个特点。

一是具有厚重的生活积淀。作者虽然不是科班出身，在艺术创作的道路上也起步较晚，但其丰厚的生活阅历却成了她最大的艺术创作优势。她之所以关注“老西藏”这个鲜为人知的群体，不仅仅是因为题材的独特，也是因为她的亲人曾经是这个群体的一员。她本人就是“老西藏”故事的见证人和记录者，是从生活中一路走来无须体验生活的参与者。正如草根孕育发芽最终会拱出大地一般，她把“地气”通过键盘输送到了作品里，呈现的内容都是生活真实的一面，真实的艺术作品才是最有生命力的。尽管作品里的人物和故事都是虚构的，但每个人物都能从生活中找到原型和情节出处，是她从采访“老西藏”和他们的后代中得来的，是自己从生活中悟到的。

“50后”的作者是“30后”的儿媳、“80后”的婆婆。生活中她体会到，不同角色会有不同的人生诉求，重要的是理解、尊重和包容，这样才能创造一个和谐温暖的生存环境。电影剧本《彼此的天堂》就在于打破“天敌”的魔咒，宣扬亲情共同体理念，弘扬孝老爱亲的传统文化。内容涉及千家万户，老少皆宜，其艺术表达也具有普遍的价值意义；电影剧本《如梦吟》通过一个女人与三个男人之间的爱情、恩情、亲情故事，揭示了人性的复杂、时代的诡异、命运的不可控，启发人们珍惜当下的生活。这些影视戏剧的文学呈现，都是作者生活浸润的结果，是符合生活逻辑的人生启示录。这样的作品对读者和观众来说，其实就是阅读生活。

二是具有深厚的家国情怀。据作者介绍，她最初的思想境界也局限在个人情怀里。她曾经很不理解，凭什么自己的亲人不顾身体健康、亲情疏离和家庭幸福，为西藏贡献了大好年华。但当她站在高天厚土之间仰望布达拉宫之际，她想到了党和国家对西藏母亲般的关怀，想到了文成公主对中华民族的贡献，想到了千千万万“老西藏”舍小家顾大家的无私付出，想到了一代代援藏人前赴后继的大力支援……触手可及的蓝天白云仿佛打开了她的心窍，她知道了什么叫祖国大家庭，看到了汉藏互融的血肉关系，理解了父辈们无私奉献的高尚情怀，认识到了没有国家的力量就没有西藏的今天，没有西藏的发展和稳定也就没有国家的安宁。她的个人情怀里充满了《来自布达拉宫的感动》，在感悟、感动、感召之下，她使命般地关注“老西藏”群体，记录书写“老西藏”故事，为“老西藏”代言发声。在一次次的采访和书写中，她无数次被感动得泪流满面，个人的思想境界也得到了洗礼和升华，实现了个人情怀向家国情怀的重大转化。获“电影中国”等级荣誉的电影剧本《小棉鞋》，虽然讲述的是两个小女孩在困境中顽强生存、自我成长的故事，但隐含的主题还是向无私奉献的前辈们致敬，是“50后”的代表对纯真年代的真切怀念，是作者家国情怀的艺术表达。

三是用心、用力、用情讲述中国故事。前有十八军、后有孔繁森的“老西藏”事迹，在新中国的历史进程中真实感人地存在着，他们的经历不应被湮没在历史的长河里。但截至目前，“老西藏”题材的影视戏剧作品依然鲜见，从家庭和亲情视角讲述“老西藏”故事的更是凤毛麟角。王炜说她眼前总是晃动着耄耋之年的“老西藏”们渴求认可的眼神，耳畔常常回响起“还有这种事这种人”，脑海里常常浮现出去西藏采风时看到的一幕幕情景。还有当年的“留守儿童”“既不能养我就别生我”的呐喊……感同身受的王炜使命般地把书写“老西藏”的故事变成了她退休生活的重要部分。她说每次采访“老西藏”都被感动得流泪，每次敲击键盘都被带进剧情，每次想到“老西藏”的事迹都会彻夜失眠……新冠疫情防控期间，她都没停下推进的脚步，每年都会拜访两三个家庭，或联系几个“老西藏”后代。她把听来的故事进行梳理和提炼，虚构补充到剧本的人物和情节当中，不断丰富和完善作品的思想内涵，反复修改中也使作品的艺术感染力逐步提升。剧作中王长庆家庭的故事就是德州和日照的两家“留守儿童”叙述合并的结果，相信任何一个读者在读到该故事时都会受到触动。作者在用心、用力、用情讲述真实的中国故事中，付出了时间成本、健康成本和财物成本的巨大代价。她却认为这是有价值有意义的事，能让更多人知道西藏的今天是怎么来的，能为铸牢中华民族共同体意识做点力所能及的事，所有的汗水和泪水都是值得的。

但王炜毕竟不是投资人，不是制片人，不是职业编剧，影视戏剧艺术的天空，或许只能让她这样的“草根”仰望，她却没有能力和机会展翅飞翔，所以将这些剧本汇集成书或许是她退而求其次的无奈之举。需要特别指出的是，作者把“老西藏”这一个题材，分别写成了电影剧本、话剧剧本、电视剧剧本、歌词等不同体裁，其初衷是让“老西藏精神”在不同艺术领域都有所呈现。对于一个边学习边创作的人来说，其难度是非常大的。不同形式的作品汇集在同一本书里，或许会让读者有内容重复的困惑。但影视、戏剧、音乐同属于文学的“近亲”，读者是完全可以按照自己的喜好选择阅读的。

当然，从艺术的角度审视，王炜的作品也存在一些问题。例如，有的话剧剧本存在舞台感和动作性不足的问题，影视剧本的个别场景有能写不能拍的问题，也有的存在节奏需要调整的问题。这些都是在今后的书写和打磨中需要注意的。

最近，国家层面的“作家回家”活动中，中国作协邀请部分剧作家走进中国文学馆，共商文学与影视双向奔赴大计。全国人大常委会副委员长、中国文联（作协）主席铁凝亲自为剧作家颁发证书，这无疑是对全体影视戏剧文学作家的极大鼓舞。中国戏剧文学学会作为会员的娘家，给会员以家的温暖、亲情般的支持和帮助，也是我们“服务会员”宗旨的具体体现。我作为学会的会长，自然应当为作者助力。还有，我本人作为编剧，曾经写过西藏题材的电视剧作品，曾经三次进藏搜集素材体验生活，对雪域高原独特的风情和生活的艰苦是有切身体会的。我能想象得到王炜进藏考察采风和到全国各地采访“老西藏”所付出的艰辛，更体味得出她本人作为“老西藏”后代蕴藏在心底的那种责任、夙愿、激情和动能。所以，我很愿意为她和她的作品说点什么，也希望有更多的人关注她的作品。

是为序。

李东才

本文作者：中国戏剧文学学会会长、《中国剧本》主编、国家一级编剧、著名军旅作家、解放军空政电视艺术中心编导室原主任

目录

电影剧本

小棉鞋

1. 红旗公社驻地　日　外

20 世纪六七十年代之交，北方某公社驻地。

深冬的萧瑟与黎明前的幽暗，使这个凌晨显得格外静谧。

公社革委会坐落在主街道边。能看出大门两侧刚刷新的标语：领导我们事业的核心力量是中国共产党，指导我们思想的理论基础是马克思列宁主义。

随着公鸡的一声长鸣，黑夜褪去，东方渐白。

袅袅炊烟带着上升的旋律，与东方的晨曦共同营造出一种朦胧的生活美感。

当地供销社仓库兼家属院里住着五六户人家。11 岁的女孩鲁爱国家在坐东朝西的三间房里。门前一侧有个草垛，另一侧有个鸡舍。

东方的晨曦穿透薄雾，给这个家投下一片大大的暗影。

鸡舍前站起了刚跟鸡说完话的女孩鲁爱国，她对鸡们强调说：明年你们要多多下蛋哦！我妈可好久都没吃到蛋蛋了！

几只母鸡只顾吃食，爱国跟它们做个鬼脸，拿起草垛边准备的柴火，说：再见了哈，我要去教室生炉子了！

《学习雷锋好榜样》的歌声从女孩嘴里哼唱出来。一双旧棉鞋带着她走上冷清的街头。

晨曦渐渐变成初升的太阳，温暖着深冬的大地。

沐浴在晨光里的鲁爱国，自信坚强的外表下，有一点难以掩饰的忧郁。

此时脚上的旧棉鞋又牵绊她了，使她禁不住皱起了眉头。

（老年女性的画外音）我 3 岁的时候，随着父母的工作调动，来到这个公社驻地生活和学习。在我刚入小学的那一天，爸爸就去支援西藏建设了。三年后他没有回来，却给我寄来了一双小棉鞋，还在信中说等我的脚长得跟棉鞋一样大的时候，我们就见面了。那一年的冬天，妈妈带领着公社“铁姑娘”队奋战在全县水利建设工地上。我跟许多“50 后”“60 后”的孩子一样，较早地品尝起自我生存的滋味，小棉鞋也成了我一生都忘不掉的成长记忆。

2. 某县水利建设工地　日　外

深冬腊月的水利建设工地上，人们干得热火朝天。

“艰苦奋斗、奋发图强、多快好省建设社会主义”的标语冲击视觉。

“铁姑娘战斗队”和“青年突击队”的旗帜，在清晨的寒风中猎猎作响。

红旗公社妇联主任韩冬梅，听着广播里的工程进度，心满意足地朝某村妇代会主任王翠萍喊道：翠萍，行啊，好样的！

二十五六岁的翠萍自豪地回道：又没比他们少长了点，凭什么不行！

两个粗粗拉拉的女人相对发出了男人般爽朗的笑声。

胸前的毛主席像章和“为人民服务”的胸牌像“忠诚”两个大字般夺人眼球。

3. 红旗公社中心小学　内　外

“当、当、当……”，下课的钟声传进教室。

五年级一班的小学生们，不顾教语文的张望老师还在满怀激情地讲课，就叽叽喳喳地冲出教室。

鲁爱国的同桌郝军英穿着暖和的棉鞋，围着漂亮的围巾，迫不及待地说了句“鲁爱国，你快点哈”，也跟着同学们冲了出去。

鲁爱国最后一个从书本上抬起头来，仔细地把书本放进单薄的书包里。

张望收拾好讲稿，走到爱国跟前，满眼期待地问道：鲁爱国同学，老师讲的内容你喜欢吗？

鲁爱国认真地点了点头说：喜欢。

张望欣慰地说：那就好！他用赞赏的目光给了鲁爱国一个大大的肯定。

鲁爱国目送着张老师离开教室，目光又投向了取暖的火炉。她刚抬脚离开座位，准备去给炉子添煤饼，脚下突然又牵绊了一下。

郝军英诧异地回头看向教室，喊道：鲁爱国，你怎么了？快点啊！

鲁爱国忧虑的目光落在了自己的旧棉鞋上。她抬起脚来用手抚摸一番，忍不住在地上把脚朝后跟方向使劲磕了磕，嘴里说着“来了，来了”便朝教室外面走走。

鲁爱国刚走到门口，班里的男生魏强一下子从门外冲了进来，嘴里喊着“拿弹弓，拿弹弓……”莽撞的魏强一只大脚猛地踩到了鲁爱国的左脚上。

鲁爱国疼得趔趄了一下，忍不住对魏强嚷了一声：你干吗呀！

魏强嬉皮笑脸地对鲁爱国说：你珍贵的棉鞋硌到我了，就不用说对不起了，以后再抄你的作业痛快点就行了。说完他又向自己的课桌冲去。

鲁爱国忍痛看脚，见左脚的棉鞋前端已经开裂，穿着补丁袜子的脚趾从裂开的口子跑了出来。

一向低调内敛的鲁爱国不禁愤怒了，她朝拿起弹弓准备出门的魏强吼道：这是我爸爸给我寄来的棉鞋！

好事的魏强却调侃道：你爸爸？这么多年了，怎么从来没见过他呢？

鲁爱国无言以对，丢给魏强一个白眼，就蹲下身用手捏住了棉鞋的前端，可是她小手一松开，旧棉鞋仍然张开了大口，脚趾又探了出来。

郝军英探头进教室，继续喊道：鲁爱国，你快点啊！咱们不是还要去捡鸡粪吗？

鲁爱国歉意地说：郝军英，我今天不去了，你先走吧。

郝军英不满地说：真能磨蹭，我也不跟你玩了，找我妈去了。

鲁爱国蹲在门口解下鞋带，扎住了棉鞋张开的大口子，然后穿上试着走了几步，没有鞋带的棉鞋又拖慢了脚步。她无奈地趿拉着棉鞋，小心翼翼地走出校门。瘦弱无助的身后，留下了一排或深或浅的小脚印。

4. 水利建设工地　夜　外

清冷的月光洒在刚下过雪的工地上，使这里呈现出一种洁净之美。

幽幽的灯光从几个不同的窝棚里透了出来，有的伴着青年男女的欢快声，有的正独自幽暗着。

冬梅一手端着印有“进藏干部纪念”的搪瓷茶缸，一手摁着棉袄的前大襟，从一个冒着热气的窝棚里出来，喜滋滋地朝“铁姑娘”队的窝棚走来。

5.“铁姑娘”队窝棚　夜　内

这个窝棚里灯光暗淡，地铺上躺着疲惫的“铁姑娘”们。

靠近门口的翠萍斜歪在自己的地铺上，一只马灯照出了她脸上的沮丧。此时她一只手撑着脑袋，一只手不自觉地把身下的草褥子抠出了一个洞。

冬梅走进窝棚，对躺在地铺上的翠萍小声说：哎，快起来，今天有馒头。

翠萍坐起身子，精神萎靡得像霜打的茄子。

冬梅放下茶缸，变着脸嗔道：你不去伙房吃饭算咋回事？

翠萍嘟着嘴说：窝囊！

冬梅扑哧笑了，道：看你个熊样，不就一车石子的事嘛。

翠萍：所以才窝囊嘛。

冬梅：输了就不吃饭了？等着明天继续输？

翠萍不服，说：想得美！“铁姑娘”队不能白姓了“铁”！

冬梅又道：那你就先把这碗黏粥喝了！

翠萍“腾”的一下从地铺上站了起来，说：明天铁姐妹们跟他们拼了！

冬梅看到她刚才躺过的地方，留下了斑斑血迹。心疼地瞪了翠萍一眼，说：看把你能的。坐下，喝了黏粥。

翠萍看一眼冬梅，坐了下来，端起茶缸就喝，却被出锅不久的黏粥烫得惊叫起来。

冬梅虽然说“活该”，却从棉袄里又掏出个布包，打开后露出了里面的几个白面馒头，得意地对翠萍说：我把李宏图那小子的也抢过来了，叫他继续啃窝窝头去。

翠萍也没客气，抓过馒头一口就咬去了大半个，噎得脖子抻了好几抻。

冬梅看到翠萍的样子，既心疼又忧虑，粗粝的面颊上浮现出一丝柔情。她跟翠萍说了句“没人跟你抢，慢点吃”就走出了窝棚，站在清冷的月光下仰望天上的大月亮。

6. 爱国家　夜　内

月光也洒满了鲁爱国家所在的家属院。她没有放下窗户档子。

鲁爱国房间里，月光穿透陈旧的窗玻璃覆盖在墙上，韩冬梅和鲁爱国的各种奖状是这间屋里最大的亮点。

正包在被子里看小人书的鲁爱国突然想起了什么，就趿拉着棉鞋端着罩子灯来到灶间。她从碗柜里找出一把小锤子和几只钉子，然后又返回里屋炕上。

鲁爱国拿起破棉鞋，再把自己包进被子，然后开始动手修理棉鞋。

鲁爱国几番努力，但钉子都砸不到鞋子上。

沮丧的鲁爱国从草褥子底下拿出了父亲的来信，父亲的声音又从信里“走”了出来。

（父亲的画外音）做这双棉鞋的阿姨，进藏时她最小的孩子还不到4个月，最大的孩子才8岁。为了支援西藏建设，四个孩子们都被送到了乡下跟着爷爷奶奶。想孩子的时候，她就一针一针地做棉鞋……爱国呀，等你的脚长满这双鞋的时候，爸爸就回来了。

鲁爱国呢喃着：爸爸，爸爸，我的脚已经长得跟小棉鞋一样大了，你怎么还没回来呀……

鲁爱国迷迷糊糊地进入梦中。

梦境中出现了父亲伟岸的身影和那遥远的珠穆朗玛峰……

7. 公社中心小学校　内　日　外

校园的阴暗处还有数堆残雪。五年级一班的同学们又在上体育课了。

年轻的体育教师站在沙坑旁指导同学们跳远。

鲁爱国和郝军英站在同学队伍中。

孩子们脚上材质不同的小棉鞋参差不齐地向前挪动着。

鲁爱国的破棉鞋上多了条打着结的松紧带。虽然没有人注意到，但鲁爱国的眼神还是飘忽不定，她的手紧张地抓着衣服，脚踌躇着不肯往前挪动……

郝军英在老师的指导下，完成了自己的预跳，兴高采烈地喊道：鲁爱国，加油！

鲁爱国的嘴张了几张，没有说出话来。

同学们在叽叽喳喳地往前移动。

鲁爱国的神情越来越不安。她下意识地悄悄后退，待体育老师看不到她了，她便迅速地溜进了教室。

8. 五年级一班教室 日 内 外

鲁爱国羞涩、委屈、紧张、惊恐，犯了大错般地躲进了教室里。

她悄悄地站在了窗子一侧的墙根前，忐忑不安地站着，又忍不住偷偷去看正在跳沙坑的老师和同学们。

她的视线对准了班里的体育课，那里仍在热烈地继续上课；跳完的同学们快乐地嬉笑打闹着；体育老师的记录本上，名单里最后只有鲁爱国的名下还没有打钩。

体育老师四处张望后开始喊道：鲁爱国，鲁爱国……

郝军英也着急地四下张望着：咦，刚才鲁爱国还在这里呢！

9. 五年级一班教室里 日 内

躲在窗子后边的鲁爱国，就像偷东西被发现了似的，一下子缩紧了身子，紧张地咬住了围巾。

过了一会儿，她忍不住再次偷偷望向操场，见体育老师有点气急败坏地收起了记录本，向办公室走去。

10. 教师办公室里 日 内

教师办公室里，几位老师无所事事，只有张望老师还在认真批改作业。

下课钟声响过，校内又响起了孩子们叽叽喳喳的声音。

体育老师从外边进来，把上课记录本往桌上一摔，说：体育课也不想上了，这课还咋教啊！

张望戴上眼镜，表情疑惑地问：谁啊？

体育老师：鲁爱国呗！你看她瘦的那样，还不加强锻炼。

张望诧异地说：鲁爱国？不对呀，这孩子各方面都很努力呀！

忽然，办公室传来学生们吵闹的声音。

11. 五年级一班门外 日 外

教室外，看热闹的学生堵在了教室门口。

教室内，同学们的视线在鲁爱国和魏强那里扫来扫去。

魏强说：郝军英的爸爸我们也没见过，但她家里有光荣牌啊！

同学们说：是啊，她爸爸是解放军，他们是军属……

站在鲁爱国身边的郝军英疑惑地看看鲁爱国，再看看同学们。

魏强又神秘地问道：哎，你们听说过发配吗？

同学们又开始叽叽喳喳。有人问：什么是发配？发配是什么意思？

魏强强调说：我爹说，戏里的人犯了事就得发配。

同学们有的说："又是你爹""你爹不就是个'造反派'嘛！""你爹啥都知道啊！"……

倚着墙根大气不敢出的鲁爱国，突然抬起低垂的头，惊恐地盯着魏强。

魏强反而更加没心没肺地说：哎，鲁爱国，你爸爸五六年了都没回来，是不是也犯了事被发配了？见大家好奇，又说：不发配的话，你爸爸也是咱们这里最大的"走资派"呀。

看热闹的同学们中又炸开了锅，注意力又集中向鲁爱国。

魏强更来劲了，说：要不，就是你爸爸已经死了！

鲁爱国心里的火苗被这句话彻底点燃了，她瞬间就把那只破棉鞋拿在手里，愤怒地扑向魏强，在他厚厚的身上、肉肉的脸上、肥大的头上挥动着那只破棉鞋……

鲁爱国边打边说：你爸爸才发配了呢，你爸爸才死了呢……

魏强边挣扎边喊道：那你妈为什么也在劳动改造，你为什么每天都来教室生炉子……

鲁爱国：我爸爸是建设边疆，我妈是战天斗地，我要当"三好学生"……她边打边说，小脸愤怒得通红。

面对发怒的鲁爱国，高大的魏强不敢再胡说八道，捂着头仓皇地逃出教室。

鲁爱国冲到门口，冲着魏强的背后喊道：你们想去建设西藏，人家还不稀得要呢！

郝军英看到鲁爱国的这些反常举动，既心疼又惊慌失措。

这一幕也让出现在门口的张望老师和在场的同学们惊呆了。

张望拦下了冲出教室的鲁爱国，又捡起了她的破棉鞋，然后牵住她颤抖的小手进了教室。

张望对其他同学说：你们都先去课外活动吧。

12. 教室里　日　内

张望温和地对鲁爱国说：魏强同学是乱说话的，你别往心里去好吗？

鲁爱国不容置疑地大声喊道：我不许他说我爸爸！

张望：他是个说话不过脑子的孩子，回头我批评他。

鲁爱国未置可否地看了眼老师。

张望拿起鲁爱国的破棉鞋看看，故意漫不经心地问道：你妈妈还在工地上吗？见鲁爱国点头，他又说：你的棉鞋该淘汰了，放学后我带你去买双新的吧。

鲁爱国一下子把棉鞋搂在怀里，绷紧了小脸对张望说：我不！

张望见状若有所思地问：这双小棉鞋一定有动人的故事吧？能给老师说说吗？

鲁爱国表情复杂地叙述道：爸爸在信里说，这双小棉鞋是他的进藏战友卜阿姨做的。他说等我的脚长满小棉鞋的时候，我们就见面了。爸爸还说，他要当个好干部，我也要当个好学生……可是，五年多了，爸爸还没有回来。

张望：所以，你各方面都很努力，是想送给爸爸一份让他满意的见面礼吗？

鲁爱国：嗯！

张望：好孩子，老师明白了。不过，加强体育运动，提高身体素质也是很重要的。放学后你先去修鞋吧，我这里有钱。

鲁爱国：张老师，我不要你的钱，我自己有。

13. 放学路上　日　外

郝军英陪着鲁爱国默默地走在放学的路上。

鲁爱国脚上那只坏了的鞋子用松紧带捆着，走起路来鞋子还是继续拖沓。

郝军英终于忍不住问道：鲁爱国，你不是说，想做个我妈妈那样温柔的女人吗？你今天这是怎么了？

鲁爱国突然“哇”的一声哭了，大声地喊道：我就是不许他说我爸爸！

没想到郝军英也哭了：我也想爸爸了！

14. 某修鞋点　日　外

修鞋的老人在给鲁爱国修鞋，鲁爱国在郝军英的陪伴下蹲在一边观看。

修鞋人一边修鞋一边说：你爸爸来这里当书记才三年，咱这里就大变了样啊。

两个孩子对看了一眼，脸上渐渐有了笑容。

老人在破棉鞋上缝上了最后一针，说：大家都想他呀！

郝军英听到了“想”字，善解人意地赶紧岔开话题，说：爷爷，这就好了吧？

老人把鞋子敲打了一番说：好了好了，这下，又可以穿一阵子了。

鲁爱国把两角钱递给老人，说：谢谢爷爷。

老人抓着鲁爱国的小手说：这孩子，爷爷哪能要你的钱呢。等你另一只鞋坏了的时候，爷爷还免费给你修。

鲁爱国说：我妈说，越是好人的心意越不能辜负。

老人：嗨，你爸爸妈妈才是老百姓心里的好人哪！

听到这话，鲁爱国激动得眼圈发红，郝军英也欣慰地笑了。

15. 工地窝棚　夜　内

睡梦中的冬梅被门口溜进来的风冻得下意识地裹紧了被子。嘴里小声嘟囔着：跟你离婚、离婚……

大约是被自己吓醒了，冬梅一下子从梦中坐了起来。

冬梅在地铺上发了会儿呆，然后披上棉袄走出窝棚，抬头看到天上的月亮正圆，她无奈地叹了口气，在地上来回踱着步子。

一条大围巾从后边缠了过来，只听翠萍柔柔地问道：想男人了，还是想孩子了？

冬梅说：天上的月亮每月还都圆一次呢。

翠萍揶道：跟月亮扯啥，净说些没用的。

冬梅瞪她一眼，无话可说。

翠萍说：你今天必须滚回家去，给那个可怜的孩子做顿热乎饭吃。

冬梅笑骂道：没大没小的死妮子，忘了我是你领导了？

翠萍挖苦道：当领导就不是女人了？就不用管孩子了……月光映着翠萍的眼睛，些许泪花在她眼里闪烁。

16. 教室里　日　内

张望还在讲台上认真地讲课：文成公主的故事今天先讲到这里，后边我还会给同学们讲讲解忧公主和昭君出塞的故事，希望同学们能从历史故事中了解什么是国家统一、民族团结，为什么说中华民族是个大家庭。好了，今天就先讲这些，同学们下课吧。

见大多数同学叽叽喳喳地出了教室，张老师给坐在课桌前的魏强一个鼓励的眼神。

魏强带着满脸的歉意站了起来，走到鲁爱国面前真诚地说：鲁爱国，对不起，我错了。

鲁爱国也站了起来，看到魏强一脸坦诚，说道：我打你也不对。

纯真年代的真诚，让鲁爱国的眉头舒展开来，心无芥蒂地露出了笑容。

17. 军英家　日　外

一条僻静的巷子里，住着郝军英一家。

门框上挂着“光荣人家”的牌子。

冬日的阳光和煦地抚慰着郝军英家的小院。

此时鲁爱国正帮着郝军英把鸡舍和兔舍收拾得干干净净，禽兔们造的肥料也被鲁爱国收进她俩劳动用的筐子里。

蹲在一旁用手呼扇着怪味的郝军英，见鲁爱国弄完，就从屋子里端出脸盆，让爱国洗手。

鲁爱国洗完后又蹲在了兔舍前，看着兔子吃菜叶，眼里不觉放出欣喜的光来。

郝军英倒掉水后，也过来跟她蹲在一起。鲁爱国看兔子，她看鲁爱国。

鲁爱国忍不住把手再次伸进兔舍，抚摸着大白兔的毛和小白兔的耳朵，不无羡慕地说：它们的毛多柔软、多滑溜啊！它们身上一定很暖和吧！

郝军英忽略了爱国的多愁善感，下意识地说：它们母子俩就像朋友似的，平时在一起玩得可开心了。

鲁爱国眼里的光瞬间消失了，她一下站起身来说：我们该去学校交任务了，去晚了就耽误传达室的刘爷爷下班了。

18. 去学校的路上　日　外

鲁爱国和郝军英带着各自的劳动成果，哼着《我是公社小社员》的歌曲，在夕阳的辉映下，快乐地走在去学校的路上。

郝军英在前边蹦蹦跳跳，鲁爱国却常常蹙起眉头步履蹒跚。

郝军英禁不住回头喊：鲁爱国，你快点啊。

鲁爱国：要不然你先走吧。

郝军英：你怎么了？

鲁爱国：我脚疼。

郝军英：脚怎么会疼，你的鞋子不是修好了吗？

鲁爱国：我的鞋太小了，挤得脚指头疼。

郝军英：你那棉鞋都穿好儿年了，快扔了吧，让你妈给你买新的。

鲁爱国未置可否，眼神却明显地黯淡了下去。

19. 郊外土路上　日　外

与此同时，穿戴粗糙的冬梅，正奋力地蹬着自行车，行走在从工地赶往回家的路上。她头上冒着热气，眼里交替着柔情和刚毅。脚下的自行车轮子转得飞快。

20. 鲁爱国家　傍晚　外　内

太阳落山的时候，冬梅推着自行车走进了家属院。

院子里的人家，屋顶升起袅袅炊烟，有热气从门缝里挤了出来。

冬梅放好自行车，推开了没有上锁的家门。

冬梅巡视着屋子，见整洁又冷清。她喊道：爱国，爱国……见没有人应，就推开了北屋卧室，屋里也没人，就说：这死孩子，还没回来呀。

她回到了灶间，看了看盛干粮的笸箩，里边已经空了。又揭开锅盖看看，锅里的箅子上放着所剩不多的玉米面饼子和白菜。再看屋角的地上，仅有的白菜和萝卜都冻干了。

她忍不住眼圈红了一下，但刚强的她一仰头还是把泪水咽了回去。

她麻利地刷锅烧水。

锅里的热气让房间有了暖意。

灶膛的火越烧越旺，火光映红了冬梅健康漂亮的脸。火光中她仿佛看见了丈夫在家时的幸福场景……憧憬中她脸上显露出一个小女人该有的样子。

21. 鲁爱国家门口　傍晚　外

刚进入大门的鲁爱国，发现家门口冒出的热气，眼里一下放出光来。她喊了一声“妈”，不顾脚上的疼痛就朝家门口奔去。

鲁爱国冲到门口，整理了一下自己的情绪，小心翼翼地推开家门。见母亲正在灶前发怔，就怯生生地叫了声“妈”。

冬梅在爱国的叫声中回过神来，整理好锅底后站起身来。站在女儿面前时又一下子变得严肃起来，问：怎么这么晚才回来？

鲁爱国怯怯地说：今天下午有劳动课，我帮郝军英家掏了兔子窝，还帮刘爷爷登记劳动成果了。

冬梅：在学校里还成天劳动，那还上学干啥，直接上工地就是了。见爱国没吭声，又说：以后放学早点回家。

鲁爱国嘟囔了一声：学校比家里暖和。

冬梅：你翠萍姨送来那么多柴草，还不够暖和你的？

鲁爱国：我……

冬梅：你给我记着，命里没有的福分，咱不强求。用不着在别人跟前低三下四的。

鲁爱国：爸爸说，要向雷锋叔叔学习……

冬梅赶紧打住：别跟我提他……

鲁爱国把跟母亲争辩的话咽了回去，赌气地推开里间门，眼里禁不住簌簌地流下泪来。

过了一会儿，冬梅在外间喊：你囚在里边干什么，还不出来吃饭！

鲁爱国答应了一声，擦掉了眼角的泪水。

22. 军英家　夜　内

邮电职工王素琴的家里，干净整洁，温暖如春。

晚饭后，郝军英在炕上拾啵咕，5 岁的弟弟郝军雄在一边捣乱。

郝军英跟弟弟打闹着从炕上蹿了下来，跟正走进房间的王素琴撞了个满怀。

王素琴嗔道：看你俩，都多大了，还这么闹腾，等你爸爸回来，看不批评你们。

郝军英道：只要爸爸能回来，批评我也愿意。

郝军雄喊：爸爸回来就有糖吃了……

王素琴坐在炕沿上，拿起织了一半的毛衣织了起来，边织边说：军英啊，你今天把兔舍收拾得真干净！

郝军英：妈，是鲁爱国帮我收拾的。

王素琴：鲁爱国？这孩子真能干，就是爸妈都不在身边，怪可怜的。

郝军英：妈妈，你说我怎么才能帮助她呢？

王素琴：嗨，还用得着咱们帮吗？人家她爸妈都是干部，有组织照顾他们嘛！

郝军英：可是，可是，我也想学雷锋啊！

王素琴：好了好了，准备洗脚睡觉吧，我的宝贝闺女！

23. 鲁爱国家　夜　内

深夜，罩子灯已经熄灭。里间占据大半个炕的草褥子上，躺着冬梅母女俩。

冬梅已经发出了如雷的鼾声，显然工地上的劳动让她的身体太疲惫了。

鲁爱国此时却还眨巴着眼睛。她想靠近母亲，又似乎不敢靠近。

在母亲的鼾声中，鲁爱国忍不住翻身坐起，凭借自己的心灵窗口，看着母亲冬梅的面容，似有许多话要对母亲说。

冬梅突然冒出一句：咋还不睡？

鲁爱国怯生生地问：妈，犯事了是啥意思？

冬梅蒙眬中答道：什么犯事不犯事的？快睡觉。

鲁爱国：那发配和劳动改造呢？

冬梅：你哪来的那些破事？我都快困死了！

鲁爱国：有人说你在劳动改造。

冬梅：别听他们胡咧咧。话刚说完，她翻个身又鼾声如雷。

鲁爱国委屈地躺到自己的位置上，眼睛使劲地闭住，却还是无奈地睁开，她就用小手去按住眼皮。但是脚又痒了起来，她又用小手去挠脚，不小心草褥子被弄得唰唰作响。

冬梅不耐烦地吼道：你还叫不叫人睡了啊！

鲁爱国小声嘟囔：人脚疼嘛。

冬梅吼道：你哪来那么多穷毛病啊！

鲁爱国赌气地擦掉了眼角渗出的泪水，翻身背对了自己最亲的亲人。

24. 爱国家　晨　内

鲁爱国从炕上爬起来后，又穿上了她的破棉鞋，脸都没顾得洗就背起了书包。她想快快地离开母亲，离开这个缺少温暖的家。

没想到，冬梅早就起来了，还早早地把小米稀饭做好了。

冬梅从门外进来，不无亲切地问：起来了？快洗洗脸吃饭吧。说着还往脸盆里加了热水。

鲁爱国受宠若惊地胡乱洗了把脸，想趁母亲不注意赶紧溜掉。

冬梅掀开笸箩，拿出热气腾腾的馒头递给鲁爱国，说：坐下吃吧。这是你翠萍姨耍赖弄到的馒头，够你吃好几天了。

鲁爱国接馒头的瞬间，看到了母亲皴裂的手，又忍不住偷偷去看母亲的脸，但见那脸粗糙无比。她小心地叫道：妈……

冬梅：嗯……

鲁爱国：你在工地上很冷吗？

冬梅答非所问地说：你咋背上书包了？每天都这么早去学校吗？

鲁爱国：我去生炉子，整理教室，擦黑板……

冬梅叹道：真是栽葫芦爬墙，养闺女随娘啊！你可别和我似的，一辈子受累。

被母爱关怀着的鲁爱国终于勉强在饭桌边坐了下来，现在却不想让母亲看到破棉鞋了。

冬梅：我又给你烀了一锅饼子，放在南屋里了，你吃的时候别忘了馏馏。

冬梅听鲁爱国“嗯”了一声，又说：盆里还有炒好的白菜，馏干粮的时候，你挖上一碗一块儿馏着，别不吃菜啊。再就是馏干粮前先烧两壶开水，只要烧锅底，炕上也就暖和了……

鲁爱国一声声被动地“嗯”着。

冬梅突然抬高了嗓门，说：你怎么连句话也没有啊？就知道“嗯嗯”的。

鲁爱国拘谨地咬着馒头，越发地不肯跟母亲说什么了。

冬梅见鲁爱国不说话，一指头戳在她脑门上，恼怒地说：我跟你说话你没听到吗？

鲁爱国说：知道了。我吃饱了。说完拿着还没吃完的馒头站起身，头也不回地逃出家门。

鲁爱国快走出院子的时候，脚上又磕绊了一下。她停顿了一会儿，就决绝地走了出去。

粗心的冬梅没看出鲁爱国脚上的异样。她怔怔地站在屋门口，见鲁爱国的背影转过大门，她才大声喊道：我上午就回工地了。

看着女儿的背影消失，冬梅无奈地叹了口气，回身收拾起碗筷，拿起了扁担和水桶。

25. 水井旁　日　外

街道边的水井旁，冬梅正从井里往上提水。

姿态优雅的王素琴也挑着水桶走了过来。

王素琴跟冬梅寒暄道：韩主任，你回来了？

冬梅：啊，回来了。

王素琴：这就不用再去了吧？

冬梅：马上就走。

王素琴：这么长时间了，工地上的活儿还没干完啊？

冬梅答非所问地问：你也挑水啊？

王素琴：是啊，孩子们小，他们的爸爸每年才回来一次！

冬梅：嗯，那你也知足吧！

王素琴好心地问：鲁书记都走五年多了，咋还没回来呢？

冬梅脸一沉：你问我，我问谁去？

王素琴只好转移话题，说：鲁爱国这闺女真能干，真是个懂事的好孩子啊！

冬梅冷若冰霜地说：没逼着，逼着了谁也能干！说完挑起水桶就走了。

王素琴望着她的背影，莫名其妙地摇了摇头。

26. 教室里　日　内

课间时，教室里的同学们在叽叽喳喳地吵闹着。

鲁爱国的眼神闪烁不定。

郝军英见状就问：鲁爱国，你怎么了，有什么事吗？

鲁爱国：没怎么。

郝军英：那你咋跟昨天不一样啊？

鲁爱国：我妈回来了。

郝军英：那你还不跟妈妈多待些时间，谁还认真上课啊？！

27. 校门口　日　外

冬梅在学校门口下了自行车，把车子支在了传达室门外。

校工老刘见到很快走了出来，热心地问：冬梅同志你从工地回来了？还去吗？

冬梅说：哦，老刘大哥，我回来给爱国准备些吃的，过去瞅她一眼我就走。

老校工善意地问：要不我去把爱国叫出来吧？

冬梅：不用了，我在外边看看她就行了。

老校工：去吧去吧。现在就你家爱国和郝军英还是爱学习的好孩子。

冬梅蹭到教室窗外，朝教室里望去，却见鲁爱国正在桌前发呆。

冬梅踌躇了一会儿就狠心扭过头去，跟老校工告别后，骑上自行车飞驰而去。

老校工不无心疼地摇头道：两口子都是好人哪！就是咔哒着爱国这孩子了！

28. 教室里　日　内

鲁爱国在座位上犹豫纠结了好一会儿。突然，她不顾一切地冲出教室，冲向校门。虽然脚下还是磕磕绊绊，但她全然不顾了，她拼命地朝校门口奔跑。

鲁爱国冲出校门后，脚疼得她忍不住皱起了眉头。她龇着牙刚一扭头，目光却扫见了母亲的身影。此时冬梅正骑着自行车朝工地方向飞奔。

鲁爱国的嘴张了几下却没有喊出声来。直到母亲的身影再也看不见了，她才懊恼地跺了下脚。没想到，右脚的小棉鞋也张开了大嘴，脚指头同时从棉鞋里探了出来。

29. 爱国家　日　内

鲁爱国趿拉着鞋回到家里，顿时感觉到了家的温暖，水缸和水桶里也盛满了清水。

她掀开锅盖看了一下，发现锅中央的泥罐子里，牛肉汤还是热的，罐子周围还有馒头、炖的虾酱和白菜。

鲁爱国的脸上有了温暖的亮色。她迫不及待地端起瓦罐就喝，小手还直接伸进罐子捞出一块牛肉。

如此奢侈的生活享受，让鲁爱国禁不住又想起爸爸……

（闪回）鲁爱国 5 岁时，爸爸把一块烂乎乎的牛肉夹进她的嘴里，她娇羞地在爸爸脸上亲了一口……

30. 工地　日　外

日正中午。

蹲在窝棚外的冬梅吃着翠萍给她留的饭菜，心里的喜悦跑到脸上，忍不住边吃边不出声地笑了。

翠萍看到冬梅的表情，少见多怪地挖苦道：韩大主任，回了趟家，知道自己是娘亲了？

冬梅自豪地说：我闺女中午有肉吃了。

翠萍：看美得你吧。全公社一星期才杀一头牛，能捞着闻闻味就不错了！

冬梅：供销社屠宰组的李师傅，煮牛骨头的时候会给爱国留一罐老汤。这次还给放上了一小块煮熟的下货呢。

翠萍：人家那是念着鲁书记的好！

冬梅憧憬道：爱国能吃到肉，就会长得壮点了。要是天天都能吃到肉就好了！说着她咬一大口干粮，噎得脖子抻了好几抻。

翠萍赶紧把茶缸递给冬梅，说：也不怕噎死！快喝口水。

冬梅顺过来后说：供销社每周杀一头牛，也是僧多粥少啊！虽然自家闺女能吃到肉了，可心里也不落忍啊！李师傅偷偷给我们骨头汤，也不知得担待多少不是呢。

翠萍：没事，李师傅要是被打倒，我就嫁给他。

冬梅啐道：嫁不出去的老闺女，现在着急了吧。

31. 鲁爱国家　日　内

鲁爱国进到里屋，脱下脚上的袜子，发现脚趾已经冻得发紫了。她用手轻轻一攥，疼得倒吸一口冷气。

她把两只棉鞋拿到手里看着，一只很结实却实在太小了；一只张着大口子发出无声的呐喊。

她爱惜地把棉鞋放好，穿着袜子来到南屋。

这间还没有打开过的房间里，墙上有一个相框，相框里年轻的父母相拥着唯一的女儿。6 岁的小爱国甜蜜地笑着。

鲁爱国在相框下端详着照片，眼前浮现出当年依偎在父亲怀里撒娇时的情景。

（闪回）小爱国两只小手攀住了父亲宽厚的肩膀。父亲高大的背影下留下小爱国庄重的承诺：爸爸，我也要向雷锋叔叔学习，多做好事，帮助别人。爸爸刮一下她的小鼻子，说：这才是爸爸的好女儿。

回过神来的鲁爱国浏览着屋里的一切：书桌上爸爸的算盘、爸爸看过的马列书籍和《毛泽东选集》、爸爸参加会议的合影，还有墙上爸爸获得的奖状……

寒冷使鲁爱国打起了寒噤，她的身体紧缩起来，眼睛却一下子瞥见了躺在桌子下落满灰尘的小单鞋。

鲁爱国蹲下身子拿起单鞋磕掉灰尘，穿在脚上试了试，大小还算合适，就穿着回到了北屋。

32. 学校操场上　日　外

又上体育课了。学校中心的场地上，五年级一班的同学们站队等待跳绳。一溜各色小棉鞋中，一双穿小单鞋的脚不合时宜地在原地跺着，十分戳人眼球。

终于轮到鲁爱国了，她像已经做完准备活动似的，很轻松地就跨越了及格目标，还远远地超出了很多个。

体育老师带头为爱国鼓掌。爱国头一低把一抹羞涩掩饰过去。没想到多事的魏强又犯浑了。

魏强说：老师，鲁爱国是穿着单鞋跳的，应该不算数。

体育老师说：你赤着脚跳也行啊，没人跟你攀比。

让人没想到的是，郝军英脸上也现出了不屑，她一语双关地说：鲁爱国，你可真行啊！

鲁爱国看向了她最好的朋友，显得不知所措。

33. 鲁爱国家　夜　内

孤寂的夜里，忧郁的爱国挠完了小脚丫，又拿起了破棉鞋在煤油灯下检视。破棉鞋像故意难为她似的，破口子被捏在一起，又一次次地张开。

鲁爱国放下棉鞋，从炕席下找出了爸爸的来信。

（父亲的画外音）等你的小脚丫长满棉鞋的时候，我们就见面了……

鲁爱国拿着爸爸的来信走到门口，抬头搜索着空中的月亮，只见半个月亮正在乌云间穿行。

（爱国稚嫩的画外音）爸爸快看，月亮被弄脏了！

（父亲的画外音）傻孩子，是风这杆大笔，把乌云涂抹到月亮上了，但月亮的光辉不可能被永远遮住啊！

果然，月亮又从云层里钻了出来。

鲁爱国亲吻着爸爸的来信，向着夜空说出了自己的心声：每天都有大月亮吧。

她回到里间，拿着破棉鞋久久地思念着，终于从炕席下拿出母亲留给她的几元钱放进了书包。

34. 鲁爱国家门口　晨　内

寒冷的清晨，院子里的鸡已叫过几遍，远处也有狗吠声传来。

被冻得鼻子尖发红的鲁爱国，从温暖的被窝里爬出来，穿上衣服，又不得已穿上了她的小单鞋。

鲁爱国打开房门蹲在了鸡舍前。她对鸡们说：你们也一定很冷吧？出来找个地方暖和一下吧。说着她把鸡们从鸡舍里放了出来。

她回到屋里，从脸盆架上取下毛巾，象征性地擦了把脸。

她把一个饼子放进锅里，一个饼子看上去那么单薄，就像自己此刻瘦小的身躯。她多放进了几个饼子，又把虾酱、白菜等放进锅里，然后在灶下点上了火。

35. 上学路上　日　外

天上又恣意地飘起了雪花。

鲁爱国在门口的草垛里抠出了一些柴草，在空出来的地方把破棉鞋摆了进去。

她带上房门，带上捆好的柴草朝学校走去。

穿着小单鞋的双脚在寒冷的雪地上显得更加单薄。

薄薄的雪地里留下了一串浅浅的小脚印。

36. 教室里　日　内

鲁爱国来到教室，教室里边空无一人。

她先把教室里的炉子生起了火，木柴冒出的黑烟，呛得她眼泪不断流出来。

她拿起黑板擦，把黑板认真仔细地擦了一遍。

她把不太整齐的桌凳又摆弄了一番……

做这一切的时候，她瘦弱的小脸上才感受到一点儿温暖，细密的汗珠也冒了出来，无奈脚上也跟着痒了起来。

穿戴不同的同学们陆陆续续走进教室，他们身上和脚上显然都是暖和的。

郝军英搓着冻红的脸夸张地说：好冷的天呀！冻死我了！

“来，我给你暖一下。”鲁爱国刚想用自己的手去暖和郝军英的脸，视线却落在了她的新手套上，她忍不住自卑地把手放在了身后。

郝军英骄傲地向鲁爱国显摆她的新手套：这是我妈刚给我织的！

鲁爱国“嗯”了一声就垂下了眼帘。

郝军英：这是我爸爸寄回来的毛线。妈妈说给我织的新手套和新围巾都是过年戴的，可我等不及了，就先戴上了。

鲁爱国又“哦”了一声，就把书包打开，开始摆弄书本。

郝军英自顾自地继续说：看，上边还有漂亮的图案呢！

鲁爱国生硬地说：我不喜欢漂亮的东西。

郝军英忽然记起来似的，说：哎，对了，还有糖果呢。她在棉衣口袋里掏出一个小纸包说：爸爸还寄回了糖果，这是我给你留的！

鲁爱国挡住郝军英的手说：我不要别人的东西！

郝军英看出了鲁爱国的冷漠，委屈地说：鲁爱国，我是你的别人吗？

鲁爱国倔强地说：我妈说的，谁的东西也不稀罕，有本事自己去挣！

郝军英惊异地睁大了眼睛。

两个十分要好的同学，突然间都变了小脸，别向了相反的方向。

上课的铃声响了，张望来到教室，同学们起立又坐下。

两个女孩却嘟囔着小嘴，心神显得越发不宁了。

37. 校门外　日　外

又放学了，郝军英头也不回地奔向家的方向。

鲁爱国看着郝军英的背影，自知理亏地叹了口气。踌躇片刻后，她朝着公社供销社的方向走去。

38. 供销社　日　内

供销社门市部内，鲁爱国站在摆着棉鞋的柜台前踌躇着。过了好久，她毅然来到柜台的另一侧，买了一盒蛤蜊油。

女售货员说：孩子，买一双棉鞋吧，别把脚冻坏了。

鲁爱国：阿姨，我不买了。

一双穿着小单鞋的脚又踏在冰冷的雪地里。

39. 邮局　日　内

王素琴和几个工作人员正在各自忙碌着。

鲁爱国推门进来，怯怯地走到柜台前。

王素琴见到爱国，从柜台内探起身子，问：爱国呀，又给爸爸写信了吗？

鲁爱国忽闪着忧郁的眼神，说：阿姨，我想看看爸爸有没有来信。

王素琴从柜台内出来，疼爱地蹲在鲁爱国跟前问：孩子，想爸爸了是吗？

鲁爱国点了点头。

王素琴：你放心，只要有你爸爸的来信，我一定马上给你送家里去。

鲁爱国失望又感激地说：谢谢阿姨！

王素琴见鲁爱国转过身，赶紧拉住她问：爱国呀，你妈妈还在工地上吗？见鲁爱国点头，又问：那你怎么吃饭呀？

鲁爱国：我妈回来蒸了很多干粮。

王素琴：那你热热再吃啊。见鲁爱国穿着单鞋，又问：你咋不穿棉鞋呢？鲁爱国没有回答，她又嘱咐道：爱国呀，你现在正是长身体的时候，既不能饿着也别冻着，健康才是最重要的，管它荣誉不荣誉的，你说对吧？

王素琴见鲁爱国点点头走出门去，望着她的背影非常不解地感慨道：也不知鲁书记家的那位韩主任她图的什么，丈夫不在家，还带着“铁姑娘”队去拼命，孩子也不管。这世界上哪有这样当妈的？！真是的！

柜台内的工作人员也说：鲁书记已经走五年多了，我们都想他了，何况他女儿呢？

40. 公社驻地　日　外

冬日的阳光温暖着大地。

从邮局出来的鲁爱国感受到了来自大人们的温暖，脸上洋溢着被关爱的幸福。

41. 鲁爱国家院内　日　外

鲁爱国进了院子，碰到同院里的妇女抱着孩子在晒太阳。

妇女见鲁爱国进来，赶紧说：爱国呀，你帮我抱抱孩子，我上个厕所。

鲁爱国抱着孩子，边逗她玩边欣赏她头上戴的帽子。

妇女从厕所出来，见鲁爱国喜欢，就说：这个好看吧？

鲁爱国：好看，我也会织。

妇女：你也会？你才多大呀，就会织毛线？

鲁爱国：我妈说技多不压身，她早就让我学了。

妇女：你呀，长大了也随你妈，能干！

鲁爱国：我妈还说，帮助别人强过求着别人。

妇女突然灵机一动，说：哎，你们家的人最肯帮助别人了，你爸爸都帮到西藏去了。见鲁爱国点头，又说：爱国呀，那你不上学的时候能帮我织织毛裤吗？你叔叔的毛裤我织很长时间了，但我带着孩子，啥也干不成啊。

鲁爱国踌躇着说：阿姨，我怕织不好。

妇女：嗨，就剩下两条裤腿了，都是简单的扣。你能织帽子就能织毛裤，不会的地方还可以问我呀。

鲁爱国：阿姨，我怕……

妇女：爱国呀，我也不白麻烦你。等毛裤织完了，剩下的毛线你留下给自己织个手套或者袜子什么的。

鲁爱国听到这话眼睛顿时亮了起来，说：那我试试吧。

妇女：说定了哈，反正你放了学在家闲着也没事。

一种小窃喜跑到鲁爱国的脸上，仿佛马上就有暖和的棉袜子和棉手套似的。

42. 爱国家院内　夜　外

院子里已经静了下来，各家的灯光渐次熄灭，但鲁爱国家里还有微弱的灯光。

鲁爱国瘦弱的身影在煤油灯下微微晃动着。

43. 鲁爱国家　晚　内

鲁爱国手下是一条粗大的半成品毛裤，爱国织着织着，没脱衣服就睡着了。

鲁爱国梦到自己也有了一双漂亮的小棉鞋。上课的时候，她跟郝军英的小脚一起欢快地荡漾在课桌下边，像一对飞翔的蝴蝶。她想去抓蝴蝶，但小手抓来抓去，却抓到了穿着破袜子的脚上。蒙眬中她使劲地挠啊，挠啊……

鲁爱国从梦中醒来，脱去袜子，看到脚上的冻疮有的已被自己的小手抓破。

她脱掉衣服，钻进了冰冷的被窝。

44. 水利工地窝棚　夜　内

夜很深了，疲惫的冬梅辗转反侧怎么也睡不着。

她一下子从地铺上坐了起来，在黑暗里瞪大了眼睛。

翠萍有感应似的，也睁开了眼睛。见冬梅发呆，她又挖苦道：咋，回了趟家，把魂留在家里了？

冬梅：我觉得那天晚上爱国有话要跟我说，却被我呲得没把话说出来。现在我心里老是有事，晚上还睡不着了呢。

翠萍：这回像个当妈的样了。

45. 教室里　日　内

黑板上有一段古文，还有一些古文解析的关键词。但教室里学生们无心学习。

张望摘下眼镜，擦了擦厚厚的眼镜片，无奈地叹口气说：现在课程这么少，不给你们加餐，你们是吃不饱的。可是，额外教给你们知识，你们又不肯学。

某男生嘟囔道：我爸爸说，知识没有用，权和钱才好使呢。

张望苦笑道：那，你就听你爸爸的吧。

男孩顿时欢呼起来：哦，可以出去玩了！

张望严厉地喝道：坐下，下课铃还没响呢！见那男生很是尴尬，他又说：学不学是你的事，上课是我的责任。

郝军英小声对那男生说：下课还要劳动呢。

那男生不屑地说：不就是沤肥拾粪嘛，我爸爸从生产队里给弄点，我就比你们的成绩好！

鲁爱国对郝军英说：郝军英，我下课后要早点回家。

郝军英见鲁爱国主动与自己示好，疑惑地看着鲁爱国点了点头。

46. 鲁爱国家　日　内

冬日的暖阳从西边照向鲁爱国家的屋子，门口显然比没有炉火的室内多了一些温暖。

鲁爱国坐在房屋门口，小手缩着毛衣针，一个扣一个扣地编织着手里的毛裤。一件大人的粗线毛裤在鲁爱国的小手里已经快要完成了。

（张望的画外音）愿意学的同学下课后可以留下，老师可以单独教给你们知识。

黄昏的余晖慢慢地覆盖在鲁爱国的身上，她手上又加快了速度。

47. 工地窝棚里　夜　外

门口的地铺上躺着虚弱的冬梅。

翠萍端着一碗冒着热气的姜汤小心翼翼地走了进来。

翠萍对生病的冬梅说：食堂的刘师傅给你熬的姜汤，你快趁热喝下去。

冬梅无力地撑起身子，端着碗把姜汤喝了。

翠萍扶着冬梅躺下，又把自己的被子给她搭上。

翠萍挖苦道：刚有点女人样了，你还真矫情起来了。见冬梅没有发声，又继续打击道：这下没本事了吧？

冬梅闭着眼睛啐道：闭上你那臭嘴吧。

翠萍：你呀，就是倒驴不倒架，硬撑！

冬梅：少废话，睡去吧。

翠萍：你呀，除了工作，能不能心疼点自己，心疼点孩子？她脱掉外衣压在冬梅身上，说：今晚你再不退烧，明早我就送你回家！

冬梅朝她挣扎了一番，无力地闭上了双眼。

48. 工地通往公社驻地的路上　日　外

翠萍骑着自行车，后座上载着还在发烧的冬梅。

北风呛得翠萍睁不开眼睛，但她还是奋力地蹬着自行车。

冬梅见翠萍在吃力地爬坡，就一下子从自行车上下来了。

翠萍怒道：你待咋？烧成这样还显能啊。

冬梅：这不是上坡嘛，过了这个路段再上。

翠萍：我的韩大主任，你想找死啊。

冬梅：走几步路死不了人。

翠萍：那你上来我推着你走行了吧。

冬梅不耐烦地：走吧走吧……

49. 教室里　日　内　外

下课的铃声响了起来，郝军英拉起了鲁爱国，说：走，咱跳行去吧。

鲁爱国面露难色地说：我不想出去了，你们去玩吧。

郝军英以为鲁爱国还跟自己怄气，就说：咱俩不是已经和好了吗？

话说到这份儿上，鲁爱国只好跟在军英后边出了教室。

男同学在嬉笑打闹，女孩子有的在踢毽子，有的在跳绳，还有不怕手冷的在拾啵咕。

郝军英拿根粉笔，在空地上画出了跳行的游戏方格，自己先在上边跳了几个。郝军英招呼爱国：来，鲁爱国，咱俩比赛吧？

鲁爱国面露难色，“说：你跳吧，我在这里看看就行了。”

郝军英：那我一个人跳有什么意思？

鲁爱国：我不想跳……

郝军英：你原来不是很喜欢跳吗？

鲁爱国：我脚疼。

郝军英：你脚怎么还疼呢？你不是不穿你的破棉鞋了吗？

无奈之下的鲁爱国只好脱掉鞋子让郝军英看。

郝军英看到了鲁爱国脚上的冻疮，惊讶地张大了嘴巴，说：你妈也真是，回来后为什么不给你做双新棉鞋啊？

鲁爱国：我妈不知道我的棉鞋破了！

郝军英：那你怎么不跟她说呀？

鲁爱国：我不敢跟她说话！

郝军英不解地张大了嘴巴，说：啊？！还不敢跟自己的妈说话？

郝军英见鲁爱国苦笑了一下没有作声，又说：鲁爱国，对不起，我误会你了。以后我就穿你的单鞋玩游戏，你穿我的棉鞋暖暖脚，你看行吗？

鲁爱国：那怎么行呢，万一再把你的脚冻伤了那可咋办？

郝军英：没关系，我不怕冷的！

鲁爱国既欣喜又难为情地脱下了自己的单鞋，穿上了心仪已久的郝军英漂亮的小棉鞋。她左瞅瞅，右瞧瞧，心里的美禁不住跑到了脸上。

郝军英穿着鲁爱国的小单鞋兴奋地玩着跳行的游戏。

冬日的阳光下，两个稚嫩的脸盘儿，像两棵向日葵一样，互相照耀着，温暖着……

上课的钟声敲响了，郝军英对鲁爱国说：穿着你的单鞋跳行真轻松，以后上体育课的时候，我就穿你的单鞋。

50. 鲁爱国家　日　内

喘着粗气的翠萍把自行车放在鲁爱国家窗外，虚弱的冬梅已经推开了房门。

两个人走进屋内，冬梅心情复杂地看了看锅里，又摇了摇一边的暖瓶。

翠萍把冬梅推到里间。摸一摸冰冷的炕，还是忍不住嘟囔道：爱国从你肚子里生下，真是倒了血霉！说着就把冬梅弄到了草褥子上，说：你先老老实实地躺着，我给你烧水去。

翠萍走到灶间，忙着刷锅，准备烧水。

翠萍出来抱柴火，鲁爱国的破棉鞋还躺在柴堆里，但粗心的她并没有多想。

51. 鲁爱国家里间 日 内

躺在草褥子上的冬梅，似乎睡着了，恍惚中她还是满腹心事地睁开了眼睛。

她看到了摞在炕头上的小人书，看到了爱国的课本，看到了墙角的衣物……她下意识地把手盖在了脸上。

翠萍端着一碗热水进来，说：你先喝点热水暖和一下。见冬梅捂着脸，知道她也难过，却禁不住再打击道：你那心还是肉长的啊，也知道心疼孩子了？

冬梅佯装顽强地撑起身体，说：你这张臭嘴就不知道饶人，滚一边去吧。

翠萍：哼，心虚了？快躺下吧，我给你买药去。

冬梅：别忘了问医生要个病假条。

翠萍没好气地说：这还用你说，我不知道你是什么人哪！

冬梅：拿回药来你就回家看看吧，你也一个多月没回家看看你娘了！

52. 放学路上 日 外

太阳西下，鲁爱国的脚上又穿上了小单鞋。她愉快地跟郝军英告别，瘦弱的小脸上笑靥如花。

鲁爱国走到院子门口，忽然看见自己家里冒出的热气，双脚一下子又变得迟疑起来。

53. 爱国家 傍晚 内

翠萍把热气腾腾的面条盛进碗里，先端了一碗送到里间。

翠萍说：这是工地食堂赵师傅给的面，快吃吧，吃完了好吃药。

冬梅嗔道：你是不是又去缠磨人家了？

翠萍说：管它咋到手的，先吃到肚子里再说。

冬梅说：我就知道你又要赖皮了！她勉强坐了起来，朝门口看了看，说：再等等爱国吧。

翠萍：你别装得像个亲娘似的了，还是我这个亲姨出去看看吧。

翠萍推开房门，见鲁爱国正惶恐地从草垛旁站了起来，脚上又穿上了那双捆着的破棉鞋。

鲁爱国怯怯地叫了声“萍姨”。

粗粗拉拉的翠萍没把鲁爱国的举动放在心上，只是心疼地牵起了鲁爱国的小手，叹道：可怜的孩子！

鲁爱国进到里间，边放书包边怯怯地叫了一声“妈”。

冬梅无力地对鲁爱国说：快去吃面条吧，伙房里你赵大爷给的白面。

见鲁爱国答应着走了出去，冬梅才端起面条吃了一口。

54. 鲁爱国家　夜　内

里间炕前桌上，放着暖瓶和药品，冬梅和鲁爱国都睡在了暖和的炕头上，草褥子被推到了炕的一端。

被温暖包围着的鲁爱国沉沉地睡着，虚弱的冬梅却怎么也睡不着了。她在黑暗中侧过身子，伸出胳膊想揽一下瘦弱的女儿。

沉睡中的鲁爱国此时却忍不住扭动着身躯，冬梅疑惑地停住了伸出的胳膊。

冬梅披上棉袄摸到了手电筒，小心地观察着女儿的身体。

她轻轻掀起被子从上到下地观察。突然，她看到了鲁爱国红肿的双脚。她伸着自己粗糙的手想去抚摸那双脚，又心情复杂地把手捂在自己嘴上。

她给女儿掖了掖被子，下炕拿起了鲁爱国的小棉鞋。她看到一只鞋紧紧地闭合着，似乎不愿意跟她说话；另一只却张开了大大的口子，一根松紧带松松垮垮地横在上边，仿佛在嘲笑着她这个当妈的。

冬梅眼圈禁不住又红了，她把手伸进棉鞋里摸了摸，然后叹了口气放下棉鞋。

冬梅顽强地支撑起身体，端起煤油灯走到南屋。她在炕上、炕下的纸箱子和角落里找啊找，找出了一些碎布、麻绳、破裤子、工具和还没来得及修复的旧鞋子。

她在灯下割下了旧鞋底，又果断地铰了自己的棉裤，比照着小棉鞋割出了棉鞋底，然后搓麻绳、找锥子、动剪刀，开始了小棉鞋的缝制……

晨曦微露，院子里有了人声和鸡鸣。

冬梅在用棉裤改的棉鞋上拉紧了最后一针。

冬梅把新棉鞋摆放在桌子上，喝水服药，无力地靠在了墙壁上。

55. 鲁爱国家　晨　内

吃早饭的时候，鲁爱国的脚上出现了一对趴错地方的“癞蛤蟆”。

鲁爱国表情十分别扭，却慑于母亲的威严不敢表达出来，只是蹙着眉头难以下饭。

虚弱的冬梅硬撑着身体，对鲁爱国嗔道：你个死孩子，脚冷你就不会说一声?

拘谨的鲁爱国张了张嘴没有言语，最后一口饭还没咽下去就着急地站起身来。

冬梅也站起身给她拿起了书包，还伸手给女儿整理了一下辫子，尽显母亲对女儿的温柔。

鲁爱国不习惯母亲的亲昵举动，紧张不安地等待着母亲的下文。

冬梅轻声细语地说：妈这次会在家里多住几天，你放学后就早点回来。

鲁爱国受宠若惊地低下了头，却又不小心看见了脚上的“癞蛤蟆”，她的眉头越蹙越紧。

冬梅看出了鲁爱国的情绪，说：妈还是那句话，只要学习好，工作好，谁爱说啥就说啥去。样子好看不好看的不重要。

鲁爱国拘谨地抬起眼睛，她不敢去看母亲的眼睛，视线却又一次扫到了母亲粗糙的双手。

鲁爱国的手下意识地摁在了书包上，低头说了句“我走了”就脚步慌乱地走出了房间。

冬梅踉跄着扶住了门框，看着拐过院门的鲁爱国，表情又变得复杂起来。

56. 家属院门外　晨　外

走出家属院大门的鲁爱国，羞羞答答地生怕碰见熟人，她的脚步不禁迟疑起来。

快到学校了，鲁爱国又决绝地返回了家属院门口。她躲在门旁回望院内，见母亲已经关门回屋，就悄悄地返回到草垛旁，迅速找出自己的小单鞋换上，把那双新棉鞋使劲儿地往草垛里边藏了藏，然后才朝学校方向走去。

57. 教室　日　内

鲁爱国的手伸在课桌的书包里，眼神又开始飘忽不定。

郝军英不解地问：鲁爱国，你怎么了？

鲁爱国掩饰地说：郝军英，放学后你先走吧。

郝军英疑惑地瞪大了眼睛。

58. 鲁爱国家　日　内

又红又大的太阳已落到天际线上。

灶台前冬梅站起身子，把饭桌和碗筷拿进屋里。

精气神渐渐恢复的冬梅似乎也来了点雅兴，她站在房门口盯着太阳看了好久，思绪仿佛也被即将落山的红太阳牵走了……

59. 郝军英家　夜　内

王素琴正在当门往一个大盆里泡发地瓜干。

郝军英问：妈妈，你怎么泡这么多啊？

王素琴说：等爱国的妈妈再回工地后，你就约上爱国到咱家来吃饭。

郝军英惊喜地问道：真的吗?

王素琴道：当然是真的了！咱家享受军属待遇，条件比他们家好。

郝军英突然神情黯淡下去，说：鲁爱国肯定不会来的，她妈不让她占别人便宜!

王素琴出主意道：你就说让她帮你干活儿，她不就肯来了嘛!

郝军英高兴地说：妈，你的主意太好了！鲁爱国说她爸爸去帮助西藏，她也要学习雷锋，帮助别人。

王素琴：是啊，别看她妈冷着个脸，工作上没人不夸她的。

60. 家属院内　晨　内

冬梅已经推起了自行车朝院外走去。

脚上穿着“癞蛤蟆”的爱国，走在母亲的身后，一只手放在书包里踌躇着。

冬梅还是忍不住又嘱咐道：我已经跟屠宰组的李师傅说好了，他们每星期一都会杀牛，到时候你可以去端老汤，他会给你留着的。

见爱国“嗯嗯”地应着，走出院子大门的冬梅无奈地瞪一眼女儿，就要一狠心蹬上自行车。

鲁爱国突然上前一把拽住了母亲的袖子，把织好的毛线手套和蛤蜊油一并塞进了她的手里。

冬梅看一下手里的东西，惊异地张大了嘴巴，问道：哪里的?

鲁爱国：我挣的!

冬梅：挣的？你怎么挣的?

鲁爱国：帮助别人挣的!

冬梅立马严肃地说：你给我听好了，人，怎么都能活，就是不许你占别人的便宜。

鲁爱国倔强地说：你爱要不要！然后快速朝学校方向跑去。

冬梅看着女儿远去的背影，莫名其妙地怔在了原地。

跑远的爱国回头看母亲不再注意她，就在一边躲了起来。

61. 放学路上　日　外

下课钟声响过，郝军英拉着鲁爱国的手，穿过叽叽喳喳的同学们，冲出校门，蹦蹦跳跳地朝郝军英家的方向跑去。

郝军英的小棉鞋和鲁爱国的小单鞋形成了鲜明的对比。

跑着跑着，鲁爱国突然停下脚步，说：我还是回家换上我妈做的棉鞋吧，不然阿姨会问的。

郝军英：你不是不想看到那双棉鞋吗？

鲁爱国迟疑着说：可是，可是……

迟疑了片刻，鲁爱国还是转身朝自己家方向跑去。

62. 郝军英家　日　内

郝军英牵着鲁爱国的手走进家门。

鲁爱国的脚上又穿上了那双被她命名为“癞蛤蟆”的棉鞋。

郝军英还没进屋就喊道：妈，鲁爱国来了！

王素琴擦着手从屋里出来，欢喜地说：爱国呀，来来来，快进屋里。看你俩的小脸，都冻得通红了！

鲁爱国喊了声“阿姨”，就跟在郝军英身后进了屋里。

屋里的地上，泡发好的地瓜干有些已被切成了小丁，还有一些没有切完。

正在玩玩具枪的郝军雄掉转了枪口，朝着两个女孩“突突”起来。

王素琴：军雄，别没礼貌啊。

郝军雄：我们一起玩嘛。

王素琴的视线瞥见了鲁爱国脚上的棉鞋，善良的她装作没有看见，却把话题转向了郝军雄，说：你呀，以后要跟爱国姐姐好好学习，她学习和劳动在学校里都数第一呢！

鲁爱国怕郝军雄看到自己的棉鞋，尴尬地站立不安，就对王素琴说：阿姨，郝军英说让我帮她干活儿呢。

王素琴说：你就跟他们姐弟俩先玩一会儿吧，没多少活儿的！

鲁爱国踌躇道：那，我就先回去吧。

郝军英着急忙慌地说：啊，不不不，我妈要摊煎饼呢，你看，泡了这么多地瓜干，一个人什么时候才能切完哪！说完她就急切地拿起刀装出要帮妈妈的样子，没想到刀刚一落下，却不小心把无名指垫在了刀下，还没等切到底就惊恐地扔掉刀摁住了伤口。

王素琴惊恐万分地抓起郝军英的手，无名指上已经有血渗出。她心疼地说：你怎么能干拿刀的活儿呢？！快快快，咱们赶紧去医院。她临出门时又嘱咐道：爱国呀，你帮我看着点军雄，千万别让他动刀，我一会儿就回来给你们做饭哈。

站在门口看着她们走远的鲁爱国，犯了错般地慌乱起来。

她回头看看郝军雄，见他还在一心摆弄着玩具枪，就坐到刚才郝军英坐过的地方，在案板上轻车熟路地切起了地瓜干。

郝军雄看爱国干得熟练，就说：我姐姐真笨，头一次帮妈妈干活儿，就先把自己的肉给切下来了。

鲁爱国：那你会干什么？

军雄：我会吃饭。我现在已经饿了。

鲁爱国略一犹豫：那我先给你做饭吧。

63. 街道上　午后　外

从公社卫生院出来的王素琴，用自行车推着手上已包了纱布的郝军英，边走边嘱咐道：军英啊，以后可不敢冒失了，家里的活儿不用你干，你只负责好好学习就是了。

郝军英：可是我也想跟鲁爱国似的，学习好又能干。

王素琴：唉，好孩子更叫人心疼啊！你和爱国可要互相帮助。

郝军英：妈，我知道。可是，我的伤口还能长好吗？

王素琴：幸亏你手轻，切得不深，不然还真不好说呢。

郝军英：干家务活儿可真不容易，这么快就给我个下马威。

64. 郝军英家　午后　内

郝军英喊鲁爱国的声音传进屋里，正在陪郝军雄玩的鲁爱国听到后急忙从屋里出来。

鲁爱国看到郝军英的无名指缠着厚厚的纱布，心疼地双手捧着，小心地问道：军英，你疼吗？

郝军英装出英雄气概，说：没事，这点伤算得了什么！

王素琴看到盆里已经切好的地瓜干，惊讶地问：爱国，这是你切的吗？

鲁爱国点了点头说：是啊，阿姨，这样切行吗？

王素琴：这孩子，万一你也切着手那可咋办？

鲁爱国：没事的，阿姨，我经常干这些活儿的。

王素琴：唉，这孩子，你还这么小就干这些大人干的活儿……你先跟军英他们玩玩，我给你们做饭去。

鲁爱国：阿姨，饭已经做好了，军雄弟弟也吃过饭了，我现在该回家了。

王素琴：孩子，听阿姨的，以后你妈要是不在家，你就跟军英一起来家里吃饭。

鲁爱国：阿姨，我妈知道了会生气的。说着，鲁爱国背起书包走出了郝军英的家。

王素琴和郝军英无奈地对视一眼，目送着她远去的身影。

65. 学校操场　日　外

五年级一班又上体育课，今天进行的是跳绳比赛。

等待上场的鲁爱国嘱咐郝军英戴上手套，免得碰疼了伤口。

郝军英悄悄换上鲁爱国的小单鞋，很快就轮到她上阵了。

郝军英跳的时候，鲁爱国紧张地给她数着数。

掐着表的体育老师抬起头来，说：郝军英的成绩目前是全班最优，下边看看还有谁能超越她。

鲁爱国高兴地为郝军英鼓掌。

郝军英兴奋得小脸通红，她退到鲁爱国身边，迅速把小单鞋脱下来交换给鲁爱国。

几个同学跳过后，轮到鲁爱国上场了。

鲁爱国默念着数字，成绩顺利地接近郝军英所创的纪录，但她跳着跳着突然停了下来。

体育老师诧异地问：鲁爱国，还没到时间，为什么不接着跳啊？

鲁爱国狡黠地说：老师，我好像腿抽筋了，跳不动了。

体育老师遗憾地瞪了爱国一眼，说：你不是想当“三好学生”吗？体育不过关怎么行呢？

鲁爱国自知理亏地低下了头，却有一种小窃喜跑到脸上。

体育老师又说：我还以为你会破纪录呢！

郝军英心领神会地拉起鲁爱国的手，小声地问道：你是不是故意的？

鲁爱国得意地仰起头说：我不告诉你！

郝军英：我知道了，你是想让我也得一次第一名，对吧？

66. 教室里　日　内

张望又上语文课了，今天讲的是古代文学，同学们都听不进去，有的还在搞小动作。

此时郝军英的小棉鞋穿在鲁爱国的脚上，鲁爱国的单鞋穿在郝军英的脚上。两只小脚在课桌下肆意地荡悠着，两个最要好的女孩不时发出会心的微笑。

但冬梅的声音也在爱国耳边响起：（画外音）不许你占任何人的便宜！

鲁爱国脸上的微笑消失，忐忑地问郝军英：郝军英，我穿你的小棉鞋，这算不算占你的便宜？

郝军英着急地说：不算，是我高兴这样换的。

没想到郝军英的声音太大，同学们的目光齐刷刷地投向了她俩。

张望显然也被这两个心爱的学生伤着了心。他扫视过全班同学，心情沉重地说：我好歹也在大学里讲过世界文学史，虽然被下放到了你们这里，但我是怀着一颗赤诚之心，想把我的知识全部教给你们啊！有人曾说，知识就是财富。那我这个掌握知识的老师，不也是财富吗？可你们谁还尊重知识，谁还尊重老师？他疼惜地看着鲁爱国和郝军英，说：就连你们俩，平时最懂事最爱学习的孩子，今天也无视老师的讲课，你们这是怎么了？啊！

鲁爱国愧疚地率先站了起来，说：对不起，张老师！

郝军英也站了起来，也小声说了句“对不起”。

张望：你们不用跟我说对不起，就先问问自己的内心，对得起你们常年守卫边疆和建设边疆的父亲吗？对得起含辛茹苦抚养你们长大的母亲吗？

两个女孩对视了一眼，羞愧地跟老师说：对不起！

张望摘下眼镜用围巾擦了一下，对两位站着的女孩说：你俩再把《苔》这首小诗背给我听听。鲁爱国，你来背。郝军英，你解释。

鲁爱国背道：《苔》，清·袁枚，“白日不到处，青春恰自来。苔花如米小，也学牡丹开。”

郝军英：苔藓虽生活在阴暗潮湿之处，但并不会因为环境的恶劣而丧失生发的勇气……

张望脸上渐渐露出了笑容，说：嗯，背的和解释的都很好。常听有人说，学好数理化，走遍天下都不怕。但语文才是各个学科基础的基础。学不好语文，人们的情感怎么表达啊……

67. 放学路上　日　外

放学的钟声响过后，小学生们如激流一般涌出校门，欢快的声音流淌得很远很远……

鲁爱国和郝军英今天却走在了最后。

郝军英对鲁爱国央求道：我妈说这是任务，你要是不去我家吃午饭，我就完不成任务了，那我怎么向我妈交代呀？

鲁爱国：可是，我妈说不许我占别人便宜。

郝军英：这怎么叫占便宜呢？再说了，我是别人吗？我妈说我们的爸爸一个在保卫边疆，一个在建设边疆，我们都应该互相帮助，抱团取暖呀。

鲁爱国又说：可我还要回家喂鸡呢。

郝军英：你自己都吃不好，干吗还要管鸡呀？

鲁爱国：爸爸的四叔给送来的煎饼，家里还有呢。

郝军英：我妈说你营养跟不上，会影响生长的，难道你不想长高吗？

鲁爱国：可是去你家吃饭，我妈知道了会发火的！

郝军英：咱不让她知道不就行了嘛。

鲁爱国：可是……

郝军英：有什么好可是的，快跟我走吧。

鲁爱国纠结了一番，终于破釜沉舟般地说：好吧，那我先回家把鞋换下来。

68. 军英家　日　内

郝军英和鲁爱国的声音传进了院子。

围着围裙的王素琴笑盈盈地迎了出来。

鲁爱国陡然收住了笑容，很不自然地叫了声“阿姨”，又下意识地把脚藏了藏。

王素琴还是假装没看见鲁爱国的棉鞋。她拉起鲁爱国的手抚摸着她瘦弱的小脸，亲切地说：爱国呀，阿姨给你们包了白菜馅儿的饺子，等会儿你们多吃点哈。

郝军英得意地拍向鲁爱国的小手，高兴地叫道：噢，吃饺子喽！

小军雄从旁边窜了出来，举起玩具枪喊道：缴枪不杀！

王素琴嗔道：你这个皮孩子，不能没礼貌。又对鲁爱国说：你们三个先玩一会儿，饺子很快就煮好了。

鲁爱国问：阿姨，我来帮你烧锅吧。

王素琴爱怜地说：这孩子，真懂事！你就跟他们姐弟俩玩一会儿吧，我一个人就行了。

郝军英带着鲁爱国，又来到院子里的兔舍前。

鲁爱国惊喜地说：小白兔又长大了一些啊！

郝军英拿起一块白菜帮子，和鲁爱国一起开心地喂起了兔子。

鲁爱国专注地瞅着小白兔吃白菜帮的样子，自己的小嘴也跟小白兔一样动了起来。

郝军英偏头看见鲁爱国的样子，忍不住笑得前仰后合。

王素琴听见孩子们的笑声，忍不住出来看个究竟，见状也高兴地笑了。她说：你们再玩一小会儿就去洗手吧，饺子快煮好了。

洗手的时候，童心萌发的鲁爱国已经忘了拘谨，两双小手在脸盆里一边撩水一边开心地欢笑打闹着。

王素琴端着一大盘饺子放上桌子，说：刚出锅的饺子，孩子们都快过来吃吧。

鲁爱国给郝军雄和郝军英夹了饺子，自己也夹起一个咬了一口。饺子虽然还很烫，但她一时忘了身在何处，竟狼吞虎咽地大口吃起来。

王素琴嘱咐道：吹一吹，别烫着。

郝军英和郝军雄看到鲁爱国吃得那么香，两人也大快朵颐起来。

王素琴看孩子们吃得欢喜，就说：爱国呀，你看你来我们家，军英和军雄多高兴啊，饭都肯好好吃了。就算为了我们大家，以后你放学就跟军英一起到家里来，跟她俩一起吃饭，好不好？

忧虑又一下爬上了鲁爱国的脸颊，她说：可我妈……

王素琴说：你妈对你的要求是对的，可你帮阿姨的忙不也是对的吗？见鲁爱国还是踌躇不决，她进一步强调道：帮助别人，你妈肯定是支持的。因为你们一家都是肯帮助人的。

鲁爱国自豪地脱口而出：我爸爸还去帮助西藏建设了呢！

69. 鲁爱国家门口　晨　外

晨光已经洒满了院子。鲁爱国精神饱满地打开了房门。

她哼着《学习雷锋好榜样》的歌曲，把几只鸡从鸡舍里放了出来，然后把一小把碎粮食撒给鸡们。

她看到鸡们都在抢食，就学着老母鸡的样子咯咯哒、咯咯哒地叫着，然后佯装严肃地对鸡们说：现在我给你们喂东西吃，天暖和了以后，你们可要多多下蛋啊，我妈在工地好久没吃过鸡蛋了！

鲁爱国返身回屋，再出来时脚上又穿上了她的小单鞋，然后把妈妈做的“癞蛤蟆”鞋藏在了草垛里边，还调皮地对鸡们说：可不准你们告诉我妈，不然的话，哼，我可就不管你们了！

她锁上房门，愉快地哼着歌曲去上学了。

70. 水利工地　日　外

工地上虽然依旧寒冷，却阳光灿烂。

几个窝棚前已经或站或蹲着一些吃饭的人。

冬梅又端着一盆猪肉炖白菜从厨房里出来，兴高采烈地给铁姑娘队的成员一一盛进碗里。

冬梅把一块猪肉拨到翠萍碗里。自己刚拿起干粮咬了一口，翠萍又把猪肉悄悄夹到她的碗里。两人会意地一笑，眼光不由得投向代表全县最高荣誉的那面红旗。

71. 郝军英家　夜　内

时针已经指向夜里10点多了，王素琴还在灯下给郝军英爸爸织着毛衣。

王素琴看一眼躺在炕上的两个孩子，眼里流露出浓浓的母爱。

王素琴把郝军英的胳膊小心地放进了被窝，又给儿子掖了掖被子，然后把屋里的煤炉熄了火，也准备脱衣睡觉。

突然她见郝军英扭动着身体，仿佛哪里不舒服的样子。

王素琴仔细端详了女儿一番，嗔道：这孩子，睡个觉都不老实！

郝军英又把手从被子里拿了出来，伸着手去挠自己的脚。边挠还边恨恨地嚷道：哎呀，痒死了！

王素琴诧异地问：哪里痒啊？

郝军英翻个身嚷嚷道：脚。

王素琴疑惑地问：脚咋会痒呢？

她把郝军英的小脚放进被子，可郝军英再次把被子蹬开，身子又猛烈地翻了一个仰面朝天。

王素琴端着灯看了看郝军英的双脚，她惊异地发现了郝军英脚上的冻疮，不禁惊诧道：啊，这是怎么搞的？

王素琴拿起郝军英的棉鞋仔细端详一番，还把手伸进鞋子里摸了摸，表情更加疑惑。

她看一眼熟睡的女儿，干脆拿出了棉鞋里边的鞋垫，把棉鞋和鞋垫都放在已经熄灭的炉子旁边烤着。

72. 郝军英家　晨　内

第二天早饭时间。

王素琴问：军英啊，你们学校里没生炉子吗？

郝军英：生了！

王素琴：那也不会很冷吧？

郝军英：不太冷。

王素琴：那你怎么会把脚冻了呢？

郝军英：哪有？没冻脚啊。

王素琴：还说没冻呢，你晚上睡觉的时候，为啥老是去挠脚啊？

郝军英：是吗？我不知道啊。

王素琴嗔道：你呀，都 11 岁了，还不知道照顾自己。

郝军英撒娇道：不是有妈妈照顾嘛。她放下饭碗，背起书包，说：妈，我走了。

王素琴也跟着站起来，给郝军英整理了一下辫子和围巾，细声嘱咐道：以后别在院子里待得时间太长了。

郝军英：嗯，妈，我知道了。

王素琴的目光直到郝军英走远了才收回来。看着边吃饭边玩耍的儿子，心事重重地端起了饭碗，思绪忽忽悠悠地飞向远方。

（丈夫的画外音）你只要管好家照看好孩子，就是对我最大的支持，也是间接地支援了祖国的边防事业……

王素琴收拾完家务，嘱咐正在摆弄玩具枪的郝军雄几句话，就急匆匆围上围巾，朝学校方向走去。

73. 中心小学　日　外

王素琴脚步匆匆又不失优雅地跟熟悉的路人打着招呼。

王素琴进了学校大门，跟传达室的老校工刘大爷说明来意。

王素琴来到正在上课的五年级一班窗外，目光往教室里搜索着。

王素琴看到张望老师正在讲台上讲课。同学们听得心不在焉，有的还在搞小动作。

王素琴的目光穿过教室，看到了同桌的鲁爱国和郝军英。

她看见两个孩子听得聚精会神，很是欣慰。

王素琴的目光很快从孩子们的脸上移到了课桌下，突然一下子瞪大了眼睛。

王素琴看见，郝军英的脚上此时正穿着鲁爱国的小单鞋，鲁爱国却穿着郝军英漂亮的小棉鞋。

王素琴恍然大悟。

74. 校园内　日　外

刘大爷敲响了下课钟声的时候，王素琴并没有离开学校。

王素琴站在学校一角，远远地看着同学们欢呼雀跃着涌出教室。

鲁爱国和郝军英在校园一角玩起了踢毽子的游戏。

郝军英穿着鲁爱国的小单鞋，动作灵巧。

鲁爱国穿着郝军英漂亮的小棉鞋，姿态优美。

两个孩子的笑声感染了站在远处观望的王素琴，她也捂着嘴巴偷偷地笑了。

一缕阳光投射在王素琴的脸上，使这个优雅漂亮的女人更加柔和美丽。

75. 郝军英家　夜　内

郝军雄躺在炕上还在玩他的玩具。

郝军英的一双小脚泡在一盆温水里，脚上的冻疮清晰可见。

王素琴拿来擦脚的毛巾，边给她擦脚边问：你穿着棉鞋，教室还生着炉子，怎么会把脚冻了呢？

郝军英：我……

王素琴假装生气地说：怎么，跟自己的妈妈还要保密呀？

郝军英：主要是……

王素琴：主要是什么？

郝军英：妈，我告诉你，你可不能告诉鲁爱国的妈妈。

王素琴：那你说来我听听。

郝军英：就是鲁爱国她妈做的棉鞋太难看了，她怕同学笑话，总是穿着单鞋去上学，回家后她再换上她那双“癞蛤蟆”鞋。

王素琴：那怎么会冻了你的脚呢？

郝军英：我有时候就跟鲁爱国换着穿呗，我们每两节课就换一次。

王素琴嗔道：你们这些孩子呀！

76. 郝军英家　夜　内

孩子们都睡熟了，王素琴一边织着毛衣一边想着另外一件事情。

王素琴放下了手里的毛衣，从一个柳条箱子里找出了一块跟郝军英棉鞋面一样的条绒，放在炕上比画来比画去。

煤油灯下，王素琴在煤炉子上打好了糨糊，又在一个面板上打鞋袼子，打好后又放在炉子的旁边烤着。

77. 郝军英家　日　内

王素琴和三个孩子一起吃午饭。

王素琴把自己碗里唯一的一点肥肉挑了出来，放进鲁爱国的碗里，鲁爱国又把这点肥肉夹起来放进郝军雄的碗里。

王素琴假装不高兴地嗔道：爱国呀，你太瘦了，得多吃点肉才是！虽然这样说着，她的眼里却是满满的赞赏。

郝军英和鲁爱国相视一笑，咬一大口煎饼，再吃一口碗里的白菜。

王素琴趁鲁爱国不注意，就偷眼看看鲁爱国脚上的棉鞋，真是与鲁爱国秀气的面容形成了巨大的反差。

78. 工地窝棚　日　内

粗糙的冬梅穿着大头棉鞋，戴着大棉帽子，脸上和手上暴露着被冻伤和被风吹日晒后的血口子。此时她正蹲在地上，大口地吃着窝头，咬一大口咸菜，噎得脖子抻了几抻，只好端起碗里剩下的菜汤咕咚咕咚地灌了下去。

今天的翠萍穿红棉袄戴绿围巾，志在必得的自信使这个寒冷的窝棚里多了点生命的色彩。

翠萍不无心疼地对冬梅说：等咱们拿下锦旗，你回家好好收拾一下。看你都成什么样子了，跟个老鸹似的。

冬梅：样子怎么了，能当饭吃？

翠萍：你这人……不稀得说你了。

冬梅：拿到那面红旗，那才叫有样子呢！她忽然想起什么，从口袋里拿出了蛤蜊油。

翠萍：鲁书记这么多年不在家，真咔哒煞爱国那孩子了。

冬梅：咔哒着好养！说着把蛤蜊油塞给了翠萍，说：拿着，还说我呢，你一个大姑娘家的，别跟我似的这么糙。

翠萍：哪来的这玩意儿？

冬梅：爱国给的，本来还想夺下红旗再给你呢。

翠萍惊喜地说：闺女知道疼娘了啊！

79. 郝军英家　日　内

屋内，王素琴读着丈夫从边防来的信，思绪万千，面色疏朗。

太阳照在屋门口的时候，王素琴坐到门口纳着鞋底。

小军雄在院子里用力地抽打着一个木制的陀螺，说：爸爸刻的陀螺太好玩了。

被幸福包围着的王素琴边纳鞋底边憧憬着……

80. 校门口　日　外

学校门口，郝军英又在等鲁爱国。

鲁爱国气喘吁吁地跑了过来。

郝军英：你怎么又来晚了？

鲁爱国：我出门的时候忘了换鞋，就又回去了。

郝军英：你也用不着天天都藏啊。

鲁爱国：我妈要是突然回来了呢！上次她说大会战结束后，就可以回家了。

81. 郝军英家　日　内

王素琴在小棉鞋上缝上了最后一针。她左右端详着，两只对比着，又拿出一把小锤子仔细地敲打了一番，然后满意地放在了炕头上。

小军雄看见了母亲做的新棉鞋，就拿过来往自己脚上套。

王素琴制止道：别动，我要给你姐姐们一个惊喜。

82. 教室里　日　内

学生们正在进行期终考试。

张望在教室里来回踱步，当他转到爱国、军英课桌前的时候，驻足关注地看了一会儿，脸上露出满意的笑容。

鲁爱国和郝军英也给了老师一个礼貌的微笑。

83. 郝军英家　日　内

午饭后，郝军英和鲁爱国两个人又在喂小兔子。郝军雄一边看兔子吃菜，一边又去看鲁爱国，禁不住也学起了鲁爱国。

郝军英一抬头发现了他俩的状态，又一次笑得前仰后合。

王素琴在屋里喊：孩子们，快进来，看我送给爱国一件什么礼物。

孩子们诧异地睁大了眼睛：礼物？然后相跟着冲进屋里。

鲁素琴把小棉鞋藏在身后，对鲁爱国说：爱国，你猜，是什么礼物？

郝军雄突然说：我猜到了，是妈妈给爱国姐姐做的棉鞋！

王素琴嗔道：就你嘴快！

鲁爱国惊喜地看看自己的好朋友，脸突然红了，不知道该说什么才好。

王素琴把棉鞋拿到鲁爱国眼前，说：爱国呀，阿姨给你做了一双跟军英一模一样的小棉鞋，你看，喜欢吗？

鲁爱国不好意思地把目光投向自己的同桌郝军英。

郝军英高兴地在王素琴的脸上亲了一口，说：妈，你真好！然后一把拿过棉鞋说，来，鲁爱国，快穿上试试。

王素琴见鲁爱国不知所措，就说：人说好事成双嘛！阿姨希望你们不仅是同桌，还要成为一对好学上进的好孩子。

鲁爱国眼里突然噙满了泪水，像个大人似的给鲁素琴鞠了一躬，说：谢谢阿姨！

王素琴也禁不住被眼前这个懂事的孩子感动了。她假装没看到鲁爱国脚上的“癞蛤蟆”，主动转过身去。

84. 教室里　日　内

教室的桌子下边，穿着一样小棉鞋的两双小脚，又在桌子底下荡悠着，像两只彩色蝴蝶翩翩起舞。

握笔的两双小手上，每人戴着一只半截手套，凑在一起，也是一只美丽的蝴蝶。两个孩子时常会心一笑，脸上洋溢着幸福的笑容。

85. 郝军英家　夜　内

孩子们睡在炕上，发出了细微的鼾声。

王素琴把两只刚织好的小手套摆在炕上仔细端详了一番，满意地伸个懒腰，才上炕睡觉。

86. 郝军英家　日　内

午饭过后，孩子们刚要走出家门，王素琴拿出新织的半截指手套，给鲁爱国戴上。

郝军英调皮地抢过一只，说：咱们还是一人一只。

王素琴嗔道：这孩子，好事要成双啊，你们每人一双多好！

郝军英：我们一人一半更好！

87. 鲁爱国家　日　内

街上传来零星的鞭炮声。

冬梅已换下了工地上的衣服，穿着简单的棉袄，挽着袖口，抱着被褥走出房间。刚出屋门，与正进屋的翠萍撞了个满怀。

冬梅吼道：你个死妮子，不在家帮你娘干点活儿，又蹿蹿个啥？

翠萍举着手里的一小袋粮食，说：今天是腊八，给爱国做腊八粥吃。

要不是俺娘催着，俺才不管呢。说着把粮食放在风箱上，又拿起笤帚准备帮冬梅大扫除。

冬梅把被褥搭在草垛上，进屋夺下翠萍手里的笤帚，把她推出房间，说：走吧你，快过年了都不在家帮帮你娘，你这个闺女真是白养了！

翠萍犟嘴道：你咋不给你娘换粮食呢，不也是白养的？

冬梅撑道：我看你就是褪了毛的鸭子，光剩下嘴硬了。

翠萍挖苦道：逃来逃去，不还是逃成了活寡妇。

冬梅：我就这命，行了吧。

翠萍耍赖般地闹腾道：那我就给你当个男人呗。

冬梅：滚蛋吧你，絮絮叨叨跟个老娘儿们似的。

翠萍扮个鬼脸，出门时没忘了嘱咐道：你别忘了早点把八宝粥熬上，孩子进门后好有口热乎饭吃。

88. 学校里　日　外

中心操场上，全体师生集合在一起，学校正在进行年终总结。

校长说：张望老师自从来到咱们学校，坚持备课、批改作业和学业考试，这才是教育该有的样子嘛。现在宣布，五年级一班的综合成绩，获得全校第一！

老师和同学们热烈鼓掌。忧郁的张望老师终于舒展开了眉心。

校长继续说道：这个班里还有两个用爱互相温暖的好同学，是我们学校德、智、体、美、劳全面发展的榜样。她们就是鲁爱国和郝军英同学。

鲁爱国和郝军英两个亲密无间的朋友心照不宣地相视一笑。

校长说：她们不仅在学习上互相帮助，而且在生活上互相关心。我们要宣扬善良和友爱的美德……

89. 街道上　日　外

冲出校门的孩子们叽叽喳喳地四散开去。

两双暖和的小棉鞋在众多小棉鞋中也格外吸人眼球。

鲁爱国和郝军英洋溢着甜美的笑靥，拿着各自的奖状，兴冲冲地朝自己家里跑去。

90. 鲁爱国家　日　内

冬梅拿着扫炕笤帚站在炕前，欣赏着自己刚刚贴上去的先进个人奖状。1970年年初的日期上，盖着某某县革命委员会的红色印章。

看得出冬梅满满的自豪与骄傲。她拿起桌上的一面镜子举到眼前，看到了自己粗糙的面容，正想打理一下自己，鲁爱国欢快的叫声就传了进来：妈，妈，我又受表扬了！

冬梅转身迎到门口，一把从鲁爱国手里拿过奖状，荣誉带来的欣喜瞬间在脸上荡漾开来，刚要夸奖女儿，却突然瞥见了鲁爱国脚上的小棉鞋。她立刻严肃起来，声色俱厉地问道：这是谁的棉鞋？

从兴奋的情绪中惊醒过来的鲁爱国立刻紧张起来，她结结巴巴地说：是……是我的。

冬梅：你的？你哪来这样的棉鞋？

鲁爱国吓得嗫嚅着：我……我……她一时不知该怎么说了。

冬梅突然扬起巴掌，给了鲁爱国一个大大的耳光，并吼道：我早就告诉过你，咱们这样的女人，生来就是冻死迎风站，饿死不弯腰。这句话你当耳旁风了？见鲁爱国不语，她又厉声问道：你是不是偷了别人的棉鞋？说！

鲁爱国委屈地捂着脸喊道：我没有！

冬梅歇斯底里地吼道：没有？那是哪里来的新棉鞋？你给我说！

鲁爱国犟劲又上来了，直着脖子顶撞道：我就不说。

冬梅：手套和蛤蜊油的事我还没问呢，你又弄出个棉鞋的事来，我给你做的棉鞋哪里去了？

鲁爱国：就不告诉你！

冬梅怒道：你不说实话，看我不打死你！她顺手拿过扫地的笤帚，扳过鲁爱国的屁股就胡乱打了起来。

鲁爱国不再争辩，也不反抗，任凭冬梅粗暴地抽打。直到冬梅突然停了下来，鲁爱国才从母亲手里逃脱出来。

满腹委屈的鲁爱国摘下小手套，脱下小棉鞋，又从草垛里找出母亲做的棉鞋，一起摔在了冬梅面前，吼道：我就是冻死，也不穿你做的“癞蛤蟆”！说完她冲出家门，快速从草垛里取出了她的破棉鞋，抱着冲出门去。

冬梅这才震惊地发现，原来鲁爱国还有一双漂亮的小手套。

91. 街道上　日　外

穿着补丁袜子的一双小脚，在寒冷的街道上狂奔着……

鲁爱国瘦弱的小脸上满是执拗和倔强。

街上过路的行人，看到发疯般跑着的鲁爱国，纷纷流露出疑惑和同情。

鲁爱国冲上了通向郊外的土路，在她的小脚的丈量下，路，被一步步地甩向后方……

唯有手里的破棉鞋，仿佛是她心里亘古不变的温暖。脚下越冷，小棉鞋就被她抱得越紧。

92. 鲁爱国家　日　内

懊恼的冬梅平静下来，怅然若失地倚着门框发了一会儿呆，回到内室后再也找不到荣誉带给她的愉悦。她依着炕沿愣了一会儿，终于在家里待不住了。

冬梅拿上了鲁爱国的新棉鞋、手套和围巾，急匆匆地骑上自行车出了家门。

冬梅焦急地行进在鲁爱国上学的路上。

93. 学校里　日　内

冬梅拿着棉鞋和手套，走进了传达室。跟老校工说明来意后，又来到五年级一班门外。

教室里，有些同学还在打打闹闹。

冬梅叫出了一位学生，问：看到鲁爱国了吗？同学摇头。

冬梅：那郝军英呢？

同学：她俩领了奖状后都回家报喜去了吧？

冬梅“哦”了一声便扭转方向。身后同学们疑惑地看着她。

冬梅跟老校工说声“我走了”，骑上自行车便朝邮局方向奔去。

94. 公社驻地街道　日　外

鲁爱国穿着破袜子的小脚，还在冰冷的路上跑啊跑。

执拗又倔强的鲁爱国朝着冰封的旷野跑去。无助的身影越来越小，身后留下了一串深浅不一的小小脚印，单薄，冷清。

95. 邮局　日　内

自行车还没停稳，冬梅就一下子推开了邮局的大门，大声喊道：王素琴，王素琴在吗？

一工作人员站起身，问：韩主任，您也是找鲁书记的信吗？

冬梅：我找信干吗，我找人。

工作人员：哦哦，快过年了，我们让王姐先回家忙去了。

冬梅：回家了就是，啰唆那么多干吗？

工作人员面面相觑。

冬梅跨上自行车，快速朝郝军英家蹬去。

96. 郊外　日　外

旷野荒凉肃杀，人迹罕至。

奔跑中的鲁爱国终于看到了不远处冻干的小河，她渐渐放慢了脚步，眼前幻化出了春天的景象……

（闪回）鲁爱国在这里跟军英一起洗衣服、抓蝴蝶、挖野菜，欢声笑语，嬉笑打闹……

春天的景象抹去了她当下的困苦，心里的笑容要跑到脸上，脸却已经冻僵了。

97. 郝军英家　日　内

冬梅冲到了郝军英家，王素琴和郝军英同时叫出：“韩主任……”“阿姨……”

冬梅没顾得上跟王素琴打招呼，就两眼搜索鲁爱国的身影，却一下子看到了郝军英脚上的棉鞋。她拿起手里的对比一下，竟然跟郝军英的一模一样。

冬梅一把揽过来郝军英，急切地问道：军英，爱国呢？

郝军英疑惑地说：韩阿姨，鲁爱国不是回家了吗？

冬梅尴尬却也强硬，说道：她耍小性子，又跑了。

郝军英诧异地问：跑了？这不是鲁爱国的棉鞋吗，她怎么没穿？

冬梅讪讪地对郝军英说：我以为她偷了别人的棉鞋，就打了她。

王素琴刚拿个凳子想给冬梅坐，听言大惊道：韩主任，你怎么能打孩子呢！

冬梅自责地说：嗨，这些年也不知怎么了，我的脾气越来越坏了。她又转向郝军英，问：军英，你知道她能去哪里吗？

郝军英：她没去学校？

冬梅：没有。

郝军英略一思索，说：哦，我知道了。随后就跑了出去。

王素琴在身后喊：军英，你戴上围巾和手套……

冬梅说了句“这个犟种”，也跟着跑了出去。

郝军英回过身来拦阻道：阿姨，你别去！

冬梅尴尬地说：哦，那你把这些都带给她。她把手里的棉鞋、手套、围巾交给了郝军英。

王素琴也赶紧拿出围巾给郝军英围上。

郝军英拿着东西，飞也似的跑出了家门。

王素琴走到冬梅身边，说：韩主任，你别着急，先到里屋暖和一下吧。

冬梅踌躇了一下，跟着王素琴进到屋里。

98. 街道上　日　外

郝军英穿着暖和的小棉鞋在街上跑啊跑，给这个寒冷的街道增添了一抹暖色。

用爱和善良串起脚印，能让人们记起那个纯真的年代，以及那个年代里人与人之间的友谊吗？能在儿童的心海里泛起爱和善良的涟漪吗？

99. 郝军英家　日　内

王素琴给冬梅端上一杯热水，说：韩主任，先喝口热水暖和一下吧。

冬梅接过杯子放在炕上，又从口袋里拿出手绢包着的几元钱，生硬地说：王素琴同志，爱国的棉鞋和手套都是你做的吧，这些钱你看够吗？

王素琴惊讶地问：韩主任，你这是干啥呀？

冬梅说：我们从来不占别人的便宜。

王素琴：这怎么能算占便宜呢？咱俩的丈夫一个在保卫边疆安全，一个在支援边疆建设，难道我们不该抱团取暖吗？

听到这句话，冬梅看向王素琴，严肃的脸颊也缓和下来。眼圈红了时她还是执拗地别过脸不让王素琴看见。

100. 公社驻地　日　外

郝军英飞快地跑啊跑，嘴里不断冒着热气。

郝军英一口气跑到了野外。在一望无际的野地里，她终于看到了蜷缩成一团的鲁爱国瘦小的身影。

郝军英气喘吁吁地带着哭腔喊道：鲁爱国，鲁爱国……

鲁爱国蹲在地上，一只手抱着小棉鞋，一只手用石子抠着地上的冻土。抠着抠着，她似乎发现了什么，把棉鞋小心放好后，又全神贯注地用两只手用力去抠。

郝军英小心翼翼地走了过来，看到鲁爱国被冻成一团的样子，她一下子就哭了，边哭边说：鲁爱国，你干吗呀？

鲁爱国听到哭声，从迷迷糊糊中回过神来，她神秘地拉郝军英蹲下，说：郝军英，你快看。

顺着鲁爱国的视线，郝军英看到了冻土下面的一棵小小的嫩芽。

郝军英来不及擦去眼泪，赶紧把围巾给鲁爱国围上，又把小棉鞋给她穿在被冻僵的脚上。

鲁爱国喃喃地说道：春天来了，它就会发芽的，对吗？见郝军英点了点头，她又说：夏天来了，它也要经历酷暑和狂风暴雨，对吧？见郝军英又点了点头，鲁爱国又说：秋天呢？它也会结下种子，撒向大地，对吧？冬天，也把自己深埋地下。然后，努力地活着……

郝军英一把抱住了鲁爱国，同声说：冬天已经来了，春天还会远吗？

张望教给两个孩子的诗，让两个上进的女孩眼里放出希望的光芒。

鲁爱国顽强地站了起来，爆发出一声凄厉的呐喊：爸爸，我想你！

郝军英也随着鲁爱国站起身来，喊道：爸爸，我也想你！

两个女孩对父亲无尽的思念，随着她们的喊声，从旷野飞向遥远的天际。冰凌听到后，发出了悦耳的响声；白云听到后，也向她们频频点头。

101. 郝军英家　日　内

冬梅坐在郝军英家的炕沿上，对王素琴诉说着自己的心事：男人都知道国比家大，当国家需要的时候，抬起屁股就可以走人，一走就是几年不回趟家。

王素琴感同身受地不断点头。

冬梅又说：没有个男人的肩膀倚着，我不得先把自己变成男人，不然的话我怎么做人，这个家靠什么撑着呀……

102. 街道上　日　外

正午的阳光温暖着深冬的大地。

喊出了心中的思念，鲁爱国的小脸上终于有了生命的暖色。

郝军英与鲁爱国这对性格不同、家境不同，但都善良、积极向上的女孩，手牵着手走在回家的路上。路人也投给她们赞赏的目光。

103. 郝军英家　日　内

冬梅继续对王素琴说：我 18 岁从家里逃婚出来，就想好好干、干得好。我就不信女孩就比男孩差，就得拿去换粮食……

王素琴上前握住了冬梅的手，冬梅继续说：老鲁在家的时候，就是孩子心里的一棵大树！可他去了西藏，远隔万水千山了呀，我不得让孩子学会自己生出根来吗？不得让她学会独立生存吗？……

王素琴：鲁书记一个人远在天边不容易，你和孩子在家也不容易啊！

冬梅看着眼前这个善解人意的同龄女性，终于禁不住淌下泪来：素琴啊，遇到你们，是爱国的福气啊！

104. 郝军英家　日　外

郝军英和鲁爱国已经手牵手走到屋门外，正好听到了两个母亲的对话。

两个小女孩对视一下，会意地站在门外。

105. 郝军英家　日　内

冬梅说：孩子是我身上掉下来的肉，她吃不好、穿不暖，我也心疼。可俗话说，惯子终不孝，肥田生瘪稻。不把她放在苦水里泡泡，以后她若遇到苦日子，那她怎么熬呀，谁知道命运会在哪里拐弯呢？

王素琴擦掉眼泪，真诚地说：韩大姐，真是难为你了！

冬梅不无遗憾地说：唉，就是我这臭脾气，真是对不起孩子啊！

106. 郝军英家院内　日　外

两个女孩听着两位母亲的对话，终于欣慰地笑了。

门外忽然传来喊人的声音：韩主任，韩大姐……

郝军英惊喜地说：是邮局的王叔叔，是找韩阿姨的。

鲁爱国一下子振奋起来，说：是爸爸，是爸爸来信了……边喊边向大门外跑去。

107. 郝军英家　日　外

门口外，邮局的工作人员骑在自行车上喊道：韩主任，韩冬梅大姐在吗？

鲁爱国第一个冲出大门，郝军英紧随其后。

邮递员兴奋地问：爱国，你妈在吗？

鲁爱国激动忐忑地点了点头，说：在，在，我妈在……

邮递员也激动地说：快告诉你妈，鲁书记，你爸爸寄包裹来了。

鲁爱国眼里瞬间噙满了泪水，脸上绽开了笑靥。她兴奋地抱紧了郝军英：是爸爸，是爸爸……

鲁爱国回身大声地朝屋里喊着：妈，妈……

喊声还没到达，两位母亲已经站在了屋门口。

邮递员拿着包裹跟进了院子，满怀敬意地对冬梅说：韩大姐，我们邮局的同志都想念鲁书记，大家都知道您和小爱国都在盼鲁书记的来信。所以，收到这个包裹，我就马上去了您家，然后又找到了这里……

冬梅接过包裹的时候，顿时还原成一个温柔的女人。她说：谢谢你，谢谢邮局的同志们，也谢谢这里的乡亲们……

鲁爱国和郝军英撒开手，各自把自己的母亲紧紧地抱住。嘴里激动地喊着：妈，妈……

跟在大人身后出来的小军雄，看到眼前的一切，好奇地眨巴着懵懂的眼睛。

108. 郝军英家　日　内

送走了邮递员，冬梅急切地拿着包裹进屋。

王素琴赶紧找来了剪刀，冬梅几下子就打开了包裹。

冬梅翻过实物，很快从包裹里找到了丈夫的来信，然后把包裹推到一边。

（爱国父亲的画外音）冬梅，你好，爱国也好吗？很长时间没收到我的信，你们一定着急了吧？7月中旬，我们去了西藏最偏远的边境县。那里交通通信闭塞，有时还会大雪封山……

冬梅念到这里时用手捂住了嘴，哽咽着对素琴说：老鲁已经得过好几次雪盲症了……

鲁爱国从母亲手里拿过了信，舍不得似的慢慢念道：冬梅，其实你很漂亮，只是你从来没有穿过漂亮衣服，这些年更是难为你了。这次随信给你寄来两块条绒和两斤毛线，你自己做件像样的衣服，也织条暖和的围巾吧。爱国又进步了吧？我曾在信中跟她约定，我当个好干部，她当个好学生。可我还欠她一双新棉鞋呢……

鲁爱国晶莹的黑眼珠终于放出光来，信还没念完，她就着急地对郝军英说：军英，过年的时候，我们去给张望老师拜年！郝军英拉起了爱国的手，像向日葵一样把两位母亲围在了中间。

母亲们看着两个阳光向上的孩子，也欣慰地笑了。

门外忽然传来魏强的喊声：鲁爱国，你老家的四爷爷又给你们送好吃的来了！

109. 大街上　日　外

爆竹声声中，街上多了些拜年的人。

鲁爱国的小手牵在冬梅的大手里，曾经忧郁的小脸上满是甜美的笑靥。

穿上新条绒褂子的冬梅，此时女人味尽显。她温柔地跟鲁爱国说：咱们先去给你素琴阿姨拜年，然后再一起去给张老师拜年，好不好？

穿着过年新衣服的鲁爱国高兴地喊道：好呀！然后又讨好地说：妈，你穿着这新衣服真好看！

冬梅虽然心里美美的，嘴上却说：是你素琴阿姨的手巧。

鲁爱国甜甜地说：妈长得也好看。

冬梅嗔道：你不怨恨妈了？

鲁爱国又说：妈妈，其实你可以一直很好看呀！

110. 公社驻地 日 外

迎着冬日的朝霞，鲁爱国和韩冬梅，郝军英和王素琴，这两对在困苦岁月中永不言败的母女，给张望老师拜年，给修鞋师傅拜年，给屠宰组的师傅拜年，给所有给予她们关心和爱护的人拜年……爱国和冬梅还给素琴母女也拜了年。

柳条依依，小草萌芽，春天已在路上。

两双一模一样的小棉鞋，伴着她们的小主人，走在通向未来的路上。

脚下的路，越走越宽广。

（老年女人的画外音）“50后”“60后”的童年磨砺，奠定了我们的人生基石。走过人生的风风雨雨，我们坚信，善良和爱，才是中华民族的文化基因，是中国走向强盛的力量源泉，是值得世世代代传承的宝贵财富。从这个意义上说，所有走过的路，都没有白走。作为中国人，我们都是幸运的。

（全剧终）

（谨以此片，献给“50后”“60后”的我们，并向为新中国做出牺牲和奉献的前辈们致敬！）

彼此的天堂

1. 旷野　日　外

广袤的北国风光，唯余莽莽，处处冰霜。

一列“和谐号”动车组，风驰电掣般驶来。一头奔向未来，一头牵着过往。

2. 车厢　日　内

现代化的动车车厢里温暖如春。列车员、乘客、食品车等不时从镜头前划过。

女主人公邱月，60 岁左右，身体健硕，情绪饱满。在双人座的靠窗位置上，朝车厢连接处翘首以待。

25 岁的男乘客——“海归”刘阳，双手托着邱月的大水杯，小心翼翼地走过来。

刘阳：（热情地）“阿姨您坐吧。”刚把杯子放在邱月面前的小桌板上，忍不住咳了几声。

邱月：（歉意地）一路上你净照顾我了，快坐下来咱吃点东西吧。（她从背包里拿出方便袋，却发现带的食物已经碎了，不无遗憾地）嗨，咋都这样了！

刘阳：（文雅地谢绝道）阿姨您先吃着，我去后边坐坐。（拿起自己的包，朝餐车方向走去）

邱月不无遗憾地目送刘阳离开，手托方便袋咬了口碎掉的食物，把车窗玻璃上的雾气擦了一下，视线投向窗外。

茫茫冬景中，邱月的思绪被拉回到了半年前。

3. 某县医院　日　内

县医院的病房里，邱月的丈夫蓝祥军气若游丝，心事重重。

蓝祥军：（对床边的邱月说）以后别不舍得吃，别太累……千万要有个好身体……

邱月：（强忍着悲伤说）你放心，我会的。

蓝祥军：千万千万别拖累孩子……

邱月：我知道，不能让孩子再走你的老路……

4. 某省城火车站　日　外

火车站的出站通道里，涌动着乌压压的春运大军。

邱月双肩包挂在胸前，艳丽的丝巾曼舞轻扬。快要见到亲人的激动心情，使她兴奋得步履轻盈，神采飞扬。

“海归”刘阳单肩背包，一只手推着一个大大的旅行箱，上面驮着一个捆了几道带子的编织袋。

这一土一洋、一老一少的二人走在一起，有人格外关注地多看了一眼，但大多数人的脚步匆匆划过，毫无关联地成为过眼云烟。

5. 出站口　日　外

邱月的儿子蓝天，穿着便衣站在接站的人群当中。独特的气质和高大英俊的形象，会让路过的人多看一眼。

蓝天看见了母亲，朝母亲方向用力招手。见母亲并没看见他，他到工作人员跟前亮了一下警察证件，快步进入出站通道，逆着出站的人流，来到邱月身边。

蓝天：（亲切地叫一声）妈！（孩子般亲昵地贴近母亲）

这一举动让刘阳的眼里满是羡慕。

邱月：（惊喜地问道）蓝天，你咋进来了？

蓝天：我怕您着急，就进来找您呗。

邱月：（自豪地）有儿媳妇给我买的智能手机，还有这位小伙子帮我，有啥好着急的！

蓝天：（对刘阳点头打个招呼）谢谢你啊！

刘阳：（谦逊地）没什么。

邱月：（指着刘阳手里的行李）快接过来吧，都是我的东西。

蓝天：（不无埋怨地）不让你带东西，咋又带了这么多！（他接过行李感觉到了其中的分量）哎呀，妈呀，你咋就跟搬家似的！

刘阳：（真诚地）妈在哪里，哪里才是家呀！

邱月：（指着刘阳对儿子说）这小伙子真好啊，刚从美国回来不久就去看望同学的父母。（热情地拿出手机对刘阳说）咱认识了就是缘分，留个电话吧。

蓝天闻言欲阻止，却被邱月用眼神制止了。

邱月：（不容置疑地）你记下我的电话号码，等再到我们老家那里，就到我家去住下哈。

刘阳看一眼蓝天，犹豫着掏出了手机。

6. 轿车里　日　内

邱月坐在儿子旁边的副驾上，幸福亲切的目光在儿子脸上扫来扫去。

蓝天：（关切地问）妈，您身体还好吗？

邱月：（自豪地）好着呢，吃喝拉撒睡样样都棒！

蓝天：那就好。妈，我离家这么远，您有什么事，我这个做儿子的也帮不上您。

邱月：我来让你们看看不就放心了，省得老觉得做父母的报喜不报忧。

蓝天叫了声“妈”，右手慢慢地握住了母亲的左手。

邱月双手握着儿子的手，欣慰地眼圈发红，禁不住把头转向了车窗外。

7. 城区马路上　日　外

省会城市的建筑高大气派，城市热闹繁华，地标遥遥在望。

地方性传统文化活动在春节前轻歌曼舞般若隐若现。

蓝天的轿车在刚刚洒过水的马路上徐徐而行。

邱月的思绪被扯回从前。

8. 某县医院　内　晨（回忆）

凌晨，某县医院病房里，四张病床的旁边，陪床的家属有的蜷缩在病人的床头，有的在铺了垫子的地上，有的跟病人挤在一起。个个精神萎靡，像被压榨过的甘蔗渣滓。

蓝祥军：（疲惫不堪地朝病房外推着来送饭的妻子）天快亮了，你就放心走吧。

邱月：（看看病床上的老人）要不再跟妈说说，还是请个护工吧。

蓝祥军：唉，妈说我下了岗，没出息，就是该我伺候她……

邱月：又不是你一个人的爹妈，凭什么就累你一个人！

蓝祥军：从爸爸卧床生病，上海的哥哥和美国的妹妹就要出钱请护工，妈就不同意，说闲着我干什么。唉，就这样吧……

9. 轿车内　日　内

想到这里，邱月禁不住抹了一把眼泪。

蓝天：（感觉到了母亲的情绪变化）妈，您怎么了？

邱月：（伤感地）你爸爸到老也没捞着儿孙到这里来看看。

蓝天：（自责地）都怪我，应该坚持让爸爸来省城治病的。

邱月：你爷爷老年痴呆 3 年，你奶奶中风瘫痪 5 年，都是你爸爸在照顾，他是活活被父母累死了。

蓝天：妈，都怪我不孝。

邱月：孩子有出息，父母就认为是最大的孝。能在身边伺候的，又被父母嫌没出息。这人哪，唉——

蓝天：妈……

邱月：（试探地）现在二孩政策放开了，你们再生个吧？

蓝天：妈，我们不生了。我不想废了白云，也不想让您受累了。

10. 某城市小区　楼上　日　外、内

蓝天家所在的小区，小高层楼房，大面积绿化，健身器材俱全，处处充满现代化气息。

蓝天的轿车徐徐开进小区。

电梯升到九层，到了蓝天温馨的小家。

11. 蓝天家　日　内

邱月：（蓝天刷脸打开房门，邱月进屋后环视儿子家，十分惊喜）收拾得真好，也更洋气了！

这是大城市里的两室一厅，白色的基调与墙角的绿植相得益彰。一些精致的小摆设，可以看出主人的品位和讲究。门后墙上挂的警服、警帽，时尚的女包、女装等，显示着房屋主人的职业和社会地位。

一架新式钢琴前，坐着一个 7 岁男孩。虽然面对着钢琴，显然他在听着身后的动静。

蓝天提进来的低档旅行箱和大大的编织袋子，与房间里的布置相比，仿佛来自另一个世界。

儿媳妇白云从卫生间出来。她三十五六岁的年纪，白皙秀气的脸庞，亭亭玉立的身材，脸上戴副金丝眼镜，一头栗色的头发如瀑布一样披散在肩上，既时尚又文雅。

白云：（带着真诚的笑容说）妈，您来了！

邱月：（朗声答道）啊，来了来了。白云，你没上班啊？

白云：我今天请假了。（说着把一双拖鞋递给婆婆）妈，这是给您新买的。

邱月：嗨，又浪费钱了！（换上拖鞋）哎，宝呢？

白云：（朝钢琴声方向喊）小宝，奶奶来了！

戴着眼镜的小宝从琴凳上站起身，走过来贴在白云身边，扭捏地向奶奶问好。

邱月：（兴奋地）哎，我的好孙子哎，可把奶奶想死了！（她蹲下身子，一把抱住小宝，把他按在自己脸上，左一个亲右一个亲。小宝无声地反抗着，眼镜也被蹭了下来）

白云见状，欲拉起小宝，又有些踌躇。

邱月：我的大孙子哎，想奶奶了吗？

小宝：（在奶奶怀里扭动着）想奶奶了！

白云：（扯过小宝）奶奶累了，先让奶奶洗个澡休息一下，再跟奶奶好好亲亲。

邱月：（豪爽地）不累，我不累！让我再看看我孙子。（说着又把小宝拥进自己怀里，摸着他的脸）嗯，又长高了，咋还戴上眼镜了呢，是读书累的吧？（见小宝没有回答，又问）想奶奶了吗？

小宝：（冷淡地说）你问过了。

邱月：哦，对了，你看看我这脑子！你说想奶奶了，对吧？

小宝看着奶奶本能地点了点头。

白云：（把小宝扯到自己身边说）妈，卫生间在这边。我已经给您打开浴霸和热水器了，室温和水温刚刚好，您先洗个澡吧。

邱月：我昨天刚洗了，身上还不脏呢。

白云：您坐了一天车……（求助般地把眼光投向丈夫。见蓝天正兴奋地打开母亲带来的编织袋子，就从沙发上拿过一套衣服，不容置疑地对邱月说）这身居家服也是刚买的，您洗完澡后就换上吧。

邱月：（强调道）身上的衣服也是出门才换的呢。

白云：路上的人那么杂乱，风尘仆仆的……（忽然瞥见小宝在动婆婆的拉杆箱，就急忙喊住）小宝，别动，脏……

白云的一个“脏”字出口，邱月瞬间愣怔了一下，想去牵孙子的手也尴尬地停了下来，一时间竟有点不知所措。

见白云脸上有阴云飘过，邱月没来得及落座，就顺从地拿起新的居家服进了卫生间。

白云：（见蓝天从编织袋里掏出来的鸡、鸭、鱼、肉、蔬菜、水果、面食等一大堆东西，不免嘟囔道）妈咋像来扶贫的呢，现在啥东西买不到啊！（说着就拿起一把喷壶在拉杆箱、门垫等周边喷洒起来）

蓝天：（一边往厨房里放置东西一边说）亲妈的爱，用钱能买到吗?

白云：（亲昵地看一眼自己的儿子，骄傲地说）那当然！（忽然她的手机响起，她接通电话）嗯，嗯，我知道了，今天晚上我就准备。

12. 餐厅　晚　内

居室里灯光四溢，餐桌旁温馨时尚。

已经换上新居家服的邱月来到餐桌边，看到精致的餐具十分欣喜。

邱月：吃饭的家什都这么俊啊！

白云：（正从酒柜里拿出一瓶红酒，挪动着一套餐具说）妈，您就用这套蓝色餐具吧。

邱月：嗯，好好好。

蓝天端着热菜从厨房出来，看出了白云在母亲面前的讲究，就没话找话。

蓝天：白云同志看到发达国家都兴分餐制，她就带领咱家学习人家的文明呢！（说完还跟白云挤了挤眼，然后指着搁置在精致小架子上的勺和筷子对母亲说）妈，这是公筷和公勺。

邱月：（戏谑道）公筷和公勺，那母的在哪儿?

蓝天：妈真逗。这个公是对私，也就是个人，不是公母的公。

邱月：（笑道）妈知道，就是不知道在家里也分公私。（她招呼小宝道）小宝啊，快过来吃饭吧。

小宝端着正在玩的平板，过来刚要坐下，被白云一声断喝。

白云：（不容置疑地）放下，去洗手。

小宝乖乖地去卫生间洗手。

在蓝天的操持下，帝王蟹霸气地占据餐桌中心；烧鸡伴在一旁；排骨汤、炒菜心、蛋炒饭、面食等悉数上桌，色香味俱全地让蓝天心满意足地嗅着香气。

即将开餐，白云却离开了餐桌，到厨房里整理蓝天操作时弄糟的厨灶。

蓝天：（心满意足地落座，却禁不住嘟囔了一句）真是穷讲究！妈，咱们吃吧！

邱月踌躇地看向厨房。

蓝天：（掏出了帝王蟹的蟹黄）来，老妈先尝尝。

邱月：（惊喜地）这么大的螃蟹，得好几十块钱吧？

蓝天：（边拆解螃蟹边说）好几十？妈您还没吃过吧？

邱月：（坦诚地道）也没见过呀！

蓝天：（不无得意地）这个季节不好买喽！

邱月：（瞅了瞅厨房）咱等等白云，好东西咱一起吃！

蓝天：妈，你吃吧，她不讲究完了吃不下饭！

邱月忍不住站起来，走到厨房门口。

邱月：白云啊，别忙了，先吃饭吧。

白云：哦，妈，你们先吃着。他每次做完饭都弄得狼藉不堪，我先稍微整理一下。

蓝天：（恼火地朝厨房吼道）你什么时候不能整理啊，非得让长辈等着你啊！

白云：（辩解道）我看着乱糟糟的，不舒服嘛。

蓝天腾的一下站了起来，被邱月一下拉住，又重新坐了下去。

邱月也坐下，把碗里的蟹肉夹给了小宝。蓝天嘟着嘴又给夹了回来。

蓝天：妈，你尽管吃就是，他们有的是机会吃。

白云：（走到桌边坐下，不安地瞅了眼丈夫，然后举起酒杯说）妈，谢谢您来跟我们一起过年。

邱月：一家人怎么还谢上了。

白云：妈，您来了，就给我们省时间省钱了嘛！来，妈，我敬您！

邱月：白云，你知道，妈不会喝酒。

蓝天：（给母亲端起酒杯）干过车间主任，当过县里的劳模，还不会喝酒？谁信哪！

邱月：看你，扯哪里去了。

蓝天：您过去是没条件喝，现在是舍不得喝。

邱月：（接过酒杯）我已经比你爸享受得多多了……（眼前浮现出当年丈夫卧床的情景）

13.（闪回）

当年邱月家。

邱月把两个荷包鸡蛋端给生病卧床的丈夫，丈夫却嫌邱月不吃而佯装赌气……

14. 餐厅　夜　内

邱月撕下一条鸡腿，打算递给白云。突然意识到了什么，就拐了个弯放到蓝天面前。然后拿过公筷，给白云夹了一块排骨放进碗里，又用公勺盛了一勺排骨汤给她。

白云：（客气地）妈，您先吃，我自己来。

邱月：（真诚地）白云啊，你可得好好补补啊，看你瘦的。

蓝天：（不无埋怨地）在公司里当个艺术总监，吃饭没规律，还经常失眠，不瘦才怪呢！

邱月：我昨天刚到集上去宰杀的老母鸡，都是农户养了三年以上的，就是想给你们补补身子的。

蓝天又把一块蟹肉放进母亲面前的碗里，小宝就朝他这里看。

邱月就把一块啃掉刺的鱼肉放进小宝的嘴里。

白云：（着急地脱口而出）妈，不能这样惯孩子，很不卫生的！（说完，大把大把地扯出纸巾，递给小宝）给，快擦擦手。

邱月怔怔地待了一会儿，默默地低头吃饭。

15. 客厅　夜　内

饭后，一家人都在客厅里坐下。孩子开始摆弄电子产品。

邱月拿过自己的小包，从包里取出一个包裹，打开包在里边的一个小首饰盒子和一个红包。

邱月：（真诚地对白云说）白云啊，你们结婚的时候，家里的老人们都在生病，蓝天他爸爸还下了岗，妈不仅没给你们一个体面的婚礼，连件像样的礼物都没给过你。现在好了，每月我有接近 3000 元的退休金了，就给你买了这个金戒指，也不知你喜不喜欢。

白云：（赶紧放下手机）妈，不用，不用，我戴不着的。（随后又歉意地解释道）妈，对不起，我有个业务着急用手机处理。

邱月：我知道，你寄给妈的智能手机，妈也离不开了！（把礼物塞给白云）这个不戴你也收着吧，孬好也是妈的一点心意。

蓝天：妈的心意比黄金还贵，收着吧。

邱月：（又拿着红包对小宝说）也不知道宝宝喜欢啥玩具，这 2000 元的压岁钱，让宝宝自己买吧。

小宝：（眼睛尽管还盯着平板，却听见了奶奶说的话）我喜欢奥特曼！

蓝天：（对白云说）你给妈买的礼物别等过年了，也拿出来吧。

白云：（从抽屉里拿出了一个精致的首饰盒子，对邱月说）妈，这个叫猫眼翡翠，大气排场，您戴着肯定好看。

邱月：（接过来欣赏着）还真像猫眼呢。（脸上露出一丝不屑，不易察觉，幽默地说）现在猫都不抓老鼠了呢！

蓝天：妈，白云把过年给爸爸上的香和烧的纸也买好了，您看还有什么需要买的？

邱月：（情绪复杂地）你爸没白疼了你们啊！

白云：（脸上掠过一丝不快）妈，咱还跟过去一样睡吧，您还跟小宝一屋。（又对小宝说）洗洗去，跟奶奶一起睡觉。

小宝闻言，蹭到白云身边，仰脸看着妈妈，显然让他跟奶奶一屋他很不情愿。

16. 宝宝房　夜　内

儿童房间里，是一张叠床。

邱月：（小宝在上床已经躺着了，邱月还攀附在床沿上欲亲吻孙子，小宝却翻过身子朝向墙壁，邱月自觉无趣道）孩子大了，跟奶奶也不亲了。

邱月躺在床上，还没等想心事，就发出了雷鸣般的鼾声。

上床的小宝烦躁地把头蒙了起来。

17. 主卧　夜　内

主卧里，宽敞、舒适、时尚。

洗漱完的白云进屋，把黄金戒指扔在了床头柜的抽屉里。

白云：（见蓝天打着哈欠进来，就说）妈可能觉得她给我买的是黄金，我给她买的是玻璃球吧。

蓝天：你也太敏感了吧！

白云：（骄傲地）我有一颗敏感的心和一个想象力丰富的大脑啊，不然怎么当影视艺术总监啊！

蓝天：所以嘛，你又想多了！

白云：我从你妈的表情里已经感觉到了。

蓝天：白云啊，我妈的退休金才3000多，这些年基本投进了医院。她现在能舍得花这个钱买这个戒指，也就是表达个心意罢了，咱应该知足才是啊。

白云：可我也没舍得花一万多给我妈买个猫眼，那可是真正的翡翠呢！

蓝天：好了，快点睡吧。明天早点出门，别忘了把我妈带来的年货给你爸妈送过去。

18. 白云父母家 日 内

这是一个中产以上的城市家庭。一切都整洁有序，可以看出主人的素养和生活品位。

白云 80 多岁的奶奶脖子上挂着佛珠，身上戴着围裙，正在厨房里洗碗。

60 岁左右的白父正坐在沙发上悠闲地翻着杂志。

白云：（推门进来，见奶奶在厨房里洗碗，就对爸爸不满地说）咋又让我奶奶洗碗啊！

白父：（站起身朝厨房看了看，神秘地对女儿说）你不懂！（又问）你婆婆好吧？

白云：好着呢。看，还给你们带了这么多东西。（说着就朝厨房走去）

白父：（赶紧接过东西嘱咐道）别替你奶奶洗碗！

白云：奶奶都 80 多岁了呀！

白父：所以啊，要想让她活得健康长寿，就得让她有存在感，让她感到还有价值。

白父：（提着东西进了厨房，给奶奶解下围裙）妈，您的宝贝孙女回来了，还带来了她婆婆给您的礼物。我先放这里，白云走了您再来收拾啊！

奶奶：（满心欢喜地）云儿，云儿……

白云：奶奶，我来了。（过来牵着奶奶的手走出厨房）

白父把厨房的门关上，把母亲刚刚洗过的碗又重新洗了起来。

白母：（从书房里出来）小云啊，跟你婆婆说，让她先好好休息，过几天我们再去看她。

白云：嗯，我知道。

白母：还有，你婆婆主动来你家过年，是怕你们来回折腾，这也是替你们着想，你可要好好待人家啊！

白云：（假装不耐烦地说）好像你女儿不懂事似的，每次回来都听你们唠叨！

白父：（从厨房出来）在对待婆婆的态度上，你可要向你妈好好学习。

白云：（撒娇地搂着奶奶脖子）奶奶是咱们家的老佛爷嘛！（又问）妈，你写的关于护理制度改革的文章怎么样了，写完了吗？

白母：嗨，这些年在医院里看到了太多护患矛盾，心里沉重啊！虽然医疗体制改革的动静很大，但是医患矛盾却越来越突出。护患关系也是普通百姓的一道暗殇啊！

白云：这种关注社会问题的内容，我早就想做了，蓝天爸爸就是很好的素材呀！可文章写了也没地方发表，影视拍了也难过审查啊。

白母：你们搞文学艺术的，真的应该站在人民的立场上，为人民鼓与呼才是正道。可现在都搞些什么乱七八糟的！

白云：妈，您可不像个退休的护士长啊！

19. 影视公司　日　内

一个规模中等、时尚现代的影视文化传媒公司里，白云兴冲冲地走进老板办公室。

白云在老板对面坐定，不安地看向老板的脸。老板把一个文件夹重重地摔在她面前。

白云：（拿过文件夹，小心地问）郑总，策划方案有问题吗？

老板：你给我记住一点，我们不是公益组织，我们是企业。企业的本质是赚取利润。如果按你的观点，首先讲求社会效益，企业还怎么生存？你先把这个问题想清楚了，再来跟我谈项目，谈选题。

白云欲言又止，无奈地点头说是，然后推门出了老板的办公室。

20. 蓝天家餐厅　日　内

邱月跟孙子在一起吃午饭，她一次次地把食物塞进孙子嘴里。

小宝：（不耐烦地）奶奶，你别塞了，我还没咽下去呢！

邱月：（一边吃着昨晚的剩饭，一边对小宝说）你妈说让你每天自己完成作业呢，你都写好了吗？

小宝：（嘟囔着起身）又说作业，烦死了！

邱月：奶奶不说了，你先坐下吃饭。（她把孙子掉在餐桌上的米一粒粒地捡到自己嘴里）宝啊，要吃干净，不能浪费粮食啊！

小宝：（更不耐烦地）谁稀罕粮食啊！我就盼着快上六年级，那个暑假就没有作业了。

邱月：六年级……（数算道）小学毕业就没老师管了，初中还没到，没人安排作业……好主意，奶奶跟你一起盼哈！

小宝：（沮丧地）我妈别再给我报这班那班就好了！

21. 影视公司会议室　日　内

墙上的挂钟已经过了中午 12 点，会议室里的选题论证会还在沉闷地继续。

白云：（严肃地）你们看到了吧，电视剧里的扶贫对象比城里人还时髦，生存环境比旅游景点还美好，然后再编上几个偶然巧遇的破事，生编硬凑成所谓的故事，是因为有钱就任性吗？

白云慷慨激昂的态度，让围桌而坐的几位策划选题负责人面面相觑。

白云：就知道坐在电脑前瞎编，有生活吗？有激情吗？有动力吗？瞎编出来的东西，除了自己吹过一阵风之后，生命力在哪里？价值在哪里？对观众的责任心在哪里？（见大家都不作声，白云抓起文件夹，恼怒地起身朝门外走去。走到门口她又停住）小齐，你过来一下。

女职员小齐吐了下舌头，跟着白云出去了。

会议室里的职员们见白云出去，立刻像开了锅似的沸腾起来，叽叽喳喳的议论不绝于耳。

不大一会儿，小齐拿着一大包东西回到会议室。

小齐：（打开包裹，一下欢呼起来）快来看，白总的婆婆带来这么多好吃的东西！

22. 轿车内　日　内

离开公司后的白云一个人开车在熟悉的地方转悠。

她的思绪翻腾在往事的底片上：（闪回）婆婆带着大包小包的食物赶来给她伺候月子；婆婆不顾自家事多来给她带孩子；每次下班后婆婆已把可口的饭菜摆在桌上……

想着想着，白云掉转了车头往家里赶去。

23. 厨房　日　内

邱月不经意间看到了被白云倒在垃圾桶里的烧鸡、油条等食物。她急忙把那些食物从垃圾桶里捡了出来。没想到小宝却走了过来，邱月捡剩饭的行为恰巧被他看见。

小宝：（错愕地看看邱月又看看垃圾桶）奶奶，你捡垃圾干什么？

邱月对小宝做出一个别声张的手势，然后慌慌张张地把剩饭用塑料袋装好。

小宝更加疑惑了。

邱月：（见小宝以异样的眼神在看自己）奶奶可不喜欢浪费粮食哦，这样的剩饭现在还有好多人吃不上呢！

小宝：可我们家……

24. 客厅　傍晚　内

憋了一天话的小宝听到门响，率先冲到门口，对白云嚷道：妈妈，奶奶吃垃圾食品。

白云：（诧异地）咱家哪有垃圾食品？

小宝看向从厨房里出来的邱月。

邱月：这孩子，别瞎说。（她见白云疑惑的样子，就解释说）那些东西就外边那层皮不好看了，里边都没坏呢，剥了皮馏馏还可以吃的。

白云：是我扔垃圾桶里的那些吗？

邱月：没事，放锅里馏馏照样吃。

白云：（不高兴了）妈，您这不是打我脸吗？我们家到这地步了吗？

邱月：（也不高兴了）好多人家连这地步也到不了哇！

白云：（反驳道）妈，我知道您下过乡，吃过苦，还经历过吃不饱肚子的年代。但您总不能拿穷人的标准要求我们吧，降低标准只能越过越穷。

邱月：那也用不着大手大脚啊。

白云：（争辩道）妈，我大手大脚了吗？

邱月：那你给孩子擦个嘴用得着扯那么多纸巾吗？孩子的小脸用得着那么不停地擦吗？没看见他小脸被你擦红了吗？

白云：我自己的儿子我还不知道心疼啊……

邱月：小宝是我孙子，我也心疼！再说了，勤俭节约是优良传统，你倒掉的那些食物，不是人人都舍得吃的。

白云：（继续争辩道）时代不同了，有些传统是需要改变的。（看到邱月满脸不高兴，白云收住了话题，满是委屈地进了卫生间。）

25. 卫生间　傍晚　内

白云看见，卫生间的地上摆着两个塑料盆，里边盛满了用过的废水。

一边的拖把还在等待清洗……

她恨恨地朝盆子踢了一下，却差点崴了自己的脚。

26. 宝宝房　夜　内

小宝已经发出了均匀的鼾声，躺在床上的邱月却辗转反侧，怎么都睡不着，脑海里不断闪现出曾经的过往。

（闪回）小时候的邱月看着弟弟吃鸡蛋面饼馋得自己直咽唾沫；

插队时面朝黄土背朝天，一个汗珠摔八瓣；

同是知青的蓝祥军把一个鸡蛋悄悄塞给邱月催她快吃；

……

想到这些，邱月的眼睛湿润了。

27. 公司里　日　内

白云心不在焉地玩了会儿手机。

隐隐约约的又有一些关于疫情的议论。

她打电话约了闺蜜：嗯，见个面，老地方吧。

28. 西餐厅　日　内

这里的环境雅致、静谧，还带有西方的洋气。

白云跟闺蜜在这里慢悠悠地品着西餐。

闺蜜：（不无羡慕地说）我婆婆对我们家，既不出钱也不出力，自己活得可潇洒了！

白云：我承认，我婆婆既善良又能干，我知道应该好好孝敬她。可我还是觉得在她跟前很忐忑，生怕一不小心就引发婆媳大战呢。

闺蜜：那是因为你先入为主了。在你内心深处，是真的把婆媳看成一对天敌了。

白云：难道不是吗？你不觉得吗？

闺蜜：或许是，但我不觉得。我认为，任何事都不能被观念牵着鼻子走，否则观念就可能成为人的枷锁。

白云：是啊，鲁迅先生有篇文章叫《我们怎样做父亲》，中心观点好像是说孩子不应该成为父母的私有财产。

闺蜜：站在父母的角度是应该这样想的。但从子女的角度呢，传统的孝老爱亲观念是必需的。

白云：（叹道）我公公刚下岗就伺候中风的妈和痴呆的爸，才60岁就把自己累死了。你说，这算不算愚孝啊？如果人一辈辈的都这么个活法，那中国人的价值还怎么实现，中国的强大还怎么实现？

闺蜜：（笑道）看看，艺术人士的想象力又出来了吧。人生价值是很抽象的，当下比较现实的是，应该想想我们怎样做媳妇，将来我们怎样做婆婆。可别忘了我们都是有儿子的人啊。

白云：所以，生活中值得探讨的社会问题还有很多，可是老板却要我跟风，迎合商业市场……

闺蜜：现在咱不谈工作，就说咱们，说女人。（两人碰了一下杯）说实话，我特别欣赏我的婆婆，我将来也要像她那样，做一个真正的自己。

白云：但你婆婆不给你带孩子，你亲自带就丢了工作呀。

闺蜜：所以嘛，年轻人才不敢生孩子呀。

白云：你看看，这不都是社会问题嘛。

两个有文化和教养的女人，眉头一会儿舒展，一会儿又皱了起来……

29. 主卧　小区　日　内　外

冬日的暖阳照进了主卧的大半个房间。

邱月还是坚持把床上的被褥抱到小区的健身场所里晒上。

回到家，在这个整洁明亮的家里，她又里里外外、上上下下地找卫生死角。

小宝：（见邱月登高擦玻璃，面无表情地说）奶奶，家政服务生每周都来收拾卫生呢。

邱月：哦，我孙子是怕奶奶摔着啊。

邱月见孙子关心自己，干得更加来劲了。

30. 小区　电梯　日　外

白云的车缓缓地开进小区，徐徐地停在停车位上。

白云一抬头，看见邱月抱着枕头等走了过来。

白云：（惊讶地问）妈，您这是干啥呢？

邱月：今天太阳好，我给你们把褥子、被子晒了晒。

白云：在哪里晒的？

邱月：在那边的双杠上。晒得透透的了。

白云：妈，不能到院子里晒东西的！

邱月：（不解地问）为啥？

白云：每家每户都把自己家东西拿到公共场合晾晒，那物业怎么管理？小区成什么了？

婆媳二人走进电梯。

白云：再说了，贴身的东西暴露在公共场合，很不卫生啊，也把家里的隐私晒出去了。

婆媳俩出电梯入家门。

邱月：好好的太阳不利用，不也可惜嘛。

31. 客厅　日　内

白云：（挂好包继续说）我们得有公共意识，不能光想着自己啊（低头看微信，表情疑惑起来）

邱月：好好好，我下不为例好了吧。（说着抱着被褥等走进主卧。）

32. 主卧　客厅　日　内

白云洗好手，换好衣服，走进卧室。正好看见婆婆把他们的夫妻用品塞到了枕头底下，她再次惊讶了。

邱月：（满意地拍打着床铺对白云说）现在被窝里都是太阳的味道了，晚上就睡个好觉吧。

白云尴尬地张了张嘴，不知说什么是好。

邱月：你上了一天班，先歇歇吧，一会儿蓝天回来咱就开饭。

白云：妈，蓝天发微信说，晚上他们局里开会，让我们先吃饭，不用等他。

33. 某市公安局　夜　外

夜幕下的市公安局大楼，高大又庄严。

会议室的灯光穿透黑暗，把弯弯的月牙比得没了力量。

34. 市局会议室　夜　内

宽大的会议室里灯火通明，台上坐了一排局里的领导，会场里坐满了身穿制服的公安干警。

一局长模样的人满脸严肃地强调：……对所有信谣、传谣的现象绝不姑息。

见惯了各种突发事件的公安干警们，面部表情非常平静。

蓝天坐在听众席里，身板笔挺，似是而非地做着笔记。

35. 宝宝房　夜　内

熟睡中的邱月又做梦了。梦中有个声音在喊：……出息，出息……

丈夫和儿子的背影在梦中相互交织……

36. 主卧　夜　内

在床上玩手机的白云，见丈夫钻进被窝就笑问。

白云：闻到什么味了吗？

蓝天：（嗅了嗅鼻子，不以为然地说）化妆品的味呗。

白云：今天变了。

蓝天：变了，变啥了？

白云：变成太阳的味道了。

蓝天：嘁，你跟太阳睡啊。

白云：你妈说的。

蓝天：（疑惑地问）我妈说的？

白云：是啊，妈今天把咱的褥子、被子都拿到楼下小广场去晒了，说今天晚上被窝里就有太阳的味道了。

蓝天：哦。

白云：妈还把咱的套套塞到枕头底下了。（见蓝天没有反应，又说）真硌硬人！

蓝天：哦。

白云：你能不能跟妈说说，不用她给咱叠被子，别动咱床上的东西啊。

蓝天：哦。

白云：（撒娇地说）你怎么老是哦哦的，我说话你听见了吗？（见蓝天翻了个身又去看手机，就不满地说）自从你妈来了，你倒省心了，也不买菜做饭了，得空就玩手机。

蓝天：我是警察，不得关心时事动态啊。

白云：（一把夺过蓝天的手机，怒道）你怎么不关心我了？

蓝天：（恼怒地说）你干什么？！

白云：我在跟你说话！

蓝天：成天在一起，有啥好说的？

白云：是不是你妈来了，我就成外人了，跟我没话说了？

蓝天：（吼道）你无理取闹啊！

白云：你才无理取闹呢！

37. 宝宝房　主卧门口　夜　内

熟睡中的邱月被吵闹声惊醒，她拧亮床头灯，看了看还在熟睡的孙子，给他掖了掖被子，就披了件外衣蹑手蹑脚地走出卧室。

主卧室里边传出了蓝天的声音。

蓝天：你妈是护士长，当我妈的面你说多少遍了？我妈还当过车间主任，还是县里的劳动模范呢！我妈能干的你妈也干不了！

白云：你……

蓝天：你妈给条旧被子，你就觉得母爱似海；我妈千里带来菜心，我就觉得千金难买！

不一会儿，屋内就传出了白云的抽泣声。

邱月叹了口气，悄悄地坐到了客厅的沙发上。

38. 客厅　夜　内

蓝天：（拉开房门，大手一挥道）简直莫名其妙嘛！（来到客厅，见母亲坐在沙发上发呆，不免心疼地喊了声）妈！

邱月：大半夜的，你们吵啥呀？忙了一天，还不好好休息呀！

蓝天：谁惯她那些臭毛病！

邱月：哪个孩子不是惯着长大的？人家爸妈就这一个宝贝女儿，当然要惯着了。

蓝天：我也是独生子女，咋就没跟她似的？

邱月：臭小子，咱家哪有条件惯你啊？

蓝天：反正我不许她对您不敬。

邱月：她哪里不敬了？你说说我听听，我咋没觉得啊？

蓝天：她不理解您。（说完他一屁股坐在母亲身边，一下揽住了母亲的肩膀，又撒娇般地枕在了母亲的腿上。）

邱月：（剜了他一指头）没经历过的事情，你让她怎么理解呀？一个独生子女，还是个高学历的女孩，能够尊重没有血缘关系的婆婆，就是难得的好人啊！

蓝天：妈，您当儿媳时已经受了不少委屈，我不许晚辈也让您受委屈。

邱月：臭小子，妈这大大咧咧的脾气，还担心媳妇走自己的老路，不小心让她受委屈呢！（慈爱地拨弄着儿子的头发）蓝天啊，人家白云从小也是爸爸妈妈手里的宝贝疙瘩，嫁给你个穷小子后，给咱蓝家传宗接代，替妈陪着你、照顾你，对孩子细心，对你没有二心。从你们结婚、买房、孩子上学，人家爸妈也没少帮了咱们。妈已经非常感激了，妈只有要求自己做个好婆婆，才能对得起白云，对得起她的家人。你也得感恩戴德，好好珍惜才是。

蓝天“哼”了一声，表示自己很不高兴。

邱月：妈是粗粗拉拉的人，白云也许看不惯，妈也是明白的，妈不怪她。

蓝天：妈……

邱月：（思忖片刻后说）孩子，妈来跟你们过个团圆年，就已经很好了。省得你还得请假，还得拖家带口地来回跑。

蓝天：妈，我们让您受累了！

邱月：你这是什么话啊？！妈这是福气，是你爸爸没享受到的福气。

蓝天：妈……

邱月：妈也一再记得，千万保重身体，千万别给你们添麻烦，不能拖累你们。这也是你爸爸临终特别嘱咐我的。

蓝天：对爸爸我没法补偿了。明天我好好给爸爸磕个头，上个香。您也替爸爸接受我的孝心吧。

邱月：蓝天啊，我想让你给我买张初二的火车票，过完年我就回去吧。

蓝天：（着急地直起身子）妈，您干吗呀？好不容易来一趟。

邱月：小宝也大了，你们也不需要妈了……

蓝天：妈，我需要您。我想推开家门就能看到妈，我喜欢吃您做的饭，我还想让您给我刮痧。妈，您还记得吗？那年我考大学，累得肩颈发硬，浑身难受，妈隔天就用刮痧板给我刮一刮。妈说，刮刮去火，还放松肌肉……妈，白云心直口快，说话有时候不过脑子，您可别往心里去啊。

邱月：妈知道，白云是个有教养的好孩子，妈不许你对她嚷嚷！

蓝天：妈，我俩都在职场上，她需要业绩，我需要进步，来证明我们的价值。有价值才是对父母最好的报答呀。

邱月：唉，成人的世界里真是没有“容易”这俩字，这个，妈懂，所以妈也想帮帮你们。可是，妈就是做不好。

39. 白云父母家 日 内

白云歪在奶奶身边，情绪低落地吃着干果。

奶奶：（慈祥地抚摸着孙女）当妈都六七年了，回到娘家还像个孩子似的。

白父：（过来坐在女儿身边）白云啊，不管你有多少理由，你躲到娘家来不回家，就是你的不对。（见白云不吭声又说）蓝天工作压力大，烦躁疲累，性子又急，脾气上来了跟你吵几句，吵过就算了。可你婆婆才来几天啊，你不光说她这不好那不对，还当着长辈面跟蓝天闹，你考虑过你婆婆的感受吗？

白云：那谁考虑我的感受啊？他妈来了，我倒成外人了。

白父：（火了）那人家专门来给你伺候月子、帮你带孩子的时候，你咋没说外人这话？

白母：（也过来劝慰道）白云啊，做人可得有良心。你生了小宝后，我跟你爸爸都忙着上班，人家蓝天妈妈不顾公公婆婆生病，跟自己的丈夫两地分居，帮你把孩子带到上幼儿园。蓝天他爸身患重病，人家一直报喜不报忧地瞒着你们，还不是不想影响你们工作，还不是不忍心拖累你们吗？妈妈在医院的病房里，看到了太多太多被拖累的子女，都活得太不容易啊！

奶奶：云啊，你妈说得对。你公公婆婆他们这代人，上学的时候没捞着读书，结婚的时候计划生育，后来还遇到了下岗，退休了还要养老和带孙子。都不容易啊！

白云：那我爸妈不也是同代人嘛。

奶奶：你爸是遇到了你妈这样的好媳妇。

白云：（终于被奶奶逗笑了）重要的是，妈妈遇到了您这样明事理的好婆婆。

奶奶：云啊，你婆婆十月怀胎，含辛茹苦地培养出一个大学生，还成为一个优秀的公安干警。虽然很有出息，却一年跟父母见不了一次两次面，他爸去世了也只是回去送个别。说句实在话，人家这是给你生养了个儿子呢！（转对儿媳妇）你说是不是这么个理呀？人家来过个年，怎么能给人家脸色看呢？

白母：（对白云）看你奶奶这境界，也是你妈妈的福气呢！

奶奶：福气是自己修来的。婆婆和媳妇，只有相互迁就，才是彼此的天堂呢！

白云：奶奶，您是披着农村老太太外衣的哲学家吧？

白父：（严肃地说）白云，你给我记住，你婆婆不欠你的，她没义务讨好你，你也没资格在她面前耍小孩子脾气。

白云：好好好，有你们这些紧箍咒，我还有什么好折腾的呀。（懊恼地拿起包）好像我不是你们亲生的！（拉开房门，又回头说）明天我来接你们一起过年。

40. 客厅　傍晚　内

窗外已经暗了下来，歪在沙发上的邱月听到房门响便抬起身子，只见白云推门进来。

邱月：（起身说）白云，你下班了？

白云：（歉意地说）妈，对不起！昨天晚上吵着您了吧？

邱月：没有啊，我这脑袋里有个开关，一上床就关了，什么动静也听不到。

白云：妈，明天我们公司就放假了，有什么需要忙的，您说就是。

邱月：（忙不迭地答应着）好啊好啊。下午蓝天送回来一只大龙虾，说是他处长给的。妈以前没见过，咱留着过年跟你奶奶和爸妈他们一起吃。

白云：好，妈，听您的。

41. 客厅　餐厅　夜　内

空中的月牙被乌云一次次地抹黑了。

客厅里的电视机也在滚动播报武汉的疫情。

已经夜里 12 点了，邱月还坐在餐桌旁的黑影里，桌上扣着给儿子热过的饭菜。

时钟嘀嗒嘀嗒地响着，转了一圈又一圈。

白云：（打着哈欠从沙发上站起身说）妈，新闻里说，武汉已经封城了。

邱月：什么是封城？

白云：就是不能进也不能出了。

邱月：那跟蓝天有关系吗？

白云：估计局里有紧急任务。我给他发短信他也没回。

邱月：快过年了，咋还这样了呢？

42. 宝宝房　夜　内

下半夜了，躺在床上的邱月还睁着干涩的眼睛。过年、新冠、封城、抗疫……这些词让她的思绪如乱云般纷乱起来。

43.（各种闪回）

邱月婆家。

年轻的邱月除夕忙了一天，刚把自己包进被子里暖和一下，婆婆却指桑骂槐地开骂了；

年轻的邱月一手按着儿子的头一手固定着头皮针；

骑着自行车穿行在乡下找保姆；

深夜里抱着孩子在房间里踱步；

年轻的邱月边上班边带孩子，累得晕倒在院子里；

儿子的结婚典礼上，邱月表示：今天我又有了一个孩子。

44. 宝宝房　清晨　内

邱月已经迷迷糊糊地睡着了，忽然又一个激灵坐了起来。

白云：（蹑手蹑脚地推门进来）妈，吓着您了吧？

邱月：（急问）蓝天来电话了？

白云：蓝天刚才发了条微信给我，说全局干警分成了若干小组，都去了防控疫情第一线。

邱月：可今天就是除夕了！（她急忙穿上拖鞋，跟白云走出房间。）

45. 客厅　日　内

白云打开电视机。《新闻联播》里有关疫情的消息一遍遍地撩拨着人的神经。

钟南山院士乘坐高铁赶赴武汉；

武汉封城的最新消息；

全国各地的逆行者；

……

没有睡好的白云坐不住了，拨通了父母的手机号，告诉他们不要出门，过年就别走动了，各过各的吧……

已经在厨房里做饭的邱月急忙往口里塞了点食物，摘下围裙，抓起外套，挎起篮子，走出家门。

46. 某超市　日　内

超市门口已集聚起一些抢购的顾客。

超市里一改往日的丰富，货架上的食物、消毒液等很快被抢购一空……

外地人邱月稀里糊涂地跟着顾客们抢购各种物品。

47. 客厅　日　内

小宝在沙发上无精打采地躺着。

坐立不安的白云听见门响，朝门口望去。

邱月兴冲冲地挎着一篮子抢购的物品推开房门，白云见状一下子惊呆了。

白云：妈，您出去了？

邱月：我去超市买了菜、鸡蛋和面粉，够咱们吃一两个月的了。

白云：您没戴口罩就去了超市？

邱月：嗨，过去在车间里天天戴口罩，早就戴够那东西了。就跟拉磨的驴戴着眼罩似的。

白云：妈，您平时不讲究就罢了，现在是特殊时期，讲究的不仅是卫生，还是安全。

邱月：戴个口罩就安全了？（没好气地提着东西进了厨房。）

白云：（又跟到厨房，喊道）那您回来也好好洗洗呀！

邱月：我又没摸什么脏东西，洗什么洗呀！

白云：您没看电视呀，政府都号召戴口罩、勤洗手嘛。

邱月：政府还管到我一个小老百姓了！

白云：（恼怒地说）妈，您怎么这样啊？！

邱月：我哪样了？我怎么做你都看着不顺眼是吗？

白云气得眼泪都下来了，只好赌着气躲进了卧室。

小宝不知所以地看看奶奶，又看看妈妈的方向，无力地闭上了眼睛。

邱月：（没好气地把手里的活计一扔，抱起小宝）别在这里睡，小心感冒。（然后抱着小宝进了卧室。）

电视里的新闻与时钟的嘀嗒声仿佛较劲儿似的各自推进着。

48. 宝宝房　日　内

邱月把小宝安顿好后，从拉杆箱里找出了丈夫的遗像，摆在了床头柜上。

邱月盯着丈夫的遗像看了一会儿，仿佛又听见丈夫在跟她说话。

49.（闪回）

蓝祥军：（那时还算健壮）年轻人比我们压力大，在外打拼更不容易。我们能帮就帮一把，帮不上的也互相理解吧。

邱月：可你一个人照顾两位老人……

蓝祥军：放心吧，我能行。

50. 宝宝房　日　内

邱月长长地呼出一口气，打着盹儿卧倒在床上。

51. 主卧　日　内

白云也卧倒在床上，脸上还挂着委屈的泪水。

白云：（又拨通了妈妈的电话号码，丝毫不带客气地说）妈，你抓紧从医院里给我们买些口罩，朋友说，药店里都已经被抢空了！

白云挂了通话，神情恍惚中妈妈的声音也一遍遍地响起。

（白母的画外音）你可不能在你婆婆面前耍小孩子脾气啊。

白云：（手机振动了一下。看后喜悦地从床上起身，不愉快瞬间烟消云散）妈，妈……

52. 宝宝房　日　内

邱月听到喊声，一下子坐了起来，懵懵懂懂地蹬上拖鞋。

白云：（推开门，激动地对婆婆说）妈，蓝天说晚上回来吃年夜饭。（视线扫到了公公的遗像，眼里立刻有阴云浮现，便忍不住看了一下孩子）

邱月：（也一下子兴奋起来）这就好，这就好，这才像个过年的样子嘛！快打电话让你奶奶和爸妈过来。做菜包饺子，我全包了。

白云：我已经打电话跟他们说了，让他们好好在家待着，咱们各过各的吧。

邱月：不是说好一起过了吗？

白云：（知道邱月还没认识到疫情的严重性，但她又怕说急了婆婆不理解，就淡淡地说）我让我妈从医院里给买口罩了。

邱月：（疑惑道）又是口罩，你咋跟口罩较上劲儿了呢？

见邱月走出卧室，白云悄悄地把公公的遗像翻扣过去。

53. 厨房　客厅　夜　内

夜幕已经降临。

邱月在厨房里忙乎的身影不断地跳跃。

客厅的电视机屏幕上正在播放习近平主席的春节祝词。

白云心情复杂、紧张不安地坐在沙发上。

小宝：（终于躺不住了）妈妈，我饿了！

白云：再等等爸爸。（她不时看看房门，不时看看手机，脸上的表情越来越焦虑。）

54. 厨房　夜　内

厨房里，一只澳龙鲜红地在等着上桌，各种菜肴也在等着下锅。

邱月忙得脸上渗出了汗珠，情绪却很高昂，她感到十分幸福。

她数了数已经包好的饺子，心满意足地捶着累酸的腰在餐桌边坐下。

55. 客厅　夜　内

白云又给蓝天打电话，手机还是没人接听。

邱月：（朝客厅里喊道）宝啊，你想吃什么，奶奶先给拿点打打馋虫。

小宝：（躺在沙发上无力地回应）奶奶，我想吃大龙虾！

白云：（断然否定）不行，那是年夜饭的龙头，咱们要等爸爸一起吃。

小宝又无力地闭上了眼睛。

时钟继续一圈圈地转着，转到了晚上 10 点。电视上的春节晚会已经热热闹闹地进行了一半。

56. 小区　单元楼　夜　外

小区里异常安静，一阵急刹车的声音格外刺耳。

蓝天的车停在了单元楼下。

戴着口罩、身穿防护服的蓝天急匆匆地从车上下来，向楼内走去。

电梯口前，蓝天犹豫了一下。

蓝天一路小跑，通过楼梯到了九层的家门口。

蓝天停顿了一下，在门口掏出手机，给白云打电话。

57. 客厅　夜　内

白云一直握着手机，当手机铃声响起时，她急忙接听并一下打开了房门。

白云：（一下子看到了包裹严实的蓝天，她惊异地问道）你这是？

蓝天：（做了一个挡的手势，问）妈呢？

邱月听见声音时，已经站在了白云身后。

邱月：（惊异地问）蓝天，你这是怎么了？

蓝天：（急切地）妈，白云，现在武汉的疫情非常严峻，全国都在驰援武汉。我们队长说，妈从老家来这里过年很不容易，非要我回家陪妈吃顿年夜饭。但我担心，我在一个重要路口检测过往车辆，我不敢保证南来北往的人不会携带病毒，我不知道自己身上是不是干净……我想看你们一眼就走。

邱月：（与白云对望了一眼）蓝天，你先别走……（说完冲进厨房。）

白云慌乱中看到了婆婆的举动，也转身冲向了客厅。

睡意蒙眬的小宝听见了爸爸说话的声音，拟冲向门口，被白云一把抱住。

小宝：（看到了戴着口罩穿着防护服的爸爸，就“哇”的一声哭了）爸爸，爸爸，你怎么了？

蓝天：（改换口气劝慰）小宝，你不是喜欢奥特曼吗？爸爸现在就是做奥特曼呢。你在家听妈妈的话，好好陪着奶奶过年，千万别出家门，等着爸爸的好消息，啊……

邱月：（端来了两个盘子，递给门外的蓝天）孩子，这是妈亲手做的吉祥如意，这是你最爱吃的猪蹄冻。你先吃着，妈去煮饺子。

门外的蓝天接过妈妈手里的盘子，把口罩小心地拉到下边，用筷子急切地夹着盘中的食物。

不知所措的白云转身，小宝再次要扑向爸爸，白云又一把拉住他。

白云：（耐心地劝慰道）小宝啊，你不是想吃大龙虾了吗，咱去给爸爸拿龙虾好不好？

58. 厨房　夜　内

厨房里，邱月一边煮着水饺，一边盛了米醋、准备了蒜泥。

白云：（已经顾不得讲究，把龙虾用工具拆解开，又交给小宝，说）好孩子，听话，给爸爸端着，咱们一起吃啊。

小宝懂事地点了点头，接过龙虾，趔趔趄趄地走到门口，又回头等着妈妈和奶奶。

59. 门口　夜　外

蓝天见几位最亲的亲人端着食物鱼贯而出，眼圈顿时红了起来。

邱月叉一个水饺放进自己嘴里，又让白云和小宝分别叉了一个，然后把水饺盘子递给蓝天。

白云也学着婆婆的样子，把盛龙虾的盘子递到婆婆跟前，邱月叉了一块虾肉，又给小宝叉了一块，然后带着叉勺递给白云，白云叉后又递给蓝天，蓝天连连摆手。

蓝天：处长说，这是澳大利亚的朋友寄给他的，他说好东西应该让妈妈先吃。

邱月：孩子，替妈谢谢你们处长！你是蓝家的男人，你一定要吃的。

蓝天听话地点了点头，叉一块龙虾肉象征性地放进嘴里。嚼着嚼着，眼里流下泪来。思绪回到了跟父亲视频的时候……

60.（闪回）

手机屏幕上，蓝祥军强打精神对着手机屏幕说：蓝天啊，我和你妈都很好，你跟白云就放心吧，好好工作，好好过好你们的日子。

61. 门口　夜　外

蓝天：（抬起泪眼对母亲说）妈，我不能在爸爸跟前磕头了，就让白云替我上炷香吧。

邱月：蓝天啊，妈明白，国家是养兵千日用兵一时嘛。有妈在，你就不用挂着家里，吃完就早点回去吧，也让你的队长和同事们尝尝妈包的饺子。

白云把盛着各种食物的袋子递给蓝天，一时也红了眼圈。

蓝天：（把盘子摞好）好，我马上就归队。这些咱不要了，我去扔在安全的地方。

白云狠劲儿地点头表示明白。

蓝天：（看一眼墙上的挂钟，距离过大年已经开始倒计时。他对着母亲，深深地鞠了一躬）妈，过年好！儿子给您拜年了！（又转对白云说）白云，打电话替我给奶奶和爸爸妈妈拜年，请他们保重，也请他们放心。（说完这话，他转身离去。）

小宝：（哭喊一声）爸爸！（就扑到白云的怀里）

邱月：（目送儿子的背影转过楼角，也大声喊道）孩子，过年好！

“过年好”带着全家人的衷心祝福，响彻云霄。

62. 客厅　夜　内

电视机上播的春节晚会更加热闹，与家里的气氛形成鲜明对比。

白云：（怅然若失地牵着小宝）妈，小宝今晚跟我一起睡吧。

邱月：（点头道）好的好的，儿子是该跟妈在一起过大年的……（说完这话自己却怅然若失）

63. 宝宝房　夜　内

邱月关上房门，打开房间里的顶灯和床头柜上的台灯，光明照得屋里像白昼一般。

她下意识地把丈夫的遗像摆正，正襟危坐于床上，盯着丈夫的遗像，把心里的话倒了出来。

（画外音）祥军啊，今天是除夕夜。蓝天本来是要给你上香送纸钱的，可是国家的事比咱家的事大，他就顾不过来了。你一定会原谅他的，对吧？

64. 天空下　夜　外

夜色扑朔迷离，小区里更加安静了。

城市里虽万家灯火，却没了以往过年的热闹。

邱月房间里的灯孤独却也坚持地一直亮着，亮着……

65. 厨房里　夜　内

正月初一凌晨，天还黑沉沉的，厨房里的灯依然亮着。

邱月在灯底下又悄悄地包起了饺子。

虽然手在捏紧饺子皮，眼前浮现的却是儿子坐在门口大口吃饺子的镜头。

邱月看着看着，已经昏花的双眼禁不住落下泪来。

66. 主卧里　夜　内

白云的手机插着电源，手机一直开着，随时在等电话响起……

67. 客厅里　凌晨　内

天刚蒙蒙亮，邱月坐在沙发上打盹儿。面前的茶几上也放着她的智能手机，显然她也在等电话。

手机果然如期响了。

邱月：（一个激灵睁开眼睛，仔细辨别着手机号码）这是谁的电话呢？（拿起手机）喂，喂……地呼叫着。

刘阳：（电话里传来温文尔雅的声音）阿姨，过年好！我在这边给您拜年了！

邱月：（迷惑地辨别着声音，口里应答着）过年好，过年好！你是哪位，我怎么没听出来呢？

刘阳：阿姨，您还记得在火车上遇到的小“海归”吗？

邱月：（恍然大悟地说）哦，小海归刘阳，是你啊，阿姨记得呢！你也过年好，你家里人都好吗？

刘阳：（答非所问地回道）阿姨，您看电视了吗？

邱月：（热情朴实地）看了，看了，春晚里今年闹老鼠了呢，哈哈哈哈……

刘阳：（吞吞吐吐地说）疫情也闹得很凶呢！

邱月：是啊，是啊，你说这老鼠，咋一开年就捣乱呢！

刘阳：阿姨，我想找您家的蓝先生。

邱月：你是说找我儿子？你找他有事吗？他没在家呀！

刘阳：阿姨，我找他有急事！

邱月：可是他在忙大事，已经两天两夜没回家了！

刘阳：阿姨，您把蓝先生的联系方式告诉我吧，我都快急死了！

邱月：（稍微犹豫了一下）嗯，好吧，好吧，你别急哈。我跟你说说他的手机号码，你现在方便记一下吗？嗯，好，139……

白云打着哈欠从卧室里出来，打开电视机。电视屏幕里还在滚动播放关于疫情的消息。

白云：（听到婆婆在念蓝天的手机号码，突然惊醒）妈，谁的电话？

邱月：（捂着手机小声地说）是在火车上遇到的一个美国留学生。

白云：（惊讶地说）美国留学生，火车上认识的？（见邱月点头，更加惊讶地张大了嘴巴）才一面之交，您就把蓝天的电话号码告诉他啊？！

邱月：（对白云的话没有入心，对着话筒继续）你都记下了吧？嗯，好好，过年好哈，我挂了哈。

白云：（强烈不满地说）他执勤的时候我都不敢给他打电话呢，您怎么能把他电话号码告诉外人呢！

邱月：（满不在乎地说）那人家不是帮过咱嘛。

白云：（疑惑地说）帮过咱们？什么时候？

邱月：火车上啊，我跟他坐在一起，他陪我聊天，帮我倒水，下了火车还帮我带行李……

白云：再怎么说，你们也是路人啊。

邱月：一回生两回熟嘛。

白云：妈，你怎么这么糊涂啊？

邱月：糊涂？那可是个好青年呀，出国前是清华的高才生。人家从美国才回来几天，就替他在美国的同学去乡下看望父母，都是有出息的好孩子呀！有出息的人都离家远啊，有机会咱也帮帮人家嘛！

白云瞪大了眼睛说不出话来。

邱月：再说了，蓝天也见过他嘛。

白云：（大声吼道）就是见过了，也要征求一下蓝天的意见吧？

邱月：（也再次抬高声调）我自己的儿子，难道我连这点权力都没有吗？

白云：（气得跺了一下脚）你、你让我说什么好呢？（"嘭"的一声又把自己关进了卧室。）

68. 市区要道　清晨　外

进城的要道上，空中笼罩着轻薄的雾霾，萧瑟的清晨，静谧又冷清。

被防护服包裹得严严实实的蓝天，在认真查检每一辆过往的车辆，腰间的手机铃声一遍遍地响起，无奈中他只好接了起来。

蓝天：喂，哪位？

刘阳：蓝先生，过年好！

蓝天：我是人民警察蓝天，说，什么事？

刘阳：我是跟您妈妈同车回城的那位留学生，您还记得我吗？

蓝天：哦，记得。请问你有事吗？我这里正忙。

刘阳：蓝警官，听阿姨说，您在出入境管理处工作，我想请您帮我办理出境手续，越快越好！

蓝天：（思忖片刻，眼神鄙夷）我明白了，因为武汉出现疫情，你这个留学生害怕，想尽快逃离祖国，我说的对吗？

刘阳：（毫不隐晦地说）对，是这样的。

蓝天：（愤怒地说）你以为出入境管理处是给你开的！

刘阳：阿姨说，可以互相帮忙的嘛！

蓝天：哼，一个精致的利己主义者，还敢打着我妈的旗号！你吃着母亲的奶长大，长大了就投进别人的怀抱，现在母亲大难临头，你却在想办法逃跑。你，有良心吗？

刘阳：我、我，我想把父母也带走的，所以才请你帮忙的嘛。

蓝天：我这里只对有良心的境外人员开放，没闲工夫伺候你！说完就直接关掉了手机。

69. 主卧　日　内

正月初一的上午，小宝还躺在妈妈的被窝里。

白云：（从小宝腋下拿出体温表看了看，一脸惊恐。大声喊道）小宝发烧了！蓝天，蓝天……（突然意识到蓝天不在，她神情一下子慌乱起来。）

邱月：（着急忙慌地进来说）我试试。（用手试了试小宝的额头，又试着自己的额头对比了一下）哎呀，还真是呢！

白云：（沮丧地说）38.3℃，这该咋办呀？

邱月：（想抱起孙子）宝，来，奶奶抱抱，奶奶先给你捂捂汗，看看会不会好！

白云：（赶紧制止）您别动！我找蓝天。（拨了几遍蓝天的手机，一直都在关机状态。白云着急地在地上转来转去）

邱月：（心疼地说）宝啊，先起来吃点东西吧，肚里有食咱也好吃药啊。

小宝：（无力地）我头晕，恶心……

白云：（打开药匣子）家里没有退烧药，这可咋办呀？

邱月：（赶紧说）我这就去买！

白云：药店现在不上班。（她找到了母亲的电话号码，但不忍心拨出去。)

邱月:(镇静地说)小宝，奶奶给你推推脊好不好？小时候奶奶给你推过呢，可舒服了！

白云:(烦躁地撑道)您就别再添乱了，耽误了病情咋办啊？（然后对小宝说）我们现在就去医院。

屋外突然传来门铃声。

邱月:(惊喜地猜道)是蓝天回来了吧。

白云:(赶紧叮嘱道)不许外人进来！

70. 房门口　日　外

邱月打开了房门，门口站着穿戴防护服的一男一女，女的进行了自我介绍。

丁丽：阿姨过年好！我是社区书记丁丽。我们接到上级指示，要对辖区内所有住户，进行登门查访。

邱月：大过年的，你们还查什么?

丁丽：阿姨，这是我们的工作。为防止新冠疫情的扩散，我们在进行摸底调查。

邱月:(只好朝屋里喊道)白云，社区来人了。

白云神情沮丧地从卧室里冲出来，用手一挡，意在离得远点。

丁丽：您好，我们是社区的工作人员，按照上级指示精神，对辖区内的所有住户，进行拉网式查访。对外来人口进行登记，对所有居民测量体温，希望得到您的理解和配合。

白云:(面无表情地说)我丈夫除夕的年夜饭也是在门外吃的，我理解也配合你们的工作。你们问吧。

丁丽：需要先给你们测个体温。

社区工作人员拿出额头测温计，先后给白云和邱月测了体温。两人都在正常范围。

丁丽：你们家有外来人口吗？

白云：（毫不迟疑地指着邱月）有。她就是。

丁丽：哦，阿姨，您说说，您是哪一天，从哪里来的，坐的什么交通工具，路上跟什么人打过交道，密切接触到什么程度……

邱月慢慢回忆着……

71.（闪回）火车上、内

邱月与刘阳面对面坐在一起，聊得火热时还开怀大笑。

72. 房门口　日　内、外

邱月一边如实地叙说着，一边被疫情的消息和自己曾经的过往碾压着神经，她的面部表情成递进的形态愈加扭曲和凝重。

丁丽与她的同事眼神交流了一下，快速地在本子上做着记录。

白云头疼欲裂般地抱住了头，发出了一声惊恐的吼叫。

小宝：（房间里传出一声痛苦的呼喊）妈，妈……

白云疯狂地冲进房间。

丁丽：（警觉地问邱月）屋里有孩子，怎么了？

邱月：（不无惊恐地）是我孙子。

丁丽：（严肃地说）赶紧抱出来，我们测一下。

白云：（揽着儿子从屋里冲出来，情绪失控地说）不用测了，我刚给他量过体温，发烧38.3℃，头晕，无力。你们快帮我想想办法吧。（说这些话的时候，她的声音在发抖）

丁丽：白女士，您别急。上级要求，所有发烧人员，需要由疾控中心来安排检测，我这就跟疾控中心联系。

丁丽走到一边打电话。

白云：（焦虑地抱紧了身上的孩子，悲哀地说）疾控中心，是要去隔离吗？我的孩子被新冠感染了吗？这可如何是好啊？

邱月：（小心地说）白云啊，我身体好，就让我陪着小宝去吧。

白云：（怒视着邱月，吼道）还不是因为你陪着？你遇到了海归，你可以不戴口罩不洗手，你还去超市抢购……（说到这里白云不知说什么好了，竟嘤嘤地哭了起来。）

邱月：（嗫嚅道）那我不是没事吗？

白云：（抚摸着孩子，恼怒地对邱月吼道）你身体好，你铁板一块，你刀枪不入，你是一棵大树，已经扎下很深的根，可他还是棵小苗啊，他经不起风吹雨打啊……

丁丽：（见白云情绪不正常，转对邱月）阿姨啊，刚才疾控中心的同志说了，你们谁都不用去，谁都不能离开家门。而且你们在家里也要互相分离，不能睡在同一个房间，不能同一个桌子吃饭，不能一起看电视，最近的距离不能低于一米，而且要常开窗通风，常洗手，常消毒。疾控中心的同志马上就到，我也会马上安排专人给你们送来防护用品。

邱月听着，像做了亏心事似的，默默地点着头。

白云不知所措地只顾揽着孩子，一边流泪，一边亲吻着孩子。

丁丽：（劝慰道）白女士，您放心，我也是个当妈的，我理解您的心情。特殊时期，咱们都相信政府吧。

（丁丽和工作人员揽过小宝）我们可以到楼下去了。

小宝：（哭喊着）妈妈……

白云：（见儿子被工作人员带进了电梯，撕心裂肺地喊道）儿子，你一定要好好的！

白云无助地站在房门口，邱月也不知所措地在原地搓手。

见电梯门关上，邱月劝了一句白云，被她怨恨地瞪了一眼，"哐"的一声把房门推上了。

邱月被白云的关门声震在了原地。

白云又进到卧室，"哐"的一声关上了卧室的门。

73. 客厅　卫生间　日　内

邱月失魂落魄地发了一会儿呆，不知接下来自己该干什么，只手足无措地站在客厅里。

电视机上还在滚动播放着疫情的进展情况、逆行者的身影、白衣天使的艰辛付出。

邱月神情恍惚地看一眼电视，看得更紧张害怕。她看看白云的房间，不知道该怎么去安抚她。她突然又意识到了什么，就到卫生间里，照着镜子狠狠地扇了自己一个耳光。她开始用肥皂、清水，精心地洗刷自己。

74. 主卧　日　内

白云像被霜打的茄子，精神瞬间萎靡了很多。她一边流着眼泪，一边一遍遍地给蓝天打手机，可手机还是打不通。

她拨通了母亲的手机号码，但她又犹豫起来，生怕再惊动了自己的父母。她流着泪挂断，把手机扔在床上，趴在床上再次嘤嘤地哭了起来。

75. 卫生间　客厅　日　内

邱月照着镜子戴好口罩，走到白云卧室门口。

邱月：（隔着门小心地劝慰道）白云啊，先别着急，不是还没出检查结果嘛。你急坏了自己，也还得面对吧？（她侧耳听了听房间里的动静继续说）妈现在好好地洗了洗自己，还戴着口罩，你放心吧，我一定好好照着政府要求做。

白云：（在房间里发出一声怒吼）晚了！

邱月：病毒离咱这里还很远哪，不会落在咱们身上的。

白云：（继续吼道）现在是春运时期，春运，你懂吗？习近平主席都亲自抓了，这事还小吗？

邱月听了噤若寒蝉。

白云：（又吼道）我告诉你，小宝要是有事，我跟你没完！

邱月：（失魂落魄地退到客厅，转来转去不知该如何是好，她“啪啪”

地扇着自己的耳光，痛苦地自语着）作孽啊，作孽啊……

76. 主卧　日　内

白云心神不安地坐在床上，再次打开微信，浏览网页，大量关于新冠病毒的信息扑面而来。她边看边紧张得手都在发抖，眼里再次簌簌地落下泪来。

艺术总监的想象力让白云坐卧不安，她尽力地压抑着自己。

她再打电话时，手机屏上显示是她的闺蜜。

电话终于通了，白云还没说什么，就哭出声来：我不敢给我妈打电话，我怕她听出我情绪不对。

（闺蜜画外音）白云，你先别急，不是刚接走吗？等等检查结果再说嘛。

白云：我婆婆也这样说，可是我已经乱了方寸，这一分一秒的时间，都像车轮在心上碾过似的……呜呜呜……

77. 厨房里　日　内

时钟嘀嗒着指向了中午 12 点。

厨房里，盛饭之前的邱月戴着口罩，把手洗了又洗……

78. 主卧门口　日　内

邱月端着盘子，来到白云卧室门外。

邱月：（小心翼翼地说）白云啊，妈给你做了菠菜汤和酥鱼，蓝天说你爱吃。都放在门口，你起来端进去吃点吧。（邱月侧着耳朵，静静地听了一会儿，屋里才传出了一声怒吼。）

白云：吃吃吃，你就知道吃！

邱月无奈地叹了口气。

79. 主卧　日　内

白云一会儿蒙着头暗自抽泣，一会儿又打开手机，给那个“亲爱的”打电话，可电话还是打不通。

白云：（继续给那个“亲爱的”的发微信）蓝天，你知道吗？我们的儿子已经被带去隔离了，我们家也成了重点管制对象……蓝天，我都要崩溃了，你为什么关机，为什么不给我回个信息？

白云正在编辑着信息，手机屏显示，妈妈的电话打来了。

白云尽量调整了自己的声调，叫了声“妈”。

（白母的画外音）白云啊，你们都好吗？怎么大半天了都没听见你的动静啊？

白云：（用手捂住嘴巴，把哭声使劲地咽了回去，然后强打精神说）妈，过年好，奶奶和爸爸也好！

80. 白家　日　内

奶奶穿着过年的新衣服，手里拿着念珠，嘴里念念有词地在祈祷祝福。

白父一脸凝重地盯着电视。

白母：（拿着手机在说）你放心吧，咱们家里都挺好。你要的口罩已经托人去找了。不过特殊时期，口罩也紧缺了，送到后就给蓝天用吧。

81. 主卧室　日　内

白云：（压着声音应答道）妈，我们今天光顾着看新闻了，也忘给家里拜年了！

82. 白家　日　内

白母：（继续说）你们一定好好宅在家里，哪里都不要去，关键时候听政府的肯定没错。

（白云画外音）妈，我知道！

白母：白云啊，你可不能再减肥了哈，有个强壮的身体免疫力才强，才能有抵抗力呢！

83. 主卧　日　内

白云：（强颜欢笑）我婆婆带来那么多鸡鸭鱼肉，我被喂得脸都出框了呢！

（白母画外音）：跟你婆婆说一声，我们也不过去给她拜年了，让她安心住下，我们有的是时间见面的。

白云：妈，你们都要好好的。（挂了电话，又捂着嘴哭了起来。）

84. 宝宝房　夜　内

窗外的月牙偷窥着室内的一切。

夜越来越深了，邱月在床上辗转反侧，怎么也睡不着。

火车上遇到的留学生，超市里熙熙攘攘的人群，买豆汁、油条的那些杂乱的人影，混战一般涌上了她的脑海……

邱月惊恐地从床上坐了起来。

85. 主卧门外　夜　内

门口已经放好了一个凳子。

邱月小心翼翼地端着小米粥来到白云卧室外。

邱月：白云啊，今后我也向你妈学习，好好讲卫生。现在我已经戴好了口罩，保证连个唾沫星子都传不出来，你就放心地吃点饭吧。啊，好孩子，听话哈。（听听房间里还是没有声音，她又把饭放到凳子上）我给你熬的小米粥，放到你门口凳子上了，你就自己端进去吃吧。

86. 主卧　夜　内

躺在床上的白云忍不住起夜，她一把拉开房门走出房间，却不小心踢到了婆婆放在房门外的食物。她恼怒地把撒在地上的食物再踢上一脚，一头扎进卫生间里。不一会儿出来，又拿着喷壶，到处喷洒着消毒液，一直喷洒到邱月睡觉的房间。

87. 宝宝房　晨　内

歪在床上打盹儿的邱月听到了丁零当啷的响声，也闻到了消毒液的味道。

邱月：（迷迷糊糊地问）祥军，你怎么了？又不舒服了吗？

白云戴着口罩，拿着喷壶，照着床底、墙根甚至公公的遗像，狠命地喷洒消毒液。

邱月：（惊恐地问）我，这、这是在医院吗？

白云：（恼怒地说）拜托，别跟我提医院好不好？（然后又对着那个拉杆箱，恶狠狠地使劲喷洒，直到喷壶里没有了消毒液。）

白云恼怒地扔下喷壶，关上了自己卧室的门，一头扎在床上，又嘤嘤地哭了起来。

清醒过来的邱月站在白云的门外，听着里边的哭声，自责地又扇起了自己的脸。然后收拾好白云踢翻的食物。接下来唯一能做的，就是继续给白云准备食物。

88. 厨房　晨　内

厨房里氤氲的热气飘忽不定，就像此时忧虑又心神不定的邱月。

忽然，有敲门声传了进来。

邱月关了炉火，出来开门。

89. 房门口　日　内

邱月打开房门，见丁丽和同事又站在了门外。

丁丽：阿姨您好！

邱月：（朝丁丽身边望去，惊慌地问道）丁书记，我们家小宝呢？

丁丽：阿姨啊，您放心，您家孩子现在在集中隔离点，24 小时都有专业医护人员照顾。你们就放心好了！

邱月：你是说，小宝没跟你们在一起啊？

丁丽：阿姨，他比跟我们在一起更安全呢！

白云：（听到声音，从屋里冲了出来，惊慌失措地追问道）孩子是你们带走的，为什么你们不在他身边啊？

丁丽：白女士，您冷静一下，听我说好吗？

白云：我没法冷静！你告诉我，我的孩子他怎么个安全法，我去看看他，行吗？看看他跟谁在一起，看看他安全到什么程度，看看他是不是也被感染了……啊，我都不敢想了，我都要崩溃了！

丁丽：白女士，非常理解您的心情。但是保持一个良好的心态对抗击病毒，共同战胜困难是十分必要的。还是希望您不要过分焦虑。

白云：你少给我谈什么心态，这事没摊在你身上是吧？（此时的白云已经失去了理智，她显得蛮不讲理）你们社区是吃干饭的吗？请你给我个解释，不然我就投诉你们。

丁丽：（坦然地说）最近几天，我们一直为居民服务在抗疫第一线。现在我是来通知你们，你家里的角角落落，每天都必须认真消毒；家里有什么新情况必须及时报告社区；家里需要的蔬菜、水果、粮油等日用物资，可随时给社区打电话，我们去给你们采购；你们必须守在家里，不能出房门，更不能出小区。（说完把防疫用品放在了门口，并放下一句话）先消毒，再使用。

白云：（见丁丽她们转身离开，喊道）天哪，这就是你们的解释，我们这是被软禁了吗？

丁丽：（回头撑她一句）现在抗疫一线很多人在拿命抵挡病毒，我们都知足吧！

90. 某超市　夜　外

灯光投下丁丽疲惫的身影。

丁丽和同事们在忙碌着往车的后备箱里放置刚购置的物资。

轿车启动，缓缓地驶进暗夜里。前方的路，谁也不知道还有多远。

91. 某检测站　夜　内

暗夜里，灯光闪现。

这里是一个临时搭建的帐篷检测站。

凌晨两点多，蓝天走进帐篷，疲惫地脱下防护服，躺在一张钢丝床上，刚想闭闭眼睛，忽然被手机硌了一下。他从贴身口袋里摸出手机，开机后发现了妻子打的几十个未接电话。他睁大眼睛，坐直身子，打开了微信，读到了“儿子发烧，已经被疾控中心带走了……”

蓝天从床上跳了下来，赶紧给白云打电话。

蓝天：快说，小宝现在怎么样了？他在哪里？谁把他接走的？

92. 主卧　夜　内

白云散乱着头发，一脸憔悴。她双手握着手机，在颤抖着说话。

白云：社区的丁丽书记说，现在在集中隔离点……呜呜呜——

93. 检测站　夜　内

蓝天：（焦急地问）妈怎么样？你怎么样？奶奶和爸妈那边怎么样？白云啊，你快告诉我呀！

94. 主卧　夜　内

白云：这边我和妈体温都正常，但是我爸妈那边，我还没敢跟他们说，我怕他们担心，我怕控制不住自己，我怕……

95. 检测站　夜　内

蓝天：（尽量耐心地说）白云啊，这个特殊时期，咱不能让老人担忧啊。你一定要坚强，一定要有担当，你可不能在这个时候掉链子啊！

96. 主卧　夜　内

白云：可是，我，我……（还没等表达清楚，电话那头突然挂掉了）

97. 检测站　夜　外

蓝天：（冲出帐篷，仰天长叹）你们一定要好好的！

他急匆匆骑上一辆摩托车，夜色下风驰电掣，疾驰而去，暗夜中洒下一路风尘。

98. 某市集中隔离点　夜　外　内

摩托车的灯光穿透黑夜，带着希望奔向前方。

蓝天很远就看到了疾控中心，他直接骑车到了门口。

停车，下车，摩托车倒地，蓝天顾不得扶起，闯进了中心大楼。

白衣天使们匆匆又无声地穿梭着，隔离点里忙而有序。

蓝天冲进值班室，对值班医生亮出了自己的警察证件，说明了自己的来意。

值班医生不忍看着这位父亲遭受煎熬。

蓝天在值班医生的带领下来到了隔离病房外，隔着窗户他看到了已经熟睡的儿子。他想进去，但又不能，他的心情显然非常激动。

医生：这里都是轻症患者，现在叫作疑似。等再做完核酸检测，如果没有阳性症状，再观察一下，就可以出院回家了。

蓝天：（抱歉地说）对不起，我不该来打扰你们，我也在防控一线。但是……他是我儿子啊，就看这一眼，我心里就踏实了。

医生：我也是位父亲，非常理解你的心情！

蓝天：（恳求道）如果条件允许，请你把我儿子的情况，用视频发给我妻子，转告我妈好吗？我估计他们都该急疯了！

医生：好的。我记一下他们的微信号。

蓝天走出医院，流着泪拨通了白云的电话号码。

99. 宝宝房　夜　内

细瘦的月牙透过云彩的空隙，又来偷窥邱月的房间。

邱月和衣躺在床上，戴着口罩，拿着手机，在等着电话铃声响起……

100. 主卧　清晨　内

新的一天又开始了。

白云的床头柜上出现了安眠药的药瓶和小零食包装。

神情疲倦的白云终于发出了微微的鼾声。

101. 厨房里　清晨　内

邱月戴着口罩、手套，从微波炉里取出牛奶、面包，夹上了刚出锅的荷包蛋，又放进盘子里盖好，端到了白云门前。

邱月：（小心翼翼地说）白云啊，你醒了吗？起来吃点东西吧。（她敲了敲门，又侧耳听听）你都两天没吃东西了，身体怎么受得了啊？！

屋里传出了白云翻身的声音，但情绪显然已经有所缓和。

白云：妈，我吃安眠药了，你就让我再睡一会儿吧……

邱月：（踌躇了一会儿）哦，那你就先睡吧。

102. 检测站　清晨　外

清冽的晨风里，蓝天站在帐篷外，队长正在对他进行训话。

队长：（严肃地批评道）我能让你回家陪老母亲吃年夜饭，也能让你上通报批评的头条！（见蓝天一声不吭，忍不住心疼地降低了音量）这都什么时候啊，你怎么自己还往枪口上撞啊？你傻呀！

蓝天：（嗫嚅着）队长，我……

队长：（眼睛一瞪）我什么我，委屈你了？我也是个孩子的爹，你那些理由我懂！

103. 主卧　日　内

白云脸上挂着泪水，表情木然地躺在床上。门外是婆婆的絮絮叨叨。

（邱月的画外音）白云啊，他们一个是我的儿子你的丈夫，一个是你的儿子我的孙子，如果他们有事，咱俩的心里都是一样地遭罪。怎么才能把这种罪减轻点呢？就是我们好好吃饭，好好睡觉，保证我们自己不倒下，才能在他们需要的时候，我们能冲上去啊。

听到这话，白云的泪水又淌了下来。

婆婆的呼唤和劝导，让她既恼怒又心疼。

她的脑海里又浮现出父亲的牵挂和叮嘱。

（白父画外音）你这个“80后”，跟你婆婆这个“50后”，肯定是有代沟的，你要多尊敬她，理解她，包容她。还有，她一个县城的退休职工，跟一个大城市里的护士长，能放在一起比吗？聪明的媳妇是多看婆婆的长处，你拿自己的优势去比人家的不足，你心里痛快还是人家心里痛快……

白云：（强打精神朝着房门喊）妈，我吃不下……

104. 主卧门口　夜　内

邱月：白云啊，妈又给你重新熬了小米粥，还煮了鸡蛋，你多少也吃点吧。不然要是饿坏了，你怎么见小宝，我怎么向蓝天交代啊？

105. 主卧　夜　内

白云：蓝天，蓝天，可蓝天在哪里啊，他为什么又关了手机，他为什么又不来电话了？

（邱月画外音）白云啊，道理你比妈懂得多。有道是，养兵千日用兵一时。这个时候，他肯定挪不开身呗，或许根本就不让打电话。不然的话，凭着他对你、对孩子，还有对妈的牵挂，他还能不来个电话吗？

106.（闪回）

邱月家，两口子正在吃饭，蓝天突然蹦出来。邱月高兴地直捶儿子。蓝祥军也高兴地两手直搓，白云和小宝又从身后蹦出来，一家人瞬间乐翻……

107. 主卧门口　夜　内

邱月：（强忍泪水，继续唠叨）白云啊，妈知道，你是个好人。你不光人长得漂亮，还有知识，善良、心眼好，我儿子遇到你是他的福气……

108.（闪回）

刚生完孩子的邱月不得不上了最凉的炕……

刚出了月子的邱月，一个人抱着孩子步行去医院……

109. 主卧门口　夜　内

邱月：虽然我也是多年的媳妇熬成了婆，但我在心里发誓，一定当一个世界上最好的婆婆。但，我现在明白了，我有很多事情做得不对，以后妈一定好好改。

110. 主卧　夜　内

白云听婆婆叨叨到这里，忍不住走下床来，停在门后。

白云：妈，我没饿着。过去熬夜的时候，我都准备了小零食，现在抽屉里还有呢。

111. 主卧外　夜　内

邱月终于听到了白云的回声，心里万分高兴，眼里禁不住又流下泪来。

邱月：那就好，那就好，我给你拿个暖瓶，放在门口，你小心出来的时候别烫着啊。

112. 室外　夜　外

月牙终于又从乌云缝隙里露了出来。寂静的小区里也多了份天然的宁静。

夜又深了。

113. 宝宝房　夜　内

房间里的床头灯还亮着。邱月面对丈夫的遗像，不无感慨地又唠叨开来。

邱月：祥军啊，你走的时候，我是真不想活了，满脑子想的就是怎么个死法，好快点跟上你。是孩子们把我从死神手里拉了回来。后来我也想明白了，我不能让蓝天没了爸爸又没了妈呀！没了妈，还能有家吗？从那以后，吃饭的时候，我就跟自己说，为了孩子，是毒药也要吃下去；睡不着的时候，我就告诉自己，今天睡不着还有明天，明天睡不着还有后天……孩子们就是我心里的一盏灯啊，是他们照着，才有我的今天呢！可是现在，国家遭难了，咱家也遇到难事了！

114. 主卧　夜　内

白云的手机铃声终于响了起来。

白云激动地接通电话，话还没说，眼泪就先流了下来。

白云：（不无埋怨地说）蓝天，你怎么回事啊？你昨天晚上怎么又关了手机？你那里情况怎么样？你没事吧，啊？

115. 帐篷里　夜　内

查验点上，夜很黑，蓝天的脸被手机照着，眼睛很亮。

蓝天：（调整了一下自己的情绪说）白云，我有一篓子的话想跟你说，但我很忙，就先不跟你多说了。现在已经有人加了你的微信，你和妈都快看微信视频吧。告诉妈，我在岗位上，我很好。小宝也很好，你们都放心吧。我只要你们好好的！（他抢着把话说完，又挂断了通话）

116. 主卧　夜　内

白云：（对着手机）蓝天，蓝天……

白云急忙打开手机微信，找到了一个新加入的好友，点击接受后，看到了对方发来的视频。

手机视频里，小宝在一个病房里，正在看书，床头柜上有水果、牛奶、鸡蛋、面包等食物……

白云看到了儿子，捂着嘴又哭了。

白云突然反应过来，拿着手机冲出卧室，又忽然转回来找到口罩戴上。

117. 宝宝房　夜　内

邱月还在对着丈夫的遗像絮絮叨叨。

邱月：他爸呀，你就帮帮我吧，替我在老天爷面前求个情，保佑小宝没事，保佑蓝天平安，保佑白云健康！就用我的命来换取孩子们的平安吧！我给老天爷磕头了，你就帮我带到吧，啊？

邱月从床上下来，朝着窗外的夜空，匍匐下笨重的身体。

戴着口罩的白云已经推开婆婆的房门，她站在门口听到了婆婆这一席发自肺腑的话，看到了眼前婆婆的举动，白云被彻底惊呆了。

白云：（见邱月连磕三个头还不肯起来，心疼地走过来蹲在一边说）妈，对不起，我这几天没控制好自己的情绪，让您受委屈了！

邱月：（抬起头来，看到了白云真诚的目光，喃喃地说）妈不委屈，不委屈，妈就是心疼你们啊！

白云：（激动地举起手机）妈，您快看视频！看小宝……（她刚想把婆婆搀扶起来，邱月做出了一个挡的手势）

邱月：（疑惑地问）视频？

白云：（急忙点头说）是小宝，小宝在视频里。（她把手机举起，让婆婆看。邱月却越急越看不清楚。）

邱月：（忽然高兴起来）对了，你给我买的智能手机，你教给我的视频……（激动地抓起自己的手机，颤抖着打开视频）白云，你快把视频转给我。

白云：好好，妈，转给您了，您快看！

邱月激动地看视频，眼里也流下泪来。

白云：医生说，咱的小宝没事了，只需要满 14 天的隔离观察，就可以回家了。

邱月：（看着视频，激动地说）我的天哪，我的宝哎，真是谢天谢地啊！

白云：蓝天说他在岗位上，他很好，让我们别牵挂他。

邱月：（颤抖着嘴唇，喃喃地念叨）孩子，我的孩子们……

白云：（突然撒娇地）妈，我饿了，我想喝鸡汤。

邱月：（眼里放出光来）好好好，我这就去给你热。

奔向厨房的邱月终于抹去了激动的泪水，悬着的心也放了下来。

白云望着婆婆的背影略有所思。她拿来了香炉，插上了蓝天买的香，摆在公公遗像前，然后虔诚地跪了下去。

白云：爸爸，我替蓝天给您磕头了……

118. 室外　客厅　卧室　夜

天上的月牙儿又胖了一些。

小区里就像什么事都没有发生一样安静。

客厅里的座钟一圈一圈地转着，像自然界的日夜轮回。

电视新闻里，从中央到各级组织众志成城的抗疫局面，给人以鼓舞和信心。

得知丈夫、儿、孙的消息后，婆媳俩都睡了一个完整的好觉。

119. 客厅 餐厅 日 内

翌日，客厅的茶几上摆着一碗冒着热气的鱼汤、一盘蔬菜和一碗面食。

白云从卫生间出来，在沙发上坐下，端起碗来就大口大口地喝起了鱼汤。

白云：（朝餐厅方向喊）妈，您做的鱼汤真鲜，真好喝呀！

坐在餐桌边吃饭的邱月听到儿媳的话，欣慰地笑了。

邱月：妈买的这鱼没有激素，吃鱼喝汤，最补养身体了！

白云：妈，我要是胖得让蓝天和小宝认不出来咋办呢？

邱月：没事。吃完饭我教你做八段锦，跳广场舞。

120. 主卧 日 内

白云戴着口罩，在房间里照着手机做八段锦的动作，头上微微渗出了汗珠。

邱月也戴着口罩，站在门口指导、观看。

121. 客厅 餐厅 日 内

白云坐在沙发上啃着鸡腿。

白云：妈，您带来的笨鸡真香啊！

邱月：科学上讲，鸡汤还防治肺病、治咳嗽呢！

白云：妈也扛上科学的大旗了？

邱月：妈得换换脑筋了不是？

白云：（真诚地说）妈，您的乐观、您的坚强，还有您的包容，真是我学习的榜样，等将来我也当了婆婆，就照着您的样子做。

邱月：我也想啊，过去我能当了劳模，现在咋就不能当个好婆婆呢？

白云：妈，其实您早就是个好婆婆了，只是我太小性子了！

邱月：白云啊，你真是个好媳妇，都怪妈没心没肺的。

白云：我读了那么多书，还有良好的家庭教育。可是，我越想做好就越做不好，让妈受委屈了！

邱月：白云啊，其实，你不用给我买那么贵的东西，妈用不了，也没必要。你不用在我面前好好表现，不管是心累了还是身体累了，累了就好好歇歇，你就是妈的一个孩子嘛……

白云：妈，您也不用给我们省钱，也不用给小宝攒钱，钱存银行里都在贬值，您省一年的也许不够我们一个月的消费。你们“50后”，应该为自己好好活一回了。

邱月听到这话，激动地抹着眼泪。

白云：这几天我可是喝了过去好几年的鸡汤和鱼汤啊。

邱月：这几天，你也把我一辈子都没改的坏习惯改了过来。

婆媳二人终于发出了同频的笑声。

122. 室外　日　外

婆媳二人的笑声房间里已经盛不下了。

阳光也跟着灿烂起来。

城市的萧瑟反而变得含蓄了。

123. 客厅　日　内

白云：（在卧室里）妈，我还是36.5℃。

邱月：（把一张写有数字36.5的纸贴在墙上后说）以后再买彩票，我就选这几个数字！

124. 餐厅　晨　内

邱月还在餐桌旁吃饭，手机铃声响了起来。她看了一下，见是刘阳打来的那个号码，稍微犹豫一下就接了起来。

邱月：喂，是小海归啊，你好吗？

刘阳：是我，阿姨，你好！

邱月：好，好，你也好吧？你家里人都好吧？你还是找蓝天吗？

125. 某隔离点　客厅　日　内

刘阳：（犹豫了一下说）阿姨，我不找蓝警官了。我、我想问问您，有没有发烧或者咳嗽的现象？

邱月：（哈哈笑着出现在另一屏上）我身体壮得跟牛似的，好着呢。

刘阳：（释然道）那就好，阿姨您要多保重啊！一定要好好在家待着，勤洗手，戴口罩……

邱月：（疑惑地问）怎么，小海归，你有什么事吗？

刘阳：（坦诚地说）阿姨，我已经被确诊感染了新冠病毒，现在已经被隔离了。

邱月：（着急地说）你说什么？

刘阳：阿姨，我跟您近距离接触过，我担心您……

126.（闪回）

火车上。

刘阳：（对邱月）我也是独生子女，如果待在国外不回来了，父母可就白生我这个儿子了。

127. 客厅　日　内

邱月：谢谢你啊，好孩子，这么特殊的情况你还跟我说实话。

刘阳：真诚也是一种文明，我愿意做一个文明的传播者。

邱月：好，好！出国学点文明就够了，外国哪有咱中国好啊！

刘阳：是的，美国的同学跟我说，那边其实早就有了疫情，但政府根本不管，人们也不在乎。

邱月：孩子，你家里人怎么样啊？

刘阳：他们也被隔离了，我已经见不到我的爸爸妈妈了！

邱月：孩子，咱不着急哈，咱听政府的，该隔离就隔离，该治疗就治疗。你看咱国家多让人省心啊！习主席那么操心，政府那么肯花钱，医生护士和解放军那么拼命，老百姓那么听话。孩子，你会没事的，你的家人也会没事的。

刘阳：阿姨，我很庆幸回到了祖国，回到了父母身边……阿姨，您也要好好的！

邱月：嗯，咱们都要好好的！

128. 主卧　日　内

白云从腋下拿出体温计，一下子瞪大了眼睛——体温计上显示38.3℃。

白云沮丧的眼神一下子摔到了地板上。

129. 客厅　日　内

坐在沙发上的邱月越看电视，越是忧心忡忡。

白云：（戴好口罩从卧室里出来，站在离婆婆一米之外，平静地面对邱月）妈，我也发烧了！

邱月：（一下子又被震惊了）你说什么？

白云：跟我小宝的体温一样了，也是38.3℃。

邱月：（狠狠地捶着自己）我是祸害啊，我是瘟神啊，是我害了你们呀，我对不起孩子们哪！

白云：妈，这不怪您，是我自己免疫力差，是我自己的抵抗力不强。

邱月：可你这几天不是一直锻炼，一直在喝鸡汤、鱼汤吗？

白云：或许是身体指标跟着我的情绪跑偏了呢。不过妈您先别急，还不一定就是新冠感染呢。

邱月：（双手合十道）但愿吧，但愿吧！要不然我怎么跟蓝天说，怎么跟小宝说呀！

白云：妈，我要马上向社区报告。咱不给组织添麻烦，但遇到困难，一定要依靠政府，相信组织。

邱月：对对对，你说得对，妈听你的。

白云：可是，妈，如果我也被隔离，您一个人在家，我不放心啊！

邱月：妈不是常年一个人在家吗，有啥好不放心的？

白云：（惭愧地说）妈，其实您也是一个空巢老人了，这一点我们过去根本就没意识到。

邱月：不光咱家，好多人家不都这样嘛！

白云：这就是很实际的社会问题，我们这些做文学和影视文化的人，怎么能对类似的现实题材视而不见呢？

邱月：（睁大迷惑的眼睛）你是说工作上的事吧？

白云：谢谢妈，您给了我新的视角，您给我补了一课，我知道今后努力的方向在哪里了。（她拿出手机，拨通了社区丁丽书记的电话。）

130. 社区　日　内

丁丽：（对着手机）白女士，我知道了，我马上把您的情况向上级报告。

131. 卧室　客厅　日　内

卧室里，白云把一个包里的物品进行了消毒。开着房门，向婆婆交代有关事宜。

白云：妈，这里边有家里的钥匙，还有我的银行卡。丁书记的电话号码、家里的注意事项，等等，我都写在这个小本子上了。

邱月：（忐忑地说）孩子，加油，妈在家等你。

白云：妈，咱们一起加油。

客厅里，电视机屏幕上正显示着：武汉加油，湖北加油，中国加油！

加油声中，邱月再次进了厨房。

132. 房门口　日　外

门铃响起，白云开门。丁丽与疾控中心的人员等在门外。

白云提着行李包，回身向邱月喊话。

白云：妈……

邱月戴着口罩和一次性手套，小心地端着碗鸡汤和两个剥了皮的鸡蛋，走到白云面前。

邱月：孩子，喝了这碗鸡汤，吃了这两个鸡蛋吧。这碗里的鸡油……

白云:（接过婆婆手里的碗，笑道）科学上说，鸡油既能润肺又抗感冒!

邱月的眼圈红了，但还是笑着点了点头。

白云:（把鸡汤喝完，把两个鸡蛋用纸巾包好放进了包里。学着《红灯记》里李玉和的腔调说）谢谢妈!

门外的人员看到这一幕，不由得眼圈也红了。

白云:（调侃道）有妈的鸡汤垫底，什么样的困难我们也能对付!

邱月：孩子……她欲抱一下白云，被白云后退几步挡了回去。

白云:（向婆婆做了个胜利的手势，转身跨出门去。要进电梯的刹那，她发自肺腑地回头喊道）妈妈，您一定要好好的!

邱月:（望着儿媳妇的背影，也无限深情地喊道）孩子，你一定要好好的，大家都要好好的!

好好的，好好的……这个最深情的声音在楼里激荡，在小区里激荡，在城市上空激荡，在中国大地激荡，也应该在全球激荡。

因为，人类是一个命运共同体。

133. 配乐与字幕

童声唱起：家是最小国，国是千万家……

字幕显示：邱月一家的故事虽然是虚构的，却是千千万万个中国家庭的缩影！它告诉人们，亲情和家庭也是命运共同体。

几个月后，武汉解封。各行各业逐渐复工复产。中国的全民抗疫战争取得了阶段性胜利。病毒面前，彰显了中华民族的伟大向心力和凝聚力。中华民族共同体意识更加牢固，人类命运共同体意识正在形成。

伟大的抗疫精神正激励着中国人民继续谱写新的篇章。

（全剧终）

如梦吟

字幕

20 世纪 70 年代中期，知识青年上山下乡运动，已波及吃国库粮的所有城镇青年。在中国北方的某个县城，因下乡插队的机缘，女主人公与三个男人之间，有了一段刻骨铭心的爱情、恩情、亲情故事。

1. 雅竹梦境

脑波缭乱，似远又近，有些空灵，有些现实。

毫无逻辑的杂乱中，隐约可见几十年前常用的低矮木制板凳和饭桌。饭桌边有男主人公夏同仁、盛世安、孟怀诗等看不出年纪的身影。

人到中年的女主人公尚雅竹背对着镜头，似有一些无奈，也有一些彷徨……

一个高大英俊的年轻背影闯进镜头，又决绝地对雅竹挥手而去。所有人的形象仿佛被时间的潮水冲刷后的岩石，更加坚韧，也更加模糊。

一个身着红衣的七八岁女孩从对面朝雅竹扑了过来，又转过身去对着离去的身影投去长长的期待。

眼看着身影消失，女孩转过身来，用稚嫩的声音大声喊道：奶奶，我们结婚吧！

雅竹心疼地把女孩紧紧揽住，手却着急地伸向背影离去的方向，口中喊道：别离，别离……

2. 雅竹卧室　夜　内

这是新世纪一对知识分子家庭的一角。深夜的静谧掩盖不了生活的真相。

女主人公尚雅竹背对着丈夫孟怀诗的胸膛，侧卧在宽敞的大床上。两条真丝被子显示出主人的品位和档次。

雅竹一侧的床头柜上，台灯散发着幽幽的蓝光，映照出相框里的红衣女孩、水杯和安眠药。

侧卧的雅竹突然翻过身来，双手伸向空中，嘴里喃喃地叫着：念念，别离，别离……

孟怀诗在妻子的梦呓中猛然醒来，睡眼惺忪地打开了床头柜上的台灯。侧过身子把妻子的手轻轻塞进被窝，又给她掖了掖被子，表情复杂地盯着她看了一会儿。然后拿起了床头柜上的手机，拿近看了一眼，手机屏幕显示的时间是深夜两点。怀诗叹了口气，刚要放下手机，一行黑体字从网页里跳了出来，一下抓住了怀诗的眼球。

刹那间呆过之后，怀诗的目光再次对准了手机上的消息。消息确认：某地常务副市长夏同仁坠楼身亡。

怀诗禁不住喊出声来：这些标题党，真是扯淡！他把手机扔到被子上，强迫自己躺下闭上眼睛，但眼睛却不听他内心的安排，总是不由自主地睁开。

怀诗的反常惊动了神经敏感的雅竹。她从梦中一下子睁开眼睛，静静地躺了一会儿，才转头看向身边的怀诗，淡淡地问了一句：你怎么了？

雅竹见怀诗睁着眼睛不做回答，以为也是自己的原因，便再次闭上了眼睛，回味着梦中的情境。

怀诗终于忍不住，迷茫地说道：我可能做噩梦了！

雅竹闭着眼睛淡淡地说：你是说我吧？直接说就是。

怀诗情绪激动地坐了起来，说：这些标题党真是太可恶了！说完他摸过手机用双手捂着。

雅竹再次睁开眼睛，盯着怀诗，感到莫名其妙。

怀诗不敢看向雅竹，惶惑地说道：网络上有同仁的消息。

雅竹收回目光，淡淡地说：这有什么稀罕，常务副市长嘛。

怀诗小心地把手机放到雅竹手上，说：我希望是噩梦，是谣言……

雅竹疑惑地拿过手机，抬起眼睛看了一眼，就惊恐地一下子坐了起来，整个人像冰雕似的瞬间凝固了。

怀诗赶紧一手托雅竹的后背一手安抚着她。紧张地呼唤着，说：雅竹，雅竹，你别急，我先去出去核实一下……

怀诗下床披衣正待出去。雅竹却捶着自己的脑袋自欺欺人地喊道：都怪我，都怪我，是我又做噩梦了……

怀诗心疼地回身，再次把雅竹揽到自己身上，说：网络上的消息很多都是假的，或许又在博人眼球呢。

雅竹呢喃着：但是、但是，可能、可能……紧接着，她的牙齿也咯咯地响起，嘴唇更是紧张地颤抖起来。

3. 医院院子　日　外

某市人民医院一角。

雨后的地上落满了银杏树叶，像一块巨大的花布，把深秋的大地装点得一片金黄。

五角枫的几片红叶簌簌飘落，与灰色的太平间形成了巨大反差。

4. 太平间门外　日　内

太平间的门缓缓打开，里边走出了悲伤的雅竹、心情复杂的孟怀诗和一脸平静的董妮。

三个人都是五十八九岁的年纪。身份分别是某地报社副刊编辑部主任；某教育局副局长；已退休的某局党组书记，也是死者的妻子。

雅竹自言自语道：不是自杀，肯定不是……

身边的董妮低头走路，听到雅竹的话未置可否。

雅竹继续说道：他那么阳光，那么积极向上，那么有理想抱负……他，怎么会自杀呢？这怎么可能，怎么让人相信，做梦我也不会梦到他自杀的！

怀诗渐渐落在两个女人的后边，悄悄掏出手机拨通了一个电话号码。

5. 高速路上　日　内

六十几岁的农民企业家盛世安，坐在一辆高档轿车里，斩钉截铁地对着手机说：先顾活人，别的事用不着咱操心……

6. 医院一角　日　外

怀诗对着手机说：你可是她最信赖的人啊，你一定得赶回来！

雅竹和董妮心情沉重地走在怀诗前边。压抑在心里的很多话选择性地吐了出来。

董妮：人，最痛苦的，是梦醒了无路可走。

雅竹：你爱他吗？

董妮：爱，但他不爱我！我只是他的妻子，不是他的爱人。见雅竹未置可否，她问：你爱他吗？

雅竹凄惨地一笑，说：爱？已是过眼烟云。

7. 雅竹家　日　内

这是一个当代知识分子的家。大大的客厅，讲究的摆设。

几盆或黄或白的菊花和电视机里正在播放的《雾里看花》虚实互映。

雨后的阳光透过落地飘窗钻进客厅，雅致的环境中一双搭在茶几上的袜子显得格外碍眼。

拖完了地面的孟怀诗又把客厅整体环视一遍，感觉良好地坐在沙发上抽出了一根中华烟。

孟怀诗边点烟边打开手机百度，输上副市长夏同仁的名字，一大串相关信息跳了出来。他深深地吸了一口烟，慢慢地吐了出来，神情若有所思。

一身肃穆的雅竹端着精致的茶杯从书房里静静地出来。从她瞬间皱起的眉头不难看出，她不仅闻到了烟味，视线还扫到了怀诗正在摩挲着的光脚丫子。她厌恶地收回了视线，走向了房间一角的饮水机边。

沉浸在遐想里的怀诗，突然意识到雅竹的出现，迅速把烟掐灭，站起身来没话找话地说：我让办公室的人随时关注市里的动态，有了消息就马上告诉你。

见雅竹未置可否，怀诗又关切地问：中午你想吃点什么？

雅竹淡淡地说了声“随便”。

怀诗抽了抽鼻子，讨好地说：那我就炖只土鸡吧，已经深秋了，给你提前进进补，免得天冷了你又咳嗽。

雅竹置若罔闻地端着茶杯进了书房。

8. 雅竹书房里　日　内

书房里有一面墙的书柜，洁白的柜体一尘不染，玻璃橱窗内的各类书籍排列有序。

精致的板台上，电脑旁有一盆碧绿的文竹，还有一个雅致的相框，内里镶着一个6岁左右男孩的照片。

雅竹把茶杯放在茶杯垫子上，拿起相框端详了一会儿，眼泪就吧嗒吧嗒地落了下来，滴在照片中男孩的脸上。看得出，她的内心非常痛苦和纠结。

抽泣了一会儿，雅竹又从书柜里找出一本影集，从里边翻到了一张黑白照。这是当年知青小组的集体合影，照片中的知青一个个年轻、质朴、青春勃发。

雅竹的泪目落在了阳光帅气的夏同仁那里，纤纤细指抚摸着同仁英俊的脸，目光变得迷离起来，思绪仿佛放飞的风筝在怀旧的音乐声中越飞越远……

“念念、念念”的呼声由远而近地涌了上来……

雅竹在模模糊糊的影像和越来越清晰的呼声中，被裹挟到了与同仁相互多看了一眼的那一刻。

9. 某地农村　日　外

20 世纪 70 年代中期的某个炎炎夏日，北方某地的一个行政村里。

“热烈欢迎知识青年来我村插队落户”“知识青年到农村去，接受贫下中农再教育”“农村是一个广阔天地，在那里是可以大有作为”等各类标语随处可见。地上的鞭炮纸屑似乎还带着热情燃烧的烟火味道。

沿村里的中心大街有个新建的知青大院。大门两侧宽大的水泥门柱上，大红的欢迎词热烈地张开怀抱……

院内南侧是篮球场等公共活动场区，北侧有两排崭新的红砖瓦房。中间的甬道把瓦房分成四组，前边的两组为伙房和公共活动间；后边的一排，东边的花墙里边晒着女生衣物，西边的花墙里有球鞋、球衣等男生所爱。

男女生宿舍后边有块空地，空地一端有红砖砌成的男女厕所。

烈日当空，蝉鸣扰人。

二十几人的知青大院，安静得仿佛沉睡了一般。

突然，一阵年轻人的喧嚣声从活动室里瞬间爆发出来，沸反盈天。

10. 活动室　日　内

这是大院前排一间很大的活动室，有乒乓球台子，还有兼做阅览桌的长条会议桌。

室内墙上有领袖像、语录等，还有一个时兴的学习专栏。

此时，男女知青和当时还叫孟军的年轻的孟怀诗，一起围坐在长条桌边。桌上散落着形形色色的日记本。

室内一众年轻人，气氛热烈，青春勃发，只有一个叫胖丫的女知青还在犯困。

19 岁的知青组长夏同仁，身材高大，面目俊朗，阳光自信，朝气蓬勃。此时他高高地站在条桌的一头，举着手里的本子，说：哎哎，大家先别嚷嚷了，你们谁叫尚雅竹啊？

大家安静了片刻，有人说：不是都介绍过吗？也有人说：再来个自我介绍吧。还有人把目光投向了安静地坐在一角的尚雅竹。

雅竹在同学们的嘈杂声中抬起了头，目光投向了组长夏同仁，大大方方地站起身说：我叫尚雅竹。

同仁的目光与雅竹相遇的一刻，突然显得有点慌乱，俯视一切的自信瞬间收敛了起来。

同仁举着手里的本子谦逊地问：你这是写的诗啊？

雅竹说：不是，是词。

同仁：哦，是诗词？日记还可以这样写啊！

同学们听说是诗词，又遏制不住地起哄了：念念，念念……

同仁看一眼坐在桌边的村团支部书记孟军，似乎在征求他的意见。

22 岁的回乡知青孟军，从这个场景出现时，就一直在这些城里娃面前正襟危坐。

孟军接到了同仁询问的目光，踌躇了一下后磕磕绊绊地说：交流日记，其实是为了了解大家的思想动向……

夏同仁来到孟军身边，把日记本递给了他，说：你看看有什么动向吧。

孟军迟疑地接了过来。他疑惑地看看同仁又看看雅竹，注意力才转向手中的本子。

日记本封面的讲究一下子抓住了孟军的眼球。他小心翼翼地翻到本子的扉页，确认了一下日记本的主人，惶惑着将视线再次投向了角落里的雅竹。雅竹虽然低眉顺眼，但主持人的目光投向她的时候，她也毫不怯懦地迎了上去。倒是孟军自己的脸先红了，鼻翼也跟着抽动起来。

同学们又起哄：念念，念念……

孟军把本子递给同仁，说：还是你来念吧，俺不会撇腔。

知青们闻听哈哈笑过，然后纷纷把注意力转向组长，并继续起哄：念念，念念……

夏同仁的视线再次投向了雅竹。

雅竹又将目光勇敢地迎上了夏同仁。

同仁的目光与雅竹的目光再次相遇的时候，仿佛被点穴了一般，变得魔怔起来。

知青们的起哄声此起彼伏：念念，念念……

夏同仁回过神来，似乎接受了指令一般，端正了一下身体，认真地用地方普通话念道：

《如梦令》

连日三思后顾，

晓对一帘心雨。

菡萏闹芬芳，

蝉鸣高枝无数。

独舞，独舞，

何惧雷电酷暑。

同仁念的时候，室内异常地安静。同仁念完了，安静还在继续。

安静中有人问：念呀，怎么不念了？……就这些？这就是诗词呀？……这是念的啥呀？

欣赏、惶惑的情绪一齐笼罩了孟军。他趁大家不注意，刮去了脸上的汗水，忍不住看向雅竹，恰好也遇到了雅竹的目光。他不由自主地掩饰着抽了抽鼻子，对雅竹说：尚雅竹，你给大家说说吧，这是写的什么？

雅竹坦然地站起身来，说：这是我模仿着写的一首小词，词牌名叫《如梦令》，李清照就是以写词著称的。

同学们又吵嚷道：“什么是词牌？”“李清照是干什么的？”“女的男的？”“他现在哪里呀？……”

雅竹无法回答这些突如其来的提问，只能无奈地重新坐下。

嘈杂声中，室内的光线越来越暗了。

11. 知青大院　日　外

室外，一声炸雷，仿佛要把天空撕裂一般。

灰色的天幕笼罩着大地，雷暴雨就要来了。

然而，村内的某个池塘里，几朵荷花却相映成趣，灰暗的天空下更显娇艳。

12. 活动室　日　内

活动室里已拉亮了灯，门窗已被关闭。

孟军跟前摆放着所有的日记本。他矜持地说道：今天是团支部组织的第一次知青活动。从日记里可以看出，你们插队的这五天里，大多数同学都做到了政治挂帅、思想领先。但也有个别同学标新立异，政治思想觉悟还有待提高……

同仁看一眼雅竹，装出满不在乎的样子说：咱在学校里都是抄大字报的高手，现在能把日记写出个花来，千篇一律中独树一帜，也不是什么坏事嘛。

“就是，就是……”

见有人大声附和同仁，孟军更显得不知所措。

13. 知青大院　日　外

雨点噼里啪啦地砸了下来。那些鲜红的标语口号在暴风雨的冲击下，也很快“泪”流成河。

个头不高、二十四五岁的民兵连长盛世安，顶着件部队上发的雨衣，冒雨冲进知青大院。

14. 活动室　日　内

活动室里并没有多少人关注日记的写法，大多数同学都在用热情涂抹青春的底色。女同学期待着出去看看花草，男同学却想象着下河抓鱼。不交流日记的时候，会议室里叽叽喳喳……

团支书孟军坐立不安，穿着塑料凉鞋的脚在桌子下边不停地摩挲。

雅竹观察着同学们的各种表现，静静地用手指在另一只手心里画着什么。

隆隆雷声传进室内，炸醒了迷迷糊糊的胖丫，个别女同学还尖叫了起来，大家这才关注天气的骤变。

落汤鸡般的盛世安冲进屋里，一下吸引了所有人的目光。

夏同仁惊异地问：盛连长，你怎么来了？

盛世安跑得上气不接下气地说：刚刚接到上级党委的电话，今天夜里，会有60年来最强的洪水暴发。为确保知青和村民的安全，上级要求我们，全体知青必须马上转移到庙山上去。

没想到，连长的话刚一落地，同学们竟兴奋地欢呼雀跃起来：太好了，太好了……他们根本没把上级指示放在心上，更不是因为可以转移而欢呼。

夏同仁也高兴地大手一挥，说：同学们，考验我们的时候到了！

众知青叫道：我们不转移！我们与村子共存亡！喊叫的声音甚嚣尘上。

年轻人的热情被一个消息再次点燃。

盛世安见此情景，着急地喊道：我再告诉你们，基干民兵们马上要去保卫水库，没人来保护你们。

众知青：我们不需要保护……我们也去保护水库……保护村里的集体财产。既然我们也是社员，我们就有义务跟大家共患难……

盛世安挥了一下手，说：不行，你们还不是基干民兵，现在还没有资格。

雅竹虽然没有跟着同学们起哄，但也目光坚定地站了起来，立场明确地跟大家站在了一起。

盛世安恼怒地说：你们这些孩子，这不是添乱嘛！

众知青：说谁是孩子啊，我们不是孩子，我们是社员……

盛世安着急地环视着大家，忽然瞥见了雅竹，遂扳过同仁的肩膀跟他耳语了几句。

但世安的话还没说完，同仁就挣开世安，大声嚷道：这里没有问题子女，人和人都是一样的！

盛世安尴尬地瞅一眼雅竹，用拳头捣了一下同仁：你嚷什么嚷？我是连长还是你是连长？我要对老少爷们儿和大队的集体财产负责。

知青又嚷了起来：我们也是社员，保卫集体财产也是我们的责任。

盛世安无奈地说：好好好，等你们锻炼好了，都成了基干民兵的时候再说吧，啊？说完他又对孟军特别强调说：你这个团支书，也是大队干部，关键时候你可得让大家都听党的话。

一直没有插上话的孟军，听了连长的话，仿佛一下子腰杆硬了起来。他对大家说：关键时候，共青团员要一帮一，一对红……

没想到，孟军的声音竟被知青们的吵闹声瞬间淹没了，大家根本没把他的话当回事儿。

在大家的吵闹声中，夏同仁禁不住看向雅竹。当两个人的目光再次遇到的时候，同仁看到了雅竹眼睛里的感激。

15. 村庄　日　外

大雨如注，昏天黑地。

倾盆大雨导致洪水成灾，整个村庄和周边地区都浸泡在水里。家禽、家具、杂草、树木等各种杂物被肆虐的洪水冲击得无处藏匿……

16. 村里的烟房　日　外

透过几只微弱的手电筒发出的光线，可以看出当下的景象：滔滔洪水漫过人的腰部，大队的烤烟房随时都有被泡塌的危险。

烤烟房外已经站成了人的长龙，一捆捆黄烟从烤烟房里传递出来。

一位叉开双腿站在烟房门口的中年妇女，精疲力竭后禁不住打了个趔趄，眼瞅着就要朝后倒去。站她下首的雅竹把她搀到一边，然后学着中年妇女的样子，叉开双腿在洪水里站稳，从烟房里接过一捆黄烟，迅速传递给她的下首……

黄烟一捆捆地被从烟房里传出，又一捆捆地被人扛着送到高处……

昏暗的光线下，房中黄烟的传递慢了下来。雅竹抹一把脸上的雨水，眼前忽然一亮，原来夏同仁就是她的上首。

两个年轻人的目光再次碰到一起的时候，都心有旁骛地笑了。

同样遭遇狂风暴雨的荷花，谁说他们不能继续绽放笑脸呢？

17. 雅竹宿舍　日　内

知青大院里，甬道把宿舍分成东西两组。东边的六间房住着十一名女生。雅竹跟胖丫的房间在东边一组的最西头。两张一样的木板床，在一张简易二抽桌的间隔下并列靠墙放着。

雅竹的床紧靠西墙，淡雅的绿色墙围上有手绣的荷花，天蓝色的蚊帐撑在床边，可以遮挡室外的视线。床头一端有一个小小的书架，书架上摆着几本工具书和一个相框，相框里少女时的雅竹穿着白色连衣裙，坐在荷塘边的一块石头上。脸盆架和洗漱用具、劳动工具等依次靠在墙边。

胖丫的地盘从雅竹的劳动工具处开始。凌乱的空间里，蚊帐被高高地挽起，醒目地显示着贴在床头的“扎根农村一辈子”几个大字，一侧的墙上贴满了时兴的领袖像及语录等。此时胖丫正用茶缸在桌子上熨烫着一件男式衬衫，一种小窃喜不时跑到脸上。

门外忽然传来夏同仁的声音，他问：能进去吗？

胖丫兴奋地转身说：能，能，快进来吧。

同仁跨进房间，说：你们这可是闺房啊！

胖丫讨好地说：什么闺房不闺房的，你这大组长我们还怕请不到呢。

同仁环视房间，看到了雅竹的小照，也看到了胖丫的口号，还看到了雅竹晾在蚊帐内打补丁的内衣、内裤。

同仁窘迫地擦了把汗，说：你们屋咋这么热？

胖丫：还不是拜组长大人所赐，把房屋西山留给我们了呗。

同仁用手摸了一下墙，说：嗯，确实啊，墙都晒透了！他一低头，发现了地面冒出的几棵小树苗，有几个蝉洞甚至还没封上。

同仁自语道：真没想到啊……

胖丫：这还用想吗？明摆着嘛，一个是四类分子子女，一个没摊上个好爸爸……

同仁瞪了她一眼，说：别胡说！

胖丫：我怎么胡说了，那你怎么不住西头啊？

同仁：我，我根本就没想那么多嘛。把衣服给我吧。

胖丫：还没熨烫好呢！

同仁：谁叫你熨烫来？本人怎么穿都好看。

同仁抓起衣服出门时又瞥了一眼小树苗和蝉洞，莫名其妙地说了句官话：不能人为地制造差别啊！这话恰被端着脸盆进屋的雅竹听到。

雅竹在躲他的刹那禁不住看了他一眼，两人的眼光再次相遇。

18. 村外　日　外

大水已经退去，大地又迎来了仲夏的阳光。

早晨八九点钟，在地里整理被淤泥淹埋的玉米的知青们已经被晒得汗流浃背。

知青甲突然发现洼地里有水库泄洪时被冲下来的鱼，有的还活蹦乱跳的，禁不住欢快地喊叫起来。夏同仁和同学们闻听后兴奋地扑了上去。

胖丫蹭到同仁跟前，讨好地帮组长抓鱼。

抓鱼的夏同仁目光却越过胖丫，看到了远处的雅竹。此时她正背着一大捆青草趔趔趄趄地前行。不小心脚下一滑，顺势摔倒。

胖丫好奇的视线把雅竹和同仁连在了一起，她不免妒忌地拍了夏同仁一巴掌。

同仁反感地挖苦道：你干什么呀，想去割草啊？我看行，你这么胖，应该你去背青草才对！

胖丫故作神秘地说：哎，我跟你说个秘密。她还给她的劳改犯父亲写信呢……

同仁：这算什么秘密，给父亲写信很正常啊。

胖丫：那可是劳改犯父亲啊！你这个根正苗红的组长可要站稳政治立场啊！

同仁“嘁”了一声，说：那是亲情，与立场无关。

19. 知青磊院　日　外

又到了周日，活动室前面的篮球场上，同仁和同学们在打篮球。

同仁抢到篮板球，再投不中，球被对方抢到。

同仁大声呵斥队友：能够着就够，够不着就要抢啊？！

看热闹的人中跑过来刚才还在劈柴的胖丫，起劲地跟着起哄，她的掌声明显地向着同仁。

20. 大门口　日　外

与此同时，知青大院门外，雅竹和一个男同学在写黑板报。男同学在写美术字，雅竹用她秀丽的粉笔字在抄报纸。

雅竹的视线扫过报纸上的“政治”二字时，眼前模糊了，去农场看望父亲时的情境在眼前浮现。

21.（闪回）

某农场的地头上，虚弱的父亲告诫雅竹：咱不懂政治，但不争不抢还是不难做到的。

22. 雅竹宿舍 夜 内

灯光下，雅竹把缝补好的内裤叠好放在枕头底下。听胖丫已经发出了雷鸣般的鼾声，她悄悄从枕头底下掏出还没做完的鞋垫。

鞋垫是黑白灰色的碎布头拼在一起的，雅竹显然十分满意。没想到她轻轻咳嗽一声，就惊动了酣睡的胖丫。

胖丫从蚊帐里探出身子，不满地吼道：还亮着灯啊，你还让不让人睡了？见雅竹有东西塞到枕头底下，她忙问：你在干什么？

雅竹掩饰道：没干什么，马上就睡。

胖丫嘟囔道：哼，一个“黑五类”子女还能去了副业队！她气哄哄地下床把房门打开一半，试了试风能吹到自己，外边的视线却扫不到她，就回到了床上。但她显然还是不满，继续嘟囔道：组长他怎么想的呀，让我跟一个“黑五类”住一屋……

雅竹见她已经躺好，就拉灭了灯，又掖好了蚊帐，静静地躺在了床上。蝉鸣虫叫的夜晚和敞开的房门使雅竹看上去很不安。

倒是脸盆架旁那棵嫩绿的小苗，虽然见不到阳光却顽强地生长着，让人看到了生命向上的力量。

23. 知青活动室 日 内

第二天中午，连长盛世安和夏同仁在活动室里对话。

世安拿着雅竹还没有做完的鞋垫，在同仁跟前晃了晃说：看看啊，这就是你向老支书推荐的人。才进副业队几天啊，就敢动用集体的财产干私活儿。

同仁漫不经心地说：人家是废物利用嘛，用得着小题大做吗？你们平时浪费的还少吗？

世安：夏同仁你什么意思啊？

同仁无所顾忌地说：我的意思是说，成天疑神疑鬼，才是浪费时间、浪费生命哪！

世安指着手里的“赃物”，说：这是苗头，是思想苗头和行为苗头，必须作为反面典型进行批判。

同仁：怎么，想邀功请赏啊？那你去抓个大的啊，村里的地痞流氓你抓着现行了吗？

世安：夏同仁，别忘了，你是知青组组长，必须把政治立场站稳了！

同仁：我根正苗红，从小就是听着阶级斗争的故事长大的，讲立场的话我比你懂。

世安：反正我不能让这种损害集体利益的行为存在，我明天就召集社员对尚雅竹的行为进行批斗。

同仁：你敢！尚雅竹是我的人，你敢动她试试！

世安听到“我的人”这几个字时，惊讶地张大了嘴巴。

24. 活动室外　日　外

正在室外偷听的胖丫一边啃着黄瓜一边窃喜，听到同仁的吼叫后，吓得差点喷了黄瓜，赶紧悄悄地溜走了。

25. 知青食堂里　日　内

胖丫溜进食堂，在门口遇到一男同学抹着嘴从里边出来，差点与胖丫撞在一起。

胖丫朝厨房内看了看，问：你偷吃啥了？

男同学：你才偷吃了！

胖丫赶紧把手藏在身后，故作神秘地说：我告诉你个秘密，你可别对别人说。她神秘地凑近那位男同学，说：你听说了吗？组长说尚雅竹是他的人！

男同学：什么意思啊？

轮值的雅竹吃力地抱着一捆劈好的柴火进来，胖丫见状赶紧拉着男同学走远了。

不一会儿便传来他们咻咻笑的声音。

26. 大队部　日　内

傍晚，大队部办公室里，同仁正在听老支书训话。

50 多岁的大队支书孟大爷猛吸了几口旱烟，呼扇了几下手里的破旧蒲扇，语重心长地对同仁说：你是老革命的后代，是上级重点培养的对象，一言一行都得起表率作用啊！

夏同仁：孟支书，您说的这些我知道，我就是这样要求自己的。

老支书：那你跟我说说，你跟尚雅竹是怎么回事，她怎么就成你的人了？

夏同仁：她是知青，我是知青组组长，我对每一个知青都要负责，难道这也不对吗？

老支书：就这么简单？

夏同仁：那还能怎么样？

老支书：没怎么样就好，我得替你父亲看好你。

夏同仁嘟囔道：好不容易不用他管了……

老支书：混账！这个世界上还有比父亲更关心儿子的吗？见同仁要反驳，老支书挥手打断，说：还有，你别对不起组织对你的希望和培养！

27. 活动室　日　内

晚饭的菜是清炒老黄瓜，雅竹在给大家分菜。

有的同学嚷道：怎么一点肉都没有啊？

夏同仁：全组每月五斤肉票，你还想天天吃肉啊。

某同学：这不是还在月初嘛。

有同学说：那你就看看肉往哪里长吧。

夏同仁大大咧咧地招呼道：今天还是老规矩啊，馒头一人一个，不够的吃窝头。

胖丫：组长，这不合理啊。

夏同仁：怎么不合理了？

胖丫：有的人一个馒头就够了，永远也不用吃窝头。

夏同仁：那你就光吃馒头好了。

同学们哈哈笑道：那还怎么长肉啊？

28. 大队部　日　内

几个月后，老支书在给孟军和夏同仁两个青年安排前程。

老支书：孟军啊，你是一个长工的后代，你爹为了乡亲们把命搭上了，你娘也从此一病不起，我就一直把你当自己的孩子看待。你的前程我怎么安排大家伙也说不出别的来，但我只能帮你到这里了，也算对得起你死去的爹了。今后的路还得靠你自己去走。

孟军激动地又抽动起鼻翼，“嗯、嗯”地应答着老书记的嘱托。

老支书转身对同仁说：你，别跟我说扎根农村60年这话。我不听，我也不信。他又点上了一袋烟，猛吸了几口，语重心长地说：没有比农村更苦的了，哪个当爹的希望自己的孩子永远在农村，我不是也把孩子送去当兵了吗？

夏同仁不知所措地看看孟军再看看老支书，不知说啥是好。

老支书又说：不光你，我希望知青们都早一天离开农村，一个都别留，特别是你。不然，我就不会把这个团支书让你来当。你明白我的意思吗？

夏同仁摇了摇头又点了点头。

老支书叹道：傻小子啊，下来锻炼一下，知道农村是咋回事就行了。说完，他向两个年轻人挥了挥手：走吧，你们都走吧。

29. 村里　日　外

同仁与孟军从大队部出来，两个人都掩饰不住内心的喜悦。

夏同仁羡慕加嫉妒地道：行啊，这就成大学生了，了不起啊！

孟军第一次在城里娃跟前挺直了胸膛，大胆又自豪地说：承蒙关照！

夏同仁“嘁”了一声，说：关照？半斤八两吧。他握了一下孟军的手，说：祝你好运吧。说完一个人朝村外走去。

孟军若有所思地望着同仁的背影消失在村外，立刻转身朝知青大院方向走去。

30. 村外　日　外

秋收后的庄稼地里，堆着一垛垛的玉米秸，还有一些没有拔的棉花柴。

同仁漫步到果园里。苹果树下有大量烂掉的苹果。乱糟糟的枝头散漫生长。

空旷的田野里，满是深秋的模样。

刚刚接任团支书的夏同仁，望着无边的天际陷入了沉思。

31. 知青大院　雅竹宿舍　日　内

深秋时节，房间里已经有了些寒气。

宿舍里，雅竹正坐在床上给父亲织毛衣。

孟军忐忑不安地在门外喊：尚雅竹，你在吗？

雅竹起身下床，走到门口，说：孟书记找我有事吗？

孟军神情慌乱地抽动起鼻子，说：我想看看你平时都读什么书。

雅竹谦逊地说：我初中毕业，哪有读什么书。

已经被推荐为工农兵大学生的孟军，突然意识到自己的身份，底气一下子充盈了全身，问：我能进你房间里看看吗？

雅竹客气地让道：孟书记，你请进。

孟军跨进雅竹宿舍，饶有兴致地巡视了一圈，目光很快就被书架上的照片深深地吸引了。

他径直拿起照片，只见一个戴着草帽、穿白色连衣裙的十四五岁的姑娘坐在池塘边，天真烂漫地笑对镜头，与池塘里盛开的荷花相得益彰。照片旁边还用娟秀的字体抄写着李清照的《如梦令》。他不觉念出声来：常记溪亭日暮，沉醉不知归路。兴尽晚回舟，误入藕花深处。争渡，争渡，惊起一滩鸥鹭。念完后他由衷地赞道：真好！

胖丫一步闯进来，见到孟军便惊呼道：呀，孟书记，听说你要上大学了？

孟军：是啊！你们以后就别叫我孟书记了。

胖丫：哎，你出去上大学，那你老婆咋办？

孟军瞬间红了脸，急不择言地说：再说，再说吧。他像做了亏心事似的，边说边把照片放回原处，没跟雅竹打个招呼，竟然落荒而逃了。

雅竹用目光跟他再见，继续平静地织着毛衣。

胖丫不无妒忌地说：真替他老婆担心哪！

32. 活动室　夜　内

夜色正浓。

室内很亮。全体知青又在开会。

这是夏同仁以团支书和知青组组长的双重身份组织的会议。

夏同仁说：进入深秋以来，村里就只有技术队和副业队还有活儿干，那农业生产队里闲下来的社员们干什么呢？大家总不能跟那些大爷大婶似的，抄着手蹲在墙根晒太阳吧，总不能张家长李家短地闲扯淡吧。

知青甲嚷道：那还能干什么，我们总不能去教育贫下中农吧？

活动室里顿时一片哗然。

夏同仁拍手称道：说得好！这个事呢，正是我现在考虑的方向。

知青甲说：毛主席没说，贫下中农接受知识青年的再教育啊。

这话又引得活动室里一阵哄笑。

夏同仁严肃地说：但毛主席说过要实事求是啊，要一切从实际出发！

尚雅竹的眼睛里放射出赞许的光芒。

夏同仁看到了雅竹的目光，更加自信地侃侃而谈：我们是知识青年啊，不管知识多寡，我们总不能就着窝头都吃了吧……

33. 村子　日　外

秋收后的玉米、瓜干、柴草，一如既往地堆在各家各户甚至大街小巷，显示着大家的饱食终日。

初冬的日子里，三三两两的男女老少，散漫地闲扯，无所事事地打发着宝贵的时光。

突然，大队的高音喇叭传出了雅竹的声音：广大社员请注意，广大社员请注意，这里是大队广播室。从今天开始，我们向大家播报重要新闻、好人好事，并会不断增加新的内容，丰富大家的精神文化生活……

听着大喇叭里传出的悠扬乐声，村里的大人孩子、蹲墙根的、纳鞋底的，都扬起了头，静静地听着雅竹的播报。

大喇叭的声音越传越广，人们脸上的皱纹随着时代的声音渐渐舒展。

当下的村子像逐渐熟透的果实，渐渐变得色彩斑斓起来。

34. 大队部里　日　内

老支书对同仁竖起了大拇指，由衷地称赞道：好小子，有办法，有前途！

同仁不无自豪地回应：谁让我们是知识青年呢！

老支书：嗯，这样，你老子就放心了！

35. 村里　夜　外

月光如水般倾泻于大地。

从知青大院通往另一个自然村的小路上，一大一小两个身影，保持一定距离向前移动着。

月光打在夏同仁和尚雅竹的脸上，一对年轻人互相爱慕的情愫便掩饰不住了。

小路边有一条小溪，月光洒在溪流上，波光粼粼；

小路另一侧有一片树林，月光穿过枝蔓洒下斑驳阴影。

两个人就要拐上小桥时，雅竹被同仁让在了前边。

小桥上的人与两边的景象组成了一幅动静相间的水墨画。

一截树枝不合时宜地横亘在桥面上，雅竹突然发出一声尖叫，下意识地转身扑到了同仁身上。

同仁愣了一下，低头捡起了树枝，哈哈笑道：就是一截树枝嘛，你胆子这么小啊！

雅竹不好意思地离开同仁，说：我害怕蛇。我在农场的枯井里还看到过蛇纠缠在一起呢。说完这话，惊恐的眼睛里还涌满了泪水。

同仁手足无措地欲抱一下雅竹，或许是顾忌到自己的身份，就缩回了已经伸出的手，没话找话地说：其实，人各有各的怕，我这也正怕着呢。

雅竹：你？你怕啥？

同仁：我怕一会儿当着那么多社员念报纸，念不好叫人笑话呢。

雅竹：不会的，你那么优秀，那么有才华，怎么会被人笑话呢？

同仁：优秀？有才华？你真是这么看我的？

雅竹看他这么较真儿地追问，不敢继续表露自己的心迹，赶紧转身朝前走去。

月光下的水墨画跟着他们的脚步向前伸展。

36. 知青大院　日　外

进入初冬了，知青们在宿舍后边的蔬菜地里摘辣椒、拔茄子，开开心心，打打闹闹。

不远处的厕所里突然传出了雅竹尖锐的惊叫声。

正在跟同学们打闹的同仁一下子反应过来，不管不顾地快步冲进了女厕所。

只见一条大蛇扭动着身子趴在厕所的砖墙上。

还没在厕所里蹲下的雅竹已经被吓得瘫软在地上。

同仁迅速抱起雅竹冲出厕所，放到菜地边上声声呼唤。

见雅竹一直没有反应，同仁毫不迟疑地把嘴对上了雅竹，开始给她做人工呼吸。直到雅竹“哇”的一声缓了过来，同仁才舒出了一口气。

雅竹惊魂未定，冷汗淋漓，下意识地抓着同仁的手久久不肯松开。

同学们围着雅竹七长八短地问候着。

同仁抽出手后再次冲进厕所，从墙上一把揪下了怀孕的大蛇，围着菜地边跑边抡了起来。待他跑得气喘吁吁，又把大蛇扔在地上，拿过一把铁锨，把对雅竹的心疼和自己的愤怒一股脑儿倾泻在大蛇身上。

同仁疯狂的举动，惊呆了青春期的男男女女。有的惊叹道：太男人了！有的惋惜道：它还怀着宝宝呢……

同仁发泄完了，无限爱恋使他顾不得许多疑惑的眼神，他双手抱起雅竹朝宿舍快步走去。

身后的知青们惊讶、羡慕，面面相觑，拍手欢呼。

37. 雅竹宿舍　日　内

同仁抱着雅竹来到她的宿舍，把她安放在床上，嘴里说：不怕不怕，雅竹，有我呢……

雅竹还是神情惊恐地紧闭着眼睛，同仁好想把她继续揽在怀里。但他终于顾忌到什么，就起身给雅竹倒了杯水，呼唤着她睁开眼睛喝了几口。

同仁爱怜地刮了一下她的鼻子，调侃道：你可真是个胆小鬼呀！

从惊魂中回过神来的雅竹，似乎记起了刚才所发生的一切，慌乱又羞愧地拿被子盖住了脸。

同仁坐在雅竹旁边，一时不知说啥是好，就起身拿起了书架上的照片。欣赏着照片和旁边的《如梦令》，对身边的这个女孩更加心疼和欣赏了。

门外传来叽叽喳喳的声音，是同学们已经干完了活儿，还是想一探这对男女的究竟？

胖丫一步闯进宿舍。见同仁手里拿着雅竹的照片在发呆，带着醋意的调侃就冒了出来：组长啊，你可真是护花使者啊！

同仁一语双关地回道：那你以后就别践踏花草了。

38. 大队部　日　内

“烟雾缭绕”的室内，只有老支书和雅竹两个人。

老支书对雅竹说：我是说，夏同仁还应该进步，你明白我的意思吧？

雅竹摇了摇头说：不明白。

老支书：那我就直说了吧，现在有些议论，说你和夏同仁在谈恋爱呢！

雅竹耿直地回道：难道我们没有爱的权力吗？

老支书：可是你……！

雅竹：我怎么了？我是“黑五类”，他是“红二代”吧？你们组织上的人不是常说，人是有成分的，但不应该唯成分论吗？

老支书：你这孩子，我只是提醒你，你看你就……

雅竹：谢谢您的提醒。

从大队部出来，室外一片晴朗，但雅竹却踟蹰着不知该何去何从。

39. 村里　日　外

初冬的清晨，雅竹刚从井里打上来一桶水，挂好扁担正准备挑起，同仁却一下子抓住扁担，挡在了她的前边。

雅竹决绝地说：请你让开。

同仁诧异地问：雅竹，你怎么了，你最近为什么老躲着我？

雅竹：我没必要刻意躲着谁。我只是在乎让自己站直了。

同仁：雅竹，你别怕那些风言风语，有我呢！

雅竹：是，什么时候你都可以这样说，因为你是“红二代”，你会永远正确。但我却不同，我如果不坚守自己的清白，我将一无所有！

同仁：雅竹，我从没说过什么“红二代”“黑五类”的……

雅竹：你根本用不着说……

同仁：那、那我来挑水吧。

雅竹倔强地道：请别在我这里显摆你的优越。孱弱的身体稳稳地挑起了水桶，在同仁的注视下一步步地离去。

同仁既心疼又懊丧地蹲在了地上。

40. 雅竹宿舍　夜　内

皎洁的月光恰到好处地衬托了窗帘上的波纹，仿佛一汪清水里有涟漪在起伏。

雅竹和胖丫的房间里，胖丫鼾声如雷，另一张床上的雅竹却辗转反侧。

纠结又复杂的心情下，她又掏出了手电筒，在被窝里读父亲的来信：……孩子，遇到他是你的缘。既然他很爱你，你也爱他，那就不要想得太多，免得错过了好的缘分。

躺在床上的雅竹，一个声音在她脑海里翻腾：其实我不怕别人说闲话，但我怕影响你进步。

41. 大队部　日　内

"烟雾缭绕"的大队部里，党支部成员在研究参加公社民兵训练的名单，冬日的阳光也挤进来凑热闹。

团支部书记夏同仁列席了会议。议题僵持中，夏同仁阐发自己的观点。

同仁：要么知青们全部参加，要么一个也不去。

世安：知青不参加不符合上级要求。但是全部参加也不行，全体里边有问题知青。

同仁：什么问题知青，你这是人为地把人分成三六九等。

世安：本来嘛……

老支书终于忍不住又发话了：世安啊，你以后把这话收起来吧。他们还都是些孩子，能有什么问题啊？

世安：那您的意思是都去？

老支书：都去吧，让他们都摸摸枪，下乡，插队，总不能只看不练吧。

同仁和世安互不服气地瞪了对方一眼。

42. 民兵训练场　日　外

冬季民兵训练场地，在公社驻地外的一片河滩上。知青们和村里的基干民兵在进行队列训练。

雅竹在平日的衣服上扎了一条腰带，显得英姿勃发，此时正在队列前喊着口号。

带队参加全公社民兵训练的民兵连长盛世安，终于对雅竹的表现刮目相看，难得地投出了赞赏的目光。

在各种训练项目中，雅竹的才能在公众面前得到了充分施展，使她内在的素养和外在的气质得到了有效的统一。

43. 训练基地　夜　外

民兵训练指挥部。

室内的同仁拿着电话静静地听着，“嗯、嗯”地应答着。

（夏父的画外音）我已经给你们公社党委打了电话，尽快给你们大队党支部一个发展党员的指标，返城前这段时间一定要解决你的组织问题。这个事很重要。我的意思你听明白了吗？

同仁对着电话筒问：爸，是知青们全部返城吗？

（夏父画外音）你咋呼什么？！现在还是内部消息。

同仁：那……

（画外音）你那什么那？你要知道，办什么事情都得有个先后左右。你给我记好了，返城之前别给我出任何差错，你要带着党票顺顺利利地给我回来。

44. 打靶现场　日　外

打靶项目考核，五名知青趴在地上握着枪瞄准了前方的靶子，其中就有心事重重的同仁。

没想到一向自信的同仁五发子弹全部打飞，他沮丧地趴在枪上叹息起来。

世安走到同仁身边，不解并略带挖苦地问：你这是咋了，平日里那些本事呢，就着馒头吃了？然后对另外五人招呼道：你们，上。

雅竹等五名同学又趴到了枪上。

世安跟民兵们一个个地嘱咐，来到雅竹身边时，他一扫往日的神情，和颜悦色地说：尚雅竹，稳住哈，别慌，看准你的靶子，千万别打到别人的靶子上去。

雅竹对连长的话未置可否，仍按部就班地装好子弹，心无旁骛地等待发射的指令。

信号员发出信号后，雅竹稳稳地打出了五发子弹，带着她的自信顺利地穿透了靶心。

沉寂过后，报靶员兴奋地报告：五号靶，49 环。

听到报数，盛世安兴奋极了，高兴得手足无措。他摘下帽子，有点自我检讨地说：尚雅竹，你还真行啊！给咱连队破纪录了。说着竖起拇指，给了雅竹一个大大的赞许。又转头对同仁说：嘿嘿，差点败在我手里。

雅竹不明就里地把疑惑的目光投向世安又投向同仁。

同仁第一次在雅竹面前自惭形秽地回避了她的目光。

45. 训练基地　夜　外

傍晚，雅竹从训练基地出来，朝河滩方向走去，却不知身后暗暗地跟上了民兵连长盛世安。

皎洁的月光投射在清凉的大地上。在河滩边徘徊的同仁显得十分纠结、踌躇、苦恼。

雅竹来到同仁跟前，一扫前期的禁忌，关切地问道：同仁，你怎么了，是因为今天打靶的事吗？只不过是个意外，何必这么在意？

同仁：不是为这……

雅竹：那是为什么？我知道，只有你没把我当另类看。如果没有你，连长不会批准我来参加民兵训练的。我在这里好好表现，不光是为了证明自己，也是不想让你难堪呀。

同仁：雅竹，你不用跟我解释那么多，我只想听你亲口说，你喜欢我吗？

雅竹：这，还需要表白吗？

同仁：那就是说，你也喜欢我了？

雅竹：我谈不上。我只是开心着你的开心，担心着你的不开心。

同仁一把揽过了雅竹，在她额头上狠命地亲了一口。雅竹在享受刹那的美好后，突然一下子把他推开了。

同仁诧异地问：雅竹，你怎么了？

雅竹：我不认为恋爱是坏事，但我想光明正大地谈恋爱。

同仁：可我们现在谈恋爱是不被允许的，何况……

雅竹：何况什么？

同仁：何况……

雅竹：何况我们还有不一样的出身和身份，你是不是这个意思？

同仁：雅竹，你别那么咄咄逼人嘛，我们都将面临重大的选择呀！

雅竹：选择？在人性面前，利益永远大于爱情，是这样吗？

同仁：雅竹，你听我说……

雅竹：我不想成为你选择上的备胎，咱们都好自为之吧。说完竟愤然离开。转身的刹那，世安迅速躲了起来。

同仁：雅竹，你听我把话说完呀。

46. 大队部　夜　内

几个月后，天上只剩了几颗星星还在眨巴着眼睛。

大队部的院子里，静静地走进了忧虑的雅竹。她踯躅在办公室门外，听到了室内同仁的声音，然后停住了脚步。

同仁正在接听电话，听筒里传来父亲的怒吼。

（夏父的画外音）你是不是做了见不得人的事，为什么别人能回来，你却被留在那里？

同仁：我是村里的团支书，又是知青组组长，就得跟每一位同学共进退。

夏父：你知不知道，留下的都是问题子女。

同仁：人生来是平等的，我不认为有什么问题子女。

窗外的雅竹听到了同仁的这句话，心里的感动再次浮上了脸颊。

（画外音）夏父继续在电话中骂道：混账！幼稚！

同仁：我就是要以我的幼稚，跟这个复杂的社会较真儿！说完他情绪激动地挂了电话。在桌上的烟盒里卷了一根烟，笨拙地抽了一口，呛得剧烈地咳嗽起来。

同仁踱出门来。

雅竹听见同仁出来，赶紧退到阴影里去了。

47. 村外　夜　外

同仁踱步在寒冷的村外，手里的烟卷已经燃到了烟蒂。他扔在地上狠狠地捻了捻，心里的矛盾和痛苦把他扭结成一团。

在远处跟随他的雅竹不无担忧地远远注视着他。

正在巡视的世安老远看到了同仁，关切地走了过来。他又卷了根纸烟递给了同仁。

世安真诚地说：第一批返城的人都走好几天了，你还抗个什么劲啊？

同仁大声反问道：抗什么你不知道啊？平等，公平，自由，不抗争能得到吗？

清风把同仁的这句话送到了雅竹的耳朵里，雅竹禁不住泪流满面。只这一点，就让她值得为同仁肝脑涂地。

世安：你看你，跟我有啥好争的？你下乡快两年了，也接受了再教育，也拿到了党票，也知道农村是咋回事了，你还想怎么样啊？

同仁：照你这么说，我是捞取政治资本来了！

世安：那你还想咋样？我问你，你不会是为了尚雅竹吧？我警告你啊，生米要是真成了熟饭，那你可就真回不去了！

同仁：什么生米熟饭的，你这话什么意思？

世安：小样，别跟我装了吧，你们这些城里孩子什么不懂啊！

同仁又起了高腔：你，你流氓之心！

世安：我要是流氓，就当不了这个连长了！

48. 雅竹宿舍　夜　内

胖丫的离去，使宿舍里安静、宽敞了许多。

雅竹的被褥已经搬到了胖丫睡过的床上，靠西墙的床上放置着她的帆布箱子和书架。

靠墙安放的煤炉旁边有几块树根状的木柴，显然是因力气不足没法劈开放进炉灶。

胆小的雅竹一个人卧在冰冷的床上，手里虽然捧着一本书，身边却放着一把斧头。室外任何响动都会让她胆战心惊。

忽然，响起了轻微的敲门声。

雅竹一下裹紧了被子，紧张地问：谁呀？

门外的同仁小声回道：是我。

雅竹小心辨别了一下，问：你，有事吗？

同仁轻轻地“嗯”了一声。

雅竹犹豫了一会儿，然后不顾一切地掀开被子，扑向门口。尽管门缝里挤进来的风使她打了个寒战，她还是快速打开了房门。

同仁一步闯进门来，雅竹一下扑进他的怀里。

同仁把雅竹紧紧地抱在胸前，两个人谁都没有说话。同仁突然意识到雅竹在发抖，就赶紧把她抱到床上，迅速把她裹进了被子。

同仁看到了雅竹床头的斧子，知道了一个女孩当下的处境。

同仁拿起斧头，只一下就劈开了木头疙瘩，扔进炉膛。待火燃起来后，他又把雅竹紧紧地搂进怀里。

雅竹像只受伤的小兔，甜蜜地享受着来自同仁爱的温馨。

49. 知青大院　夜　外

月亮被乌云弄乱了。

灰暗的月光下，巡视到知青宿舍的世安，看到了雅竹房间的灯光。他趋步向前，耳朵贴近房门，听到了房间里的窃窃私语。

他思忖着房里的一切，手举了起来，准备敲门，又犹豫地停在了空中。

50. 雅竹宿舍　夜　内

雅竹依偎在同仁怀里，说：从你对我所做的一切，就知道我遇到了值得爱的人。同仁，我会爱你一辈子。

同仁：从我们目光相遇的那天起，你就遇到了爱你的人。雅竹，我会让你幸福一辈子。

两只年轻的嘴唇在说话间越靠越近。

两颗年轻的心已经被情爱搅乱。

灯，被拉灭了。

煤炉里的木头疙瘩燃烧得越来越旺。

窗外的世安无力地放下了手，无奈地悄悄离开。

51. 大队部　日　外

第二天一大早，一辆吉普车停在了大队部门口。

室内传出了同仁抗争的声音：她不走我就不走，我就是要和她在这里扎根一辈子。

一个清脆的耳光响起，随之跟着一声“混蛋”的怒吼：这事由不得你，走也得走，不走你也得给我走！

同仁被一个五十几岁的男人推搡着、被一个年轻人拦截着，不得不上了院子里的吉普车。

老支书、世安等人从屋里跟了出来，情绪复杂地向着吉普车挥了挥手。

雅竹已经跑到了大队部，正好看见了被推上车的同仁。

雅竹撕心裂肺地大喊一声“同仁”。

车里的同仁扭动着身子，他听见了雅竹的喊声，视线也搜索到了雅竹。当他与雅竹目光再次相对的时候，四只眼睛里都充满了泪水。

情和爱的相遇，随着车尾拉出的烟雾，刹那间成了摔碎的泪珠。

52. 雅竹宿舍　夜　内外

一个月后，雅竹还是没有收到同仁的来信，睁大的眼睛里满是期盼。

夜已经很深了，雅竹终于进入了梦境。

梦里到处都有同仁模糊的身影，“念念、念念”的嘈杂声也充斥着梦境。

雅竹被一种压抑感所困扰，在床上扭动着身子。

与此同时，有个身影正在窗外觊觎着室内的动静。

警惕的民兵连长盛世安及时出现，不怒自威地吓退了村里的流氓。

53. 某县图书馆　日　内

年轻漂亮的图书管理员董妮正在整理图书，同仁从外边进来。

同仁：请问，这里有李清照的诗词集吗？

董妮稀奇地打量着他，问：怎么，你喜欢李清照的诗词？

同仁：不是，我有个朋友喜欢。

董妮：难得呀！我找找看吧，这些年很少有人关注这类图书了。

同仁：麻烦你了！

董妮：那你留个地址和名字吧，找到了我想办法联系你。

同仁：我叫夏同仁，在县里的农业学大寨工作队工作。

董妮脸上掠过一丝不易察觉的惊喜：你就是夏同仁？

同仁：怎么，你知道我呀？！

董妮嘻嘻笑着说：嗯，听说过。

同仁：哦，那我过几天再来看看吧。

同仁满是疑惑地向董妮告别。

董妮看着同仁的背影，不由得深思起来。

54. 大队部　日　外

盼望同仁来信的雅竹，再次失望地走出大队部院子。

室内的盛世安看见了雅竹失望的背影，不无怜悯地从屋里出来喊住了她。

世安：尚雅竹，你还是在等夏同仁的来信吧？见雅竹点了点头，世安鄙视又关切地说：那家伙不是个东西，你就别死心眼了。

雅竹直言道：他从来没把我当坏人，他是公平的。

世安尴尬地辩解道：职责分工不同嘛！我要是有他那身份，我也会像他那样保护你。

雅竹不屑地说：我只需要尊重，不需要保护。

世安：没人保护，你怎么活？

雅竹听后未置可否，思索一会儿后头也不回地走了。

世安情绪复杂地望着她远去的背影，怅然道：唉，怎么跟你说呢？

55. 雅竹宿舍　夜　内

雅竹无力地躺在床上，思来想去。她突然感到了惊恐。

蹲在暗夜里的盛世安，吸着的烟头忽明忽暗，眼睛却一直盯着雅竹的房门。

56. 公社医院里　日　外　内

拿到化验单的雅竹发现自己怀孕了。她又惊又怕，踌躇再三，决定去城里找同仁。

雅竹登上了去县城的公共汽车。

车后的烟尘里有世安奋力蹬自行车的身影。

车内的雅竹摸着包里的化验单，既羞涩又兴奋，憧憬着见到同仁的幸福时刻。

世安的眼神却复杂又坚定。

57. 水库大坝上　傍晚　外

痛苦的雅竹在大坝上一筹莫展。

一览无余的水面上，看不见的是深不见底的暗流。

（夏父的画外音仿佛一块巨石砸向水面）“学而优则仕”，你是知道的。同仁在学校里就一直要求上进，今后他还是会进步的。可他要是跟你有什么瓜葛，那他不就毁了吗？

（雅竹的画外音）我一直就这身份，同仁他是知道的。

（夏父的画外音）同仁生在红根上，是一棵好苗子，组织都想培养他，你既然喜欢他，为什么就不帮他呢？

（雅竹的画外音）我恨不得把自己都变成能量，成为同仁进步的动力。您为什么还要用这样的理由来搪塞我？

58.（闪回）县城某个办公室　日　内

对面的雅竹倔强又自信。

背对着镜头的夏父：那我告诉你，同仁已经跟县委书记的女儿恋爱了！

雅竹：不可能！他说过会让我幸福一辈子！

夏父：傻孩子，你能看透男人的心吗，哪个男人不想出人头地啊？

雅竹：那我也必须见见他。

夏父：绝对不行，我会一直管到他对你死心。

雅竹：只要我的心还在跳动，我的心就不会死。

座钟的分针一圈圈地转着，雅竹的手在书包里的化验单上犹豫着。

背着身的夏父忍不住站了起来，果断地说：如果你能做到从现在起再不跟同仁相见，我会让你的父亲马上解除劳教。如果你一意孤行，可别怪连累到你的父亲……

59. 水库大坝上 傍晚 外

泪流满面的雅竹果断地擦掉了泪水。

当她转过头时，看见了远处的盛世安正在关切地看着她。

父亲、同仁、孩子，都是至亲至爱，她该怎么办啊？

雅竹无助地蹲在地上，双手紧紧地抱住了脑袋。

远处的世安既怜悯又警惕地盯着雅竹。

60. 知青大院 日 外 内

仲春时节，乍暖还寒。院子还是几个月前熟悉的样子，但已经缺少了烟火气息。同仁心急火燎地骑着自行车来到雅竹宿舍。

此时门上的铁将军已锈迹斑斑。同仁从窗子缝隙往里眺望，床上没了铺盖和书架，只有那把劈柴和防身的斧头还在。

同仁在院子里茫然四顾，虽然还能看到当年的样子，一切却都成了过眼烟云。

村里的小流氓又溜达进来，恰被同仁看到。

同仁问：这里的人去哪里了？

小流氓：你问女的还是男的？

同仁掩饰地说：都问。

小流氓：女的跟连长了，男的住技术队了。

同仁一把揪住眼前的人，厉声问道：你说“跟连长了”是什么意思？

小流氓嬉皮笑脸地说：跟连长那个了呗！

同仁：哪个了？你敢胡说我劈了你！

小流氓：不信自己看去呗。

同仁一下推开他，跨上自行车疾驰而去。

61. 大队部 日 外 内

同仁在大队部门外扔下自行车，边往大队部里冲边大声嚷道：盛世安，盛世安，你给我出来！

老支书和世安闻声走出屋子。同仁没顾得上跟老支书打个招呼，就一把揪住了盛世安，上去就给了他一拳。

同仁：你这个伪君子，你这个流氓，我让你乘人之危，今天我就揍扁你这个混蛋。

矮小的盛世安在高大的同仁面前，像一个火球般瞬间燃烧起来。他也没有过多的解释，就瞅准了空当朝着同仁一头顶去。两个越来越旺的火球越烧越大。

老支书的一声断喝浇在了大小两个火球上。

老支书愤怒地朝着同仁吼道：夏同仁，你给我住手。他一下揪住同仁的衣袖怒斥道：你就这点出息啊，是我眼瞎看错你了吗？

同仁看到老书记那张沧桑的脸，情绪瞬间稳住了。世安却擦着嘴角的血不依不饶地又一个狠拳把同仁打了个趔趄。

老支书：盛世安，你还想不想干了？

盛世安愤怒地说：把这混蛋毙了我就不干了！

老支书：别说没用的了！又对同仁一语双关地说：别让你老子瞎费了心。

同仁不管不顾地对盛世安吼道：我要见雅竹！

老支书对世安道：早晚得有这一天，你带他去见见吧。

62. 世安家　日　内　外

世安家破旧的三间平房里，住着世安和母亲。现在雅竹住了进来，这个家有了点现代文明的气息。

已经怀孕五个多月的雅竹，在世安慈祥的母亲的陪伴下，正在院子里晒太阳。

同仁在世安的带领下怒气冲冲地进入院子，他一眼就看到了身材已经完全走样的雅竹。

雅竹看到同仁的刹那慌乱了一阵，但她很快就镇静下来。

雅竹平静地说：你来了？

同仁悲哀地问：雅竹，你怎么了？为什么我每次打电话你都不接？为什么我给你写了那么多信你都不回？为什么你不等着我给你争取到回城的机会？你怎么这么快就变了？这到底是为什么呀？

雅竹虽然心在滴血，表面上仍然平静，她说：夏同仁，没有那么多为什么，只是我们的缘分尽了。

同仁吼道：我不信，打死我也不信。他又一把抓住世安，血红的眼睛逼视着他，道：告诉我，雅竹她怎么了，是不是你这个混蛋乘人之危？

世安娘一下挡在了儿子面前，义正词严地对着同仁说：夏同仁，我儿子没你想得那么坏，我们问心无愧。

同仁喃喃地说：问心无愧，问心无愧，可她……

雅竹站在了世安母亲身边，平静地说：夏同仁，我们都问心无愧。你就回去吧，应该有更重要的事情等着你。

同仁：你，你们……在这几个善良的人面前，他已经被打蒙了。一向自信的他变得茫然、不知所措。他的手触到了被自己体温焐热的那本诗集。他纠结着、踌躇着，终于把书掏了出来，扔在了雅竹面前，愤然离去。

世安懊恼地喊道：夏同仁，你给我回来……

同仁头也不回，越走越快，越走越远……

63. 盛世安家　夜　内

盛世安在西间的炕上心安理得地发出了沉睡的鼾声。

世安娘还在灯底下缝制着一件婴儿衣服。她憧憬着不远的前景，脸上泛出了幸福的笑靥。

幸福中世安娘忍不住推了推睡梦中的儿子，说道：傻孩子，先别困，起来跟娘说说话。

世安蒙蒙眬眬中说道：娘，你说吧，我听着呢。

世安娘：世安啊，我觉得你可以跟她圆房了。

世安道：娘，您说什么呢？你儿子我配不上她。

世安娘：那，那么多人给你说媳妇，你干吗不见呀，你是不是心里喜欢她？再说了，支书让你把她接咱家你就接啊，你就不怕人说闲话？

世安：人家夏同仁他爹有权，支书被逼得没了办法，才出此下策，还不是为了让那小子死心吗？

世安娘：唉，有权能作威，也作孽啊！

世安：娘，您放心吧，咱走得正就不怕别人说闲话，唾沫星子淹不死人的！

世安娘：这闺女是落难了，咱接着不正好吗？

世安：娘，人家是凤凰，咱这土窝里能养得住吗？

世安娘不无遗憾地说：那你不是要鸡飞蛋打吗？

世安：命里没有，咱不强求。平平淡淡地相处和生活才是我们的日子。这话说完不久，他又发出了均匀的鼾声。

64. 城里同仁家　夜　内

同仁的房间里，毛主席像、红宝书、雷锋等是他成长的底色。

当下的房间里却乌烟瘴气，床前的地上已有好多过滤嘴烟蒂，雅竹的照片被无情地扔在一边。

同仁神情萎靡地依偎在床上，嘴角露出凄苦又鄙视的笑意，视线却飘忽不定地覆盖在雅竹的相片上。

65. 世安家　夜　内

一爿土炕，被打理得整洁有序。墙的一角，安放着雅竹的箱子和书架。她的被褥伸展在炕头，舒适而温馨。

灯光下，雅竹摩挲着手中的诗集，眼泪止不住扑簌簌地流了下来。

世安娘端着一碗荷包蛋进来，说：别看书了，吃了这碗蛋早点睡吧。你晚上饭可没吃好啊。

雅竹：婶子，我……他……

世安娘：孩子，啥也别说了，婶子明白。一个女人一辈子走完，谁都会遇到些事的。但天大的事咱也得好好活着，不为自己也得为孩子呀，你说是吗？

雅竹听话地点点头，端起了蛋碗。

66. 大坝上　知青大院　村里　日　外

几个月后，秋色正浓。

大坝上又来了骑着自行车的同仁。

他的书包里带着参加高考的复习资料。

近村情更怯，他不敢问熟人。

他独自走进知青大院看了看，然后绕过大队部，径直去了世安家。

他在世安家门外踌躇着，听到屋内传出了婴儿的哭声。

沮丧的同仁掏出复习资料，悄悄地放在门槛上，然后决绝地转身离去。

67. 盛世安家　夜　内

雅竹的房间里多了一盏台灯，此时雅竹正在台灯下复习功课。

世安娘又端着一碗荷包蛋走了进来，关切地说：来，把这碗蛋吃了，早点睡吧。

雅竹双手接过碗来，无限感激地说：婶子，让您受累了！

世安娘：我倒没什么，孩子也睡得很好。可你这是坐月子啊，你就不能让自己歇歇吗？

雅竹说：婶子您放心吧，为了您和孩子，我也会好好的。

68. 大队部　日　内

老支书放下电话，表情凝重地看着世安。

世安问：怎么了？

老支书：尚雅竹她父亲突发脑出血去世了。你说这可咋整啊？

世安急忙说：这事先别告诉雅竹。

老支书：可那是她爹啊！

世安：她还在月子里，身体经不起打击。再说了，她还在复习迎接高考，情绪也不能受影响啊。

老支书：一入火化炉就彻底告别这个人世了，他们父女一场，能不让她去送送吗？

世安：父亲是她的前世，高考可是她的新生啊……叔，就让我替她去尽尽最后的孝心吧。

老支书思忖一下，说：那就这样吧，只是委屈你了！

世安：叔，我没事。

老支书：唉，雅竹这孩子，都什么命啊！

69. 考场　日　内

恢复高考后的第一个考试日，雪花飞扬，天寒地冻，但每一个参加考试的人，心里都揣着一团火。

某县考点的一间考场里，雅竹奋笔疾书。作文的题目是《难忘的一天》。雅竹写道：这是成为“黑五类”子女后，第一次有人把我跟其他人一样平等地对待……

一滴大大的泪珠滴落在卷子上，一个“心”字像雪花一样慢慢地被泪水化开……

70. 考场外　日　外

考点大门外的不远处，站着一脸凝重的同仁。纷纷扬扬的雪花落在他的脸上，很快像泪水一样滚落下来。军大衣口袋里的几块蛋糕，已经被他揉得粉碎。

71. 世安家　日　外

迎春花开的日子，乍暖还寒。

世安手里提着雅竹的行李箱等在前边。

家门外，雅竹怀里抱着孩子，爱不释手。

慈祥的世安娘对雅竹说：孩子，走吧……

雅竹把孩子交给世安娘，说：婶子，我爸爸已经不在了，这里就是我唯一的家。我会常来看你您和世安大哥的。

世安娘：念念是我的亲孙子，你就放心吧！

雅竹恋恋不舍地一步三回头。

村民凑上来看世安娘怀里的孩子，说：这孩子长得真好看！

18 年后

72. 雅竹家　夜　内

某个地级市里，雅竹一居室的家里已经熄灯，但流行歌曲《潇洒走一回》的狂浪声还是从大街上传了进来。

房间的写字台上摆着念念 1 岁时的生日照和一瓶安眠药。

雅竹显然在安眠药的作用下已进入梦乡，她嘴里还不时发出“同仁、同仁”的呢喃声。

梦境中，雅竹与同仁牵手出现在村里的小桥流水边。雅竹的样子幸福满满。

73. 某报社编辑部　日　内

清晨，某报副刊编辑部，编辑们陆续到岗，互相寒暄着。

不惑之年的雅竹，短发，白皙，不胖不瘦，娴雅清高。

雅竹给自己冲了杯速溶咖啡，坐在办公桌前，看一下手表，开始平静地审阅稿件。

一主编样的眼镜男拿一稿件到雅竹跟前说：这个赶快编排一下。

雅竹未置可否地看了眼眼镜男，把稿件接过来，放在了一摞稿件的底下。

眼镜男瞄一眼其他同事，见大家都没有反应，按了下雅竹的手背，恼怒地暗示了她一眼。

对这样的暗示，雅竹并非视而不见，而是把手按在了稿件上边，眼神毫不客气地捽在了眼镜男脸上。

74. 知青大院　日　外

已当了县长的同仁到基层视察工作。

他到知青大院故地重游。走进当年雅竹的宿舍，与雅竹的情意缠绵恍若眼前。

很快就有人奉承道：夏县长，您可是这批知青里边最有出息的一个。

同仁的耳边却回响起雅竹当年的声音。

（雅竹的画外音）我会爱你一辈子！

同仁踱步在知青大院里浮想联翩。他也记起了自己曾经对雅竹说的话。

（同仁的画外音）我会让你幸福一辈子。

同仁对身边陪同的人说：知青年代是中国历史的组成部分，是一段特殊的时代记忆。这里就别动了，建一个知青博物馆吧。

身边的人马上附和道：县长高瞻远瞩，我们马上就办。

75. 某地报社副刊编辑部　日　外

人到中年的孟怀诗，非常正式地来见雅竹。

编辑部门外，孟怀诗神情忐忑，左顾右盼。见一男士走来，他赔上笑脸说：同志，麻烦您叫一下尚雅竹好吗？

男士：你是她什么人？

孟怀诗：老乡。

男士并不热情地白了一眼，回道：嗯，等着吧。

雅竹疑惑地从办公室里出来。孟怀诗赶紧上前一步欲跟雅竹握手，当目光与雅竹相遇的一刻，鼻子又像当年一样紧张地抽搐了几下。

孟怀诗见雅竹还没反应过来，就用非常官方的语言说：尚雅竹同志，你好！

雅竹终于认出了来人，平静地问：你是孟军孟书记?

孟怀诗扭捏道：我上大学就改名字了，现在叫孟怀诗。

雅竹淡淡地说：孟怀诗，很有诗意啊。哦，对了，你是经常投稿的那位吧。

孟怀诗不好意思地笑笑：写得不好，还从来没有发表过呢。

雅竹：那你今天来找我，是想发表什么大作吗?

怀诗赶紧说：啊不不不，我可能不是当诗人的那块料，以后就只管欣赏好了。

雅竹释然地笑道：是啊，你留给我的第一印象是书记，可不是诗人呀，我还是叫你孟书记好了。

怀诗谦逊地说：不敢不敢，虽然我在单位里也做支部书记的工作。

雅竹带怀诗到茶座边坐下，给他倒了杯水。

雅竹：那你找我有什么事吗?

怀诗正襟危坐，腼腆地说：也没什么事，就是来看看你。

雅竹淡然地一笑，说：看看我？这么多年了都没有任何联系，怎么突然记得来看看我呀?

怀诗：有的人不需要经常联系，因为她一直住在心里。

雅竹：哦？那这次是……

怀诗又慌乱地抽动着鼻翼，有些语无伦次地说：那次在你宿舍里，我很没礼貌地没跟你打招呼就走了……哦，我老婆已经去世了，在这里我也没有什么朋友……是世安大哥，他让我来……

雅竹好奇地用眼神发出了一个疑问。

怀诗终于鼓足勇气说：其实，第一次组织知青展示日记，我就对你很崇拜了。后来我被推荐上了大学，就想像你那样成为一个文人。到学校后我就先改了名字，又朝着诗文方面努力。可是……

雅竹：可是什么?

怀诗：你是知识青年，我是土老帽，就是做朋友，我们也应该首先缩小差距才是……

雅竹难得地哈哈笑了，说：我们是最没文化的一代人，却被称作“知识青年”，真是滑稽啊。

怀诗从包里掏出了两本书，恭敬地说道：你出版的散文集和诗集一直都是我的枕边书呢。

雅竹：哦，谢谢你的关注啊！

怀诗：关注，嗯，就是这个词。他看一眼雅竹，激情澎湃地说道：我关注你的人，关注你的心，关注你走过的路，关注你的泪痕……

雅竹笑着用手势打住：孟书记，别作诗了，又不能当饭吃。

怀诗：流星照亮过黑夜，可那是暂时的；初恋也是流星……见雅竹脸色沉下来，立刻显得局促不安起来。他急促地叫道：雅竹……

雅竹认真地说：请叫我尚雅竹。

76. 同仁家　夜　内

这是一个县委书记的家，其宽敞、厚重、丰富不言而喻。

同仁的卧室里保存着许多知青时期的用品，雅竹的荷花小照堂而皇之地摆在显眼的位置上。

宽敞的大床上只有一个枕头，显然同仁已经与妻子董妮分室而眠。

夜里 10 点，酒足饭饱后的同仁仰靠在沙发上，手里翻着雅竹的散文集《真情》。

妻子董妮端着冲好的茶进来，把茶放在茶几上。坐下来看着同仁的脸，低声跟同仁说话。

董妮：小小的成绩肯定上不了好学校，真叫她愁死了。

同仁：愁什么，到时候让她出国吧。

董妮：一个女孩子……

同仁：女孩子怎么了，就不能出国了？你放心，有人会罩着她的。

董妮：那得花多少钱啊？

同仁：你呀，真是杞人忧天！县委书记有几个花自己钱的？

董妮看丈夫无心跟自己沟通，忧心忡忡地说道：你可不能乱用权力呀！

同仁：这个世道，这个官场，只要你还在位，就会有无数的人往你怀里塞钱，你不接都不行啊！

董妮：我才不信呢！

同仁：全县大大小小几十个部门，再加上几十个乡镇，光一把手送的信封就能把人压死啊！你以为我愿意啊？……哎，不说这些了，不然你就会睡不着觉了。

董妮起身说道：那你就好自为之吧！

77. 雅竹家　日　内

几年后，雅竹搬进了报社宿舍区的两间平房。

镇上的建筑包工头盛世安已经小有了些财气。此时他在雅竹家酒足饭饱，对还在收拾桌子的雅竹说：念念虽然是去读大学，但飞出去就很难再飞回来了。听哥一句劝，你就再找个人吧。

雅竹：哥，人的一辈子只够爱一个人！

世安：夏同仁那个混蛋，他值得你爱吗？要不是为了你，我真想一枪崩了他。

雅竹：同仁他追求权力和地位没有错。他父亲当年如果没有权力，就不可能把我们分开；他自己如果没有权力，就没条件为国家和社会多做贡献。他不过是为了人生价值最大化而已。

世安：你呀，叫我说你什么好呢！

雅竹：我可以接受生活的糟糕，但我拒绝命运的安排。

78. 某报社副刊编辑部　日　内

翌日，雅竹正在低头阅稿，一同事喊道：尚老师，电话。

雅竹接听电话后，表情渐趋复杂。她说：哦，我知道了。但我很忙，就免了吧。

（同仁不容置疑的画外音）我的车准时在你楼下等你。

79. 某宾馆　夜　内

同仁端着一杯红酒，在铺着厚厚地毯的雅间里踱来踱去。

他的脑海里浮现出当年得知自己有个儿子时的情境。

80.（同仁回忆）

在当年的大坝上，同仁和盛世安大打出手。

世安擦掉脸上的血，指着同仁的鼻子骂道：你除了是个播种机，你还是个孬种。连自己的孩子都不敢认，你还算个人吗？

同仁：你连种都没播，凭什么你成了念念的大大？

世安：你倒是播了，你把雅竹那么好的女人弄到手了，为什么不好好珍惜？

听到这话，同仁打出去的手停了下来。

两个男人对打过后都很快冷静下来。

同仁不无遗憾地说：我当时确实太小心眼了，当了公社书记后还在记仇，第一件事就是把你的连长给撸了。

世安：我还真得谢谢你！要不是你，我还真不知道包工头比当民兵连长挣钱多。

同仁：当我知道那孩子的出身时，我正处在仕途上的关键期……

世安：为了当官，你连亲骨肉都不敢认，你这个猪狗不如的东西，我真想亲手毙了你！

同仁拿出一个大信封递给世安，说：别说气话了。这是20万元，算是对你照顾雅竹和孩子的补偿吧。

盛世安把钱给挡了回去，说：雅竹是花多少钱也买不到的好女人，照顾他们母子是我这辈子的福气。

81. 宾馆雅间　夜　内

站在雅间窗前的同仁的思绪在视线里中断。他看见自己的专车已经徐徐地开进宾馆的大门。

同仁立即转回身来，正了正本来就很讲究的衣服领带，心情激动地坐在了雅间的沙发上，腿却禁不住抖动起来。

82. 宾馆　夜　外　内

同仁的秘书给雅竹开着车门，雅竹下车。

秘书引导雅竹走向电梯。

秘书推开雅间的房门，请雅竹入内。然后带上房门，静静地退了出去。

83. 雅间　夜　内

互相关注着对方的两个人，虽然近20年未见过面，但相互之间却都住在对方心里。这两个积攒了千言万语的人，真的见了面后却都陷入了长长的沉默。

还是雅竹更坦然一些，她率先打破了当下的沉默。

雅竹：你什么时候学会抽烟了？

同仁：离开咱们村的时候吧。

雅竹：你叫我来有什么事吗？

同仁：听说念念考上大学了，我想表达一点心意。

雅竹：念念有妈，有大大，不需要别人的帮助。

同仁：别人？我是他的别人吗？他情绪瞬间激动起来，说：我承认，我对不起你们娘儿俩，我不如盛世安高尚，我就是一个不配当父亲的混蛋，但念念身上毕竟流着我的血啊！

雅竹：过去的事都不要再提了，我不希望孩子的人生太复杂。

同仁：可血缘是扯不断的啊！我知道，虽然我没有资格让他叫我一声爸爸，但在孩子成长的关键时刻，我给你们一点资助，不也是应该的吗？

雅竹：孩子很努力，他会勤工俭学，也会有奖学金，不需要任何资助。

同仁不容置疑地拿出了银行卡：这里边有50万元，需要打点的地方就先用着。

雅竹把卡推回去：我虽然没见过这么多钱，但我们不稀罕别人的钱。

同仁：这是我的钱，我的工资，是我根本就花不着的钱。

雅竹：那就交给你的妻子。

同仁：她也花不着。我们只有一个女儿，她的工资足够用了。再说了，乡镇、部门送的钱，我挡也挡不了，拿回家还怕吓着她……

雅竹惊异地看着同仁：你，你们……

同仁：我妻子跟着我担惊受怕，我也不忍心哪。

雅竹着急地嚷道：在这种泥坑里陷进去，你可就完了呀！

同仁：我也没想到官场会是这样啊！

同仁没征得雅竹同意，又点上一根中华烟，袅袅烟雾中，他的思绪又回到了从前的某一天。

84.（回忆）大坝上　日　外

同仁丢给盛世安一根中华烟，说：我岳父是县里的主要领导，不能因为这事造成不良影响。我说这话你明白吗？

世安不屑地回道：我当然明白，你一次次地给我送钱，根本不是对我的补偿，而是想用钱堵我的嘴，用钱给自己买一个良心！我告诉你夏同仁，你看错人了！

同仁：你咋还是那么认死理啊？

世安：我在工地打小工，挣的是血汗钱，但我的钱干净，心里踏实。你的钱是哪里来的，凭你的工资？滚一边去吧。说完把一个大大的袋子甩到了同仁脚边。

85. 雅间　夜　内

同仁：我知道，从始至终都是我的错，我对不起你！

雅竹：缘分的事没有对错。希望你不要再打扰我们的生活，这样对孩子不好。说完她便站了起来。

同仁惶恐地失声叫道：雅竹，我已经失去过你一次，我不想再失去你。

雅竹：我已经走错过一步，我不想再走错。

86. 同仁家　夜　内

董妮在同仁的房间里，环视着屋里的一切。

同仁洗漱完进来，见妻子还坐在这里，就问：你咋还不睡？

董妮：夏同仁，我们离婚吧。

同仁惊异地问：你说什么？

董妮平静地说：我要跟你离婚。理由我早就想好了。第一，你当年跟我结婚，是因为我爸爸是县委书记，你需要这样的靠山。现在爸爸去世了，你也不用考虑他的感受了。第二，你这人很重感情，你永远都不会忘了你的初恋。第三，据说你插队时的初恋现在还是单身，所以我决定还你一个自由。

同仁无奈地发出一声长叹：你这是闹的哪一出啊？我一个县委书记，50 岁了还闹离婚，你让组织怎么看我，别人怎么看我？

董妮：那我呢？我就该为了你的前途，一辈子做你的陪衬吗？

87. 酒店　日　内

一个中等档次的酒店内，已经成为包工头的盛世安做东，招待雅竹和怀诗二人。

怀诗显然没多少酒场经验，端起杯子一口干了大半杯五粮液，呛得不停地咳嗽。

世安招呼道：吃菜，吃点菜压压。

怀诗借着酒劲边酝酿诗句边在菜盘子里翻来挑去，这种不良习惯被雅竹不经意间看在眼里。

世安对雅竹说：上次念念走的时候，我在你家里吃饭，见你还用着十几年前我给你打的那个小饭桌，哥心里那个不得劲啊！唉，别提了。当时我就想，一定要多挣点钱，等你有了大房子，送你套能配得上你的家具。

雅竹感动地举杯说：哥，这辈子遇到你是我天大的幸运，来，我敬你！说完将杯中酒一饮而尽。

怀诗却醉意蒙眬地冒出了诗句：我不敢想你，出现在梦里的都是你；我不敢爱你，脸红心跳都因为你；我不敢看你，闭着的眼睛里全是你……

世安对雅竹笑道：这家伙，生在庄户地里，骨子里还想做个文人。他又对怀诗说：你老婆也走好几年了，孩子也工作了，有空你别成天诗啊文的，多帮帮雅竹吧。

雅竹赶紧婉拒道：别别，我没什么需要帮助的。

88. 雅竹新家　日　内

雅竹成了报社的副总编辑，居住的房子已经换成了三居室的单元房。

周日，雅竹在新居里收拾家务。听见有人敲门，雅竹从猫眼里看出去，见怀诗怀抱一大束鲜花站在门外。雅竹犹豫片刻，打开了房门。

雅竹客气地说：孟书记，你怎么来了？

怀诗进屋后抱着鲜花站在客厅里，因忐忑而显得手足无措。

雅竹接过鲜花，客气地请怀诗就座，自己却抱着鲜花无所适从起来。

怀诗：雅、雅竹，你就叫我怀诗好了，这样更亲近一些。

雅竹：亲近？哦，不不不，这个词太奢侈了。

两个人一时无语。怀诗四处张望，雅竹赶紧去找地方放花。

怀诗突然站起身来，拿起雅竹刚放下的扫把，踅摸着可干的事情。

雅竹责怪道：孟书记，你这是干什么？

怀诗：雅竹，就让我为你做点什么吧。

雅竹直接撑道：凭什么让你给我做点什么，你是我什么人哪？

怀诗紧急表白道：雅竹，从我第一次见到你，就喜欢上了你。但那时我不敢有任何奢望。后来……

雅竹没等怀诗的话说完，便一脸严肃地说：如果没有什么事，你可以走了。

怀诗坚持道：我一直在远远地仰望着你，我甚至每次回村里都会到池塘边去看荷花，我觉得荷花里有你的人品……

雅竹把刚放下的花束又塞进怀诗手里，做出了送客的姿势。

怀诗倒退到门口还在说：我老婆已经不在了，我有理由追求你，我一定会坚持的……

雅竹“嘭”的一声关上房门，无奈地捂住了额头。

怀诗在门外强调：我虽然不是那个你爱的人，但我是那个最爱你的人哪！

他贴在门上听了听室内的动静，又在门外徘徊了片刻，然后把鲜花小心地放在门口，恋恋不舍地离开了。

（雅竹的内心独白）我生命中已经有了爱情，如果我再恋爱，那还叫爱情吗？

89. 某市政府　日　外

一辆奥迪 A6 停在市政府楼前，同仁一边挂断电话，一边走向轿车。

跟在身后的秘书给同仁打开车门，见同仁上车，正欲坐上副驾驶，同仁说：你不用去了。

秘书虔诚地把包递到同仁手上，说：夏副市长，您走好！

同仁接过包，秘书关上车门。

90. 雅间　日　内

还是那个雅间，同仁又把雅竹约到了这里。

同仁把一部高档手机放到雅竹面前，说：拿着，方便联系。

雅竹拒绝：我办公室里有电话。

同仁：我一个副市长给你打电话，别人会怎么想？见雅竹无语，又说：包括你的家，我也不能去，大家都认识我。

雅竹：我没想联系你，更不想见你。你走你的阳关道，我走我的独木桥！

同仁：可我想联系你，我还是忍不住地想你。虽然我们没做成夫妻，但我们可以是情人，我知道你也一直爱我！

雅竹：你休想！过去的事请你不要再提了。

同仁：可我的心里只有你。雅竹……他欲抱雅竹，却被雅竹一把推开。

雅竹：请你不要这样！你有家庭，有地位，还有前途，你要好好珍惜当下的一切。

同仁：雅竹呀，官本位不是我确立的意识形态啊，是古来有之。我追求仕途上的进步，难道有什么错吗？我要名利和地位，但我也要爱情呀。见雅竹不语，他又语重心长地说：雅竹呀，咱们国家是一个人情社会，没有关系将一事无成。当年我如果没有靠山，就没有我今天的一切。现在我就是你的资源，你为什么不好好利用呢？

雅竹拉开房门扔下一句话：我只想过平静的日子，我应付不了那些形形色色的污浊。

91. 编辑部　日　内

又是一个工作日，雅竹接到了董妮的电话。

雅竹：请问你是哪位？

（董妮的画外音）我是夏同仁的妻子，我叫董妮。

雅竹：哦，你找我有事吗？

（董妮的画外音）：我想请你到我家里来坐坐，不知你何时方便？

92. 同仁家　日　内

副市长的家豪华又气派。

雅竹安静地坐在宽大的沙发上。董妮端来了咖啡，说：尚副总编，请喝咖啡，这是同仁平时最爱喝的咖啡。

雅竹：我不看稿子的时候从来不喝咖啡，睡眠不好。

董妮笑道：同仁也是睡眠不好，每天早晨出门的时候，都要先来杯咖啡。

雅竹：董书记，你找我来有什么事吗？

董妮：我已经提前退休了，再也不是书记了，你就叫我董妮好了。见雅竹“哦”了一声，董妮继续说：尚副主编，那我就开门见山了。

雅竹：嗯，你叫我尚雅竹就好。

董妮：你比我幸福，因为同仁一直爱着你。

雅竹冷静地应道：谁还没年轻过啊，都是过去的事了。

董妮：当年，是他爸跟我爸撮合了我们的婚姻，用现在的说法就是政治婚姻。这么多年我也看出来了，他是一个忠于爱情的人。因为他的梦里都是你，他的心里只有你。他怕我听见他梦里对你的呼唤，所以很早我们就分床而眠了！

雅竹：我们有缘无分。

董妮：你们品尝的是初恋，初恋都是甜蜜的；我们品尝着婚姻，婚姻却是无奈的。

雅竹：哦？这个我倒第一次听说。

董妮：他人在官场，名誉很重要。为了不影响他的前途，我一直跟他保持婚姻状态。但我知道他是纠结和痛苦的。

雅竹未置可否地静静听着。

董妮：你对他的印象或许是静止的，是你们初恋时的美好记忆；而我在他身边看到的，却是时代的发展带给他的变化和冲击。你明白我的意思吗？

雅竹真诚地说：董女士你放心吧，他不会在我这里失足的。

93. 雅竹家　夜　内

雅竹新居的门上贴着大红喜字，昭示着已经49岁的雅竹开始了新婚的家庭生活。

新婚夜里。新郎怀诗既忐忑又期待地爬到雅竹的床上。雅竹吓得惊叫着捂紧了自己的被子。

雅竹惊恐地对丈夫说：对不起，我还不太适应跟别人一起睡觉。

怀诗谦卑地退了下来，说：没关系，我会等的。然后抱起被子来到了客厅。

客厅里很快充满了烟雾。

94. 雅竹家　晨　内

第二天清晨，茶几上的烟灰缸里堆满了烟蒂。

雅竹从卧室出来打开了两边的窗户。

怀诗端上刚刚煮好的咖啡放在茶几上。端起烟灰缸说了声“对不起”。

正巧雅竹也说：对不起！

怀诗说：来，尝尝我煮的咖啡。哪里不好你就告诉我。

雅竹客气地说：谢谢啊！

怀诗讨好地说：我昨天梦到咱们当年在村里的情景了。

雅竹淡淡地说：做梦好啊，不需要逻辑。

怀诗讪讪地笑道：一觉醒来，梦却无影无踪。

95. 车内　日　内

怀诗开车送雅竹上班。

雅竹冷漠地说道：孟怀诗，我想了一晚上，觉得应该让你明白。我嫁给你，是因为我爱他。

怀诗从后视镜里看了看雅竹，说：我也明白。但我能攀上你，是因为我爱你。

雅竹：有的人，一辈子只够爱一个人。

怀诗：有的人，为了自己爱的人，可以赴汤蹈火。

96. 高尔夫球场　日　外

灿烂的阳光下，几个老板模样的人，在陪着同仁打高尔夫球。

雅竹从出租车里下来，径直走到同仁身边。

同仁情绪复杂地说：新娘子，你过得好吗？怎么有空到这里来呀？

雅竹：我来找你有事。

同仁：你也有事找我呀，不会是为了新郎官吧？其实，我在想，他怎么才能配得上你呢？

雅竹：在对待感情上，他已经超越了你我。

同仁：如果我不帮他，他就是一堆牛粪。

雅竹：我不许你侮辱他。在人格上，他不比任何人差。

同仁：那你为什么来找我？

雅竹：为我哥盛世安。

同仁：你哥？他可真幸运，能有你这么个妹妹。

雅竹：他给甲方干了活儿，工钱却一直被拖欠，工人们已经很长时间发不出工资了。

同仁：他要是肯来找我，还愁没活儿干，还愁要不到工钱！

雅竹：他对你是有恩的，你应该帮他。

同仁：时代在变，社会也在变，就你们还迂腐地抱残守缺……

雅竹：人和人是不一样的！

同仁无奈地指着正在玩高尔夫的人叹道：不变行吗？我一个分管大项目建设的副市长，还不是被权和钱玩弄于股掌之中！

97. 会所里　夜　内

一家高档会所里，同仁与房企老板们吃喝玩乐。

同仁在唱《无言的结局》，唱得泪流满面，似乎能看到无尽的绝望与孤独在脸上流淌……

98. 雅间　日　内

站在雅竹面前的同仁，又是一副阳光灿烂的样子。

同仁：既然你不要别墅，就拿着这个卡，算是我对你婚姻的一种祝福。

雅竹：这个我也不能要。

同仁恼怒地说：尚雅竹，你能不能饶了我，给我一个宽恕的机会？

雅竹：夏同仁，我知道你关心我，但我更希望你好好工作，别在官场上栽了跟头。

同仁一副玩世不恭的态度：官场就是个烂泥塘，只要进来了，就别想干干净净。

雅竹吼道：但是我希望你好好的！

同仁也吼道：好不好的我说了不算。

雅竹：那你就别当这个官了。

同仁：我已经骑虎难下！

雅竹：你什么意思？

同仁：我最初当这个官，是想为国家多做贡献，不想辜负了这个时代给我的机会，我要那么多钱也没用……可他们硬塞给我，他们硬拉我下水，我不收钱都难啊！

雅竹吃惊地睁大了眼睛。

同仁独断专行地说道：你一定要把念念送到国外去，这事就这么定了！

雅竹看到同仁的态度，猜不透他已经走到了哪一步，显得惊慌不已。

同仁把好几张银行卡扬在空中，头也不回地走了。

99. 某咖啡馆里　日　内

这次是雅竹邀请董妮喝咖啡。

雅竹把盛银行卡的纸袋放在董妮面前，说：这个你收好。

董妮：我只能做到洁身自好，挡不住那些污泥浊水。她又把银行卡推到了茶几中央。

雅竹：董女士，你……

董妮：我虽然还是领导干部家属，一个掌握着重大权力的人的妻子。可有很多事我也很无奈……

雅竹：为了孩子，为了你们这个家，你想办法帮帮他呀……

董妮摇了摇头：已经帮不了了。你可能猜不到，有些所谓的改革先锋，只不过是带病提拔罢了。

100. 雅竹书房里　日　内

雅竹在接电话：我不适合当官，我也不想当官，请你不要用你的价值观来干预我的工作和生活。

电话一端的同仁咆哮道：你在我这里还假装什么清高呀！你知不知道有权不使过期作废呀？

雅竹：清高是人性垃圾上开出的花朵。我愿意为了这种清高付出代价。

同仁：看不到我的价值你就去“死”吧！

那端同仁愤怒地挂断了电话。这端雅竹的表情十分绝望。

101. 雅竹家　日　内

墙上的挂钟已经到了中午 12 点。怀诗及时做好了饭，端上饭桌后喊雅竹来吃饭。

雅竹情绪低落地坐到了餐桌边。

怀诗把一只大海虾剥了皮往雅竹嘴里放，雅竹不耐烦地摆头躲避。

怀诗把虾放在雅竹碗里，又在盘子里挑拣出嫩绿的叶子送给雅竹。

雅竹怒道：你让我吃你口水呀！

怀诗尴尬地停止自己的举动，假装香甜地大口吃饭，却又发出了吧嗒嘴的响声。雅竹厌恶地皱了下眉头。

怀诗没话找话地说：我能当上这个副局长啊，得感谢人家夏市长关照。

雅竹“啪”的一声把筷子拍在桌上，怒吼道：你还让不让人吃饭了？！

怀诗被雅竹的火气震得不知所措，只能低头吃饭。房间里只剩下时间流走的声音。

102. 世安办公室　日　内　外

一个当代企业家的办公室里，烟雾缭绕。

迷茫正困扰着在场的两个大男人。

怀诗满脸凄楚地说：我是真心待她呀，可她就是不领情，我真不知道该怎么做才对。

世安：这个雅竹呀，每个男人都愿意为他“死”上一回！

怀诗：大哥，难道你也……唉，人啊，就是贱，越是得不到的东西，越是期待，越是向往。

世安：孟军呀，我说句你不爱听的话。别看你有大学文凭，但本质上你跟我一样，都是土到骨子里的人。雅竹她本来就跟我们不是一路人哪！

怀诗：那你干吗还撮合我俩的婚姻呀？

世安：还不是为了让雅竹摆脱那个混蛋的纠缠，也让她这辈子能有个家嘛。

怀诗：原来你们都想到一起了！

世安：嗨，婚姻就是凑合着过日子。你们结婚，也算是比较体面的凑合。

怀诗：但爱情才是她的解药。可她也不想想，跟他结婚就一定会幸福吗？

世安：世事大概就是这个样子吧。有情缘的不一定有姻缘，有姻缘的也不一定有情缘啊。老天可能都已经搭配好了吧。

同仁步子沉重地走到了门外，听到了世安与怀诗的对话。他静静地停住了脚步。

103. 办公室里　日　内

世安：那年同仁走后，雅竹天天去大队部等同仁的信，可是她哪里知道，不管是她写给同仁的，还是同仁写给她的，都被两头的人截留了。后来她发现自己怀了同仁的孩子，就一个人去县里找同仁，却被同仁的爸爸拦截，说只要从此跟同仁断绝关系，就把她劳改的父亲给放出来。雅竹就是为了她父亲才放弃了同仁的呀！她从县里回来的那天，我一直跟在她身后，看到她坐在大坝上发呆，那情景真是叫人心疼啊！

怀诗：可我从来没听你说过呀！

世安：不光你没听说，雅竹我也没说，同仁那里我更不能说。我也是故事的当事人呢。

怀诗：那家伙原来就是个人渣啊！

世安：也不能这么说，其实他对雅竹是很有感情的，他还回来找过雅竹呢，只是后来他走上了官道，他有一个当官的岳父，还有自己的前途要奔，也就不能再找雅竹了。私利在前，或许这就是人性吧。

怀诗：他要是真心爱雅竹，就应该不顾一切。

世安：唉，就算是鲜花，也不可能都开得一个模样，何况是人呢！雅竹死心塌地地爱他，不光是她讲感情、重情谊，肯定同仁也有别人替代不了的优点。何况，人都是有私心的。哪个男人会因为一个女人放弃大好前程啊！即便是你，能为了雅竹放弃去上大学的机会吗？

怀诗嗫嚅道：我……这个问题我还真没想过呢。

世安：雅竹这样的女人，哪个男人会不动心呢？我当时对她那么严厉，其实也是为了保住连长的头衔而已。每个人都有自己的运数，我们还是做好命里的那个自己吧。

104. 车内

同仁悄悄下楼，一辆高档小车开过来。秘书拉开车门，同仁钻进车里。

车辆启动，秘书问：夏市长，咱们现在去哪里？

同仁：回村。

车内轻柔的音乐响起……

105. 大坝上　小桥边　日　外

同仁来到了第一次跟雅竹在一起的小桥边，美好的记忆涌上心头……

同仁漫步在大坝上，辽阔、深邃、涟漪、身影一一展现。

106. 编辑部　日　内

在报社的茶座里，世安在跟雅竹说话。

世安：人这一生，既不像想的那么好，也不像想的那么坏。

雅竹惊喜得眼睛一亮，说：哥，你读过名著！

世安嘿嘿一笑，道：还不是偷偷检查过你的书嘛。

雅竹假装生气地说：你当初要是不那么管制我就好了，我就可以多读点书了！

世安：我那也是负责任嘛。时代，命运，缘分，谁又能躲得开呢？

雅竹：哥，你是个哲人啊！

世安打趣道：我要是有个右派父亲，说不定也是个知识分子呢！见雅竹脸色黯淡下来，世安急忙转移话题：雅竹呀，听哥一句劝，现在除了在外地的念念，你唯一的亲人就是孟怀诗了。其他的，不管是爱情还是恩情，那都不能当日子过呀。婚姻是在日子里，要过得你中有我，我中有你才对，你说是不是呀？见雅竹还是不说话，他又嘿嘿一笑，盯着雅竹说：初恋是在记忆里，难道你要靠回忆过完一辈子吗？

雅竹像个撒娇的女孩一样叫了一声“哥”。

107. 某政府大楼　日　内

同仁在车里回望一眼上访的人群。

下车后踏上了高高的台阶，耳边却响起不同的声音。

（夏父的嘱咐再次在耳边回响）你给我记住，要想在仕途上走得远，政治上就不能有任何污点。

（雅竹的画外音）我不是你的污点，我爸爸的问题只是学术观点不同而已。

同仁痛苦地自语道：世道、时代都变了，可人性还在。怎么会是这样啊？

108. 同仁办公室　夜　内

同仁进了办公室，上了门闩，用窗帘遮住了所有能窥视的地方。

他疲惫地仰躺在椅子上，视线却扫到了板台上一家三口的合影。

他把两条长腿搭在板台上，死人一般的眼睛盯着合影。

（董妮的画外音）我爸爸当初看好你，是因为你的正直和进步。

同仁的双眼汩汩地流下泪来。

（夏父的画外音）只有走仕途，才算有出息，才能为国家和社会做更大的贡献。

桌上的烟蒂越积越多，烟雾腾腾却没有出口。

迷雾中同仁踉跄着扑向室内的各大橱子、保险柜、板台……疯狂地打开后，小到各种信封，大到成捆的钞票、金条、贵重手表、首饰等赫然在目，同仁悲哀地喊着：我一千次一万次地说过，我不需要，不需要，可你们还是送，送，送。你们让我活得太沉重了，你们害了我呀！

同仁疯狂地把那些财物脚踩、手撕、砸碎，甚至拿出了打火机，可他的意识还是瞬间清醒了。即便大楼毁了，人性的贪婪和官场的黑暗也是除不尽的啊！

同仁痛苦地长叹一声，道：归去，也无风雨也无晴啊！

（歌曲响起）特想留在从前，却不想越走越远，这是我的宿命，还是前世埋下的孽缘……

109. 雅竹家　日　内

书房里，已经换上黑色素服的雅竹满脸泪痕。她坐在写字台前，又拿起了念念的照片，过去的一切又浮现在眼前。

（闪回）雅竹在医院里拿着体检报告惶恐不安；

雅竹一次次去大队部等候同仁的来信；

雅竹去县里找同仁，却看到同仁自行车上正载着董妮，二人有说有笑。

一个声音在喊：如果做到不跟同仁来往，你爸爸就会提前得到释放。

雅竹来到大坝，幽深的水库里，水又深又浑；

雅竹又听到了儿子咯咯的笑声……

（同仁的画外音）千万别让念念接触官场。

怀诗蹑手蹑脚地进来，把一份纸质文件放在桌上，小心翼翼地说：市里刚发的通知，说夏副市长因患抑郁症不幸去世。科级以上干部不参加告别仪式，不议论，不关注，为保持工作正常运转，这一页要尽快翻过去。

110. 殡仪馆　日　外

殡仪馆前，门庭冷落车马稀。

同仁当年的知青战友悉数到齐，十分悲伤。早就成为阔太太的胖丫更是哭得鼻涕一把泪一把。

董妮真诚地感谢这些前来送行的人，说：他现在终于去了一个干净的地方。

一缕青烟袅袅升空，微风吹过，烟消云散。

111. 停车场　日　外

世安和怀诗等在车边，目送那缕青烟随风飘散。

怀诗又冒出来一句诗：死亡是最大的背叛。

世安：他可能真的需要爱情，只是雅竹没给他机会。

112. 奥迪车　日　内

车内，世安开车。

雅竹和怀诗坐在后排。雅竹怅惘，怀诗忐忑。

时间在悄悄流逝，雅竹终于发出一声无奈的叹息：唉，人生不过是被出场，何必去追逐出场费呢！

怀诗小心地握紧了雅竹的手：你放心，我会成为你最大的出场费。

世安从后视镜里看看夫妻二人，长长地呼出一口气，欣喜浮上脸颊，说：雅竹你真行啊，你这辈子啊，爱情、友情和亲情，什么都有了。

雅竹握紧了怀诗的手。

怀诗揽过雅竹肩头，心疼地把雅竹的头顶抵在自己的下颌上。

泪眼蒙眬的雅竹听见了怀诗的心跳，终于放心地倚在了眼前这个男人的身上。

113. 车窗外

白云依然悠悠，

山河依然壮丽，

日月星辰依然不停地转动，

只有，梦不再。

（剧终）

（本故事纯属虚构）

你是谁？

1. 某公社驻地　日　外

20世纪60年代初，中国北方某公社驻地。

纯净的场景，纯朴的人们，纯真的年代。

沿街一四合院大门口旁，挂着红旗公社党委的牌子。

“向雷锋同志学习”“多快好省建设社会主义”的标语醒目地刷在沿街的土墙上。

2. 驻地外　晨　外

天际刚露出鱼肚白，金黄色的麦浪呼唤出勤劳的人们，田野里有了零星的人影。

35岁的某公社党委书记鲁琪，骑着大国防自行车，奔走在通往县城的土路上，脸上浮现着丰收的喜悦。

3. 鲁琪家　晨　外

四合院东、西两侧，各有三间坐南朝北的房子，西头是鲁琪的家。门前两株月季含苞待放，笤帚、铁锨等劳动工具摆放得井然有序。

天空却突然间阴沉起来。

4. 鲁琪家　晨　内

鲁琪家的饭桌边，50来岁的鲁王氏，把一个剥了皮的鸡蛋放在身怀六甲的韩冬梅碗里。冬梅趁鲁王氏没注意又把鸡蛋夹到了婆婆碗里。3岁的小爱军刚把手伸到奶奶碗边，冬梅便狠狠地瞪了他一眼。这一切被6岁的小爱国看在眼里。

一个炸雷在头顶响起，豆大的雨点紧跟着噼里啪啦地砸了下来。屋内的人被惊出了不同的表情。

5. 驻地外　晨　外

大国防的轮子甩出了一道道泥水的圆弧。

两只溅满泥水的脚起劲儿地蹬着自行车……

6. 鲁琪家　晨　内

冬梅焦虑地踱了会儿步子，然后抓起了雨衣。

鲁王氏阻拦道：你身子这么沉，别出去了！

冬梅：马上就麦收了，我得出去看看。说完毅然走出了家门。

7. 某县委大院　晨　外

淋成落汤鸡的鲁琪从雨帘中钻了出来，到屋檐下放好自行车，急急地朝书记办公室走去。

推出片名：《你是谁？》

叠印：冬梅淋着大雨蹒跚在泥泞的路上；

书记办公室里鲁琪换下了淋湿的衣服；

冬梅被村妇代会主任一把拽进屋里……

8. 公社党委会议室　夜　内

透过烟雾，看到墙上用红纸写着“红旗公社麦收动员大会”的标语。

参会的村支书们，有的缠着烟袋，有着打着哈欠，但仍控制不住丰收的喜悦跑到脸上。

散会了，鲁琪和副书记任德勋离开座位，跟支书们一一握手道别。

9. 鲁琪家　夜　内

鲁琪家里间，煤油灯光穿透黑暗，照见冬梅正在铺被窝。

铺完被窝的冬梅又趴到三抽桌一头，捏住一个铅笔头往小本上记事。

10. 党委院内　夜　外

鲁琪与任德勋无语地走出会议室。

鲁琪脚步沉重地向家里走去。

见任德勋还跟在身后，鲁琪说：快回去歇着吧。

任德勋向东头走去，又十分不放心地朝鲁琪的方向看看。

鲁琪走到自家门口，果然犹豫着站住了。

任德勋不忍地又折返回来，对鲁琪说：进去吧，早晚要面对的。

鲁琪说：给我根烟抽吧。

任德勋从口袋里掏出了一盒大前门，抽出一支给他点上。

11. 鲁琪家　夜　内

冬梅正把一根筷子往铅笔头上固定，因注意力过度集中，仿佛肚子在抗议了。她扶着腰挺直了身子，突然意识到鲁琪还没回家，自语道：这么晚了，咋还不回来？

12. 鲁琪家门口　夜　外

鲁琪猛吸一口烟，烟头闪得很亮，把他呛得咳嗽起来。

任德勋把烟拿走，放到自己嘴里吸了两口，也跟着咳嗽起来。

鲁琪仿佛听到了室内的动静，有些忐忑地看着他的副手。

任德勋再次握着鲁琪的手，用眼神鼓励他进屋。

13. 鲁琪家　夜　内

鲁琪终于走进屋内。

冬梅：才回来呀，快歇着吧。

鲁琪：冬梅，我得先跟你说个事，不然我也睡不着。

冬梅：你还睡不着？稀罕！

鲁琪：组织让我去西藏工作三年。

冬梅笨重的身体像安了弹簧般从炕上弹了起来，筷子也从铅笔头上掉了下来。她确认道：你说什么？去西藏工作三年？你干得不是好好的吗？

鲁琪：帮助西藏，就得挑选干得好的去呀。

冬梅：挑选好的流放、发配？

鲁琪：怎么能这么说呢？进藏工作是件很光荣的事呀！

冬梅：既然光荣就让别人去呀，你不是一直把好事都让出去吗？

鲁琪：冬梅，你听我说。

冬梅：这事定了？

鲁琪：定了。

冬梅：啊，这么大的事，你为什么不跟我商量一下，你眼里还有我吗？

鲁琪：组织谈话时我必须有个态度嘛。

冬梅：光有态度，你有老娘和孩子吗，你有家吗？

鲁琪：冬梅，你也站在国家的角度去考虑一下问题嘛。

冬梅：国家？你是国家主席呀？

鲁琪：我是个党员干部，对党和国家都有责任和义务呀！

冬梅：责任义务不光你自己！

鲁琪：可国家需要的是我！

冬梅：这个家更需要你！

鲁琪：你怎么光站在个人利益上想问题啊？假如没有国家这个大家，你这个小家还依靠什么？

冬梅：小家不好，国家好了有啥用？

鲁琪：你咋这样看问题呢？

冬梅：那我怎么看？

鲁琪：你！……

冬梅怒气冲冲地蹬上鞋子说：我这就去县里找曲部长，他要是不把你换下来，我就去找地委组织部，我就不信他们没有老人和孩子，就不顾家庭！

鲁琪拦住冬梅：你那不是给领导出难题吗？

冬梅：难道就只许组织给咱们出难题吗？

14. 鲁琪家　夜　外

任德勋还在窗外徘徊，他听到了室内的吵闹声，焦虑地搓着双手。

15. 鲁琪家　夜　内

鲁琪：冬梅呀，咱们俩比谁都懂得家对我们个人的意义！

冬梅：那你还撇家舍业去西藏？

鲁琪：那总得有人去吧。

冬梅：你的娘为了保住家，带着你兄妹去闯了关东。我的娘为了让弟弟延续我们的家，卖了我去换粮食。难道我这辈子就跟一个温暖的家无缘吗？说完冬梅呜呜地哭了起来。

16. 进城路上　日　外

麦收后的田野里仍有忙碌的身影。

一辆老式吉普车突突着奔向前方。

身后的勃勃生机昭示着当地的和谐与发展。

17. 吉普车内　日　内

鲁琪揽着小爱国坐在前边，鲁王氏抱着小爱军与冬梅坐在后排。

鲁王氏满脸喜悦，兴致勃勃得像个孩子般叨叨着：今天可沾儿子的光了，没想到这辈子还能坐小车！

鲁琪苦涩地回头问：娘，您老还没照过相吧？

鲁王氏：俺在东北给人洗衣服时，在人家里见过，那相片跟真人一样一样的。

鲁琪：今天咱也照张全家福！

小爱国高兴地回头欢呼：噢，照相喽！

18. 某县照相馆　日　外

一家人走出照相馆，鲁王氏和孩子们满脸的阳光，冬梅的脸上却满是冰霜。

鲁王氏不无遗憾地说：可惜这孩子没捞着露个脸啊。

冬梅：我这样子这么难看，还照什么照啊。

走在后头的鲁琪假装蹲下身系鞋带，抹去了眼角的泪水。

小爱国回过头来喊：爸爸，快走啊，不是还给我买蝴蝶结吗?

小爱军：我还要买糖!

鲁王氏拉过两个孩子，看一眼鲁琪，脸上露出疑惑的神情。

19. 内地某火车站台上　日　外

大地被烈日烤得像一张白纸，一列陈旧的火车静卧在铁轨上，反射着耀眼的绿色。

37 岁的知识分子田有余，一手抱着小儿子，一手给他的爱妻谭美兰擦眼泪。7 岁的田智和 3 岁的田美不知所措地看看爸爸再看看妈妈。

鲁琪对冬梅说：娘那里能瞒一天算一天吧……他仰起头来让眼泪倒流，眼泪却不听指挥地顺着脸颊淌了下来。

冬梅趁别人不注意给鲁琪擦掉了眼泪，嗔道：看你这点出息，干得好了不就又选回来了！你放心，娘用要饭棍撑起了鲁家一片天，俺不靠着男人的肩膀也能站直了！她猛地擦掉眼泪：从今天起，再哭俺就不是韩冬梅!

旁边的白面书生小白，此时正被他的小花旦妻子黏得无所适从。

30 岁左右的小岳，剃着分头的大脑袋，被父亲粗糙的大手拨拉了一下，他又用手去拨弄妻子怀里的儿子。

干部派头的牟力，孤单地看着一组组分别的人，满脸的不屑和鄙夷……

20. 鲁琪家　夜　内

鲁王氏的炕上小爱军发出了轻微的鼾声，小爱国还在使劲闭眼睛，刚一闭上又不由自主地睁开，她就用自己的小手压住眼皮。

坐在炕上的鲁王氏给小爱军扇着大蒲扇，眼睛却盯着一个方向出神。她像是自言自语，也像是说给小爱国听：你妈这几天是怎么了，老是蔫了吧唧的？

21. 列车内　日　内

车厢内只有几个进藏人员或躺或坐。

伴随着巨大的火车咣当的声响，列车从白天穿越黑夜，又从黑夜走向黎明……

22. 进藏驿站　日　内

广袤的大漠在烈日下泛着青白的光。

不大的礼堂内，墙面斑驳，房间里打了地铺。

鲁琪和他的进藏战友在地铺上或躺或坐，旁边有一些行李。

田有余笑呵呵地说：大家看哪，咱们的脸上可以种庄稼了。

鲁琪嘿嘿笑着：可不是嘛，沟沟坎坎里都是土，只等着播种了。

垂头丧气的牟力拿着脸盆从外边进来，说：跑到这里受这种洋罪，这不是钝刀子杀人嘛。

田有余：这才是万里长征开了点儿头！

鲁琪转移大家的情绪，说：哎，我这里还有包咸鱼，（他扒拉着自己的包）大家都吃点。

23. 鲁琪家　夜　内

冬梅疲惫地端着煤油灯在看墙上的地图。她数着指头算算日子，自言自语道：正好一个月了！又拿出一截红铅笔，在东部沿海和西藏之间画了一条线，还在西藏那头画上了一面红旗。

24. 拉萨某邮局　日　外

不远处的布达拉宫折射着历史的沧桑。

一座藏式民房的门口挂着拉萨邮政局的牌子。

室内排着打电话的人们，小白已经排到了前头，鲁琪和老田还在后边。

鲁琪看看长长的队伍，拍了拍老田说：回去写信吧。

田有余无奈地摇了摇头，跟小白打过招呼，两人走出房间。

25. 拉萨市区　日　外

田有余：多么想听听美兰和孩子们的声音啊！

鲁琪：老田，可不能把想家的情绪传染给大家呀，真怕再有人像牟力那样，还没走到西藏就打了退堂鼓。

田有余：那个人啊，进藏是为了个人利益，能有意志力走到西藏吗？

小白满脸忧虑地说：好不容易排到我了，可那个破摇把子电话机就是拨不出去，真是急死人了！

鲁琪揽过小白，怜爱地说：你这个小秀才呀，还是回去写信吧，要不然你那笔漂亮的硬笔书法，就没法展现了。

小岳两条腿拉巴着从远处走了过来，表情怪异地嚷道：哎呀，我是不是也来月经了，好不容易拉出来了，可都是羊屎蛋蛋，上面还有很多鲜血哎！

田有余笑道：你那是大便干结，医学上叫便秘。

小岳大头摇得像拨浪鼓一样，说：我跟牛羊一样，从来不便秘的？

田有余：咱们好些天没吃过蔬菜了，一路上又老上火，还能不便秘！

小岳：啊……

田有余：我说过，让你们在吃糌粑前先喝点酥油茶，润滑一下肠胃就会好一些，可是你不听嘛，这不，警告来了吧。

小岳哭丧着脸说：老大哥呀，以后我再也不敢了，你说怎么办咱就怎么办还不行吗？

田有余呵呵笑着：看来吃点苦头成熟得更快啊！

小岳装出颓废样：可我们很快就会像一把盐撒进大海，不知道会在哪里溶化呢。

小白可怜兮兮地说：我感觉自己就像是一片树叶，不知会随风飘向哪里，也不知会不会在高原腐烂，我怕……

鲁琪：看你们说的！来，我这里还有一些高粱饴，你们都拿几块吧。

26. 鲁琪家　日　内

一家人在吃晚饭，气氛有些沉闷。

小爱国突然冒出一句：妈，爸爸怎么还不回来，我都想他了。

冬梅被问得愣了一下，然后把筷子在桌子上一摔：想也不许说，吃好了上学去！

小爱国被母亲斥责得莫名其妙，一脸惊疑。

鲁王氏不满地说：拿孩子撒什么气，她想爸爸还错了？

冬梅压抑着自己情绪说：娘，她小孩子不懂事。

鲁王氏道：你倒不是小孩子了！

冬梅想解释，但是找不到合适的理由：娘，您可别……

鲁王氏赌气地说道：别什么别？说完走进里间，把木头门摔得弹了个来回。

冬梅恨恨地白了小爱国一眼。

27. 后藏地区某街道　日　外

秋日的清晨，天色灰青。

大街上冷冷清清，几乎看不到人的影子，只有几只野狗依靠灵敏的嗅觉，在边走边嗅。

鲁琪走出了一个挂着地区招待所牌子的院子，沿着狭窄的街道走到招待所的后山坡上，小小的地级城市便尽收眼底。

青天之下，云层变幻莫测，远处的雪山一片清冷。

居民的铁皮房顶泛着青光。

鲁琪在山坡上活动了一下身体，就走到街中，从身上摸出了几封准备发出的信，在街上边走边找。但街上仍看不到人影，他拿出了随身带的小纸条，默念着上边的藏文。

有几只藏獒对他虎视眈眈，鲁琪一脸惊恐。

有一藏族男子走来，对鲁琪友好地笑笑。

鲁琪看着手里的小纸条，说：一切让结威嘎布穷（见到你很高兴）。

汉子问：卡巴太卡？（到哪里去）

鲁琪看一眼小纸条，说：益松康（邮局）度（有）敏度（没有）？

汉子一脸迷茫：益松康？然后摇头，表示不知道。

鲁琪无奈地向汉子挥手告别。

手里那几个老式信封上，寄信人地址还没有填上。

28. 鲁琪家　日　内

收拾完碗筷，鲁王氏坐在里间的炕沿上沉思着。小爱军里间外间地到处乱窜。

冬梅从她的房间里走出来说：娘，我走了，您看着爱军，千万别让他到井台上。

鲁王氏耷拉着脸，手里还拿上了烟袋，说：你先别走。她把烟点着了道：军他妈，你今天晚点走，我有话问你。

冬梅稳定了一下情绪，走进了婆婆的房间：娘，什么事，您老问吧。

鲁王氏看着冬梅的眼睛说：我问你，军他爸爸哪里去了？为什么走前他带我们又下馆子又照全家福？为什么你去送的时间那么长？为什么这么长时间了没来个信？为什么他从东北带回来的地图贴在了你的墙头？为什么，啊？我要你跟我说实话。

29. 山路上　夜　外

高原的傍晚很悲壮。

夜色渐渐涂在路上、山上，使山和路更加凝重和有质感。

远处的雪山依然闪烁着顽强的银光，与黑暗进行最后的一搏。

藏族司机开的货车披着夜幕行走在高原上。老远望去，车灯像没有睡醒的两只萤火虫。

车内视线所到之处，除了车灯照亮的那一小片有限的范围，四周一团漆黑。

南木加一边开车，一边把自己的羊皮大衣往鲁琪的身上盖了盖。

蒙眬中的鲁琪感激地说了声“突及其”，又不可抗拒地闭上了眼睛。

30. 鲁琪家　日　内

冬梅的房间里，鲁王氏正跪在炕上趴在墙上看地图。她的手指沿着冬梅画的红线一直找到了西藏，目光在那条红线上来来回回地游走。

疲惫的冬梅掀开门帘走了进来，看到婆婆跪在自己的炕头上，眼圈不由红了起来。叫了声“娘”，就笨重地上去搀扶，不想被婆婆扒拉了一下，使冬梅打个趔趄。

鲁王氏略带歉意地又拉了一把冬梅，不无疑虑地指着地图说：这不是到最西头了吗？！

冬梅扶着婆婆在炕沿上坐定，小声地安慰着：娘，再远也有回来的一天，只要有这一天咱就有盼头不是？

鲁王氏悲哀道：可是我还能盼到那一天吗？！

31. 山路上　清晨　外

茫茫荒原，没有人烟。汽车脱掉了夜幕又披上了霞光，大地一片金色。

南木加仍然精神饱满，一辆破车被他开得很爽。

鲁琪问：南木加师傅，城里怎么连个邮筒都没有？

南木加：你看到我车厢里的那几个大邮包吗？那里边有报纸、信件和包裹，都是差不多一个多月后才从拉萨抱过来的。在地区里也只有等到货车进城的时候再捎到县里。

鲁琪问：那信写好了也只能等了？

南木加说：那是肯定的。他又指着前方说：前边就要过马拉山了。咱们县里雪大，几乎每年都要大雪封山，封上个把月算短的，封上几个月的并不稀奇。一旦封山，除了靠那台老式的发报机定时收发电报，与外界的一切联系会全部断绝的。

鲁琪听着陷入了沉思……

32. 隆基县委　日　内

牛粪、土坯围成的院子。门口立一个牌子，上书藏、汉两种文字：中共某县委员会。

藏式土坯房内，是县委办公室。

50多岁的潘解放，络腮胡子把高原红围在高高的颧骨上，头上已经谢顶，穿着一件洗得发了白的旧军衣，袖子高高地卷着，裸露的部分是一色的紫红。

此时，他手里点着烟，在房间里走来走去，不时还看一看腕上的手表。

33. 山路上　晌午　外

汽车终于喘息着爬上了高峻的马拉山顶。

在飘飞的五色经幡下鸟瞰县城全貌，那么渺小那么单薄，静静地蜷缩在莽莽苍苍的群山一隅。

南木加的汽车进入了深沟峡谷地带，西、北、东三面全是高峰。

再往前开，前面出现了几组不规则的矮小土屋建筑群。土黄色的建筑上插着一把把干树枝，树枝上挂着的五色（红黄绿蓝白）经幡无精打采地飘动着。

比那些土建筑略高的地方有一座古老而破旧的寺庙，在俯视这里的一切。

这里没有街道，头顶是空旷的天，脚下是大山里的褶皱。无论目光投向多远，感觉都是被现代文明遗忘的角落。

南木加看一眼鲁琪，问：感觉如何？

鲁琪抖擞一下精神，说：还行吧，只不过有点胸闷和心慌。

南木加笑着说：什么“有点”？刚才那个马拉山口海拔已经五千多米了！

鲁琪不得不承认说：难怪头疼得那么厉害。

34. 隆基县委　日　内

连响三次的喇叭声传进了县委办公室，抽着烟的潘解放第一个兴奋起来：来了！说着他把纸烟捻灭，大踏步地从房里走了出来，身后还紧跟着几位藏、汉族干部职工。

一位藏族阿妈兴奋地朝外看看，然后又赶紧回到屋里。

南木加从车上跳了下来，“嘿嘿”地朝潘解放笑着。

潘解放顾不得招呼南木加，朝鲁琪伸出了大手，说：鲁琪同志，一路辛苦了！说完就拥抱着鲁琪，眼里闪现着晶莹的泪花。

鲁琪也很激动：是潘书记吧，让您等得着急了吧？

潘解放拍着鲁琪的肩膀：不着急，不着急！他擦了下眼睛，然后做了个里边请的手势，带着鲁琪往院子里走去。

35. 鲁琪家　夜　内

冬梅躺在炕上把丈夫的来信看了再看，然后又端着煤油灯看月份牌。

另一间屋里，鲁王氏坐在炕沿上想着心事，小爱国突兀地问：奶奶，爸爸什么时候回来？

鲁王氏：你问我，我问谁去？

小爱国被奶奶的脾气弄得莫名其妙，委屈地把头别到了一边，再也不敢作声。

鲁王氏觉得自己有点过分，就给孙女盖了一下被单，又轻轻地抚摸着小爱军，眼里涌满了泪水。

36. 县城 夜 外

这里的月亮既大又亮，天空和大地都像被水清洗过一般。

潘解放和鲁琪分别披了衣服，在不像街的街上走着。

潘解放摸出烟来沉思着道：和平解放都十几年了，可这县城才几百口人，全县人口才 2 万多人，而且居住分散，交通不便，一个县却守护着 17 万多平方千米的国土。

鲁琪：是啊，叫人难以想象啊！

潘解放：有一年我到边防部队去和大家一起过中秋节，临走的时候我问战士们，你们最大的愿望是什么。他们竟异口同声地说，希望能及时收到家里的来信。听了这话我心里酸得很哪！咱也是父母的孩子，咱也是孩子的父母。可是这些战士……哎，他们在替全国人民守卫着边疆，我们总得尽我们的力量建设边疆吧。想起他们，真是拼上老命也要干点事啊！

鲁琪：潘书记，您说吧，我来干！

潘解放：这里需要干的事实在太多了！不过，鲁琪同志，想家了吧？

鲁琪：潘书记，我……

潘解放：唉——谁没有家，谁没有老婆孩子啊，何况你还有个老娘亲呢！

鲁琪仰头看着天上的月亮。

潘解放又说：很快就是中秋节了，明天你的任务就是给家里发个电报，报个平安。

37. 鲁琪家 傍晚 内

又大又圆的月亮升上地平线时，鲁琪家被映衬得更加沉闷。

低矮的长方桌上放着金黄的玉米饼子、玉米粥、咸菜，还有一盘冒着热气的葱花炒鸡蛋。

冬梅和两个孩子坐在桌边。小爱军的眼睛老是瞅着那盘鸡蛋，看冬梅不看的时候就偷偷用筷子去夹，刚刚夹起来，就被冬梅拿起筷子狠心地敲了下来。

小爱国一副视而不见的样子，却不时回头看看里间，再咽下一口唾沫。

冬梅忍不住地向里边看看，然后摆头示意爱国再去喊奶奶起来吃饭。

小爱国为难地站起来走向里间，说：奶奶，起来吃饭吧，您不吃妈也不吃。您不是说妈肚子里的小宝宝要吃饭吗？

小爱国一声声地叫着，鲁王氏一动不动。小爱国委屈地从里间出来时，脸上已挂满了泪水。

冬梅心烦意乱地道：都饿死算了，我也不吃了！她支撑着身子想站起来，身体却突然趔趄了一下，小爱国赶紧扶她，却被她扒拉了一个趔趄。冬梅还骂道：滚一边去！

恰在此时，公社党委书记任德勋和秘书吕明祥踏进门来，发现气氛不对，小心地问：在吃饭呢！大娘呢？见冬梅给他们使眼色，就把手里提的东西放在了桌上，走到屋里问：大娘早躺下了？

鲁王氏一声不吭一动不动。任德勋和吕明祥相互看了看。

任德勋小心翼翼地说：大娘，今天是中秋节，县里领导给捎来了月饼和烧鸡，曲部长还亲自打电话让我代表他来看您老人家呢！

站在当门的冬梅突然按住了肚子，一股水顺着裤管流了下来，脸上的表情痛苦异常。

小爱国惊慌失措地大喊：奶奶，不好了，我妈她淌水了！

鲁王氏一下从炕上爬了起来，一把推开任德勋他们，冲到冬梅身边，焦急地问：军他妈，你是要生了吧？

任德勋安抚道：大娘您别急，我去找医生。又对吕明祥说：吕秘书，你先留在这里。

38. 西藏高原上　日　外

深秋的西藏，天空湛蓝明亮，白云点缀其间，像天女散花般美丽。

碧绿的草原上，汉族干部霍达在教骑马，鲁琪在马上左右摇晃。

鲁琪紧张地喘息道：看来我天生与动物不能和谐相处，怎么就驾驭不了马呢？

霍达做着示范道：你要这样，别紧张。

鲁琪用劲一夹马肚子，没想到夹得太紧，枣红马后蹄子一刨，马屁股一撅，竟把鲁琪甩了下来。

远处传来“咯咯”的笑声，19 岁的旧贵族少女迟歌出现在他们的视野里。

女孩讥讽道：好一个干大事的人啊，先让自己翻身了！说完又“咯咯”大笑起来。

鲁琪被笑得很尴尬，赶紧从地上爬了起来。

迟歌纵马来到跟前，带点挑衅地对鲁琪说：怎么样？西藏不是随便就可以被人踩在脚下的，这马也不是好玩的吧？

鲁琪不好意思地说：迟歌姑娘，叫你笑话了。

迟歌把头高傲地一扬：你们汉人就是笨嘛。

鲁琪嘿嘿笑着：霍达也是汉族，人家就不笨嘛。

迟歌：哼，不笨还抢我们的东西！这草原，这马，还有那些牛羊和放牧牛羊的人，当年不都是我们家的吗？

霍达已经把鲁琪的马牵了回来，听到这话他生气地指着迟歌反驳道：你胡说！

鲁琪指着远处的山和广袤的草原说：迟歌姑娘，推翻奴隶制度后，这山，这草原，还有这里的一切，都是国家的资源，是全国人民共有的。说完他从霍达手里接过缰绳，翻身上马，这次竟稳稳当当地坐上了马背。又对迟歌说：迟歌姑娘，你自己好好想想吧。然后像个熟练的骑手一样扬鞭策马。

霍达“哼”了一声，把一脸的不屑留给了迟歌。

迟歌突然喊道：哎，手套，我给你织的手套。

39. 鲁琪家 夜 内

寒冬腊月，滴水成冰。

冬梅的炕上睡着爱国和婴儿爱华。

保姆曲惠在煤油灯下做着一只棉鞋，冬梅往炕炉子里填了点煤饼子，也凑到了煤油灯下，拿出了一个小本，用铅笔头在上边记着什么。

曲惠看她一眼，说：大姐，你快睡吧，别再熬夜了。

冬梅说：我包着二三十个村呢，还得再扒拉一遍。

40. 县城 夜 外

天空像一张巨大的黑色幕布，无数星星在眨巴着眼睛。

远处的雪山在静谧的夜空下像睡着了一般。大地泛着银色的光亮。

县委门前，南木加的车旁围着许多藏、汉族干部。迟歌急匆匆地赶来，说：虫草、雪莲、藏红花，我都拿来了！还有……她回头对抱着毛毯的小羊倌说道：俄珠，你快点啊！

俄珠加快了脚步。

鲁琪对霍达说：潘书记在抗击雪灾中犯了肺气肿，千万不能给耽误治疗啊！

霍达：鲁书记，您放心，我就是背也要把潘书记背到地区医院。

鲁琪又对南木加说：开车千万要注意安全！

41. 鲁琪家 夜 内

冬梅伸展了一下身体，高兴地说：今年丰收了，大家该过个祥和年了！

抱着孩子的曲惠说：唉，你这个年怎么个过法？想起来我都替你愁得慌！

冬梅说：我就不愁了？唉，愁和不愁日子都得过！

曲惠听后摇了摇头，停了会儿问：你也做件新衣裳吧？

冬梅：我还做什么新衣裳，只要俺娘穿得好，孩子们冻不着就行。

曲惠：看看你穿的什么样子，还干部呢，连俺都不如！

冬梅说：样子不样子的不在穿戴上，把工作干好了样子也就有了！

42. 鲁琪宿舍　夜　内

屋里的牛粪炉子已经熄灭。鲁琪躺在床上，眼瞅着屋顶出神。

（闪回）去年过年的情景：

鲁王氏正从锅里往外盛饺子，端着盖垫的鲁琪咽着口水。

鲁王氏说：这次让军他妈多吃点，她身上又有了，正是馋的时候呢。

炕上的长方桌旁，鲁琪夹起饺子先给娘，娘又给小军，鲁琪又给冬梅……

躺在床上的鲁琪笑了，脸上却布满冰冷的泪水。

鲁琪下床往茶缸里倒上了水，坐到桌子边，拿着全家福一个个地抚摸着。

他以水代酒举起茶缸，说：娘，儿子不孝，没有陪在您老人家身边过年。儿子在高原上给您敬酒了，祝您老人家健康长寿！说完他端起茶缸喝下一口“酒”。

他又举起茶缸说：冬梅，你替我承担了家庭这个重担，我们老鲁家永远感谢你。说完又喝一口“酒”。

还有孩子们，你们的出生和成长，爸爸都有义务守在身边。但是爸爸是党员干部，对国家也有义务，希望你们长大后理解爸爸！说完又喝下第三口“酒”。

把最后一口酒献给孤独的自己后，他像喝醉了一样趴在桌子上，肩膀明显地抽动着。

43. 公社小学　日　外

同学们穿着簇新的衣服，三三两两兴高采烈地走进校门。

小军英蹦蹦跳跳地跟小爱国说：爱国，明天我把新衣服给你穿一天。

小爱国把头别向一边说：我不爱穿新衣服。

小军英执着地说：我妈说了，你爸爸在西藏，比我爸爸在部队还艰苦，我们要互相帮助。

小爱国强调：我妈也说了，小时候好好学习，长大后好好工作，才能做大事。不在于穿不穿新衣服。

卑琐的班主任庄仁和跟上来说：鲁金芝，听说你爸爸去了西藏，真的吗？

小爱国说：妈妈不让说。

庄仁和居心叵测地问：你知道西藏是什么地方吗？过去流放的人都到不了那里，太远了，太高了，还缺氧。知道你爸爸犯了什么事不？

小爱国恐慌地摇头说：不知道。

庄仁和幸灾乐祸地说：肯定犯错误了，要不然不会把他发配到那么远的地方。以后你得好好帮助军英啊，她可是革命军人的后代！

两年后

44. 拉萨城　日　外

天高云淡，秋阳正浓。巍峨的布达拉宫仍然折射着岁月的沧桑。

蓝天白云下的拉萨街头，到处都能看到庆祝西藏自治区成立的标语。

三三两两的藏族同胞，穿着鲜艳的民族服装，喜气洋洋地走在街上。

有一些汉族干部和解放军战士等也从街上走过。

45. 西藏工业交通办公室　日　内

几个人正聚在一起讨论问题，鲁琪试探着走了进来。

鲁琪问道：请问田有余在吗？

几个人把头一齐转向鲁琪。

胡子拉碴的老田看见鲁琪一阵激动，眼圈立刻红了。

鲁琪激动地说：老田，田有余……

田有余一下扑到鲁琪跟前：是老鲁吗？真的是鲁琪吗？

鲁琪点头回道：是我，鲁琪。

众目睽睽下，两个人紧紧地搂抱在一起，眼泪不由自主流了下来。

46. 田有余宿舍里　日　内

鲁琪和田有余脸上都泛着红光，显然是小桌上的酒场还在延续着它的能量。

田有余用手做了个打住的动作：唉，不说家里了，再说又要哭了！

鲁琪站起身子，走到田有余书架旁，随便翻着，说：老田，帮我出个主意吧。

田有余：主意？啥事还需要我帮你出主意？

鲁琪：大会结束后，地区组织部部长跟我说，组织准备安排我担任县长。

突然，鲁琪见到了一摞入党申请书，他拿着转向了老田。

田有余兴奋地说：好事呀，当县长更能发挥你地方工作的优势嘛。

鲁琪不无忧虑地说：可是，咱都来两年了，按原先的计划，再有一年就可以回去了。如果接了这个职位，我短期内还能回去吗？

田有余：那你看我们有按期回去的可能吗？西藏百业待举，还需要大量的内地干部。虽然我们这几把盐已经撒进了这个大海，可西藏这个大海，再有几车盐撒进去也不够啊！

鲁琪：是啊，现在我们都已经跟西藏这个大海融为了一体！

田有余自豪地说：喜马拉雅做证，你、我、小岳、小白，还有那些跟我们一起进藏的战友，我们已经是这高山厚土的一分子了！

鲁琪：老田，不瞒你说，每当我想到高原上的孩子还在用羊屎球计数，女人还在羊圈里生孩子，藏族同胞对共产主义的理解就是糌粑管吃饱，白糖有的吃，我就想啊，把我的一生都放在这里也值啊！

田有余：这就是你们党员的境界啊！

鲁琪：老田，还在写入党申请书吗？他举着老田的入党申请书问。

田有余认真地回道：当然。

鲁琪关切地说：那怎么没向组织递交？

田有余：交了，年年都写，年年都交。只是下高原去外调很困难，所以就被拖下来了。

鲁琪：也难为你的坚持了！

田有余：没关系，我一颗红心两手准备。虽然我没有党票，但我一点也不缺觉悟！

鲁琪：我相信，你这么坚守理想信念，组织早晚会接纳你的。

田有余：我也相信，党组织不会把一个朝拜她的人永远关在门外！

一年后

47. 红旗公社驻地　日　外

天上的乌云遮住了太阳。

红卫兵的身影不时出现在红旗公社驻地。

街面上到处是砖头瓦块，墙上也贴满了大字报和标语。

公社党委已成了大字报的走廊："打倒大走资派鲁琪""揪回叛党投敌分子鲁琪""韩冬梅拒不交代罪行只有死路一条"等不一而足。

鲁琪家门口倒写着的鲁琪和韩冬梅的名字上，用红笔打着大大的叉号。

美丽的月季花在惨白的大字报映衬下，显得无比柔弱。

48. 县郊　夜　外

月大如盘，月光如银。

月夜里站立着两个身影，虽如磐石般坚韧，但在空旷的高原上却显得十分渺小与孤独。

潘解放被正抽着的纸烟呛了一下，剧烈地咳嗽了起来。

鲁琪问：潘书记，您是不是有什么心事？该不是想嫂子了吧？

潘解放坦诚地说：想，那是肯定的。养病回来又两年多了，我不想她她也该想我了！沉默片刻后问：你是不是也想家了？

鲁琪的眼圈红了：潘书记，自从运动开始，就与家里失去了联系。停顿了一下，他又说：我老婆是个宁折不弯的人，还有老的老小的小。唉！我真担心有人趁机使坏呀！

49. 鲁琪家　夜　内

这里是供销社一个破败的仓库所在地。

厕所旁的两间空房，成了冬梅一家新的栖息地。

屋门口，月光把两个女人的身影投射得轮廓分明。

两张对着的脸，一个俊朗秀气，一个刚强不屈。但每个人的脸上似乎都刻着个“难”字，缕缕白发也都在诉说着日月的沧桑。

谭美兰拿出手绢擦着眼泪，说：大姐，其实，这些年来我一直没忘了你在省城说的那句话。你说过，没有男人的肩膀倚着自己也能站直了。从那以后我就试着让自己坚强，可是我现在真的坚持不住了，就是死我也要和有余死在一起呀！

冬梅关切地问：你那里的情况就那么难吗？

美兰：唉——我们不仅是资本家后代，还是臭老九，还是叛国投敌家属。要不是有这些大帽子压着，再难我们也能活下去呀！说着她呜呜地哭了起来。哭了几声，她突然意识到屋里正在睡着的人，便用手绢严严地把嘴堵着，发出了更加压抑的声音。

冬梅同情地给她捋了一下头发，说：罪名也不少啊！可我这多吃多占，还大破鞋……

美兰看着她用眼睛发出疑问……

冬梅把头一扬，道：去他 × 的！我站着是个人，倒下时我问心无愧！

美兰真诚地说：大姐，我真佩服你！我要是有你这么坚强就好了。

冬梅看着眼前这个柔弱的知识女性，心存疑虑地问：你带着两个孩子去西藏，能行吗？

美兰说：最难熬的不过就是晕车了！有句话叫“死猪不怕开水烫”嘛，死不了我就去西藏找有余！

冬梅关切问：田智放在他姥姥家没问题吧？

美兰的眼泪又淌了下来，说：应该没问题。我爸爸是乡村的教书先生，妈妈也是识文断字的人，两个老人家决不会亏待孩子。但孩子那性格像我，打生下来也没离开过我……

冬梅说：既然坚决要走，也就别想那么多了。到了西藏如果见了我们家鲁琪，千万别跟他说我们家里的情况。

美兰天真地问：他要是问呢？

冬梅说：你们这些知识分子啊也真是实在！我都一年多没见他个音信了，他问家里的事你就往好里说呗，你不是编辑嘛。

月亮西下，把两个女人的影子拉得很长……

两年后

50. 西藏隆基县城　日　外

辽阔的高原上，空气稀薄，秋阳怡人。

潘解放陪着两个干部模样的人走进县委院子，走到鲁琪的宿舍。

潘解放说：这几天，你们了解了他不少工作情况，再看看他的生活环境吧。

51. 鲁琪宿舍　日　内

一行人走进宿舍，浏览着屋里：简单的床铺、书桌和一个柳条箱子。

其中一位走到书桌前，拿起了鲁琪的全家福看了看，又拿起了他的日记。

考察甲对乙说：这或许就是一部进藏史啊！

考察乙道：不过，有人反映了鲁琪同志生活作风方面的问题。潘书记，你能谈谈这个问题吗？

潘解放：当然可以。他指着床和凳子让两位坐下。继续道：我会本着对干部负责、对组织负责的态度，实事求是地跟你们谈。他又摸出了烟，拿在手里把玩着。略一思忖，手指门外，问：你们看见办公室里那个姑娘了吧？

甲、乙点头道：见到了。

潘解放：这是当年十八军进西藏的时候，我在进藏途中捡的闺女。

甲、乙惊愕地问：怎么，是你的养女？

潘解放说：她是一个藏族孩子，父母都饿死了，我就收养了她，把她送到我在成都的家里。几年前我回家养病的时候，突然想到这孩子如果放在县里，那可真是太有用了，就把她带来了。你们也看到了，多么安静本分的姑娘啊！

考察甲：她现在做什么工作？

潘解放：就是一个万金油，抹在哪里都管用啊！

考察乙：你的养女在你手下工作，就没有什么反映？

潘解放：反映？什么反映？不是说举贤不避亲吗？再说了，这样的干部在哪里都是多多益善嘛！

考察甲：是啊，心底无私天地宽呀！那你说说那件事情的经过、你的观点和意见，最终我们好有个客观的、实事求是的结论。

潘解放：好吧，不过我这个人说话可能不够有条理，先得说我的观点。第一，鲁琪同志没有生活作风问题；第二，被人爱和爱别人都不是罪过；第三，共产党的干部也不是苦行僧，即便是爱了，他也有爱的权力；第四，作为组织和领导，不仅要讲原则，也要讲人性。

考察组的同志边点头边记录。

潘解放点上了烟继续说道：人都有私欲、性欲和食欲，要不然还称其为人吗？

这些天你们也看到了，这里的主食就是糌粑，多少年来几乎没有蔬菜，更谈不上水果，生活的艰苦已经把他煎熬到了极限，还要跟大家一起艰苦奋斗干事创业！他擦了下眼睛继续说道：人已经放下了私欲，找不到食欲，难道还不产生点性欲吗？他猛抽一口烟，然后两手一摊，说道：可是人家没有，不用说是身体的出轨，我可以打包票地说，就连思想的出轨、感情的出轨也没有啊！我甚至想过，即便是有点问题，也是生理问题，不是思想和作风问题，我可以以我的党性原则为他担保。他情绪激动地指着门外：就是达珍这闺女，她喜欢鲁琪，不光她喜欢，这里的其他几个女孩子也喜欢他，甚至包括旧贵族的女儿。我觉得这没有错！和这么优秀的男人在一起，女孩子不动心是不正常的。我们那几个同样讨人喜欢的女孩子，如果男人不动心那也是有病。可是鲁琪同志以他的党性原则、以他个人坚强的意志力、以他对家人的忠诚，坚守着自己生理上的最后底线。说到这里，他激动地站了起来继续说道：可有情未必不丈夫啊！藏历年的晚上，我带头喝酒，我喝多了，老鲁也喝多了，达珍就送他回了宿舍。醉意中老鲁把达珍当成了他的妻子，抓着她的手喊着冬梅，冬梅！达珍不忍心丢下他不管，就只好被他抓着。恰巧被一个喜欢他的女孩看到了……

考察组的同志被潘解放的话深深打动了，他们交流了一下眼神。

考察甲：潘书记，这件事您不用多说了。请您说一下对组织有什么要求和建议吧。

潘解放：第一，组织可以放心地重用鲁琪同志；第二，应该给鲁琪同志休假的机会……

几个月后

52. 鲁琪家　清晨　内

红旗公社驻地，“欢度春节”的字样和爆竹皮的碎屑还随处可见。

室内的冬梅两眼血丝地趴在三抽桌上给丈夫写信，其中一句很绝情的话是：假如你真的不想要老婆孩子，我可以给你自由……写到这里她烦躁地抱住了头。

8 岁的爱军和 5 岁的爱华趴在炕沿上，看 11 岁的爱国包饺子。

爱军：姐姐，啥时候才能吃上饺子啊，我都馋得流口水了！

爱华：姐姐，我还想煤气中毒！

爱国：看你们俩，都馋傻了！还有想中毒的，真奇怪！

爱华：中毒了就有饺子吃嘛。

爱军：中毒就不用去上学了。

爱国：那你俩去把柴火准备好。

53. 冬梅家　晨　外

爱军刚敞开房门，就见一个高大的身影，大棉帽子罩着两个耳朵，满脸紫红，爆裂的嘴唇冒着血丝，稀疏的胡子已经很长，两只眼睛放着幸福却又复杂的光芒。他肩膀上一前一后背着两个大包，两只棉手套在身旁荡悠着，身上臃肿的棉衣棉裤已经脏得完全看不出颜色。突然见到两个孩子，他显得有些慌乱。

爱军一下把爱华拉到身后，然后从身上取弹弓：你是谁？到我家干什么？

鲁琪强力抑制着情绪，小心地问道：你是爱军吧？

爱军警惕地问：你怎么知道？

还没等鲁琪回答，躲在爱军身后的爱华就朝屋里喊了起来：妈，有个要饭的到咱家来了！

冬梅说：这些年要饭的也不会到咱家了。她从屋里走了出来，看到了眼前的人，神情突然慌乱起来，眼光却如遇到磁石般被吸在了对方身上。过了很久才小声地冒出一句：是鲁琪吗？

对方的目光也死死地盯着她说：冬梅，是我，我回来了！

冬梅回头看看自己还没写完的信，疑虑道：这是在做梦吧？

鲁琪的眼睛一眨不眨地说：不是做梦，是真的！

冬梅把爱军和爱华揽到自己跟前，她似乎还没有从梦中惊醒，还不敢贸然告诉他们这就是爸爸，他们就这样僵持着。

爱国带着两手面从屋里出来，她看看站在门口的人，再看看妈妈和弟弟妹妹。她第一个反应过来，嘴里呢喃着：爸爸，爸爸……

鲁琪的泪水终于像决堤的河水喷涌而出，他顾不得卸下背上的两个包，就一把搂过了爱国：爱国，我的女儿……

爱军和爱华不知所措，他们一人搂住了冬梅的一只胳膊，惊慌地看看妈妈再看看爸爸。

分别近六年之久的一家人，竟然在相互对视中完成了火山一样的情感碰撞。

鲁琪突然推开爱国，急切地冲向屋里，又急切地出来，问：娘呢？

冬梅揽着两个孩子站在原地说：在他姑家里。

鲁琪：那……

想问的话还没有出口，身上的东西就落在了地上，两只胳膊把冬梅和孩子一下揽在了怀里。

一家人的泪很快被炽热的亲情给融化了。

冬末的阳光终于照进这个冰冻了几个世纪的家庭，照着鲁琪宽厚的脊背，照出了冬梅的喜极而泣，照着爱国的多愁善感，照着爱军的对峙和排斥，照着爱华的懵懂和好奇。

突然一阵眩晕，鲁琪用手捂住了自己的头……

54. 供销社仓库院　日　外

厕所旁边，小爱华在漫不经心地跳绳。

一妇女抱小孩经过，小爱华就大声地说：阿姨，我也有爸爸了！

妇女慨叹道：这孩子，长这么大终于见到爸爸了！

8 岁的小爱军灰头土脸地从外边进来，问：那个人还没走？

小爱华说：哥哥，那是爸爸！

小爱军：爸爸？哼，什么爸爸！还不是因为他，那些造反派要把我填井里！不是他，学校的老师才侮辱姐姐？！不是他，公社那个大花猫才欺负妈妈？！哼，我才不稀罕什么爸爸呢！

小爱华：可是他给我带了很多毛主席像章呢！

小爱军：那有啥稀罕！（玩弄着手里的弹弓）我不想让他住在咱们家了，咱俩把他赶走吧。

小爱华：可他要是走了，我们又没爸爸了，别人还会欺负咱们。

小爱军：我的弹弓百发百中了，你怕啥呀？

小爱华：我不嘛，我就是要爸爸！

大门外的白杨树上，小鸟在叽叽喳喳地叫着，就像小爱华此刻的心情。

55. 鲁琪家　日　内

早晨的阳光最先照进了鲁琪家，鲁王氏的脸上和早上的阳光一样灿烂。

鲁琪在门口给母亲梳着头，看到母亲有点怕冷的样子，准备把门关上，母亲阻止了他，说：不用关，这样敞着亮堂。

正在灶台上拾掇饭的冬梅笑着说：娘，您是心里亮堂了，身上也不怕冷了。

鲁王氏笑着戏谑媳妇道：军他妈，是不是伺候够婆婆了？

冬梅笑言：要告状了吧？

鲁王氏呵呵笑着说：你也有熬成婆的那一天，就是不知道你有没有我这样的福气喽！

鲁琪捏唆着母亲的两个耳朵垂子说：娘是天生的福气，两个耳朵垂这么大！

鲁王氏：嗨，你爹死的时候，俺耳朵垂就这么大，也没人说娘有福气。还不是沾共产党和新社会的光了嘛！

鲁琪：看咱娘的觉悟，不愧是书记家的高堂！

鲁王氏：别说了，这些年都把娘折腾得没觉悟了！

院子里传来了孩子们的欢笑声。

冬梅到门口喊道：都回来洗手吃饭了！

56. 牟力办公室　日　内

某地革委大院，一排平房的头上，挂着“地区教育局”的牌子。

副局长牟力的大办公室里，墙上挂满了时兴的政治口号。

牟力不无真诚地对坐在他对面的鲁琪说：虽然我当了局长，但是论高尚和水平，我是自愧不如啊！

鲁琪：怎么，不想帮我？

牟力：不不不，两码事。虽然我半路当了逃兵，但我还是十分敬佩进藏的这些老伙计的。

鲁琪：真的假的？当年你可是质问过我，你是谁啊，别是神仙下凡吧？

牟力：话虽那么说，但每个人心里还是有杆秤的。

鲁琪：那我可就不客气了，以后西藏那边有什么事，还少不了麻烦你呀！

牟力：怎么，还回去呀？别再去了，你要是回来，你的官当得肯定比我大呀！

鲁琪：咱不说当官的事，先商量一下教师进修的事吧。

牟力：那还用商量，我一句话谁不得抢着办呀。

57. 鲁琪家　日　内

鲁琪家又增开了一个屋门，多了一间房子。

鲁王氏坐在原先的炕上，忧虑地问：军他爸，你这一天又去哪里了？回来这几个月也没见你好好歇着。

鲁琪说：娘，我去看望程翔鹰同志的父母和孩子了。

鲁王氏：小程的孩子不和他们在一起？

鲁琪：可不是嘛！今天听小程的母亲说，4 岁的小路生在幼儿园里见小朋友们都有爸爸妈妈，他回家后就跟奶奶说，姑姑叫你妈妈，我也叫你妈妈。哎呀，我听了这话，心里真不是滋味！

鲁王氏擦着眼泪说：唉，谁的孩子不希望在爸爸妈妈身边呀，咱的孩子不是 5 岁多了才见到你这个当爸爸的！

冬梅耷拉个脸从外边进来说：这个“死”孩子，活叫他气“死”了！

鲁琪赶紧出来问：咋了这是？

冬梅没好气地道：你说咋了，你就不能好好管管你那宝贝儿子？

鲁琪：前些日子我不是刚给他抓的咳嗽药吗？

冬梅：你以为养个孩子就光咳嗽的事？你倒好，成天挂念那姓田的孩子。你是谁呀，你干脆给人家当爹算了！

鲁琪：老田家的情况你也知道。他们家的小儿子在西藏被洪水冲走了，剩下的我们不关心谁去关心？

冬梅：那咱家小民在外边被人欺负，在坡里被蛇吓着了，你就不能关心关心她吗？

鲁琪：小民的情况我也着急啊，可她毕竟还在你身边。但田智就不一样了。虽然有姥姥姥爷疼着，但老人家捧在手里怕掉了，含在口里怕化了！在家里过度溺爱，出了家门什么人都欺负他，都当他是个没有父母的孩子。自卑，胆怯，敏感，孤僻，是我们这些孩子的共同特点。我们应该抱团取暖才是啊！

冬梅：还取暖呢！过年过节的时候，我哪次不是放在火上烤啊！过去还有组织可以依靠，现在上哪里去找组织啊？

鲁琪：冬梅，我也知道你这些年不容易。但照顾家庭和孩子才是女人的天职嘛。

冬梅愤怒地指着丈夫说：天职？那我问你，你做父亲的天职在哪里？进藏三年期满了不回来，回来了还说不适应，有低原反应，刚适应了你又要回去。我问你，你的天职都去了哪里？你到底是安的什么心啊？

鲁琪：没按时内调的原因我已经在信里跟你说明白了，如果你还有什么疑问，或者你想知道我在西藏这些年是怎么过来的，就读读我写的日记吧。

冬梅：日记？你还有闲工夫写日记！她动情地指着鲁王氏的房间继续说道：鲁琪同志，我请你也看看咱家的日记！那是咱娘在墙上用指甲刻下的一道道记号！又指向门口：那是咱娘倚在门框上盼儿归倚白了的门框啊！

鲁琪：这些年来儿子想娘只能偷偷地哭，那滋味跟娘想儿子是一样的呀！

冬梅：那就长痛不如短痛！去跟组织说说，别去西藏了！

站在门外听着吵架的鲁王氏，走进屋里，质问道：鲁琪啊，你是谁啊，你到底还是不是我儿子啊？

58. 县城　夜　外

几个月后，又一个大月亮挂在空中。

鲁琪抱着双肩仰着头在看月亮。

霍达把一件衣服给他披上，说：鲁书记，回去休息吧。

鲁琪：我的心好像越揪越紧了！

五年后

59. 后藏地区　日　外

蜿蜒的雅鲁藏布江静静地流淌，巍峨的喜马拉雅山遥相呼应。

蓝天白云下，鲁琪正陪伴着憔悴的冬梅散步。

鲁琪疼爱地看一眼妻子，说：你的气色越来越好了。

冬梅：好是好了，可这腿呀，还跟踩在棉花上似的。

鲁琪：地委王书记给你准备的红景天，可是抗缺氧最好的饮品！

冬梅：王书记对你真好！你可得把地委组织部部长的工作干好了！

鲁琪：不好好干，不光对不起王书记，也对不起藏族同胞啊！

冬梅：是啊！还有这天这地，这山这水。鲁琪，我都有点喜欢这里了！

鲁琪高兴地问：真的？

冬梅瞪他一眼，说：我是会说假话的人吗？

60. 城关中学的操场上　日　外

冬日的阳光洒在学校的操场上。两棵大树间悬挂着横幅：城关中学一九七二年班级文艺汇演。

16 岁的鲁爱国已出落成标致的大姑娘。她刚唱完了《都有一颗红亮的心》，各个班的方队里立刻掌声雷动。

爱国向台下鞠了个躬，兴奋地走下台子。没想到下台的时候被绊了一下，扑到了正待上台的男同学尚仁怀里。尚仁一把扶住了她，爱国一抬头看到了浓密的眉毛下一双深潭似的眼睛，敏感的她顿时脸红了。

报幕员及时给她解了围：下面请听男声独唱《骏马奔驰保边疆》。演唱者，来自高二班的尚仁同学。

掌声掩盖了爱国的慌乱，歌声飞扬的时候，她看看周围的人并没有注意自己，才轻轻地呼出了一口气。又去偷看那张脸，羞涩也在自己脸上弥漫开来……

61. 鲁琪宿舍里　夜　内

冬梅在火炉边洗着毛巾，鲁琪坐在桌边看文件。

冬梅说：哎，你用不着把小齐的事弄得那么大吧？

鲁琪：哦，你听说了？

冬梅：你以为那些姑娘只到我这里找吃的？她们很愿意跟我说说心里话呢！

鲁琪：小齐确实是个好姑娘。在组织部门锻炼几年，也会是很优秀的一个妇女干部。可她泄露的是藏族领导的档案资料，这是不允许的。

冬梅：那你也要好好跟她谈谈，别让她想不开。

鲁琪：是啊，她父母都是十八军的老革命，青春和生命都献给了西藏。

冬梅：对这些革命后代，你要多关心才是。

鲁琪：我知道。因为她曾经流着泪对我说过，她好羡慕那些有父母有家的人，她也想体验家的温暖。

冬梅：那你就不能帮着她成立自己的家？我看她也该结婚了嘛。

鲁琪：想是想过，我们部里的小魏和她就挺合适的。可我一个大老爷们儿怎么去说呢？！

冬梅：他俩有意吗？

鲁琪：谁知道呢，我又不会看。他看着妻子恳切地说：冬梅啊，要是你在这里就好了，不管是妇女干部还是妇女群众，她们需要组织关心的实在太多了！

冬梅：看你，转来转去怎么说到我身上来了？

鲁琪：冬梅，娘已经不在了，孩子们也一天天长大了。你也调过来吧，咱们全家在一起，我就没有什么后顾之忧了。

冬梅：我都什么年龄了，也不会说藏语。做群众工作不和群众打成一片，那工作怎么开展呀？

鲁琪：环境也可以熏陶人、改造人呀！再说了，什么事能难倒韩冬梅同志啊？

冬梅：这么大的事，让我再想想。

62. 内地进城路上　日　外

漫天大雪，北风呼号。

银装素裹的城乡公路上，一个小黑点进入视野。

大雪已经深到小腿了，爱国推着自行车艰难前行。她时不时地把手从手套里拿出来哈口气，再往脸上焐一焐。

爱国极目四望，没有半个人影，往前看看，雪路漫漫，通向远方。她张开喉咙大喊一声，然后身子一蹲把自行车扛了起来，在雪中一步步往前挪着……

无助的爱国大声唱着：下定决心，不怕牺牲，排除万难，去争取胜利……

63. 县城外　日　外

裹着棉衣、棉帽、棉手套的尚仁，站在通往乡间的路口上。

尚仁站在雪地里跺着脚，两手不时从手套里拿出来哈一哈，然后焐在脸上，眼睛却一刻没有放松地盯着远处，目光所到之处一片雪白。

64. 进城路上　日　外

雪停了，天晴了，太阳已经西斜了。

爱国一屁股坐在了雪地上，肚子在“咕咕”叫着呼唤食物。

她把斜背的书包拉到前边，见馅儿饼已经冻成了冰坨，又拿出了饼干，也已冻得硬邦邦的，还是忍不住狼吞般地吃了起来。可是吞到嘴里却咽不下去，便抓了把雪在嘴里化了一下，和着饼干一起使劲往下咽。

她活动了一下胳膊，觉得有了些力气，准备扛起自行车继续赶路，可是却看到她坐过的雪被染成了红色。她用手摸了一把屁股后头，原来棉裤早就被血水洇透了。

她拼尽全力“啊”了一声，把那堆血雪撒向空中。雪从空中落下，像红色的晚霞撒向洁白的大地。

65. 县城外　日　外

雪地上的尚仁看看太阳，着急万分地往前走去。

他蹚着没膝的积雪，渐行渐远。

渐渐地，他也变成了一个黑点。

66. 进城路上　日　外

疲惫不堪的爱国靠着求生的本能和顽强的生命力，奋力地挣扎着，口里不停地念着：下定决心，不怕牺牲……

她的身后留下了斑斑点点的血色。

67. 县城外　日　外

尚仁在雪白的世界里终于看到一个黑点出现，他像黑暗中看到了曙光，帽子一摘来了劲头，头上呼呼的热气很快被甩在身后。

68. 进城路上　日　外

爱国眼里也看见了希望的黑点，抬脚的力量加大了。

雪路上，两个黑点渐渐靠近。

扛着自行车的爱国，就像一尊雪中的雕塑。

这尊雕像前，尚仁惊诧地张大了嘴巴。

两个人的脸不知是冻的还是激动的，都通红通红。

爱国僵硬的嘴终于说话：怎么是你？

尚仁：为什么不是我？

爱国：你怎么知道我去二姨家过年？

尚仁：打饭时听你和同学说过。

爱国：你怎么知道我今天回来？

尚仁：因为明天开学。

爱国：这漫天大雪，正常思维下一个女孩怎么可能按时回来？

尚仁：那不是你的性格。

爱国：难道你知道我的性格？

尚仁：你说呢？

自行车从爱国的肩头滑落。两颗年轻的心在冰天雪地里终于撞出了初恋的火花。

69. 后藏地区组织部　日　外

精气神已经完全恢复的冬梅，信步走到了地区组织部的门外。正踌躇着是不是可以进去看看，里边却传出了一个恼怒的声音：先弄明白你是谁！

冬梅惊异地收住了脚步。里边又有声音传出：我也曾经是奴隶，我也苦大仇深，所以我感激共产党。但这里是西藏，在这里你才是少数民族！

冬梅听到这话，惊得张大了嘴巴。

70. 城关中学体育场　日　外

倒垂柳上已经长出了尖尖的嫩芽。

两棵树上又挂上了“城关中学春季运动会”的横幅。

体育场的角落里站着悲观的尚仁。

爱国兴奋地挥着汗跑了过来，问道：尚仁，你干吗老躲在角落里，害得我到处找你。

尚仁低头看着自己的脚下，说：我爸反对我跟你在一起。

爱国：为什么？

尚仁：他说我们不配。你是革命干部子女，我是地主富农的后代。如果我们好了，只能是互相折磨，互相伤害。

爱国：老师说，有成分但不唯成分论，重在政治表现！

尚仁：可现在上大学要推荐工农兵，当兵要政审，当工人还有个三六九等呢，我还有什么前途？！

爱国：你也不能太悲观了，总会好转的！

尚仁：我要是有你那样的家庭，也会有你那种优越感的！

爱国神情黯淡地说：怪不得人说了，幸福的家庭是一样的，不幸的家庭各有各的不幸！

尚仁顿时眼睛亮了起来：你看外国小说了？

爱国掩饰道：啊？没有，是听别人说的。

尚仁的神情又黯淡下去：你根本不信任我。

爱国着急地说：尚仁，你别误会。我是觉得你只看到了我表面的东西。其实我不如你活得畅快！

尚仁：你不就是可怜我嘛！

爱国懊恼地跺着脚道：这都哪儿跟哪儿啊？

71. 后藏地区医院　日　内

病房的条件非常简陋。

躺在床上挂着吊瓶的鲁琪一条腿上打着石膏，胸部缠满了绷带，紧闭双眼，脸色蜡黄。

冬梅坐在他床边的椅子上，瞌睡袭来，就赶紧拍拍自己的脑袋。

鲁琪艰难地睁开眼睛，看到了困倦的妻子，心疼地对她说：冬梅，你也很累了，回去休息一会儿吧。

冬梅：我不累。

鲁琪：别犟了，回去吧，同事们一会儿就来了。

冬梅烦躁地说：你就好好躺着，治好了伤再说！

年轻的次仁多吉副部长走了进来，他把一兜奶粉和罐头一类的食品放在床头橱上，然后趴在了鲁琪床边，说：部长……话没说出来，他的声音就哽咽了。

鲁琪高兴地说：次仁部长，你回来了？说着他就想撑着身子从床上坐起来。

冬梅着急地喊道：你想干吗，动了伤口谁能替得了你？

次仁也阻止道：部长你别动。他把鲁琪已经抬起来的上身轻轻放好，然后把冬梅拉到一边问：嫂子，部长怎样了？

冬梅：你不都看见了嘛！还能怎么样？

次仁多吉：实在对不起，这次下乡本该是我去的。

冬梅：那你咋没去啊？

次仁多吉难过地说：上级组织的内地考察团，部长一定要我去。他说我年轻，开开眼界有好处。没想到部长他……一说到部长他又抑制不住地激动了。

冬梅恼怒地说：我就真想不明白了，少数民族在全国那么受宠，那俺在你们这里不也是少数吗？凭什么就只有受伤、牺牲和奉献的份儿呢？

鲁琪听见，大吼一声道：韩冬梅，你给我住嘴！

72. 后藏地区郊外　日　外

传统的清明节，郊区外的山坡上还残留着灰烬。

冬梅搀着鲁琪，向着遥远的天堂鞠躬。

鲁琪眼含热泪，深情地喊道：娘，您在天堂等我……

73. 鲁琪宿舍　日　内

冬梅搀着鲁琪从外边进来，然后扶他在床上躺好。

鲁琪还沉浸在祭奠母亲的悲痛情绪中，眼泪仍成串地流着。

冬梅拿块毛巾给丈夫擦去眼泪。

好一会儿鲁琪才说：这里是离天堂最近的地方，娘也许会看见我的！

冬梅善解人意地说道：娘一定会体谅你。她老人家知道，那年她走得那么急，就是你知道了，匆匆赶回来，也只能看到她坟头的青草。

鲁琪难过地说：没给她老人家送终，感情上总是欠着太多。

冬梅的脸上又布满了阴云，说：都这么多年过去了，别说那些没用的了。先过了伤筋动骨的一百天再说吧。

74. 城关中学校园　日　外

爱国穿着件白色的确良短褂，扎在黄军装的裤子里，显得更加朝气蓬勃。

她端着饭盒正想找个阴凉地方吃饭，听到身后有人喊道：鲁爱国，你等会儿。

爱国惊喜地回道：是你，今天不是过节吗，怎么不回家吃饭？

尚仁羞涩地回道：就是因为过节所以才不回去。说着他敏感地看了看四周，迅速从口袋里掏出两个熟鸡蛋递给爱国：快，先装起来，别叫人看见。

爱国接过来装进口袋，说：这么奢侈呀，过个端午还吃鸡蛋？

尚仁说：这是粽子蛋，又嫩又香。每年的这个时候我妈都煮给我吃呢！

爱国大着胆子挖苦道：真不愧是地富子弟，过个节都比别人特殊。

尚仁说：你别那么刻薄好吗？这可是我的生日礼物！

爱国：生日礼物？

尚仁：嗯，今天还是我的生日。所以每年的今天，我妈都会想办法给我煮两个粽子蛋。

爱国：端午节是农历的五月初五，我是农历的六月初六。

尚仁：今天正好是阳历的六月六号呢！

爱国：这么巧呀，生日都碰到一起了！她把鸡蛋从口袋里拿出来看了看，又把一个鸡蛋递到尚仁手里，说：祝你生日快乐！

尚仁：你这是什么意思？

爱国：这是我给你的，祝你生日快乐！

尚仁高兴地接过了鸡蛋，但他没舍得吃，又放回了爱国手里，说：你自己吃一个，再替我吃一个。

75. 鲁琪宿舍　日　内

冬梅边洗衣服边对旁边的鲁琪说：等你能行动了，跟我一块儿回去养养伤总可以吧？

鲁琪：我的身体没事，你就不必担心了。

冬梅：我要是没心没肺，就不会担心了。

鲁琪：王书记很关心我，同事们照顾得也很好，你就放心好了。

冬梅：那是我碍你事了？

鲁琪：冬梅，别说气话了。现在天已经转暖了，你就准备回去吧。我想办法给你订飞机票。

冬梅：我看收了你的人也收不了你的心。鲁琪我告诉你，只要我活着，从今往后，家里的人谁都不许来西藏！

她说着恨恨地把手里正洗的衣服扔进脸盆。

溅起的水花飞到冬梅脸上，就像心里淌出的泪水，与这个女人刚强的性格形成了强烈的对照。

76. 飞机上　日　内

冬梅扭头看着窗外的白云，复杂的表情浮现在脸上。

77. 城关中学　日　外

爱国推上自行车，心情沉重地向家的方向骑去。

78. 冬梅家　日　内

爱国小心地走到母亲跟前，从兜里掏出一个鸡蛋，说：妈，给你蛋吃。

冬梅：哪里来的？

爱国：同学给的。

冬梅：我不在家这几个月听说你疯得不轻啊！成校花了，当名人了，有男孩子追求了，啊？

爱国：不是要团结紧张严肃活泼嘛！

冬梅：那我咋就没看见你在家里活泼过呢？跟我说说正月初五那天

的事。

爱国紧张地问：正月初五什么事呀？

冬梅：那天你怎么回来的，和谁在一块儿？

爱国：那天下着大雪，同学接的我。

冬梅：是不是那个地主狗崽子呀？

爱国：妈，你怎么能这样侮辱人呢？！人家哪里不好了，帮助同学难道也有错吗？

冬梅：他是帮助同学吗？我看他是别有用心！

爱国：你干吗老是把人想得那么坏？人家父母都是知识分子，我看比土老帽强！

冬梅：站在他的立场说话了，啊，你怎么那么不要脸呢？

爱国：就你好，把孩子当私有财产，凭什么要和你一样啊？

冬梅：我就是自私，你就是我的私有财产！

爱国：你是手电筒里装马列——光照别人自己另搞一套！

冬梅：我要是另搞一套的话，早就让你生水痘生死了！

爱国：有本事你再把我塞回去，别以为我愿意活在你的阴影里！

两年后

79. 内地某县火化场门口　日　外

鲁琪捧着母亲的骨灰盒，身边跟着冬梅和爱军。

鲁琪的脸上很悲痛，冬梅的脸上很坦然，爱军的态度很无谓。

他们走出大门，上了一辆停在门口的吉普车。

80. 内地某公社集市上　日　外

爱国斜挎着印有“广阔天地，大有作为”字样的书包，在人头稀少的集市上显得引人注目。她跟前摆着几个装有苹果的篓子。

鲁琪帮着爱国在集市上招揽顾客。

鲁琪见爱国把戴着半截指手套的手夹在腋下，就把自己的皮手套摘下来，说：来，戴着这个会暖和一点。

爱国：不行，戴着它连秤杆子上的斤两都弄不准。这可是社员的劳动成果，还指着卖了钱过年买肉呢！

鲁琪赞赏地夸道：好样的！

爱国骄傲地扬了下头：那当然！

鲁琪问：爱国，爸爸回去后就要到拉萨工作了，想不想跟着爸爸一起去呀？

爱国兴奋得眼里放光：去西藏？当然想了，做梦都想。但她很快神情黯淡下去：不过，我妈是最大的绊脚石。

鲁琪：你对你妈的成见不浅哪。

爱国：我妈她管得太宽了，连自己的想法和做法都不能有，人还怎么发展？

鲁琪：可她最牵挂的人还是你啊！

爱国：只有她不牵挂我了，才是对我最大的爱护！

鲁琪：你妈毕竟是从农村逃婚出来的，能当上国家干部肯定有她优秀的一面。你说是不是呀？

爱国：我知道我妈关心我，可她从来都不理解我。爸爸，你就让我跟你走吧！

鲁琪瞅着爱国的眼睛：这么心急呀，知青点上就没有牵挂？比如说和个别同学之间的感情。

爱国的脸微微有点红，说道：好儿郎志在四方，我没有那么多割舍不下！

鲁琪：我就知道我闺女是好样的！今天中午想吃什么？烩大饼？炸油条？叫上你的同学们，我请客！

81. 内地某县县物资局　日　内

物资局门口，鲁琪向传达室的老头问了一下局长的办公室，就向办公楼里走去。

鲁琪走到二楼，找到了局长室，敲门后里边说声“进来”，他便推门进去。

一个高大的男人正在窗台前喂养金鱼，宽敞气派的办公室里全是高档办公用具，墙角立着一副高档渔竿。

鲁琪：钱局长，您好！

钱局长头也没回地说：那批钢材指标，僧多粥少啊，你们就饶了我吧，啊？

钱局长听到对方没有回音就转过头来看看，问：你是谁啊？

鲁琪：钱局长，我是西藏回来的鲁琪，吕明祥同志的老同事。

钱局长摸着油光发亮的脑袋说：哎呀，你看看，我真是叫那些上门来要物资计划的人吓怕了！来来，坐！

鲁琪只好寒暄着：钱局长真是日理万机呀！

钱局长也在真皮沙发上落座，说：虽谈不上日理万机，可也不得闲呀。你说躲开吧，组织就安排咱坐这把交椅，人家来了见不到人不合适吧？可是在这里吧，又烦着呢。这不，只好解解闷了。他笑着指指鱼缸。

鲁琪：这哪里是一般的解闷啊，这是雅兴呀，跟琴棋书画有一比呢！

钱局长：真的？那你可是抬举我了。哎，你看我这人，光顾说话了。他打开门朝外喊道：来个人。

一个小秘书模样的人赶紧过来：局长？

钱局长：没听见有客人来吗？倒水去。小秘书赶紧颠颠地跑了出去。

鲁琪：钱局长，老吕都跟您说了吧？我想请您关照一下，给进藏战友的孩子安排个工作。鲁琪说这话时显得有点局促。

钱局长：我跟吕书记的个人关系那是没的说了，他的建筑公司是县里的大企业，也是我们最大的关系单位。不过……

鲁琪：不过，现在是卖方市场，他那里离了您的支持可是玩不转的，应该是他求您才对。

钱局长：也不能那么说，其他方面他帮助我也不少嘛，凡是关系都是双向的嘛。说着他还斜着眼去看看自己的大鱼缸。

鲁琪：所以啊，我也是看到你们关系不一般，就带着题目冒昧地找您了。请您看在我们是老同事这层关系上，一定要帮忙呀！

钱局长：鲁同志啊，你都看到了，我这里也是一个萝卜一个坑啊，国家不养闲人呀。再说了，我也就是个国家政策的马前卒罢了，很多事我一个人也说了不算啊。

鲁琪：您这是谦虚了，钱局长在县里可是大名鼎鼎，还有什么事情您摆不平的？

钱局长：可我头上这纱帽翅还是组织部门攥着呢，说摘就摘了，你不好好干有的是能干的，瞅着这个差事的可多了去了！哎，你不是一个地区组织部部长吗？这乌纱帽里的学问你可比我懂得多了！

鲁琪：就是，就是，上边不也抓着我的乌纱帽吗？

钱局长：你要是在咱这里当个组织部部长那可就管用了，不用说是安排1个孩子，就是安排10个老婆都没问题。你在西藏那可是鞭长莫及啊！不会有几个人到西藏去的，那么傻的人现在不多喽！突然他发现用个“傻”字不妥，就赶紧说：哎，可惜你这层关系了！

鲁琪装作漫不经心地说：不过我这部长也当到头了，马上就得去新岗位报到了。

钱局长：你是要调回来了，还是又提拔了？

鲁琪：也算不上提拔，工作需要呗。

钱局长急切地问：那是干啥了？

鲁琪：咱们应该是同行了吧，也是物资局局长啊。

钱局长摸着大头一想，突然又站起来对着门外喊：怎么还不上茶呀，还想不想干了？

看他回过身来，鲁琪笑着问他：你也是物资局局长，我也是物资局局长，都是物资战线，那咱们是不是战友啊？

钱局长已经伸着双肥手，歉意地说：哎呀，这真是大水冲了龙王庙，差点就不认一家人了。老吕他怎么不跟我说开呢，真是的。是战友，是战友。

茶水送来，钱局长吩咐道：买点好水果去。又说：西藏的建设现在国家可是重点倾斜啊，你们那里的计划和物资吃不了呢！

鲁琪：西藏的发展空间大，拥有全国八分之一的土地呢！

钱局长：所以我就说嘛，虽然都是物资局局长，您不光是级别比我高了两层，光国家级的项目就几十个几十个地上，你手里的权力可大了去了。不可一比啊，不可比！

鲁琪：我还没到任呢，还不知道是个什么状况。

钱局长：您到任以后，也让老家的人跟着沾点光嘛。

鲁琪：能沾什么光呀！国家有政策，还有计划。

钱局长：哎，政策和计划不也是人定的吗？不管怎么说，您西藏的计划漏一点点指标就够我一个小县吃一阵子的。

鲁琪说：哎，您可不能让我拿原则做交易啊。

钱局长：您放心，这么点事肯定不能让您犯错误。

鲁琪：政策的事可不是小事，执行国家政策那可是原则。

钱局长：哪个领导不是讲原则的高手啊？变通嘛，啊？

鲁琪：哈哈哈……那孩子的事您看？

钱局长：就这么定了，包在我身上。

82. 鲁琪家　日　内

太阳快要落山了，冬梅还坐在灶膛前生气。

鲁琪显然喝了酒，喜滋滋地走了进来，说：哎呀，找人办事可真是一门学问呐！看到冬梅的样子，就讨好道：咦，这是咋了，嘴上能挂油瓶子了？

冬梅愤怒地说：凭啥你的孩子都叫我管？

鲁琪小心地问：爱军又惹事了？见冬梅没反应，又说：你以后就别那么卖力地工作了，管好孩子也是女人的本分嘛。

冬梅：本分，你的本分哪里去了？她狠狠地把手里的烧火棍摔在地上：我告诉你鲁琪，我不是靠男人养着的女人，你少拿封建社会那套来压着我。我还不管了，你爱领走你就领走！说着把门一摔进了里屋。

鲁琪愣了一会儿，然后进了里屋，说：孩子们是够你操心的，要不我把爱国领走吧，在西藏和我做个伴？

冬梅：你少打她的主意哈！

鲁琪：你们娘儿俩不是抵触吗？

冬梅：再抵触她也是从我肚子里爬出来的！

鲁琪：那我带走小军？

冬梅：那个“死”孩子，我真是叫他气糊涂了。

鲁琪：冬梅，有句话说得好，人挪活树挪死嘛。

冬梅：可他还那么小！

鲁琪：还小呀，我十四五的时候闯关东都回来了呢！

冬梅：这么大个事我再想想吧……

鲁琪将上一军道：韩冬梅同志说过的话，那可是泼出去的水……

三年后

83. 北京 日 外

天安门广场、人民大会堂、人民英雄纪念碑……

十一届三中全会的精神像一股春风，在神州大地上荡漾。

人民大会堂的西藏厅，“热烈祝贺全国西藏工作座谈会胜利召开”的标语鲜红而热烈。

84. 西藏　日　外

蓝天白云下，青山绿水间，秀美壮观的自然风光又添几分成色。

几辆三菱吉普车和一个中轿面包车在蓝天白云下驰骋。

他们的身影一会儿出现在县里的会议室，一会儿出现在老乡的毡房里……

85. 自治区会议室　日　内

会议室的门口用汉、藏两种语言分别写着“热烈欢迎中央领导来西藏视察工作”。

此时鲁琪的发言已进入尾声：能在世界屋脊上干事业，我觉得这辈子很值！

会场上响起了热烈的掌声。

自治区主持会议的领导禁不住喊道：理解万岁！

会场上再次响起了长时间的热烈掌声，鲁琪一边鼓掌一边泪流满面。

86. 鲁琪办公室　日　内

鲁琪对着电话说：虽然我们也有很多困难，也有一身高原病，但是比起那些长眠在这里的人们，我们是多么幸运啊！

电话里是老田激动的声音：看来中央没忘了西藏，没忘了我们这些进藏人啊！

几个月后

87. 城关党委院内　夜　外

被棉帽、棉鞋、棉衣包裹着的鲁琪，肩上一前一后地搭着两个大包，手里还提着一个大大的包裹，步履蹒跚地朝着自己又离别几年的家门口走去。越走越近，他已经看到了门缝透出的灯光，也听到了屋里的争吵声。

他的脚下有了力量。

88. 鲁琪家　夜　内

冬梅在生气，爱国流着泪在大口地吃饭。

爱华从屋子里伸出头来说：你们成天吵吵，叫人怎么复习？到时候考不好可别赖我！说完把门一摔又缩回了头。

母女俩都不说话了，但都还恨恨地别着脸。

浑身上下写着“疲惫”二字的鲁琪推门走了进来。

正在生气的母女二人看到突然走进来的人，谁也没有反应。

还是鲁琪先说话了：给我弄点吃的吧，我实在太饿了！

听到声音，冬梅和爱国同时惊诧地站了起来，同时惊喜地喊道：鲁琪！爸爸！

鲁琪还没来得及卸下肩上的包裹，两个女人便已同时扑到他的身上。鲁琪伸出双手将两个女人拥进怀里，泪水又一次夺眶而出。

冬梅埋怨道：你回来怎么也不来个信说说？

爱国顶嘴道：有来信的工夫人就到家了！

89. 鲁琪家　日　外

旭日东升，霞光普照，冬梅家门前格外灿烂。

爱华背着书包从屋里出来，冬梅悄悄跟了出来：华，你爸爸昨天晚上回来了，光顾忙活了，也忘了叫你。

爱华：回就回来呗，有什么好大惊小怪的？

冬梅：看你这孩子，又走好几年了，你就没想他？

爱华：不想，我这个小闺女根本就无关紧要！

冬梅：看你这孩子！你爸爸还在睡着，你不过去看看他？

爱华：有什么好看的，不就是你说的臭男人嘛，我才不稀看呢！

冬梅：可是等会儿他醒了要看你呢。

爱华：肯定不会的。我出生他都没看，怎么长大的他都没见，你就不用寻思他还会看我，我走了啊。

爱国正好骑着自行车从外面进来，问：爱华你这就走，不等爸爸醒了再走？

爱华：我可没你那么有脸！

爱国跟母亲说：妈，我买了白菜和肉，一会儿给爸爸包饺子吃。

冬梅：你不去上班了？

爱国：去，我早点儿回来。说着，把买的东西拿进了屋子。

冬梅的心情和初春的阳光一样温暖而灿烂。

90. 县工业办公室　日　内

刚刚收拾完卫生的尚仁坐到了自己的椅子上，他看着对面爱国空着的座位，焦灼不安。

50 多岁的梁主任，透过办公室墙上的窗口，不时朝爱国的座位方向看看。

同室的老周问：小鲁昨晚又加班了吗？

尚仁：下班的时候没听说加班呀。

老周：那是家里有什么事吧？

尚仁：也许吧。

话音刚落就听到一声“对不起，我迟到了”，爱国满脸兴奋，一边摘下手套，一边去焐通红的脸。

老周：小鲁，家里有什么事吧？老周正要拿着杯子倒开水，爱国马上接了过去。

爱国：是有事，你们先猜猜是什么事。她说得非常得意，尚仁倒显得越发紧张了。

老周：肯定是好事。

爱国：就是好事。不过好事可是有很多种呢，继续猜。

老周：是你妈给你找了个好对象？

爱国：别哪壶不开提哪壶！爱国偷看一眼尚仁，见他已经很不自在。

老周：小尚你猜猜，我这个老头子可猜不出你们年轻人的事来。

梁主任这时也端着杯子从里间出来，看似倒水，实际上也是凑热闹，说：小鲁啊，你就别浪费大家的脑细胞了，留着多写点文章多好。说，什么事这么高兴？

爱国：主任，我爸爸昨天晚上从西藏回来了！

大家都发出了共同的惊呼：真的？

梁主任：是内调呢还是休假？

爱国：他喝了两碗稀饭就上炕睡了，还没来得及说话呢。

梁主任：那就没来个电报或是写个信来？

爱国：没有，就这么来了个惊喜也挺好的！

梁主任：他怎么回来的？

爱国：只听他说了句，很顺利，飞机、火车、汽车就到家了。

梁主任：他要是早来个电话电报的，至少县里也去个车到火车站接接他。看来你爸爸还是保持着原来的老作风啊！梁主任不无感慨地说：行了，今天不安排你什么事，回家吧，帮你妈给你爸爸做点好吃的。若有什么特殊事，再叫小尚去叫你。

爱国高兴地回道：谢谢主任！说完以含有多种含义的眼神看了一下尚仁。

91. 鲁琪家　日　内

堂屋里，鲁琪的几个大包裹依然躺在原来的地方，没动。

冬梅眼前摆着猪肉和已经洗好的白菜，自己正坐到马扎上发呆。

鲁琪从里屋走了出来，就蹲在冬梅身边出神地看着她。

冬梅愣怔一下从呆怔中醒过神来，看到蹲在身边的鲁琪，问：这么快就醒了？

鲁琪：好像也在梦中呢！

冬梅：我也是呢，老是觉得在做梦。说着他们互相搀扶着站了起来。

鲁琪：孩子们都走了？

冬梅：走了，上班的、上学的都走了。

鲁琪：你白头发比上次见的时候更多了。

冬梅：本来嘛，都奔50的人了。

鲁琪：也比原来胖多了。

冬梅：你以为是好事呀，高血压找上门了！那你怎么那么瘦呢？

鲁琪：糖尿病呗，不然还能回来。

冬梅：你是回来养病？

鲁琪：算是吧。

冬梅：唉，该来的不来，不该来的都来了。

92. 城外水库边　外　日

风中荡漾着春意，柳枝显得更加妩媚。

尚仁的自行车倒在了一边，他面如死灰，眼神黯淡。

爱国像一只燕子，兴高采烈地从城里飞了出来。

她老远就在自行车上喊了起来：尚仁，尚仁……

尚仁看到开心的爱国，表情更加复杂。

爱国把自行车扔在一边，向尚仁飞奔过来。

爱国气喘吁吁、兴奋异常地说：尚仁，我们终于等到这一天了……

尚仁不知从何说起，一时语塞。

爱国沉浸在幸福和快乐当中，说：七年多了，都快赶走小日本儿了！见尚仁发呆，又问：你是不是没想到，也有修成正果的一天啊？

尚仁为难地说：爱国，我叫你到这里来是有话跟你说。

爱国：你早就该带我到这里来了，这种话难道能叫女孩子先说吗？

尚仁：爱国，对不起，我让你误会了！

爱国：什么误会了，咱认识这么多年了，谁还不知道谁呀。

尚仁：爱国，对不起！我应该早点儿告诉你，我不值得你喜欢。

爱国：别给我来那些哩格儿楞，什么不值得，我觉得值得就是值得。从七三年到现在，咱们认识都快八年了，等到现在容易吗？！

尚仁：可是，我必须告诉你，我不喜欢你，我不爱你，我不能和你结婚。尚仁咬着牙说出的三个“我不”，像无声处的三个惊雷，把爱国的一腔热情震得没了踪影。

爱国从欢天喜地中醒过神来，紧张地说：尚仁，别跟我开这样的玩笑。你知道吗？是我爸爸回来，才做通了我妈的工作，让你到我家去吃顿饭，也算认可了你。给你写那个条子的时候，我是实在等不及了，我是实在坐不住了，我是实在太幸福了。尚仁，你可别吓唬我呀！

尚仁哭了，说：爱国，实在对不起，这真的不是玩笑，我已经和别人好上了，而且他们家里正在筹备婚礼。

爱国指着他说：不许你胡说！不久前你还对我情深意笃，天黑了你还送我回家，天冷了你还给我带衣服，我出门的时候你还叮嘱了再叮嘱，这才多长时间啊，你拿这样的话来骗我！你是在考验我吗？你是在和我闹着玩吗？你是高兴糊涂了吗？尚仁呀，难道我们折腾得还不够吗？……

见尚仁无语，爱国显得有些可怜地问：这么说，你说的是真的了？

尚仁无比羞愧地说：是真的，爱国，你骂我吧，你诅咒我吧！

爱国逼视着尚仁的眼睛问：你打了多长时间的埋伏，你欺骗了我多久，能告诉我吗？爱国的眼里冒着火。

尚仁：没有多久，一切都在意料之外。她的父母提出来的，咱们的领导给介绍的，我的父母同意的，我自己点头认可的。

爱国：那你能告诉我她是谁吗？

尚仁：是教育局的，她叫夏莉。

爱国仰天苦笑了，说：我明白了，县委书记的女儿，政治上的靠山，仕途上的助推器，感情上的盲区。你为了既得利益，把自己将近八年的感情都葬送了呀！你就是为了一把保护伞吗？你就是为了攀上那棵大树吗？你就是为了你在仕途上走得更稳吗？你走吧，我再也不想见到你！

尚仁哀求着说：爱国，你想哭就哭、想骂就骂吧，这样也许对你会公平些，你心里也许会好受些。

爱国：骂，你配吗？哭，我值吗？！

尚仁：爱国，你听我解释。

爱国：解释？你想让我相信，世界上我最爱的人，把我变成了最大的傻瓜？！她一边朝后退着，一边愤怒地指着尚仁说：尚仁我告诉你，不管你以后会当多么大的官，在情感上你永远都是我的麾下败将！

尚仁怔怔地站在原地，一动不动。

93. 爱国房内　日　内

爱国呆呆地坐在炕上，一动不动。

房门外的鲁琪焦急地搓着双手。

鲁琪看一眼室外，天已经渐渐暗了下来。

94. 鲁琪家　夜　内

室内的电灯底下，鲁琪和冬梅神情严肃地分坐在桌子两端。爱国坚定地走进屋里，站在了炕前。

冬梅努力克制自己的情绪，说：本来我和你爸爸要和你好好谈谈，听说你要和我们谈谈，那就把话倒出来吧。

爱国平静地说：爸，妈，今天下午我想了很多。我个人的事出了问题，父母二老肯定又跟着操心生气。既然这样，我想倒不如快刀斩乱麻，及早做个了结，也让妈少点操心，让爸爸多点安心，让自己早点死心。所以我想好了，我决定跟田智结婚。

爱国语出惊人，让冬梅猝不及防，让鲁琪惊喜万分。两个人的“你”

字刚刚出口，爱国又说话了：你们既不用震怒也不用惊喜，听我把话说完。首先我肯定是要嫁的，就我妈这样的妇女干部，不可能容忍家里有一个嫁不出去的大姑娘。其次，既然要嫁，当然是要找一个自己爱又爱我的人，但是当人家把仕途看得比感情重要的时候，既然人家爱地位和权势比爱我更多一些的时候，我就只能实行单项选择，找一个爱我的人。这方面田智具备了这个条件。最后，我想定在清明节这天结婚，既祭奠那些逝去的岁月，也给爸爸卸掉一点责任，免得时刻都背负着对家里人的亏欠和对进藏战友的不忍。这就是我的态度和立场，我说完了。

冬梅震怒道：你这是跟我们商量呢还是下最后通牒？！

鲁琪说：爱国，你是不是再好好考虑一下？没必要这么快就做决定，这可是你的终身大事呀！

爱国：就因为是终身大事，我才要好好把握在自己手里！不管嫁得对错，得之我幸，失之我命，如此而已！

鲁琪：可是你也不能刚刚画上一个句号，就接着打开下一页，这样会不会太仓促了呀？

爱国：这还仓促，难道你们不是比我更急吗？

冬梅：你……

爱国：其实我知道爸爸的心思，就是希望我嫁给田智，给你们在西藏的心灵一点慰藉。我也知道妈的心思，就是想让人知道，你的身上不仅闪耀着母性的光辉，而且离了男人也照样精彩！

冬梅：你……你怎么这么不知好歹呀？！

鲁琪：爱国，这么大个事，你再好好考虑考虑，我和你妈也再商量一下，你可不能拿自己的终身赌气啊！

爱国：不用考虑了，你们也不用商量了，我自己的命运自己把握！

鲁琪：那我问你，你爱田智吗？

爱国：爱，不过那是妹妹爱哥哥的爱。可是他对我的爱已经超过了哥哥爱妹妹，难道这还不够吗？！

冬梅：我就知道你是对着我来的！幸亏你爸爸回家休养，要不然我还真担待不起了！

爱国：我就不信非得在一棵树上吊死！

鲁琪：你看，还是有赌气的成分，这样我和你妈可不放心啊！

爱国：那是你们杞人忧天！说完她扭头走出了家门。

鲁琪从屋里跟了出来，他喊了两声女儿，也不知爱国是否听见，只好站在门口看着女儿离开的方向。

夜色很浓，月亮使劲挤出了云层，只一会儿又像柳叶鱼一样钻了进去。

两年后

95. 鲁琪家　夜　外

秋风萧瑟，夜幕开始洒向大地。

已经内调任某地副书记的鲁琪骑着自行车走进门来。

这是一个两层四开间的复式楼房，中间用一道墙隔开，分成了东、西两户，有一个大院子，一条用水泥预制块铺成的小路连接着屋门和大门口，底下的两间屋子里亮着灯光。

鲁琪把自行车放在大门旁的车子棚里，把大门插上，边解着衣扣边喊道：老田……

96. 鲁琪家　夜　内

鲁琪进到屋里，冬梅从厨房里出来问：你怎么才回来呀，亲家早就等着你了！

鲁琪：我替看大门的刘大爷主持了下公道。

冬梅：看大门的？什么公道？

鲁琪：刘大爷那么大年龄了还站在秋风里忠于职守，可有人就是不自觉。车子都不下，就窜进了大院。我追上去狠狠地批评了那家伙。

冬梅不屑地说：新鲜！没听说这么大的领导还骑着自行车去追个闯大门的！

鲁琪：要不要我帮忙呀？

冬梅：要是等你，黄花菜都凉了！

鲁琪“嘿嘿”一笑进了里间，对坐在沙发上的田有余戏谑道：这老东西，又来蹭饭呀！

田有余小声地说：我来问你点事。

鲁琪：什么事，还得神神秘秘的？

田有余：哎，我这个政协副主席，占一套大房子，你说合适吗？

鲁琪说：嗯，是不合适。这是多少“老西藏”想都没想过的事呀！

田有余：还有，美兰的工作是不是你解决的呀？

鲁琪问：工作？谭老师有工作了？

田有余：是啊！当年美兰需要工作的时候，费了那么大的劲都没办成，甚至连个户口都落不下。现在快退休了，工作反倒找上门了。你可不能以权谋私啊！

鲁琪：我呀，即便有那么点自私的骨头也被西藏给净化了。

冬梅进来给茶壶里充水，看了下鲁琪，和颜悦色地说：趁亲家公在这里，你们商量一下，把爱军给调回来吧。

鲁琪：看你，又来了。

冬梅：我不提，你又不想。现在你权力那么大，安排个孩子还不小菜一碟？

鲁琪：权力是你给的还是给你使的？

冬梅：你不是说，跟西藏有关的人你都见，与西藏有关的事你都管吗？

鲁琪：那跟把儿子调回来是两码事！

冬梅：哼，我就知道跟你没的商量！

见冬梅离开，鲁琪悄悄对老田说：咱回来了，还真得好好适应呢。

田有余：是啊，在高原上，我们觉得就是站在地上，和老百姓是一样的人。现在回来了，反而觉得悬在半空里，没着没落的。

鲁琪说：你知道吗，我今天还遭到保卫科科长的批评呢！

田有余：保卫科科长还敢批评市委副书记？

鲁琪：说我不该骑自行车去看进藏战友，说我办公室的门不该对外敞开，说我不该啥人都见……

三年后

97. 老田家　夜　外

鲁琪和冬梅推开大门走了进来，只听屋内在吵闹。

老田：你就知道给家里出题目。不要说我现在不在职了，就是在职，我也不能惯上你那些臭毛病。看你嫂子，用我们操心了吗？！

田美：我嫂子要是也在高原待上八九年的话，说不定还不如我呢！

老田：还有比你条件更差的不是也没饿死！

田美：你就是没本事，就是好人无能！

美兰着急地喊道：田美，你怎么能这样伤你爸爸的自尊呢！

田美：连个党员都不是，孩子们还得下岗，有什么资格讲自尊！哼——

她摔门的声音把鲁琪和冬梅震得愣在了原地。

98. 内地某市区　外　日

大街上的扩音器中放着《潇洒走一回》的歌曲。

骑在车子上的爱国心事重重。

前方路口的绿灯马上要转黄灯了，旁边的人紧蹬几下闯了过去。

爱国见亮起了黄灯，就停下了车子耐心地等红灯过去。

当她再次上路时，下一站仍是红灯。

爱国只有一个路口一个路口耐心地等待，仿佛在等待一个更加公平的时代。

99. 鲁琪家　日　内

爱国神情忐忑地进入家门。鲁琪听到声音从厨房里走了出来。

爱国把方便袋里的食品放下，问：爸爸，你们还没吃饭呀？

鲁琪：你妈这些天练画一站就好几个钟头，吃饭得叫好几遍哪！

爱国：入迷了？

鲁琪：是呀，她那个人就是好强，一辈子了，干什么都想出人头地。

爱国：妈是个宁折不弯的人啊，叫她在家里闲着，就好比刀枪入库，还真容易生锈呢。

鲁琪：我也是这么想的，反正也闲着没事。

爱国讨好地说：爸爸，您现在去人大工作，已经不那么忙了，是不是该写个回忆录啥的？

鲁琪：个人有什么好写的。

爱国：这不是您个人的事情，这对后人是个启示，对家庭是笔财富。现在一点破事都能出一本书，您那么丰富的人生经历难道不值得一写吗？

鲁琪：国家需要的时候咱就上去，不需要的时候就离开，有什么好宣扬的！

爱国：可“老西藏精神”正在被亵渎和丢弃，您不觉得可惜呀？

鲁琪：那就先在咱们自己身上发扬光大嘛。

爱国：又是自己身上，您想把我们管“死”呀！

鲁琪：怎么，还有怨气？

爱国：爸爸，现在应该顺应时代潮流、与时俱进嘛，您怎么还是老传统老观念呀？

鲁琪：潮流？

爱国：是啊，就是适应这个社会。

鲁琪：怎么适应？

爱国察言观色道：爸爸，田智的单位要调整呢！

鲁琪：调整好啊。调整结构，调整布局，调整关系，越调越好嘛！

爱国：爸爸，好多人都在跑官。

鲁琪：官不是跑来的，是干出来的，干好了才能进入组织视野呢。

爱国：爸爸，现在不是这样了，没有关系，干得再好也得不到提拔重用。

鲁琪：胡说！好就是好，孬就是孬，什么时候也要有个是非观念！

爱国：可现在是非颠倒，黑白不分。

鲁琪：颠倒的是个别人和个别事，不是社会的主流。

爱国：爸爸，您不了解社会变化的现状。

鲁琪：一个简单的对与错我还是会判断的。

爱国：可您也知道，那次我参加“一推双考”，我的笔试成绩全市第一，面试的时候却被人做了手脚。

鲁琪：不是别人做了手脚，而是我打了招呼。

爱国震惊地问：什么？！爸爸你说什么？

鲁琪：那次是干部使用制度改革的试验，我这个分管干部的副书记，必须带头遵守公平公正的原则。

爱国：啊，您说的是真的？

鲁琪：是真的。

爱国愤怒地质问：您是谁呀，您还是不是我的生身父亲？

鲁琪：我是你的亲父亲，可我还是一位在职的领导干部！

爱国：您也太自私了！您有什么资格为了自己的名声，出卖我的前途？

鲁琪：你是领导干部子女，就更应该严格要求！

爱国：要求，要求，您的职位难道就是我的紧箍咒吗？

鲁琪：孩子……

爱国：我不是你的孩子！自打你去了西藏，我就像一个没有父亲的孩子！在外边我受人欺负，在家里我是一个出气筒。从小我就发誓，没有你们这两棵大树，我自己也要生出根来！我虽然自卑，但我更自尊！我就是靠着自己的努力，一步步地走进了机关又考进了电大。年终考试的时候，我认为分数统计有误，想去查分。您说我一去查，人就会知道我是您的女儿，就会不遗余力大开方便之门，甚至拿着此事大做文章。我只好委屈自己，比别人再多付出一些努力。这次“一推双考”我完全是靠自己的积累，考了全市第一，而且我也完全有资格凭借自己的群众基础和综合能力，胜任我所报考的那个岗位。您、您凭什么再次给我设置障碍？

鲁琪心疼地一把揽过爱国说：孩子，爸爸从严要求你，也是在关心你嘛。

爱国推开鲁琪，说：关心？有您这么关心的吗？您看看身边的人，谁不在为子女铺路？

鲁琪：人和人总是有区别的嘛。

爱国：那为什么我的生命中就该有那么多的无奈，我就不能享受生命的精彩？

鲁琪：孩子，我在西藏这20年，是没有尽到一个父亲的责任，可也不能因此就突破我做人的底线啊！

爱国恳切地说：爸爸呀，其实您只要稍微转变一下观念，您的余热就能给我们一点温暖。可您还是在讲所谓的理想和信仰，人家背后都说我们傻呀！

鲁琪：傻？你看人家爱军，在边防得到了锻炼，30多岁就干到了支队副政委，还是一个小有名气的业余诗人。谁给他递个条子说句话了，人家还不是自己干出来的?

爱国：他是在西藏，这是在内地。

鲁琪：同是一个太阳，同是一片蓝天，我不信会有什么两样!

爱国：西藏的蓝天是纯净的，这里的蓝天已经被污染!

鲁琪：精神是雪域的阳光，信仰是高原的绿洲！你要是感到空虚，那就去西藏，因为天边并不遥远!

100.鲁琪家　日　内

门厅内，一张高脚的方桌上已摆了几个炒好的菜，冬梅还在出来进去地忙着，汗水浸着一脸的不情愿。

老田笑吟吟地走了进来，说：老韩，又忙活你了?

冬梅：同同他爷爷，你来了?快屋里坐吧，老鲁在等着你呢。

鲁琪听到声音从屋子里出来，拉住老田说：来来来，快里边坐。你看这是谁来了?

田有余瞅着憔悴的牟力问：你是?

牟力说：你是老田，田有余?

鲁琪问：看出这是谁了吧?

田有余：看出来了，牟力牟力，一切为利!

牟力说：惭愧啊，老田大哥，您就嘴下饶人吧。

田有余：不像传说中的那么风光嘛。

牟力说：唉，风光不再了，能多活几天就不错了。

田有余：当年你可是在省委书记面前表过态，说不会给党员干部丢脸的。

牟力说：唉，别提了，已经没脸了。

鲁琪说：好了好了，都快坐下说话。二三十年没见面了，今天得好好叙一叙。

101. 鲁琪家院内　日　外

鲁琪：冬梅，潘书记给我的茅台放哪里了？

冬梅：自己找去吧。说着摘下围裙。

鲁琪：哎，你干吗呀，想躲开？

冬梅生气地说：我干吗不躲开？他是个什么人呀，你也往家里招？

鲁琪：你说他是什么人？不都是进藏战友嘛。

冬梅：半路逃兵也算啊？

鲁琪：逃兵也是人，是人都有犯错的时候。何况他还有进藏途中的经历呢。

冬梅：我就看不起这种人，还男人呢，连个女人都不如！

鲁琪：那你今天就给我像个女人样！

102. 鲁琪家　日　内

田有余问牟力：你怎么瘦成这样？

牟力凄惨地一笑，回道：肺癌，快死了！

田有余：不是活得很滋润嘛。听说官也当得不小，老婆也换了，孩子的台阶也铺好了，是成功人士啊！

牟力羞愧地回道：哎呀，别提了，早知今日何必当初啊！

田有余：当初你这个党员干部可比我这带翅膀的觉悟高啊。

牟力：唉，自愧不如啊！我这一辈子，为了将就那个年轻的老婆，提心吊胆地改造自己；为了当个更大的官，就像人家脚边的一条狗。孩子倒是有权了也有钱了，可我病成这样，却连他们的影子都见不到。

田有余：难怪人说，高官不如高薪，高薪不如高寿，高寿不如高兴，还真是这么回事呢。

牟力：到快死了我才活明白，可什么都晚了。

田有余：那也比到死都不明白好啊。

鲁琪拿着一瓶茅台酒走进来，听到此话狠狠地瞪了老田一眼。

牟力苦笑道：老鲁啊，你也不用拿眼瞪老田，我现在也不忌讳一个“死”字了。如果真有来生，能够让我重活一回的话，我想我可能就会活了。

田有余：你要是和我们一起去西藏多好呀，至少那里风光还养养眼，精神信仰还养养心呢。

牟力：那会儿想的就是怕组织不兑现承诺，怕搞坏了身体，怕对不起家里的人。你看这倒好，什么都是反着的。

鲁琪：好了，咱不说那些不开心的，今天是长征途中的老战友相会，我把潘书记送给我的茅台酒拿出来了。

田有余向鲁琪问道：他这样子能喝酒？

牟力：能！只有到了这个时候才把什么都放下了。

室外，爱国牵着婆婆的手推开院门进来，后边跟着神清气爽的田智。

爱国迫不及待地朝屋里喊着：爸，妈，田智被批准去援藏了！

冬梅听见声音从室内迎了出来。

大家一同进屋。祝贺田智，祝福西藏。

时代在变迁，国家在进步，社会在发展。中华民族共同体意识更加牢固。

小家和大家的故事还在继续……

（全剧终）

窗口（微电影剧本）

片首镜头叠印字幕：出品、监制、编剧、制片、导演、演员等

春末夏初，花红柳绿。

某地市区内，学习贯彻全国“两会”精神的宣传随处可见；

河畔杨柳依依；

城市标志直指蓝天；

白云下一架客机缓缓下落；

50 多岁的外国男人罗欣，身边跟着十三四岁的男孩艾丹，急匆匆地走出机场的出口。

罗欣手机响起，接听电话时口气有些生硬（英语）：你咋又打电话?

女人的画外音（英语）：我着急呀！

罗欣（英语）：我也很着急呀。我多想陪着妈妈他们，再看看中国的上海呀！可是……他看一眼身边的艾丹，说：哎，先不跟你说了，我要上车了。

罗欣挂了电话，一辆奥迪车开过来，二人急忙上车。

公路上车轮滚滚；

车内罗欣一个劲儿地出汗；

艾丹自觉愧疚地给罗欣抹去了脸上的汗珠；

车窗外，能看到夕阳西下；杨柳、银杏树等快速后闪。

罗欣无奈地闭上了眼睛，但还是抚慰性地把艾丹揽在了肩头。

《我和你》的歌曲从车内飘出，仿佛一缕情愫，在蓝天下触摸白云。

推出片名：《窗口》。

1. 某地出入境接待大厅　外　内

某地政务大厅三楼外景，从高层次人才服务区到出入境接待大厅门外；

有人面带喜色地从大厅里出来，打开带着封套的护照欣赏着；

一对年轻人从电梯里出来，走到大厅门口，站在《出入境证件办理流程及须知》前浏览起来；

镜头跟着年轻人的视线进入大厅，咨询台的值班干警面带微笑地站了起来；

接待服务大厅的各类功能进入画面。

2. 市区街道上　外

奥迪车背着夕阳，行驶在市区的中心大街上；

人民广场，樱花似锦，游人如织。

车内的罗欣无心看风景，他紧紧地攥住艾丹的手，仿佛怕他丢了似的。

3. 出入境接待大厅　内

服务大厅的各个受理窗口，有人在咨询业务；有干警在盯着电脑；有的在整理资料；干警乙把制好的证件装进保护套，交给在休息区的顾客。

受理柜台前，33岁的女警官马晓丽，正耐心询问着一位外籍华人的有关情况，桌上的手机铃声突然响起。她歉意地向对方点了下头，然后对着手机说了句“等会儿妈妈打给你”就挂了电话，继续受理业务。

4. 市区街道上　外

奥迪车拐上了另一条市区道路，城市景色尽显文明与和谐……

5. 出入境接待大厅　内

受理柜台前，马晓丽说：您能预约，是对我们的信任，欢迎您下次光临！

一顾客说声“谢谢”，转身离开。

马晓丽微笑着起身目送。

马晓丽看了眼墙上的挂钟，见时针已近下午五点。她拿起手机，到厅内一角拨通了电话：喂，艾艾，是不是在等妈妈给你买的生日蛋糕啊？

7岁男孩艾艾（画外音）：妈妈，你不说今天会早点回来陪我过生日吗？

马晓丽：妈妈一会儿就下班了，先去买上蛋糕，再接上你和爷爷奶奶，咱们一起去酒店吃饭好不好？

艾艾（画外音）：噢，去酒店喽！

马晓丽：这孩子，看把你高兴的。

艾艾（画外音）：不过，妈妈，我还想去电影院看动画片呢。

马晓丽：好好好，今天都听你的。

6. 市政务大厅　外　内

奥迪车停在了市政务大厅楼前，罗欣下车，拉着艾丹进入大厅，奔向扶梯……

7. 出入境受理窗口　内

马晓丽刚喝了口水，见罗欣他们进来，立刻热情地站起来用英语说：罗先生，你好！

罗欣用蹩脚的汉语道：马警官，你还认识我？

马晓丽：当然认识。我可是为高层次人才服务的专员呀！

罗欣激动地说：Yes，yes！你们不光召开座谈会，还提供上门服务和预约服务。我们都见过好多次了呢。

马晓丽：罗先生，您有什么事吗？

罗欣说：是这样啊……

8. 出入境接待大厅　内

在罗欣跟马晓丽交谈时，镜头通过艾丹的视线，把多媒体等各种便民服务措施一一摄入画面。

9. 出入境受理窗口　内

马晓丽给罗欣递过去一杯水，说：罗先生您别着急，我把您刚才说的情况叙述一遍，您看好吗？

罗欣赶紧点头：好的。他看一眼墙上的挂钟，知道已经到了下班的时间，（不免露出歉意）耽误你们下班了！

马晓丽：没关系，我们已经制定了弹性工作制和延时工作制，这些都是我们应该做的。

罗欣：谢谢，谢谢！

马晓丽：您听我说说看。您因工作忙，已经六年没回国探亲了。87 岁的老妈妈带着您妹妹的两个未成年的孩子来这里看您。现在离境的时间快到了，他们已经去了上海，准备从上海返回美国，却发现小外甥的护照丢了。上海派出所已经给你们出具了护照丢失证明，也在美国驻上海总领事馆办理了临时护照。所以您就带着丢失护照的小外甥赶回来补办签证。是这样吗？

罗欣一边点头一边说：是这样，是这样的！他头上的汗水又禁不住地流了下来。

马晓丽：好的，罗先生，我会按照有关规定，马上给您办理有关手续的。

罗欣不无歉意地说：我妈妈他们来的时候已经看过北京，我还想带他们再看看上海。

马晓丽俏皮地一笑：我明白，您是想跟妈妈多待一些时间，对吧？

罗欣：是的，可离登机的时间还有不到三天……

马晓丽：我理解您的心情。因为我也有妈妈，我也是个妈妈！

罗欣期待地看着马晓丽。

马晓丽：罗先生，请您稍等一下，我马上去向领导汇报。

10. 支队长办公室　傍晚　内

支队长的手指边在桌子上嘟嘟地敲着边说：87 岁的老人带着两个未成年的孩子，不远万里来到中国……

他转而问马晓丽：如果是我们的亲人，我们该咋办？

马晓丽：千方百计，不惜代价！

郭支队：好，在不违法违规的前提下，特事特办，急事急办，最大限度地为罗先生节省时间！

11. 出入境接待大厅　傍晚　内

罗欣站在"践行公开承诺，铸造服务品牌"电子屏前，脸上露出了欣慰的笑容。

12. 出入境受理窗口　傍晚　内

马晓丽带着艾丹，在窗口前接受询问、拍照，录指纹，一切工作紧张有序。

此时马晓丽的手机铃声急促地响了起来。

艾艾（画外音）：妈妈，你怎么还不回来？你给我买蛋糕了吗？

马晓丽小声歉疚地说：儿子，你听妈妈说。这里有一个美国的小哥哥，他的护照丢了，需要重新办签证。如果不快点办好，他就不能按时回国……

艾艾（画外音）：哼，你总是这样！

马晓丽：喂，喂……对方却已经挂掉了手机。

13. 市政务大厅　傍晚　内

镜头穿过"高层次人才"的牌子，看到罗欣正站在一面窗子前打电话。

窗外，火红的太阳已经下山了，夜幕正悄悄地包围上来。

罗欣一脸轻松地在打电话（英语）：你就放心吧，肯定不会让你小儿子一个人回美国的。我正在出入境的绿色通道里呢。

干警甲提一摞盒饭从电梯上来，招呼道：罗先生，先进来吃点东西吧。

罗欣道：等会儿我请你们吃饭吧。

值班干警：那可不行，我们会犯错误啊。

罗欣向干警甲：那我该怎么谢谢你们啊。

干警甲：谢什么呀，这不很平常嘛。

14. 出入境受理窗口　傍晚　内

马晓丽与同事一一核对着为艾丹办理证件的所有材料，还忍不住看了看钟表。

在干警对艾丹问询的空隙，马晓丽拨通了电话：喂，机场吗？我是市出入境管理处的。去上海最早的班机有几点的？嗯，越早越好！

15. 出入境接待大厅　晚　内

马晓丽检查了一下临时护照上的签证后，交到艾丹手上。然后笑着对罗欣说：可不敢再弄丢了啊！

罗欣激动地用蹩脚的汉语说：谢谢马警官，谢谢大家！

马晓丽：罗先生您不用客气了，您和孩子先吃点东西，我给你们联系一下涉外酒店，今晚先住下休息，明天一早我送你们去机场。

罗欣：不用送了，我们自己可以的。

马晓丽：人民警察就是为发展保驾护航的嘛，何况你的老……

艾艾的（画外音）：妈妈……

马晓丽的“妈妈”二字还在口里，便转身向门口望去。

只见艾艾手捧着蛋糕从手扶电梯升了上来，喊着“妈妈”。

马晓丽欣喜地扑向儿子：艾艾，你怎么来了？

艾艾：爷爷和奶奶送我来的。

马晓丽：爷爷奶奶呢？

艾艾：他们看着我上了电梯，然后就回家了。

马晓丽不安地朝电梯外看去，问道：咋不一起上来呢？

艾艾：奶奶说，爸爸去维和部队，是为了和平；外国人来帮助咱们，是为了发展！

马晓丽：所以，你就带着爷爷奶奶买的蛋糕，来跟小哥哥分享，是吗？

艾艾：是的，爷爷说，我们是一个村的！

从内室出来的支队长看到了眼前的一幕，笑道：哈哈，没错，都是地球村的嘛。

马晓丽动情地一把抱住了儿子：艾艾，对不起，妈妈又失信了！

艾艾天真地说：没关系！爷爷奶奶说，你工作干得好，就是我的好妈妈！

郭支队幽默地说：既然是一个村的邻居，那就别客气了，咱们一起给艾艾过生日吧。

在场的人齐声回道：好，祝艾艾生日快乐！祝地球村更加和谐！

生日的烛光冉冉放大，穿透了黑暗，迎来了曙光。

16. 尾声

曙光下，漫天风筝在和煦的春风下翩翩飞舞；

一架满载中外友谊的客机腾空而起；

飞机牵着马晓丽的视线，越飞越高，越飞越远……

（全剧终）

话剧剧本

四幕话剧

乐道钟声

时间——抗日战争后期

地点——山东潍县乐道院集中营

人物——

张潍县：42 岁，乐道院淘粪工，善良并富有同情心，由不自觉到自觉地参与抗战

魏芳菲：28 岁，集中营医生

黄仁山：48 岁，中共党员，原某中学校长

狗蛋：10 岁，张潍县之子，机智灵活

戴维斯：50 岁，原齐鲁大学教务长，集中营难民代表

石恒安：23 岁，原北平辅仁中学教师、集中营难民

利迪尔：40 岁，奥运会冠军、集中营难民

露易丝：21 岁，集中营难民

玛丽娅：10 岁，集中营难民

冈田：50 岁，日军大佐、集中营主管

伊藤：40 岁，日军少佐

神保：30 岁，日军少尉

各国囚徒、抗日军民、附近百姓若干。

画外音：潍县地处山东半岛的咽喉部位。20 世纪初叶，美英传教士在这里创办了一所集学校、医院和传教于一体的场所，取名为乐道院。1942 年太平洋战争爆发，日军占领了潍县，在乐道院修碉堡，扯电网，挖壕沟，把乐道院变成了囚禁两千多名欧美人士的集中营。乐道院钟楼上的钟声，也由此变成了人间地狱的集结号。

第一幕

［古城潍县，笼罩在黎明前的寒冬黑暗里。

［舞台纵深处，朦胧可见西洋式建筑群：教堂、学校、科学馆、天文台、医院等。

［哥特式教学大楼的楼顶上，有一口巨大的铜钟，清晰可见。

［舞台左侧，一排低矮的平房，前面写有硕大的“囚”字。

［舞台右侧，月亮门上方挂一面醒目的日本国旗。

［“当，当，当”，巨大的铜钟敲响，急促而凄切，像魔鬼的咏叹。

［远处有哨音传来。

［难民们打着哈欠陆陆续续走向舞台深处的操场。

［21 岁的女孩露易丝，衣服上挂着国别牌，编着囚徒号，无精打采地从囚房里出来，有些烦躁地抱着头蹲在了地上。

［戴维斯也系着纽扣走出平房，看到了萎靡不振的露易丝，关切地走上前来。

戴维斯：露易丝小姐，晚上又没睡好吗？

露易丝：（不好意思地站了起来）房间里挤得像沙丁鱼罐头，实在没法正常入睡呀！

戴维斯：还穿着衣服睡觉吗？

露易丝：（点了点头）嗯！男的女的老的小的，全都关在一起，孩子哭，大人叫……（肩膀一耸）怎么脱衣服啊？

戴维斯：孩子，长期这样可不行啊，会影响你健康的！

露易丝：戴维斯先生，求求你别说“长期”这两个字了好不好啊？我真盼着这种日子快点结束啊！

[利迪尔迈着轻快的脚步从后台跑过来。

戴维斯：利迪尔，又去做早祷了吗？

利迪尔：当然！日本人不许我们做礼拜，那我就每天早上祷告吧。

戴维斯：（钦佩地说）对自己的信仰你可真是执着啊！

利迪尔：露易丝，点名结束以后，咱们一起跑步吧，这样才会更健康的。

露易丝：跑步？天天吃茄子，晚上又睡不好，哪还有力气跑步啊？

戴维斯：（对露易丝）你看，昨天早晨索菲亚仅迟到了几分钟，就遭到了日本人的毒打。你可一定要小心啊！

露易丝：可我真不明白，对一个那么柔弱的女人都下得了手，难道他们就没有一点人性吗？

戴维斯：人性？跟豺狼难道还能讲人性吗？

露易丝：天哪！难道这乐道院集中营就是我们人生的终点，是我们侨民们共同的墓地吗？

戴维斯：孩子，不是的。你看基格先生都80多的人了，天天吃不饱穿不暖，身体又有病，还顽强地与困苦抗争呢！

露易丝：可我快要崩溃了呀！

戴维斯：那我们就向利迪尔学习吧。你看他始终这么乐观、这么有信心地活着。

露易丝：看来，信仰是可以支撑精神的！

利迪尔：是的，露易丝。从出生到死亡，虽然每个人都站在了同一起跑线上，但每个人所做的又是不同的，因此生命的意义便有所不同。我希望每个人都活得精彩，活得有意义。露易丝，愿上帝保佑你，也保佑关在这里的每一个人吧！

［石恒安活动着身体也凑了上来。

石恒安：（略带醋意）露易丝，其实，你比其他人已经幸运多了！那个叫张潍县的当地人，不是经常送给你礼物吗？

露易丝：我也不知道他为什么要对我那么好。

石恒安：这还不好理解吗？因为你是个年轻漂亮的女人呀。

露易丝：可比我漂亮的女孩有很多呀。

石恒安：因为他喜欢你呗！

露易丝：（着急）可我喜欢的是……

石恒安：（急切）是谁？你说啊！

露易丝：（脚一跺，赌气）我就不说，你自己猜去吧。

戴维斯：这孩子，有喜欢的男孩子了？

露易丝（羞怯地点了点头）：嗯！

戴维斯：那就好啊！能在集中营里产生爱情，这就是我们活着的动力和希望！

利迪尔：露易丝，相信上帝一定会拯救我们的！

露易丝：谢谢利迪尔先生，谢谢你那么有爱心，带给大家希望！

利迪尔：那走吧，都去操场点名吧。

［露易丝跟着大家走了几步，然后又转过身来，一把拽住还在发呆的石恒安，从身上掏出了一个小本样的东西给了他。

石恒安：（疑惑地接过）这是什么？

露易丝：《竹枝词》。

石恒安：（惊喜地脱口而出）东边日出西边雨，道是无晴却有晴！

露易丝：（自豪地说）你吟诵的是刘禹锡的名句，我这本可是郑板桥的40首。

石恒安：你怎么会有郑板桥的词？

露易丝：爸爸在这里教书的时候就喜欢郑板桥的诗词，他让我把《竹枝词》全部手抄了下来，后来我就一直带在身上。

石恒安：（惊喜）真的？

（打开手抄本兴奋地准备阅读。）

露易丝：不着急读，这是送给你的！

石恒安：可你？……

［戴维斯和利迪尔相视一笑。

戴维斯：好了年轻人，在这暗无天日的集中营里，我相信《竹枝词》会点燃你们的心灵的！不过，我们现在要遵守规矩，免得皮肉受苦。

利迪尔：是的，我们快点走吧。戴维斯先生是要留下来照顾基格先生的。

［三个人一起朝后台走去。

［月亮门里走出了日军大佐冈田，身后跟着伊藤少佐和神保少尉。

［冈田对伊藤打个手势，神保便吹起了哨子。

戴维斯：（不满）钟声已经敲过了，还吹什么哨子，屋子里还有病人呢！

［神保鄙视地看一眼戴维斯，哨声吹得更响了。

冈田：（用蹩脚的汉语对伊藤）你的，立即去各大队巡查。按照我的命令：必须用我们大日本帝国的语言报数；必须喊大日本帝国万岁的口号；必须六个大队的人数十分准确。

伊藤：（两腿一并，打了个敬礼）嗨！（下）

冈田：（傲慢地问戴维斯）你的，为什么还不去集合点名？

戴维斯：冈田大佐，基格先生又生病了！我们想找魏芳菲医生给他看病。

冈田：这个老东西，怎么老是生病？

戴维斯：他都86岁了，整天吃不饱，穿不暖，怎么能不生病呢！

冈田：那好吧！（面露神秘的淫笑，对神保）你的，马上把魏芳菲找来！

神保：嗨！（从舞台右边下）。

冈田：（傲慢地指着戴维斯）你的，给我记住了，既然你是他们选出的代表，就必须协助我们搞好这里的秩序。每天早上七点半，钟声一响，都统统到操场集合，谁都不许坏了规矩！

戴维斯：我这不是要留下照顾基格先生嘛。

冈田：（蛮横地打断）不行！魏小姐一会儿就到了，你必须马上去集合点名。

[戴维斯还想抗争，冈田却扭过脸去没给他机会。

[戴维斯无奈地走向后台。

[远处传来报数声音：日奇、泥、三、西……

[魏芳菲从舞台左侧上。

[冈田狼一样贪婪地盯着魏芳菲。

冈田：（色眯眯地）魏医生，你的，大大地辛苦辛苦了！

魏芳菲：（厌恶地）冈田大佐，请你放尊重些，治病救人是我的职责。

冈田：你的，大大地好！（想做猥亵的动作，被魏芳菲厌恶地躲开了）

魏芳菲：病人在哪儿？

冈田：13号病室，我的，亲自带你去。

魏芳菲：（厉声）请你不要干扰我的工作！（进平房）

冈田：（恼羞成怒）哼，我已经征服了你的身体，早晚有一天我还会征服你的心灵！

［10岁的玛利亚睡眼惺忪地抱着怀中的洋娃娃从寝室出来。

［恼羞的冈田双眼放出凶光，一把拽住了玛利亚的肩膀，把她提到了前台。

［玛利亚惊恐万状。

冈田：（上下左右审视玛利亚，声色俱厉）你的，代码和编号的哪里去了？

玛利亚：（带着哭腔，慢慢地把洋娃娃转了过来）给我的好朋友戴上了！

冈田：你的，赶快地取下来！

玛利亚：不嘛，我要跟她玩！

冈田：（凶狠地抬起了玛利亚的下巴）八嘎！它能替你点名报数吗？

玛利亚：（讨好）冈田叔叔……

冈田：嗯，谁是你叔叔？

（冈田一把夺过了洋娃娃，凶残地扯下了编号，然后把洋娃娃狠狠地摔在地上）

［玛利亚伤心地哭了起来。

［石恒安从后台看到了眼前的一幕。

石恒安：（义愤填膺）冈田大佐，你就不能发发慈悲，讲点人道主义吗？

冈田：（傲慢）人道主义？我不懂所谓的人道！在我们大日本帝国，只讲人性！

（使劲地用脚去踩洋娃娃。）

石恒安：（冷笑）人性？哼，请问你们的人性在哪里？难道就是血腥、杀戮和集中营里的霸权吗？

冈田：（不屑）石恒安先生，中国人有一句话，叫胜者王侯败者寇！我们大日本帝国，天下无敌，要的就是霸权！

石恒安：（指着玛利亚）可她还是孩子啊！她的父母带着孩子们来中国传经讲学，却在你们发动的战争中失去了生命。一年前她的妹妹又死在了你们的集中营里，你到底还让不让人活了？！

冈田：你的，大胆！竟敢污蔑我们大日本帝国发起的大东亚共荣！

石恒安：（无所畏惧地继续质问）难道不是吗？这里边有几百个大大小小的孩子，他们本应该上学读书，本应该享受他们的童年，可他们被你们圈到了这里，不能念书，不能玩耍，见不到亲人。（他又指向大家）还有这些老人和妇女，他们吃不饱，穿不暖，睡不安，整天过着暗无天日的生活，你们这么做难道不是灭绝人性？

冈田：（怒目）你的，石恒安，你想煽动造反吗？

石恒安：冈田大佐，你过去也是个孩子，你现在也是孩子的父亲。难道你连起码的同情心和人的本性都丧失了吗？

冈田：（恼怒地冲身边的神保）八嘎牙路！给我打！

［神保对石恒安挥动起皮鞭。石恒安无所畏惧地傲然挺立。

［戴维斯和利迪尔上，玛利亚惊叫着扑在了利迪尔的怀里。

［伊藤也从后台上来，看到了正在挨打的石恒安，不安地搓着手掌，然后胆怯地走到神保跟前。

伊藤：神保君，饶了他吧……（回头看一眼冈田。）

神保：滚开！这是命令。（继续抽打石恒安。）

［戴维斯冲到神保跟前，止住了他的皮鞭。

戴维斯：（义正词严）冈田大佐，凭什么打人？

冈田：凭什么？我是管理这个集中营的最高长官，难道我还要回答你个凭什么？

伊藤：（小心翼翼）冈田大佐，你看？……

冈田：伊藤君，怎么，你害怕了？

伊藤：冈田大佐，我们跟中国都信仰佛教。鉴真大师东渡日本的时候，传播的就是以善为本，何况我们还是在这个以传播道义为乐的乐道院里……

冈田：（蛮横、不讲理）我是大日本帝国武士，我不管那些三教九流信仰什么，我只知道服从命令为军人的天职。为大日本帝国杀人就是我的信仰！

伊藤：冈田大佐，我们是文明国度……

冈田：文明？中国曾号称四大文明古国，那又怎么样呢？（指向周边）你看现在的支那猪，积贫积弱，民不聊生。只有归顺我们大日本天皇陛下，他们才会获得更大的文明！

伊藤：冈田大佐……

冈田：（对神保）给我狠狠地打！

［神保从戴维斯手里挣脱出鞭子，又狠狠地抽在石恒安身上。

［戴维斯冲到冈田跟前，跟他讲理。

［此时乐道院的淘粪工张滩县，头戴破毡帽，身穿破棉袄，脖子上挂一个通行证，拉着粪车上。身后跟着他 10 岁的儿子狗蛋。狗蛋手里拿了一只八卦风筝。

张滩县：（一伸头看到了石恒安挨打的场面，暗自叫道）哎呀俺那娘来，小鬼子又在祸害人呀！

［狗蛋惊悚地看着爹的眼色。

［张滩县略一思忖，跟儿子低语数声，狗蛋会意，拿着风筝，从冈田背后绕到了玛利亚跟前，把风筝给了玛利亚，玛利亚破涕为笑。成功地转移了众人的注意力。

冈田：（恼怒地欲拔刀相向）八嘎牙路，支那猪！……

张滩县：（上前拉住冈田，举起通行证让他看，然后讨好道）太、太、太君，他，他……是、是狗、狗蛋，狗蛋，不……是猪。（然后赶紧从身上掏出了萝卜，递到冈田脸前）太、太、太君，你、啊你，你看，潍县萝卜，咪西咪西地……

冈田：（恼怒）你的，大胆！谁允许你带进来东西的？

张潍县：啊是、啊是、啊是给、给、给俺儿吃、啊吃的。啊太，啊太、太君，你的，咪西咪西地！

冈田：（看一眼粪车和张潍县的装扮，赶紧用手捂住鼻子，又把张潍县的手扒拉到一边，厌恶地用手示意他离远一点）你的，猪，支那猪！

张潍县：（假装六神无主地转悠，到戴维斯跟前）啊冬吃萝卜，啊夏、啊夏吃姜，啊不、啊不用医生开药方！

神保（不耐烦地一把夺下萝卜扔到一边）你的！赶紧地，干活儿去！

［张潍县窃喜，偷偷地给戴维斯递了个眼色，让他去拿萝卜。然后退到一边。

张潍县：（恢复正常方言，旁白道）嗯（你）小日本鬼子才是猪呢！（一想不对）娘的，连猪狗不如！俺日恩（你）八辈祖宗！（又一想）不对呀，听俺爷爷说，他小日本八成是武大郎的后代，说不定他八辈祖宗还是俺大中国拉的一坨屎呢！（一想恣了）对了，那恩（你）日恩（你）本国，俺就日恩（你）小日本鬼子！

伊藤：（从玛利亚手中拿过八卦风筝）冈田大佐，我们大和民族的百姓也喜欢风筝，看来，我们与中国文化确实是相通的！

张潍县：（潍县话，旁白）看来这过（个）这过（个）过（个）还有点人味！

冈田：（拿过风筝来看着，不解地）文化，这个破玩意也叫文化？

伊藤：冈田大佐可别小看它几根竹条，扎在一起糊上纸就能飞上天，还真的不简单哪！

冈田：（指着风筝向伊藤）你的，告诉我，这上面画的是什么东西？

［伊藤刚要回答，见魏芳菲从平房里走了出来。他看一眼冈田，立刻变得手足无措起来。

［魏芳菲看见了地上的萝卜，弯腰捡了起来。

［伊藤刚想对魏芳菲示好，见到冈田色眯眯的样子，赶紧把头低了下去。

魏芳菲：（对戴维斯）戴维斯先生，萝卜对感冒有很好的辅助治疗作用，咱们拿去给基格先生服用吧。

冈田：（不满）魏医生，这是外边带进来的东西，绝对不可以给他们食用！

魏芳菲：让病人康复，这是我的职责！（说完头也不回地走进平房）

张潍县：（旁白）这招看来还真灵！

戴维斯：冈田大佐，刚才你问风筝上画了什么，让我来告诉你吧。

冈田：（怀疑地）就你？

戴维斯：没错，是我。我来潍县办学好几年，对中国文化略知一二。

冈田：那你说说看。

戴维斯：现在你手里拿的叫八卦风筝。八卦起源于人文始祖伏羲，表示事物自身变化的阴阳系统。用“—”代表阳，用“- -”代表阴，用三个这样的符号，组成八种形式，叫作八卦。每一卦形代表一定的事物。八卦代表了早期中国的哲学思想，除了占卜、风水之外，还涉及中医、武术、音乐等方面。冈田大佐，你也是有文化的人，应该对中国的文化多一些尊重！

冈田：你的，乱弹琴地干活！中国的文化哪能跟我们大和民族的文化相比！

戴维斯：冈田大佐，日本和中国的宗教信仰应该是一致的吧？刚才伊藤君也提到鉴真和尚东渡传教的事，难道不是为了满足日本人民的精神诉求？

冈田:（眼睛一瞪，不满地）你的，是在教导我吗？良心大大地坏了坏了的！

戴维斯:（坦然地一笑）到底是谁坏了良心？我们到这里来办学校、建教堂、办医院，传播世界文明。可你们呢？砸烂了我们的医院和教堂，撵走了我们的医生和教师，除了杀戮，你们还干了什么？

张潍县:（面露喜色，旁白）奇好，说的嘣（真）对！我说不过恩（你）小鬼子，有能说了恩（你）的！

冈田:（发现了张潍县的存在，恼羞成怒地）支那猪，为什么还不去干活？！

张潍县:（装作胆怯地）啊干、啊干，狗蛋，啊干活去！（与狗蛋边下场边心存忧虑地嘀咕）怎么没见露易丝那小妮子呢？！

[年轻气盛的石恒安又勇敢地走到冈田面前。

石恒安：冈田大佐，这里有三四百个大大小小的孩子，他们不仅生活在贫困里，还失去了受教育的权利。利迪尔先生为了这些孩子，亲自编写了教材。我们要求恢复孩子们受教育的权利！

利迪尔:（幽默地耸一下肩膀）嗯哼！冈田大佐，安息日不得工作，这是上帝的旨意。这个集中营里还有很多信奉基督教和天主教的侨民，相信您能把上帝给的权利还给大家！

冈田:（恼羞成怒）石恒安、利迪尔，还有你（指着戴维斯），你们想暴乱吗？别忘了，我们大日本帝国的军队就在坊茨小镇，我随时可以调兵来镇压你们！

戴维斯：冈田大佐，难道他们提出的受教育和过礼拜的要求过分吗？想想看，要不是你们日本人入侵，潍县城还是一派祥和、安宁，这乐道院的钟声不会带有杀气！

冈田:（威胁）戴维斯，你是不是也病得不轻啊？！……

戴维斯：冈田大佐，中国有句话说得好啊，得道多助，失道寡助。我劝你们还是给自己留条后路比较好。

冈田：（面露凶光）你是不是不想活了？

戴维斯：我问你，你们日本人管过难民的死活吗？如果我的死，能换来难民们正常的生存，我愿意为了更多的人去死！

冈田：（指着戴维斯）你别忘了，你还是他们的负责人之一，你应该帮着我维持秩序，而不是跟我们作对！

戴维斯：冈田先生，你也别忘了，我们还有一个职责，那就是代表难民们伸张正义！

冈田：正义？（拍拍手枪）正义在我这里，你要不要？

戴维斯：冈田大佐，我还是劝你想一想，这里关押着30多个国家的2000多个国际侨民。为了国际影响，你还是坐下来跟我们好好谈谈为好！

冈田：（不无顾忌）谈谈，你们又有什么要谈的？

戴维斯：除了他俩提出的要求，我们还需要改善伙食、医疗保障和生存条件！

冈田：我们连大日本皇军的供应都快保障不了了，还能顾得了你们？！

戴维斯：因为你们的侵略已经是强弩之末，那更应该给你自己留条后路了。

冈田：（理屈词穷）那就去我办公室吧。

戴维斯：（对利迪尔）你去把其他代表们请来。

利迪尔：好的，我这就去。

[三个日本人和戴维斯等一同走进月亮门。

[利迪尔从后台下。

石恒安：（钦佩地）戴维斯先生，真有你的！

[张潍县父子推着粪车上。张潍县示意狗蛋放风。

石恒安：张先生，这么快您就掏完粪了？

张潍县:（潍县话）好咧汗（语气句）!

石恒安：好咧汗？啥意思？

张潍县：你笨死了，好咧汗就是好咧汗!

石恒安:（拍着自己的脑袋，装作懊恼）是够笨的！（不无戏谑地）张先生是不是喜欢聪明的？

张潍县：聪明当然好了!

石恒安：那是不是年轻漂亮更好啊？

张潍县：嘿嘿！年轻漂亮的，看着都养眼嘛。

石恒安：那您肯定喜欢露易丝了？

张潍县：是啊，喜欢！（一想不对）不过，恩（你）扩（可）不能想歪了。

石恒安:（醋意十足）别是您做歪了吧？

张潍县：俺有什么做歪了的？

石恒安：那您为什么一直给露易丝小姐送礼物？

张潍县：送礼物？（想想笑了起来）恩（你）这个大鼻子啊！恩（你）把俺想哪里去了！不说俺就是一个掏大粪的，俺就是匹驾辕的马，也配不上人家露易丝那样的鞍呀!

石恒安：那您为什么单单对她那么好？

张潍县：那还不是俺老婆!

石恒安：你说谁是你老婆？

张潍县：跟恩（您）这些大鼻子真是没法交流，俺老婆就是俺老婆呗。

石恒安：你，妻子？

张潍县：太太，太太就是老婆。

石恒安：跟她什么关系？

张潍县：露易丝她爹不是在乐道院里教书来嘛，他不光不嫌弃俺是个掏大粪的，俺大儿还跟着他学过英语。这煞（这会儿）人家的妮子遭难了，咱不得帮帮人家，恩（你）说是啊不？

石恒安：（终于松了一口气）哦，原来是这样！（高兴地）老张大叔，谢谢您刚才解救我！

张潍县：（潍县话）酿好咧（语气句）！

石恒安：（不解）酿好咧是啥意思？

张潍县：你一口一过（个）老张大叔，俺长得老相点不假，可俺也没那么老嘛。

石恒安：哦，您是不愿意我叫您老张大叔？

张潍县：俺可不白赚人便宜，恩（你）还是叫俺张大锅（张大哥）吧。

石恒安：（疑惑地用手比画着）大锅？

张潍县：（潍县话）嘁！扩好煞咧！（语气词）俺有恩（你）比画得那么粗嘛！俺是说，弟兄们！（边说边做着手势）

石恒安：哦，我明白了，您是说让我叫您张大哥，对吧？

张潍县：（潍县话）这就对咧！

石恒安：（高兴）哦，好好好。张大哥，我想求您件事。

张潍县：（潍县话）好咧汗（语气词），兄弟（你）又见外了不是？

石恒安：（摇头）不明白。

张潍县：该帮的恩（你）不说求俺也会帮，不该帮的恩（你）叫俺大爷俺也不办！

石恒安：张大哥，我知道您是好人。

张潍县：看恩（你）说的，好人坏人还头上贴着贴？那小日本儿成天说他们大日本帝国怎么怎么地好，可他到俺中国的地盘上杀人放火，怎么叫人说他们好啊？

石恒安：张大哥说的是啊。

［张潍县朝四周看看，小心地从粪车底下掏出一包东西，快速交给石

恒安，并示意他赶紧藏起来。

石恒安:（疑惑）您这是……？

张潍县:（紧张地盯着四周）高粱面饼子，给露易丝那小妮子。

石恒安：张大哥，集中营里还有很多老人和孩子，他们吃不饱、穿不暖，有的孩子连鞋子都穿不上，老人病了也没有药。您能不能帮我们搞点营养品啊？

张潍县:（潍县话）营养品？恩（你）说的是肉和蛋吧？这过（个）时候上哪里去捣鼓（寻找）那些东西啊？恩（你）不知道俺叫小鬼子祸害得呀，红高粱也不红了，老母鸡也被咪西了，牛啊羊啊啥的，连声都听不着了！就这俩高粱面饼子，还是俺老婆藏起来的呢。每次俺进来拉大粪，你们的惨状俺都（回）家去跟俺老婆说，她听了就扩（可）怜地掉眼泪，有点好吃的她就从俺孩子手里夺下来，留着攒着，叫俺给恩（你们）捎进来。带进这点东西来，俺扩（可）是提着脑袋瓜子啊！

石恒安:（无限感激）是啊，这些年来你们真是受苦了！

张潍县：俺庄户人家受点苦不要紧，这不是还担惊受怕嘛。恩（你）看那些小鬼子，跟些吃人的狼啊似的！

石恒安：可我们就指望您帮我们了，因为只有您父子俩能出入这乐道院啊！

张潍县：恩（你们）这两千多张嘴，不说我一个掏大粪的，就是一个潍县政府也管不过来啊！

石恒安：老张大哥，如果您能动员和联络一些亲戚朋友乡里乡亲，就跟您帮助露易丝一样，那集中营里的孕妇、老人和孩子们就能活下去了！

张潍县：联络乡里乡亲不难，难的是怎么能带进来啊。

石恒安:（高兴）老张大哥，您这么机智聪明，一定会想出办法的！

张潍县：别甜和（巴结）我了，我正犯愁呢。

石恒安：老张大哥，您放心，我们会给你们钱的。

张潍县：（有点不高兴）笑话俺是吧，恩（你）以为俺是为了钱啊？

石恒安：那您……

张潍县：还不是看着恩（你们）怪扩（可）怜地，不过我得回家和俺老婆商量商量着。

石恒安：那就先谢谢您和大嫂了！

张潍县：少来这些哩格儿楞（扯淡），真是老外！

[舞台转暗。

第二幕

[舞台一角。

[追光灯下，张潍县在跟一百姓打扮的人交代事情。

张潍县：恩（你）放心吧。西北角那里是小鬼子防范最差的地方，以后我们就把那里作为秘密通道。大家伙找到的东西都凑到恩（你）那里去，恩（你）就想办法避开鬼子的探照灯，还得好好躲避他们的电网。我再让那个姓石的大鼻子想办法从里边接收。

[见对方点了点头，张潍县信任地拍了拍他的肩膀。

[灯光隐去两人的身影。

[与第一幕场景同。赞美诗空灵的声音响起。

露易丝：（幸福地回味着，独白）昨晚我终于好好地睡了一觉，还梦见与亲爱的他手牵着手，一起走在洒满阳光的路上，真的好幸福啊！

[石恒安双手背在身后，欢快地唱着《春天来临》上。

石恒安：露易丝，你果然在这儿！

露易丝：（惊喜）石恒安，你怎么来了？

石恒安：猜我给你带什么了？

露易丝：（猜想）不会是你也抄了哪位诗人的诗词送给我吧？

石恒安：（把手里的书举了起来）看，这是你喜欢的吧？

露易丝：（兴奋）啊，是《红楼梦》！你怎么知道我喜欢？

石恒安：上次在食堂里，我听你跟别人说，你父亲非常喜欢《红楼梦》，你也跟着读了一些片段，却没有读过全本。

露易丝：是的，如果能在这人间地狱里读到《红楼梦》，也算是没有白来呀！

石恒安：记得你还说过，中国的文化血液远比我们这些西方人的血液尊贵。

露易丝：是爸爸说的，读懂了《红楼梦》，不管是哪个国家的人，都会低下他那高昂的头颅！

石恒安：那就请你先读为快吧。

露易丝：你这是从哪里搞到的？

石恒安：这你别问，免得受牵连。

露易丝：受牵连？（略一思忖，善解人意地）那我就不客气了！

[两人同时向后台走去。

[场景同前，傍晚。

[利迪尔从后台上，满脸喜悦。

利迪尔：（背诵诗篇）上主是我们的避难所，我的山寨，依靠他，不必为恐怖之夜所惊骇……纵有千人仆倒在左，万人仆倒在右，他必遣使各方佑……你不必惊慌与忧愁！……

[戴维斯从平房里出来，上。

戴维斯：利迪尔，啥事这么高兴？

利迪尔：哦，戴维斯先生，看，我们穿上潍县布鞋了，婴儿们有了糖水喝，孩子们都上学读书了，教徒们可以做礼拜了。你说，我们能不高兴嘛！

戴维斯：是啊，我们真得好好感谢张潍县先生。要不是他把集中营的情况告诉了当地百姓，就不会引起那么多人对我们的关注，更不会有那么多人为我们输送物资，我们就得继续在生死线上挣扎呀。

利迪尔：噢！上帝呀，保佑这些善良的人们吧！

戴维斯：还有更大的喜事呢，你听了一定会高兴的！

利迪尔：真的？快告诉我吧！

戴维斯：经过多次交涉，日本人准许我们成立乐队了！

利迪尔：那太好了！我们的人才终于派上用场了！

戴维斯：没错，集中营里可是藏龙卧虎啊。不仅有歌唱演员、作曲家，还有不少乐手呢！

利迪尔：这回可有用武之地了！

戴维斯：只要咱们团结起来，再寒冷的日子也一定会迎来阳光的！

利迪尔：一点不错，你看我们天津餐厅，一锅白菜玉米粥我们就做出了潍县和乐！

戴维斯：据说其他餐厅还创造出了布丁、红烧肉、全家福什么的。其实还不都是那些烂茄子！但是有了张先生他们的雪中送炭，情景就大不一样了！中国人真聪明，够义气！

利迪尔：绝顶聪明，绝对够义气！要不然，我带的学生也没力气训练，更不可能去参加奥运会。

戴维斯：（不无担忧地）不过真是难为这些好人了！我们这座集中营，就像一座孤岛，随时都会被恶浪吞没。但潍县老百姓的善良，就是爱的海洋，包围着我们，要不然很多人恐怕早没信心活下去了……

利迪尔：是啊，自从狗蛋把风筝带进来，孩子们脸上有笑容了，盼望着有一天走出集中营，像风筝一样自由自在地在蓝天飞翔。这是带来了希望啊！

戴维斯：唉，万恶的日本鬼子，摧残了孩子们的童年，造孽呀！

利迪尔：让我们好好祈祷，祈求上帝保佑善良的人们，早日获得自由。

［石恒安焦虑地从后台上。

石恒安：戴维斯先生，不好了！（他环顾一下四周，小心地）经常从秘密通道给我们送物资的李先生，被电网电死了！

［戴维斯和利迪尔都惊得张大了嘴巴，石恒安“嘘”了一声。

石恒安：李先生的尸体还挂在电网上，冈田下令不准外边的人去收尸。

戴维斯：可怜潍县的老乡们，为我们付出了生命的代价！

利迪尔：我们必须为他们做点什么……

石恒安：出不去，走不开，有什么办法帮他们呀？真是急死人了！（来回踱步。）

戴维斯：马上关闭通道，不能再让潍县老百姓为我们输送物资再搭上性命了！

利迪尔：那些孩子们怎么办？（突然紧蹙起眉头。）

戴维斯：我们要依靠自己，抱团取暖，争取坚持到最后一天！

［利迪尔双手捂头，痛苦地蹲在了地上。

石恒安：（关切地）利迪尔，头疼病又犯了？

利迪尔：（痛苦地点了点头，挤出一点微笑）没关系，一会儿就会过去的。

戴维斯：石恒安，你先陪利迪尔回房间里去休息，我再去找找魏医生。我们要一起去跟日本人交涉，让利迪尔出去到大医院看病。

石恒安：好！

［舞台转暗。

［追光灯照着张潍县一张悲伤的脸。他推着粪车上，后边跟着狗蛋。

张潍县：唉，这些大鼻子老外啊，不帮帮他们吧，心里老是挂着。帮帮他们吧，心里就哆嗦着。这不，他李叔连老命都搭上了！

狗蛋：爹，那咱以后是帮啊还是不帮啊？

张潍县：（眼一瞪，对儿子）笨死了！这还用问吗，咱不帮谁帮？不帮他们怎么活呀？！

狗蛋：那，李叔……

张潍县：唉，也怪咱光会联络乡亲们，不会防备那些电网，就是些庄户孙啊！

狗蛋：爹，俺怕！

张潍县：怕顶个屁用！越是怕了，还不越等着受小鬼子欺负！

狗蛋：那爹咱还能帮啥？

张潍县：恩（你）小子就看爹的眼色行事，知道不？

狗蛋：嗯！

张潍县：（咬牙切齿）小鬼子，恩（你）日本国，俺日恩（你）奶奶！

[狗蛋学爹的样子也骂了一句脏话。

[当当当，钟声再次响起。

[舞台灯亮。

[难民们拿着工具四散而下。

[石恒安看到张潍县，快步走到他身边。

石恒安：（环顾后从口袋里掏出一个小包）张大哥，这是大家悄悄凑的一点钱，想请您带出去，交给李大哥亲属，表示我们的一点心意。

张潍县：恩（你）这个大鼻子老外，少来捏（那）一套哈。钱能换了命来？恩（你）也太小看俺潍县人了不是？！

石恒安：对不起，给我们个感恩的机会吧。

张潍县：少弄些洋耍！要怪俺就怪小鬼子日本人，俺恨不得抽了他们的筋，扒了他们的皮，喝了他们的血！

石恒安：对，小鬼子不得好死！

张潍县：（环视左右，突然掀开粪车的盖子，从里边拿出一包东西，说）快掖好了，拿回去给孕妇和孩子们吧。

石恒安：张先生，我知道您家也不宽裕。要不，您先把这钱收下……

张潍县：少跟我来这些哩格儿楞！拿着！

石恒安：这……

张潍县：咋了，嫌我身上尿臊气啊？

石恒安：不是不是……

狗蛋：（从怀里掏了一下，也拿出了一点东西）叔叔，这是俺姥娘给俺留的鸡蛋，送给玛利亚吧。

张潍县：（扒拉一下儿子的头，得意地）这小子，还奇会来事呢！走，咱淘粪去。

[张潍县父子下。

[石恒安还愣在原地，戴维斯和魏芳菲从平房里出来。

魏芳菲：戴维斯先生，从利迪尔的病情来看，他可能是得了脑瘤。

戴维斯：脑瘤？那是很严重的疾病吗？

魏芳菲：不抓紧治疗的话，会有生命危险。

戴维斯：那得赶紧给他治呀！

魏芳菲：唉，医院已经被日本人完全破坏了，医生被撵走了，这么重的疾病，我实在无能为力啊！（着急地哭了起来。）

戴维斯：（搓着双手着急地）那可如何是好？！

魏芳菲：只有一个办法，送利迪尔先生到上海的大医院治疗！

戴维斯：去上海？

魏芳菲：那里有先进的医疗技术和设备。

戴维斯：可是，路途遥远，炮火连天……

魏芳菲：（充满感情地自语）利迪尔先生为了信仰，放弃了名利；为了孩子们，他赔上了自己的身体健康。这样的人才是值得爱戴的好人！为了这样的好人，我也该做自己能做的了。

戴维斯：魏医生，您先别着急，我们再想想办法。

魏芳菲：如果去不了上海，能送到青岛去也好，待在这里就只有等死一条路啊。

戴维斯：石恒安，你快去找几个代表，我们这就去找冈田交涉！

魏芳菲：（果断地擦掉眼泪）不行，冈田那个狼心狗肺的东西是不会同意的。或许伊藤可以帮忙。（头低了下去）我知道，他喜欢我。

[戴维斯和石恒安对视了一下。

戴维斯：那就有劳魏医生去找一下伊藤吧。

魏芳菲：好吧，我会尽力的！

[灯光隐去了戴维斯和石恒安。

[舞台一角，魏芳菲敲了几下伊藤办公室的门。

[伊藤见到魏芳菲，显出几分惊喜和慌乱。

伊藤：魏医生！快请进。

魏芳菲：（一副公事公办的样子）伊藤君，打扰你了！

伊藤：魏医生还是第一次主动到我这里来呢。

魏芳菲：实不相瞒，我是为利迪尔来找你的。

伊藤：为利迪尔？芳菲，难道你不知道我喜欢你？！

魏芳菲：可我爱的是利迪尔！

伊藤：为什么？利迪尔有妻子和孩子，可我一直在等待我理想中的爱人！

魏芳菲：因为利迪尔心中的上帝在关照着人类，而你们日本人视人的生命如草芥！

伊藤：我也有信仰，我跟信奉佛教的人一样，注重以善为本！

魏芳菲：可你是日本帝国主义的一分子，是侵略中国的罪人！

伊藤：我首先是大和帝国的子民，我必须维护本国的利益，我还是大日本帝国的军人，服从命令是军人的天职！

魏芳菲：这么说你是不想帮我了？

伊藤：不不不，你的事情我一定帮。

魏芳菲：我再说一遍，是我想帮利迪尔。

伊藤：你想做的事就是你的事，我一定会帮的。

魏芳菲：那你是不是也想跟冈田一样，先占有我的身体？

伊藤：啊不不不，他那是侵犯，我们这是爱情。

魏芳菲：我和你永远不会有爱情，我只有用我的一身之躯，换取你的一点怜悯和良心。来吧……（说着宽衣解带）

伊藤：别别别，这样会亵渎爱情的。虽然你现在还不爱我，但是我会让你明白，我跟他们是不一样的！

魏芳菲：那好！利迪尔病得很重，你去说服冈田，让他马上安排人送利迪尔去上海的医院救治。

伊藤：芳菲，这个事情实在太大了，我恐怕无能为力！

魏芳菲：你要知道，这件事也是为你们发动的这场罪恶的战争赎罪呀！

伊藤：芳菲，你知道冈田的品性，他是不会帮这个忙的，但是我会尽力帮你想其他办法。只是，我想让你知道，帮利迪尔治病，确实是为了这场战争赎罪，但是更多的是为了你，请你了解我的心情……

魏芳菲：谢谢你，伊藤君，请你尽快想办法，确实已经耽误不起了！

［伊藤颓然地背向观众坐下。灯光转向台中。

[张潍县和狗蛋从后台上，狗蛋往四处张望。

张潍县：儿子，看啥哪，找玛利亚是不？

狗蛋：她怎么还没出来呀？

张潍县：傻小子，告诉爹，姥姥好不容易给恩（你）两个鸡蛋，为什么给她？

狗蛋：她太可怜了，关在院子里不准出来，还没东西吃，没地方玩！

张潍县：好小子，是爹的种！做人哪，就是得通点人性气！

狗蛋：爹，玛利亚她家在哪儿？

张潍县：谁知道呢。（不想让儿子看扁了）不过，中国比潍县大很多，外国肯定比中国远。嗯，骑毛驴得走好几天！

狗蛋：她想家吗？也想娘、想姥姥吗？

张潍县：怎么不想啊？！她又不是孙猴子从石头缝里蹦出来的。唉，还不都叫日本鬼子给毁了嘛！

狗蛋：爹，俺长大了，就杀鬼子去！

张潍县：好样的，爹没白养恩（你）这个儿子！不过，我看小鬼子没几天挓挲（折腾）头了，光恩（你）爹这辈子就够小鬼子受的了。

[玛利亚从平房里走了出来，狗蛋急迫迎上去。

玛利亚：（感激地）狗蛋，谢谢你带给我的鸡蛋。

狗蛋：（不好意思）俺给了石恒安，又没说给恩（你）。

玛利亚：石恒安叔叔给了我一个，我把它送给利迪尔叔叔了。

张潍县：哎，妮子，我问你，那过（个）大鼻子英国人，木（没）捞着去上海治病？

玛利亚：没有，冈田叔叔不同意。

张潍县：冈田叔叔？他人肠子不长一点，恩（你）怎还叫他叔叔呢？！

玛利亚：是利迪尔叔叔说的，对每个人都要尊重。

张潍县：那也算个人？！不说他了，说恩（你）利迪尔叔叔，他的头还疼吗？

玛利亚：他没说疼，可我们都看出来了，他很痛苦……

张潍县：（着急）唉，那得抓离（抓紧）地扎古（治疗）啊！

玛利亚：哎，狗蛋，你知道吗？利迪尔叔叔很坚强，他要我在这里好好上学。

张潍县：（旁白）还上学来！俺也知道，识仨字就比识俩字强，可学校都被小日本儿给毁了，上个 × 啊！

玛利亚：利迪尔叔叔还说，只要肯学习，哪里都是学校。打好基础了，将来还可以读哈佛呢！

狗蛋：哈佛是什么？

玛利亚：哈佛是世界上最好的大学呀！

张潍县：（旁白）俺那娘来！世界上最好的大学？那哈福俺可哈不起，能不受小鬼子的欺负、安安稳稳地哈（喝）碗黏粥，孩子们能识个仨瓜俩枣的字就奇好咧！

玛利亚：利迪尔叔叔还说，爱一直与我们同在，总有一天上帝会救我们出去的！

张潍县：你一口一个上帝，可那上帝在哪里，恩（你）和俺说说行不？俺叫他现在就来把恩（你们）拉吧出去。

玛利亚：上帝在每个人的心里！利迪尔叔叔说，我们要为所有的人祷告。

张潍县：所有人？连小日本鬼子啊？

玛利亚：是啊，利迪尔叔叔说，虽然祷告改变不了他们，却能改变我们自己！

张潍县：儿子，你可别听这个小妮子瞎扯淡，咱不管他什么上地下地的，咱就知道善有善报，恶有恶报，不是不报，时候不到！

［戴维斯从月亮门里上。

戴维斯：张先生，您干完活儿了？

张潍县：嘿嘿，你们这些大鼻子，没的吃就没的拉，俺淘大粪的倒是轻快了。

戴维斯：张师傅，我们想请您再帮我们个忙……

张潍县：恩（您）不用把俺当外人，有什么事说就是了。

戴维斯：张先生，是这样的。利迪尔先生得了重病，魏医生要求赶紧送他去上海或青岛的大医院进行治疗，可冈田就是不允许。所以，我们想请您帮我们想办法买些药来。

张潍县：买药？这过（个）时候上哪里去买啊？原先这个乐道院的医院是最大的西洋医院，全被鬼子给砸了。不用说买药，就是连个大医生也找不到啊。

戴维斯：听说潍县的老中医很有名，请张先生设法帮我们找一个吧。

张潍县：老中医倒是可以帮恩（你们）找，就怕恩（你们）不相信那些土要。

戴维斯：中医药也是中国的国粹嘛，只怕我们没有机缘享受呢。

张潍县：那俺得家去问问俺老婆，她比俺知道得多。

戴维斯：张先生，告诉您的夫人，我们会给她报酬的。

张潍县：恩（您）看看，又拿钱说事吧，俺最烦恩（你们）洋人这一套。

戴维斯：付出劳动，领取报酬是合情合理的。

张潍县：她敢！动嘴、动腿、动心眼怎么都中，就是别动钱，一动钱看俺怎么拾掇她！

戴维斯：哈哈哈哈，您这可是中国人讲的大男子主义啊！那我们可就拜托您了！

张潍县：那好，走，狗蛋，快去恩（您）姥娘家把恩（您）娘叫回来。

［张潍县父子从左前台下。

［石恒安从囚房里出来。

［冈田带着伊藤、神保从月亮门上。

冈田：（对戴维斯和基格）你们的，为什么还不去上工？

戴维斯：我们的难友病情危急，你不让出去治疗，难道我们照顾一下病人也不允许吗？

冈田：任何人不许跨出大门一步，这是上司的规定。

戴维斯：既然这样，那我们找当地的老中医来看病总可以吧？

冈田：绝对不行，外边的人绝对不许进来！

戴维斯：我们找的是医生。

冈田：医生也不行！

石恒安：（冲动）我抗议！我们有权利救难友！

冈田：抗议？向谁抗议？别忘了，我就是这里的最高长官！（他对身边的伊藤和神保挥了下手）走！（又指着戴维斯和石恒安道）你们，放明白些，惹出事来，别怪我不客气！

伊藤：（偷偷用英语对石恒安说）国际红十字会能帮助你们。（紧跟几步，赶上了冈田。）

石恒安：（兴奋）伊藤说国际红十字会能帮我们。

戴维斯：可我们怎么才能把这里的情况告知国际红十字会呢？

石恒安：没有别的法子，还得依靠张潍县。

戴维斯：他可能连国际红十字会是干什么的都不知道啊，怎么能通过他去取得联系呢！而且国际红十字会设在青岛，他也离不开他的岗位呀。

石恒安：也是啊。一个最底层的百姓，怎么能办成这么大的事情！

戴维斯：别着急，让我们再想想，好好想想。

［两人做思考状，一个抓耳挠腮，一个稳重如山。

戴维斯：噢，对了！中国有个共产党组织，据说是专门服务人民大众的，现在一定也在积极抗日，潍县也会有他们的地下组织。

石恒安：可地下组织是隐蔽的，我们怎么能联络上呢？！

戴维斯：对了，当年我认识一位教会成员黄仁山先生，记得他好像就住在附近。

石恒安：那戴先生何不先写封信请张先生送给他？

戴维斯：这可是人命关天的大事啊，一旦有纰漏，张潍县和黄先生两家都有生命危险。

石恒安：以我对张潍县的观察，他表面上看起来胆小怕事，但是在对付日本人方面，还是机智勇敢的。

戴维斯：那我们再好好筹划一下，一定要确保不出任何纰漏。

[舞台转暗。

[舞台正中的追光灯下，张潍县与黄仁山在秘密交谈，桌上放着一封信。

张潍县：黄校长啊，恩（您）扩（可）是那大慈大悲的活菩萨啊！那些大鼻子说的找红十字会的事，恩（您）一定得帮帮人家！

黄仁山：张师傅，为了这么多人的安危，我们就一起想办法赌一把吧。

张潍县：黄校长啊，恩（您）真是抬举俺了！俺一个淘大粪的，顶多跑跑腿递个信，还能跟恩（您）一起想办法？

黄仁山：张师傅，您把这封信送出来，就说明您不简单，这可是头功一件啊！

张潍县：黄校长，恩（您）才是大大地（竖起了大拇指）这过（个）过（跟）的！

黄仁山：（发现了张潍县的狡黠，开心地笑了）怎么，也学上日本话了？

张潍县：嘿嘿！（不好意思地扭捏起来）俺不是叫那些洋人给逼草鸡了嘛，什么好使就使什么呗。

黄仁山：（钦佩地）张师傅，天无绝人之路啊。在那么残酷的环境中，您能变着法子帮助那些外国难民，也代表了中国人民追求正义、和平、友谊的良好愿望！

张潍县：（朴实地）俺哪里有恩（您）说的那觉悟，不过这心还是肉长的罢了。人家遭难了，咱也不能揣着袖筒装没事的吧？

黄仁山：张师傅，您这可是间接地参加了中国人民的抗日战争啊，您的所作所为已经具有了国际主义精神！

张潍县：（狡黠地一笑）俺看着恩（您）也不是个一般人！

[两个人心照不宣地笑了。

[舞台全暗。

第三幕

[舞台一角，追光灯下。

[黄仁山和他的两个儿子分别抱着募捐箱站在台上，当地百姓三三两两地往箱子里投钱、放物。

百姓甲：黄校长，辛苦恩（您）了！

黄仁山：谢谢啊，谢谢！

百姓乙：黄校长，这是俺的刺绣，这年头也卖不出去，送给那些外国人，也算俺一点心意。

黄仁山：好，好，这个更好！这是咱们潍县的针线活儿，我替那些外国朋友谢谢您了！

[当当当，钟楼上的钟声敲响。

［难民向后台走去。

［露易丝满面愁容地走出囚房。

露易丝：（独白）上帝啊，都说你是人类的救世主，能够帮助天下人脱离苦难。可是，我们在这里已经住了三年多，过着人不人鬼不鬼的日子，你为什么还不来救救我们呀？

［刚走出囚房的石恒安，一眼瞥见了眉头紧锁的露易丝，不无担忧地走了过来。

石恒安：露易丝，坚强些！

露易丝：石恒安，我们一起逃走吧！（顺势依偎在了石恒安肩头）

石恒安：逃走？能逃到哪里去？到处都是鬼子的岗哨。

露易丝：逃到哪里算哪里吧，总比在这里等死好啊。

石恒安：（不忍地推开露易丝）我们的相貌特殊，语言不通，逃跑或许死得更快！

露易丝：幸亏还有个你，要不然这苟延残喘的日子可怎么熬呀？！

石恒安：（见露易丝又想顺势靠到自己身上，下意识地躲开了）对了，露易丝，我可以告诉你个秘密，但你要确保不跟任何人说起。

露易丝：除了你，什么秘密我都不会告诉别人的。

石恒安：（警惕地环顾一下四周）潍县城的好多人正在为我们募捐。

露易丝：啊，募捐？

石恒安：是啊！据说已经捐了好多钱。

露易丝：好多钱！

石恒安：好多人把财产也都捐了。

露易丝：可，钱再多也不能充饥呀！

石恒安：你先别急，他们会想出办法的。

露易丝：那我们一定要坚持，坚持活着走出去！

［张潍县推着粪车、狗蛋跟在身后上。

石恒安：张大哥，这么早？

张潍县：恩（您）不更早？

石恒安：都早，都早。

张潍县：钟楼上的那个大钟一响，俺就知道恩（你们）都拉完屎了。

石恒安：张大哥好幽默啊。

张潍县：有什么默啊，俺还不是扩怜恩（可怜您）。（他警惕地看了一下四周，然后朝狗蛋使了个眼色，狗蛋点头，朝月亮门和操场方向瞭望。）

石恒安：张大哥真是中国的大好人！

张潍县：俺中国的好人多着来，恩（你）就别甜和（巴结）俺了！（又从身上掏出一个包裹，快速交给了露易丝。）

露易丝：张先生，谢谢您了！（正要鞠躬，被张潍县用眼神制止了。）

张潍县：（对石恒安）哎，大鼻子，俺再嘱咐恩（你）一句，俺跟（你）说的那些事嘛，恩（你）可不能跟别人胡咧咧！林子大了，什么嘎嘎鸟都有！

石恒安：我明白，明白。

张潍县：（对露易丝）还不快走，叫小鬼子看见了，有恩（你）好果子吃的！嘁！

［露易丝心怀感激地离开了两人。

张潍县：那我就再告诉恩（你）过（个）事。（把嘴凑近石恒安）黄校长已经把募集到的钱交到了天主教堂的张神父手里，张神父去青岛找到了中立领事馆，领事馆联系到了国际红十字会。红十字会又从盟国那里募集到了钱，买了好多食品、药品、衣物、奶粉什么的，又给了日本驻青岛的领事馆，要他们送到集中营来。

石恒安：（高兴地叫了出来）真的？！

张潍县：（赶紧摁住他）恩（你）看看，又挓挲开了吧！

石恒安：对不起，对不起，我太兴奋了！

张潍县：黄校长说，及时跟恩（你们）沟通这些情况，好叫恩（你们）增强信心，别泄了气。恩（你）倒好，还是个洋人呢，还教过书呢，怎么连俺过（个）庄户孙都不如呢！恩（你）不知道这会儿是小日本的天下？俺告诉恩（你），这煞（时候）有屎恩（你）也得好好把腚锤子夹住了！

[狗蛋慌慌张张地跑来。

狗蛋：爹，不好了，冈田来了，咱快走吧！

张潍县：（灵机一动，开始打孩子，又变得口吃起来）你这个狗、啊狗、狗日的，看俺不打死你！

狗蛋：（机灵地马上捂着头乱跑）爹，不敢了，俺再也不敢了！

张潍县：俺看恩（你）还、还敢不敢拿家里的东西，跟这、这、啊这些大鼻子换东西啊不！

狗蛋：（装哭）不敢了，爹，俺再也不敢了……

张潍县：臭小子，也……不睁开恩（你）那狗、啊狗、啊狗眼看看，能进这个门的，不是东洋人就是西洋人，就、就、就咱爷俩是庄户孙，可别不、不识好歹！

狗蛋：爹，俺记住了，俺再也不拿那些泥捏的东西进来了！

[冈田一行站在旁边乐得哈哈大笑。

冈田：张潍县，你的，大大地好！

张潍县：（装出害怕的样子跑到冈田跟前）啊冈、啊冈、（又装出着急的样子打了自己嘴巴一下，然后伸出双手欲跟冈田握手）冈田大佐，你的，大大大大地好！

冈田：（厌恶地挥了挥手）你的，滚！

张潍县：是的，是的（对狗蛋实则对日本鬼子）啊滚，啊滚，这啊，这就滚！

[张潍县推着粪车走到下台口，狗蛋机灵地跟在他身后。

张潍县：（旁白）恩（你）小日本鬼子才滚回去呢，滚恩（你）妈拉巴子，去日恩（你）本国去！

［舞台转暗。

［傍晚。

［戴维斯和石恒安在囚房前的石凳上下棋。

［冈田带着神保，在月亮门前嗅着鼻子，狗一样地盯着他们。

［伊藤从月亮门里走了出来。

伊藤：冈田大佐，大日本帝国驻青岛领事馆电报。

冈田：念！

伊藤：冈田大佐，我领事馆日前接到美、英、荷等盟国驻华使馆联合声明，声明如下——潍县集中营不得虐待各国侨民；保证侨民们的食物、药品、衣服等生活必需品的供应，并满足侨民的精神文化需求……

［戴维斯和石恒安走了上来，悄悄地听到了电报的内容，相互用手势鼓励了一下。

冈田：（打断）八嘎牙路！西洋人竟然敢跟我们大日本叫板！

伊藤：还有……

冈田：还有，你还有什么？我们为占领中国，现在已经山穷水尽，连军需都供应不上，让我拿什么供给那些西洋人？！（他恼怒地一把抓住伊藤前胸的衣服。）

伊藤：（小心地说）冈田大佐，不是我说，电报上就这么说……

冈田：（松开伊藤，恼怒地说）念！

伊藤：如若各国侨民在潍县集中营里再遭虐待，在美国关押的六万多日本侨民也将享受同等待遇。

冈田：（疯狂地询问）谁，是谁把这里的情况透露出去的？

伊藤：（继续念）国际红十字会已筹集资金，购买部分救济物资，翌日送达潍县集中营，用于缓解营内侨民的生活困境。不得克扣，不得有误。

冈田：（眼里露出杀气）张潍县，一定是那个张潍县！

伊藤：冈田大佐，一个胆小如鼠、目不识丁的张潍县，能做这么大的事？

冈田：可只有他父子俩才能进出这里！

伊藤：但他根本没有做大事的胆略和气魄。

冈田：（怀疑）你的，为什么一直替中国人说话？

伊藤：大佐，忠于天皇陛下，就不能隐瞒自己的观点！

冈田：哟西！（对神保）你的，去把张潍县父子带来，严刑审讯！

神保（立正）嗨！

[戴维斯和石恒安走到冈田跟前。

戴维斯：冈田大佐，在没有必要的证据时，就对一个中国的底层百姓实施暴力，是不是太残酷了？

冈田：残酷？中国的百姓可不简单哪！

石恒安：张先生已经为大家服务了那么久，你们对他实施暴力，就不怕激起公愤？

冈田：（怀疑的目光在戴维斯和石恒安的脸上扫来扫去）你们？……我看你们想要暴动！

戴维斯：笑话！要暴动的话我们早就暴动了，还用得着我来帮你们维持秩序？别忘了中国人有句古话，叫作“得道多助，失道寡助”，你们挑起战争，违背人类和平的愿望，失败只是迟早的事情！

冈田：（恼羞成怒）你竟敢大胆挑衅，我要关你的禁闭！

戴维斯：冈田大佐，随你便吧！

冈田：好，你们等着！（带伊藤从月亮门下）

石恒安：（不无忧虑）他们真的会对张先生下手吗？

戴维斯：（深沉地回复）据我分析，日本人不会善罢甘休的，他们不仅是对张先生，而且会对我们大家实施报复。

石恒安：你是说？

戴维斯：屠杀！

石恒安：屠杀？你是说对我们？

戴维斯：对，这是侵略者的本性。在他们的既得利益实现之前，一定会露出他们最狰狞的面目。我们必须在他们行动之前，向我们各国的驻华使馆发出求助。

石恒安：可怎么才能跟领事馆联系上呢？

戴维斯：我们必须自己想办法出去。

石恒安：自己出去？您是说我们越营？

戴维斯：我想由你和迪兰两个人先想办法逃出去。

石恒安：我们俩？好啊，我早就有越营的想法了，只是日本人戒备森严……

戴维斯：我观察过了，每天晚上换岗的时候，探照灯都会停止 10 分钟，我们只能用这 10 分钟翻过高墙。

石恒安：那电网可不是吃素的！

戴维斯：迪兰是英国的电气工程师，他一定会有办法的，这你不用担心。

石恒安：外边没人接应，我们也逃不出日本人的魔掌啊！

戴维斯：还得依靠潍县的老百姓！

石恒安：你是说张潍县？可冈田已经把他父子也给抓了！

戴维斯：我们唯一能依靠的还是张潍县啊，也不知冈田对他怎么样了。

［舞台转暗。

［舞台一角，追光灯照着伤痕累累的张潍县父子俩。

张潍县：他奶奶的，坏人打好人，越打越精神！

狗蛋：爹，挨了打，恩（你）怎么还越精神了呢？俺扩（可）是浑身都疼啊。

张潍县：儿子啊，不疼咱就不能明白一些道理！你咂摸一下，小鬼子越怕，对咱是不是就越是好事？小鬼子越喜欢的人，是不是就越是汉奸？

狗蛋：嗯，是这么回事儿。爹，他们吊着打俺，俺也没告诉小鬼子！

张潍县：有种，是爹的好儿子！不过孩子你要记住，跟着苍蝇进厕所，跟着蜜蜂找花朵。以后你得多向那些好人学！

狗蛋：嗯，俺听爹的！

[忽然，黑暗中的戴维斯一下拽住了张潍县。

[张潍县顿现惊慌神色。一看是戴维斯，很快又恢复了平静，并示意狗蛋放哨。

[戴维斯与张潍县耳语。

戴维斯：张先生，拜托你了！

张潍县：这扩（可）不是过（个）小事，俺得好好想想辙。

戴维斯：我们也不忍心让您担这么大的风险，可实在没办法呀。

张潍县：风险俺倒不怕，俺怕完不成任务连累了别人。

戴维斯：相信张先生一定会想出办法的！

[舞台一角灯暗。

[舞台另一角的追光灯亮，照着张潍县和黄仁山。

黄仁山：昌邑、平度一带都有抗日武装队伍，只是这件事情你我出面都不合适。

张潍县：我叫俺老婆去吧，她娘家就是昌邑的，那一带她熟悉。

黄仁山：重要的是你要跟集中营里的人周密沟通，把时间、地点、人数、接头暗号等，详细地跟你妻子交代明白，才能保证万无一失。

张潍县：黄校长放心吧，俺现在不仅是过（个）淘粪工了！按恩（你）的说法，俺这叫间接抗日！

第四幕

［舞台渐亮。

［场景同第一幕。时间：1945年春天某日下午。

［露易丝正在舞台一角读书。

［舞台上空传出了直升机的轰鸣声。

［一阵轰鸣声过后，舞台上出现了一些包裹和纸片。

露易丝：（看着一地东西，神情激动）戴维斯先生，您快出来！

戴维斯：（从囚房里出来）出什么事了？

露易丝：您看……

戴维斯：什么东西？

露易丝：是飞机在咱们的上空转了几圈之后，扔下来的东西。（翻检着地上的东西）食品、钞票、药品……

戴维斯：（接过来端详一会儿，高兴地说）好啊！不仅红十字会给我们送来了物资，还有空投的各种物资，这一定是石恒安和迪兰跟驻华大使馆取得联系了！

露易丝：石恒安，我知道你为什么跟我保持距离了，原来你是怕连累我呀！

戴维斯：孩子，我们最应该感谢的是潍县的老百姓，若没有他们的帮助，就是一百个石恒安也会被抓回来杀头的！张潍县就是我们的上帝，中国人就是我们的上帝啊！

露易丝：戴维斯先生，我会记住他们的。只要能够出去，我就要让全世界记住他们！

［魏芳菲急出，一脸悲戚。

魏芳菲：戴维斯先生，利迪尔没能抢救过来，去见上帝了！

戴维斯：啊？！（悲痛）一颗善良伟大的心灵，在事业如日中天之际来到了中国，饱受战乱之苦、妻女别离之痛。他为中国而生，为中国而死！万能的上帝啊，他对你那么虔诚，你就不能救救他吗？！（手在胸前画着十字。）

［伊藤悄悄来到魏芳菲身后，芳菲已有察觉，却没有回头。

魏芳菲：你是来跟利迪尔告别的吗？

伊藤：芳菲，请你不要太难过了！

魏芳菲：谢谢你，伊藤君，谢谢！

戴维斯：魏医生，你已经尽力了，就让我们以利迪尔先生最信奉的宗教仪式为他送行吧！

伊藤：教堂的事情就让我来安排吧。（深情地看一眼魏芳菲，下。）

戴维斯：魏医生，利迪尔是最受孩子们尊敬的老师，请你协助我们，让他一路走好！

魏芳菲：戴维斯先生，您放心吧，收殓的事我会做好的，一定让他走得有尊严！

戴维斯：那就谢谢您了！走，我们分头准备去吧。

［舞台转暗，三人同下。

［追光灯下出现了张潍县、狗蛋。

张潍县：唉，自从石恒安那俩大鼻子逃走，小鬼子真是慌了前爪子。不光加宽了壕沟，增加了电网，连俺这个淘大粪的也进不了乐道院了。（从怀里掏出了通行证）这个狗东西也没用了，滚你 × 的小日本儿去吧！

狗蛋：（从地下捡起通行证）爹，拽（扔）了多可惜呀，这可是个铜的，俺留着要（玩）。

张潍县:（眼睛一瞪）汉奸才稀罕日本人的东西来！

狗蛋：那俺扩（可）不当汉奸！（扔掉通行证。）

［远处一阵哀乐传来。

［戴维斯和冈田吵着走到舞台上，后边跟着佩刀的伊藤和神保。

冈田：石恒安和迪兰越营逃走，你的，有不可推卸的责任。现在有那么多人集会，难道仅仅是为一个死去的人送行？

戴维斯：那你认为我们还会怎么样？

冈田：我看你们是想聚众闹事！

戴维斯：是因为你成了惊弓之鸟了吧！

冈田：戴维斯先生，我警告你不要敬酒不吃吃罚酒！

戴维斯：冈田大佐，我也警告你，不要执迷不悟，一条道走到黑！

［当当当，钟楼上的大钟再次响起。

［张潍县悄悄地潜了进来，躲在冈田视线以外，戴维斯已经发现了他。

冈田:（惊恐）为什么敲钟？

戴维斯：这是来自天堂的钟声，是又一个基督信徒向上帝报到！

冈田：好吧，闹出事来，可别怪我不客气！（气急败坏地下。）

［张潍县从幕后闪出。

戴维斯：张先生，你是怎么进来的？

张潍县:（有点骄傲地）嗨，俺祖祖辈辈就在这一亩三分地上住，上这里就跟串个门一样，怎么着还混不进来啊！

戴维斯：可这样太危险了呀！

张潍县：嗨，说老实话，要不是有要紧的事，俺也不敢冒这个险啊。

戴维斯：石恒安他们那里带来消息了？

张潍县:（四下瞅瞅）石恒安那俩大鼻子，他们现在住在昌邑俺的亲戚家里，叫恩（你们）放心。还说各个盟国的军队已经联合东进，小日本鬼子快完蛋咧！

戴维斯：（激动）好消息！太好了，他们还说什么？

张潍县：他们让恩（你们）好好保全自己，千万沉住气，别灰心，一定要等到胜利的那一天！还说，大使馆给恩（你们）空投了电台，让恩（你们）用电台跟他们随时保持联系。

戴维斯：太好了！张先生，您真了不起，中国人了不起！

张潍县：（自豪地说）你才知道啊？除了汉奸，俺中国人就没有一个秕子（孬种）！

戴维斯：我明白，你们潍县人更厉害得很，我们真不知道该怎么谢谢你们！

张潍县：真谢不是？那就等小日本鬼子彻底完蛋时，恩（您）就请俺哈（喝）顿酒吧！

戴维斯：好，一言为定！到时候不醉不散！（说着他一把抱起了张潍县。）

张潍县：好咧汗（语气词），恩（您）也不嫌臭，再怎么着俺也是个淘大粪的。（从戴维斯身上下来）等小日本鬼子滚蛋了，也到俺那虞河里好好洗一洗，现在那里边可是一河的血腥味！

戴维斯：张先生，协助石恒安他们越营，您表现得可是智勇双全啊！

张潍县：哪里啊！俺一个淘大粪的，打日本鬼子真是有劲使不上啊！是恩（你们）这些大鼻子，才让俺觉得小人物也有大用处啊！

戴维斯：不过，张先生，现在可是黎明前的黑暗呀，越是在这个时候，越是要注意安全！

张潍县：嗨，俺打小就在这地方转悠，哪里有个耗子窟窿俺都知道，恩（您）清膈（尽管）把心放肚子里吧！（说完下）

［舞台转暗。

[夜晚。

[戴维斯还在仰着头看天上的星星，露易丝上。

露易丝：戴维斯先生，这么晚了还不休息？

戴维斯：唉，睡不着啊。世界反法西斯战争就要胜利了，利迪尔却去了天堂。

露易丝：他没有等到这一天，真是太可惜了！

戴维斯：当年难民交换名单里，利迪尔是丘吉尔首相亲自点名交换的人员，可他却把生的机会让给了别人！

露易丝：今天，难民们几乎全部来给利迪尔送行了，那场面个别日本人也被感化了！

戴维斯：是啊！和平与发展，应该是人类共同的目标。像张潍县这样的中国人，为了实现这个目标，实实在在地做了他们能做的事情。虽然没有上升到信仰的高度，但他们又确实是真善美的化身啊！

露易丝：戴维斯先生，这些日子以来，我一直被种种事情感动着。我们是不是让乐队提前排练一下？

戴维斯：好，就借给利迪尔送别的这个理由！

露易丝：嗯。让我们的人拿起乐器，当成反法西斯战争的武器吧。

戴维斯：记住，一定要把我们难民们的国歌编排进去。

露易丝：恐怕冈田不会允许！

戴维斯：日本的武士，在人类精神世界里，就是聋子和瞎子，我相信他们是听不出来的。

[舞台转暗。

[飞机低空飞行的嗡嗡声再次传来。

[空中飘落下许多彩色的传单。

[天边早已露出了朝霞。

[舞台转亮。

[难民们拿着传单奔走相告：快看哪，德国军队无条件投降了！希特勒自杀了！

[钟楼上的大钟忽然又当当地响了起来，带着急促和喜悦。

[冈田一手捂着胸口，急匆匆地从月亮门内跑出来。

冈田：怎么回事，刚刚点过名，为什么又敲钟？

[戴着不同胸章的更多难民集中到了操场上。

戴维斯：（对冈田）为了向大家宣告，德国鬼子投降了！

冈田：（惊慌失措）你们，怎么知道？

戴维斯：怎么知道？侵略者没有好下场，这是历史的必然！

冈田：你们这是要……

戴维斯：这是要告诉你们，中国胜利了，世界反法西斯战争胜利了！

冈田：（气急败坏地抽出战刀）你的，死了死了地！

戴维斯：哈哈哈哈，冈田大佐心虚了？让我再次告诉你，日本人想借助武力征服中国的梦想彻底破灭了！死了死了的，应该是你！

[几个戴着不同国家符号的乐手，持各种不同的乐器上场。

[舞台上响起了中西结合的乐章……

[3 个月后的 8 月 17 日。

[张潍县带着石恒安和几个穿空军服装的军人来到乐道院操场。

[难民们从各个方向涌了过来。

[难民们有的欢呼跳跃，有的喜极而泣，有的热切亲吻着自己的国旗……

玛利亚：（欢快地喊着）狗蛋，狗蛋呢？……

[各国难民、当地驻军和老百姓拥抱在一起。

［突然钟楼上的大钟再度响起，显得低沉又无奈。

［有人喊道：伊藤在钟楼上自杀了！

张潍县：呵呵，这过（个）钟声是给小日本鬼子报丧的。

戴维斯：是日本人给自己敲响了丧钟啊！

张潍县：说得奇（真）对！俺听着刚（真）好听呢！

戴维斯：（学着张潍县的腔调）俺还听出另一种声音呢！

张潍县：另一种声音？不都是同一口大钟吗，还会有另一种声音？

戴维斯：俺还听着像中国复兴的冲锋号呢！

张潍县：恩（你）这个大鼻子啊，真会打比方，哈哈哈哈！

戴维斯：哈哈哈哈！

［狗蛋举着一只漂亮的风筝上。

狗蛋：玛利亚，我给你把风筝送来了。

玛利亚：（高兴地上）谢谢你，狗蛋！哎呀，这只风筝好漂亮呀！

狗蛋：俺潍县还有好多好看的东西呢！

玛利亚：我们出去以后，你和我一起放风筝好吗？

狗蛋：行，我还给你准备了一只大的，等你出去了就带回老家去！

玛利亚：（从兜里掏出一支铅笔）狗蛋，这是一支铅笔，送给你做个纪念吧。

狗蛋：（看了看，摇头）不行，俺爹不叫俺收人家的东西。

石恒安：呵呵，我们可没少收你们送来的东西啊。这是玛利亚的心意，你就收下吧！

戴维斯：孩子，收下，一定得收下，将来好好读书，别忘了给玛利亚写信！（对张潍县）张先生，从您和孩子身上，我似乎看到了中国复兴的力量所在！

张潍县：（谦虚地笑了笑）好咧汗！什么是复兴？俺一个淘大粪的哪有那觉悟！

[狗蛋迟疑地看着爹。

张滩县：儿子，就收下吧，好好读书，别像恩（你）爹，大字不识一个，什么大事也干不了。

石恒安:（学着张滩县的样子）好咧汗！您干的哪件事都不小啊！

张滩县:（指着石恒安）哈哈！恩（你）也成滩县二过（哥）了！

狗蛋：玛利亚，谢谢你！我会好好读书的。不光是给你写信，还要让乐道院的钟声传得更远！

[众人高兴地鼓掌。

[剧情在笑声中结束。

大型话剧

明月几时有

时间——20 世纪 60 年代初至新世纪

地点——内地、西藏

人物（出场年纪）——

鲁琪：35 岁，是前有十八军后有孔繁森的“老西藏”的代表人物。性情敦厚，偶尔火暴，孝老爱亲，忠诚坚毅。远离亲人在西藏工作生活 20 年。对初心的坚守成为身边人的“紧箍咒”。

韩冬梅：31 岁，鲁琪妻子，基层妇女干部。丈夫进藏后，在家庭和工作的双重重压下，变得性情急躁，在理解和埋怨中苦苦挣扎。

鲁王氏：54 岁，鲁琪母亲。善良、坚韧、深明大义，儿子进藏后性情变化极大，精神萎靡，60 多岁时不幸去世。

鲁爱国：50 岁，鲁琪大女儿。为破解父亲的西藏情结决意进藏，在得到母亲保存了几十年的小木箱后，自己的记忆之窗被打开，讲述父辈无私奉献的“老西藏精神”，诠释了中华民族共同体意识。

田有余：男，37 岁，爱国知识分子，鲁琪的进藏战友。虽命运坎坷，却乐观豁达。后来成了鲁琪的亲家，爱国的公爹。

谭美兰：女，30 岁，田有余的妻子，内地某报社编辑。漂亮、贤淑、温和谦让，被打成叛国投敌家属后，去西藏投奔丈夫，小儿子却被洪水冲走，致使精神失常。

潘解放：男，53岁，原十八军某团政委，西藏和平解放后转任某地县委书记。有很强的政策性和原则性，极具长者风范和人情味。

王长庆：内地某县委书记，进藏后任地区统战部部长。

卜淑英：王长庆妻子，跟丈夫一起进藏，两年后在西藏病逝。

牟力：男，33岁，投机分子，进藏途中当了逃兵，幡然醒悟后却患上肺癌。

小岳：男，30岁，畜牧专业干部，进藏人员之一，累死在高原上。

小白：男，24岁，年轻教师，进藏后不久妻子跟他离婚，后娶了藏族妻子，在西藏扎根。

王支书：男，55岁，内地某村支书，运动中被免职。

翠萍：45岁，内地某村妇代会主任，运动中辞去职务。

其他：藏族同胞、组织干事等。

[舞台暗，有些噪声从后台传出。

[“当当当”，敲饭桌的声音混合进时下的噪声。

[背景中的老年冬梅拔高了音调：你就是吃饱了撑的！

[中年鲁爱国声调更高：你爱同意不同意，我就是老太太跳井——坚决到底了！

[中老年母女吵架后余音萦绕。

[舞台一角，追光灯亮。

[中年鲁爱国手里抱着一小木箱，神情复杂地走上台来。

鲁爱国：（旁白）唉，我又忍不住跟母亲吵架了。每次吵完后我就很自责，也很后悔。可每当我在家里提起西藏，母亲总会把矛头对准爸爸；我想去西藏看看，她更是百般阻挠。我们家的三代男人都跟西藏有着千丝万缕的联系，难道还不能构成我去西藏的理由吗？其实，对父亲的怨，我跟母亲是一致的，但都这么多年过去了，我们不该在怨恨的情绪中生活一辈子啊！还好，今天吵完后，她把这个（拍着手里的小木箱，欣慰地接着说）交给了我。这可是她神神秘秘保存了几十年的东西啊，它会伴着我的记忆，讲述几代人、几十年悲欢离合的家国故事吗？……

［暗夜中高悬起一轮大月亮，渐渐映出20世纪60年代初某地欣欣向荣的局面。

第一幕

第一场　内地鲁琪家

［《学习雷锋好榜样》的歌声在舞台上空响起。

［舞台灯亮。

［台上三间平房，是主人公鲁琪简单的家。

［儿童的歌声和嬉笑打闹声不时传来。

［整洁有序的房间里，50多岁的鲁王氏还在照镜子。

［舞台外传来6岁小爱国的喊声：奶奶你快点呀！

鲁王氏：来了，来了！看把这小妮子急得！（出门前对冬梅房间喊）军他妈，我们看电影去了。

冬梅：（身怀六甲却干净利落）娘，我去把小军领回来吧，不然他闹得您看不安顿。

鲁王氏：嗨，不就图了孩子高兴嘛。

冬梅：那您再加件衣服吧，还没入夏，夜深了会凉的。

鲁王氏：我哪有那么娇贵？！

冬梅：小民比个男孩子还疯，娘您要是累了，就跟他们早点回来。

鲁王氏：嗯，你早点歇着吧，啊！（拍拍冬梅的肚子）还有我孙子呢。

（出门。）

［冬梅一手扶腰，回到自己房间。

冬梅：眼看就麦收了，这腰还跟着娇贵起来了。（用手捶着腰坐在了罩子灯下，拿半截铅笔往一个小本上记事。）

［鲁琪心事重重地出现在门外，直到被烟烧到手指，才把烟蒂扔在地上，呼扇走烟雾后装出若无其事的样子走进内室。

鲁琪：你还没睡啊？

冬梅：才几点我就睡？

鲁琪：你不是怀着身孕嘛。

冬梅：老母猪也怀孕，不是该吃屎还得吃屎啊。

鲁琪：看你说的！女人嘛，特殊时期还是得娇气一点。（说这话的时候很没底气）

冬梅：（收起了笔和纸，拿笤帚扫炕）我是娇不起来了，就让咱闺女学会撒娇吧，不然做女人就太苦喽！

鲁琪：咱闺女多开心啊，每天都快快乐乐的。

冬梅：是啊，还没正式上学，人家张老师就给她起好了学名，叫鲁金枝，还说咱小民是金枝玉叶呢！

鲁琪：还有娘，她老人家早就该享享清福了。

冬梅：你出息好了，就是咱娘的福气。你看老太太，现在吃不愁，穿不愁，左手孙子，右手孙女，去看个电影，人还给她留个好地方。人家还不是看着你这个党委书记能带领老百姓奔好日子。

鲁琪：孩子们可不能被惯坏了呀！

冬梅：你这个蝈蝈腚上一根毛都没惯坏，书记的孩子还能惯坏？

鲁琪：冬梅……

冬梅：快上炕睡吧。我还得把你在麦收动员会上讲的事再捋一捋。我这个妇联主任和片儿长，可不能拖了后腿。

鲁琪：冬梅……

冬梅：（突然想起什么）哎，快麦收了，大忙忙的，你一大早冒着大雨窜到县里去干啥？

鲁琪：（答非所问）嗯，这场雨下得还不坏，晾个两三天地面就干了……

冬梅：平日里你不是在地头就是在老乡的炕头，今晚你怎么回来这么早？（嗅嗅鼻子）你还抽烟了？

鲁琪：拔完麦子土也松了，正好种玉米呢。

冬梅：鲁琪，我在问你话呢。

鲁琪：哦，你说啥？

冬梅：（诧异）鲁琪，你有心事吧？

鲁琪：（慌乱）心事？我有什么心事？

冬梅：那你干吗蹙着个眉头？

鲁琪：我蹙眉头了吗？（欲盖弥彰）哦，我这不是在想还有哪些事没部署到嘛！

冬梅：不对，你肯定有事！

鲁琪：（踌躇了好大一会儿，终于抬起头来，看着妻子）冬梅，是有事，我还没想好怎么跟你说呢。

冬梅：（着急地）嗨，你这个闷葫芦里真憋了个屁啊。

鲁琪：冬梅，你知道西藏吗？

冬梅：西藏？知道啊，不就是天边那个地方嘛！

鲁琪：西藏一九五九年进行了民主改革，藏族同胞才翻身得解放。党中央、毛主席像母亲似的关心西藏，全国各省各个民族像兄弟一样支援西藏，因为中华民族是一个大家庭啊！

冬梅：那，跟咱小家庭有啥关系啊？

鲁琪：怎么没关系？！西藏替国家看守着大西南呢！西藏不稳定，国家还怎么稳定？西藏不发展，怎么能跟上全国的发展步伐？当年英国入侵，藏族同胞牺牲了好几千人呢！

冬梅：别扯淡了，那都多远的事啊。

鲁琪：在家长的心里，手心手背都是肉啊！

冬梅：那不是有中央嘛，你就别瞎操心了。

鲁琪：中央的精神也需要人去落实啊。

冬梅：那不是还有省里县里的党委嘛，用得着你这个最基层的党委书记挂着？

鲁琪：冬梅呀，今天县委柳书记和曲部长叫我去，就是跟我谈西藏的事。

冬梅：跟你谈西藏？（疑惑地）那你就干脆点，给我捞干的说！

鲁琪：这次国家需要我去西藏工作。

冬梅：什么？（笨重的身体像安了弹簧般从炕上弹了起来）你说什么？调你去西藏工作？

鲁琪：是。

冬梅：凭什么？你不是干得好好的吗？你不是全县的模范书记吗？县委不是还要重用你吗？你不是要让全公社的人都过上好日子吗？

鲁琪：组织就是为国家挑选年富力强、干得好的党员干部去支援西藏呀。

冬梅：挑选好的流放、发配到边疆，这还讲理吗？就是戏里也不会这样编吧？

鲁琪：冬梅，你言重了，哪能说是流放和发配呢？！这是国家需要，被组织挑选上是很光荣的！

冬梅：既然光荣，你就让别人去呀，你不是一直把好事都让出去吗？

鲁琪：冬梅你听我说……

冬梅：有什么好说的？你上有老下有小的，凭什么让你去呀？

鲁琪：冬梅……

冬梅：这么大的事你为什么不先跟我商量一下，你眼里还有我吗？

鲁琪：组织面前我必须有个态度嘛。

冬梅：有态度前你想过老娘和孩子吗？你难道不想要这个家了吗？

鲁琪：冬梅，你也是党员干部，你也站在国家的角度考虑一下嘛。

冬梅：这是在家里，你别跟我唱高调！

鲁琪：我是娘的儿子，是你的丈夫，还是孩子们的父亲。可我还是党员干部，对党和国家我也有责任啊！

冬梅：有责任的不光你自己！

鲁琪：可国家需要的是我！

冬梅：这个家更需要你！

鲁琪：你怎么能只站在个人利益上想问题啊？假如没有国家，你这个小家还依靠什么？

冬梅：如果小家不成家，国家还有什么指望？

鲁琪：冬梅你听我说……

冬梅：（抬手打断丈夫的话）你不用说了，明天我就去县里找曲部长，不行我就去找柳书记，找地委组织部。我就不信他们没有老人和孩子，就不顾家庭！

鲁琪：胡闹！你那不是给组织和领导出难题吗？！

冬梅：难道就只许组织给咱们出难题吗？

鲁琪：（震怒）连组织的安排你都抗拒，我看你根本就不配当干部！

冬梅：不当就不当，我上大街卖红薯！

鲁琪：（努力让自己平静下来）冬梅啊，你可能忘了当初的入党誓言了吧？

冬梅：入党誓言？是啊，入党的时候我也发誓，为了党的事业可以舍弃一切。可我从娘家逃婚出来，不得干出个样儿来给家里人看看？！你要是去了西藏，老人谁管，孩子谁管，我的工作还怎么干?

鲁琪：就是我在家里，还不都是你操心呀?

冬梅：那操心和你远在万里之外的操心能一样吗？你在家里是主心骨，你不在的话，就是抽走了家里的顶梁柱啊！

鲁琪：你看，我还以为你这关好过呢。

冬梅：(哭道)听说西藏那地方都是野人！

鲁琪：那都是误传，这你怎么也信呀?

冬梅：听说那个地方又高又冷，还喘不动气，凭什么让你去受罪啊?

鲁琪：那你说该谁去受啊?

冬梅：可你要搭上的是全家人的幸福呀！

鲁琪：冬梅呀，咱们俩比谁都懂得家的意义。我的娘为了保住家，带着我们兄妹去闯了关东。

冬梅：我的娘为了让弟弟延续我们的家，卖了我去换粮食。难道我这辈子就跟一个温暖的家无缘吗?

鲁琪：让我离开家和亲人，其实我也很难过……

冬梅：你娘可就你这么一个儿子呀！

鲁琪：我也只有一颗心呀！

冬梅：即使我放你走，娘那里你是肯定过不去的。

鲁琪：所以我最愁的是怎么跟娘说……

冬梅：娘跟你从来都没有离开过，要是见不着你了，她会怎么想?孩子们跟我说想爸爸了，我怎么跟他们说？肚子里的孩子出生见不到父亲……没有男人的家还像个家吗?！

鲁琪：你说的这些我都想过，所以我才很矛盾，很纠结……

冬梅：反正我就是不让你去！

[面对未知的前途，夫妻二人带着各自的情绪背过了身子，陷入了长长的沉默。

［《唱支山歌给党听》的歌声从远处隐约传来。

鲁琪：（终于忍不住发出一声长叹，然后试探地）那我、我去县里找柳书记，就说咱这个小家离不开我，你不让我去，让组织重新挑人……

冬梅：（一惊，转身逼视着丈夫，斩钉截铁地）你敢！

鲁琪：（情绪复杂地看着妻子）冬梅，你这是同意了？

冬梅：（悲戚地看着丈夫）我也是个党员呀！

［舞台灯暗。

第二场　某省城集合点

［舞台暗。主题歌《老西藏》响起：

年富力强你离开了家

义无反顾走天涯

抛下了妻子儿女

骤添了母亲白发

要问你到底为了啥

你说国家是个更大的家

……

［细弱的月牙发出微光，微光中牟力上场。

牟力：（酒后吐真言）当领导的也太会唱高调了，你们咋不让自己的孩子去西藏啊？我、我可不是因为高、高尚，我是为了高贵，为了混上一官半职，为了把老婆孩子从土地里带出来。一辈辈地都修理地球，什么时候才是出头之日呀！（说着说着竟伤心地捂着脸蹲在了地上。）

［舞台大亮。

［初夏的某日，某省城著名景点，湖水荡漾，荷花芬芳。

[进藏人员三三两两地在分别和他们的亲人告别。

田有余:(问妻子)还记得那位大姐在省委书记面前说过的话吗?

谭美兰:记得,大姐说,没有男人的肩膀倚着,自己也要站直了!

田有余:你也要学着勇敢一些,要不然三个孩子你可怎么带啊?

谭美兰:(信心不足地说)要不是我晕车,也陪你去西藏就好了……

田有余:你也去西藏的话,孩子们那不成留守儿童了?!

谭美兰:(嗫嚅着看向旁边的一对夫妻,心疼地)如果像他们那样,我可真不敢想啊!

卜淑英:(满脸愁苦地把头别向一边)小四现在该哭成啥样了,他还是个不满 4 个月的孩子呀!

王长庆:(心疼地把妻子揽在自己肩头)既然迈出了这一步,就不要去多想了。你为了回奶,既吃药又打针的,身体也扛不住啊!

卜淑英:为了自己的初心和信念,我们把四个孩子都抛给乡下年迈的老人,是不是太自私了呀?

王长庆:自古就是忠孝难以两全嘛。我是县委书记,不能让上级组织的部署落空吧。

卜淑英:唉,我们都不是父母的好儿女,更不是孩子的好父母。

王长庆:我们可以成为国家的好干部,组织里的好党员。

岳霖峰:(兴高采烈地)这下好了,我三年中专学的畜牧业知识到西藏就派上用场了!

岳妻:(开心地)等孩子长大了,我就带他去西藏找你!

岳父:孩子,你千万记住,爹是共产党从苦海里拉巴出来的,咱什么时候都不能做对不起党和国家的事啊!

小白：（弱弱地拉着妻子的手）对不起，咱们结婚才六天，就让你独守空房……

白妻：（娇滴滴的）谁知道你是哪根神经出问题了嘛。

鲁琪：（跪在地上悲壮地朝着家的方向）娘啊，儿子不孝，您一定要好好的……

[冬梅挺着大肚子上场，手里拿着一包东西。

冬梅：（独白）看见县委书记两口子，才发现我这觉悟真是不行。等肚子里这个生下来，我就去把他们最小的孩子抱过来养着，也好让他们在西藏安心工作。

鲁琪：（看见妻子，赶紧站起身来）冬梅，你这是……

冬梅：既然定了的事，你还难受个啥？你就放心走吧，我呀，再哭就不是韩冬梅！

第三场　鲁琪家

[初夏，傍晚。

[王支书和翠萍分别挎着篮子、抱着包袱上场。

[鲁王氏正坐在自己房间里发呆。

王支书：老嫂子在家吗？

鲁王氏：（瞬间换上了笑容，从里间出来）在呢，在呢！（看见王支书后高兴地拍着手说）哎呀，是他王大哥呀，你怎么有空过来呢？

王支书：老嫂子啊，不是六月六看谷秀嘛。俺老婆说，这新麦子磨的炒面和单饼鸡蛋，必须让党委的干部们先吃。这不，硬撵着让我送来呢，这可不是我的主意啊。

翠萍：（打预防针似的）大娘啊，鲁书记常说，干群关系就像大树跟土地的关系，只有把根深深地扎在土地当中，才能够枝繁叶茂。您同意他的说法吗?

鲁王氏：同意，同意……

翠萍：您要是不留下这些心意，是不是就叫鲁书记脱离群众了?

王支书：这些年鲁书记跟俺老百姓一起挨饿、受累，大家心里不落忍啊!

翠萍：就是啊，现在丰收了，一起品尝丰收的果实，犯不了什么错误嘛。

鲁王氏：这闺女，我还没说什么，就把嘴给我堵上了。那我就收下你们的心意了。

翠萍：(调皮地搂住鲁王氏亲了一口)这才是革命的好母亲嘛。

鲁王氏：你这个疯丫头，看我不叫冬梅狠狠地批评你。

翠萍：批就批，那也是姥娘打外甥——打了也心疼!

王支书：嘿嘿，这话没错。鲁书记就是天天批，俺也乐意!时间长了不批，俺还真不得劲呢!

鲁王氏：他说这次去北京学习时间长。你们送来这么多好吃的，不就留坏了?

翠萍：大娘啊，您老就不会跟俺那主任一起补补身子?

鲁王氏：是啊，军他妈双身子，早就该补补了!你们都里屋炕上坐吧，我给你们烧水去。

王支书：不了，老嫂子，您歇着吧，我们还要去给党委食堂里送呢。

鲁王氏：好好，那我就不留你们了，有空再来家里坐坐哈。

[送走了客人，家里顿时冷清下来，与窗外儿童的欢快声形成了鲜明对比。

[鲁王氏回到里间，从墙上拿下了全家福抚摸着。

鲁王氏：(满脸忧虑地独白)儿啊，你走之前动用了公家的小车，陪我们进了城，又下馆子又照全家福。你可从来都不占公家便宜，这次你是怎么了？

[挺着个大肚子的冬梅疲惫地回到家中，把草帽朝门后的脸盆架上一挂，回到自己炕上躺下。此时，她的墙上多了一张中国地图。

鲁王氏：（独白）你走的那天，我看到你眼里好像有泪，心里好像有事。孩子，你究竟遇到什么事了？

冬梅：（在炕上躺不住了，坐起，独白）那天送你走的时候，我为了让你走得放心，才在省委领导面前说，没有男人的肩膀倚着也能站直了。可我也是个女人啊，我也有撑不住的时候啊！

鲁王氏：（独白）儿啊，他王大爷和他翠萍姨送来了新麦子磨的炒面和单饼鸡蛋。说送给你吃犯不了错误，那是老百姓的心意，所以我就收下了。可是，你什么时候才能回来呢？（一惊）错误？我儿他，难道犯了错误？……

冬梅：（端详着头顶的地图，独白）听说光在路上就得走好几个月。鲁琪，你现在到哪里了？

第四场　西北进藏人员接待站

[几个熟悉的进藏人员在安置着自己的行李。

小白：（沮丧地）离开家都两个多月了，咱们什么时候才能到西藏啊？

田有余：（笑眯眯地安抚）万里长征还没过草地呢，你别着急啊。

岳霖峰：呵呵，大家看哪，咱们脸上可以种庄稼了！

鲁琪：可不是嘛，沟沟坎坎里都是土，只等着播种了！

牟力：（不屑地）哼，还有心思穷开心啊，坐了十几天的火车，跑到这个穷地方来受洋罪！

岳霖峰：（装作不解）哎，我说牟力大哥，这里都是灰色的沙砾，连棵树都见不到，怎么会是受洋罪呢？

小白：（无奈地躺在了地铺上）是呀，空中未见飞鸟，地上不生寸草，茫茫大漠烈日，沙砾欲喷火苗。

田有余：年轻人哪，后边还有你们想象力达不到的地方呢。

鲁琪：大家不要焦躁。全国的进藏人员还不知啥时候才能到齐呢。

田有余：就是到齐了，也不一定啥时候等到进藏的汽车，大家还是继续养精蓄锐吧。

鲁琪：对了，我这里还有老婆买的咸鱼，大家都给身体增加点盐分，免得又干又热地闹出病来。

田有余：我这里还有我爱人给带上的饼干。火车上，小岳的大蒜已经拌着咱鲁大嫂买的猪头肉吃了，现在咱们开始拌饼干。

牟力：（接过咸鱼后又率先抢了几片饼干，狠狠地咬一大口却不屑地）你让我们咸鱼拌饼干？

岳霖峰：这也是进藏途中的创举啊！

牟力：什么创举，根本就拌不到一起嘛。（恼怒地扔掉了咸鱼。）

岳霖峰：别扔啊，这也是咱鲁大嫂的一片心意嘛。

牟力：心意，心意（酸溜溜地）有个好老婆也是人生一大幸事啊！俺那个老婆倒好，简直就不懂味嘛。

田有余：叫我说呀，能让你去西藏就是最好的老婆！

牟力：得了吧，我去西藏第一个沾光的就是她了，不然她还得继续修地球去。

鲁琪：修地球也是造化，不会修的话就把地球给糟蹋了。

牟力：哼，什么造化？和人家老田家的比起来，那简直就是土包子嘛。

田有余：嗨，你那是“老婆看人家的好”。要让我老婆修地球呀，就没你老婆有能耐喽。

牟力：什么能耐，她那是无能！哼，跟我沾这么大的光，也没想到给我带点好吃的。

田有余：我看你这沾光的思想就不对，一家人能说谁跟谁沾光吗？我跟你说啊老牟，有什么样的思想基础就有什么样的感情基础，有什么样的感情基础就会有什么样的婚姻基础，你可别让你家后院起火哟。

牟力：你别一套套地来教育我。哼，我要是有你那么个知书达理又漂亮贤惠的老婆，我还不去西藏了呢，凭啥受这罪？

田有余：那你进藏是为了躲你老婆了？

牟力：躲老婆？哼，我告诉你，我进藏可是一举三得。我们县里的进藏指标落实不了，我就跟组织部门提条件，给我老婆安排工作，给孩子们解决非农业户口，正好我也看够她那个土样了，在西藏熬上三年，回来还不得提拔一级啊。

田有余：（揶揄）哦，你老婆还真用到"沾光"这个词了呢！

牟力：怎么着也不能白去了呀。

田有余：（看向安静地待在一角的卜淑英夫妻，神秘地向牟力）那人家都是县委书记了，他们图啥呢？

牟力：（指了指头顶）继续往上爬呗。

田有余：把生他的父母和他生的四个孩子都丢下不管，忍受着身体和精神的双重折磨，就是为了往上爬……（逼视着牟力）我问你，如果不是党性战胜人性，还怎么解释这种行为？

牟力：我，我还真猜不出来……

田有余：（忽然瞥见鲁琪在发呆，就关心地走到跟前）老鲁，你是不是想家了？

鲁琪：（擦一下泪水）突然想起我娘了！似乎看见我娘要饭的时候，为了保护我，和狗滚在一起；看见我娘在东北被冻得掉了皮的脸；看见我娘……唉，不说了，再说我就要哭了。

田有余：是啊，家是抽象的，娘是具体的，谁都是娘的孩子啊。

鲁琪：（歉意地）没事了，千万不能影响大家的情绪啊。

田有余：你放心，我这个资本家的后代，虽然还没有党票，但我一点不缺觉悟！

牟力：（突然惊呼）啊，还没到西藏，我咋就流鼻血了？

[舞台灯暗。

第五场　鲁琪家

[舞台上方半个月亮。

[鲁王氏在冬梅房门口，孤注一掷地磕掉了烟灰。

鲁王氏：（推开冬梅房间，平静地问）军他妈，你还没睡呀？

冬梅：（惊得从沉思中回过神来）娘，您怎么？……

鲁王氏：军他妈，我问你，军他爸到底去了哪里？为什么老鲁家传的算盘不见了？为什么他从东北带回来的地图贴在你这里了？为什么你去送他送了好几天？他到底怎么了，啊？我要你跟我说实话！

冬梅：（慌乱地说）娘……

鲁王氏：怎么，你们是不是有事瞒着我？

冬梅：（镇静地回道）娘，鲁琪他去了西藏。

鲁王氏：（惊讶）西藏？西藏是哪里？比东北还远吗？

冬梅：娘，西藏比东北还远。

鲁王氏：俺儿他怎么了？是戏里说的那样，犯了什么事，被发配了？

冬梅：娘，你儿子什么错也没犯！因为西藏落后，中央就选拔优秀干部去帮助他们！

鲁王氏：帮助？

冬梅：是啊，娘。就好比娘的孩子，大的要帮助小的，富的要帮助穷的嘛。

鲁王氏：为什么要让他去帮助？

冬梅：娘，因为您儿子是党员，是国家干部。

鲁王氏：是啊！在公家他是党的孩子，可在家里他是我儿子呀！

冬梅：娘，他被组织挑选上了，说明他干得好，他很优秀。

鲁王氏：优秀就得去西藏，就不要娘、不管老婆孩子了吗？

冬梅：娘啊，开始我也是这么想的。我不明白，凭什么让他放弃大好前程和家庭幸福，去那个没人愿意去的西藏。所以我也跟他吵啊，闹啊，跟他别扭了很长时间。直到我在省城亲眼看到，县委书记夫妻，四个孩子，大的才 8 岁，小的还不到 4 个月，都送到乡下让爷爷奶奶带着，他们夫妻一起进藏。那女的还用药断奶，想孩子想得整夜里哭！那天，我才觉得，跟他们比，我的觉悟太低了。我想，等我生下孩子来，就把她还吃奶的孩子抱过来给她养着……

鲁王氏：好好好，你就这么办。你现在就把身体保养得好好的，奶水足足的，俩孩子一人吃一个……可是我的儿呀，你走的时候总该跟我说句实话吧，我也好给你拾掇点穿的用的。

冬梅：娘啊，他是不忍心跟您说啊！

鲁王氏：不忍心？

冬梅：是啊！他一想起您带他闯关东寄人篱下的日子，他就不忍心告诉您。走之前他一直很犹豫，很伤心，他怕说了实话让您心里不安生啊！

鲁王氏：我的儿啊，你不说，娘的心里就能安生吗？娘可从来没跟你分开过呀！

冬梅：他走的那天，小民正好第一天上学。他一手牵着生他的亲娘，一手牵着他的亲闺女，他说他的心在滴血，腿在发抖。跟小民分手的时候，孩子说，爸爸，我们都要好好学习，天天向上。他笑着跟孩子约定，爸爸要当个好党员、好干部，你要当个“五好”学生。但他跟您分手的时候，却不敢看您，转过身来他满眼都是泪。他说他不敢给您跪下，他怕一跪就再也迈不动去西藏的脚步……

鲁王氏：我的儿啊，你为什么要那么好，做得那么周全啊？！（哭过后又问）他得去多久啊？

冬梅：三年。

鲁王氏：三年？那不是跟我们去闯关东一样吗？

冬梅：可是娘，你们那时候没有盼头，现在有盼头啊！

鲁王氏：盼头？这些年我盼来盼去，好不容易盼来了出头之日，这不是又给毁了吗？

冬梅：娘，您要是怨恨鲁琪，就哭一哭，骂一骂吧！

鲁王氏：（擦干眼泪，坚强地）不行，我不能哭，更不能骂。谁家没有父母和孩子呀，那不到 4 个月的孩子不是也要等三年吗？

冬梅：（由衷地）娘啊，您这辈子不容易，现在年龄大了，我们应该好好孝敬您，可国家需要鲁琪……

鲁王氏：自古就是忠孝不能两全，我也知道国比家大呀！

[舞台灯灭。

[鲁爱国出现在舞台一角，合上了手里拿的笔记本。

爱国：（旁白）都说是开弓没有回头箭，但父亲他们毕竟不是箭，而是有血有肉有情感的人啊！我宁愿相信他们是带着回头的意愿踏上了赴藏路程的，要不然他们也该犹豫，也会彷徨，也会瞻前顾后！可是他们也许都没有想到，这个弓会拉得那么长，射得那么远。这一去就是他们 20 年的时光岁月。

第二幕

[后台传来歌声：是谁帮咱们翻了身呢，是谁帮咱们得解放呢，是亲人解放军，是救星共产党……

第一场　西藏某县

［皎洁的大月亮挂在天空，与远处的雪山交相辉映，也给草地、房舍等铺上了银色。

［这里是中国版图上一块美丽的边地——远在西南边境的西藏某县。

［舞台上的追光灯，追投着进藏人不同的心迹。画外音叠放在背景之上。

鲁琪：（旁白，日记内容）这里的贫困是一种真实的存在啊，但是我从贫困母亲的眼睛里，看到的却不是哀怨，而是一种对苦难的坚忍和对幸福的执着。党和政府才刚刚把他们从奴隶的枷锁中解放出来，他们就有那么深厚的感恩之情。人民才是生我养我的大地，我们不过是在大地上播撒种子而已！

小白：（独白）两年了，爸爸妈妈，我离开你们两年了，你们现在都好吗？我知道你们的信也跟天下父母一样，是报喜不报忧的。可我还是想家，我想爸爸，我想妈妈，我好想让爸爸妈妈再抱抱我啊！（想象中与父母拥抱的陶醉样子）说实话，我也想她了。虽然分开不到半年她就跟我离婚了，但我还是想她，因为这不是她的错。她作为一个演员，是多么渴望情感的滋润啊！而我却追随着所谓的理想，困在了这个气都喘不动的高原上……大月亮啊，为什么你能每月圆一次，而我和生命中的月亮却只能天各一方呢？

王长庆：两年了，淑英，你说在梦里好几次都尝到了黄瓜的味道。可我们这里是西藏，这里最好的蔬菜就是萝卜干，还是经过几十天的长途跋涉从内地运上来的。两年来，你一直觉得愧对孩子，但你还是强迫自己一次次地咽下藏餐；你对藏族同胞胜过亲人，可你还是忍不住想孩子，想亲人，想家。我的工作性质决定了，必须工作在第一线，必须天天跟藏族同胞们在一起。可是我也牵挂着时常生病的你啊！上次回来，我带回了几个算盘珠般大的苹果，你却硬往我的嘴里塞。这次我又下乡两个多月，县里的同志冒着犯错误的危险，从旧贵族庄园里搞到了两棵青菜。路上我想到你吃到嘴里的样子，就一直在快马加鞭……可淑英啊，你怎么就走了呢，你让我怎么跟孩子们交代啊？！

岳霖峰：两年了，爹啊，我无时无刻不在按照您的要求努力工作。我大部分时间都在牧区：春夏，我到牧草丰盛的地方，给畜牧防疫看病，与牧民交朋友；秋冬，我跟着牧群转场，我曾经到过珠峰脚下，我还到过祖国的边境线上。我太感谢组织给了我进藏的机会，不光我学的畜牧业知识有了用武之地；我还感谢西藏，替国家守住了西南大门；感谢党和政府，像亲娘一样疼爱着每一个孩子。爹，您是老党员，解放战争时您推着小车支援前线，您和惠芬、孩子，我都放心。可我娘的身体……西藏本来就天高路远，我又经常在草原上，没法及时得到家里的消息……爹，娘，儿子不孝，儿子在高原上给您磕头了，你们都要好好的！（跪地磕头）

[舞台灯灭。

第二场　鲁琪宿舍

[月光如水，与远处的雪山遥相呼应。

[舞台上是当年进藏官兵盖的土坯房，眼下是县委干部的宿舍。

[背景音乐是欢快的《洗衣歌》。

[50 多岁的县委书记潘解放，络腮胡子把高原红围在高高的颧骨上，穿一件洗得发白的旧军衣，哼着歌曲从舞台一侧上。

潘解放：（对着土坯房喊）老鲁啊，老鲁，你在吗？

[头发稀疏、胡子拉碴的鲁琪，听到喊声后急忙从屋里出来，手里还拿着全家福相框。

鲁琪：在，在，潘书记，您咋又出来了？下乡这么长时间，您需要好好休息啊。（突然意识到手里还拿着全家福，就赶紧把照片放在了身后。）

潘解放：对我们来讲，工作就是休息嘛。躺在床上睡不着，大脑还不是照样工作。（指着鲁琪的身后）拿来，我看看。（鲁琪把照片递给潘解放）你们也来两年多了，对我来讲，时间过得真快呀！可对你们来讲，时间真是太慢了！在这高原上，晚上睡不着，白天吃不下，失眠、便秘、掉头发……看你，才两年多嘛，就让你老了十来岁啊！

鲁琪：潘书记，您屋里坐吧。

潘解放：（摆手）不用进屋了，咱就在这里聊聊吧。在西藏，不能辜负了大自然呀！你看这里，天高地阔，水清草美。但是，刚进藏那两年，确实又苦又累，我也是经常想家呀！你要是说不想家，我根本就不信。

鲁琪：嘿嘿，离开家的时候，我小女儿还在娘肚子里。我就是想猜猜她长得啥模样。

潘解放：（把全家福递给鲁琪）孩子都 2 岁多了，你们父女还没见过面……唉，谁没有家，谁没有老婆孩子啊！

鲁琪：（坦诚地）其实，我更担心我娘。当年我们闯关东要饭也从来没有分开过。离开家的时候我也没跟她明说，也不知她老人家现在怎么样了。

潘解放：嗯，有妈就有家啊！当年十八军进军西藏，本以为西藏和平解放了，就可以回家陪着妈了。但西藏和平解放后，十八军官兵联名写信给党中央毛主席，表示"边疆为家，长期建藏"。从那个时候起，我们就把"三年一换"当成中央对我们的关怀了！

鲁琪：（若有所思）进军西藏的官兵，不怕牺牲、无私奉献的精神，为我们后来人做出了榜样啊。

潘解放：是啊！在西藏当兵，可真是叫人心疼啊！特别是在边防哨所，一年到头见不到个人影，满眼里都是雪山和国门，肩上担的都是国防的安全，吃的却只有罐头。心里多么想喝娘煮的那碗粥啊！有一年我到边防部队去和大家一起过中秋节，临走的时候我问战士们，你们最大的心愿是什么？他们几乎异口同声地说，读到家里的来信！信，有时得在路上走几个月，报纸都一抱一抱的了……听了战士们的话，我心里酸得很哪！咱也是父母的孩子，咱也是孩子的父母，可是这些战士……唉，他们在替全国人民守卫着边疆，我们总得尽我们的力量建设好边疆吧。想起那些为解放西藏牺牲的同志，想起那些坚守在边防的官兵，真是拼上老命也要把西藏建设好啊！

鲁琪：（真诚地）潘书记，您说吧，我来干！

潘解放：（意味深长地）西藏百业待举，民主改革才过去五六年嘛，要干的事情真是太多了！

鲁琪：（沉思后）潘书记，您是不是有话要跟我说？

潘解放：鲁琪同志啊，虽然在党中央的关怀下，每年都有各类干部和技术人员奔赴西藏，但他们就像一把盐撒进了大海。西藏的建设和发展，就是再有几车盐也不够啊！我找你，就是有个情况需要先跟你沟通一下。

鲁琪：潘书记，您说吧。

潘解放：自治区很快就要正式成立了，各级地方政府也要很快健全。组织正在为咱县里物色县长。我想，你在内地有基层工作经验，又有两年多西藏地方工作的历练，我个人的想法是推荐你担任县长。但是，这可不是小事情，得先听听你的意见。

鲁琪：（踌躇）潘书记，这事确实不小，我……

潘解放：你不用急着回答我，先好好想想再说。另外，自治区成立大会不久会在拉萨召开，咱们县里就由你带队去参加大会吧。

鲁琪：潘书记，这在西藏历史上甚至在中国历史上都是个大事件，应该由您亲自参加才行啊！

潘解放：这个你就听我的安排吧。还有，我以老大哥的身份要求你，身体不行的时候别硬撑着。你不像我们这些人，是给共产党磕长头磕出来的，你还年轻，经不起折腾！

鲁琪：潘书记，您放心吧！

潘解放：对你们，我很放心，可我也不忍心哪！（下）

［鲁琪目送潘解放走下舞台，抬头仰望头顶的大月亮，思绪跟着月光飞翔……

［舞台转暗。

鲁爱国：（旁白）在国家需要和家庭需要之间，相信父亲也曾矛盾与彷徨。在人生的旅途中，虽然他知道方向，但是他也知道选择了国家，会更大程度地伤害到家人。其实这也是几十年来母亲一直对父亲耿耿于怀的直接原因。

第三场　拉萨田有余宿舍

［大月亮映出了拉萨街头的喜庆气氛。

［巍峨的布达拉宫折射着岁月的沧桑。

［舞台上，《逛新城》的歌声伴随着藏族同胞的舞蹈欢快悠扬。

［舞蹈退场。现出两个人的小酒场。

［田有余的宿舍里，醉了莫逆之交的二人。

鲁琪：自治区成立大会的场面真是激动人心啊！

田有余：你是为这场面来的，就没想过我？

鲁琪：你？

田有余：是呀，我！

鲁琪：（动情地）老田，我也想你啊！说实话，西藏这么重要的历史时刻，应该让潘书记来才对呀！可我心里又盼着来，因为我心里也很想你呀！

田有余：所以你就不客气了？我告诉你鲁琪，你要是敢装的话，看我不骂死你！

鲁琪：呵呵，骂死我？除非你生理变化了，要不然你一个大知识分子还会骂人？

田有余：说到生理问题，不怕你笑话，躺在床上睡不着的时候，真是想我爱人呀！咱要是稍微粗俗点，还可以当着人抖抖包袱说说笑话，排解一下，可是咱又说不出口。哎呀，这两年过的，不提也罢。

鲁琪：唉，我说老田，高原可是容易产生爱情的地方，你在西藏的首府工作，没有出轨吧？

田有余：（急赤白脸地）你什么意思？难道你怀疑我对美兰不忠？

鲁琪：（打趣）没有干吗心虚啊？

田有余：（坦诚地）说没出轨那是假的。但那是思想的出轨，身体可是钢板一块！

鲁琪：好了老田，我相信你和谭老师的感情，你不会对不起她的！

田有余：你这可是精神敲诈呀！不过坦白地说，也真有快熬不住的时候。我现在才真正体会了什么叫孤独和寂寞。

鲁琪：人哪，最苦的都在心里！

田有余：你不说我也猜得到，你在基层比我艰难多了。

鲁琪：打住！老田，再说我又要哭了。

田有余：哭就哭吧，在这高天之下厚土之上，产生点自然的情感流露，又能怎么了？

鲁琪：我娘说过，我爹去世的时候我都咬着牙不哭，还说等我长大了好好养娘。现在倒好，不光养不了娘，还让娘挂心了！

田有余：唉，不提家里人了吧，提起来让人伤感。

鲁琪：也不知牟力回去怎么样了。

田有余：哼，他那个人，始于投机，终于无耻，战争年代肯定是个叛徒！

鲁琪：可他毕竟跟我们在进藏途中同甘共苦两个多月，至少算我们半个进藏战友吧？

田有余：他也配？！

鲁琪：好了好了，那咱就换个话题吧。（认真地）老田，你帮我出个主意吧。

田有余：主意？啥事还需要我帮你出主意？

鲁琪：自治区政府成立大会后，县级政权也要相应建立，组织上想让我担任县长。

田有余：好事呀，当县长更能发挥你地方工作的优势嘛！

鲁琪：可是，咱都来两年多了，按原先的计划，再有不到一年就可以内调了。如果接了这个职位，那我短期内还能回去吗？

田有余：你认为我们满三年就可以回去吗？

鲁琪：怎么？……

田有余：我们虽然来了好几车人，在西藏却像一把盐撒进了大海，西藏这个大海再有几车盐也不够啊！

鲁琪：你的话怎么跟潘书记说的一样，难道他在暗示我什么？

田有余：难道你还需要暗示？

鲁琪：是啊，我们已经跟西藏这个大海融为一体了，已经不需要暗示了！

田有余：（自豪地起身）啊，珠穆朗玛做证，我们已经是高山厚土的一分子了！

鲁琪：组织部部长还说，很快会给我们派个副县长去做我的搭档，听说是从中央民族学院毕业的藏族干部。

田有余：那就是说，组织已经在搭配你们的班子，你根本就不用考虑内调的事。

鲁琪：你的意思是说，我只能留下当县长了？

田有余：还用我说吗？问问你的心吧！

鲁琪：心不会说话。

田有余：可心能发出听不见的声音！（见鲁琪沉默，又说）其实你的心已经接受了，只是还在亲情面前挣扎！

鲁琪：老田，不瞒你说，每当我想到高原上的孩子还在用羊屎球计数，女人还在羊圈里生孩子，藏族同胞对共产主义的理解就是糌粑吃够，边防的官兵不分昼夜地为祖国站岗，唉，我的心里啊，就放不下这里了！

田有余：这就是你们党员干部的格局和境界啊！

鲁琪：（拿起老田写的一沓入党申请书）老田，你还在坚持写入党申请书？

田有余：当然。

鲁琪：那怎么没向组织递交？

田有余：交了，年年都写，年年都交。只是政审很严谨，外调很困难，所以就被拖下来了。

鲁琪：也难为你的坚持了！

田有余：没关系，我一颗红心两手准备！

鲁琪：我相信，你这么坚守理想信念的人，组织早晚会接纳的。

田有余：我也相信，党组织不会把一个朝拜她的人永远关在门外！

[舞台转暗。

第三幕

[聚光灯下，爱国沉思着走上舞台。

爱国：（独白）我 6 岁以前，有世界上最好的奶奶，也有世界上最好的妈妈，还有世界上最幸福的家庭。但自从爸爸去了西藏，奶奶和妈妈的脾气都变得那么怪异。奶奶的变化常常让我联想到电影《雷锋》里的地主婆；母亲牺牲了女人的一切快乐，把所有的关注与体验都交给了工作，好好干、干得好，成了她唯一的情感寄托。特别是爸爸进藏三年了还没有回来。

第一场　冬梅家外

[背景中有《造反有理》的音乐。

[空中的月亮被乌云胡乱地涂抹着。

[灰暗的家庭更加暗淡。

[后台上有打、砸、抢乱糟糟的声音。

[鲁王氏正在与造反派不屈不挠地抗争着。

鲁王氏：我儿子就是从这里走的，现在已经三年了，我就要在这里等我儿子回来！

造反派：你儿子已经不是这里的土皇帝了！三四年了不回来，谁知道他是不是叛国投敌了。

鲁王氏：你胡说！要不是因为国家需要他，他能放下我这个亲娘不管，能放下老婆孩子不管吗？！

造反派：你这个走资派家属也太嚣张了吧，小心我把你孙子填到井里去！

鲁王氏：你敢！你问问老百姓答应吗？党组织会答应吗？你要是敢动我孙子一根指头，我老婆子跟你拼命……

造反派：那、那，你们就赶紧搬出党委大院……

[昏暗的灯光下，从后台走出了刚强的鲁王氏和冬梅。

[鲁王氏头发花白，冬梅粗粗拉拉地尽失女人味。

冬梅：娘，不值得跟他们生气，他们算些什么东西呀，不就是自己坏，被鲁琪整过嘛！

鲁王氏：咋就像变天了呢？这些妖魔鬼怪也出来抡挙了！

冬梅：娘，咱还是搬吧，在哪里住还不是一样啊。

鲁王氏：可我儿子快回来了。他进屋一看，见不到我们，他该多寒心哪！

冬梅：看您说的，党委的那些同志多好呀，村里的百姓多好呀，谁不是在护着咱们哪！娘，您就同意搬家吧，不然您的孙子们真遭了殃，我们不是更没法跟鲁琪交代了？

鲁王氏：（惊恐起来）冬梅，我听你的，今天咱就搬到供销社仓库去（下台）

［10岁的小爱国喊着“妈”闯上了舞台。

小爱国：（怯怯地）妈，爱军在学校里跟造反派子女打架，被老师摁住剃了阴阳头。

冬梅：这个“死”孩子，他不惹事不好受啊？！

小爱国：校长还让学生批判他，说走资派子女要批倒批臭。

冬梅：（愤怒地）这个破学校，不是搞运动就是沤绿肥，这学咱不上了。

小爱国：（讨好地）妈，你说有意思吧，我们班的张老师，看我一个人在学校里写作业，就留下来陪我，后来他还抓着我的手，让我摸他裤裆里装的手电筒，（强装欢笑地接着说）是不是很有意思啊？

冬梅：（怒目圆睁）你说什么？手电筒，你摸了吗？

小爱国：他抓着我的手非让我摸，可是我觉得不像……

冬梅：你这个不要脸的，你怎么这么下贱，你怎么不死在外头？（举起巴掌就朝爱国打去。）

小爱国：（倔强地）我做错什么了，你凭什么打我？

冬梅：我们家的人，还用得着做错吗？我不打你打谁去……

小爱国：他还说，我爸爸犯事了，发配了！

冬梅：有人再说，你就说他死了，都死了才省心呢！

小爱国：（执拗劲又上来了）你才死了呢！你根本就不像个妈！

冬梅：（苦笑了一下）我要不是个妈才好呢，我要是死了就更好了！你们一个个地哪个让我省心啊！我能把你们养活，就对得起你们在天边的爹了！

小爱国：那，那……

冬梅：这个王八蛋，过去说你是金枝玉叶，天天来接你上学。运动来了，又说你的名字里藏着祸心。现在我们改叫爱国了，他又欺负我们爱国呀……（发疯般地找到了棍子）这个混蛋，这个流氓，这个不要脸的，我这就跟他算账去，别以为男人不在家就可以随便欺负！（冬梅下。）

小爱国：（迷茫地喊）妈，奶奶……

[舞台灯灭。

鲁爱国：（旁白）刚直不阿的母亲，永远只是用一种坚毅的目光鄙视世界上的一切龌龊、丑恶与虚伪，任那一时的斗争怎样地对她冲击，她都坚信自己不会被冲垮。她始终坚守着自己那种大无畏精神，在当下的苍凉中是多么壮美。

第二场　冬梅新搬来的家

[舞台灯亮。

[舞台上是供销社仓库的旧房子。

[时间进入冬季，阳光正好。

[更加苍老的鲁王氏正倚着破门框无精打采地眺望远方。

[翠萍挎着篮子上。

翠萍：（小心地问道）大娘，您老在这里晒太阳啊？

鲁王氏：他王姨啊，太阳能照着身上暖和，照不到心里去啊！

翠萍：大娘啊，您老就放心吧，鲁书记很快就会回来的。

鲁王氏：可都快两个三年了，他怎么还不回来呀？

翠萍：您老别着急，或许工作离不开他呢。

鲁王氏：那我就在这里等他回来。

翠萍：您先进屋歇一会儿吧，看我摊的煎饼，是不是手艺不如您呀？

[翠萍搀着鲁王氏进了房间。

[冬梅此时正在拄着棍子练习走路。

冬梅：（见到翠萍不禁嗔道）你这个闺女，你娘真是白养了，不在家陪你娘拉拉呱，咋又跑出来了？！

翠萍：（对鲁王氏）您老先歇着，我陪着她出去晒晒太阳去，省得捂得她心里发霉。

[老人家点点头，在墙壁上又画下了一道记号。

[翠萍搀着冬梅走出房间，心疼地捣了她一拳，继而上去搂住她哭了。

冬梅：看你那熊样，这么爱哭，还妇代会主任呢！

翠萍：你以为都跟你似的没心没肺！

冬梅：那你说该咋样？整不死咱，咱不就得笑着！

翠萍：都什么社会了，你还能笑出来！

冬梅：笑比哭好啊，咱不能叫那些跳梁小丑看笑话吧。

翠萍：我还不知道你心里的苦有多深啊！

冬梅：看浅了它就不深了！

翠萍：（真诚地）大姐呀，虽然我和老书记都不当村干部了，那咱不是还有老感情嘛，家里有什么事你就不能叫小王捎个信给俺？原先党委的那帮同志和老百姓可都一直没忘了你们的好啊！

冬梅：唉，大家都不容易，我不能再给大家添麻烦了。

翠萍：好好，我不稀得管你。可小爱华瘦得那样，你就不心疼啊？

冬梅：咔哒着好养活，谁叫她生不逢时呢？

翠萍：小爱华问过我，为什么小朋友都有爸爸，她怎么没有；为什么军英姐姐家有军属的红牌牌，没有人欺负。她说她也想有个爸爸，可是你太凶了，她不敢跟你说……

冬梅：（紧张地拉着冬梅离得远一点）你也少说两句吧，没人把你当哑巴！

翠萍：你什么人哪，你以为我爱看你那张臭脸啊。我把小爱华带走了哈。

[翠萍从舞台一侧下。

[小白从另一侧上台。

[冬梅正欲回屋。

[鲁王氏还在里间端详着照片发呆。

小白：（巡视着周边的环境，判断找的地方）请问家里有人吗？

[冬梅拄着棍子迎了上来。

冬梅：（硬气地）你找谁？

小白：请问，您是韩大姐吗？

冬梅：你是谁？

小白：大姐，真的是您啊？我是小白啊，我记得在省城您说过，没有男人的肩膀倚着您也能站直了。您怎么还拄上拐杖了？

冬梅：你不也老了吗？

小白：（窘迫地）是啊，难怪大姐认不出我呢！我来看看您和大娘，还有孩子们！

冬梅：该看的都没看，你有什么好看的！

小白：（诧异地）大姐，您……

[小爱国上场，静静地看着母亲和眼前的陌生人。

冬梅：（棍子一顿，厉声）既然你来了，那么我问你，为什么三年期满了他还不调回来？为什么这么多年了他不回家看看？为什么你能回来他就不能回来？

小白：（小心翼翼地）因为，妻子跟我离婚了，孩子留给爷爷奶奶了。爸妈拍电报说，我再不回来，5 岁的儿子我可能就永远看不到了……（内疚地蹲在地上）孩子在幼儿园里，小朋友说他是没有爸爸妈妈的孩子；回到家里，他就跟奶奶说，姑姑叫你妈妈，我也叫你妈妈……幸亏他还有爷爷奶奶，幸亏他被抢救了回来……

冬梅：看来真是家家有本难念的经啊！当年我还说，等我生了以后，就把王书记家那个不满4个月的孩子接过来替他们养着。没想到，我生了孩子也没奶水，“四清”时还被批多吃多占……

小白：王书记家卜大姐，进藏后一直身体不好，听说临去世的时候还说对不起孩子。

冬梅：那位大姐不在了？真可怜啊！我去他们家看孩子的时候，孩子的奶奶哄不住孩子，只好用自己的奶头来哄，后来还患上了乳腺炎，没几年也去世了。那么小的孩子就只好跟着爷爷……唉，这都是些什么人哪，不是生他的就是他生的，为什么不能回来看看，他们凭什么呀？

小白：凭他们是党员干部，凭他们对党的事业的忠诚，凭他们对理想信念的坚守……

冬梅：（瞬间变脸）打住！我不想听这一类的话，这年头没那回事了！我只知道，再这样下去俺娘她就扛不住了！

小白：大姐，我进去看看大娘吧，回去我也好跟鲁县长说说情况。

冬梅：（决绝地）不行，不能再给我娘心里添堵了。（她指着自家门口）看到俺家门框上那块发白的地方了吗？那是俺娘倚在门框上数着指头盼儿归倚出来的。

小白：（尴尬地请求）那，那，这些东西留给老人家补补身体吧。

冬梅：这些高级东西，我跟俺娘说不清楚，也不能收。

小白：那我回去咋见鲁县长啊？

冬梅：你们的事我不管，我只管好俺娘和三个孩子，我就对得起他们老鲁家了。你赶紧从我这里离开吧。（说完她竟抬起了棍子。）

［小白无奈地倒退着离场，差一点儿撞到了站在原地的小爱国。

冬梅：（看小白离开，对着女儿吼）你杵在这里干啥？……

［小爱国嗫嚅着刚要说话，房间里突然传出一声：天……

冬梅：（踉跄着冲进屋去）娘，娘，您怎么了……

[小爱国也跟着跑进屋里。

[舞台灯暗。

鲁爱国：（旁白）母亲的话虽然是气话，但是它却在我心里埋下了疑问的种子。爸爸为什么满了三年还不回来，难道他不爱自己的母亲，不爱我的妈妈，不爱自己的孩子吗？难道他真的把心交给西藏了吗？这些问号一直勾着我那颗年幼的心，不知道什么时候才能把它拉直。

[后台传来一些哭声。

[哭声中翠萍在劝冬梅。

翠萍：我的大姐啊，这是鲁书记的亲娘啊，你不让他见上一面，就这么把老人家送走了，你担待得起吗？

冬梅：（倔强地）有什么担待不起的，五六年了，不都是我在担着？

翠萍：这是人没了啊，跟人在的时候能一样吗？

冬梅：少废话，快找小王去吧。

第三场　冬梅家外

[舞台肃穆。

[月亮还没有升上来，只有几颗星星在舞台上空眨巴着眼睛。

[憔悴的谭美兰从一侧走上舞台。

谭美兰：（独白）有余进藏的时候要我向韩冬梅大姐学习。这些年来，我也试着让自己变得坚强。可我现在真的坚持不住了，我不光是资本家后代，现在又成了“臭老九”，还是“叛国投敌”家属。这些大帽子压得我们快活不下去了，这个社会要把我们抛弃了呀！

[戴着黑纱的冬梅，悲情落寞地走上台来。

[谭美兰迎上前去。

谭美兰：大姐，你好吗？

冬梅：你说呢？（表情淡漠地坐在了屋门槛上。）

谭美兰：（尴尬地说）大姐，我是田有余的妻子谭美兰，我们在省城见过的。

冬梅：哦，记得，是那个晕车的知识分子啊……坐吧。

谭美兰：（小心地坐在了冬梅旁边）是的，大姐，因为晕车，我哪里都不敢去。早就应该来看看大娘和你们全家，也是怕坐车，才不敢来呢。

冬梅：你这不是也来了吗？

谭美兰：大姐啊，我这是死猪不怕开水烫了嘛。

冬梅：你还会说这种话呀？

谭美兰：大娘和孩子们都好吧？

冬梅：你不会看事啊？

谭美兰：（环视四周，觉出来气氛的压抑，惊异地）家里这是……

冬梅：老娘刚入了土，你说好不好呀？

谭美兰：那鲁书记他，他没回来？

冬梅：（平静地）写给他的电报被我撕了，他回来，也只能看到他娘坟头的青草了。

谭美兰：（难过地哭了）大姐呀！……

冬梅：你这是哭的哪一出啊，还嫌我听的哭声少啊？

美兰：大姐，我真佩服你，我要是有你这么坚强就好了！

冬梅：别说那些没用的，说吧，来我这里什么事？

谭美兰：我要去西藏找田有余，我就是死也要跟他死在一起！

冬梅：怎么，还活不下去了？

谭美兰：运动一来，我就成了“臭老九”，还成了“叛国投敌”家属，天天要批斗，交代问题。

冬梅：看来罪名也不少啊，哪一个都够你喝一壶的！

谭美兰：有余要不是有地理勘探的专业知识，国家怎么会挑选他去西藏呢？他是为了国家才舍小家顾大家，现在怎么就知识越多越反动呢？

冬梅：你都得了些洋罪名，我这里就土了，多吃多占、大破鞋、韩小姐……去他 × 的，我站起来是个堂堂正正的人，倒下时我也问心无愧！那你去西藏，孩子咋办呢？

谭美兰：我带两个小的去西藏，老大田智就跟着姥姥姥爷吧。

冬梅：你晕车那么厉害，还带着两个孩子去西藏找男人，是好样的，这点我佩服你！

谭美兰：大姐啊，我这是豁出去了，可我还是会想孩子的。

冬梅：孩子在他姥姥姥爷那里不会受委屈的！

谭美兰：田智那孩子性格像我，太懦弱。我担心父母都不在身边，他心理上会自卑。

冬梅：既然要走，就别想那么多了，想了也没用，我会抽空去看看你的孩子。不过，到西藏如果见了我们家鲁琪，千万别跟他说我们家里的情况。

美兰：可他要问呢？

冬梅：你不是省报编辑吗？你就编呗。你们这些知识分子啊，真是实诚！

［舞台灯灭。

［鲁爱国出现在舞台一角。

鲁爱国：（旁白）听爸爸说过，我婆婆当时带着两个小的孩子，跨越千山万水好不容易到了西藏，我公公田有余却早就到矿区当矿长去了。婆婆在拉萨等待丈夫期间，他们的小儿子田甜被洪水冲走，她自己也精神失常。父亲当时在日记里写道，（读笔记本）得知田甜的事后，潘书记安排专车把我送到拉萨，又在赵东巍的帮助下，将谭美兰母女送到了老田所在的矿上。令我没有想到的是，老田在矿上吃的竟然是盐粒拌饭，睡的是石头垫的木板。我突然庆幸自己没跟老田说小女儿出生五年多了还没见这话。要是说了该是多么愚蠢，多么苍白，多么不近人情啊！

[舞台灯灭。

第四幕

第一场　西藏某县委驻地

[舞台转亮，西藏某县委驻地。

[《花儿为什么这样红》的音乐响起。

鲁琪：（画外音：鲁琪当时写下的笔记）这就是县基础教育的雏形。在如此困难的条件下勇敢地挑起一副事业的重担，这是一个人心地善良的最高表现，也是最大的人格魅力。这里的真诚与纯净，质朴与善良，无欲与奉献，深深地滋养着每一个人的心灵，亦化为一种精神之气灌注于生命的血脉之中。

[潘解放陪着上级考察组的两个干部从鲁琪宿舍出来。

潘解放：你们来了这几天，了解了他的工作、人品和工作作风，现在又看了他的生活环境和日记。还有什么需要了解的尽管说吧。

干部甲：这是一个县长的生活？太不可思议了！

干部乙：在这样的环境下，不用说工作，能待下来就很不容易啊！

干部甲：那些日记就是他的一部进藏史啊！

干部乙：不过，有人反映了鲁琪同志生活作风方面的问题。潘书记，您能谈谈这个问题吗？

潘解放：当然可以。而且我会本着对干部负责、对组织负责的态度，实事求是地跟你们谈。（略一思忖道）你们看见县委办公室那个姑娘了吧？

甲、乙：见到了。

潘解放：这是当年十八军和平解放西藏的时候，我在进藏途中捡的闺女。

干部乙：是您的养女？

潘解放：她的母亲是藏族，父亲是汉族，都饿死了。这个孩子我就收养了，先送到了我在成都的家里。几年前我回家养病的时候，突然想到这孩子如果放在县里，那可真是太有用了，我就把她带来了。多么安静本分的姑娘啊，就是一个抹在哪里都管用的万金油啊！

干部乙：你的养女在你手下工作，您就不怕有人反映？

潘解放：反映？什么反映？不是说举贤不避亲吗？

干部甲：那您说说那件事情的经过和你的观点吧，我们好有个客观的、实事求是的结论。

潘解放：好吧，不过我这个人说话没有逻辑性，我要先说我的观点。第一，鲁琪同志没有生活作风问题；第二，被人爱和爱别人都不是罪过；第三，共产党的干部也不是苦行僧，即便是爱了他也有爱的权利；第四，作为组织和领导，不仅要讲原则也要讲人性。（点了根烟继续道）人都有私欲、食欲和性欲，要不然还称其为人吗？可当他接受了组织的挑选来了西藏，又服从工作需要一待就是五年之久，其间还几度中断了与家里的通信联系。可他没有向组织、向领导提过任何要求。你们来的这些天也看到了，这里的主食就是糌粑，多年来几乎没有蔬菜、水果，他失眠、便秘、大把大把地掉头发，生活的艰苦把他煎熬到了极限，可他还是伏下身子，争取团结统战对象，积极开展教育卫生事业。人已经放下了私欲，找不到食欲，难道还不产生点性欲吗？（他猛抽一口烟，然后两手一摊）可是人家没有，不用说是身体的出轨，我可以打包票地说，就是思想的出轨、感情的出轨也没有啊！我甚至想过，即便是有点问题，也是生理问题，不是思想和作风问题，我可以以我的党性原则为他担保。（他情绪激动地指着旁边）就是达珍这闺女，她喜欢鲁琪，不光她喜欢，这里的其他几个女孩子也喜欢他。我觉得这没有错！和这么优秀的男人在一起，女孩子不动心是不可能的。我们那几个同样讨人喜欢的女孩子，如果男人不动心，那也是有病。

可是鲁琪同志是以他的党性原则、以他个人坚强的意志力、以他对家人的忠诚和爱护，坚守着自己生理上的最后底线。可有情未必不丈夫啊！藏历年的一天晚上，我带头喝多了酒，达珍送他回了宿舍，醉意中他把达珍当成了他的妻子，抓着她的手喊着冬梅，冬梅！达珍不忍心丢下他不管，就只好被他抓着。恰巧被一统战对象看到了，因为那女孩也喜欢鲁琪……

［考察组的两个同志交流了一下眼神。

干部甲：潘书记，这件事您不用多说了。您说一下您对组织有什么要求和建议吧。

潘解放：第一，组织可以放心地重用鲁琪同志；第二，应该给鲁琪同志休假的机会……

［舞台转暗。

第二场　冬梅家

［天上的月亮缺了又圆。此时正饱满地俯视着当下的一切。

［疲惫不堪的鲁琪走上台来。他大棉帽子罩着两个耳朵，满脸紫红，爆裂的嘴唇还冒着血丝，稀疏的胡子已经很长，两只眼睛放着幸福却复杂的光芒。他肩膀上一前一后背着两个背包，两只棉手套在身旁荡悠着，臃肿的棉衣、棉裤已经脏得完全看不出颜色。近家情更切，但他不敢去敲门。

［房门却突然从里边打开了，随即是小爱华的大叫。

小爱华：妈妈，咱家来了个要饭的！

鲁琪：（声音颤抖着）你是，爱华吗？

冬梅：（疑惑地走到房门口）这几年要饭的都不来咱家了！（看到野人一般的鲁琪一下子怔住了。瞬间她变得慌乱起来，目光又如磁石般地吸在了对方身上。过了很久才小声冒出一句）你……是鲁琪吗？

鲁琪：（小心地）冬梅，是我，我回来了……

冬梅：我……又在做梦吧？

鲁琪：冬梅，不是做梦，是真的！

冬梅：真的吗？

［已长成少女的爱国带着两手面从屋里走了出来，看看站在门口的人，再看看妈妈和屋里的弟弟妹妹，她第一个反应过来。

爱国：（呢喃着）爸爸，爸爸……

鲁琪：（顾不得卸下背上的两个包，就一把搂过了爱国）爱国，我的女儿，我是爸爸，是爸爸回来了……

［分别近六年之久的一家人，在相互对视中完成了火山一样的情感碰撞……

［冬末的阳光终于照进这个冰冻了几个世纪的家庭，照着鲁琪宽厚的脊背，照出了冬梅的喜极而泣，照着爱国的多愁善感——

［忽然，鲁琪推开爱国，朝屋里奔去，旋即又冲了出来。

鲁琪：（瞪着血红的眼睛）娘呢？娘哪里去了？炕上躺的是爱军吗，他怎么了？

冬梅：（平静地）娘走了，爱军他煤气中毒了。

鲁琪：娘去哪里了？爱军怎么就中毒了？

冬梅：（怨愤地）你离开家都快两个三年了，你让我一两句话怎么跟你说。（说完进屋，门被她甩得弹了两个来回。）

［鲁琪突然一阵眩晕，赶紧用手捂住了自己的头，懂事的爱国一把扶住了日夜思念的父亲。

［舞台灯灭。

第三场　冬梅家

［后台传来小爱华快乐的声音：哦，我也有爸爸了！……阿姨，我也有爸爸了！

［女声应道：这孩子，看爸爸回来把你高兴的，咋不在家里叫爸爸好

好亲亲啊？

[小爱华：人不是害羞嘛！

[舞台灯亮。

[已经收拾整齐的鲁琪打开房门出来，伸了个懒腰，满身的惬意。

[爱国从一侧上，看见鲁琪想赶紧溜掉，却被父亲喊住了。

鲁琪：爱国，这几天怎么不见你弟弟啊？

小爱国：他说不想见你！

鲁琪：为什么？

小爱国：他说他的弹弓练得百发百中了，不需要爸爸！

鲁琪：这孩子，我还给他熬了治咳嗽的药呢。

小爱国：他说都是因为你，人家才欺负我们。

鲁琪：嗯，对不起！（见爱国又要疏远自己）爱国，星期天，我带你去看田智哥哥好不好啊？

小爱国：好呀，我最爱去田智哥哥家了！

鲁琪：你妈带你去过吧？

小爱国：放秋假的时候我都去。

[传来叽叽喳喳的声音。

[王支书、翠萍和其他一些群众上。

鲁琪：（兴奋地）哎呀，是老王呀，我的老伙计们哪，可把我想死了！（看看翠萍）你是王翠萍，还有……大伙都来了？！

王支书：鲁书记，大家听说你回来了，都要来看看你。

鲁琪：来来来，大家都进屋里坐。

王支书：不用了鲁书记，你回来不久，还没歇过来呢，我们看你一眼就走。大家实在是太怀念过去那种干群关系了。

[爱国静静地从屋里搬出了小饭桌和凳子，让大家纷纷坐下。

大家伙：（七嘴八舌地）鲁书记，这些年大家伙真想你啊！

鲁琪：我也想大家啊！刚到西藏的时候，晚上睡不着，那么多的往事就像过电影，一样不落地都往脑子里钻啊。那会儿我就想啊，早知道还有分别的那一天，当时就别老是批评你们啊。

支书甲：我们现在真想再叫你批着，可是远水解不了近渴啊！

支书乙：我们常看老婆打孩子，打的时候恨得咬牙切齿，打完了把孩子腚扳过来看看，又心疼得哭！

支书丙：组织也是，把这么好的领导发配了就不管了？说是三年，这都几年了，组织这么不讲信用，谁还会听他的呀？

支书甲：这是对党员干部不负责任嘛。

王支书：你们都少吵吵两句吧，叫我说呀，国家的大政方针没有错，鲁书记的服从更没有错，只不过情况是在不断地变化嘛。

翠萍：我觉得组织对不起鲁书记一家！

鲁琪：别说这话，组织从来不会对不起哪个人！

翠萍：可那个“大花猫”动不动就拿组织说事，俺就是不服气，不就是个造反派嘛！

鲁琪：不管怎么说，每个人都有他的优势和长处，咱们学他的好不就行了？

王支书：鲁书记说得对，很多事都不是哪个人说了算的。

鲁琪：是啊！党组织永远都是我们的理想信念所在，在这方面，我们真应该向西藏人学习！

翠萍：还用向西藏人学，共产党的干部如果都像你一样，老百姓肯定宾服呗！

鲁琪：翠萍，你可不能对党失去信心啊，党员干部的主流是好的嘛！

翠萍：可一颗老鼠屎也能坏了一锅汤啊！

［大家还在七嘴八舌的时候，冬梅呱嗒个脸从外边进来。见到众人勉强打了招呼。王支书见状，跟鲁琪打个招呼一起退了出去。

鲁琪：（送走客人，赔着笑脸向妻子）咋了，这是？

冬梅：你说咋了？你回来了就不能好好管管你那宝贝儿子？

鲁琪：我怎么没管，给他抓的咳嗽药，不是还没用完吗？

冬梅：你以为养个孩子就光咳嗽的事？你倒好，回来没几天，就去找那个牟力，联系西藏教师培训的事，一个半路上的逃兵你也拿着当人物了？你是回来探亲的呢，还是回来办事的？你今天跑去看这个，明天跑去看那个，还成天记挂着那姓田的孩子。你以为你是谁呀，人家离了你就不活了？你干脆给人家当爹算了！

鲁琪：老田家的情况我已经给你说过了。谭老师精神失常，田美在矿上与世隔绝，不仅读不了书，还没有个玩伴，都快成傻妞了。田智远离父母，内向自卑，连人都不愿见，连话都不爱说。难道我们不应该关心和帮助他们吗？

冬梅：那咱家爱国在学校受人欺负，在坡里被蛇吓着了，她的心理就没问题，你就不能多关心关心她吗？

鲁琪：爱国的情况我也着急啊，可她毕竟还在你身边嘛！当年十八军官兵为和平解放西藏和建设西藏，留下了大批留守儿童，田智也是特殊家庭里的留守儿童。自卑、胆怯、敏感、孤僻，是这些孩子的共同特点，我们应该抱团取暖才是啊！

冬梅：你别跟我说取暖这话！过年过节的时候，哪次我不是放在火上烤着啊？过去还有组织可以依靠，现在的组织谁还管这些啊？！

鲁琪：冬梅啊，你毕竟是女人嘛，以后工作上就别那么要强了，照顾家庭和孩子才是女人的天职嘛。

冬梅：天职？你做父亲的天职在哪里？家长的天职在哪里？你进藏三年期满了不回来，回来了还为了西藏的人和事跑东跑西。我问你，你的天职哪里去了？

鲁琪：我进藏满三年没有回来的原因，不是在信里跟你说明白了吗？

冬梅：你根本就是不要家了！

鲁琪：如果你想知道得更多，就读读我写的进藏日记吧。

冬梅：（动情地指着墙壁）鲁琪同志，你也看到咱家的日记了吧？那是咱娘在墙上用指甲刻下的一道道记号！那是咱娘倚在门框上盼儿归倚白了的门框啊！

鲁琪：这些年来儿子想娘只能偷偷地哭，那滋味跟娘想儿子是一样的呀！

冬梅：那就长痛不如短痛，这次就跟组织张张口，别去西藏了！

鲁琪：（忽地站起身，震怒）你，你，又胡闹！

[舞台转暗。

第五幕

第一场　后藏地区街头

鲁爱国：（旁白）父亲的探亲并没有拉近亲情的距离，返回西藏后又接替了县委书记职务，几年后又被任命为地区组织部部长。母亲赴藏探亲的请求也在老部长的关心下得到批准。当飞机在云层上穿行的时候，她说曾激动得热泪盈眶。因为她从来都不敢想，差一点儿被换了粮食的穷孩子，还能坐上飞机，这都是西藏给了她机会。但是后来发生的一些事，却让她对西藏耿耿于怀！

[舞台转亮。

[背景上蜿蜒的雅鲁藏布江和巍峨的喜马拉雅山遥相呼应。

[藏族同胞跳着欢快的舞蹈，唱起《一个妈妈的女儿》。

[鲁琪陪着憔悴的冬梅走了上来，歌舞退场。

冬梅：（温柔地）不走出家门看看，真想象不出国家到底有多大。

鲁琪：西藏的历史和文化博大精深，等你养足了精神，我带你看看这里最有代表性的寺庙吧。

冬梅：我才不稀罕那些泥菩萨呢，我呀，这辈子就信共产党！

鲁琪：宗教信仰也是人类的一个精神家园嘛，寺庙里边的建筑、雕塑、壁画，以及它承载的历史沧桑和凝聚的人类文明，在内地你是看不到的。

冬梅：雅鲁藏布江我倒是见到了，歌里唱得那么好，现场一看，不就跟咱们那里的河一样嘛。

鲁琪：越是原始的地方，发展的空间就越大呀！（见冬梅若有所思，进一步启发）最近全国又有两千多名大学生自愿到西藏来工作，而且都到了最艰苦的地方去，还有的直接到了农牧区当了农牧民。

冬梅：人家那是大学生，有文化知识，土包子到这里就不好使了。

鲁琪：冬梅你看，那块菜地就是我们部里的年轻人开出来的。试种了好多次，终于成功种出了小白菜和萝卜。

冬梅：怪不得你让我给你带蔬菜种子呢。

鲁琪：是啊，内地的种子到高原上开花结果，你说种子是不是也升值了？

冬梅：你不会又跟我扯境界一类的话题吧？

鲁琪：冬梅啊，调到地区组织部当部长我才觉得，有好多人都需要组织的关心和帮助。就说部里的小齐吧，父母都是十八军的老革命，已经把青春和生命献给了西藏。她自己又追随着父辈的理想来到西藏，成了奉献青春的“藏二代”。她们也渴望家的温暖和组织的关怀呀。

冬梅：我看出来了，小齐是个内向的女孩。

鲁琪：她曾经流着泪对我说，她好羡慕那些有父母有家的人，她也想有个温暖的家。

冬梅：那你就不能帮她成立自己的家？她也该结婚了嘛。

鲁琪：我看部里的小魏对她挺有意思。

冬梅：那小齐有意吗？

鲁琪：谁知道呢，我一个老爷们儿，这方面可是老虎啃天——无处下手啊。（他看着妻子恳切地）冬梅啊，要是你在这里就好了，不管是妇女干部还是藏族女同胞，还有那些新来的大学生们，她们太需要组织的关心和帮助了。

冬梅：怎么又说到我身上来了？

鲁琪：冬梅，娘已经不在了，孩子们也一天天长大了。你也调过来吧，咱们全家在一起，我就没有什么后顾之忧了！

冬梅：这么大的事，我得想想看……

[两人说着话走下台去。

第二场　鲁琪宿舍外

[天上的星星眨巴着眼睛，月牙仿佛害羞似的躲在了一边。

[后方隐约传来争执的声音。

男声：（藏族干部的声音）民主改革都十几年了，农奴和奴隶都成了社会的主人，凭什么还要让奴隶主当代表，让他们的人当官……

鲁琪：嘉央同志，我相信，贫苦的奴隶才能代表大多数藏族群众的利益。可是我们更应该相信中央的统战方针，相信爱国贵族的思想觉悟，也要相信他们管理社会和发展经济的能力！

嘉央：实行民主改革，不就是为了让广大奴隶当家做主吗？实行地方区域自治，不就是应该以藏族干部为主体吗？

鲁琪：嘉央同志，在干部的使用问题上，我还是坚持，凡是有利于传播西藏文化，有利于当地经济、社会发展的一切积极因素，我们都应该给以尊重，绝不能再人为地划分阶层，不能伤害了爱国进步人士的积极性……

嘉央：可是……

鲁琪：我们党的政策历来是尊重宗教信仰，各民族共同发展，少数民族地区逐步实现民族地方自治。但这也需要个过程，毕竟自治区成立还不到 10 年嘛。我们的各个方面都还很年轻，与内地的很多方面都还有很大差距。

嘉央：你是说这次调整中还是要坚持使用那些贵族了？

鲁琪：干部使用问题上，组织部门要本着既有利于地方发展，又有利于干部成长的原则，绝不能带着框框，更不允许戴着有色眼镜看人。

嘉央：在这里，你们汉人才是少数民族……

[走上台来的冬梅，听到这话一下子震惊了。

[舞台灯灭。

第三场　鲁琪宿舍

[几个月后，鲁琪腿上打着石膏躺在床上，冬梅在洗衣服。两个人的脸上都挂满了霜。

鲁琪：要加快西藏的发展，就要爱护和用好我们的干部；反过来说，也只有发展了，才能更好地保护我们的干部！

冬梅：干部，干部，你就知道你那些干部！你住院的这些日子我也想好了两件事，第一，我坚决不调到西藏来工作，我不能把丈夫搭上了，再搭上自己和孩子。第二，为了孩子，你也必须想办法调回内地。

鲁琪：这儿的干部工作和基层组织建设才刚刚开了个头，新来的大学生还需要传帮带，我能一拍屁股走人吗？

冬梅：你嘴上不是组织就是工作，你心里还有没有我和孩子，还有没有这个家？这个地方离了你地球就不转了吗？再说了，要说奉献和牺牲也够了呀，这都 11 年了，人生能有几个 11 年，你从 35 到了 46，你要老死在这里吗？

鲁琪：别那么大声好不好？人家都认为你是贤妻良母呢！

冬梅：你认为贤妻好当良母好做吗？现在爱国都到青春期了，爱军玩弹弓出了名，爱华又发育不良，这些咱们当父母的不该管管吗？

鲁琪：那你调过来，咱一起工作，一起教育孩子不是很好吗？

冬梅：你没听说，在这里，咱们才是少数民族！再说了，你心里全被组织啊、干部啊、大学生啊这些事塞满了，我们即便来了，在你心里还有位置吗？

鲁琪：可事儿总得有人去干吧。

冬梅：那也不是非得你干呀！

鲁琪：可我不是党员干部嘛！

冬梅：党员干部也不止你一个呀，要说牺牲和奉献的话，也该轮到别人了，风水还讲个轮流呢，凭什么到了你这里就不行了呢？

鲁琪：你说话可越来越不像个党员了啊！

冬梅：现在的党员都能和我这样似的就好了。你看现在多少顶个党员头衔不干党员事的，人家不也是党员干部？！凭什么你就该不顾亲娘和老婆孩子，现在连身体都不顾了？

鲁琪：冬梅呀，来西藏这么多年，在物质上咱们确实没有得到什么，但是却收获了金钱难以买到的精神财富。

冬梅：什么精神财富，我怎么看不见摸不着呀？我只知道你得过三次雪盲，摔断一次肋骨。你不告诉我是不需要我吧，嫌我碍你事了？

鲁琪：冬梅啊，别说气话了。既然你确定不调过来，现在天气也转暖了，你就准备回去吧。我想办法给你订飞机票。

冬梅：我看收了你的人也收不了你的心！（恨恨地把毛巾扔进脸盆）这辈子，你就一个人死在西藏吧，谁也别想再来西藏。

［舞台灯灭。

［舞台一角，鲁爱国拿着笔记本上。

鲁爱国：（旁白）母亲的西藏之行，进一步加深了对父亲的怨恨，读高中的我也在学校里经历了初恋。母亲带着满腹不满，竭力阻止我跟一个地主的后代恋爱，这也加深了我们母女之间的矛盾。在我跟初恋尚仁保持了六年恋爱关系后，他却傍上了县委书记的女儿。回家养病的父亲为了让田有余夫妇安心，我为了早点脱离家庭也跟母亲叫板，赌气把自己嫁给了一直当哥哥爱着的田智。母亲也在一气之下说出了让她懊悔一辈子的话，那就是让父亲把弟弟爱军带到了西藏。中央第一次西藏工作座谈会后，爸爸和成为我公公的田有余他们终于被调回了内地。（看笔记本。鲁琪的声音从笔记本里流淌出来）这片高原是我工作了 20 年的地方，这里的一切都使我留恋，让我动情。是啊，20 年的时间于历史长河仅是弹指一挥间，但是于个人却是一段值得回味的漫长岁月。明天我就要走了，告别这里的山水、这里的莫逆之交，这里一切的一切，心里真是有种说不出的滋味……

[主题歌《老西藏》再次响起：

两鬓斑白你回到了家
高山厚土葬浮华
握住了妻儿的手
父母坟前把泪洒
要问你到底图了啥
你说民族团结使命大
……
啊，老西藏
社会进步的长河中
有你们生命翻腾的浪花

第六幕

第一场　老田家

［灰暗的舞台上传出争吵的声音。

［年轻女子：你就是自私，你为了个人理想，把一个幸福的家都毁了！你的进藏，搭上了弟弟的性命，妈妈的神经，我的学业，你凭什么呀！

［田有余：凭国家的需要，凭我做人的本分！

［年轻女子：你以为你是谁呀，是国家主席吗？那就给你闺女安排个好工作啊！

［田有余：想让我给你安排个好工作，不说我还没有权力，就是有权力，你也休想！

［台上传来摔门声。

［年轻女子：你就是自私，就是无能，一辈子连党员都没入上，还装什么好干部……

第二场　鲁琪新家

［舞台灯亮，呈现出鲁琪新的住宅。

［这是某地厅级领导的复式楼房，环境静谧，室内陈设简单。

［年近退休的冬梅坐在沙发上，拿着遥控器调来调去，心情有些烦躁。

［鲁琪从厨房出来摘下围裙，又戴上套袖，从鞋柜里找出几双皮鞋，蹲在地上擦了起来。

鲁琪：内调回来啥都不适应了。听说王书记把剩下的安家费都交给了财务，自己一天假没休就上班了，背后还有人说他是奇葩。我这个地委副书记不应该是人民的勤务员吗？这倒好，门口有保安，身边有秘书，出门坐小车，讲话有稿子……党的实事求是、群众路线、调查研究，这些基本作风怎么都不见了？！……唉，到底是西藏落后于内地，还是内地比不上西藏？

冬梅：（恼怒地）你少在我跟前提西藏！要不是你说帮老田解决后顾之忧，爱国还用得着嫁给三脚踢不出个屁来的田智？我养的闺女多少人馋得掉眼珠子呀！

鲁琪：你们母女俩不是一直闹矛盾吗？

冬梅：再矛盾她也是从我肚子里爬出来的，我这个亲娘能害她吗？

鲁琪：好好好，爱国的婚姻已经生米煮成熟饭了，这事就翻篇了好吗？

冬梅：那怎么没见你把西藏翻篇呀？你倒好，订的都是《西藏日报》，看的都是西藏新闻，见的都是西藏来人……我看你的人回来了，魂还留在西藏！走的时候说去三年，结果你一去就是20年，简直就是骗子嘛！

鲁琪：你又来了。三年是党中央对进藏干部的关怀，哪一个进藏的不是三年了又三年啊！（嘿嘿笑着站起身来）今天周末，你还是出去活动活动吧。

冬梅：闲着没事，我出去戳人家眼珠子啊？

鲁琪：忙了多半辈子，闲下来歇歇不好吗？

冬梅：我就是忙活命，没长那块闲骨头！

鲁琪：好好好，那你就忙吧。

冬梅：还轮到我忙的吗？在地区妇联上个班，不是发文件，就是打电话，那也叫工作？

鲁琪：那叫宏观协调和指导，和你当年在农村第一线的具体工作不一样了，你得学着适应。

冬梅：适应？还适应啥，都快退休了！

鲁琪：退了好啊，你就不用坐办公室不自在了。

冬梅：退回家里不更闲得慌？就这么两口人，洗衣服、做饭你还抢了去。

鲁琪：我这不是将功补过嘛。

冬梅：那你就给我把爱军调回来，省得他在西藏受罪。

鲁琪：爱军受什么罪了？人在边防上不是干得好好的嘛。

冬梅：有权不使过期作废，你懂吗？趁你现在分管干部工作，让他抓紧转业，安排个好单位，那还不是小菜一碟？

鲁琪：（震怒）你以为我这个官是给咱家当的吗？

冬梅：（同样怒）那你当官还有啥用？

［田有余拿着书法作品走上台来，侧耳听到了屋里的对话。

田有余：（调侃）谁这么大胆，敢在韩冬梅同志这里吹那高原的风啊？

冬梅：（客气地站起身来）你这个亲家公呀，真是个老顽童呀！

田有余：那当然，越老越小，是生命的辩证法嘛，你可不能一辈子都当女强人啊。

冬梅：别跟我说"女强人"这个词，我不喜欢。哪个女人不想当个小鸟啊，哪个女强人不是逼出来的？

田有余：对对对，你说得太对了！（笑对鲁琪）嘿嘿，老鲁呀，你看看我写的这幅寿字，比你写得好吧？

鲁琪：我看看，（接过书法作品端详着）嗯，有进步！那我问你，是不是写着写着，那尾巴又翘起来了？

田有余：尾巴就是个该翘着的东西，夹着它多难受呀。

鲁琪：难怪你写了 20 多次入党申请书，愣是没入了党呢。

冬梅：得了吧你，说人不带揭短的。（又问）他爷爷，亲家母还好吧，怎么越是结了亲家走动越少了呢？

田有余：老鲁当市委副书记管干部，好多人的眼睛都盯着呢。我们还是躲远点吧。

冬梅：（对鲁琪）看你这个官当的，连亲戚都不敢上门了。

鲁琪：（戏谑）他这个人哪，只能共苦，不能同甘呀。

田有余：我是怕你被人捧得晕了菜呢。

[鲁琪把鞋子收起来，去洗了手。

冬梅：他爷爷，你先坐着，我去给你泡茶去。

田有余：（见冬梅进了厨房，就说）老鲁啊，咱从西藏回来，对当地也没什么贡献，还住上了这么好的房子，我咋觉得心里不得劲呢？

鲁琪：可不是嘛，想想那些“老西藏”，他们做梦都想不到啊。

田有余：（小心地看一眼厨房）哎，我问你，美兰的工作是不是你安排的？

鲁琪：（诧异地）工作？谭老师有工作了？

田有余：是啊，是不是你以权谋私啊？

鲁琪：我呀，即便有点自私的骨头，20年间也被西藏给净化了！

田有余：我说呢，当年你为了美兰内调的事费了多少劲啊，不要说找个工作，连户口档案都落不下！

鲁琪：为这事，我还在自治区组织人事大会上，要求大家不要把部门当衙门，要成为干部的娘家，成为党员群众的贴心人呢。

田有余：（嘲笑）现在倒好，全反着了！

鲁琪：那时就有人劝我说，在内地办事要托关系，我还不服呢。

田有余：美兰刚回来的时候，到工地打小工筛沙子。现在不光妻随夫贵了，还有了你这样位高权重的亲家。这不，一个精神不太健康的人，不光能安排工作，还能评职称，不上班还照发工资。你说这叫什么事啊，这不是间接腐败嘛！是不是贵党的神经也出问题了？

鲁琪：是应该定期查查体啊。

田有余：连田智他姥姥都说，不上班拿人家的工资这事不对啊。

鲁琪：老人家的觉悟不减当年啊。

田有余：可田美给我出难题，也让老人家闹心哪。

鲁琪：田美出啥难题？

田有余：嫌工作不好呗，跟我说不想当工人了，要调到事业单位去。我说别人都能在工厂里干，凭啥咱就不能干呢？要向你嫂子学习，凭本事自己干去！

鲁琪：她怎么说？

田有余：她说，我嫂子没吃过西藏的苦，要是也在高原待上八九年，说不定还不如我呢！我就说，让我给你调工作，就死了那条心吧。她就说我没本事。

鲁琪：这孩子……

第三场　爱国的内心

［后台传来《潇洒走一回》的歌声。

［舞台上有些乌烟瘴气。

鲁爱国：（独白）我 6 岁起就远离了父亲的胸膛，20 年后才把父亲盼到我身旁。可是他回来了，咋觉得他不像个父亲，更像个唐僧呢？自从他成了当地的市委副书记，他的权力和地位就成了家人的紧箍咒。我想亲近他，可他总是拿西藏说事，总是给我灌输“老西藏精神”。我跟他说，应该顺应时代潮流与时俱进，适应内地的环境和时代的变迁。我告诉他好多人都在跑官，没有关系和门路，干得再好也得不到提拔重用。他却跟我说这不是社会的主流。我还跟他说，上次我参加全市的“一推双考”，我的笔试成绩全市第一，面试的时候却被人做了手脚。他说，那次是干部使用制度改革的试验，别人如果知道你是我这个副书记的女儿，一定会打乱公平公正的原则。

鲁琪：（画外音，与女儿对话）孩子……

爱国：我不是你的孩子！自打你去了西藏，我就像一个没有父亲的孩子！在外边我受人欺负，在家里我是一个出气筒。从小我就发誓，没有你们这两棵大树，我自己也要生出根来！我虽然自卑，但我更自尊！我是靠着自己的努力，一步步地走进了机关又考进了电大。年终考试的时候，我认为分数统计有误，想去查分。你说我一去查，人就会知道我是你的女儿，就会不遗余力大开方便之门，甚至拿着此事大做文章。我只好委屈自己，比别人再多付出一些努力。这次“一推双考”我完全是靠自己的积累，考了全市第一，而且我也完全有资格凭借自己的群众基础和综合能力，胜任我所报考的那个岗位。你，你凭什么再次给我设置障碍？

鲁琪：孩子，爸爸从严要求你，也是在关心你嘛。

爱国：关心？有你这么关心的吗？你看看身边的人，哪个不是沾父母的光？

鲁琪：人和人总是有区别的嘛。

爱国：那为什么我的生命中就该有那么多的无奈，为什么我就不能享受生命的精彩？

鲁琪：孩子，我在西藏这20多年，是没有尽到一个父亲的责任，可也不能因此就突破我做人的底线啊！

爱国：爸爸呀，其实您只要稍微转变一下观念，您的余热就能给我们一点温暖。可您还是在讲所谓的理想和信仰，人家背后都说我们傻呀！

鲁琪：傻？你看人家爱军，在边防得到了锻炼，30多岁就干到了支队副政委，还是一个小有名气的业余诗人，谁给他递个条子说句话了，人家还不是自己干出来的？

爱国：爱军那是在西藏，内地已经完全变样了！

鲁琪：人家田智，新时期的援藏干部，在西藏连续干了两个援藏周期。你们在国家打造的温床上，咋就变得那么不满足了？！

爱国：因为物质越丰富，心灵越空虚！

鲁琪：那你就学习田智，去西藏，去天边！

爱国：是的。天边并不遥远，西藏并不遥远，我也要去西藏！

［歌曲《走进西藏》响起：

走进西藏，也许会发现理想；走进西藏，也许能看见天堂……

第四场　鲁琪新家

[病态的牟力颤巍巍地走到门口。

牟力：老鲁啊，老鲁……

鲁琪：（惊喜地迎出门）哎呀，是老牟呀，你怎么来了？！

牟力：我来看看你，再不看就没机会了。

鲁琪：来来来，快里边坐。老田，你快看，这是谁来了？

[田有余站了起来，戴上老花镜使劲往牟力脸上端详着。

田有余：你是……？

牟力：你是老田，田有余？

鲁琪：老田，你看出这是谁来了吧。

田有余：看出来了，牟力牟力，一切为利！

牟力：惭愧啊！老田，您就嘴下饶人吧。

[冬梅从厨房出来，听见了"牟力"的名字，把茶杯放下，刚想退回去，牟力却发现了她。

牟力：你是韩冬梅同志吧？

冬梅：啊啊，我是老韩，韩冬梅。

牟力：老鲁调回来后，我也来看过他几次，我知道你不愿意见我，也就没到你家里来。（看到谭美兰）你是谭美兰，我说的没错吧。这么多年了，你还是那么优雅！

田有余：嘿嘿，你不会还是看着别人的老婆好吧？

牟力：好就是好，时间改变不了的。

田有余：当年你可是在省委书记面前表态，不会给党员干部丢脸的。

牟力：唉，别提了，已经没脸了。

冬梅：俺那时也表了态，没有男人的肩膀倚着也能站直了！

田有余：（不无讥讽地）是啊，人家老韩可是说到做到，像个爷们儿！

鲁琪：好了好了，都快坐下说话。三四十年没见面了，今天得好好叙一叙！

冬梅：你们叙吧，我有事要出去。（拉着谭美兰的手）咱们走。

鲁琪：（把冬梅拉到一边）哎，你干吗躲开呀？

冬梅：你不是让我多出去走走嘛。

鲁琪：没看见家里来客人了？

冬梅：一个进藏路上的逃兵，你也往家里招啊！

鲁琪：逃兵也是人，是人都有犯错的时候。何况我们还在一起好几个月呢。

冬梅：我就看不起这种人，还男人呢，连个女人都不如！

鲁琪：那你今天就像个女人样！（冬梅赌着气进了厨房。）

田有余：（问牟力）你这是咋了，怎么瘦成这样？

牟力：肺癌，快死了。

田有余：不是活得很滋润嘛，官当得不小，老婆也换了，孩子的台阶也铺好了，成功人士啊！

牟力：（羞愧地）哎呀，别提了，早知今日何必当初啊。

田有余：当初你这个党员干部可比我这带翅膀的觉悟高啊。

牟力：唉，自愧不如啊！我这一辈子，为了将就那个年轻老婆，提心吊胆地改造自己；为了当个更大的官，就像人家脚边的一条狗。孩子倒是有权了也有钱了，可我病成这样，连他们的影子都见不到。

田有余：看来高官不如高薪，高薪不如高寿，高寿不如高兴，还真是这么回事呢。

牟力：到快死了才活明白，可什么都晚了。

田有余：那也比到死都不明白好啊。

［鲁琪拿一瓶茅台酒从厨房里出来，听到此话狠狠地瞪了老田一眼。

牟力：老鲁啊，你也不用拿眼瞪老田，我现在也不忌讳一个“死”字了。如果真有来生，能够让我重活一回，我可能就会活了。

田有余：你要是和我们一起去西藏多好呀，至少那里风光还养养眼，精神信仰还养养心呢。

牟力：那会儿想的就是怕组织不兑现承诺，怕搞坏了身体，怕对不起家里的人。你看这倒好，全是反着的。

鲁琪：好了，咱不说那些不开心的，今天是长征途中的老战友相会，我把潘书记送给我的茅台酒拿出来了，都留几十年了。

田有余：他这样子能喝酒？

牟力：能，谁说不能！只有到了这个时候才把什么都放下了。

[伴随着停车声，传来爱国欢快的喊声。

鲁爱国：爸爸，妈妈，我回来了！

冬梅：（惊喜地从厨房里冲出来）这个死妮子，可回来了！（说着就向爱国伸出了双手）

爱国：（也第一个冲向母亲）妈，我回来了！

冬梅：（激动地）你没事吧？

爱国：看，我这不是好好的吗？

[爱国看到父亲呵呵地乐着，伸开双臂拥抱了父亲。

鲁琪：（高兴地拍着女儿）回来就好，回来就好啊！再不回来你妈可就要打破她的誓言，去西藏找你喽！

冬梅：这个老东西，你不也一样嘛。

爱国：（看到老田夫妇都在）爸，妈，你们也过来了？

美兰：（欣喜地）你爸又来显摆他的书法，我就一起来了。

冬梅：看看，俺闺女可真能啊！（说着竟然抹起了眼泪）

爱国：（撒娇地）妈，您可是第一次夸我。

冬梅：你还用夸吗？都知道栽葫芦爬墙，养闺女随娘，我要是再夸你，你还不得上天啊！

鲁琪：你们娘儿俩也都是登上过高天厚土的人了。（指着躲在人群后边的牟力）来，爱国，认识一下，这就是我给你说过的你牟力叔叔。

爱国：牟叔叔好！听爸爸说，您为西藏的教育事业做了不少贡献呢！

牟力：孩子，在你们大家面前，叔叔我惭愧呀！

爱国：叔叔，您过谦了。爸爸在日记里写道，对一个人来说，多一种经历就多一分收获，不论是失去的还是得到的，都是生命的必然。

田有余：那你同意我孙子田鲁同终身建设西藏了？

谭美兰：看到你小白叔叔、山里水姆阿姨还有田园了吗，他们一家都好吗？

冬梅：还有你弟弟爱军他们一家也好吧？

爱国：好好，他们都好！一趟西藏之行，让我理解了那些在苦难岁月中献了青春献终身，献了终身献子孙的“老西藏”。也让我明白，没有祖国的强大，就没有西藏的繁荣；没有西藏的稳定，就没有国家的安宁！高山无言却不失巍峨，小草无言仍装点着世界，江河无言却挡不住它奔腾向前，大爱无言仍不失爱国主义和民族精神的代代传承。我要把西藏给我的感悟、感慨、感动和感激，写成《来自布达拉宫的感动》，作为一份迟到的敬礼，献给我亲爱的爸爸妈妈，献给我们伟大的祖国！

[全体人员聚在一起。

爱国：妈妈，我爱你！

冬梅：孩子，我也爱你！

全体：祖国，我们都爱你！

[歌曲《五十六个民族五十六朵花》响起——

（全剧终）

话剧赏析

人性多棱镜

——话剧《原野》人物赏析

作为一个三线城市的戏剧爱好者，能在当地欣赏到天津人民艺术剧院（以下简称“天津人艺”）排演的经典话剧《原野》，实在是一件幸运的事。几年前，潍坊大剧院昏暗的舞台上，几组从天而降的纱幔和晃来晃去的古陶，把观众的期待带入了一个幽暗的时空隧道。随着剧中人物的陆续登场，一个讲述复仇的故事逐渐呈现。时过境迁，《原野》中人物的复杂情感、内心挣扎以及艺术手法上的象征意义，还不时在脑海里浮现。似在询问，在这部剧里，你看到了什么？

当然，首先是个故事。话剧《原野》讲述了一个关于复仇的故事。原野上，戴着镣铐的仇虎从囚车上跳了下来，他砸开镣铐，准备找害死父亲的焦阎王报仇，却得知焦阎王已死，昔日的恋人金子也嫁给了焦阎王的儿子大星。仇虎潜入金子房中，焦母知道后非常不安，想方设法加害仇虎。仇虎决计复仇后带金子远走高飞。他不仅杀死了大星，还借焦母之手杀死了焦家的孙子，达到了报仇的目的。最后，仇虎虽然带着金子跑了，但他终究跑不出自己内心的荒原。他为自己杀害无辜而陷入了深深的自责中，最终在幻觉中卧轨自杀。该剧通过仇虎复仇的故事，表达了反抗压迫、揭露黑暗的主题。但故事的表象下，却是深层次地挖掘了人性中善恶纠结的多面性。该剧中的人性表达，才是其常演常新的根本所在。

仇虎是一个贯穿全剧的核心人物，整个悲剧事件的制造者。虽然最值得同情的应该是他，但是看完全剧，对这个人物反而多了份批判，甚至认为他确实该死，不死不足以谢罪，不死他难以在社会上立足，不死他活着更难受。甚至他的死，可以看成是对他复仇结果的另一种复仇。想当初，他砸开镣铐的那一刻，本应该是他重生的开始，但他却用复仇的烈火打造了一副新的枷锁给自己套上。当他知道焦阎王已死的时候，他遗憾地表示："咋不等我回来再死呢？"一句话就暴露了他小农意识的狭隘心理；当他得知金子已成了大星的新媳妇后，他当晚就到了金子的屋里，跟金子睡在了一起。其实他要是真爱金子，要么带她远走高飞去"铺满黄金"的地方，给金子幸福；要么就别动杀机，给金子一个安定的生活，这也是一种爱的方式。但他毕竟是一个封建社会里的普通农民，狭隘的、封建的、愚昧的特性，他一样都不少。杀人偿命、父债子还的观念，已经根深蒂固地潜伏在他灵魂的深处，复仇成了他今生不可更改的生命原动力。于是，他先是占有了金子，接着再羞辱焦母，然后用一个故事启发大星是他睡了金子，企图让大星先动手，好给自己一个杀死大星的理由。但大星的善反而进一步激活了他的恶，他不仅杀死了大星，还略施手段借焦母的手杀死了大星的儿子，最终达到了让焦家断子绝孙的目的。

人性中的善和恶总是交替出现的，再恶的人也有善的一面。何况仇虎本身就是中国的一个农民，属于那个最善良、最纯朴、最令人同情的群体。他本质上是个好人，只不过是被人霸占了田产、杀害了亲人、抢走了恋人，所以报仇雪恨成了一个好人的本能。但本能过了头就是坏事，好人做了坏事，灵魂就会不安。于是他常常看到大星的鬼魂，他常常自欺欺人地向金子解释："小黑子不是我杀的，是他奶奶杀死的。"从他的这些做派可以看出，他不如金子坚韧和坦荡。金子的态度是，做了就做了，走到哪儿算哪儿！但仇虎不行，复仇的烈火熄灭之后，他的眼前全是黑暗，他的内心成了一片荒原，他看不到自己灵魂的出路在哪里。于是人性中善的一面向他呼吁：杀害无辜罪不可赦，只有以死才能谢罪。于是他义无反顾地扑向了隆隆而来的列车，决绝地给自己的生命画上了生命的句号，为人性的反复做了注脚。难道这不正是复仇的结果对他的复仇吗？

金子是一个美丽、聪明、大胆泼辣、敢爱敢恨、敢作敢当的农村少妇，笔者对她在戏中的表现是由憎恶到同情的。她从小就被父母许给了仇虎，在少女的情感期盼中，仇虎才是她的爱人和未来的丈夫。对仇虎的爱恋随着年龄的增长一寸寸增厚时，仇虎却因遭到焦阎王的诬陷而身陷囹圄，自己也“被焦阎王押着”与仇人的儿子成了亲，这便在她的感情深处埋下了仇恨与反抗的种子。婆媳关系从古至今都是最难处的人际关系，何况她的婆婆还是封建社会的地主老婆，从金子“进门就没把她当人看”。所以仇恨的种子要发芽，首先是从反抗婆婆的压迫开始。但婆婆也不是“省油的灯”，对付婆婆，必须抓住丈夫这根稻草。可丈夫又是一个懦弱到没有任何主见的人，这一方面令她十分厌弃，另一方面又成了她最好的“牛鼻子”，因为只有软弱才好利用。于是她逼着丈夫说在婆媳落水时放弃母亲；明目张胆地跟丈夫说要做“狐狸精”给他看；气焰嚣张地在婆婆面前显摆丈夫给她买的金镏子、金镯子。简单的对话之后，相信大多数观众对金子这个人物颇有微词。不久她袒胸露背地走出房间，不言而喻，就是告诉人们，她已经开始偷人养汉了，一个荡妇的形象便开始形成。接下来婆婆几次跪着求她时的冷若冰霜，观众是有理由恨她的：不要说一个旧时妇女，就是新时期的女性，对老人和丈夫不恭不敬，也是天理难容！至此，金子又完成了对一个泼妇的人物塑造。但从她对付常五爷、白傻子时的机智、果敢，到她把婆婆咒她死的小人交给丈夫，观众才客观、公正地审视她的生存环境。原来她不仅承受着婆婆的压迫，还有常五爷之流也会见缝插针地偷吃她的“豆腐”，就连在白傻子那里她也只有凑上自己的香唇才能封住他的臭嘴。人们由此想到，哪里有压迫哪里就有反抗，以毒攻毒也是被逼出来的。由此才对她的行为生出丝丝同情和理解。在对待大星的态度上，她显然是恨铁不成钢的。她告诉仇虎，跟大星成亲不能怪大星，要怪他爹；

大星是他妈妈的孝顺儿子，但不是她的男人。后来仇虎要杀大星时，金子苦苦哀求不要杀他。这就告诉人们，金子不完全是一个铁石心肠、无情无义的人。虽然对大星比不上对仇虎感情深厚，但毕竟一日夫妻百日恩，何况大星对她百依百顺，大星还是“一个没有用处的好人”。好人是不该死的，或许是她朴素的是非观念，是她人性中善的一面。特别是当仇虎杀死了大星，又借焦母之手杀死焦家的孙子时，她对仇虎也是不满的。但事已至此，她也拿得起放得下，虽然找不到“黄金铺地的地方”，她也敢于面对现实地“走到哪儿算哪儿”。这些都与她放荡、泼辣、恃强凌弱的性格形成了鲜明对比，恰巧也把人性的复杂、多重的性格特征暴露给人看。这样，金子就成了一个有血有肉、真实可信、具有多重性格和复杂人性特征的丰满的艺术形象。

大星应该是值得同情的一个好人。但用焦母的话说，“你就是一根细草，经不起风吹雨打啊”！事实上，大星是出生在封建地主家庭的独生儿子，即便他出生时不是一根细草，“花盆”的环境里他也长不成一棵大树。如果随他的父母，就会变成一方恶霸；不随他的父母，他就只能唯唯诺诺，唯父母之命是从。显然他没按照父母的意愿成长。母亲埋怨他“不配做你爹的儿子”，金子埋怨他“不配有金子这样的媳妇”。实际上他也是具有传统观念和人的原始本性的人。当父亲押着金子和他成亲时，他当时“是不想要的”，或许他有“朋友妻不可欺”的观念，或许他思想深处期待真正的爱情，或许他惧怕“野地里生野地里长的”金子自己驾驭不了，反正他一开始是不愿意接受金子的。但父母之命对他来讲是不可抗拒的，何况金子还那么美丽动人、风骚、聪慧，哪个男人又能抗拒得了美丽和魅力的双重诱惑呢！他跟金子成亲后，是想做一个好儿子、好丈夫、好父亲的。他对母亲嘘寒问暖，十分孝顺；对妻子百依百顺，呵护有加。当婆媳矛盾爆发时，虽两头受气，但他仍扮演和事佬的角色，顶多发个“女人跟女人为什么总是玩不到一起”的牢骚。但作为男人他实在太窝囊了，懦弱到完全没有自己的主见和立场，就只能叫女人瞧不起。所以当金子说“我和你妈同时掉到河里，你先救谁时”，他竟在媳妇的逼视下违心地选择放弃母亲。其实，稍微有点头脑的人都知道，母亲只有一个，媳妇可以再娶。而他的表现不仅让母亲听了失望，也让所有母亲悚然和叹息：这样的儿子是不能作为依靠的！在保护金子不受压迫方面他做得更差。新婚宴尔之际，他是想在家里多陪陪媳妇的。但是他妈一口一个“妖精”“狐狸精”地骂金子，极尽侮辱之能事，他只能告诉金子，“我妈是个瞎子”。当金子把婆婆扎的小人给他看时，他也只有一句“妈，你怎么能这样呢？”。他不但不帮着金子维护她的人格和在家庭中的地位，反而告诉金子，“你现在嫁到我家，自然比不得在家里舒服”。目的就是让金子委曲求全，这样的结果只能让金子更看不起他，也让更多的女性观众看不起她。这样他不仅在母亲眼里没用处，在金子眼里也只不过是“一个没有用处的好人”。反而让两个强势的女人更强势，夹在中间的他更难受。母亲暗示他金子和仇虎私通时，其实他心里应该是清楚的。一方面他知晓金子和仇虎的感情背景，另一方面又是母亲捎信让他回来的。但是他却一直佯装不信。实际上感情基础正是他的软肋，正如“强扭的瓜不甜”；还有上辈子的血债也是压在他心头上一块歉疚的石头。于是，他宁肯戴个“绿帽子”息事宁人，也不想把问题扩大化。但是，母亲咄咄逼人，金子肆无忌惮，叫他情何以堪？于是他又借酒浇愁，借酒增胆，没承想反被仇虎利用，给了他杀死仇虎的理由。“一个没有用处的好人”形象让人们扼腕叹息：人性的恶在他这里似乎一点都看不到，但他的命运怎么就那么悲摧呢？

焦母浑身上下都散发着封建社会的妇女从被压迫走向压迫的特征，但也不该给她定性是个坏人。作为封建社会的地主老婆，她不可能原本就是个盲人，地主的少爷不可能去找一个盲人当媳妇。她对金子一句“看我不戳瞎你的眼”，就让人猜测，她的眼睛是不是被她的婆婆戳瞎的？是不是当年她也和金子一样，漂亮聪慧，泼辣风骚，因屋里出现过野男人，被婆婆戳瞎了眼睛，才把她镇在了这个封建家庭中，然后按照传统模式管理自家“后宫”？这些猜测为她和金子的共同点的揭示埋下了伏笔。估计她起码也受过传统文化的教育熏陶，夫贵妻荣，夫唱妇随，母以子贵。她对儿子恨铁不成钢时说“不配做你爹的儿子”，说明她对丈夫已经十分崇拜，即便丈夫杀人越货，她也要时时处处维护丈夫的利益。她动不动让金子跪在丈夫的遗像面前，借丈夫的“大旗”当自己的“虎皮”。实际上她是把自己当成了参照系。一方面，她知道这个家的隐患在哪里，为保护儿子不受伤害，她不得不常常敲山震虎地警告金子；另一方面，她也要把自己反抗压迫的遭遇，声色俱厉地转嫁出去，看似是维护了封建的传统家庭制度，实则是给自己的人生找一份平衡。因此，她对金子的压迫和羞辱，很大一部分是她对“多年的媳妇熬成婆”的一种宣泄。虽然她的眼睛瞎了，但借她的话说，“用耳朵也能看到人的心里去”。相信凭她的人生阅历和生活经历，她确实能看到金子的内心世界。她知道金子不是个善茬，不会安分守己。所以她会时时敲打金子，不只是为了给金子一个下马威，同时也是老母鸡爱小鸡般地保护儿子。她爱儿子可以说是横向到边，纵向到底，她希望大星在外边好好做事，不要被“狐狸精”迷住；她怕大星在外边吃苦，嘱咐他要好好吃饭；她担心给大星的钱被金子抠了去，就要回来再数数……要不是遇到了金子这样不甘受辱、反抗意识强烈的媳妇，一个强势的母亲和一个弱势的儿子，在一个家庭结构中也应该是平衡的。但金子是“焦阎王押来成的亲”，焦家对仇虎一家还背负着血债，这些都是焦母心虚的地方，也是让她不放心的源头，这就让她责无旁贷地承担起保护儿子的重担。当她从白傻子处证实金子已经跟仇虎睡到了一起后，她就好言相劝金子离开大星。在遭到金子的冷嘲热讽和拒绝后，她又跪下来求金子。这一跪，跪出了母爱的人性光辉，跪出了观众对她的理解和同情，跪出了她恶婆婆形象的改变。实际上她跟金子有着许多共同点，她们本性善良，美丽聪明，都追求爱情和幸福，都是受封建家庭压迫的一类人。但金子反抗着逃出去了，焦母自己不仅没有逃走，反而还想把儿媳妇也拉到自己的人生轨迹上来。观众不免要问，她的第一个儿媳妇——小黑子的妈妈哪里去了？是被她压迫而死，是被她逼着大星休掉了，还是自己挣脱了枷锁获得了自由？这些疑问无疑会给焦母“恶”的形象增加筹码。特别是后来她勾结官方想害死仇虎，却错把小黑子一铁棍打死，人们在可怜小孙子的时候，无疑对她的心狠手辣有了更深刻的认识。如果不往深里探究，她这个坏人的形象在观众的心里算是定格了。但我还是想替她说句公道话，假如不是仇虎要“父债子还”地跟她叫板，假如她不是为了保住焦家的血脉，假如她不是愚昧地认为“杀人不用偿命”，她也不会孤注一掷地要置仇虎于死地。因为作为女人，杀人毕竟不是一件容易的事。所以，当她恍恍惚惚地蹒跚着再次出现，反反复复地叫着“小黑子，你快回来吧，奶奶想你啊”的时候，笔者对她是抱有一份怜悯之情的。

剧中还有一个常五爷，他的作用一方面是渲染金子所处环境的险恶。丈夫不在家，婆婆又是个盲人，一个刚过门、长得又十分好看的新媳妇，瞅个机会占点便宜是常有的事。另一方面，他又是焦母精明强悍的一个工具。他不仅替焦母窥探金子的行为，还为焦母除掉仇虎出谋划策，实际上可以说是他间接地害死了小黑子。但当所有的主角为各种罪责付出代价的时候，他却成了真正的配角和旁观者，或许他正躲在黑暗中窃喜呢！还有白傻子，他不过是焦母的眼睛和拐杖，但他心眼虽傻，人性却并没有泯灭。就像女人喜欢花朵，男人爱美女一样，假如金子没有“老虎”的威严，他也许会成为金子的保护伞。但聪明漂亮的金子怎么会喜欢他呢？所以当他得不到金子喜爱的时候，他就告诉焦母：她是老虎！当然，还告诉了焦母他在金子屋里看到的男人，这些都是符合生活真实和艺术真实的。

再有就是没有出场的焦阎王，虽然他已死多年，但整个悲剧的发生却是因他而起。他就是所有人性悲剧的根源，也是封建势力和黑暗社会制度的典型代表。他的阴魂不散，说明人性的恶始终在影响着人性的善。封建社会的黑暗和余毒未清，从侧面反映了社会的变革和进步任重而道远。这或许是该剧更深层的意义所在。

这部戏乍看上去，似乎是一个关于家庭伦理、关于婆媳关系、关于性爱的复仇话题，但分析剧中人物不难看出，该剧不仅揭露和批判了封建社会的黑暗势力，还通过深挖人性这口高深莫测的井，告诉人们，善和恶在特定的环境中是可以变换的，人世间其实没有绝对的好人和坏人，所有的人和事都有相对性。特别是天津人艺用了古陶人来表现人物内心的挣扎，用了大提琴来渲染情节和气氛，用了灯光来投射人的灵魂，用了火车的轰鸣和车轮来象征时空的转换和对现实的碾压，使得这部剧在思想深度上又增加了新的艺术高度。所以，当我们看懂它的时候，不仅应该向经典和大师致敬，更应该对如何做人做事多一份合乎人性的理性思考。

电视剧剧本

我们都有一个家

剧本简介

该年代剧以鲜为人知的“老西藏”群体为叙事对象，以“老西藏”后代的家国情怀为视角，以鲁琪、韩冬梅一家的故事为主线，通过几个家庭、几代人、几十年悲欢离合的家国故事，诠释了中华民族共同体的理念，弘扬了无私奉献的“老西藏精神”。

主要人物

鲁琪：20 世纪 60 年代初的基层党委书记。年富力强，受组织看重。踏实稳重，爱家爱亲。忠孝难以两全的情况下进藏工作 20 年。内调后担任当地领导，又成了家人的“紧箍咒”。一成不变的“一根筋”特点，生成了他两个鲜明标签：忠诚和奉献。

韩冬梅：鲁琪妻子，基层妇女干部。原本也是“小女人”般的温顺贤惠。丈夫进藏后，不得不变得泼辣能干、性情粗糙、刚毅强势，导致婆婆不满、女儿对立、说话绝情。但她爱家爱国的初心不改，面对生存环境的变化，她从未向命运低头。

鲁王氏：老年家庭妇女，鲁琪母亲。年轻时守寡，带着三个孩子从艰难困苦中一路走来，懂得国比家大的道理。在对儿子的思念中心理变化极大，不满儿媳、虐待孙女、溺爱孙子。但在家人遭遇冲击时却挺身而出、大义凛然、有担当。后因病去世。

鲁爱国：鲁琪女儿，故事当事人、见证者。她以自己的回忆和父亲的日记，串起了内地和西藏两条故事线。父亲的进藏经历改变了她的成长环境，使她敏感倔强、较真儿上进。一趟西藏之行使她成了宣扬“老西藏精神”的使者。

田有余：爱国知识分子，进藏途中与鲁琪成了莫逆之交，后成了鲁爱国的公爹。他性情乐观，开明豁达。先后两次进藏，写过20多次入党申请。因失去爱子一时放纵，一生没实现入党心愿。内调后担任某地政协副主席，常遭女儿抱怨。

谭美兰：田有余妻子，美丽贤淑的知识女性。曾是某省报社编辑，后带两个孩子去西藏投靠丈夫，小儿子却不小心被雪水冲走，导致谭美兰精神失常。丈夫内调后她成了领导夫人，不上班却评上高级职称。

田智：田有余大儿子，鲁爱国的丈夫。父母进藏后被寄养在外祖父母家里，是早期的留守儿童。在外受人欺负，在家祖辈溺爱。导致性情懦弱，内向自卑。从小喜欢鲁爱国并与之结为夫妻。新时期的两个援藏周期中变得大智若愚。

田美：田有余女儿，8岁时被母亲带去西藏，不仅耽误了学业，还导致性格扭曲。下岗后常常抱怨父亲好人无能。

王长庆：一位老革命，鲁琪的进藏战友。曾任内地某县委书记，因进藏任务没落实，自己报名进藏。一同进藏的妻子去世后，收养了藏族孩子，还把自己的孩子接到身边成了“藏二代”。是献了终身献子孙的典型代表。

卜淑英：王长庆妻子，为陪丈夫也报名进藏。行前给不满4个月的婴儿强行断奶，把四个孩子送到乡下成了留守儿童。在思念孩子、高原反应和艰苦生活中，透支了健康，进藏两年后不幸去世。

岳霖峰：鲁琪的进藏战友，不到30岁的畜牧业中专毕业的专业人才，性格乐观开朗的“乐天派”。进藏后长期工作在牧区，号称当地的“活地图”。因常年奔波劳累不幸患病去世。

白甘霖：鲁琪的进藏战友，年轻的白面书生，性情单纯浪漫。进藏后被分配在西藏的林芝地区从事教育工作。进藏半年就遭遇身为演员的妻子提出离婚，在跟藏族孩子的接触中逐渐成熟。后接纳了田有余的私生子，与鲁琪的藏族妹妹组成了家庭。

赵东巍：西藏和平解放后转业到自治区汽车总队工作，常年奔波在青藏线上，与鲁琪等是内地老乡，也是“老西藏”的代表人物。后患高原病去世。

益西卓玛：赵东巍的藏族妻子，汽车队职工，善良朴实，富有爱心。对汉族朋友十分友好，丈夫患病后她精心照顾丈夫直至丈夫去世，后与王长庆组成家庭。

潘解放：十八军转业干部，西藏基层县委书记，“老西藏精神”的创立者和传承者。有很强的政策性和原则性，极具长者风范和人情味。对鲁琪的工作和生活给予了极大的关心和支持。离休后他在成都的家成了汉藏干部的桥梁。

晋美扎西：民族大学毕业的藏族干部。因出身于奴隶家庭，对原奴隶主贵族和统战对象有所排斥，在潘解放和鲁琪等人的帮助下逐渐成熟。先后任副县长、县长、书记，还与贵族女孩迟歌结为夫妻。

迟歌：旧西藏奴隶主贵族家的女孩，热情奔放，纯洁善良。接受过西方教育，亲历过时代变迁，敢爱敢恨，是汉族干部的朋友，崇拜并喜欢鲁琪。后成为晋美扎西的妻子。

程翔鹰：内地大学毕业生，激情中辞别新婚妻子，只身赴藏支边，任县委秘书。艰苦的工作生活环境超出了他的想象，极度苦闷中理想动摇，与贵族小姐精神出轨。在鲁琪和妻子的帮助下迅速成长，却在抢救西藏文化遗产中献出了生命。

祝洁：程翔鹰的妻子，内地某中学教师。热情大方，事业心强，在鲁琪一封信的感召下来到西藏，包容了丈夫的一切。丈夫去世后毅然返藏，把自己的美好年华奉献给了当地教育事业，后成为全国“三八”红旗手。

叶红：曾是内地大医院的女护士，被潘解放带到了西藏某县里。在救治了放羊娃俄珠后，很快赢得了当地藏族同胞的信任。她活泼热情、头脑清醒，后与俄珠结为夫妻，逐步成长为西藏卫生厅副厅长。

俄珠：朗生的后代，统战对象达赤家的放羊娃。纯洁朴实、勤劳善良，后成为西藏的企业家，叶红的丈夫。

达珍：汉藏混血女孩，潘解放的养女，县委办公室工作人员，后成为巴桑的妻子。

巴桑：县委机关工作人员，与达珍结为夫妻。

尚仁：鲁爱国的初恋情人。为获得事业的平台放弃爱情，升迁后对爱国难忘江湖。

其他人员若干。

剧本大纲

新世纪的某个团圆日，知天命之年的女公务员鲁爱国，欲借儿子留西藏工作的机会，去西藏探秘父亲的西藏情结，母亲韩冬梅却与其发生激烈争吵。去意已决的鲁爱国临行前得到了母亲保存的小木箱，记忆之门与小木箱被同时打开，几个家庭、几代人、几十年在亲情、友情、爱情方面的恩恩怨怨、悲欢离合的真实故事，犹如潮水般扑面而来……

20 世纪 60 年代初，北方某地 6 岁的女孩小民，唱着《学习雷锋好榜样》的歌曲，充分享受着美好的童年时光。班主任送给她一个“金枝”的学名，开启了她上学读书的大门。此时，父亲鲁琪已带领全公社走出困境，成为组织重点培养的优秀干部；母亲韩冬梅身怀六甲，依然温顺贤惠、积极能干；祖母鲁王氏善良慈祥，3岁的弟弟爱军活泼可爱。家庭内外、公社上下都沉浸在欣欣向荣的喜悦中。省里却分配给县里一个进藏干部指标，要求年富力强，有基层工作经验。

县委领导以国家大局为重，把筛选的目标对准了鲁琪。在上级征求鲁琪的意见时，他虽然内心十分纠结，但感恩于组织的培养和信任，当场表态，接受了进藏任务，但他告诉妻子时只说去三年。韩冬梅一反常态，暴跳如雷，执意要去找县委领导讨个说法。鲁琪说她格局太小不配当干部，冬梅便拿婆婆鲁王氏说事。鲁琪说自己也只有一颗心。无奈冬梅只好配合丈夫瞒下了母亲，暂时谎称去省里学习。在送小民去学校的路上，爸爸嘱咐女儿要好好学习，天天向上。

冬梅在去省城给鲁琪送行时，认识了本省进藏人员及其家属。其中某县委书记王长庆早就超了进藏年龄，因进藏报名期限到了最后三天县里还没人报名，身为“老革命”的县委书记就自己报了名，妻子卜淑英给不满4个月的孩子强行断奶后，把4个孩子全部送回乡下爷爷奶奶家，自己报名陪丈夫进藏。冬梅看到了自己的差距，想等自己生了孩子后就替王长庆夫妇养着最小的孩子。家在省城的田有余和谭美兰夫妇，对祖籍同乡的冬梅十分热情，冬梅却以杨白劳和黄世仁是老乡为例，驳了人家的好意。某县进藏的科级干部牟力，当着省委领导高调表态，说不会给全省人民丢脸。站台告别时，畜牧专业毕业的乐天派岳霖峰，对身为老党员的父亲和来自农村的妻子兴奋地想象着自己的用武之地；白面书生小白的演员妻子却用眼泪埋怨着丈夫。

炎炎烈日下，绿皮火车昼夜前行，进藏人员疲态尽显。卜淑英因奶水被强行逼回，身体出现严重不适，想孩子更是让她彻夜不眠，难以下饭。王长庆心疼地把妻子紧紧揽在怀里。田有余告诉鲁琪，自己虽然是资本家后代，但他一点都不缺觉悟。20世纪50年代中期曾作为知识分子进藏建设，这次是极力争取的第二次进藏了。而牟力的进藏动机是从副科级升为正科，还要求给老婆孩子农转非户口，他对鲁琪的“共产党员是块砖”的价值观根本不信。小岳认为把自己所学的畜牧业专业知识，用在国家最需要的地方，就是最好的价值体现。生性浪漫的小白却是带着对西藏的无限好奇和向往主动报名，但身为演员的妻子的性情也让他放心不下。

长途跋涉的进藏人员到达西北的交通枢纽——甘肃柳园集结。连日来的疲惫和柳园的荒凉让牟力叫苦连天，田有余却调侃说这才是万里长征迈出了第一步；无边无际的戈壁带给小白莫大的失望，极度衰弱的卜淑英更加失眠厌食，丈夫王长庆心疼至极。作为党小组组长的鲁琪虽然自我要求作出表率，但他对自己瞒着母亲、愧对妻子儿女的行为，也常常难以释怀，只好把自己的心事写进日记里。幸好智慧的田有余和开朗的小岳，给了他精神上的支撑和工作上的帮助，也为他们的莫逆之交埋下了缘分的种子。

全国各地的进藏人员正式踏上了青藏高原。卜淑英被照顾坐进了驾驶室里，牟力不顾王长庆的陪伴和小白的晕车，也坐进了驾驶室。司机赵东巍得知拉的是同省老乡后更觉亲切，说自己是西藏和平解放后留在西藏工作的“老西藏”，娶了藏族妻子扎西卓玛，组成了民族团结型家庭，很为自己的事业干在了世界屋脊上而自豪。牟力却对他的说法嗤之以鼻，说他是逃避回老家修理地球。话不投机中牟力流了鼻血，正巧路遇一块石头，赵东巍紧急刹车，牟力大声惊呼就算开除党籍也不去西藏了。鲁琪对牟力劝慰无效，只好在田有余的帮助下，将牟力送上了格尔木去内地的长途汽车，并给他出具了身体不适合进藏的证明。

内地的鲁琪家里，从没有跟儿子分开过的鲁王氏日益想念儿子。小民也对母亲说想爸爸了，冬梅却厉声告诫她想也不许说。这一幕恰被鲁王氏看到，她开始怀疑冬梅有事瞒着她。思虑中她眼前出现了许多画面：冬梅送鲁琪去了好几天；鲁琪动用了公家的小汽车带家人去县城下饭馆、拍全家福；中国地图出现在了冬梅房间的墙上；村干部说鲁书记就是犯了错老百姓也不会忘了他的恩情……鲁王氏逼迫冬梅说出了实情，深明大义的她知道国比家大。她嘱咐冬梅全家都要好好的，让鲁琪放心也能帮人家养个孩子。但她也在地图上比量出去西藏比闯关东还远。

进藏人员在拉萨培训时，鲁琪和战友们排了很长时间队，也没跟家里人通上电话，他告诉大家赶紧给家里写信。扎西卓玛送来的馒头很是黏牙，他们感念起家乡的味道。鲁琪和战友们拜访赵东巍一家，两个孩子引起大家对亲人的思念，卜淑英更是把孩子抱在怀里不肯撒手。集训结束后，鲁琪被分配到偏远的县里任副书记，田有余留在拉萨工业局工作，王长庆夫妇分配到地区负责统战和妇女工作，岳霖峰被分配到高原牧区。小白虽然分配到海拔最低风光最美的林芝任教，但他却因为要与大家分开，趴在鲁琪的肩上哭得梨花带雨。

鲁琪在地区认识了组织部的十八军后代小魏，也终于等来了县里来拉货的汽车。经过艰苦跋涉到达县里，县委书记潘解放对他已满怀热切期盼。潘书记是和平解放西藏又“长期建藏，边疆为家”的“老西藏”。为迎接鲁琪的到来，当地知名人士活佛丹增、旧贵族达赤及他的女儿迟歌、放羊娃俄珠等来到现场。潘解放为让鲁琪尽快适应，不仅亲自指导他生炉子等生活技能，还专门安排汉族干部、他当年的警卫员霍达协助鲁琪。尽管如此，鲁琪还是陷入失眠、便秘、脱发、头疼等种种困境。负责机关食堂的藏族阿妈嘱咐儿子巴桑，汉族干部是毛主席派来的，是西藏农奴的恩人，朴实敦厚的巴桑让阿妈放心。因鲁琪的父亲是被疯狗咬伤致死的，导致他对动物有强烈排斥，学骑马时恐惧地从马上摔下来，恰被迟歌看到。迟歌笑话说汉人就是笨，鲁琪表示自己笨不代表汉人笨，说完竟一跃而起驰骋而去。此举在热情善良的女孩心里种下了好感的种子。

鲁琪离家后的第一个中秋节，县委组织部部长与公社书记一起来探望冬梅一家。因思念儿子而萎靡不振的鲁王氏从炕上爬起来，央求领导把鲁琪调回来。冬梅知道婆婆处在情绪的低谷，示意领导们心意到了就赶紧离开。领导们走后，鲁王氏推脱不饿又躺倒在了炕上。冬梅和小民一次次地喊鲁王氏吃饭，可她就是不起来，冬梅坚持和两个孩子坐在桌边等她。小民眼瞅着领导送来的礼物偷偷咽下口水，小军伸手去拿月饼被冬梅狠狠抽打了小手。小军哇哇大哭时，冬梅恼怒地要站起身来，一摊水却顺着裤管流下，小民惊恐地朝屋内喊“我妈淌水了”。鲁王氏听到喊声慌忙从炕上下来，让小民喊来了任书记。清晨，冬梅生下了瘦弱的小女儿小华。

大月亮也照着中秋夜里的高原。鲁琪送走刚刚陪他过节的潘解放，回屋端详抚摸着全家福里的每一个亲人，泪眼蒙眬中回到了与亲人们在一起过中秋节的幸福时光。回过神来的鲁琪以水代酒，向自己的老娘、妻子和孩子致歉，并要求自己坚持了再坚持。接受过西方文明教育的女孩迟歌，知道中秋节对汉族人的意义，特意带着放羊娃俄珠给鲁琪送来了月饼等节日食品。但她的思想观念中，仍有根深蒂固的贵族意识。鲁琪谢绝了她的食物和好意，并对她高人一等的思想观念给予了批评教育。迟歌以教鲁琪藏语为交换，让鲁琪教她学打算盘。

鲁王氏虽深明大义，也心疼媳妇和孙女孙子，但精神却日益萎靡，神情恍惚中竟离家出走。刚生过孩子的冬梅更加焦虑，致使出生几天的小华完全没有奶吃。党委领导给冬梅家配备了保姆，并在粮食定量供应的情况下，破例给冬梅家保证口粮，村干部也特意给保姆曲靖记着工分。鲁王氏接到党委送来的粮票，眼前晃动起闯关东逃荒要饭的场景，便把粮票偷偷藏了起来。还把好吃的东西留给孙子小军，小民看到后觉得奶奶偏心，对奶奶的态度开始冷淡。

中秋节过后，鲁琪所在县遭遇特大雪灾，抗灾中潘解放患上了严重的肺气肿。县委食堂的藏族阿妈偷宰了达赤家的羊给潘解放他们增加营养，还掩饰说是巴桑捡到的冻死羊，潘解放让巴桑把钱放到捡羊的地方，这一举动让鲁琪深受教育。潘解放病情日益加重，鲁琪拿出自己的工资请迟歌向她父亲达赤购买藏药。但达赤对汉族干部耿耿于怀，拒绝给潘解放提供药品。在丹增活佛的建议下，鲁琪决定连夜送潘解放去地区医院治疗。他分别给在地区工作的王长庆和在拉萨的田有余写信，由霍达带信送潘书记到地区医院治病。

冬梅在婆婆想儿子、孩子想爸爸的环境中，压抑郁闷焦虑的情绪不断增长，性情变得越来越粗糙。但她没有忘记自己当初的誓言，去王长庆父母家看望孩子前，跟鲁王氏说带一个孩子回来养着，鲁王氏表示同意，还做了面食让冬梅带着，但已经拿出来的粮票却没舍得交给冬梅。冬梅在王长庆父母家得知，4 个月大的孩子离开母亲后天天咂奶奶的乳头度日，导致奶奶患上乳腺炎引发其他疾病不幸去世，8 岁的长子帮年迈的爷爷撑起了一个家。冬梅提出带最小的孩子帮他们养着，却被祖孙俩一口谢绝。

潘解放病情缓解后又被霍达送到成都家中养病。霍达返回时潘解放让他把养女、汉藏混血姑娘达珍带到县里，同时霍达还分别从拉萨和地区带来了冬梅寄的包裹、田有余写的信、卜淑英给鲁琪女儿小民做的棉鞋、小白给他留的松茸等物品。县委办公室里，鲁琪捧着妻子和战友的来信来物激动地哭了。他亲吻着女儿留给他的月饼，与身边的同事分享他的幸福。身边的同事却难以理解他对亲情的渴望，只是以为他在这里的生活太苦了。

没有家室的霍达捕了两只野鸽，拟用松茸炖鸽子给鲁琪补养身体。在鲁琪宿舍宰杀时被鲁琪看见，鲁琪怒火中烧，骂他杀生伤害了藏族同胞的感情。他的暴怒使霍达十分委屈，几天都不敢来见他。过后鲁琪也后悔自己不近人情，于是专门安排了一次下乡调研，霍达忠心耿耿地跟在鲁琪身边。农牧区的孩子用羊屎球计数，女人在羊圈里生孩子，藏族同胞对共产主义的理解就是糌粑管够白糖有的吃，鲁琪心情沉重到眼圈发红。霍达把鲁琪对藏族同胞的感情看在眼里，谅解了鲁琪对他的态度，也对他更加敬重。

潘解放康复后从成都回到县上，还带来了成都某医院的小护士叶红。

活泼能干的叶红到县上做的第一件事，就是给县里的干部们检查身体。鲁琪当年在东北煤矿留下的伤疤，不经意间被在场的姑娘们看到。细心的达珍在鲁琪的床上放了个热水袋，热心泼辣的迟歌却给鲁琪送来了厚厚的羊毛毯子。在大城市的医院里见过世面又冰雪聪明的叶红看到了这一切，暗笑这两个背景性格不同却一样多情的女孩。

身为公社妇联主任的冬梅兼任片长后更忙了，渐渐地变成了工作狂和“女汉子”，性格也变得粗粗拉拉、风风火火。传统的鲁王氏开始对冬梅不满，但她也忌惮冬梅的国家干部身份，便把气指桑骂槐地撒在孙女小民身上。她说小军是家里的独苗，全家人都得好好保他。冬梅无意间听到外人议论，说他们家雇了保姆还多吃多占，是回到旧社会的剥削行为。冬梅回家质问婆婆是不是藏下了粮票，鲁王氏强调自己是为了保住这个家，冬梅却认为占公家便宜是耻辱，婆媳矛盾由此爆发。党委任书记明确表示，冬梅家的粮食问题自己担责。

鲁琪进藏已经两年多了，潘解放却给他吹风，说自治区政府即将成立，组织想推荐他担任县长，并让鲁琪带队参加西藏自治区成立大会。鲁琪在地区集合时去看望了王长庆夫妇，见卜淑英的身体彻底垮了，王长庆却依然工作在统战工作第一线。参加完大会后，鲁琪见到了莫逆之交田有余。在他宿舍里，鲁琪发现了老田写的十几份入党申请书，因为在高原很难调查政审，因而申请书都被束之高阁。但老田依然坚信，组织不会让一个崇拜她的人一直等在门外。鲁琪被老田坚守理想信仰的精神所感动，愉快地接受了担任县长的安排。

鲁琪与田有余去看望赵东巍一家，见他已患上了高原病，藏族妻子益西卓玛停止工作细心照顾，他又联想到了亲人，想到了短期内不能内调，内心的愧疚感再次袭来。在拉萨他给冬梅写信说了接受担任县长的事，让她打消三年期满内调的念头，并想办法安抚母亲。冬梅因粮票的问题正与婆婆闹对立，鲁琪的来信让她更加崩溃，亲情之间的鸿沟再次加大。

田有余给鲁琪推荐了新进藏的大学生程翔鹰，组织也给县里配备了藏族副县长晋美扎西。县里召开会议传达自治区成立大会精神、欢迎晋美扎西和程翔鹰，热情单纯的迟歌闯进会场也要参加会议。农奴出身的晋美扎西对旧贵族女孩很是不屑，说“现在的西藏已经不是你们的天下了”。迟歌拿鲁琪“人人平等”的话据理力争，晋美扎西在跟迟歌的争吵中说了不利于统战工作的话，当场受到了潘解放的批评。年轻的晋美扎西十分委屈，说潘解放站在了旧贵族的立场上。会后鲁琪跟晋美扎西强调统战和稳定工作的意义。

俄珠帮叶红在雪山上采到了雪莲，达赤知道后毒打了俄珠。迟歌喊来叶红把俄珠从羊圈里弄到室内，并用父亲的藏药和物品救治俄珠，还请鲁琪出面跟父亲讲理。鲁琪对达赤义正词严地指出，俄珠不再是他的个人财产，每个人都是平等的，谁都不能随便打骂。鲁琪的凛然正气使迟歌暗中喜欢。叶红对俄珠的救治在当地传开后，赢得了藏族同胞的信任，很多藏族群众来找她看病，特别是她帮助一难产妇女生下孩子，更是赢得“绿度母”的美称，医疗卫生事业很快在县里打开了局面。

县机关的几个年轻人分别有了心事。纯朴的达珍对叶红坦白，说知道巴桑喜欢自己，但自己却对鲁县长有一种特别的感觉；叶红心疼放羊娃俄珠，两人走得越来越近；程翔鹰对霍达说，自己结婚六天就离开了妻子，追随着所谓的理想来到西藏，没想到这里的落后远远超过了自己的想象。而近30岁还没有结婚的霍达却十分羡慕他们都有家有亲人。

热情单纯的迟歌总想靠近鲁琪，但正统的鲁琪却对她一本正经地严肃。心里委屈的迟歌与情绪低落的翔鹰互诉衷肠，当醉醺醺的翔鹰接住迟歌伸过来的手时，正巧达赤从外边跨进客厅，眼前的一幕让他愤怒至极。达赤捆上俄珠向汉族干部发难，说汉族人不仅动了神山还侵犯了自己的女儿。鲁琪义正词严地说可以捆上自己去向神山谢罪，但山川大地属于国家和人民，翔鹰的错误也不应拿放羊娃来示众。事后鲁琪与潘解放商量，把程翔鹰的妻子调来县里工作，并亲自写信向其发出邀请。

内地某中学的青年教师、翔鹰妻子祝洁，历尽千辛万苦终于到达县上。潘解放怕他知道翔鹰的事，告诫大家谁要是透露出去就按纪律处分。鲁琪认为他们是新时期的大学生，早一点知道真相反而会让翔鹰早一点放下包袱。果然，理智的祝洁看破丈夫的隐情却没有说破。几个月后，县中心小学举行开学典礼。藏族同胞因不知道上学读书有什么用，开学典礼上只看到几个熟悉的身影和看热闹的人。副县长晋美扎西为了教育事业，终于正眼看向了迟歌，希望有文化的她能帮助推动教育事业的开展。

运动来袭时，冬梅家被贴了“叛国投敌分子家属”等大字报，还被扒出了雇用保姆多吃多占的事。已被打成走资派的党委任书记主动揽责，造反派又逼问冬梅是不是和任书记通奸。萎靡不振的鲁王氏挺身而出，大义凛然地保护冬梅和家人，并说粮票是自己藏起来的，冬梅根本不知道。曾经给小民主动起学名的班主任，此时也叫嚣“金枝”这个名字是封建残余。冬梅光明磊落地宣布：“我家的孩子今天开始就叫爱国、爱军、爱华。”姐弟俩在学校不断受到欺负，善良的同桌军英是个军属子女，在爱国遭遇学校霸凌时对她更加友好。小爱军虽然有任书记爱人刁老师呵护照顾，他逆天反抗的性格却愈演愈烈。

冬梅家被赶出党委大院的时候，鲁琪已经离开家三年多，鲁王氏执意要在原地等儿子回来。冬梅只好请原党委的通信员小王把婆婆送到乡下女儿家去，小爱华也被保姆曲靖带回了农村家里。困境中顽强生长的小爱国，在学校里被班主任性骚扰。不懂异性隐私的爱国回家告诉了母亲，恼羞成怒的冬梅打骂了女儿，又不顾后果地去学校找班主任算账。小爱军在厕所里说革委会主任坏话，恰被女厕的主任女儿听去。

已当上校长的原班主任当众给爱军剃了阴阳头还涂满了墨汁，又是刁老师护住了爱军。冬梅顽强地跟权势抗争，不小心自己摔折了腿。心情郁闷中她的脾气越来越坏，常常把成长中的孩子当成出气筒，导致小爱国向她封闭了内心世界，小爱军越来越叛逆。家庭成员的性格都发生着改变，灰暗的日子笼罩着整个家庭。

祝洁和翔鹰在高原上收获了爱的结晶。热烈庆祝的气氛中鲁琪又下意识地想到了亲人，他猜小女儿长得啥样，担心妻子的刚烈性子会吃亏，更挂念母亲三年没有见到她，精神和身体可还康健？在祝福宴上，他外表兴奋内心伤感一夜无眠。翌日去乡下调研时遭遇马失前蹄而受伤，藏族女孩山里水姆把他接到自己家里。鲁琪看到藏族阿妈又想到自己的母亲，在几天的相处中他认下了藏族妈妈和高原妹妹，与山里水姆结下了不解之缘。

做内勤工作的达珍突然接到上级调鲁琪回内地的电报，心思细腻的女孩既为县长高兴也心情复杂地红了眼睛。鲁琪让达珍赶紧发报告告知冬梅。潘解放对鲁琪的内调虽恋恋不舍，但他还是出于人性的考量，认为他更应该在亲人身边。将要离开的鲁琪对西藏深深眷恋，他抚摸着几年来与冬梅和战友的来往信件、进藏日记，一幕幕的过往在脑海里不断涌现。

被赶到供销社仓库居住的冬梅，正和小爱国做着过冬的准备。接到小王送来的电报时她不敢相信自己的耳朵，直到小爱国哽咽着念出声来，她才催着女儿快让小王叔叔去告诉乡下的奶奶。革委会主任听说了鲁琪要回来的事，专门给冬梅家增加了一间房。没想到新炕垒好后却再次收到电报，内容是鲁琪内调暂缓。鲁王氏的情绪再次跌落低谷，冬梅家过年更是雪上加霜，孩子想爸爸、婆婆想儿子使冬梅像被架在火上烤。过完年后，只好请小王再次把鲁王氏送到乡下。而流氓主任却想占冬梅的便宜，冬梅积攒了几年的怨恨一齐砸向了那张嘴脸。这一幕恰被小爱国看到，冬梅向她怒吼离所有男人都远点！

祝洁的预产期快到了，小夫妻开始筹划回内地生产，没想到却遭遇了大雪封山。为保证祝洁的安全，潘书记亲自召开会议，专门组成了护送团队。鲁琪带队护送祝洁夫妇翻越雪山，并送上了部队开往成都的长途汽车。到达成都后祝洁他们住进了潘解放家，潘妻给予了热情照顾，并帮助他们顺利登上了回家的火车，没想到祝洁却在火车上生下了儿子。为纪念所有的善良和爱心，翔鹰夫妇给孩子起名叫路生。

与此同时，省城某报编辑谭美兰，在单位里成了“叛国投敌”家属、资本家后代、“臭老九”，一向低调内向的美兰再也待不下去了。她回到冬梅所在地的老家，把大儿子田智放在父母家，决定带两个小的孩子去西藏投奔丈夫。临走前她来冬梅家告别，说起十八军进藏官兵写下血书“长期建藏，边疆为家”的事，冬梅才知道，当年丈夫告诉她进藏三年，只不过是托词而已。她虽然心里怨恨鲁琪，却不想在谭美兰跟前认㞞，嘱咐美兰别把家里的情况告诉鲁琪。

小爱国在坡里搂草时被蛇吓着了，为缓解她的精神状况，冬梅去看望谭美兰父母时带上了女儿。小爱国与田智一见如故，谭家父母也对爱国喜爱有加。小爱国从此把谭家当成比自己家还温暖的港湾，很愿意到谭家小住。性格越来越强势的冬梅很少跟女儿沟通，小爱国也越来越想躲着母亲，反而在谭家父母跟前能释放出一个女孩的自然天性。留守少年田智虽自卑内向，心里却十分喜欢爱国，爱国却心无芥蒂地把田智当成同病相怜的哥哥。

祝洁和翔鹰的孩子路生满 4 个月了，返藏前他们来看望冬梅一家。交谈中冬梅越说越恼火，指着被婆婆倚白了的门框和墙上刻下的指印，愤怒地质问祝洁夫妇，鲁琪走了五六年为什么不回来看看？还口出妄言说他肯定在外边有人了，这话恰巧被小爱国听到。

此时在西藏的藏历年夜里，达珍搀着醉酒的鲁琪回到宿舍，鲁琪一遍遍地喊着“冬梅”的名字。善良的达珍不忍离开，手就被鲁琪一直抓着。不料迟歌闯了进来，看到此情此景，她说要跟达珍竞争。达珍坦言她们谁都不会得到他，因为他心里装着亲人。

严重晕车的美兰在川藏公路上受尽磨难后到达拉萨，丈夫田有余却已经调到矿区工作，她只好带着一双儿女暂住拉萨，小儿子田甜却不小心被山洪冲走，悲伤过度的美兰精神失常。鲁琪得到消息后连夜赶赴拉萨，把美兰母女送到矿上。田有余在矿上的艰苦程度令鲁琪震惊，他情绪复杂地抱住老田泪流满面。鲁琪回到县上，跟潘解放和藏族妈妈商量后，把山里水姆安排到矿上帮助老田一家。

由王长庆带队的地区检查组来县里考察，其中一项内容是了解鲁琪的生活作风问题。虽然鲁琪的日记等都摆在桌面上，但他们还是要求潘解放以组织的名义做出说明。潘解放从人性和党性两个方面，历数鲁琪放弃舒适的工作环境、对亲娘和妻子儿女不管不顾、忍受着思念亲人和生活艰苦等方面，摆事实讲道理据理力争，并对几个女孩都喜欢鲁琪的情况进行了说明。潘解放的陈述让工作组的同志心服口服，他借此提出让鲁琪回家探亲休假和提拔重用的要求。

工作组在县里的考察结束后，王长庆住进了鲁琪宿舍。昏暗的酥油灯下，两个进藏老战友彻夜长谈。鲁琪这时才知道，卜大姐早在一年前就去世了。王长庆回忆起当时的情景：在边防他得到几个算盘珠大小的苹果；边防站的指导员冒险偷来几棵青菜；他在马上幻想着妻子吃到嘴里的幸福；回到地区时却只看到妻子坟头上长出的青草。愧疚的他在鲁琪面前泣不成声。他说，妻子从解放战争时就跟他在一起，从没享过一天福。她是怀着对孩子的深深思念和愧疚离开这个世界的。鲁琪被他的故事感动得泪流满面。

在潘解放的关心下，鲁琪终于得以回家探亲。在经历了漫长的旅程后，风尘仆仆的鲁琪近家情更怯，不敢问来人。而此时冬梅却因两个孩子遭遇煤气中毒而后怕，正在写信提出跟鲁琪离婚。清晨小爱华打开房门后看到了鲁琪，她紧张地向屋内的母亲高喊来了个要饭的。冬梅疑惑地说这几年要饭的都不来咱家了，她放下笔出来看看。已近10岁的小爱军也带着弹弓从室内出来对准了鲁琪；在灶台准备早饭的爱国也走到弟弟身后，一下子认出了日思夜想的爸爸……分别已近六年之久的至亲至爱，在家门口的相互对视中，完成了火山一样的情感爆发。

原公社通信员小王从乡下接回了鲁王氏，她把鲁琪婴儿般抱在怀里久久不肯松开；小爱华终于可以跟小朋友炫耀自己也有爸爸了；小爱军曾因爸爸而被人欺负，现在弹弓已经练得百发百中，觉得自己不需要爸爸了，他唆弄着姐姐妹妹把鲁琪赶出家门；已经懂事的鲁爱国虽然十分思念爸爸，但跟父亲面对面的时候却很害羞；冬梅因鲁琪的醉氧影响了夫妻生活，更加怀疑丈夫有了外遇。鲁琪把带回来的进藏日记交给她看，冬梅恼怒地把日记摔在地上，让他看鲁王氏用指甲在墙上刻下的一道道记号，在门上倚白了的门框……

鲁琪带着爱国去各地看望进藏战友的亲属。在谭家他没忍住眼泪把田甜被山洪冲走的事泄露给了谭父，谭父嘱咐他千万别让老伴儿知道。但田智糗在家里不跟外界交往、性格也自卑畏缩的现状，也让鲁琪心生忧虑。他跟田智谈过话后，嘱咐爱国常来跟田智玩玩，进藏人员的孩子应该抱团取暖。爸爸的鼓励和要求给了爱国常来谭家的理由。

鲁琪还到地区教育局联系西藏教师到内地进修的事，竟意外地遇到了进藏途中的逃兵牟力，五六年的工夫，他竟然成了某地教育局的副局长。良心未泯的牟力感恩鲁琪当年给他做的证明，不仅热情地招待鲁琪，还满口应承教师培训的事由他来办。言谈中他也承认，当年进藏他完全是利己的，鲁琪和王长庆等人确实比自己高尚。但现在的社会价值风向已经变了，地位、权力、金钱才是新的价值取向。他动员鲁琪想办法调回来，凭他的能力会提拔得更快。

半年的休假很快就要到期了，冬梅话中有话地给丈夫吹风别再回去了，鲁王氏也说算就是回家种地也不去西藏了，鲁琪却坚守为祖国大家庭建设西藏的信念。他给母亲梳头后跪地叩拜，又亲自送母亲去了乡下妹妹家。没想到刚从母亲跟前转身要离开，鲁王氏却在身后喊出国比家大的大爱之言。鲁琪走出村子忍不住跪在地上号啕大哭。冬梅跟鲁琪怄气没去火车站送他，11 岁的爱国送父亲去了省城的火车站。鲁琪踏上火车的刹那，身后又牵上了爱国带来的亲情之光。没想到鲁琪还在路上，鲁王氏便因心肌梗死去世。坦荡的冬梅撕掉给鲁琪的电报，一个人承受失去亲人的痛苦。

冬梅在工作中处处被主任使坏，她的性格不得不变得越来越刚毅强势。然而爱国眼睛受伤、爱军患了气管炎，她不得不软了下来。她请假去县里给孩子看病没被批准，索性直接去了县委组织部请求调到城里工作。然而傲气十足的部长却批评她，说她不服从领导还给领导出难题。冬梅只好请求已离休的老部长帮忙，才调到了县城所在地的城关公社。心存感激的冬梅更加拼命工作，最难做的计划生育工作很快上了一个台阶，而几个孩子却离父母的爱越来越远。

鲁琪所在县的教育、医疗等事业已经打开了局面，“老西藏”潘解放也要离休了。鲁琪在潘书记离开县里之前，专门安排了晋美扎西与迟歌、达珍与巴桑、叶红与俄珠的婚礼。高山厚土之上，汉藏兄弟姐妹结为一家亲；蓝天白云之下，民族文化融会贯通。潘解放把进军西藏时藏族同胞送的小木箱留给了鲁琪。接任县委书记后的鲁琪，把经济和文化事业作为当地发展的两个轮子，不幸的是，程翔鹰却在保护民族文化时献出了生命。

内地某幼儿园里，翔鹰与祝洁的儿子路生，被小朋友说成是没有爸爸妈妈的孩子。路生回家缠着奶奶，说“姑姑叫你妈妈，我也叫你妈妈”。话没说完，他的妈妈祝洁在叶红和霍达的陪同下，抱着翔鹰的骨灰走进家门。悲伤的程家人用大爱化解痛苦，陪同的霍达和叶红深受感动，也使霍达对祝洁的崇拜升级，叶红发现了霍达的“心大陆”。祝洁借机回母校与老校长探讨联合办学互派师生事宜，老校长无奈于当下教育的荒芜，感叹幸亏祝洁去了高原。

已成为地委书记的王长庆领养了两个藏族儿童，还把老家的儿子接到身边成了“藏二代”，但没有女主人的家庭是不完整的，家里经常被孩子们弄得鸡飞狗跳。鲁琪升任地区组织部部长后，冬梅在组织的关怀下到高原探亲。在跟鲁琪真情告白婆婆的去世后，卸下情感包袱的冬梅终于病倒了。鲁琪在照顾妻子时深感冬梅的担当，冬梅也体会到了丈夫一个人在西藏工作生活的不易。在王长庆和鲁琪的劝说下，冬梅有心调来西藏陪在鲁琪身边。

已经读到高二的鲁爱国，在一次全校联欢会上，不小心摔到了台下，学兄尚仁及时扶了一把，两对年轻的目光撞出了火花。寒假时爱国去三姨家过年，返校途中遭遇暴风雪。雪野中爱国扛着自行车艰难前行，却不料遭遇月经鲜血染红了白雪。爱国再也唱不动“下定决心不怕牺牲”的时候，尚仁在他的视野里越来越近，爱国青春的心里燃起了初恋的火苗。

冬梅无意间听到有人说“在西藏你们才是少数民族”的话，内心产生了深深的忧虑。恰逢鲁琪把去内地参观的机会让给了副部长嘉央，自己却在从县里返回的路上再次受伤。住院期间，从内地回来的嘉央前来探视。心情郁闷的冬梅对嘉央口无遮拦地说了不利于民族团结的话。愤怒的鲁琪让冬梅马上滚回老家去。冬梅也恼怒地扔下“你一个人死在西藏”的绝情话，并表示孩子都是自己生自己养的，以后谁都不许再提西藏。

冬梅从西藏回来后知道了爱国与地主后代尚仁早恋的事，扬言要打断地主崽子的狗腿，还找到校长必须让尚仁转学。爱国为讨好冬梅，把尚仁留给她的鸡蛋留给母亲，却被冬梅用脚捻了个稀巴烂，导致母女矛盾再次升级。为早日脱离家庭，爱国在高中毕业前夕瞒着母亲报名插队。冬梅以爱国是老大为由要把她留在城里，执拗的爱国却说就是想离你远一点。冬梅去乡下探望时承认养闺女随娘，但她没想到爱国又跟尚仁进了同一个知青小组。

鲁琪到区里开会时顺便看望赵东巍一家，知道他已经因病去世。为表彰藏族妻子益西卓玛全心全意细心照料“老西藏”丈夫，自治区表彰她为全区孝老爱亲标兵。鲁琪带领部里的同事到老田所在的矿上体验生活，苦闷的老田告诉鲁琪，山里水姆给了他全家最大的帮助，美兰也在清醒的时候帮山里水姆学到了文化。但矿上的气候、营养、人气等问题，仍然影响到妻女的健康和学业。他让鲁琪想办法把谭美兰母女俩送回内地，并解决山里水姆的工作问题。

鲁琪自信地认为谭美兰回内地不成问题，他亲自打电话与有关方面沟通协调，但好几个月过去了却杳无音信。部里的女干事臧红花说，在内地办事需要托关系走后门，您也找找熟人吧。鲁琪却强调组织人事部门不是给熟人开的，不信通过正常渠道办不了这件事。但事实证明“县官不如现管”，西藏的地区组织部长对内地的事确实鞭长莫及。

鲁琪再次被组织看重，走上新岗位前他被批准回内地休假。在爱国的知青点上，领队知道鲁琪的身份是组织部部长，期待有朝一日调回内地后为己所用，对鲁琪极尽巴结之能事。鲁琪觉得爱国在这样的人带领下很不利，也了解了爱国与尚仁的关系。他在跟爱国谈心后，便跟冬梅商量带走爱国，冬梅却坚持当年的誓言，斩钉截铁地说“你休想”。

鲁琪去谭美兰原单位联系内调的事，对方说是她自己放弃了工作岗位，户口早就成了黑户，单位没有办法解决，鲁琪对此一筹莫展。田智初中毕业后成天在家闷着，性格更加自卑内向，外祖父母十分着急。鲁琪对老田唯一能做的，是在老同事的帮助下，见到了县物资局局长。他用了一个善意的谎言，把田智安排进了物资局工作。由此也体会到了内地的世态炎凉，对比出了藏族同胞的纯朴和善良。

冬梅对鲁琪成天操心别人的事十分不满，更被爱军的调皮捣蛋折腾得焦头烂额。鲁琪劝她别跟以前似的那么拼命工作了，照顾好家和孩子才是女人的本分。冬梅的怒火被“本分”二字点燃，她责问鲁琪父亲和丈夫的责任哪里去了，凭什么要她一个人养家养孩子？愤怒中她说：“你爱带谁走就带谁走，我还不管了呢！”鲁琪不失时机地把爱军带到了高原。没想到飞机还在高原上空飞行，爱军便跨越了成长期一下子变得成熟了。高中毕业后，他放弃了考大学和留机关的机会，到边防站当了边防军人。

升任自治区组织部副部长的鲁琪，以关心爱护进藏干部为己任。他撮合赵东巍的遗孀跟王长庆组合家庭，亲自介绍田有余成了预备党员，并建议组织让他担任了大项目建设总指挥。还到小岳工作的藏北牧区考察，知道小岳常年奔波在各个牧场，已成了藏北的活地图，所以分别若干年的进藏战友小岳他没有见到。但鲁琪在林芝见到了小白，他虽然进藏半年就被妻子提出离婚，但在跟藏族孩子们的亲密接触中，他已经找到了自信和目标，为民族团结做了最好的注解。

全国知青大返城开始了。鲁爱国第一批走出农村当了工人。尚仁却因长辈的地主家庭背景，被延期返城。爱国去看望尚仁父母，尚母对爱国十分喜爱。田有余为不影响工作，亲自送妻子和女儿回到内地。临行前谭美兰头脑清醒地拜托山里水姆，老田回来后还希望她好好陪伴照顾。

回到内地的田有余带一家人来冬梅家探望，田智自告奋勇去接爱国回家。已经返城的尚仁恰巧也去找爱国，无意间看到爱国坐在田智的自行车上有说有笑，尚仁的情绪瞬间低落。但冬梅不喜欢美兰和她的孩子，对田智与爱国的兄妹感情也熟视无睹。谭美兰因失去工作岗位便到工地打小工，田美上学不跟趟儿，时常在家闹情绪，美兰只好把性情相投的爱国当成精神寄托。

能干的爱国被工业局抽调到大批判工作组。在一次活动动员大会上，坐在台上的爱国发现了会场上神情黯淡的尚仁。她利用方便条件将尚仁的才华展示出来，办学习班的“问题青年”尚仁走进了领导视野。一年后，爱国的高中老师给她送来了恢复高考的消息，尚母也搞到了两套复习资料，希望尚仁和爱国一同考上大学。但工作在计划生育第一线的冬梅身体渐渐累垮，长女鲁爱国成了家里的顶梁柱。

对高考没有信心的爱国以母亲生病为由，跟尚仁说不报名参加高考了，尚仁便赌气说“你不报，我也不报了”，没想到爱国的班主任老师却给她报了名。在老师的殷切要求和万般叮嘱中，爱国走进了考场，放眼望去却看不见尚仁。首场语文卷上洒下了爱国的泪水，考完后她直奔尚仁家而去。尚母因为儿子没报名高考，愤怒地指责爱国欺骗了尚仁的感情，委屈的爱国无言以对。

田智为讨冬梅喜欢，给她送来了戏票。家里只剩他跟爱国的时候，田智把一块手表硬塞进爱国手里，爱国拼命拒收，说“留给我将来的嫂子吧”，田智语无伦次地说“你就是你嫂子”。这一幕恰被正在读高中的爱华看在眼里。从小缺少父爱又被母亲限制接近男人的爱华，对田智的行为非常鄙夷，并以影响她复习为名把田智赶了出去。

田有余的入党转正要到期了，山里水姆却怀了他的孩子，这让老田无地自容。挺着大肚子的山里水姆找到鲁琪，主动承揽了怀孕的过错，说想生个男孩送给谭美兰，或许能让她觉得田甜又回来了，失常的精神能够康复。她还替老田写了入党转正申请，希望鲁琪哥哥能帮老田实现入党心愿。鲁琪尽管理解妹妹的善良和爱心，也非常惋惜和心疼老田，却依然强调不能用感情代替政治，更不能降低组织原则。写了 20 多年入党申请的田有余，在党组织门前从此止步。

小岳因劳累过度而生病去世，得到消息的鲁琪陪小岳的父亲去跟小岳告别。70 多岁的老党员父亲替儿子缴了最后一次党费，小岳的妻子也向鲁琪恳求，让他们的儿子留下来继续为西藏的发展服务。鲁琪表示一定要让孩子把父辈无私奉献的精神传承下去，当下要先回内地完成学业，增长本事。鲁琪再次把爱护进藏干部写进了日记。

山里水姆生下了儿子田园，田有余背负上了对妻子沉重的情感负担，常常借酒浇愁。为帮助老田走出困境，也让小白有一个完整的家，鲁琪动员山里水姆带着孩子跟小白组成了新的家庭，并答应老田适当时机帮他向谭美兰坦白交代。田有余和鲁琪这对莫逆之交，再次巩固了不可或缺的“饺子关系”。

由于鲁爱国的出色和尚仁的才华，改革开放后，他俩同时被调到了新成立的县革委工业交通办公室。不久主任要介绍鲁爱国入党，紧跟着却提出让爱国跟县长的儿子处对象。然而对桌办公的一对年轻人已渐渐放下了高考时的不愉快，工作和生活中走得越来越近，特别是爱国因病住院期间，单位派尚仁陪床，更进一步加深了二人的感情。执拗的爱国心里眼里只有尚仁。

冬梅发现尚仁常送爱国回家，便暗中托人为爱国物色对象，爱国知道后非常反感。一次爱国不小心把尚仁的衣服穿回了家，冬梅发现后跟爱国发生激烈争吵，患上高原病的鲁琪也走到了门外。冬梅在鲁琪的劝说下，终于同意先让尚仁来家看看。不料尚仁却告诉爱国他跟县委书记的千金好上了。爱国认为是母亲耽误了她的爱情，对母亲倍加怨恨。鲁琪跟冬梅商量让爱国跟田智结合帮老田了却心事，冬梅怒斥他拿闺女送人情。爱国为跟母亲对立，赌气把自己嫁给了一直当哥哥爱着的田智。

20 世纪 80 年代初，在藏汉族干部分批内调。王长庆放弃了内调机会，为西藏的建设发展献了终身献子孙。田有余却与进藏时的性情完全颠倒，神不守舍的样子让鲁琪猜到了他的心事。还好，一声稚嫩的“爸爸”穿越送行的人海，山里水姆和小白一人抱着女儿一人牵着田园赶来。老田不顾一切地朝他们奔去，山里水姆把田园交给了老田，并说这是田甜又回到了他们身边，期待谭美兰早日康复。

鲁琪内调后担任了某地市委副书记。冬梅家往地委大院搬的时候，前来帮忙的人络绎不绝。冬梅亲自抱着鲁琪带回来的小木箱，鄙夷地看着眼前的一切。她回忆起曾经遭遇的欺凌，感慨着“皇帝死了没人抬，娘娘死了人满街”的人性，告诫爱国可别叫人抬举得没数了。但父亲的内调让爱国在世人眼中的地位无可奈何地被改变了，不管她个人怎么努力，好和坏都被贴上了领导干部子女的标签。

在市委分管干部工作的鲁琪很快被人巴结。谭美兰因是他的亲家，被从建筑工地的临时工安排到了正式的编制岗位，不用上班还评上了副高职称。任政协副主席的田有余对此非常不屑，仍然坚守自己的底线。女儿田美在工厂里遭遇下岗，埋怨父母把她带到西藏影响了学业，要求父亲给她安排个工作，被田有余斥责后，她就笑话父亲连个党员都不是还装什么清高，并谩骂田园是个小杂种。冬梅认为有权不使过期作废，让鲁琪把爱军从西藏调回来。鲁琪对冬梅咆哮说，权力不是给家里人使的。

爱国凭自己的努力考上了脱产电大，期末考试时遭遇了分数不对。爱国要去上级查分，却被鲁琪严厉阻止，爱国只好委屈地进行了补考。毕业时经组织考察爱国被安排到组织部工作，别人却说她是沾了父亲的光。她不想背靠父亲的大树乘阴凉，自己报考了改革开放的前沿开发区。离开前老主任告诫她，父亲就是她的资源和财富，过了这村就没这店了。爱国却一心想通过自己的努力证明自己，没想到在时代和人性的旋涡里她被搅得晕头转向。

牟力曾几次看望鲁琪，身患重病后才走进了鲁琪家里，不出所料地受到了冬梅的冷落和老田的挖苦。牟力坦言，自己得意的时候换了老婆，安排好了孩子们的前途。可悲哀的是，现在得了肺癌，老婆孩子都不拿自己当人了。他真正体会到了高薪不如高寿、高寿不如高兴的真谛。临死之前他更加怀念当年的进藏战友，认为他们这些“老西藏”才是最值得信赖的群体。

已成长为西藏教育厅副厅长的祝洁带队回内地考察，顺便来看望鲁琪一家。她看出了爱国的迷茫和彷徨，热情邀请爱国到西藏去看看。没想到冬梅听到此话反应强烈，明确重申家里的任何人都不许去西藏。爱国在看《孔繁森》电影时，身边的年轻人说这样的人和事都是瞎编的，牺牲亲人和家庭幸福是不讲人性，甚至怀疑英雄也是假的。爱国听后感到很无奈。

随爱国调到市里工作的田智，兢兢业业工作、认认真真做事，却被同事笑话是两个“老傻子”带出来的小傻子。爱国想让鲁琪关心一下田智的前途，鲁琪却拿儿子爱军说事，说他在边防上努力工作，没人打招呼也成长得很优秀，现在还成了业余诗人。爱国强调爱军是在西藏，内地的蓝天已经被污染了，鲁琪严厉地说“那你们就别再抹黑”。爱国对父亲的固执越发不理解，破解父亲西藏情结的愿望愈加强烈。然而母亲对西藏的成见也成了她难以克服的阻力。

中央第三次西藏工作会议后，全国实行对口支援、定期轮换的援藏政策。已经离休的鲁琪常被人咨询西藏对身体的影响、会不会提拔等利己问题，他和老田不由得感慨着世道人心。田智在单位没人报名的情况下，意外得到了援藏指标，来到岳父鲁琪曾经工作过的县，个人的聪明才智被充分开发，性格也变得大智若愚。爱国惊喜于田智终于能够抬起头来做人做事，对丈夫也于亲情中增加了爱情。

爱国的处境却与田智截然相反，在开发区这个鱼龙混杂的大染缸里，清高的爱国处处受挫。已担任市政府秘书长的尚仁想对爱国暗中关照，爱国却仍然强调要用自己的能力改变处境。但官场的黑暗一直笼罩着她的职场生涯，使她在体制的魔床上熬得心灰意懒。在一轮轮的竞争上岗中，她一次次地被“潜规则”拉下马来。冬梅却不知世道已经发生变化，总认为女儿自己不争气。

鲁爱国的儿子田鲁同大学毕业，受祖辈父辈的影响对西藏满怀着向往。在西藏当了三年志愿者后，他看到了西藏的发展前景和个人的价值所在，决定终身建设西藏。鲁爱国终于有了一个去西藏看看的正当理由。但对鲁琪撇家舍业20年耿耿于怀的冬梅，却认为论奉献也该轮到别人了，趁已经离休的鲁琪还有余热，让鲁同回来安排个好工作才是正道。母女因意见不一致导致再次激烈争吵。执拗的爱国去意已决，冬梅把珍藏了几十年的小木箱交给了她。

爱国的记忆之门与小木箱同时打开，几个家庭、几代人、几十年在亲情、友情、爱情方面的恩恩怨怨、悲欢离合的真实故事，犹如潮水般扑面而来……

一趟西藏之行，爱国理解了父辈们舍小家顾大家的家国情怀，知道了西藏的今天是怎么来的，认识到了中华民族共同体的历史和现实意义。她在爱军、鲁同以及从内地回到西藏的田园簇拥下，背靠着雄伟的布达拉宫，面对着儿子鲁同的摄像镜头，说出了来自内心的感动。

飞机冲向蓝天，爱国脚踩大地。鲁琪、田有余等家人们翘首以盼爱国的归来。冲进家门的爱国终于扑进母亲的怀抱，冬梅也把爱国紧紧地搂在怀里。这是母亲的包容，也是儿女们共同的期待。在场的鲁家和田家人露出了欣慰的笑容，大家像石榴籽一样紧紧地相拥在了一起。

其后的日月里，一位位耄耋之年的“老西藏”们，向爱国讲述着他们的西藏岁月。爱国汇集起“老西藏”们种种感人的故事，在电脑上敲下了《来自布达拉宫的感动》（剧终）

歌曲

老西藏

制谱：光合传媒

作词：王 炜
作曲：孙树清

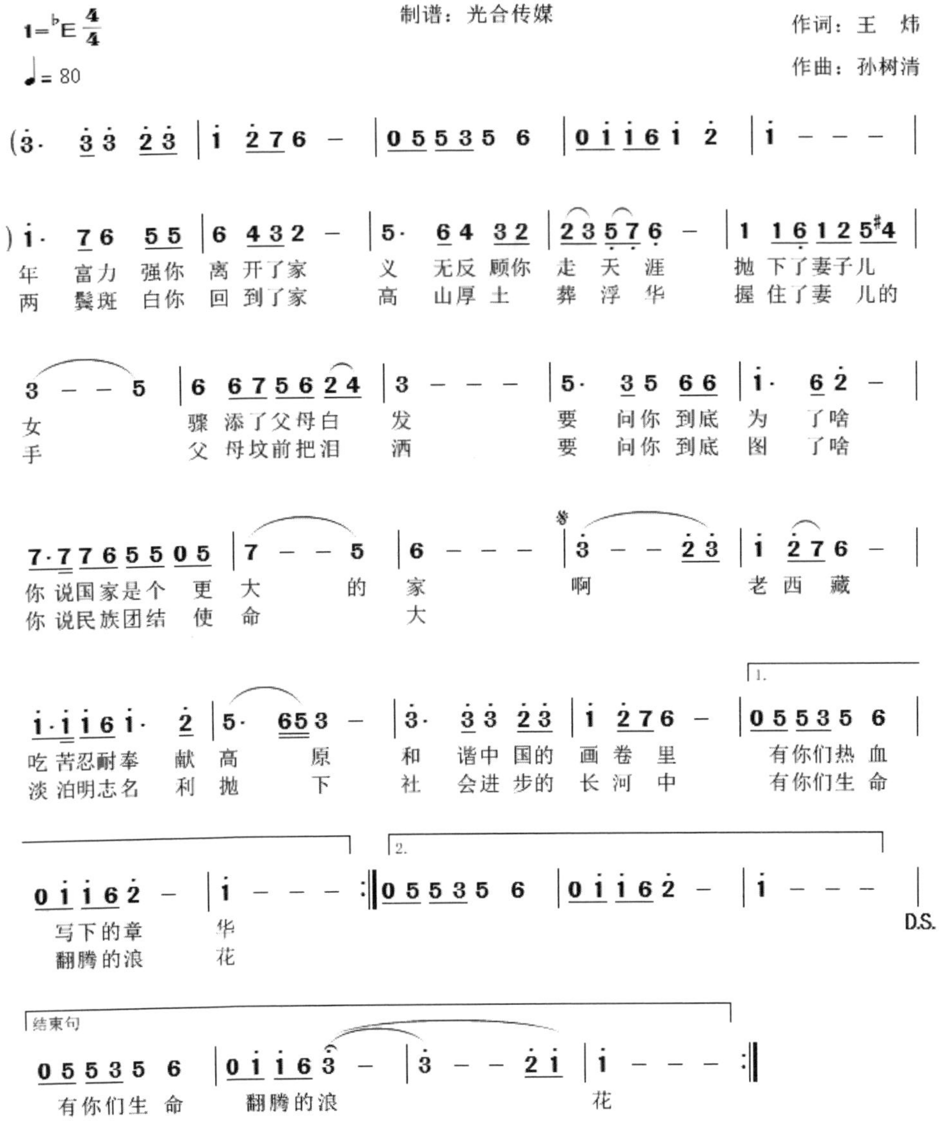

代后记

等着我

——代后记

一

从小没有当作家的梦想，中年后写了几个作品被冠以“作家”头衔，实在是生命中的偶然。

我小的时候，随着父母的工作调动，从小学到高中毕业，先后在几个公社驻地上学，留下的最深刻的记忆是劳动，最熟悉的文章是“老三篇”。记得上小学的时候，劳动课一般以拾鸡粪为主。虽然用的工具大多是破水瓢、破碗一类的，配上能夹起东西的树枝或棉花柴秆。但有的人从小就能从普遍性中显示出自己与众不同，有的从家里偷出来筷子，有的弄两根好看却不顶用的高粱秆。前者的档次是上去了，就是不知道回家会不会挨笤帚疙瘩；后者拿着轻飘飘用着滑溜溜，好看的东西能好用吗？比如，当下某些领域的“小鲜肉”。当然，什么事都有兴奋点。当完成劳动任务、还像“无名英雄”似的把劳动成果悄悄倒在集体粪堆上时，那种自豪感小孩子是很难掩饰的。上了初中以后，每当入冬，早晨起来就跟着哥哥一起捡大粪。夜幕还没有退去，我们就从暖和的被窝里爬起来，他背粪筐我拿粪铲，在公社驻地的周边转悠。如果碰到牲畜留下的一溜东西，用当下的说法应该就是幸运了。

那时家庭中不管有几个孩子，都像一群被散养的猪。父母亲一心扑在工作上，根本没有照顾孩子和养老一说，人的成长和老去都跟大自然一样自然。虽然没人探讨生命的意义和价值，但几乎每个成年人都大公无私地为国家、为社会奉献着自己的光和热。据母亲说，我刚满 7 个月的时候，她就给我断奶去了黄河水利工地。后来在我的成长记忆中，家里总是有洗不完的衣服、做不完的饭，放学后不是扛着耙到坡里搂草，就是到井台或河边洗衣服。深秋季节还经常半夜起来扫树叶、到路上串树叶，甚至睡眼惺忪地抱着磨磙推磨。或许在母腹里就带上了劳碌的基因，或许成长环境锻炼了自己的生存能力。我从小就跟着祖母和母亲学会了“烧锅烧底、烧鏊子烧腿”等生活技巧，年纪不大就会摊三种煎饼，单饼、面条和水饺的外皮擀得既薄又匀，小豆腐鲜香可口……正如母亲所说的“技不压人”，当下的朋友也十分羡慕呢！

小时候春暖花开的季节，不上学的时候也到郊外的小河边洗衣服、拔野菜。我们在冰凉的河水里洗好衣服，晾晒在茂盛的青草丛或地堰上，就开始追着翩翩起舞的蝴蝶嬉笑打闹了，开心的女孩们仿佛也变成了美丽的蝴蝶。那个时候的土地，就像刚睡醒了一般，伸展开僵硬的身躯，吮吸着春天的气息。那些上一年落在地里的种子，也挣脱土地的怀抱，迫不及待地要见见世面了。松暄的地里就冒出很多翠绿的豆芽，就像跟嫩嫩的曲曲芽、萋萋菜比赛生命力似的。那个时候物质条件很差，快乐也是无处不在的。这些生命的绿色进到我家，被巧手的奶奶精心收拾，然后豆芽清炒、曲曲芽卷进煎饼、萋萋菜馇小豆腐，全家人坐在简陋的餐桌边吃饭的时候，品尝的不只是生活的美好，还有纯真年代的真情味道。

在我应该读书的那个年代，无论是在家庭中还是在社会上，读书是不被重视的。在公社这个层面的孩子，除了学校的课本，几乎没有课外书可读，而学校的知识体系也是不健全的，甚至也少有作业和考试来巩固和检验所学知识。在那个连语法都没有学会的年纪，更遑论文学艺术的童子功了。我开始有属于自己的书籍，是当年曾经普及的“红宝书”。后来有位北京的朋友给我寄来了新版的《水浒传》，信中说是费了很大劲才托人买到的。可这本书到了我手里，还没看就被别人拿走了，至今我对《水浒传》的了解也只是看了电视剧而已。

参加工作后，我陆陆续续地读了“三红一创”“青山林保”中的大部分书籍，也偷偷读过手抄本的《第二次握手》。后来稍微有了点能力，才开始购买属于自己的书。梁晓声、陆天明、王跃文等著名作家的作品，《红楼梦》《散文八大家》以及部分外国文学名著等，开始走上我的书架、书橱。然而，文学知识和语言储备依然是我最大的短板，1977 年国家恢复高考时，我就是因败在了一段小小的古文上而与正规大学失之交臂，这也成了我此生最大的憾事。

1984 年，我考上了省电大第一届党政干部管理专业。我带着 2 岁多的儿子苦苦读书，后来又考上了中央党校的函授本科，比较系统地读了政治理论等方面的一些书籍，也把自己定格在了党政机关的岗位上。其间，有位朋友让我帮他誊抄文学作品，抄着抄着我的心就不安分起来，觉得跟这位朋友学学我也能写。岂料一个“能”字，竟点燃了我藏在心里的文学火苗，于是写了一个自认为是小说的东西，满怀期待地让朋友给看看。没想到等了很久，不仅我写的稿子不见了，他还给了我一个“不适合写小说”的结论。可怜的文学火苗被一瓢冷水彻头彻尾地浇灭了。

但是，人生无法预订，人的每一步也不会白走。就像文学创作中预设的伏笔，总会在适当的节点上从笔端流淌出来。天时的路口，有个叫文学的机缘，等着我。

二

再次涉足文学领地，是缘于父亲的西藏情缘。

20世纪五六十年代，西藏和平解放、民主改革后，党中央、毛主席母亲般关怀西藏，全国人民兄弟般支援西藏。在此背景下，父亲被组织选调进藏工作。20年间，祖母去世，母亲变老，孩子们在缺少父爱的环境中长大，心里是积累了一些埋怨情绪的。特别是父亲内调后担任地（市）级领导，没有一个亲属和亲戚跟他“沾光”，他却表示“西藏来的人都见，西藏的事只要不违法都办”。其实在他担任当地领导期间，困难群众和新生企业的事他也没少办，凭什么亲人就不能享受生命的精彩？跟我父母住在同一排宿舍的，还有两位一起内调的专员。他们中的一位的妻子在工地打小工、筛沙子、女儿下岗；另一位的妻子没工作、女儿在小门市上卖布头……父亲和他们都是些什么人哪，难道这就是人们常说的新时代的“傻子”？

父亲的西藏情结谜一样地萦绕在家人心头，直到他身患重病卧床不起，我们才想到了解父亲。2007年的夏天，知天命之年的自己只身赴藏，只为了解父亲、感受西藏。在拜访了父亲工作过的自治区组织部和发改委后，又两次拜谒了拉萨西郊的烈士陵园，特别是向党的好干部孔繁森烈士墓鞠躬致敬，无数次徜徉在布达拉宫广场和“两路”纪念碑下，五体投地匍匐在大昭寺前凹凸不平的地面上，沿雅鲁藏布江到日喀则、南木林以及藏族同胞家里……踏着父辈的足迹，父亲和“老西藏”们继承和发扬的“老西藏精神”，像振聋发聩的历史回声，在我的内心深处咚咚作响。

那一年的今天，是我50周岁的生日，我怀着无限敬仰的心情登上了布达拉宫。在这座神秘、神奇、神圣的宫殿上，在这个世界最高的日光城里，在这高天厚土之间，我就像被触手可及的蓝天白云打开了心灵之门一般，眼前的建筑幻化成信仰的载体，思想认知上升到了新的高度，精神跨越了小我的境界……我想到了党和国家对西藏的关怀，想到了唐蕃古道上的文成公主，想到了十八军将士的艰苦奋斗，想到了鲜为人知的“老西藏”群体以及孔繁森等援藏人……哦！支援西藏的建设和发展，这是新中国发展史上的国家战略，这是中国特色社会主义的鲜明特色，这是真正的党员干部的必然选择。

带着感悟、感动和感慨，我乘上了发往青藏高原的列车，去探寻文成公主进藏的心路历程。在日月山，在倒淌河，在唐蕃古道，在无数科学家隐姓埋名、默默奉献的原子城，我的感动变成了激动，激动又化成了冲动。在返家的途中，来自布达拉宫的感动像一颗发芽的种子在我情感深处疯长。但是回到单位后我却怕呀！我怕领导知道后说我不安心工作，怕写不出东西被人笑话，怕有人说我在为少数人树碑立传……忐忑中我躲在业余时间的夹缝里，没有提纲，没有目标，在键盘上一通疾风暴雨，泪水与文字一起流淌，心绪与思想此起彼伏……5 个多月后，眼睛肿了，颈椎疼了，双臂麻了，血压高了。50 多万字的初稿落下最后一个句号时，我在书房里发出一声长叹：这辈子我没有白活！

父亲在西藏的建设发展中，实现了自己人生价值的最大化，却无限度地降低了家庭幸福指数。其中最最失落的是我的祖母。父亲是家里的长子也是独子，在诸城王家西院这个“书香庄子”里，是出了名的下本钱读书的人。然而，父亲 7 岁多我的祖父就去世了，祖母带着她的儿女们闯了关东。重回家乡后父亲从红色少年做起，不到 30 岁就干过两任公社党委书记。正当上级组织对他看重、新任公社改天换地、家庭生活幸福美满的时候，年富力强的优秀干部成了组织挑选的进藏目标人选。刚品尝到生活甜蜜的祖母，突然遭遇望子于天涯的日思夜盼，其精神和情绪迅速陷入更年期的恶性循环，没有亲身经历过的人，谁能说得出那份深深的恐惧呢？！

父亲进藏后，最艰难的当然是我的母亲。父亲去西藏那年，31 岁的母亲担任公社妇联主任，工资最高的时候达到 51 元，养着祖母和我们兄妹四个孩子。虽然父亲也每年往家里寄钱，但他不仅不享受双倍工资，西藏的物价还高于内地一倍还多，他“养家糊口”的钱也是杯水车薪啊！好在我们还有亲情，父亲的四叔、妹妹妹夫，还有姥娘家的舅和姨，会经常给我们家送来温暖。母亲年轻时身材高挑、眉目清秀，漂亮和能干是她最鲜明的两个标签。父亲进藏后却彻底改变了她的形象。在家庭和工作两副担子的重压下，她变得粗粗拉拉、大大咧咧，性格粗糙、脾气暴躁。特别是在原先的岗位上又担任了片长、计划生育委员会主任、公社革委会副主任，加上家里几个“散养的猪”，真是“按下葫芦起了瓢”啊！认识母亲的人都说她不容易，她自己也敢于拍着胸脯说，能把你们养活，四个孩子都高中毕业，小的还考上了名牌大学，没跟别的男人胡搞，我就对得起你们！

是的，我们家从祖母到父母，都无愧于自己的人生！然而，最缺失的是我们这几个孩子。父亲进藏的那年，最大的哥哥 8 岁，最小的妹妹 2 岁。在新中国那段灰暗的日月里，我们这些“走资派”家的狗崽子，出门时要穿过大字报悬挂的长廊，路上能听到“把他填到井里”的叫嚣，在学校里被剃成阴阳头、毒蛇漫画被贴到后背上……成长中我们不仅享受不到父爱，还因为父亲而遭受各种侮辱。而在家庭生活内部，祖母和母亲的情绪也需要一个出口啊！特殊环境中生存的自己，敏感、倔强、不屈不挠的性格特征，也成了各方不良情绪的垃圾桶。直到我了解了“老西藏”这个群体，才理解了特殊背景下原生家庭的不易，才真正理解了祖母和父母，才意识到成长的经历也是人生路上的必要铺垫。

2012 年的 3 月 5 日，父亲枕着我创作的长篇小说《来自布达拉宫的感动》去了天堂。那天，殡仪馆的大厅上方挂着巨幅挽联：人生在世，忠孝义善。大爱厚德，永留人间。龙归大海，天地同生。神灵魂魄，尽享极乐。那天，告别的人群浩浩荡荡，各方面的花圈层层叠叠。作为他的亲生女儿，我看见了父亲的铮铮白骨，眼里没有泪水，心里却树起了一座丰碑。正如诗人臧克家先生所言，有的人死了，他还活着；有的人活着，他已经死了。办理完父亲的丧事后，我给父亲做了一个合乎事实的总结，转录如下。

吾父鹤田，七享龙年。肉体绝尘，魂魄归天。功德虽满，儿女不甘。

泪眼别父，心浪巨翻。

忆父当年，悲苦连连。七岁丧父，举家蒙难。寡母携子，逃荒出关。寄人篱下，糊口维艰。

好心舅母，心慈怀宽。善待亲情，接济吃穿。煎饼早卖，煤核晚捡。发奋读书，勤练算盘。

年幼志高，独子拒懒。孝心奉母，立地顶天。长兄如父，三姊平安。东北难待，重归故园。

乡邻夸赞，有志少年。尊老爱幼，母膝承欢。村内筹粮，野外站岗。勤奋实诚，众人赞赏。

大事小情，皆与协商。才高德厚，离村赴乡。县上提拔，更大担当。进入仕途，一路阳光。

立业成家，母欣子畅。爱家爱国，赤心忠党。为官一任，造福一方。组织信任，民众安康。

祖国召唤，为国进藏。舍家报国，毫不彷徨。立党为公，不负信仰。高山厚土，见证忠良。

民族大义，感动未央。大爱无疆，愧对亲娘。牵妻挂子，亲疏情伤。国家表彰，无意宣扬。

调回内地，奉献任上。民族精神，当地发扬。权为民用，力图国强。两袖清风，入梦酣畅。

心底无私，众人称赏。家人虽怨，问心坦荡。离休在家，辛勤报偿。观其一生，忠厚善良。

为人做事，不负上苍。世事完成，重返天堂。人走灯熄，如来佛光。痛哉吾父，一生善良！

惜哉吾父，后福未尝！慰哉吾父，极乐安享！期哉吾父，来世高堂！清酌为奠，呜呼哀伤！

自古忠孝不能两全。父亲把爱党爱国的大爱留在了人间。西藏的地利之光吸引着我走向高原。在我文学母体的园地里，也有一类种子，等着我。

三

就像闯进文学园地的时候不懂文学，误入影视戏剧领域也不懂影视和戏剧。

那年，我单纯地以为看电视剧的人比读书的人多，影视剧本的叙述文字质朴明了，对话语言更接近生活，而生活正是自己的“长板”呀！为了让“老西藏”的故事走进千家万户，我开始了在电视剧剧本创作道路上的艰难跋涉。先是找来了理论书籍反复学习，再是搜索同类题材的电视剧拉片式观看，还报名参加线上线下的各类培训班，一本又一本的资料摘抄和采访记录不断增加，创作练笔、修改提高敲下了几百万文字。十余年一路走来，“轻舟已过万重山”。其间，电视剧剧本多次在全国剧本征集中获奖，专家评论说：“这是一部感人的作品，这是一部正义的作品，这是一部成功的作品。”“这感动不仅是作者的，也是全国人民的。”“作者是以一颗高尚的爱国心，做了一件有益于国家和人民的事。”《人民论坛》和中国西藏网对我进行了访谈，发表了署名文章和访谈视频，中国视协吸收我为“全国新文艺人才编剧高研班”学员。

有一年在青岛观看舞台剧《梦回琴岛》，我记起了第一次观看话剧《于无声处》的震撼，原来，“三一律”里可以放进那么大的时空和主题啊，“老西藏”的故事也可以通过舞台艺术的形式展现出来呀！于是，我又开始学习、钻研话剧创作理论，市里的戏剧创作培训班我每期必到，专家的门槛没有少蹬，当地的大型舞台剧没有少看，甚至到北京人艺、国家话剧院观看经典话剧。经过学习、练笔、创作、修改，几年间先后创作完成了两部话剧剧本。2016 年，大型话剧剧本《乐道钟声》在《中国剧本》发表后，凭借该剧，本人被文化部“第二届全国戏剧创作与评论高研班”吸收为学员，得到了国内著名专家一对一的指导，作品还被收入《海风》出版发行。大型话剧剧本《明月几时有》，在当地专家和老师的指导下，历经十几次艰苦修改，2021年也荣获“戏剧中国”等级奖项。显然，题材的优势和刻苦的进取，是得到专家认可和鼓励的两大基石。

因为涉足了戏剧领域，我还连续四年在全市文艺作品征集中获得一、二等奖，不知不觉中我成了文化系统的“好人”人选。但好人也需要投票嘛。我一边犹疑着一边被动应对着，在这期间，小学时经历的一个真情故事浮上脑海。那是20世纪六七十年代一个寒冷的冬天，同班的女同学发现了我脚上的冻疮，就把自己的条绒棉鞋借给我穿了半天。50多年过去了，童年的友谊也温暖了我的大半生，爱和善良也成为我最重要的人生底色。在朋友的建议和鼓励下，我以学习的态度观看了大量的儿童电影，特别是伊朗电影《小鞋子》给了我很多启发。于是，我创作了电影剧本《小棉鞋》，讲述了两个女童在困境中顽强生存、自我成长的故事，献给“50后”“60后”的我们，并向在新中国的历史进程中艰苦奋斗、无私奉献的前辈们致敬。

几年前我又在报纸上看到一则纪实报道。一位母亲有三个孩子，大女儿和儿子通过考大学有了“出息”：一个去了美国，一个留在上海；小女儿却连大学都没考上。丈夫重病卧床后，小女儿尽心尽力照顾父亲，可母亲还是看不起她，时不时拿没出息敲打她。小女儿忍辱负重地照顾父亲到病逝，却没得到母亲的认可和温暖，悲愤中小女儿跳楼自杀。幡然醒悟的母亲在小女儿墓前深深忏悔，可是一切都来得太晚了。2020年我又从微信里看到一则消息，一家四口中的男主人和孩子被隔离在外，婆婆絮叨说，若儿子和孙子有事，自己也不活了。儿媳妇听到后觉得他们才是一家人，由此便开始了对婆婆的冷战。偶然间她看到婆婆跪地祈祷，听到婆婆说愿拿自己的性命换取儿子一家三口的平安。这话把儿媳妇感动了，认识到婆媳也是命运共同体，是战胜一切困难的力量源泉。于是我虚构了“30后”、“50后”和“80后”的亲情故事《彼此的天堂》。后来又纯虚构了电影剧本《如梦吟》。

这些来自人性和社会生活的真实故事，常常触碰我敏感的神经，致使我在影视戏剧文学创作上一发而不可收，也把我从一个文学爱好者变成了一个编剧。但谁能想到影视戏剧之路更难走呢！幸好，天时、地利、人和，都在感恩的路口，等着我。

四

去西藏考察采风已过去了整整16年，至今我仍然清晰地记得，拉萨的上空就像刚刚被水洗过似的，清新、纯洁、透明。我是怀揣着对西藏的美好向往和记忆，开启了文学与影视戏剧创作之旅的。

为寻访“老西藏”的踪迹，我曾在八家报刊媒体上刊登过图文；为聆听“老西藏”的感人故事，我曾踏访过十余个省份，拜访过近百位“老西藏”和他们的后代；为获取更多资料和素材，我曾记下十几本采访和读书笔记……十几年间，我始终坚信，抢救、记录、书写“老西藏”的故事，是为历史续传，为当下代言，为后世留痕，于国家和社会是有意义的事情，于个人是对家国情怀的深情表达。与这部作品同等重要的，还有那些给我感动、激励和帮助的人，他们值得我感恩和铭记。

阴法唐将军和李国柱阿姨，都是解放西藏、建设西藏的革命前辈。阴伯伯曾担任过西藏自治区党委第一书记，两次在藏工作达27年，是“老西藏”的典型代表。我给老人家寄书后，他亲自给我写了回信，说“你写的书拉近了我们之间的距离”。这句话真是让我受宠若惊呀！然而，当我第一次坐在将军面前，听他亲口讲述西藏往事的时候，感觉就像听邻家的伯伯讲故事。那天进门的时候，80多岁的李阿姨还在擦皮鞋（其实他们家是有工作人员的）。我要离开的时候，老人家已围上了漂亮的丝巾，跟我这个素昧平生的晚辈合影留念。那一刻我理解了“革命人永远是年轻”。后来在二老写的书里，我读懂了“老西藏精神”的实质内涵，其精神高度是值得全国人民仰望的。

2021 年春天，90 岁高龄的黄学智老人从济南给我打来电话，说他从报纸上看到我在寻找“老西藏”。虽然他不是我要找的照片中的人，但他曾和山东医疗队去西藏日喀则地区医疗援藏两年。至今 50 年过去了，他对西藏仍然念念不忘。在孙子的帮助下，耄耋之年的老人学会了敲击键盘，写下了 10 万字的援藏纪实作品。那天电话中，老人家跟我聊了近两个小时，直到我怕累着老人家，才挂断了电话。后来他把写的文章发我邮箱，直读得我泪流满面。我把动人的情节移植到了剧本中，其中就有妇科专家刘萍，在海拔四千多米高的高原上，给藏族女同胞做剖宫产而震惊世界的故事。类似的故事，他们不讲，谁会知道？

2021 年正月，我专程去青岛胶州拜访了杜心范夫妇。他们也是从报纸上看到了消息，通过记者找到了我。那天范叔叔和阿姨早早做了准备，不仅自身收拾得利利索索，窗台上的绿植也被擦得更加油绿，甚至连厕所里的毛巾都摆得整整齐齐。可见老人家对我关注“老西藏”的这次到访是多么重视啊！范叔叔是 1960 年中国地质大学毕业的高才生，自愿报名去西藏探矿找矿，经人介绍跟家在东北的阿姨结婚，婚后三个孩子都寄养在青岛的父母家里，成了早期的“留守儿童”。两位老人退休前才调回内地，虽然物质条件与他们的贡献并不对等，但老人家十分知足，对国家和时代抱有强烈的感恩之心。

潍坊的孙阿姨听说我在寻找“老西藏”，连续几天给我打电话，还让她儿媳妇把我接到她家。见到我后，老人家竟然激动得口干舌燥，还说我打乱了她说话的顺序；张阿姨是由她女儿陪着见我的，她女儿叙述中张阿姨也做补充，看得出当年被留在老家的女儿心情也是十分激动的；黄岛的姜阿姨从报纸上看到消息后，从记者那里得到了我的联系方式，几乎天天跟我微信视频，聊他们在西藏工作的点点滴滴，她想不通的问题还向我咨询；住在北京女儿家的蒋大哥，通过姜阿姨联系到了我，每天给我发来问候，还嘱咐我千万别累坏了身体……

记得16年前在西藏自治区组织部里，一位处长激动地给我讲了一件事。曾经有位湖南的中年妇女，退休后才到西藏找父亲的墓地。被部里的人斥责追问："你们想过父亲一个人在西藏的不易吗？！"类似的故事其实不只发生在湖南的这位大姐家里。我电视剧剧本里新增加的王长庆的家庭故事，就是德州王大哥和日照牟大姐家的故事合成的。王大哥的父亲时任县委书记，县里分到一个进藏指标，王书记的职务和年龄虽超过报名条件，但他毅然报名进藏。妻子也给不到4个月的孩子断奶，把4个孩子都送到乡下，自己也报名陪丈夫进藏。牟大姐的父亲是老革命，时任县委组织部部长的他虽也远超进藏年龄，但他和妻子也报名进藏，三个年幼的女儿被送到了外祖母家。多年后牟大姐去西藏祭奠母亲，却只找到母亲墓地的大体方位……

类似的故事还有很多很多，"老西藏"题材里的故事都是真实发生的，人物都是有原型的。所以我敢说，走进作品的人，一定会感动，一定会共鸣，一定会思索：新中国的历史进程中，真有这么一个群体吗？人民英雄的流血牺牲，能用人性来拷问吗？真实感和厚重感，是"老西藏"题材的核心价值。用心、用情、用力讲述的中国故事，经得起时间和历史考验。

特别感谢李东才会长百忙中为拙作作序；特别感谢受国家表彰的终身艺术家周振天老师给予作品艺术指导；特别感谢闫海峰、孙贵颂、杨洪涛、王文章、李永明、于金诠等老师提出修改意见；特别感谢赵崇发、杨同光、徐恩聪、刘承俊、付淑清、尹会贤等人为我的进藏入青提供超常方便；特别感谢张永发、陈正荣、卢小飞、李言星、王传发、刁学庸等人给予西藏相关知识的指导帮助；特别感谢于钦彦、穆陶、牛钟顺、聂振萍等人给予的精神鼓励和舆论支持；特别感谢吕洪雨、徐辉、房克华、岳思卫、王哲瑞、崔秀珍、安康、马永峰、李建坤等同学、同事、好友，伸出援手提供帮助。

最后要感谢我的丈夫、妹妹、儿子和儿媳。十几年间，他们给了我理解、包容和支持，没有他们，我或许不会走到现在。借此机会，我也真诚地说一声，谢谢你们！

我的天时、地利、人和，我的期待，等着我。

写于2023年7月2日

修改于7月28日

图书在版编目（CIP）数据

我们都有一个家 / 王炜 著 .— 北京：东方出版社，2024.10
ISBN 978-7-5207-3797-5

Ⅰ. ①我…　Ⅱ. ①王…　Ⅲ. ①电影剧本—中国—当代②电视剧本—中国—当代　Ⅳ. ① I235

中国国家版本馆 CIP 数据核字（2024）第 013085 号

我们都有一个家
（WOMEN DOU YOU YIGE JIA）

作　　者：王　炜
责任编辑：申　浩
出　　版：东方出版社
发　　行：人民东方出版传媒有限公司
地　　址：北京市东城区朝阳门内大街 166 号
邮　　编：100010
印　　刷：鸿博昊天科技有限公司
版　　次：2024 年 10 月第 1 版
印　　次：2024 年 10 月第 1 次印刷
开　　本：710 毫米 ×1000 毫米　1/16
印　　张：27
字　　数：350 千字
书　　号：ISBN 978-7-5207-3797-5
定　　价：89.00 元
发行电话：（010）85924663　85924644　85924641

如有印装质量问题，我社负责调换，请拨打电话：（010）85924602　85924603

且行且思

小学数学教学实践研究

沈派英／著

中国出版集团　现代出版社

图书在版编目(CIP)数据

且行且思：小学数学教学实践研究 / 沈派英著. —北京：现代出版社，2021.5

ISBN 978-7-5143-9218-0

Ⅰ. ①且… Ⅱ. ①沈… Ⅲ. ①小学数学课—教学研究 Ⅳ. ①G623

中国版本图书馆CIP数据核字（2021）第087132号

且行且思：小学数学教学实践研究

作　　者　沈派英
责任编辑　袁　涛
出版发行　现代出版社
地　　址　北京市安定门外安华里504号
邮政编码　100011
电　　话　010-64267325　64245264
网　　址　www.1980xd.com
电子邮箱　xiandai@cnpitc.com.cn
印　　制　北京政采印刷服务有限公司
开　　本　710mm × 1000mm　1/16
印　　张　11.25
字　　数　180千
版　　次　2021年5月第1版　2021年5月第1次印刷
书　　号　ISBN 978-7-5143-9218-0
定　　价　45.00元

目录

第一章

小学教育与教学管理

第一节　小学教育概述

一、小学教育的地位和作用

小学教育在整个教育体系中处于基础地位。基础教育又称“国民基础教育”，是培养公民基本素质的教育，是对国民实施的基本普通文化知识的教育，也是为继续升学或就业培训打好基础的教育。

（一）小学教育的基础地位

1. 小学教育在义务教育阶段处于基础教育地位

义务教育是国家用法律形式予以规定，要求适龄儿童必须接受，国家、社会、学校、家庭必须保证的强制、免费和普通的国民基础教育。1986年颁布的《中华人民共和国义务教育法》规定，国家实行九年义务教育，义务教育分为小学阶段和初中阶段。小学阶段教育的健康发展，对于保证每一个人受教育的权利和义务教育目标的实现具有重要的意义。

2. 小学教育在整个教育体系中处于基础地位

我国学校的教育体系由初等教育、中等教育和高等教育三个阶段组成，其中初等教育（小学教育）是各级各类学校教育的基础。它的基础性主要表现为以下几个方面。

（1）小学教育为提高国民素质奠定基础。小学教育要面向全体儿童、少年，实施全面发展的教育，不仅要使他们具有扎实的基础知识和基本技能，而且要通过教育，使他们具有良好的思想素质、身体素质和心理素质，为他们未来的社会生活打下良好的基础。

（2）小学教育为各级各类人才的培养奠定基础。小学教育的质量直接影响高一级学校人才培养的质量，因此小学教育是基础中的基础。如果小学教育质量不能提高，高质量人才的培养就会成为一句空话。

（3）小学教育为儿童、少年一生的发展奠定基础。儿童、少年时期是接受基础教育的阶段，是人生历程的巨大变化时期，是人生发展的关键期。幼儿经过小学、初中阶段的培养，无论是身体还是心理都逐渐走向成熟，知识、技能及各方面的素质逐步得到提高。因此，小学阶段是个体社会化的重要阶段。各级教育行政部门都要重视小学教育，突出小学教育的基础性。

在教育实践中，一是要改变片面追求升学率的倾向，全面贯彻党的教育方针，从应试教育向提高公民素质教育转变；二是要改变过早偏离基础性，过早进行职业教育的急功近利思想和只顾眼前、不顾将来的短期行为。

（二）小学教育的启蒙作用

小学阶段是人的一生中最易受影响的时期，是儿童向少年过渡，从不成熟到逐步成熟，身心发展的关键时期。因此，这一时期的教育在人的一生发展中起着重要的启蒙作用。

1. 在知识学习方面的启蒙作用

小学教育在知识学习方面的启蒙作用主要是使儿童完成从“不知”到“初知”的学习过程，为以后的进一步学习打下良好的基础。学习的内容是最基础的知识和最基本的技能，基础知识主要是识字和识数以及社会生活的常识，基本技能有写字、绘画、说话、查字典等。

2. 在心理素质方面的启蒙作用

心理素质方面启蒙的核心是启迪儿童智慧，培养儿童创造精神，使儿童具有心理健康知识，防止变态心理。教师和家长要特别注重培养学生对学习的良好兴趣，并使其形成良好的习惯。

3. 在生理素质方面的启蒙作用

小学阶段，学习取代游戏成为学生的主要活动，繁重的学习任务对学生稚嫩的身体造成巨大的负荷。因此在小学阶段，学校要加强学生的健康知识教育，帮助他们养成锻炼习惯，使其具有卫生常识，自觉保护身体的各种器官，使之健康发展。

4. 在思想品德方面的启蒙作用

小学教育在思想品德方面的启蒙作用主要是使学生具有良好的道德观念和行为习惯，为形成科学的世界观、人生观奠定良好的基础。

二、学习小学教育学的作用

小学教育学是师范生的必修课程，学好小学教育学具有十分重要的意义。

（一）使师范生认识小学教育规律，指导教育实践

小学教育学要揭示小学教育中许多有规律性的东西，提供一些具体实施的原则和方法。掌握这些规律、原则和方法，就可以提高师范生在教育实践中的质量和效益，减少盲目行为，避免不必要的教育挫折。世界各国都把教育理论的学习作为获取教师资格的必备条件，说明了教育理论在现代教育实践中的重要指导作用。

（二）使师范生树立科学的教育发展观，提高教育的鉴别能力

教育要发展，但是发展什么？怎样发展？这是我们每个从事教育实践的人首先要解决的问题。

学习小学教育学，就是要使师范生树立科学的教育发展观，要把马克思辩证唯物主义和历史唯物主义作为从事教育工作与进行教育科学研究的指导思想和方法论。在教育的实践中，师范生既要博采众长，学习一切先进民族、先进国家的教育经验，同时又要立足我国的基本国情，一切从实际出发，创办有中国特色的社会主义教育。

当今世界，教育改革浪潮迭起，教育派别林立，体系各异，各有千秋。师范生要通过学习教育学的基本理论提高自己的教育鉴别能力；对各种教育理论要有分析、有批判地学习，并结合我国的教育实际，创造性地加以运用。

（三）使师范生巩固专业思想，具有献身教育事业的情感情怀

党和国家提出的科教兴国战略，是符合我国国情和顺应世界发展潮流所做出的英明抉择。当今世界，各个国家在政治、经济、文化等领域的竞争日趋激烈，而各种竞争归根结底是人才的竞争。人才的培养源于教育。广大教师肩负着培养人才的神圣使命。我们的国家是一个发展中国家，人口压力非常大。我们要变人口压力为人力资源优势，要造就数以万计的各类人才和数以亿计的合格劳动者，关键是普及和提高教育。因此，人民教师肩负着培养一代新人的重任。人民教师的工作和国家的未来、民族的希望紧密相连。小学教育学课程的教学就是要提高师范生对所肩负的光荣而艰巨的任务的认识，使其认识到教师是“太阳底下最光辉的职业”，牢固专业思想，坚定一辈子从事基础教育的信念，具有献身教育事业的使命感和自豪感。

三、学习小学教育学的方法

（一）坚持理论与实际相结合

理论联系实际是马克思主义认识论的一条基本原则，也是师范生学习小学教育学必须遵循的原则。

第一，师范生要学习好小学教育学的基本理论。它包含两层含义：一是要学习好马克思主义创始人和我国老一辈无产阶级革命家有关教育问题的基本理论，形成马克思主义的教育观；二是要学习好小学教育学本门课程的基本理论，具有从事小学教育实践的教育理论知识。

第二，要联系实际，把抽象的教育理论与丰富多彩的教育实际结合起来。一方面，我们要用马克思辩证唯物主义和历史唯物主义的原理去分析教育现象，解决教育问题；另一方面，我们要结合小学教育实际，深刻领会各种教育理论的精神实质。

（二）坚持博学与精思相结合

教育学与各种相邻科学有着广泛的联系，如心理学是教育学的基础，各种教学法又是教学论部分的延伸和具体化。因此，学习小学教育学应当与学习其他教育学科联系起来，做到互相配合、互相补充。师范院校学生在学习小学教育学的同时，应广泛涉猎文化学、人类学、美学、信息论、系统论、控制论、中外教育史、中外名著评介等方面的知识，因为教育学是一门研究人的培养的科学，研究对象的复杂性、多面性和随机性使教育科学的理论具有丰富性。同时，各种相邻学科的横向联系是当代教育理论发展的大趋势，这就要求我们改变传统教育的学习方法，向相邻学科学习，拓宽教育学学习的视野。

学习教育学不是原封不动地全盘接受，而是要在学习的过程中开动脑筋，勤于思考，运用马克思唯物主义的原理，对古今中外各种重要的教育理论和流派，从孔夫子到陶行知，从赫尔巴特到杜威，从凯洛夫到布鲁纳，进行辩证思考、系统分析，对其中合理的、有价值的东西加以改造，并吸收利用，使其成为我们认知结构中的有机成分。

（三）坚持学习与研究相结合

教师既是教育者，又是研究者。我们既要用科学的教育理论指导教育实践，又要运用科学的教育理论研究教育问题，揭示教育规律，研究儿童身心发展的规律，研究教育怎样为构建社会主义和谐社会服务，研究如何使教育理论迅速而有效地转化为实践运用等问题。因此，师范生在学习知识的同时，要从教育实际中提炼出新问题进行研究，培养研究能力，养成研究习惯，为将来在实际工作中研究教育问题奠定良好的基础。

四、小学教育与社会的发展

教育与社会的发展的关系和教育与人的发展的关系是教育学的两个基本问题，教育学的一切内容都是围绕这两个基本问题展开或由这两个基本问题派生出来的。教育同社会其他事物一样，存在着许多矛盾和关系，在教育的诸多矛盾和关系中，最基本的矛盾是教与学的矛盾。我们要通过教与学的矛盾运动促使人的身心健全地发展，从而培养出社会所需要的各类人才，以发挥教育促进社会发展的作用。更进一步说，教育是连接人与社会的重要中介，我们要通过教育的中介作用，有目的、有选择、有规范地把社会发展对人的发展的要求转化为人的素质，把人的素质提高到社会发展所要求的水平上，从而实现人的发展与社会的发展相互促进。对人的发展来说，教育促进人的社会化；对社会的发展来说，教育为其造就具有一定素质的人。所以，把握教育、社会和人三者之间的关系是观察教育现象、研究教育问题、揭示教育规律的基本前提，也是学习教育学尤其是理解教育学原理的出发点。

任何教育实践活动都受客观社会历史条件的制约，同时又以其自身独特的功能影响着社会的发展和进步。也就是说，教育一方面要受社会的制约，另一方面又对社会具有巨大的促进作用。社会发展的领域是多方面的，因此，教育与社会的这种相互制约、相互促进的关系也是全方位的，下面仅以教育与经济、文化的关系来展开论述。

（一）小学教育与经济的关系

1. 社会经济发展水平对小学教育的制约作用

社会经济发展水平主要体现在生产力的发展水平上，所谓生产力就是人类征服自然和改造自然的能力，其主要内容包括劳动者、生产工具和劳动对象，劳动者和生产工具统称生产资料。劳动者是生产工具的制造者和使用者，在改造自然的活动中，劳动者随着生产经验的积累、劳动技能的提高、科学技术的发明及应用，总要改进和创造新的生产工具，扩大劳动对象的范围，使生产力发展到一个新水平，因此，劳动者在生产中起主导作用；生产工具是生产力发展水平的重要标志；劳动对象的扩展程度也反映了人类改造自然的能力。生产力对教育的制约作用主要表现在以下几个方面。

一是生产力发展水平制约着教育的目的。教育的根本任务是培养人，虽然培养什么人的问题首先是由政治经济制度决定的，但由于政治经济制度总是建立在一定的生产力发展水平之上的，人作为生产力中最积极、最活跃的因素，必须与生产力发展水平相适应。因此，生产力发展水平对人所提出的要求，也就必然制约着教育目的的制定，制约着教育培养出来的人的规格。

历史发展证明，生产力发展水平越高，对劳动者各方面素质的要求就越高。当今，以信息技术为中心的新技术革命已深入生产和生活的各个领域，使生产结构、劳动就业结构和人才结构发生了重大变化，这些新的情况对人才的规格提出了更高的要求。所以，现代科技和生产力水平的迅速提高，对教育培养人的规格要求也越来越高，越来越多样化。生产力发展水平对小学教育目的的制约主要体现为对适应生产力水平的“全民”基本素质要求。

二是生产力发展水平制约着教育发展的规模和速度。教育发展的规模和速度要受社会多种因素的制约，但生产力的发展水平对其起着最终的决定性作用。这是因为生产力的发展水平决定了一个社会所能提供的剩余产品的数量，而这种剩余产品的数量决定了社会中的教育者和受教育者的数量。因此，教育经费投入的数量直接影响着教育发展的规模和速度，而教育经费要充足，归根结底要依靠大力发展生产力，提高人民的物质与文化生活水平。

三是生产力发展水平制约着教育结构和教育内容。生产力的发展引起产业结构、行业结构、技术结构、消费和分配结构的变革，与此相适应，教育结构也将随之发生变化。例如，大、中、小学的比例关系，普通中学与职业中学、全日制学校与业余学校的比例关系，高等学校中不同层次、不同学科专业之间的比例关系等，都要与一定的生产力发展水平和经济结构相适应，否则就会导致教育事业内部的各种比例失调。

另外，传播和继承人类已有的生产经验是教育活动最初的价值取向，由此决定了生产力的发展必然制约着教育内容的选择。在生产力极不发达的古代社会，学校开设的课程种类很少，课程结构和课程内容也相对比较简单，主要是哲学、道德、语言等人文学科以及统治阶级所需的统治术，与生产力直接联系的自然科学和技术方面的课程内容极为贫乏。生产力的发展所引起的人类科学知识的不断积累，既为教育教学内容的丰富和更新创造了可能，同时它又要求教育培养出来的人能够适应当时生产力发展状况的需要。因此，随着生产力的进步，学校的教育教学内容也发生了明显的变化。到了现代社会，学校中的自然科学和生产技术方面的内容大大增加，课程种类增多，形成了完整的学科体系，课程结构也不断完善。生产力发展水平对小学教育内容的制约集中于教育内容的结构和学习年限。

生产力的发展不仅为教育的发展提供了物质的前提和可能，而且对教育事业的发展提出了要求。一方面，社会要求教育能够保证足够数量和质量的人力资源，小学教育对此起到基础保障作用；另一方面，社会个体在文化教育方面的需要随着生产力的提高而不断增长。不断满足社会和个人在文化教育方面日益增长的需要，是教育事业发展的重要动力。当然，生产力对教育的作用总是受生产关系的影响，生产力的发展虽为教育的发展提供物质条件，但它不能单独决定教育的发展。生产力是与生产关系同时作用于教育的。

2. 教育对经济发展的促进作用

社会物质生产对劳动力的数量和质量有一定的客观需求。这种需求在社会生产力发展的不同水平中是很不相同的。在原始社会，人们进行生产的手段主要是自己的身体，人既是制作和使用简单工具的劳动者，又是天然的劳动工具本身。劳动能力的生产和发展主要是体力的自然增长与实际锻炼过程。到了古代社会，劳动能力的生产和发展主要表现为对农业和手工业技艺的掌握与提高。这个过程是子承父业、师徒授受方式的世代相传和劳动实践经验的积累过程，人的劳动能力的形成尚不需要学校教育的专门培养。

工业革命打破了对技艺的保守，人们开始依靠知识代替和延伸人的体能进行生产，生产劳动者必须学习和掌握系统的科学技术知识，单靠在直接的生产劳动中进行的教育难以适应。社会生产力开始直接向学校教育提出它的要求，使学校教育把培养从事机器大工业生产的工人和技术人员作为自己的重要任务。随着科技的发展和科技在生产中的不断应用及生产劳动智力化程度的不断提高，社会对生产者劳动能力的规格要求也在不断提高。为使生产得以正常进行，必须实现生产力中人与物两个因素的统一，即劳动者的智力和体力要与生产资料的物质技术属性一致。科技的不断进步和在生产上的广泛应用，决定了人的劳动能力在每一次的生产中都必须以更高质量的水平进行。

（二）小学教育与文化的关系

1. 文化类型影响教育目标

（1）社会文化类型不同，教育目标就不同。人是文化的产物，一个国家的教育之所以区别于别国的教育，文化差异是一个很重要的原因。历史上，社会文化类型不同，教育目标便不相同。例如，中国古代社会的主流文化是以儒学为核心的伦理型文化，反映在人才培养上则强调教育的目的“在明明德，在亲民，在止于至善”，通过修己正人，达到“明人伦”的目的；西方文化则是一种知识型文化，主张“知识就是力量”，注重通过知识的学习达到认识真理的目的。

（2）政治文化类型不同，教育目标就不同。中国古代社会的政治文化是官本位的文化，教育目的强调统治人才的培养；西方古代社会的政治文化最初是神本位，主张教育的目的是培养僧侣，文艺复兴之后，人本位占据社会主导地位，故主张教育的目的是发展人性。

2. 文化本体影响教育内容

就教育内容方面而言，文化对教育的制约支配作用尤为明显。教育离开了文化本体就没有了传授的内容，也就失去了赖以存在的基础。不同的社会有不同的文化，不同的文化有不同的教育目标，从而决定了不同的文化本体有不同的教育内容。另外，文化本体的不断发展也影响着教育内容的选择，当文化发展水平低、文化积累很少时，教育内容的选择范围就很小，反之，选择范围就大。例如，中国古代社会四书五经的教育内容，几千年不变，然而进入现代社会之后，教育的内容含量、种类和变革都处在加速变化之中。

3. 文化观念影响人的教育观念

（1）文化观念制约着人们对教育的态度和行为。在工业化的历史进程中，具有大工业意识的国家十分重视教育的发展，重视人的素质的提高对社会高质量发展的重要作用。而传统、保守的社会则把社会的发展归于政治制度的作用，结果导致社会发展进程缓慢。

（2）文化观念影响着教育思想的产生和形成。任何教育家的教育思想都是在一定的文化背景下孕育出来的，是他们的世界观和价值观的反映。中国近现代教育史上黄炎培的职业教育思想、陶行知的平民教育思想，是他们所处时代社会需要的反映。西方教育史上夸美纽斯、卢梭、裴斯泰洛齐的“自然教育”原则，是资产阶级上升时期要求肯定人性、削弱神性的社会潮流的反映。今天，我们主张全面发展，倡导科学发展观，这是社会主义物质文明和精神文明建设对教育提出的客观要求，也是社会发展对人的发展的一种理想追求。

4. 教育对社会文化的促进作用

（1）教育对文化的传递、保存作用。文化保存是指将人类创造的文化积累起来以利于后人继承和延续的过程。文化保存是文化积累和延续的条件。一个民族或国家所创造的文化，之所以能够延续下来并不断丰富，一个很重要的原因就是教育的作用。教育总是用最重要、最基本的内容去武装年青一代，通过设置课程、编写教材、讲评内容、指导运用来筛选、整理、评价文化，以便把人类文化的精髓用最容易被人们理解和接受的方式组织起来，指导和帮助年青一代获取更多、更有效的知识，从而实现文化的保存和延续。因此，教育是保存文化的有效手段。文化的表现形式有多种，包括物质文化、制度文化和精神文化，无论哪一类文化的保存，都离不开教育对人的培养。教育以文化为中介，客观上起着文化的传承和普及作用，正因为如此，人类积累的文化才能代代相传，并由少数人传向多数人，由一个地域传向另一个地域。

（2）教育对文化的活化、选择作用。文化存在的形式可以分为两种：一种是存储形态的文化，另一种是现实活跃形态的文化。从存储形态的文化转变为现实活跃形态的文化，这一过程就是文化活化的过程。只有教育才能把文化从物质载体转移到人身上，与人的思想、智慧、情感建立联系，从而使文化成为影响人的行为的现实力量。文化选择是文化变迁与文化发展的起始环节，它表现为对某种文化的自动选择或排斥。教育不是对所有文化的传播，教育传播的文化是有选择的，选择有两个标准：一是按照统治阶级的需要选择主流文化；二是按照学生发展的需要选择系统的、科学的、基本的文化。

教育作为一种特定的文化传播现象，必须对浩瀚的文化做出选择，这不只是促进文化的发展和变迁，更重要的是提高受教育者的文化选择能力，促进人的发展。

第二节　小学教学概述

一、小学教学的内涵

教学是以课程内容为中介的师生双方教和学的共同活动，是学校达到教育目的的基本途径。其特点为通过系统知识、技能的传授与掌握，促进学生身心发展。教学内部诸要素始终处于变化发展中，使教学成为一个动态发展的概念，教学的内涵是与时俱进、不断更新的。随着社会传递媒介的发展，教学可通过教师和学生开展的各种直接交往活动进行，也可通过报纸、广播、电视、录音、录像等远距离活动进行。

教学是教育目的规范下的以课程为中介的教与学双边活动。教学是在教育环境中，凭借自身素质，利用一定媒介进行的教与学双边活动。教学是发挥教师的主导作用和学生的主体作用，以实现教学目标的过程。

这些对教学的一般解释和说明，分别揭示了教学的某方面特征。综合起来，给小学教学可以下一个定义：小学教学是小学教师根据一定社会的要求和学生身心发展的特点，有目的、有计划、分步骤地引导小学生积极主动地掌握系统的科学文化知识和技能，发展智力和体力，陶冶品德和情操，促使学生身心全面和谐发展的活动。

由于小学教学要素中课程、媒介、环境、目标等因素处于发展变化中，所以小学教学也是一个不断更新的概念。但现代小学教学概念必须包括以下基本内涵：小学教学是由小学教师的教和小学生的学共同构成的双边活动；小学教学以小学课程实施为中介，课程具有综合性与基础性；小学教学的目的是通过课程标准的达成促进小学生身心全面和谐地发展。

二、学校要以教学工作为主

教学是学校的中心工作，学校工作要坚持“教学为主，全面安排”。主要考虑几个方面：在时间上，大部分用于教学，要保证充足的课时；在内容上，要集中传授知识和技能，以传授间接知识为主；在组织形式上，以课堂教学为主要途径；在资源利用上，要将骨干教师放到教学第一线；在后勤保障上，要不断改善教学条件，为教师谋福利。

三、小学教学与全面发展教育的关系

教师要处理好教学与智育及其他教育途径的关系。教学的核心内容是智育，智育主要是通过教学完成的。智育与德育、体育、美育、劳动教育等共同构成“全面发展教育”。教学不仅要完成智育的任务，还要完成德育、体育、美育和劳动教育多方面的任务。教学是实施德、智、体、美、劳全面发展教育的主要途径，但不是唯一途径，课外活动、生产劳动和社会实践也是教育的途径。所以说，智育并非教学中心，教学并非教育唯一途径。

四、小学教学的意义

小学教学的重要意义在于以下几个方面：一是小学教学是传授系统知识，促进小学生全面发展的最有效途径；二是小学教学是进行全面发展教育，实现小学培养目标的基本途径；三是小学教学是小学各项工作的中心。

五、小学教学的教育论观点与基本任务

对于小学教学任务的确定，有许多不同观点，如形式教育论与实质教育论就存在着分歧与争议。

（一）形式教育论的观点

形式教育论认为，教育教学的基本任务是使学生的天赋或能力得到发展而不是给学生多少知识。17世纪的英国著名教育家洛克认为，教学的目的在于“增强心灵的活力，而不是扩大心灵的所有物”。18世纪的德国教育家裴斯泰洛齐更加明确地指出：“小学教学的主要目标不是掌握知识或能力，而是发展和增强心灵的能力。”

形式教育论关于教学的基本主张如下：第一，小学教学的主要任务是训练记忆、思维等心智。第二，小学教学应以能力培养为目的，而不是以知识技能掌握为目的。第三，心智训练和能力培养能使学习自动迁移，触类旁通，自己学会很多东西。这种观点在20世纪逐渐失去了影响。

（二）实质教育论的观点

实质教育论认为，教育教学的目的在于使学生获得知识。17世纪的捷克著名教育家夸美纽斯倡导实科教学。19世纪的德国教育家斯宾塞提出教学要“为儿童未来生活做准备”，抨击没有实用价值的心智训练的形式教育。

实质教育论关于教学的基本主张有以下几个方面。

（1）应尽量多地传授实用知识和技能以充实心理内容，而不是训练官能。

（2）应以实质目标为目的。

（3）要重视课程建设与教材的研制，保证学生学有所用。

实质教育论过于重视实用知识的传授，忽视能力的发展，甚至将知识掌握与能力发展等同起来，夸大经验与操作的重要性。进入信息社会，这种观点也有走向终结的趋势。

（三）调和论的观点

德国教育家第斯多惠综合两种观点，提出一前一后的“1+1”调和论，认为：小学生不需要大量知识，训练心智、培养能力的目的应占支配地位，中学阶段则“要逐步提出实质教育的目的”，使学生最终学会生存和从业的实用技术。

（四）小学教学的基本任务

教育是个辩证统一的整体，智力开发与知识传授及技能训练是密不可分和相互促进的。小学生处于基础奠定时期，各方面都应该照顾到。

小学教学应完成以下三个方面的基本任务：一是引导学生掌握科学文化基础知识和基本技能，即抓好“双基”。二是发展学生的智力和能力，即发展智能。三是培养学生良好的品德、情趣，使其形成科学的世界观，即培养健全和谐的个性品质。

也有学者将小学教学的任务概括为“四基”，即基本知识、基本技能、基本能力和基本态度。小学教学的具体任务是实现各学科教学目标和各项教学活动目标。

第三节　小学教学管理

一、小学教学工作的概念

学校的教学工作，从广义上来说，包括与学生的认知、接受、学习相关的所有的教育活动，甚至有的学者将学生的体育锻炼、劳动等也都列为教学范畴。但我们一般所说的教学不是这种理解，而是相对狭义的概念，就是指教师的“教学业务活动所覆盖的领域”，也就是以课堂教学过程为核心，涵盖教学准备过程和教学后续过程以及相应的教学事务性工作。

学校的工作一般可以分为三条线：一是德育工作，主要包括学生的思想教育、品德教育、心理教育，其主要领域是学生班级管理和班主任管理；二是教学工作，主要包括教师管理、课堂管理、业务管理和教学辅助管理；三是总务工作，主要包括经费管理、校舍管理、设施设备管理和耗材管理。在这三条线当中，教学管理是主线。学校领导特别是校长，必须将相当的精力投入学校的教学管理，这是学校的教育职能决定的，也是对校长素质的基本要求，从这个意义上可以说，教学管理的水平和精细程度代表着校长的治校能力与学术水平。

二、小学教学管理的基础

（一）教师基础

教师的业务水平、教学能力、职业道德和敬业精神是学校教学工作的重要基础，没有一支理想的教师队伍，教学质量就很难提高。因此，师资队伍建设是教学管理永恒的命题。

（二）学生基础

学生的知识储备和学习能力也是教学工作的重要基础，生源质量会影响学校的教学质量。但是，我们不能把生源差异列为影响教学质量的唯一要素，作为成长中的学生，其可塑性是非常强的，如果教学策略得当，可以使学生产生飞跃性的提升。作为教师，必须将“有教无类”的古训当作座右铭，规范学校的教育行为，不能为追求好的生源不择手段，更不能将学习困难的学生排挤出校园之外，否则就违背了学校教育的本源，也违背了教师职业的真谛。

（三）理论基础

校长必须重视教育理论和管理理论的学习与研究，一是从我国古代教育家孔子到近代陶行知先生的教育思想；二是当代我国和世界教育发达国家的教育理念与学校管理的论述；三是结合学校的实际，在理论的指导下进行深入的研究，确定带有校长个人风格的学校管理文化、管理模式和管理行为。

现在的中小学校长群体中，最令人担忧的现象就是管理理论与实践行为双向脱节，阻碍了学校管理水平的提高。部分校长凭经验管理学校，随意性、情绪性较强；还有部分校长忙于事务性工作或忙于应付外部因素，而忽视了理论的学习和研究，这是应当引起高度注意的。

（四）环境基础

环境基础主要是指地理环境和社会环境。校长要充分认识到学校所处地域的经济条件、文化底蕴和风俗习惯，整合可以利用的教育资源，促进学校管理水平的提升，切忌不顾地域特点的理想主义甚至“异想天开”。社会环境对学校的管理也会产生较大的影响，如社会舆论、部门关系、当地政策等，校长要善于规避影响学校发展的风险，掌握有利于学校建设的信息，协调部门关系，争取外部支持。

三、小学教学管理的规律

（一）近期成果与远期效益相统一的规律

学校的教学管理不仅要重视近期的、阶段性的教学成果，还要为远期的教学效益服务。在基础教育阶段，学校的教育目的归根结底还是为学生今后的成长奠定良好的知识和能力基础，为学生的终身发展服务。教学工作在指导思想上切忌两点：一是好高骛远，不切实际，搞花架子，今天一个新理念，明天一个新经验，只求名气，不求实效；二是急功近利，揠苗助长，为追求眼前的教学成绩不择手段。现在一些学校的毕业班教学，仍然延续着传统的教学模式，多遍复习，题海战术，重复训练，机械记忆，并热衷于此道，认为这就是教学的法宝。随着新课改的深入，这样的教学模式肯定会被淘汰。

（二）依靠教师规律

学校的教学管理必须紧紧依靠各科教师，教师既是教学管理的对象，又是教学管理的依托力量。教师的工作具有特殊性，许多教学行为难以进行量化，而是基于教师的敬业精神和工作热情，教学管理不能只进行简单的数据统计，或者只看到成型的教案、论文等，而应该从内心激发教师的教学动力和教学激情。所以，校长要善于深入教师群体，充分认识教师的地位和作用，政治上信任，工作中依靠，业务上培养，生活上关心，最大限度地调动教师的积极性和创造才能，使教师在学校真正具有“成员感、主人感、归属感、自豪感”。

（三）学生核心规律

教学工作面对的是学生，教学的最终目的也是学生的知识基础和学习能力的提高，这就决定了学校的教学管理必须围绕学生的学习展开。教学管理人员包括校长，应当及时了解学生的学习情绪、学习状态、学习秩序、学习心理和学习质量，善于发现教学中存在的问题，特别要注意学生反映的问题，准确掌握各班级的学习成绩分布和差异，及时调整教学策略，以求整体质量的提高。

（四）全面发展规律

教学为主并不是教学唯一，这一点校长要非常清楚。学校教育必须贯彻党的教育方针，使学生得到全面发展。学校必须注重德育工作，必须开齐开全各门课程，组织丰富多彩的课外活动，满足学生健康成长的多方面需求，培养学生多种兴趣和有益的爱好。我们不能因为强调“教学为中心”而停开非考试科目，也不能打着“重视教学工作”的旗号取消德育、体育等教育活动形式。实践证明，单纯抓学习是抓不上来的，影响学生学习状态和学业成绩的因素很多，学生的思想情感、道德观念、心理活动、意志品质和身体状态，都可以对学习产生一定的影响。校长要充分认识到非智力因素的重要性，牢固树立全面发展的教育观，把学生的生命成长放在首要位置。

（五）能量整合规律

教学管理工作固然重要，但它不是孤立的，在学校的整体管理中，教学管理作为主线，需要方方面面的协调配合，学校的学生教育、人员调配、经费使用、物资购置等环节，都要以保证教学需求为第一要务。校长要善于协调各部门之间的关系，统筹兼顾，合理联动，尽量减少内耗，把各部门的工作能量整合到最佳状态，努力达到“1+1>2”的管理境界。

四、小学教学管理的原则

（一）科学性原则

教学管理必须符合管理科学和教育科学的相关理论，学校的管理制度和管理行为要符合教育规律，也就是要符合学生的认知规律和身心发展规律，校长要学习和掌握这方面的基础常识，避免管理的随意化和自由化。

（二）民主性原则

校长要树立民主意识，相信教师，信任教师，依靠教师，正确对待教师和学生的意见，调动师生参与教学管理的热情和创造性；建立健全教学管理制度，做到有法可依、有章可循、有纪可遵、奖惩分明，客观公正地评价教师和学生。

（三）整体性原则

学校的教学是分年级、分班级由不同的学科组教师具体完成的，但是学校的教学管理必须从整体出发进行设计和规划，由不同部门去落实，围绕相同的目的开展部门工作。这就要求学校要建立合理的教务系统机构，一是教务行政系统，二是教学研究系统。校长是总指挥，是决策者，有一套指挥程序，保证教学始终处于学校整体工作的中心地位。

（四）层次性原则

在学校的管理中，按照现代管理理论，应该在整体协调的前提下，分为三个层次：一是决策层，是指以校长为首的领导班子；二是经营层，是指中层处室干部；三是执行层，是指教师和职员。这三个层次应当清晰分明，各司其职，一级管一级，上级可以深入实际调查了解情况，但一般不能越级指挥；下级可以越级汇报，但不能越级请示，在管理上要做到层次分明，充分调动各级工作的积极性，保证管理决策能够贯彻到底，形成通畅的指挥系统。作为校长，要经常听取意见，深入调研，集思广益，保证决策的正确无误。

（五）规范性原则

教学工作的特点是具有程序性、连续性和不可重复性，要求教学管理必须具有一定的规范，这就是教学常规。教学常规一般包括备课规范、课堂教学规范（分学科要求，体现学科特点）、教学环节规范（作业规范、辅导规范、自习规范等）、教学辅助工作规范（实验室规范、图书馆规范、电教室规范等）以及其他管理规范。教师和职工必须严格按照教学常规做好各项工作，才能保证教学管理的整体规范，从而使教学工作具有稳定的秩序、准确的进度、良好的效率和持久的质量。

五、小学教学管理的内容

（一）教学计划管理

教学计划分整体计划、学年计划、学期计划和月计划。整体计划是指一个教学周期的整体教学安排。计划制订得周密详细，可以使教师心中有数，合理安排教学工作，统筹考虑教学环节。要使学校的管理比较精细，教学计划应该具体到每周的工作安排。

（二）教学档案管理

教学档案包括教师的业务档案、教学文书档案、学生学籍档案等。教学档案的管理体现教学管理的规范性，而且可以起到记录、研究、评价等方面的作用。

（三）课表管理

课表的编制和管理是学校教学工作的重要环节，它对于学校的课堂教学起着程序、规范和调度作用，也是学校课程管理最显著的标志。学校的课程设置、教师工作量、学生学习总量等教学要素在课程表上一目了然，所以要特别重视。课程表的编制要做到具有稳定性、科学性、公平性，而且必须符合指令性课程计划的要求。

（四）教学进度管理

教学进度统领教师的教学内容安排和课时安排。教学进度一般由上级教研部门下达，学校具体落实。在学校的教学管理中，必须强调各学科教学进度的严肃性，不能随意超前或滞后。笔者认为，教学进度滞后可能体现出教师的教学能力不够，而教学进度超前往往是学校行为，“赶进度”的现象一直不能杜绝，这说明什么问题？说明了急功近利，说明了教学功底不足，也表现出对教学规律缺乏深入研究。

（五）课程管理

我国小学实行的是三级课程管理体制，国家课程由教育部规定，必须执行；地方课程由省教育厅制定，各学校也要执行；学校课程（校本课程）是由学校自己确定的。国家课程计划中留给学校部分的课程空间，学校要充分利用，校长应该组织力量研发校本课程。具体来讲，课程管理工作要注意三点：一是执行国家课程计划不能走样，可以在规定的上下限之间选择，但不能随意增减；二是学校课程不能搞成课堂教学的延续；三是自习课不能随意挤占，可以分为公共自习课和专业自习课，不能变相地把自习课变为教学课时。

（六）教学质量的监控与管理

教学质量是教学管理的生命线，也是教学管理的最终目的。教学质量的提高是一个渐进积累的过程，重在过程监控，不能等考试后算总账。除了常规的期中和期末考试，在平时的教学过程中，教师要着重单元教学质量的检测与分析，教研组、年级组和教学管理部门要及时掌握学生的学习动态，经常组织教学分析会，如有可能应该精细到逐班分析，对于学习困难的学生，要具体落实到责任教师，实行“导师制”或“承包制”，以促进大面积质量的提高。对于教师教学中存在的问题，学校领导要及时发现、及时纠正，对于教学能力严重欠缺或职业道德存在严重问题的教师，要坚决调离教学岗位，以免误人子弟。

（七）教研活动管理

教研活动的学术水平在一定程度上决定着学校的教学水平和教学质量，教学管理在很大程度上是通过教研组具体落实的，教学管理最终还是要落实到各个学科的教学工作中，学校的教学管理制度、管理思想、具体要求都要通过学科教研组贯彻到每位教师，因而教研组显得非常重要。教研活动一般有集体备课、理论学习、教学交流、教学检查和教学评价等内容，校长要高度重视教研组建设。每学期伊始，制订教学计划时就要规定教研活动的次数、主题和具体要求，并要保证教研活动的时间、场地和设备条件，创造一个舒适的环境，校长应该经常参加教研活动，了解各学科的教研工作动态。

（八）教育科研管理

教育科研是学校教学管理的新课题、新领域。有条件的学校可以设立科研主管科室，设定专人负责管理工作。教育科研的主体是教师，要引导教师勇于承担科研课题，校长应给予积极支持并为之创造条件。教育科研对于小学主要的作用如下：提高教师的理论素养；培养青年教师；规范教育教学行为，提高管理效益；浓厚校园的学术氛围；引导教育观念的转变，树立先进的教学理念。

第四节 小学教研管理

小学教研是小学学校教育教学活动的重要组成部分，随着我国新课程改革的不断深入，学校教研在学校中的地位越来越重要，逐渐得到上级教育主管部门、学校、社会以及教师的重视。

一、正确理解教研的概念

（一）什么是小学教研

教研是指系统地收集和评价教育信息的探索过程，目的在于认识我们所要研究的教育教学问题的本质及其规律，从而得到问题的答案。而小学教研必须从小学生的生理和心理特点出发，寻找符合小学生特点的教育教学的有效方法。小学教研是指以小学教师为研究主体，以小学学校实际教育教学问题为主要研究对象，探索解决教育教学问题的一种教学研究活动方式或制度。

小学教研必须强调“研”，强调问题的“解决”“验证”“回答”，不能只强调“写”。新的教学方法是“研”出来的，不是“写”出来的。论文是研究成果的表述形式，如果没有研究成果，为“写”而“写”，只能是脱离教研的实际，闭门造车。

（二）小学教研的定位

一谈到教研，在小学有两种观点：一是认为高不可攀，教研是专门机构、专业研究人员的事，小学教师没有精力和能力从事研究，把教育科研等同于理论创新；二是写总结，一般的体会性文章能在报刊上发表，可称之为教研成果，把教育科研等同于一般的总结或体会。这就有了小学教育科研的定位问题，即什么样的研究才称得上是中小学教研。我们可用描述性语言理解这个定义，小学教研不是做学问，更不是构建一个什么样的体系，而是学习、应用、反思，将理解了的教育理论应用于教育教学实践，在过程中提升，形成自己的认识并指导实践，这样的教育科研是符合实际的、有价值的。小学教师的主要任务是教书育人，他们是实践者，没有时间和精力从事理论研究，只能在实践中提出问题，特征是应用研究，拔得过高，只能陷入空想，但把中小学教研降到写总结的水平，就无教研之意，至多是经验型教师在谈经验。

二、小学教研管理的任务

随着现代化进程给教育提出的新问题、新课题的不断出现，小学年级教研管理组再获新生，已在目前教育教学工作中同教研组一道发挥着积极重要的作用。毋庸置疑，多少年来形成的学科教研组和蓬勃兴起的年级管理组，构成了学校教研与管理的“两只手”。“两只手”配合协调，形成学校教育质量强有力的保证。小学教研管理的任务如下。

（一）确定教研管理目标计划

1. 确定教研管理目标

任何管理都要有目标，没有目标就没有管理。小学教研管理要在调查、分析学校教研实际的基础之上确定一个切实可行的经过全校教研管理工作人员和全体教职工努力能够达成的目标。确定教研目标既要依据教育方针，依据学校的教育教学目标，又要依据学校的实际，使教研目标合理、科学，使全体师生经过努力能够达成，有一定的激励作用。

2. 明确教研重点

教研管理所涉及的工作很多，各方面的工作都应该抓紧，但不能平均用力，要有重点，小学教研管理工作的重点要根据教育规律和学校存在的问题而确定，不能凭主观想象，要做质和量的分析，筛选出学校一个阶段的教育工作的重点。有了重点，就可以把力量相对集中，用重点工作带动全局。

3. 制订教研工作计划

教研工作计划是对未来学校教研工作和活动的设计，可以指导和控制教研活动的全过程。因此制订教研工作计划是教研管理工作必不可少的任务。制订教研工作计划就要分解教研工作目标，提出教研工作任务，规定教研工作质量标准，设计教研工作程序，确定措施和方法，限定完成的时间和条件。教研工作计划是学校教研工作处于最佳状态、取得最好效果的重要保证。制订教研工作计划主要是制订全校教研工作计划、教研组教研工作计划和教师个人教研工作计划。

（二）健全教研管理组织职责

1. 健全教研管理组织

教研管理不是校长和主任个人的单独活动，必须建立健全教研的组织机构。有了组织机构，各项任务才能有人抓，才能使预定目标变为现实。健全教研组织机构主要是指建立健全教研领导体系、教务处、教研组等组织机构。

2. 明确教研管理人员职责

机构是由人员组成的，有了机构而没有明确的人员职责，就会人浮于事，职责不清，机构就失去了正常的功能，因此学校必须明确各机构中每个岗位的职责。明确管理人员的职责主要指明确主管教研工作领导的职责、教研主任的职责、教务主任的职责、教研组长的职责以及机构中各岗位的职责。

3. 发挥教研人员的作用

管理的一项重要任务是调动人的积极性，教研管理必须充分调动教研机构中每一个人的积极性，做好每一个人的思想工作，协调好机构与机构、人员与人员的关系，使他们的潜力得到最大限度的发挥。

（三）加强教研队伍的建设，不断提高教研人员的素质

教研质量的关键是教师，教师素质是教研质量的生命，因此教研管理很重要的任务是加强教师队伍建设，不断提高教师的素质。加强教师队伍建设，提高教师素质的具体任务应包括以下几个方面：加强政治理论学习，提高教师的思想政治素质；加强业务学习，提高教师的教研理论水平；加强教研指导，培养教研骨干教师；加强经验交流，通过公开课、研究课、经验交流会等提高教师的教研能力和教研水平。

（四）发挥规章制度的作用，建立良好的教研秩序

教研的规章制度是用条文的形式，按照教研规律对教师教研做出的带有指令性的准则和规范，它是教研质量的重要保证。发挥规章制度的作用是防止教研忙乱、盲目的有效措施。

（五）注重开展教研活动，促进教研工作改革

有计划、有目的地组织教研活动、开展教研实验是促进教研工作改革、提高教研质量的有效保证。向教研要质量已成为当前教学规律深化的一个象征，因此组织开展教研活动成为教学规律一个崭新的内容。具体任务主要包括以下内容：组织开展教研活动，如专题教研活动、公开课、研究课等；组织开展教学科研，如选好课题、组织力量合作攻关、进行课题审评等；开展教研实验，如办好实验班，保证实验的经费、人员等；总结、推广教研经验。

（六）组织教研质量检查，开展教研质量评估

教研管理的最终目的是提高教研质量，因此质量管理就成为教研管理的主要任务。从一定意义上说，没有质量管理就不算管理，教研管理必须重视教研质量检查，开展教研质量评估。组织教研质量检查，开展教研质量评估的具体任务如下：学习理论，树立正确的教研质量观；确立正确的教研质量标准；搞好教研质量控制；认真进行教研质量分析、评估。

（七）深入教研实际，及时总结教研经验，提高教研质量

教研管理的日常工作任务是深入教研实际，及时总结经验。深入实际不是走马观花，而是“扎下去”，在教研实际中及时总结教研经验，及时推广，以提高全校的教研质量。日常管理的具体任务包括：深入教研第一线，经常进教室听课；深入教研组，与教师共同研究；帮助教师总结经验，在全校推广。

三、小学教研管理工作的要求

（一）领导重视，经常深入教研，研究指导教研

教研是学校的主要工作，提高教研质量是学校质量管理的主要任务。教研是贯彻教育方针、实现教育目标的基本途径，教研工作具有十分重要的意义：首先，教研对社会发展具有重要的作用，是社会发展的保证，人类要发展就要把前人积累的知识经验传递下去，教研是使人们有效掌握人类知识精华的途径。其次，教研能够提高教师的教学效果，可以使个体用较少的精力在较短的时间内获得人类几百年、几千年才能获得的知识和技能。最后，教研是实现教育发展的基本途径。因此学校要把教研工作放在重要的位置，全面安排。

第一，学校领导要把教研工作放在重要的日程上，安排学校工作时一定要以教学、教研为中心，全面安排。学校领导要把主要精力、主要时间用于教研管理，特别是在当前，在我国的经济体制由计划经济向社会主义市场经济转变的过程中，学校教研经费不足，不少学校领导把主要精力用于抓经济，忽视教研工作，这是很危险的。

第二，学校领导要深入教研第一线，了解学校的教研情况，要深入课堂听课，深入教研组和教师一起进行教研活动，研究教研，要检查、督促教研计划的落实，要通过协调、控制、激励使教研计划变为现实。学校领导深入第一线的目的是指导教研工作，帮助教师不断改进教研工作。学校领导要定期分析教师的教研情况，对于教研工作做得好的教师及时给予肯定、发扬，并帮助其及时总结经验；对于教研工作不理想的教师，学校领导要帮助教师分析原因，总结经验教训，共同研究改进措施。学校领导只有深入第一线，才能了解教研情况，同时深入第一线还可以使教师感到领导和自己是站在一起的，自己的成绩领导看得见，自己的问题能够得到帮助，广大教师看到领导重视教研，自己就重视教研工作，教研工作任务也就能够顺利完成。

第三，学校领导要研究教研，指导教研改革。学校领导要想管理好教研工作，自己必须成为教研的内行，要精通教研，特别是要精通教研方法和教研技术。学校领导只有钻研教研科学，成为教研的高手，才能领导和管理教师的教研工作。总之，领导一定要成为教研的内行，成为科研型、专家型领导，这对于抓好教研管理工作是一个十分有利的条件。

（二）按照国家课程计划、教学大纲要求，管好教研

国家的课程计划、教学大纲、教科书是学校进行教研工作的重要依据，学校领导要管理好教育工作必须遵循这些依据。具体要求如下：教师要根据课程计划设置教研计划，要根据教学大纲的要求进行教研工作，要根据教科书的内在规律进行教研工作。例如，思想性和知识性的统一、理论和实际的统一、稳定性和时代性的统一、系统性和可接受性的统一等。

（三）根据教研规律和原则，管理教研

管理教研必须遵循与贯彻教研规律和教研原则，违背了教研规律，教研就会失败，贯彻不好教研原则，教研的质量就会受到影响。学校领导根据教研规律和教研原则管理教研活动必须做到：熟知教研规律和教研原则并让教师掌握；按照教研规律和教研原则指导教师教研，检查教师的教研工作；按照教研规律和教研原则来评价教师的教研工作，督促教师在教研工作中遵循教研规律和教研原则；发现违背教研规律，违反教研原则的现象要及时制止，对贯彻教研规律和教研原则表现突出的要及时表扬并帮助教师总结经验以便在全校推广。

四、小学教研组织体系的建设

（一）建立教研管理组织体系

健全有效的教研管理组织系统可以有效地对教研进行管理，可以把学校的教研计划布置下去，组织实施并督促检查教研的情况，保证教研的质量。健全有效的教研管理组织体系必须具备以下几个条件。

（1）思想正确。教研管理组织体系要有正确的教研思想、统一的教研目标，这样才能保证教研组织的方向性和统一性，克服盲目性和忙乱性。

（2）职责清楚。每个职能部门以及职能部门的每个人都要十分清楚自己的职责，各尽其责。

（3）信息畅通。教研管理组织体系要能够及时、准确、全面地掌握教研工作的动态、发展状况等各方面的情况，做到上情下达，下情上达，以便进行指导、调控。

（4）指挥灵活。教研管理组织机构不但要能够准确、及时地做出指挥决定，同时还要能够把决定顺利下达，指挥有效，中间不发生干扰和梗阻，对于临时发生的不畅通的情况能够迅速排除，使组织能够高效运转，提高管理的效益。

（5）制度健全。为了保证组织正常有序地运转，学校必须有一整套健全的教研管理制度、教研管理规范。

（二）发挥教导处的组织作用

教导处是管理教研的职能机构，它主要协助主管教研的副校长做好教研计划，指导教研工作，协调全校的教研工作。教导处不但要下达任务，还要收集反馈信息，调整、控制学校的教研活动，以保证教研质量的提高。

发挥教导处的作用要注意以下几点：选拔懂业务、组织能力较强、德才兼备的人员任教导主任，教导处的人员配备要精干，要合理组织，力争做到整体优化；教导处协助校长制订并实施教研工作计划，检查并总结学校的教研工作，组织管理教研工作，掌握教师执行教研计划的情况，保证教研的科学性、规范性；教导处要定期组织观摩课、研究课，交流教研经验，指导教师改进教研方法，培养骨干，培养青年教师，以提高教研质量；管理好图书馆、资料室、实验室、电教室等教研辅助设备。

（三）加强教研组的建设

教研组即教学研究组，是学校最基层的教研管理组织，也是最基层的教学研究组织。学校的一切教研任务和教研管理工作都要通过教研组来实施。教研组建设好了可以更好地发挥同学科教师集体的智慧，搞好教研，它为教师提供了一个共同研究、探讨教研工作的平台，在这里教师可以就某一疑难问题展开讨论，可以交流教研经验，可以以老带新，可以协调教研进度，集体研究。教研组工作开展质量直接影响学校的教研质量，因此必须加强教研组的建设。

第五节 小学学生管理

一、小学学生管理的原则和方法

（一）小学学生管理的内容

1. 小学学生学习常规管理

学生在学校的主要任务就是学习，帮助学生顺利地完成学业是学校义不容辞的责任。建立正常的学习秩序、规范日常的学习行为、为学生的学习提供良好的条件、培养学生学习管理的意识和良好的学习习惯等，是对学生进行学习常规管理的主要内容。

（1）培养学生的学习管理意识。

学生的学习管理包含两个方面的内容：学生学习时间的管理和学生用脑的管理。教育学生科学安排时间，是学生学习管理的主要内容。科学地安排时间就是学会制订自己的学习计划，培养制订学习计划的能力。科学用脑是学生合理学习的关键，要劳逸结合，避免过度用脑。所以，在实际的学生管理工作中，要经常提醒学生加强个人的学习管理，培养学生学习管理的意识和方法。

（2）培养学生的效率感。

教学管理中经常见到这样的现象：有的学生在自习课上一会儿翻开语文作业，一会儿翻开数学作业，自习结束，两门作业都没有完成；有的学生，报纸不看，电视不看，一心一意扑在课本上，但学习成绩不见提高；还有些学生课本上的例题和习题还没有搞清楚，又急着钻研课外习题；等等。这些都是学生学习效率低下的缘故。现代社会信息量大，学习效率直接影响学习水平，学校必须重视培养学生的效率感，想办法提高学生的学习效率，如明确任务减少犹豫时间，分清主次合理安排学习次序，持之以恒形成习惯，等等。

（3）养成学生自我开展学习和活动的能力。

“教是为了不需要教”“管是为了不需要管”，这是对学生进行教育和管理的直接目的所在。所以，学校教育和管理者一定要以学生为主体，调动学生学习的自觉性和主动性，放手让学生去从事一些他们力所能及的事情，如成立各种学生社团、独立开展各种课外活动等，培养学生自学的能力，使他们养成“自己的事情自己做”的习惯。

2. 小学学生生活常规管理

（1）要重视对学生生活常规的管理。

小学往往忽视对学生生活常规的管理。人们习惯认为，学校管好学生的学习就行了，学生生活的管理是家庭的事。殊不知，生活能力和素养不仅是现代人素质的一个重要方面，而且直接影响学习效率。例如，生活习惯不好的人，容易形成健康障碍和人际关系障碍，从而影响学习；生活能力低下的人也必然会影响生活质量，从而影响身心健康，导致学习效率低下。所以，学校加强对学生生活常规的管理、提高学生的生活质量对学生综合素养的培养具有重大的意义。

（2）培养学生独立的生活能力。

生活技能的培养是学生生活管理必不可少的重要组成部分。现在的独生子女长期生活在父母、爷爷奶奶、外公外婆的世界中，很少得到自己独立生活的锻炼，生活的独立性较差，在学校的生活中有的甚至不能和同学和睦相处。而生活在农村的当代小学生，由于父母在外务工，爷爷奶奶、外公外婆过分溺爱，也有不少成了生活不能自理的“皇帝”。在这种情况下，加强对学生生活常规的训练尤为重要。尤其要通过学校的教育和训练提高小学学生的自我生活管理能力与适应社会能力，也就是生存教育的问题。另外，小学培养学生的独立生活能力还应注意两点：一是要争取家庭的配合，二是对寄宿的学生要重视培养其良好的饮食起居习惯。

（二）小学学生管理的基本原则

1. 尊重学生的人格与个性

现代社会的管理理念告诉我们，尊重是管理的前提，对学生的管理尤其如此。首先，小学的管理者要尊重每一个学生的人格。一般而言，对优秀学生的尊重容易兑现，但我们更应清醒地认识到对于处于弱势的所谓“学困生”的人格尊严更应维护。学困生长期形成的自卑心理，很容易使其内心的自尊之花凋落，而自尊心恰恰是促进学生身心健康发展不可或缺的因素。所以，教育者或学校管理者绝不能冷落、歧视后进生，而应从内心接纳他们，尊重他们的人格，并在学习上、生活上给予他们更多的关注，使学生感受到人与人的平等以及被关注、被理解的温暖。其次，教师要从学生的实际情况出发，尊重他们的个性心理，要坚持发挥学生的特长，扬长避短，注意开发学生的潜能，发展学生的多样化，教学生学会学习，为学生的终身发展奠定基础。

2. 理解学生的思想和行为

小学生常常高呼“理解万岁”，理解就是理解每一个学生的思想和行为，特别是某些学生不符合常态的思想和行为。在管理学生时，管理者应当善于置换角色，将心比心。教师应常想“金无足赤，人无完人”，正因为学生有缺点，所以才需要教育。教师只有理解学生才能爱学生，也只有爱学生才能真正做到理解学生。只有在充分理解学生的基础上教育学生、管理学生，才能使教育和管理的行为被学生接受。

3. 相信学生的本质和潜力

教育者和管理者要相信每一个学生的本质都是好的，没有哪个学生不想成为好学生。每个学生之所以成为现在这个样子，都是环境和教育影响的结果。即使是品德恶劣的青少年，也一定有善良的一面。教师要相信“没有教育不好的学生，只有教不好学生的老师”；同时要相信每个学生都有巨大的潜力，正如古人所说：“人可以为禹。”但人才的类型各种各样，成才的时期也有早有晚，有的人早慧，有的人大器晚成。学校的管理者和教育者一定要相信学生的本质与潜力，为每个学生的充分发展尽可能地创造良好的环境、机会和条件。

4. 主动关心，通情达理

现代管理是以人为中心的管理。人是有情感的，尤其是青少年学生往往情感丰富，对他们的管理与教育必须有情感的激发和熏陶，而情感的激发和熏陶的基础就是要做到主动关心与通情达理。人们常说：“三分制度管理，七分感情管理。”所谓感情管理，就是做到以情换情，教师要关心学生的思想进步，细心指导学生的学习，热心照顾学生的生活，耐心帮助学生克服困难。其关键是要能做到主动关心，只有主动关心，才能更好地做到以情感人。学生管理不仅需要动之以情，还需要晓之以理，管理者要善于利用科学的道理和有说服力的典型事例，针对学生的具体问题，由事入理、由浅入深地向他们讲清道理，提高他们的思想认识，做到情中有理、理中含情、情理交融，从而达到“管到心里”的效果。

5. 真诚提醒，热情激励

人都是有自尊心的，人在犯错误前很自信的情况下或在犯错误后很自责的情况下，如果受到直接的警告或批评，自尊心会受到伤害，从而未必达到理想的教育效果。周弘在《赏识教育》一书中告诉我们：人们往往会把“好朋友的提醒”特别是真诚的提醒作为生命的珍贵礼物加以接受。不仅批评时应讲究点幽默，更重要的是要看到学生的长处和闪光点。所以，教育工作者要尽可能在充分鼓励的前提下批评学生的缺点，让学生充分感受到老师真诚的安慰和鼓励。真诚和热情是沟通师生情感的纽带，真诚的提醒和热情的激励是管理学生的重要法宝。

（三）小学学生管理的方法

1. 思想教育的方法

思想教育是我国学校教育中最传统的教育方法，它通过摆事实、讲道理来影响学生的思想意识，提高其思想道德认识。思想教育的方式方法有很多，如讲解、报告、谈话、讨论、辩论、阅读书报刊等。教师在运用这一方法时，要注意科学化，因为思想教育不是一味地将枯燥的道理灌输给学生，而应根据学生的实际情况，有针对性地进行教育，要引起学生情感上的共鸣，只有这样，才能发挥思想教育的真正功效，真正解决学生思想上存在的问题。

2. 全员激励的方法

激励即激发、鼓励，调动人的积极性。从学校教育的特点出发，我们把激励的概念界定如下：教师以激励的教育行为，从外部给学生以适度的正刺激，使学生把教育的要求内化为个体自觉行为，从而促进学生生动活泼地、主动地发展。

3. 自我管理的方法

自我管理是一个人能动自觉性的表现，是学生管理的最高形式。学生管理的主要目的就在于促进学生自我管理能力的形成。学生自我管理能力的形成是一个从他律到自律的过程。青少年发展初期，由于自我意识不完善，往往不善于控制、调节、支配自己的活动和行为，他们的自我控制、自我调节主要受外部力量的支配、监督，以教师的要求为自我要求，以别人对自己的评价为自己的评价，以学校的纪律为自我约束的纪律，这时他们处于以他律为主导的初级发展阶段。但随着自我意识的不断发展，他们逐步形成自己的价值观、人生观和世界观，能够依靠自己的内部力量自觉地自我管理，自觉地支配、调节、控制自己的活动和行为，这时已发展到以自律为主导的较高级阶段。可见，学生自我管理能力的形成与发展过程，也是人的自我意识、人的主体性逐步形成与发展的过程。因此，学生的自我管理重在学生的主体感受和参与。

学生的自我管理活动可分为群体性活动和个体性活动。群体性活动是指学生在学生组织内部承担一部分管理责任的活动。这种活动具有较高的要求、较强的实践性，因此管理者必须积极为广大学生创造参与这种活动的机会和条件。个体性活动是指学生个人自发地或者是在从众心态的驱使下而参与管理或自律的活动，这时管理者就要积极激发学生参与这种个体性活动的自觉性和坚定性。无论是群体性自我管理活动还是个体性自我管理活动，都需要学生运用自己的独立决策、独立思维和独立工作的能力，在实践中不断提高自我控制和自我教育水平。

4. 情感管理的方法

现代管理是以人为中心的管理，小学生具有丰富的内心情感，因此对他们的管理与教育必须有情感的激发和熏陶。同时，青少年学生又是单纯幼稚的，对他们的管理与教育还必须讲道理、摆事实，循循善诱，帮助他们提高自己的思想认识。

5. 评价的方法

评价是指通过一定的要求和标准，对学生在思想品德、学习、劳动、社会工作、文体活动以及伙伴关系等方面的表现及发展状况加以评判的过程。学生管理的核心问题是使学生树立正确的人才观，用正确的标准评价学生。

因此，对学生的评价首先应确立正确的评价标准。在应试教育下，以成绩好坏、听话与否作为评价学生的依据，以考试作为评价学生的手段，是不利于学生成长的。因此，改变传统的评价标准与方法是学生管理的一项重要工作。从当前学生管理的评价方法来看，主要有两种方法，即定性评价与定量评价。

无论是定性评价还是定量评价，在评价的过程中，评价者都应做到以下几个方面。

第一，不要以固定尺度和标准去要求学生。个体差异的存在，要求学生管理措施应有针对性，善于发现学生的优缺点，有的放矢，及时施教。

第二，按照不同的层次评价学生。学生的表现存在不同的层次，有一般学生，有三好学生，有某些方面或某一方面有特长的学生，也有特优学生。在表扬、鼓励、评优、奖励时，不能把眼睛只盯在好学生身上，应该不拘一格评价学生。

第三，要给予学生展示才能的机会。学生是否有某些特长，教师不仅要善于发现，还要给予他们充分展示才能的机会。学校管理者要创造条件，鼓励学生表现自己、发展自己。

在学生管理中，教育自身的特殊规律以及学生发展的特点，决定了我们在运用评价的方法时，必须坚持定量评价与定性评价相结合的原则。在评价的程序上应注意将学生自评、小组他评及教师评价有机地结合起来。

二、学生班级管理

（一）学生班级管理的组织者——班主任

1. 班主任的地位和作用

在班级管理中，班主任受学校的委托，担负教育、组织和领导班集体的职责，因而是班集体的组织者和领导者，对学生教育和班集体建设都起着不可忽视的主导作用，在学校领导和学生之间发挥着桥梁作用。班主任是学校施教群体的中坚和骨干。因此，建设一支强有力的班主任队伍是完成学校教育任务的重要条件。

2. 班主任的基本职责

（1）班主任应热情关怀、爱护学生的全面发展，负责做好本班学生的思想政治工作，教育学生遵守学生守则和有关行为规范，使本班成为一个遵守纪律、团结向上、勤奋学习、朝气蓬勃的集体。

（2）经常与任课教师联系，了解和研究学生的思想、学习情况。

（3）负责组织和领导本班学生参加生产劳动与公益劳动，指导学生的课外活动，并配合有关任课教师开展课外活动。

（4）组织领导班委会的工作，指导本班共青团、少先队开展活动，培养学生的自制能力、自理能力。

（5）与学生家庭和社会有关方面取得联系，做好校内外配合、沟通和协调工作。

3. 班主任的管理方式

班主任是班级管理质量的决定性因素。因此，不断提高班主任的管理素质是学校管理的一项重要任务。研究班主任的管理方式有助于班主任队伍的建设，有利于提高班级管理水平。

由于教育思想、管理个性和经验水平的差异，班主任在班级管理中常表现出多种不同的方式。就班主任和学生之间的相互关系而言，归纳起来主要有以下几种。

（1）命令式或单向式。

命令式或单向式是指班主任单方面向学生发布指令，学生依班主任的指令行动的管理方式。其特点是，班主任一手包办班务，班级一切决策、计划等都由班主任说了算，并以命令方式强制学生执行。

这种方式实际是封建家长式管理。班集体建设的好坏取决于班主任个人的能力。能力强，这种管理方式便于集中统一指挥，集体行动和问题的处理比较迅速，但容易导致主观、片面，学生的主动性、积极性不易发挥。若是能力不强，则易导致班级混乱。

（2）双向联系式。

双向联系式是指班主任以与学生之间的联系和沟通为实施班级管理的前提或基本条件的管理方式。其特点是班主任与学生之间已建立起信息交流或联系的渠道，班务决策注意听取学生的意见或反映，但多数情况下仍是班主任个人进行直接组织和指挥。

双向联系式在一定程度上为学生参与班级管理创造了条件，可以避免班主任的独断专行，有利于师生情感上的沟通和相互之间的理解，避免隔阂甚至对立。但采用这种方式，师生之间的交流毕竟有限，往往流于形式，又由于缺乏与学生之间在班务问题上的相互交流，学生集体意识难以得到强化，集体的凝聚力仍会较弱。

（3）多向联系式。

多向联系式是班主任以其与学生之间的相互联系和学生与学生之间的相互联系为基础的一种管理方式。其特点是，班主任不仅建立了与学生之间相互交流信息的渠道，而且也为学生与学生之间的相互交流创造了条件或提供了机会。这体现了班主任对学生意见和反映在更大程度与更深层次上的尊重，体现了班主任民主管理意识的增强。但班主任仍置身于班集体之外，因而，难免个人命令或专断的弊端。这种方式由于扩大和加强了师生之间以及学生相互之间的交流，无疑对增进了解和情感沟通、强化学生的集体意识、增强班级凝聚力有好处，也有利于班主任了解学生的内情，以提高处理班务的自觉性和科学性。但由于班主任仍是班务活动和学生行为的主宰者，因而，学生的主体作用仍难以充分体现出来。

（4）民主、平等式。

民主、平等式是指班主任以与学生民主、平等的关系为基础，实施班级管理的方式。其特点是，班主任由凌驾于班集体之上或置身于班集体之外，变为处于班集体之中；班级决策由班主任与学生民主协商决定，班内活动由学生自主决定，班主任处于出主意、提建议的地位，充分尊重学生意见，调动学生的积极性和创造性。这是比较理想的一种管理方式。

（二）学生班级管理要求

班级是学校的基层组织，建设好班级是学校管理的基础。学生班级管理要求有以下几点。

1. 明确班集体管理的目标

目标是集体建设在一定时期前进的方向与核心，有了明确的目标，班集体才会有前进的方向。正确的目标是集体形成的基本条件。班集体管理目标要和学校管理的总目标一致，应是学校管理总目标的有机组成部分，同时要很好地体现班集体成员的共同要求和愿望。因此，班主任认真与学生协商，依据学校管理总目标要求和班级实际情况精心制定班集体管理目标。

2. 培养和锻炼班干部

班干部是班集体的骨干，由班干部组成的班委会则是班级管理在组织上的核心。没有骨干与核心，集体将难以形成。为了充分调动学生参与管理的积极性和创造性，发挥学生的主体作用，班干部实行轮换制，规定一定的任期和选任办法，明确职责和工作程序与要求，还有集体评议等机制配合。这样使学生在接受普通教育的同时，也受到了参与管理的锻炼，不失为班级管理的好办法。

3. 营造和利用班集体舆论

舆论是集体中大多数人对各种人与事的褒贬看法、评论。正确、健康的舆论是无形的教育力量，而形成正确的舆论是班集体建设的重要条件。

正确的舆论，一靠培养，班主任应旗帜鲜明地支持和宣传正确思想，敢于反对错误行为；二靠坚持，班主任应采取强有力的措施坚持正确舆论，反对错误主张，将其恶劣影响降至最低限度；三靠管理，班主任应对班集体成员的活动和交往进行管理，让全体班级成员明辨是非、扶正祛邪，不断增强其同情心和正义感。

第二章

小学数学教学概述

第一节　小学数学课程的目标

通俗地讲，小学数学课程目标是指在小学阶段，学生通过学习数学课程在德、智、体等方面应当达到的程度。小学数学课程目标主要依据小学教育的培养目标、数学学科的特点以及小学生的学龄特点来制定。

一、小学教育的性质和培养目标

按照国家对义务教育的要求，小学是九年义务教育的第一阶段，是促进儿童身心全面发展的奠基工程。小学教育的总体培养目标是使儿童在德、智、体诸方面得到发展，为提高全民族素质、培养社会主义现代化建设的各级各类人才奠定基础。具体来讲，我们需要注意培养学生的以下几个方面。

（1）初步具有爱祖国、爱人民、爱劳动、爱科学、爱社会主义的思想感情，初步养成关心他人、关心集体、认真负责、诚实、勤俭、勇敢、正直、合群、活泼向上等良好品德和个性品质，养成讲文明、懂礼貌、守纪律的行为习惯，初步具有自我管理以及明辨是非的能力。

（2）具有阅读、书写、表达、计算的基本知识和基本技能，了解一些生活、自然和社会常识，初步具有基本的观察、思维、动手操作和自学的能力，养成良好的学习习惯。

（3）初步养成锻炼身体和讲究卫生的习惯，培养较广泛的兴趣和爱好。初步学会生活自理，会使用简单的劳动工具，养成爱劳动的习惯。

小学数学课程目标的制定要符合小学教育的培养目标。小学数学必须促进学生德、智、体全面发展，不仅要使学生掌握数学的基础知识和基本技能，还要发展学生的观察力、想象力、记忆力、思维能力、创新能力；要培养学生计算、初步的数学思考和解决问题的能力，使他们能用数学的眼光观察和处理周围的某些事物，尤其能运用所学的数学知识解决一些简单的实际问题；要结合数学内容进行思想品德教育，激发学生的学习兴趣和学好数学的自信心，培养学生良好的学习习惯，使其学会良好的学习方法。同时还必须遵循教学规律，减轻学生过重的负担，使他们能主动学习，身心得到健康的发展。

二、数学学科的特点

1. 高度的抽象性

任何学科都具有抽象性，只是数学学科与其他学科相比较，抽象程度更高。数学的抽象只保留了量的关系而舍弃一切质的特点，只保留了一定的形式、结构而舍弃内容。

例如，数字5，可以表示5个手指、5匹马、5个人、5个苹果等。而2×5则可以表示2只手的手指；2个箱子，每个箱子中有5个作业本；5对夫妇；等等。

2. 严谨的逻辑性

数学要求逻辑上无懈可击，数学定理的确认靠严密的推理和演算。由于小学生的逻辑性和推理能力有限，因此小学数学中不可能进行更多的证明和推理，但是内容的编排仍然明显地呈现出前后连贯、逻辑严密的特点。而且，逻辑思维的培养是小学数学课程的教学目的之一。

3. 广泛的应用性

数学广泛的应用性是由数学高度的抽象性和严谨的逻辑性决定的。近半个世纪以来，数学成功地运用于经济、管理、通信、资源开发和环境保护、医学、军事与国防等领域。

三、学生的学龄特点

小学阶段，学生的思维发展迅速，从具体的形象思维逐渐向抽象逻辑思维过渡。因此，小学数学应注重培养小学生初步的逻辑思维能力，使学生用初步掌握的分析、综合、比较、抽象、概括的思维方法去获取数学概念，并能初步运用概念进行简单的判断和推理。

同时，学生在小学阶段以学习直观几何为主，通过对模型、实物的观察和实际操作，他们对简单几何图形的大小、形状和相互间的位置关系形成一些鲜明的表象，也就是常说的几何观念。

在数学教学法的体系中，教学目标是起决定性作用的因素，它制约着内容、过程、方法和组织等其他因素。要成为一名合格的小学数学教师、学科教学法或教育理论的研究工作者，首先应正确、全面地理解小学数学的教学目标。

第二节 小学数学教学理论基础

一、小学数学的教学目标

（一）数学的含义

恩格斯指出，数学是数量的科学，纯数学的对象是现实世界的空间形式和数量关系。《义务教育数学课程标准（2011年版）》中对数学的定义如下：数学是研究数量关系和空间形式的科学。这是恩格斯关于数学含义的比较确切的描述。

数学可以分成两大类：一类是纯粹数学，另一类是应用数学。

纯粹数学也叫基础数学，专门研究数学本身的内部规律。纯粹数学的一个显著特点就是暂时撇开具体内容，以纯粹形式研究事物的数量关系和空间形式。例如，研究梯形的面积计算公式，至于它是梯形稻田的面积还是机械零件的侧面梯形面积，都无关紧要，大家关心的只是蕴含在这种几何图形中的数量关系。

应用数学以数学为工具，探讨解决科学、工程学和社会学方面的问题，是纯粹数学与科学技术、实际问题之间的桥梁。在21世纪，应用数学主要应用于两个领域：一个是计算机领域，随着计算机的飞速发展，需要一大批懂数学的软件工程师做相应的数据库的开发；另一个是经济学领域，现在的经济学问题很多都需要用非常专业的数学进行分析，应用数学中有很多相关课程本身就是以经济学实例为基础的。

（二）教学的含义

在中外教育史上，关于“教学”一词的用法很多。我国学者总结归纳出以下五种类型的教学的含义。

第一种最广义的理解，教学等同于人的生活实践。

第二种广义的理解，教学是有计划、有目的的全面影响活动，等同于教育。

第三种狭义的理解，教学是教育的基本途径，主要指传授和学习知识技能、影响学生身心发展的教育活动。

第四种更狭义的理解，教学等同于技能训练，在俄语中有此用法。

第五种具体的理解，教学是指现实发生的具体的教学，如学校里每天上课。

西方学者也给教学下过多种定义，具体如下。

第一种定义是描述性的，教学即传授知识或技能。

第二种定义是教学即成功，强调的是学习者掌握了所教的东西。

第三种定义把教学视为有意进行的活动，强调教学有目的性和明确意图。

第四种定义认为教学乃规范性行为，它强调教学要遵循一定的道德规范。

由此可见，“教学”一词的含义和使用是非常广泛的，不同的场合、不同的情境，教学的含义也有所不同。

本书中的教学是指教师教学生认识客观世界并进而促进学生身心发展的教育活动。从这个定义可以看出，教学活动中的基本要素是教师、学生和教学内容。而真正理解教学的定义，必须把握以下几个方面。

（1）教学是教师教学生认识客观世界的活动，是师生双方共同参与的一项活动。

（2）教学的基本价值在于促进学生的发展。

（3）教学是教育的基本形式，学校教育以教学为中心。

（三）小学数学教学的目标

数学是人类文化的重要组成部分，数学素养是现代社会每个公民都应该具备的基本素养。小学数学是促进学生全面发展教育的重要组成部分，除了让学生掌握一定的数学基础知识、培养一定的数学能力外，还需要对学生进行思想品德教育。

1. 学习数学基础知识

让学生理解和掌握必要的数学基础知识是小学数学教学的首要任务。小学数学中的概念、性质、法则、公式、数量关系和解题方法等最基础的知识是进一步学习的基础。就知识范围而言，小学数学包括数与代数的基础知识、图形与几何的基础知识以及统计与概率的基础知识。通过数与代数知识的学习，学生经历或体验日常生活中抽象出数的过程，理解数的意义，了解负数，认识分数和小数，理解分数、小数、百分数的意义；体会四则运算的意义，掌握必要的运算技能；在具体情境中，能进行简单的估算，理解估算的意义；能用方程表示简单的数量关系，能解简单的方程。通过图形与几何知识的学习，学生经历从实际物体中抽象出简单几何体和平面图形的过程，探索一些图形的形状、大小和位置关系，了解一些几何体和平面图形的基本特征；感受平移、旋转、轴对称现象，体验简单图形的运动过程；认识物体的相对位置，了解确定物体位置的一些基本方法；掌握初步的测量、识图和画图的技能与方法。通过统计与概率知识的学习，学生经历简单的数据收集、整理、分析的过程，了解简单的数据处理方法，掌握一些简单的数据处理技能；体验随机事件发生的可能性。

2. 发展学生的智力，培养学生的思维能力

首先，培养学生的基本运算能力。使学生能够正确、迅速地进行整数、小数、分数的四则计算是小学数学教学的一项重要任务。尽管随着计算机等工具的使用，对小学生的数学计算能力的要求在下降，但基本的运算能力仍然是小学数学教学的一个重要的能力目标，有助于小学生理解运算的算理，寻求合理简洁的运算途径解决问题。

其次，培养学生初步的逻辑思维能力和推理能力。在培养学生初步的逻辑思维能力和推理能力方面，小学数学具有优越的条件。数学是用数量关系（包括空间形式）反映客观世界的一门学科，逻辑性强并且严密。每一个数学概念的形成、数学方法的获得、数学问题的解决，都必须经过缜密的逻辑思维和推理过程。正是这样的过程使得学生的思维能力得到锻炼和提高，同时又可以运用已有的思维能力进行更为复杂的思维，解决更加复杂的问题，在这种螺旋式的发展过程中，学生的智力也得到极大的开发。

最后，培养学生的数感、符号意识、空间观念、数据分析观念。建立数感有助于学生理解现实生活中数的意义，理解或表述具体情境中的数量关系；建立符号意识有助于学生理解符号的使用是数学表达和进行数学思考的重要形式；大量积累空间观念，才有可能形成点、线、面、体的几何概念，形成初步的空间想象力，对现阶段和以后几何知识的学习都有重要的意义；

通过数据分析体验随机性，一方面对于同样的事件每次收集到的数据可能不同，另一方面只要有足够的数据就可能从中发现规律。

3. 开发非智力因素

人们形形色色、纷繁复杂的心理活动可以一分为二，即智力因素与非智力因素。

智力因素由观察力、记忆力、想象力、思维力与注意力五种基本因素组成；非智力因素包括的心理因素很多，主要是由动机、兴趣、情感、意志和性格五种基本因素组成。

非智力因素对学生的素质发展起主导作用。小学数学集知识性、审美性、逻辑性于一体，在开发学生的非智力因素方面具有不可替代的作用。知识性主要体现在解决实际问题上，小学生在日常生活中会碰到各种数学问题，对这些问题的解决能激发学生的求知欲，从而使学生产生良好的学习动机；审美性，如数学语言与解题方法的简洁美、几何图形的数字排列的对称美、数学结构与分式的统一美，能够调动学生学习的积极性和主动性；逻辑性则要求对学生进行严格的技能技巧训练，如仔细审题、认真计算、书写整洁、格式规范、自觉检验、按时完成、正视错误、主动改正、不怕挫折等良好的学习习惯，从而培养学生独立思考、克服困难的学习精神和处理问题的韧劲。

二、小学数学的教学原则

（一）思想性原则

思想性原则亦称教育性原则。《九年义务教育全日制小学数学教学大纲（试用）》指出，在数学教学的同时，必须注意对学生进行爱国主义教育、辩证唯物主义的思想教育和联系学生思想进行优良的道德品质教育。过去由于主观和客观的原因，小学数学教学对思想教育往往不够重视。其实，在数学教学中加强思想教育不仅是培养人的整体目标的需要，而且是数学教学本身的需要。它对培养能力、锻炼意志、激发学习热情、明确学习目的、提高思维品质都具有积极的意义。实践证明，在数学教学中贯彻思想性原则是切实可行和行之有效的。

（二）严谨性原则

1. 严谨性的重要意义

严谨性是数学科学的基本特点。它要求数学结论的叙述必须精练、准确，而对结论的推理论证和系统安排要求既严格又周密。

小学数学教学认真贯彻严谨性原则，是发展小学生逻辑思维的核心，它使小学生对数学知识及其体系能有初步的、真切的理解，尤其是对每一个数学概念、公式、法则都有较为清晰的理性掌握，为日后学习中学数学、进一步提高严谨性创造了有利条件。如果在小学数学教学中不注意贯彻严谨性原则，就会让学生成为概念混乱、思维糊涂、办事治学粗枝大叶的人，也注定他们自拒于数学乃至整个科学领域的大门之外，以至贻误终身的学业和人生。因此，在小学数学教学中认真贯彻严谨性原则是非常重要的工作。

2. 严谨性原则的贯彻举例

（1）下定义或结论应该用正确知识传授，而不能想当然地、丢三落四地乱说。例如，关于钝角的定义应为“大于直角且小于平角的角叫作钝角”。而却有不少师生为了贪图简便把钝角说成“大于直角的角”，往往把“且小于平角”这个限定丢了。按此错误的定义必得出平角、周角等都要称为钝角，这势必造成学生对数学概念的极大混乱。

（2）对数学概念的一般与特殊、包含与被包含的关系说得混乱。有位教师要学生作图时说：“同学们，请画出一个长方形和一个正方形来。”其实，这句话已违背了数学的严谨性原则，因为正方形本身就是一个长方形，只不过是长与宽恰好相等的长方形。按照这位教师的这个错误提法，学生们可以有各种不同的画法：有的画一个长与宽不相等的长方形和一个正方形，有的画出两个正方形，有的甚至只画一个正方形就认为是满足了题意的答案。例如第三种画法，不但画了一个正方形，同时这个正方形也是一个长方形，只不过它的长与宽恰好相等而已。但是这位教师起初还很生气地批评后两种画法的学生！其实，按照他的本意，这道题应该按如下说法才是正确的：“同学们，请画一个长为a厘米与宽为b厘米的长方形与一个边长为c分米的正方形。”这样就贯彻了数学的严谨性原则。

（3）有的师生随意把概念的精确文字通俗化，往往造成如下违背严谨性原则的病句：“π就是3.14”“3.14就是π”“被除数与除数都乘上同一个数，商不变”“零除以任何数都得零”“如果一个数量变大，另一个数量也跟着变大；一个数量变小，另一个数量也跟着变小，那么这两个数量成正比例”。

显然，前两句错在没有指出3.14只是π精确到小数后两位的近似值；第三句错在没有指明乘上同一个不为零的数；第四句错在不是除以任何不为零的数；第五句是糊涂概念，它虽然指出了两个数量的同向（定性）变化，但是没有指出两个数量的定量（同倍数）变化，故病句中的这两个数量不一定就成正比例。

（4）有的教师只按字面上的意思来解释数学定义，如错误地解释“互质数就是互为质数的数”，使学生莫名其妙，究竟什么是“互为质数的数”呢？学生对概念的内容仍是一片糊涂。正确的定义应是按教材所概括的：两个正整数，除了1以外，没有其他公约数时，称为“互质”。这样才能让学生正确地掌握互质数的概念。不然的话，4是合数，3是质数，究竟4与3是否互质呢？若按这位教师那种模糊的解释，就有学生认为4与3不是互质数了，因为4不是质数。但是实际上4与3就是互质数。

（三）兴趣性原则

1. 兴趣性原则的重要意义

兴趣是学生在学习活动中的一个重要心理因素，尤其是小学生正处在心理发展的学龄初期（儿童期），他们的行为尚不能由自己的理智来控制，常常受兴趣所制约，兴趣往往成为小学生向往新知识的心灵磁石。因此，单凭学习目的的教育是不能充分调动学生学习积极性的，必须补以学习兴趣的培养和激发，才能使小学数学教学健康而顺利地开展。

在小学数学教学中要很好地贯彻兴趣性原则，就要根据学生兴趣的特点和教材内容，采取适当措施提高教学的趣味性。这一方面要求教师具有丰富生动而幽默的语言，平时能把枯燥的数学知识补以绘声绘色的文学表达使之生动活泼，让学生产生喜爱的兴趣；另一方面要求教师认真钻研教材，熟悉所教章节内容和预测学生对此的兴趣度，不失时机地抓住创造趣例的机会，从而提高课堂的趣味性，让学生爱学和求学，促进小学数学教学质量的提高。

2. 兴趣性原则的贯彻举例

小学生学习兴趣的特点是对具体生动事物以及自己所熟悉的生活实践

兴趣最浓，而数学的趣味性也首先表现在数学知识与实际事物的结合上。因而，教师应善于利用学生感兴趣的具体事物去说明数学知识，用数学知识去解答学生感兴趣的实际问题，使数学课堂常常充满寓教于乐的学习气氛。

（1）给低年级多编数学游戏题。例如，教师要训练初学整数乘法的学生口算能力，提高其"某数×2"的技能和技巧。

教师在课堂上告诉学生："现在大家轮流把老师编的一个顺口溜接读下去，一只青蛙一张嘴，两只眼睛四条腿，扑通扑通跳下水；两只青蛙两张嘴，四只眼睛八条腿，扑通扑通跳下水……同学们接读下去呀！"

果然，全班学生都兴致勃勃地一个跟着一个抢读下去："三只青蛙三张嘴，六只眼睛十二条腿，扑通扑通跳下水；四只青蛙四张嘴，八只眼睛十六条腿，扑通扑通跳下水……"一直到最后一个学生也能顺利地开口读出："四十四只青蛙四十四张嘴，八十八只眼睛一百七十六条腿，扑通扑通跳下水！"

这时教师表扬学生答得对、答得快，并问大家："刚才这四十四个顺口溜都有一个规则的算法，谁能说出这个规则来？"

这时全班学生就像烧开的一锅粥那样议论纷纷，其中有位学生站起来说："老师，我首先把青蛙的只数（嘴巴数）乘以2，就得它们的眼睛数，再用所得的眼睛数乘以2，就得它们的腿数。"

另一位学生站起来说："老师，我是先把青蛙的嘴数再加一次就得青蛙的眼睛数；把所得的眼睛数再加一次，就得青蛙的腿数啦。"

这时，教师肯定了两种规则都对，并指出用乘法比较先进，最后还指出教师自己的一种算法：青蛙的嘴数×2=青蛙的眼睛数；青蛙的嘴数×4=青蛙的腿数。

通过这个由学生共同参与的游戏和教师的指导与总结，学生能以高昂的兴趣和积极性学习与掌握好两位数乘以一位数的口算技能。

（2）在复习年、月、日的单位的时候，教师突然提出一个问题："小红在2020年的一天过了她的八岁生日，可是她说自己去年没有生日，明年也没有生日，这究竟是怎么一回事呀？"这时学生又叽叽喳喳地嚷开了："没有这么回事！""小红去年忘了过生日，明年她故意不过生日！"……最后有位学生说："小红是在2012年2月29日出生的，那年和2020年都是闰年，而去年和明年都不是闰年，没有2月29日这一天，所以小红没有生日过啦！"这时全班爆发出一片掌声和喝彩声。

（四）实践性原则

1. 实践性原则的重要意义

（1）从具体到抽象，再由抽象来指导人们去认识更广泛的事物，这是认识论的基本规律，因而也是任何课程的教学所必须遵循的。理论源于实践，理论与实践相结合，既是认识论与方法论的基本原理，又是教学论的基本原则。

小学数学教学内容同其他学科一样，是从人类认识和实践积累的经验中为培养新一代而精选出来的，是与人类实践很切合的初级的数学知识。在教学中贯彻实践性原则，可以让小学生从实践之途踏实地走进知识领域的大门，真切地感知与体会所学的数学概念和法则，使他们所学的数学知识建立在稳固的实践基石上，从而为今后学习更高深和抽象的数学知识奠定牢固的基础。而且，让学生从小就培养“实践—理论—实践”的认识思维有着重要的指导意义。

（2）知识由实践上升为理论以后，这些理论又能指导更普通、更广泛的实践，继而为进一步学习更高层次的理论提供坚实的知识基础，或直接用之为社会实践服务——学以致用。因此，实践性原则既是小学数学教学的重要手段，又是小学数学教学的重要基本原理，还是教学论的基本原则。

2. 实践性原则的贯彻举例

（1）在小学数学教材中，几乎所有数形的概念都有其明显的实践基础。例如，各种硬币、车轮、太阳、十五的月亮……都给人以“圆”的形象；书本、方桌、黑板、门框……都给人以“长方形”这个概念的实践基础。因此，当教师开始讲授这些概念时，先以它们的实际例子来引入和归纳，就很符合人类的认识规律，小学生一定更容易接受。

又如，教师拿米尺来教长度单位“米”“分米”和“厘米”的含义及其三者之间的进率，学生便能踏实和具体真切地接受了。如果教师只是空泛地在黑板上写出一长串的单位及其进率，一味要求学生照抄记忆，接着去做题，学生只能由空空洞洞走进糊里糊涂。这说明数学概念的实践性是广泛的，在教学中应充分挖掘概念的实践性，使之成为小学生接受知识的敲门砖和金钥匙。

（2）在小学数学教学中，要充分利用图示，以增强知识的形象性和直观性。例如，要比较$\frac{3}{4}$和$\frac{1}{2}$的大小或求它们之和差，只要在黑板上画出两个等圆，分别在其上表示$\frac{3}{4}$和$\frac{1}{2}$个圆，此时经过分数基本性质和通分的启发，再让学生想办法把一个圆分成2个$\frac{1}{4}$个圆的扇形。至此，以上问题的难点便迎刃而解了。为加强理论的归纳，这个问题可换为在两条一样长的线段上分别表示出$\frac{3}{4}$和$\frac{1}{2}$，然后把$\frac{1}{2}$表示为2个$\frac{1}{4}$之和。又如，在解行程问题的应用题时，便应多借助线段图形让学生进一步进行想象和分析。

（3）在解答小学数学应用题的时候，要多要求学生依题意联系实际去思考，对各种已知和未知条件的关系要尽可能结合学生的实践经验去体会与分析，再运用数学的知识和方法去解答求解，最后还要进行验算和实践的检验（尽可能联系实际地体味答案的意义），不然，将有部分学生求得诸如“教室的长是8厘米”“小明每分钟步行2千米”等错误的答案，成为理论脱离实际的书呆子。

（五）因材施教原则

因材施教即根据学生的不同特点来选择教学内容和使用方法，达到有的放矢、对症下药的良好教育效果。因材施教是我国传统文化中的精华。孔夫子是因材施教的先驱和典范，他善于运用因人而异的教学方法，针对学生的不同情况，实行因材施教。在我国的教育史上，古往今来，因材施教为国家和民族培养造就出一代又一代优秀人才。在我国当代的教育事业中，因材施教的作用就更为重要了。下面举几个因材施教的事例。

（1）认真分析学生的状况，对每个新接下的班，教师要先对全班学生的状况进行调查研究、分析、归类，从纵向按思想品行、学习目的、学习刻苦程度、成绩好坏等几个方面把学生大概分为好、中、差三类，再从横向对每一类中每个学生的思想素质、性格特点、学科基础、知识的优势或薄弱环节、各种能力（逻辑思维能力、空间想象能力、计算能力、解题能力、数学表达能力）乃至个性特点等，都尽可能做好摸底工作，掌握好共性与个性，做到“知人善教”。

教师在备课、备人的过程中，要制定出适合全班大多数学生的基本教法和照顾上、中、下各类学生的特别需要，把课堂教学落实到学生集体的实情之中。而在个别辅导后进生、培养尖子生等方面，却又施以“一把钥匙开一把锁”和“一剂药方对一个症”的办法，使每个学生都能得其所需，在原有水平上更进一步。防止教学相脱节，或者盲目施教，以致造成好学生“吃不饱”而学困生“吃不消”的不良后果。

（2）有位上低年级数学课的教师在对两个同时不会算5+3=8这道题的学生进行个别辅导，他对甲学生说：“在草地上原有5头牛在吃草，后来又有3头牛来吃草，问这时草地上有多少头牛？”结果甲学生很快答对了：“有8头。”而教师对乙学生却举例说：“在一个水池里原有5条鱼，现在又放进3条鱼，这时水池里有多少条鱼呀？”结果乙学生也高兴地得出答案：“有8条。”后来有人问这位教师：“为什么对于同样的一道算式，你对这两个学生所启发的例子不同？”这位教师回答：“因为第一个学生是牧民的儿子，而第二个学生是渔民的女儿。”

这位教师堪称因材施教的好教师，他能掌握学生的特点而有的放矢，从而收到好的教育效果。

（3）教师要全心全意教导学生，要认真地备课、备人，但不可避免地有备不全的地方。如果在课堂中出现意外的情况，则要求教师有热情的态度和过硬的应变能力，要因学生的“高”材而施以“高”教，即更加坚持因材施教的原则，不能偏废。

第三节 新课程倡导的小学数学教学方式

一、探究式教学

（一）探究式教学的含义

所谓探究式教学，就是以探究为主的教学。具体来说，它是指教学过程在教师的启发诱导下，以学生独立自主学习和合作讨论为前提，以现行教材为基本探究内容，以学生周围世界和生活实际为参照对象，为学生提供充分自由表达、质疑、讨论、探究问题的机会，让学生通过个人、小组、集体等多种解难释疑尝试活动，将自己所学知识应用于解决实际问题的一种教学方式。它重视开发学生的智力，发展学生的创造性思维，培养学生的自学能力，力图让学生通过自我探究、自我学习来掌握科学的方法。

教师作为探究式课堂教学的引导者，其任务主要集中在三个方面：一是调动学生的积极性，促使学生主动获取知识、发展能力。二是为学生创设有利于探究学习的环境。教师不仅要创设民主和谐的课堂氛围，还应提供丰富的教学材料、各种教学仪器和设备等供学生使用。三是提供必要的帮助和指导，在学生遇到困难时予以点拨和指导，使其明确探究的方向。

小学数学探究式教学是指以探究为主的数学教学。具体来讲，它是指在教师的启发诱导下，充分调动、发挥学生的主体性，让学生在观察、猜测、分析、操作、讨论、交流和归纳的过程中，理解数学问题的提出、数学概念的形成、数学结论的获得以及数学知识的应用，从而培养学生的探究意识、创新精神和实践能力的一种教学方式。学生在教师的指导下，以类似科学研究的方式经历数学知识“再创造”过程，这种方式不仅是简单地证明事实，而且是通过探究使学生有所发现，形成探究的意识和习惯。因此，小学数学探究式教学具有以下特征。

1. 趣味性

小学生的生活阅历尚浅，知识经验贫乏，他们对身边的事物感到陌生和好奇，探究是他们的天性。但是儿童总是以自己的方式进行各种各样的探究活动，如看一看、摸一摸、量一量、猜一猜、试一试、想一想等，这种探究过程不严密、不科学，无论是在程度上还是在规模上，都与科学家的探究活动存在着极大的差异。我们对儿童在数学课堂上进行的探究要求不能太高，要从儿童原有的知识经验和年龄特点出发。因此，教师在课堂教学中要依据小学生的年龄和心理特点，创设有意义、富有趣味、适宜的挑战性问题情境，尽量让数学问题生活化，联系学生生活和社会实际。

2. 操作性

小学生的思维以形象思维为主，对数学规律、数学性质的认识以及空间观念的形成等都是通过一系列操作活动来完成的。因此在数学教学中，教师要利用多种手段为小学生创设动手操作的机会，让他们在做中学，在玩中学，在游戏中学。借助形象的操作，学生对数学规律进行抽象、概括，在操作中逐渐培养科学地看问题、分析问题，进而解决问题的能力。

3. 阶段性

根据让·皮亚杰的儿童认知发展论，阶段性是儿童心理发展最显著的特点。在整个小学阶段，学生会经历低年级、高年级两个不同的学习阶段，在不同学段，儿童的认知水平、思维能力和个性品质等都有很大的差异，不同学段的不同特点决定了学生的探究活动有很大的不同。例如，小学低年级的学生以直观形象思维为主，思维发展水平尚低，还不能完全理解事物间的因果关系，因此这一阶段的学生以直观观察、动手操作活动为主；而小学高年级的学生则具有了一定的抽象逻辑思维能力，对于这一阶段的学生来说，运用简单的实验设计来探究问题成为可能。

4. 情感性

在小学开展探究教学，目标并不完全指向形成科学的探究方法与技能，更多的是丰富学生的情感体验，如激发学生学习数学的兴趣，使学生养成数学的批判意识，形成乐于探究的科学素养等。教师在教学过程中，应该有意识地激发学生的动机和兴趣，加强与学生的情感交流，以表扬鼓励为主，激发学生的探究欲望。同时，教师应提倡学生与学生之间的情感沟通、互相尊重、协同合作，为学生构建愉快、融洽的探究氛围。

5. 过程性

在探究式教学中，教师不是直接告诉学生有关的知识和认知策略，而是通过设置探索性问题情境，学生能够独立自主地发现问题，通过观察、实验、操作、体验、调查、猜测、验证、推理与交流等数学活动，经历探究过程。学生通过这个过程，理解数学问题是如何提出的、数学概念是如何形成的以及数学结论是如何获得和应用的，真正理解和掌握基本的数学知识与技能、数学思想与方法，获得并积累广泛的数学活动经验，掌握解决问题的方法。

（二）探究式教学的意义

1. 有利于培养学生的数学学习能力

探究式教学在数学中应用的一个基本特征是让学生通过观察、实验、猜想、论证等各种探究活动，自己得出数学结论，这个过程为学生提供了实践和锻炼的机会，使他们获得科学探究过程的直接经验，能从不同角度、不同层面深入理解数学知识，自主建立数学知识之间的联系，从而在面对实际问题时，更容易激活自己的数学知识，灵活地运用数学知识解决问题。此外，这种教学方式不仅能让学生获得数学结论，而且能让学生了解数学概念、公式、法则的产生渊源和发展过程。在小学数学教学中开展探究式教学可以让学生在具体问题的探究活动中掌握数学学习的方法，养成良好的学习习惯，增强探究能力和学习能力。

2. 有利于培养学生的创新意识和创新能力

数学探究式教学鼓励学生在探究学习中敢于提出自己的问题，发表自己的见解，标新立异，不怕失败，只有这样，才能充分张扬学生的个性，激发学生的创新激情，真正培养学生的多种能力，为培养学生的创新意识和创新能力营造良好的氛围。在自主探索过程中，教师可以引导学生从不同的角度、不同的方面对数学问题进行分析，获得多种解题方法和策略，这样，学生思维的灵活性与创造性在探索问题的过程中才能得到进一步锻炼。毫无疑问，探究式教学所强调的学生自主探索、问题解决、发现学习和科学精神等必将为创新教育开拓新的路径，使创新教育真正付诸现实。

3. 有利于小学教师的专业化发展

自新课程改革以来，教育管理部门不断为教师提供各种培训和学习机会，要求教师注重学习，但是由于教师工作繁忙，加之短期培训缺乏系统性，培训的效果常常不尽如人意。在小学教学中开展探究式教学对教师提出了更高的专业素质要求，因为教师不仅要面对学生提出的各种问题，而且要对学生在探究过程中产生的困惑做出正确的反应，引导学生正确地进行探究学习。这就要求教师投入更多的时间和精力，进行教育教学研究，提高自己的综合素质，以适应数学探究式教学的要求。以教促研成了一种必然趋势。教师主动参与教学研究，提高自身专业素质，有利于促进教师的专业化发展，从而实现教师角色从“教书匠”向“学者”转变。

4. 有利于转变学生被动接受的学习方式

传统的数学学习，学生只是被动接受教师传授的知识，应试教育的“题海战术”“机械训练”使学生成为考试的机器，这完全背离了素质教育的要求。探究式教学改变了师生的角色地位，教师从居高临下的“权威”角色变为师生平等共处的“同伴”角色，从知识的灌输者变成学生学习的引导者。同时学生也从单纯的学习教科书走向面向实际生活的学习，从整齐划一的学习走向个性化的学习，从被动接受者转变为主动参与者，这从根本上改变了学生被动接受的学习方式。因此，探究式教学不仅适应了新的教育理念的要求，而且能有效转变学生被动接受的学习方式，形成师生互动、共同发展的生态教学。

（三）探究式教学的实施步骤

关于探究式教学的实施步骤，不同的学者有不同的观点，现在一般认为组织学生探究式学习或开展探究式教学的基本步骤如下。

1. 创设情境，提出问题

小学生年龄小、知识少、阅历浅，在他们的认知中，形象思维往往处于优势地位，但小学生也具有一定的生活经验。因此教师在教学中可创设富有趣味性及生活化的问题情境，激发学生的好奇心和强烈的求知欲，以此调动学生的积极性。教师可采用设疑、猜谜、讲故事、竞赛、角色扮演等形式创设情境，让学生在兴趣盎然的活动中思考并发现问题、提出问题；也可从小学生的实际生活出发，创设生活情境，让学生在熟悉的画面中产生问题。例如，在讲“年、月、日”时，可为学生创设一个猜谜语的问题情境：“一物生来真稀奇，身穿三百多件衣，每天给它脱一件，年底剩下一张皮。”学生会兴致勃勃地猜出谜底并满怀激情地投入新知识的学习。

2. 围绕问题，提出和形成假设

在教学中，教师要引导学生围绕所提出的问题进行观察思考，借助直观形象的数学模型，运用类比、归纳等数学方法鼓励学生大胆猜想，多方进行验证，形成假设，这不仅能培养学生的创造性思维，有利于增强学生学习数学的主动性，而且有利于培养学生的创新能力。例如，教学“三角形内角和”这一课时，先让学生拿出熟悉的三角板，让学生说出每个角的度数、它们的和是多少，由此让他们猜测其他三角形的内角和是多少度。随即学生们拿出手中不同类型的三角形，分工合作量一量，发现它们的内角和也是180°，由此猜想，三角形的内角和是180°。

3. 自主探究，验证假设

学生基于猜想所形成的假设，往往感性成分较多，理性成分较少，认识不深刻，因此教师在鼓励学生猜想的同时，也应让学生明确假设要通过验证才能成立。这一阶段要求学生通过各种途径收集资料作为验证假设的证据，教师根据学生需要创设探究情境让学生进行探究，这种探究可以是个体独立探究，也可以是小组合作交流探究或者是二者交错进行。通过探究过程，学生自己发现新知，验证自己的假设。

4. 概括结论，实践运用

这一阶段主要是教师根据学生探究形成的多种结果组织学生进行归纳总结，实现知识的内化、延展和升华。另外，学生在理解了新知识后还要将所学的知识运用于实际问题的解决中，使知识得到巩固和运用。为此，教师在设计练习时要有计划、有目的、有层次，由浅入深、由易入难，面向全体学生，及时反馈并强化学生的良好行为，不断提高学生运用知识的能力。

（四）探究式教学实施中的常见误区

1. 探究式教学重形式轻实质

教师应当在深入研究教材的基础上，创设有意义的问题情境，激发学生的探究兴趣和探究欲望。

然而在实际教学中，一方面，有的教师在进行探究式教学的过程中，一味追求所谓的“探究”，片面理解问题情境，使情境的创设成为课堂教学的一种摆设，甚至与教学内容没有任何内在的实质性联系，看似很有创意，实则缺乏深入的思考；另一方面，探究教学所提倡的师生、生生之间的互动变成了问答，课堂上的问答活动表面上看似在探究，实质上是用提问的方式去“灌”，直到学生在教师的安排下一步步钻进教师事先设计好的套子里，学生基本不需要动脑。这种流于形式的探究实际是教师在代替学生思维，而学生的学习活动则是消极的，缺少主动性。

正如孔凡哲教授指出的，我国当前的中小学更习惯于将合作、探究作为一种点缀——反映“时代精神和改革动作”的一种表征，而不是因为学习内容的必需而合作、探究。

2. 课堂活动中重“动”轻“学”

与传统教学方式相比，探究式教学的一个重要特点就是使课堂“活”起来了。然而，在有些数学探究式教学课堂中，教师为了追求课堂上的数学活动，让学生在课堂上相当忙碌，教室里乱作一团，还美其名曰“动中学”，殊不知，这种数学活动外在多于内在，动手与动脑相脱节，目的性差，是典型的“为活动而活动”。这样的课堂虽有温度，却没有深度，虽然让人感受到活跃，却缺少思维的力度和触及心灵深处的精神愉悦，这样就失去了进行数学活动的意义，更不符合探究式教学的本意。另外，学生的探究过程缺少教师有效而必要的指导，学生在完全自由的情况下探究，这种探究往往偏离主题，达不到探究的预期效果，甚至没有一般的教学方式的教学效果好。

3. 探究过程重优生轻学困生

探究式教学重视学生的全员参与，关注学生的个体差异，教师在教学中应尊重学生的个性差异，鼓励学生之间相互学习、取长补短，使自己得到全面发展。然而有些教师认为，只有好学生才有开展探究学习的能力，那些学习能力较差的学生由于态度不积极和知识匮乏，无法进行数学探究活动。在小组合作开展探究活动时，教师只关注所谓的优等生，让优秀学生控制探究活动的局面，致使学困生被排斥在活动之外，长期下去，这种探究活动不但会使教师进一步对学困生丧失信心，也会使学生自己认为自身没有探究学习的能力，必然导致优生更优、学困生更差的恶性循环。

4. 凡教学必探究

长期以来，我国小学课堂教学中占主导地位的都是接受式学习，教师负责传授知识，学生的任务就是学习知识。采用探究式教学使学生从被动接受知识向主动获取知识转化，从而培养了学生的科学探究能力和勇于创新的探索精神。正因为如此，在当前的课堂教学中，有的教师走入了误区，盲目地在数学课堂上追求探究式教学，凡教学必探究，不考虑教学内容和学生认知水平是否适合探究教学，认为只有这样，才符合新课标的要求，使探究式教学占据着整个课堂教学。这种将探究式教学方式与其他教学方式对立起来，全盘否定其他教学方式的极端行为已经严重背离了探究式教学的本意。

（五）探究式教学的实施建议

1. 创设宽松融洽的氛围

首先，要使师生之间形成互相尊重、民主与平等的关系，允许学生发表不同意见，鼓励学生敢说敢想，主动学习，乐于探索。其次，教师要给予学生更多的自由和自主权，提供足够的时间和机会，让学生在一定的指导下，独立地探究学习内容，力争主动提出问题、分析问题和解决问题，也可以让学生互相合作学习，大胆猜想，各抒己见。

例如，教学“分米、厘米的认识”时，为了让学生对“分米”“厘米”有更直观的认识，教师创造机会，给学生以足够的时间和空间，让学生去测量周围物体的长度，如课桌、书本、墙上的瓷砖等，学生可以小组合作，也可以到室外去，这样轻松的气氛有利于学生掌握新知。

2. 激发好奇心，诱发求知欲

创造性想象的前提是好奇心，学生具有强烈的好奇心，才能诱发求知欲望，才有大胆地奇思异想。

例如，在教学“能被2、3、5整除的数”时，上课开始教师便说：“同学们，今天大家来考考老师。”“怎么考？”“大家可以随便报一个整数，我不通过计算就能很快判断它是否能被3整除。”学生不太相信，纷纷举手报数，85，111，135，2016，598830……不管学生报什么数，教师都能一口答出。此时，学生的好奇心被激发出来，产生了强烈的求知欲，喊道：“老师快告诉我们，你有什么妙计？”教师便顺势引入新课。

3. 注重培养学生的发散思维

一切创造性劳动都是从创造性思维开始的，而发散性思维又是创造性思维的核心。在教学中，要注重对学生发散性思维的训练。首先，教师要善于设疑，引导学生大胆质疑，鼓励他们标新立异，哪怕他们的想法有时是荒谬、幼稚的，学生有疑问、有思考，才会有所创造。其次，教师要加强对学生思维多向性的训练，引导学生多角度分析问题、解决问题，培养学生逆向思维的能力。在教学中，教师要注重一题多变、一题多解的训练，练习设计要有梯度，除基本练习外，增加发展性练习、开放性习题等。

例如，学完“亿以内数的读法”后，教师布置这样一道思维型训练题："用5个0和4个8组成一个九位数，使组成的数符合下面的要求：一个0也不读出来；只读出一个0；读出两个0。”这道题的答案不是唯一的。遇到这种题目，学生相当活跃，各抒己见，想出了很多方法。

再如，学习“两位数加减法的口算”时，让学生口算：54+35，学生思考后，得出方法一：54+30=84，84+5=89；方法二：54+5=59，59+30=89；方法三：50+30=80，4+5=9，80+9=89。

4. 培养学生的动手操作能力

探究式教学离不开学生的动手实践操作，学生手脑并用有利于主动参与知识的形成过程，从而更好地进行探究。但小学生的年龄小，观察思考能力、抽象思维能力和分析推理能力还存在着很大局限，因此在小学数学课堂教学中，教师应当着眼于培养学生的动手能力，引导学生真正实现自主探索、自主学习。

例如，在六年级“图形的变换”一课的教学中，教师在学生完成观察思考后请一位学生来到讲台上，学生在教师的指导下按照要求演示如何画出对称图形，如何对该图形进行平移和旋转，然后要求其他学生在自己的草稿本上按照同样的方式画出自己的图形变换图，让学生思考通过画图得到了什么启发，并询问是否可以用其他方法来变换图形。通过这一方式，小学生的动手操作能力得到了较好的训练。此外，在学生动手操作的过程中，教师还要注意培养学生的创新意识。

二、讨论式教学

近年来，有许多研究涉及教师如何与学生交流以及教师怎样促使学生之间开展交流。其中课堂交流的应用受到高度重视，常用的方法则是对课堂录音进行分析。这就强调了针对学习主题的探索性讨论、商讨、谈论等的价值，同时也说明了对于交流来说，拥有目标和听众的重要性。讨论应该具有目的指向性，要针对一个问题或一个探究主题并应成为学习性对话的一部分。讨论本身可能是意气相投的，但却常常是无效的，因为儿童在没有人监督的情况下，经常说一些无用的闲话。但是在教师的课堂录音及课堂观察中，却发现教师的一些行为有时与通过讨论来支持学习这一目的背道而驰。

关于课堂互动的研究发现，在课堂对话中，教师总是比学生占用更多的讨论时间，这一结论已经得到了教师们的承认。据说，合理的面试官与应聘者的谈话比例是20∶80，但是教师常常发现自己并没有为讨论提供好的榜样。一位教师说："我感觉自己控制了整个讨论，打断学生的发言、问一些问题及重复他们的回答，最糟糕的是没有认真听他们所说的话。"

在课堂讨论中，学生倾向于直接与教师交流，抢着引起教师的注意，回答也是非常简单的。他们交流的主要动机并不是更好地理解，而是希望得到赞许和认同。他们害怕冒险，不愿探究不熟悉的内容，也不愿吸收其他人的想法，而所有的这些品质都是一个想透彻地探究自己想法的学习者必须培养的。这种情况部分是由于课堂讨论的标准化形式所导致的，因为在课堂讨论中教师扮演着答案提供者的角色和赞许者的角色。这种固定的模式是很难改变的，但是为了建立一个真正的探究共同体，就需要做出一些明确的符合教育基本原则的转变。"通过谈话学习"的基本原则应该包括教师要清楚自己在特定学习情境中的角色作用。

（一）教师作为专家

在很多情况下，教师应该充当专家的角色，他们需要维持学习者个人和小组的注意力，通过直接教学的方法来引导学生达到高层次的理解，这就意味着为学生的学习和理解提供支撑，以便学生在有帮助的学习或行为中发挥其最大的潜力。这可以通过讲解、提问或演示等方式来实现。

（二）教师作为促进者

教师通常需要对学习情境进行安排，以便学生在其中开展团队协作学习。此时，教师主要发挥管理作用，而不发挥直接教学的作用。在这样的团队协作活动中，学生可以自由地探究、思考、相互帮助，而不需要总是参考教师的建议。虽然在学生似乎不认真时，教师可能会进行干预，但在没有教师干预的协作学习中，学生们获益良多，并且渐渐能够熟练地管理小组互动，如确保每个人都有机会参与。

如果小组能够事先建立和商定讨论的基本规则，将是非常有帮助的。下面就是一个由11岁儿童组成的班级所商定的一些规则。

（1）倾听别人所说的话。

（2）友好相待且相互支持。

（3）发言和提问之前请认真思考。

（4）礼貌待人，不要笑话别人的错误观点。

（5）相互尊重——如果有人不想发表意见，就不必强求。

开放性问题和两难问题能够非常有效地激发讨论与争论。这些问题可以来自报纸或电视上的新闻，来自学生的生活（比如，可以组织一个问题库或帮助盒，学生可以不具名地把自己的问题放进去，以备将来讨论用）；也可以是一般的开放性问题。

下面是一些可用来促进学生讨论的开放性问题。

（1）什么是欺负？关于欺负我们需要做些什么？

（2）富裕与幸福哪个更重要？

（3）当成人和当小孩哪一个更好？

（4）男孩和女孩是否受到不一样的对待？应该对男孩和女孩进行区别对待吗？

（5）什么是英雄？你心目中的英雄是谁？为什么？

（6）法律是什么？为什么需要法律？（为一个虚构的社会创造一系列法律）

（7）应该责打顽皮的孩子吗？

一种促进讨论的方法是进行排序活动，在这个活动中，每个小组都得到一张写有各种主张的卡片。小组要对这些主张进行讨论并根据其重要程度将它们排序，如可以将它们排列成如图2–1所示的三角形或菱形，排在顶端处的是小组认为最重要的主张。

（a）三角形　　（b）菱形

图2–1　两种排序方法（图片来源：《教会孩子学习》）

例如，当一个班级讨论了“什么是朋友”这一问题之后，教师就可以给出下列关于友谊的陈述，要求学生把这些陈述分成两类，一类是他们同意的观点，另一类是他们不同意的观点。每一个小组把自己的结果和另一个小组的结果做比较，再与全班同学分享。

（1）朋友是当我们遇到麻烦时总是来帮助我们的人。

（2）朋友是在我们犯错误时总能原谅我们的人。

（3）朋友仅仅是我们每天都能见到的人。

（4）朋友是那些和我们种族相同的、来自同一个地区的人。

（5）朋友是那些总是按照我们意愿去做事的人。

（6）朋友是永远不会向我们撒谎的人。

（7）朋友是能和我们分享秘密的特殊的人群。

（8）朋友是在任何情况下都与我们坦诚相待的人。

（三）教师作为参与者

学生之间的讨论通常是非常有益的，但是为学习而进行的谈话在有教师或有经验的成人参与时，其效果一般都会明显提高。教师带给学生探究或学习性对话的好处包括以下一些要素。

（1）集中：能够把学生的注意力集中到重要的论点、问题或要素上。

（2）寻求意义：要求学生说明理由、解释或阐明。

（3）扩展：显示观点之间的联系以及与一些新观点的联系。

（4）奖赏：通过言语或非言语的方式积极地肯定和鼓励。

教师参与的一个目的是引导学生之间实现相互讨论和倾听，而不是操纵学生的全部谈话，是帮助儿童能更为独立和平等地进行交流，并最终形成李普曼所说的“探究共同体”。

（四）探究共同体

探究共同体是一种包括下列要素的教学方法。

（1）共同体的环境布置。通常是圆形或U形的座位排列，所有学生都能相互看见或听见。

（2）商定的规则。由成员讨论决定，并要展示出来以使所有成员都看到并记住。

（3）共有的刺激。有一个讨论的焦点，如问题、议题、文本、图片、音频、视频等。

（4）思考时间。用来独立思考的时间，以及与小组成员分享或与其他小组分享的时间。

（5）提问。学生提出问题，并将这些问题写下来以便所有人都能看见。

（6）讨论。小组选定一个问题进行讨论。

在讨论中，教师的作用是把小组成员的注意力集中在讨论的主题或问题上，提出进一步的问题、要求说明理由和证据，或提出另外一些可选择的论点等，从而把讨论推向深入。其目的是鼓励学生对讨论的问题或主题保持认真、持续的注意。提出一些开放性问题或者苏格拉底式的问题是推进思考的方法之一，不过其他一些可用以替代提问的方法在挑战和扩展学生的思维方面也是非常有效的。

在与学生的讨论中，我们需要保持行为的一贯性，比如：

（1）通过欣赏和肯定所有学生的贡献来鼓励他们参与。

（2）认真、仔细、耐心地倾听学生的陈述。

（3）在讨论中要建立观点，并且引导讨论深入进行。

（4）要求学生为自己所相信的观点或自己所说的话提供理由及做出解释。

（5）确保人人都尊重小组商定的讨论规则。

（五）扩展讨论

课堂讨论中的一个问题是学生们的回答都过于简短。只有要求、鼓励和支持学生提出更完整的回答，讨论才能持续下去。讨论的引导者要帮助学生建立自己和他人的观点，更全面完整地表达这些观点，思考多种观点，并最终形成一个共同的理解。这可能发生在与学生个体的交谈中，也可能发生在两人或多人小组甚至全班的讨论中。

讨论的有效性取决于提问的质量以及各种替代策略的运用。在讨论中有助于进一步引导思考的策略包括以下几个方面。

（1）等待时间。在回答问题前后，允许用5秒左右的时间进行思考。

（2）思考—结对—共享。个别思考的时间，接着与同伴讨论，然后在小组内分享。

（3）要求更多的参与。通过言语与非言语的方式要求学生说得更完整些。

（4）不做评判。用一种非评判的方式做回应，如“谢谢”。

（5）线索性引导。例如，问：“谁同意或谁不同意？”“谁持不同的观点？”

（6）对答案提出质疑。例如，问：“为什么？”或者提出不同的观点。

（7）做出个体的贡献。提供更多的信息、自己的经验及想法。

（8）进行更深入的探讨。询问谁还有问题或者有想法要分享。

三、活动式教学

（一）活动式教学的含义

1. 活动式教学的内涵界定

活动式教学主要指在教学过程中以构建具有教育性、创造性、实践性、操作性的学生主体活动为主要形式，以鼓励学生主动参与、主动探索、主动思考、主动实践为基本特征，以实现学生多方面能力综合发展为核心，以促进学生整体素质全面提高为目的的一种新型教学方式。它既是坚持“以活动促发展”基本教学指导思想的教学，也是倡导以主动学习为基本学习方式的教学。

数学活动式教学是指在数学课堂教学中，教师针对教学内容的特征和学生认知水平，精心设计完整的教学活动，引导学生通过动手实践、交流研讨等活动主动探索、主动构建，以获取知识、发展能力、提升数学素养。这些活动既可以是课堂教学中的一个环节，也可以是一节课的活动或者是一个单元结束后的拓展和实践活动；既可以是课内活动，也可以是课外活动。

2. 活动式教学的特征

（1）情境性。

任何活动的开展都需要在一定的情境中进行，学生通过特定的情境去感受、验证、理解并应用知识，这个过程需要学生多种感官的协同作用来共同参与学习活动。良好的情境能够积极推动学生的学习活动，使学生达到最佳的学习状态。

例如，在教“6以内加法”时，由于学生之前已较好地掌握了5以内的加法，教学时就将重点放在含义的教学上，在师生共同完成例题后，开个“加法故事会”，调动学生将生活中遇到的有关加法的故事说一说，将所学知识融入故事会的生活情境中。由于一个个“加法的故事”中融入了学生们在生活中经历过的情境，加法的动态画面在学生们的脑海中生成，学生对“加”的含义理解就更透彻了。

（2）操作性。

“活动”是活动式教学的核心，教师在教学中根据教学目标精心设计的活动需要通过学生的动手操作才能完成学习任务，所以活动式教学强调让学生在实践活动中获得直接经验，从而开阔视野、增长知识、训练技能和发展各种能力，这使得活动式教学具有很强的实践性。教师在设计活动时要从学生的生活入手，设计如游戏、手工制作、绘画等活动，并留给学生充足的时间和空间操作活动道具或学具，引导学生亲自参与，自己动手解决问题，体会知识产生的过程，掌握和运用知识。

例如，在教学“1亿有多大”一课时，教师可以通过让学生自己动手量一量100张纸的厚度，再去推算出1亿张纸大约的厚度；或者先称出100粒米的质量，再算出1亿粒米大约的质量；等等。

（3）开放性。

活动式教学无论是在活动时间和空间方面，还是在学生的思想和行为方面都体现出开放性。

在活动时空上，学生的学习时间不再以课堂教学的40分钟为限，学生可以不受书本束缚，走出课堂和学校，家庭、社区、大自然都是学习空间。学生可以采用多元的学习方式和途径，增加直接体验。同时，更重要的是活动式教学需要教师创设一种为学生所接纳的、无威胁的、宽松合作的、开放的师生氛围，这样学生才能自由地活动。另外，活动式教学也是对学生感官的全方位开放，解放学生的脑，让其自由思考；解放学生的口，让其自由表达；解放学生的手，让其自由操作。

（二）活动式教学的意义

1. 有利于学生更好地掌握知识

学生在学习中将知识学习与主体活动相结合，通过多次反复的自主操作、活动体验、思维探究才能真正掌握知识。活动式教学为学生提供了与客观事物近距离接触的机会，在活动中，学生通过多次、反复的实践活动可以缩短同具体事物的距离，身临其境，多角度地全面了解知识形成的过程，有利于探索事物的发展规律，使学习更具科学性。因此，丰富多彩的实践活动加强了学生生活与社会实际之间的联系，学生在发现、探索中积累了更多的个人知识和直接经验，随着直接经验的丰富和广泛，学生对知识的认识将更全面、更完善、更深化。

例如，在讲授“百分数的认识”一课时，教师课前可以布置学生到各大商场进行调查，收集和百分数有关的商品信息，为学生在课堂上进一步学习提供丰富的资料。学生通过独立阅读教材、小组讨论等学习探索过程，学会了商务活动中的一些新名词（如打折、折扣率等），同时也领会了其中的数学含义。

2. 有利于学生能力的形成与提高

活动式教学强调课程内容与学生实际生活和现实社会的联系，让学生积极地投入生活实践中去，在实践中锻炼能有效提高学生调查、分析、解决问题的能力，而且有助于学生关注社会，培养其社会参与能力。另外，活动式教学要求教师创设问题情境，引导学生观察、分析、质疑、归纳和总结，这有助于培养学生的观察能力、思维能力及探索精神。同时在活动中，学生独立面对新环境和解决新问题时需要自主思考与采取行动，学会与同伴合作相处。因此，活动式教学对于学生动手操作能力、独立思考和解决问题能力、合作交往能力的养成和提高具有重要的意义。

例如，在人教版数学教科书一年级上册“我们的校园”一课中，有学生在校园开展跳绳、赛跑、拔河等游戏活动，教师引导学生在开展活动的过程中，把其中包含的数学问题如数数、对序数的理解、20以内的加法、统计等知识贯穿其中。学生通过积极参与这一系列活动发现和理解了问题，体验和感受了生活，提高了实践能力和创新能力。

3. 有利于构建新型师生关系

活动式教学改变了传统教学中学生被动接受、绝对服从教师的师生关系。因为在活动式教学中，教师必须创设一种轻松愉快的气氛，以减轻学生的心理负担，让学生在宽松、民主、友善的氛围中进行自主活动。教师只在活动中起引导的辅助作用，不再是课堂的主宰者，活动越充分，学生的自主性就越强。

这样，随着教学的活动化，民主、平等、和谐的新型师生关系就建构起来了。这种新型师生关系在质疑活动、讨论活动中更能体现出来，如教师会鼓励学生大胆发言、创新求异，重视学生的不同见解，平等对待每一个学生。这种良好的师生关系，既能达到师生互动、教学相长的教学效果，又能在生动、活泼、平等、民主的学习中使学生的潜能和个性得到发展。

（三）活动式教学的操作程序

1. 预设活动计划

在活动开始之前，教师要对开展的活动进行导向性设计，即教师要对学生活动的目的、思路和方式等进行总体规划，并提出相应的策略和建议，有时甚至还需要对活动过程中可能出现的情况或事件做出预想，并提出解决的方案，但这种提前的设想只具有指导性和参考性，在活动时可做参考和借鉴。因为在活动中，解决问题的条件、方法都不是现成的，需要学生综合运用自己所学，主动地创设、生成，且解决方法往往也不是既定的、唯一的，而是多元的、多通道的，需要去分析、发现。因此，这种初步的设计要因时、因人、因环境和问题的变化而进行相应的调整与变通。

2. 创设活动情境

良好的活动情境能激发学生的学习兴趣，促使学生主动参与，强化学生的感受。教师根据小学数学学科与具体教学内容的特点，尽量利用各种手段创设一个真实的活动情境，让学生在活动中通过观察、提问、设想、动手实验、交流等方式亲历知识的形成过程来激发学生的学习兴趣。这些活动情境既可以是真实的课外环境，也可以是实验室里的实践操作活动，还可以是教室里学生的角色扮演活动、小组合作表演活动等。

例如，在教学“9加几”时，可设计一个“穿过果园是我家”的活动情境——小白兔要回到果园那边的家中，途中遇到许多水果娃娃向小白兔提问，教师出示一些水果的图片引出一道道9加几的算式，然后让学生分组探究如何计算。可以用学具摆一摆，让学生用自己的知识帮小白兔解决问题，使其顺利回家。

3. 活动教学的实施

活动教学的实施是活动式教学的实质性阶段，是在教师的指导下学生从活动中发现数学问题、自主思考、自主操作、自主获得知识的过程。

小学数学的教学内容具有一定的逻辑性和抽象性，而小学生知识、经验水平有限，其思维能力往往停留在具体形象的水平上。因此，教师应为学生提供动手实践操作的机会让学生动手操作，多安排学生参加动手画画、剪剪、拼拼、量量、摸摸、数数等活动，让学生通过操作获取知识，发展空间观念，建立数形之间的关系。

例如，在教学“7的分与合”时，教师提问：“把7根小棒分成两堆，一共有几种分法？”学生通过摆一摆、分一分等操作活动，能很快得到6种不同的分法，再经过师生共同分析、综合，概括出7的分解与合成，以此类推，总结出数的分解与合成的方法。

4. 活动结果的总结与评价

在活动结束后，教师要对整个学习过程、结果进行总结和评价。在这一阶段，教师要根据学习目标，运用多种评价方式，对学生活动学习的过程、结论进行评价，包括学生活动时是否认真投入、师生是否配合得当、学生是否提出问题或找出解决方法等。这样有利于学生全面认识活动，认清活动中的自己与他人，可以使下一次的活动教学更有效，也可以使学生在总结提高中逐步学会学习。

第三章

小学数学思维与数学能力教学

第一节 小学数学知识、技能与数学思维发展

人与动物的本质区别就是思维。人有了思维能力，才能使人类社会逐步进化，才能从自然界的奴隶逐步转变为自然界的主人。人类社会发展至今经过了漫长的历史，走过了曲折的道路，同时也积累了丰富的知识经验。当今时代不同于以往，因为个体所面临的社会、知识及挑战，迫使个体尽快掌握大量的知识和技能，以更好地适应社会，推动社会向前发展。

个体在成长和发展的过程中，关键是学会思维，学会解决问题。

学会思维是个体本身得以良好发展的需要。每个个体都希望自己能发展得好一些，都希望自己能更好地适应社会，都希望在解决问题中得以成功。那么，成功的秘诀到底在哪呢？其实，人人都拥有一把开启成功大门的钥匙，即学会思维。

学会思维，特别是学会创造性思维，也是社会发展的需要。人类社会发展到今天，一方面，对个体提出要求，要求个体能尽快掌握前人所积累的知识；另一方面，生产工具的现代化更需要会思维、高智能的技术人才；再一方面，社会已积存了大量亟须解决的难题，需要有高水平、创造性思维能力的人去攻克。因此，会思维的人，具有高水平、创造性思维能力的人，是社会向前发展的一种必然需要。

鉴于这一必然趋势，社会就自然向教育提出了一个实际问题：我们的教育不仅要传授知识，更重要的是要教会学生思维、教会学生进行创造性思维。而思维能力训练能有效提高人们的思维水平，是教会学生进行创造性思维的重要途径之一，对知识的学习、问题的解决以及思维的发展都有事半功

倍之效用。因此，思维能力训练越来越受到人们的重视。

小学生的思维能力训练有两种基本途径：一种是通过课外兴趣活动小组来进行，但它有很多局限性，主要局限是要增加课时量，受益面积太小，不利于全体学生的发展；另一种是结合课堂教学进行思维能力训练，学术界长时间的相关研究证明，这是比较好的途径，可以突破以上局限，同时在教学中，既可以培养学生的思维能力，又可以促进学生对学科知识的掌握。但在实际教学中，教师们感到最困惑的是怎样区分知识传授、思维能力培养与技能训练，在教学中怎样处理好能力培养与知识传授的关系。因此，本节重点论述知识、技能与思维能力的关系以及思维能力培养与小学数学教学结合等基本问题。

一、知识与技能的基本概念

在数学教学中培养小学生的能力，特别是培养小学生的创造性思维能力是教学的首要任务。学生的学习能力与基础知识、操作技能、思维能力、学习策略密切相连，其中思维能力是核心，它影响着学习能力的发展、基础知识的掌握、操作技能的形成、学习策略水平的提高。但知识、技能与思维能力有密切联系，因此我们首先要了解数学知识与技能的基本概念。

（一）知识的基本概念

1. 知识的含义

我们在日常生活中经常会使用知识，但什么是知识，目前在学术界仍然有争议，一般传统的说法，知识是人们所掌握的人类改造自然和改造社会的历史经验。也有人认为知识是人类在长期实践活动中经验的结晶，是人类对客观事物认识的总和，具体反映客观事物的属性、联系和关系，常以经验、理论的形式存在于人的头脑中，具有感觉和知觉、概念和规则、表象和观念等表现形式。这是对知识的一种笼统的描述，没有涉及知识的真正内涵。布卢姆将知识定义为“对具体事物和普遍原理的回忆，对方法和过程的回忆，或者对一种模式、结构或框架的回忆”。这里的界定虽然包含了知识的某些内容，但仅仅是对陈述性知识的一般描述。现代认知心理学倾向于将知识看作言语信息，即用语言符号来标志某种事物或表述某些事实。从现代认知心理学的角度看，他们理解的是个体头脑中所储存的知识，是对微观（个体）知识的界定，而传统的定义侧重宏观（人类）知识的界定，两者并不矛盾。

事实上，完整的知识概念既要包括人类知识，又要包括个体知识。因此，知识有广义和狭义之分。广义的知识指人类认识客观世界和对自身经验的总结，它既可以用语言文字、数字、图形符号等记载，也可以用计算机磁盘、光盘、音像制品等媒体储存（物质性的），又可以以概念、命题、表象等心理表征形式保存在个体的头脑中（意识性的）。学生从书本上学到的知识就是这一类知识。狭义的知识是指个体知识，它是指人脑对客观外界信息进行组织、加工后的储存信息。这一种信息具有以下特点。

第一，个体知识是通过主客体的相互作用而获得的。主客体的相互作用指的是反映活动的主体与作为反映活动的对象的客体之间的相互作用。如果没有反映的对象，即没有刺激物，没有事物的特征和联系，个体就不可能进行信息的加工。相反，如果没有主体对信息的主动感知、编码、加工，也不可能形成任何知识，因此，个体知识的获得（或称个体知识的掌握）是指个体获得人类积累的经验，将前人或他人的知识转化为自己的知识的心理活动过程。学生的知识掌握是指在教师有目的、有计划、有步骤的传授和指导下，借助各种教学手段和媒体，学生逐步形成对知识系统的接受和获得。这一过程也是学生学习的过程，即主客体的相互作用过程。

第二，个体知识是经过主体的加工、改组的信息。人脑并不是被动地学习和记录输入的信息，它总是建构对输入信息的解释，主动地选择一些信息，忽视一些信息，并对输入的信息进行加工，纳入原有的认知结构。我们可以把学习过程理解为：学习者原有的认知结构——已经储存在长时记忆中的事件和脑的信息加工策略，与从环境中接收的感觉信息（新知识）相互作用，主动地选择信息和注意信息，以及主动地加工、建构信息的意义。因此，个体所储存的知识是已经改组了的信息。

第三，个体知识是以命题、图形、情景等形式储存的。个体所储存的信息可以分成表象系统和言语系统，表象系统以表象代码来储存关于具体的客体和事件的信息，如图形、情景等信息。情景信息是指个体接受和储存的关于个人的特定时间的情景或事件以及这些事件的时间、空间联系的信息。例如，“昨晚我去了天安门”“我去年夏天去了桂林”等，这些都是情景信息。言语系统是以言语代码来储存的言语信息。它是个体所掌握的有关字词或其他语言符号、意义和指代物之间的联系，以及有关规则、公式和操作这些符号、概念和关系的算法的有组织知识。和情景信息不同，言语信息是语词、概念、规则和定律等抽象事物的信息，如词语的意义和语法规则、化学公式、物理定律、乘法规则以及各种科学概念的信息。语义信息不依赖于个体所处的某个特定时间或地点，如2+5=7，长方形对边相等，路程=时间×速度，鸟是有羽毛的动物，等等。数学知识就属于这一类信息。这一类信息的最大特点是概括性和抽象性。

2. 知识的类别

知识可以从不同的角度进行分类，按抽象性程度可以分为表象性知识，如图形符号、情景等信息；抽象性知识，如概念、规则、定律等命题性知识。现代认知心理学把语义知识分成陈述性知识、程序性知识和策略性知识。我们认为数学知识是一种语义性知识，可以分成以下四类。

（1）陈述性知识，也叫语义知识，指关于世界的事实性知识，主要回答是什么、怎么样等问题。例如，正方形有几条边、长方形有哪些特点、什么是数的意义等。

（2）程序性知识，指在特定条件下可以使用的一系列操作步骤或算法。例如，运算法则、语法规则、计算长方形的周长和面积公式等。程序性知识是个人没有意识地提取线索，只能借助某种作业形式间接推测其存在的知识，它主要用来解决怎么办的问题。例如，小学生利用三角形的概念去识别几何图形中的三角形，小学生按照乘法法则去求出29×15=？等。可见，程序性知识是一套办事的操作步骤，在本质上，它们由概念和规则组成。

（3）策略性知识，指关于如何使用陈述性知识与程序性知识去学习、记忆、解决问题的一般方法，如学习数学时如何有效地记忆，如何根据数学公式、法则等有效地解决数学问题，等等。

（4）元认知知识，是有关自我监控的知识与经验，即人们关于什么因素影响个体的解决问题过程与结果、这些因素是怎样起作用的、它们之间又是怎样相互作用的、如何去控制和调节自己的活动等方面的知识。它包括主体方面的知识，如正确认识自己的兴趣、爱好、个性特征、活动特点、能力、个体之间的差异性、理解的不同水平、智力活动的差异等；实践材料、任务方面的知识，如材料的性质、长度、熟悉度、结构特点、逻辑性等因素都会影响人们认识活动的进行和结果；有关实践策略方面的知识，如知道策略的使用范围、优缺点等。这些都是元认知方面的知识。

3. 知识的作用

知识在个体成长与发展中具有重要作用，个体一旦拥有了知识，就能确定活动方向，提高活动效率，从而更好地解决实际问题。具体来说，知识有以下几个方面的作用。

（1）知识使人们能更有效地解决实际问题。我们认为知识是一种工具，就像一个人原来是走路的，后来学会了骑自行车一样，骑车比走路快，如果学会了开车，则比走路更快了。人们拥有的知识的多少对个人成长来说是一样的道理。从这个意义上讲，个体拥有的知识绝不是简单的堆积，而更重要的是能否把掌握的知识灵活地运用到实践中去。以数学知识为例，人们掌握了数学知识，就能解决实际工作中的计算问题、测量问题、设计问题、具体研究问题等。随着科技的发展，数学应用范围越来越广泛，特别是信息时代，数学成为人们不可或缺的工具。

（2）知识是形成个体能力的基础，也是智力活动的基础。一个人的能力与个体的知识经验直接相关，能力是在掌握知识和技能的过程中形成与发展起来的，如果缺乏必要的知识就不可能进行相应的活动，也就不存在相应的能力。在进行智力活动时，同样需要有知识的参与才能顺利完成，即使是简单的知觉活动，也需要相应的知识。例如，对图形的知觉，有人做过实验证明知识在知觉中的作用，从这个刺激图形上可以看到一个以三个黑色圆盘的扇形缺口为角的白色三角形，覆盖在一个倒立的、有黑边的三角形上。这个白色三角形看起来有明显的边缘，并且与周围白色背景相同，显得明度更大些。也可以说，它像一个白色的三角形平面，位于由另外三个角所组成的被掩蔽的三角形和观察者之间。

主试呈现图形后，要求被试说出看到了什么，如果被试说出图中存在白色三角形，这说明被试有主观轮廓的形状知觉了，指标是反应时间。进一步改进实验可以研究主观轮廓和深度线索的关系。接着主试可以逐个去掉黑色圆盘和内三角形的角（见图3–1），问被试看到了什么，并记录不同的反应时间。

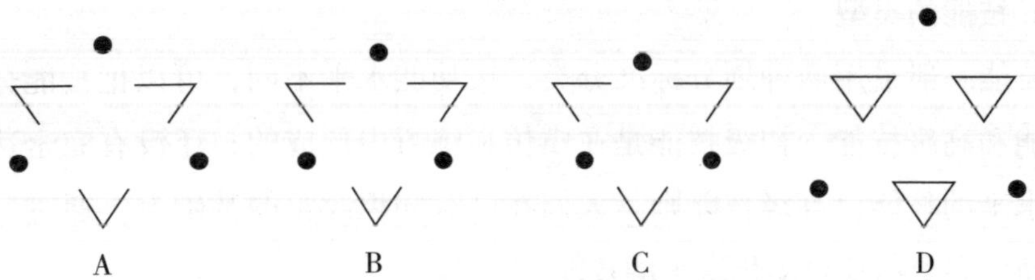

图3-1　刺激图形

（图片来源：《小学数学教学心理学》）

对这种结果，不同的研究者有不同的解释。多数学者认为，它是在一定感觉信息的基础上进行知觉假设的结果。凯尼沙认为，视野中有某种不完整因素的出现，乃是主观轮廓形成的必要条件，它们有一种完整起来的变成简单的稳定的正规图形的倾向，从而使人们做出某种假设，产生了主观轮廓的知觉，此即“完成”假设。张厚粲等证实在主观轮廓的形成中，图形的内隐深度线索起着十分重要的作用。主观轮廓的形成除了图形的点、线、角提供了感觉线索以外，要形成什么图形，关键在于过去的经验。如果被试没有过去三角形的经验是不可能知觉三角形的。

（二）技能的基本概念

1. 技能的含义

什么是技能？一般有几种基本解释，一种观点认为技能是通过学习而获得的一种动作经验，是一种合乎客观法则要求的活动方式本身的动作执行经验。这里把技能理解为经验的范畴。另一种观点认为技能一般指顺利完成某种任务（活动）的动作方式或心智活动方式。这里仅仅指出动作方式，但没有说明是怎样的动作方式。克伦巴赫认为：“最好是把技能定义为习得的，能相当精确执行且对其组成的动作很少或不需要有意识注意的一种操作。”这一定义指出了技能的本质特征，即自动化的特征，但不够完整。我们认为技能是指人们通过练习而获得的自动化的动作方式或操作系统。首先，技能是一套动作方式或操作系统，它要按一定练习而形成的规则进行操作，有一定的顺序、一定的程序；其次，这一套动作系统是自动化的动作系统，不需要太多的有意注意，它不同于一般的智力活动，输入某个相同的情景，就会相应地进行动作；最后，这一套动作系统是个体运用已有的知识经验，通过反复练习而获得的。

2. 技能的类型

技能一般采用两种划分标准分类，按功能水平不同，可以把技能分为初级技能和高级技能。初级技能是在模仿和练习中形成的，还没有完全达到自动化水平的技能；高级技能则是人们在已有知识经验的基础上，通过反复练习使动作完全达到自动化水平的技能。

按活动的方式和特点分类，技能可以分成动作技能和智力技能（或称心智技能）。动作技能是通过练习而获得的迅速、准确、熟练、自动化的肢体动作系统，可以通过诸如顺利地书写、打字、跑步、体操、驾驶汽车、操作生产工具等借助骨骼和相应的神经系统过程实现的活动表现出来。智力技能是借助内部言语在头脑内部形成的自动化的动作系统，如运算技能、解方程的技能、解应用题的技能等。我们平时在教学中要求学生对某一类题进行反复的练习，实际上是一种技能训练。动作技能与智力技能虽然有外显和内隐的区别，但它们又是紧密联系的，常常统一于个体的某一学习活动中，并且可以互相转化。

3. 技能的作用

技能能使人们有效地完成动作、解决实际问题。如前述，技能是一套简约化、自动化的动作，这样就使个体用迅速的反应来代替笨拙的动作。从信息加工的观点来看，个体的任何操作都可以分解为连续的刺激与反应过程，从刺激到反应一般要经历五步。

输入，即各种感觉器官接收输入信息引起冲动。

编码，即识别信息，对信息进行转换，使之获得适合记忆系统的形式的加工过程。而经过编码所产生的具体信息形式则称作代码。

信息加工，即根据控制中心的指令对编码过的信息进行加工、重组、转换、再储存或输出信息。

译码，即符号的指令转化为神经冲动。

输出，即神经冲动引起肌肉作用于外部世界。

个体如果达到高速度、精确、轻松、连贯的操作，成为自动化的操作，即从输入到输出，省略了中间许多环节，那么就大大加快了解决问题的速度，提高了工作效率。以我们自己的实验为例，要求被试匹配字母和图形，结果发现个体差异很大，有的被试反应速度很快，有的被试反应速度慢，经过练习后，反应慢的被试也能提高速度，达到熟练的程度。

二、知识、技能与思维能力的关系

知识、技能与思维能力是既有联系又有区别的三个概念。为了理解三者之间的关系，我们还要进一步了解思维能力的基本概念。如前述，能力是人脑对信息进行编码、加工、重组、转换、再储存的一系列操作的效率和质量。那么，思维能力是什么呢？100多年来，许多学者对此从哲学角度的探讨转向从实证的角度进行探讨，并对思维提出了不同的见解，诸如桑代克的“尝试错误说”、格式塔的“顿悟说”、华生的“行为说”、认知心理学的“信息加工说”等。因此，本节重点论述思维和数学知识、技能的关系。

（一）思维能力与知识、技能的区别

思维能力一直是心理学者关注的研究课题，最早可以追溯到19世纪晚期的哲学研究中，当时人类心理过程的哲学范畴是联想主义，联想主义认为心理生活可以用两个基本术语（成分）来加以解释，即观念及观念之间的联系。因此，联想主义的早期代表亚里士多德认为思维包含着一个成分经过联想链向另一个成分的运动，并且这种思维不可能没有意象。

17—18世纪，以霍布斯和洛克为首的英国联想主义，进一步发展了亚里士多德的观点，对思维有三种不同的解释：一种观点认为思维的单元是两个观念之间的联想；另一种观点认为思维过程或一个观念到另一个观念的运动是机械的、自动的，这种运动完全取决于联想的程度；还有一种观点认为思维只不过是沿着通过学习而建立起来的心理通路，从这点到那点的机械运动。可见，上述观点还停留在哲学的探讨中。

符兹堡学派在20世纪初用内省法首先对思维等高级心理过程进行了实验研究。他们对思维的研究有两大发现，其一是人们存在“无意象思维”，即思维内容中有非感觉、非意象因素的心理现象；其二是认为思维是由对特殊问题的恰当的“决定倾向”所指引的。他们反对联想主义，提出思维并不是全都可以分析为单个元素的，思维成分由于它们的结合而被改变；思维通过某些人类动机或意图而被指引和操纵；思维的单元与其说是一串特殊的反应，不如说是在思维中构造复杂的关系；思维过程与其说是跟随着联想链，不如说是在构造复杂关系中填满完整的缺口。

联结主义指的是问题情境与反应动作之间的联结。这样联结主义把思维、问题解决定义为：思维者以尝试和错误的方式对先前存在的习惯熟悉层次的运用。思维并不是一种反应，它只是导致实用的反应层次中各个反应的排列的一系列变化。

格式塔学派认为动物解决问题的过程并不是像桑代克所说的“尝试和错误”的过程，而是一种突然的领悟，即顿悟。因此，问题就是完形上的“缺口”，解决问题的思维过程就是脑中完形的出现。这种完形是先验的，并非依靠后天经验的作用。

行为主义认为思维也是一种行为，是隐蔽的、潜伏的行为。人的言语运动最有可能是思维的行为逐步地由外部言语转化到内部言语。成人思维的形式是内部的无声言语，是言语器官的一种微弱的活动。华生指出，这种内隐行为大部分的焦点都在喉、舌的肌肉上。事实上，华生认为的思维的同义词就是“喉头的习惯”，喉头被认为是“思维的器官”。

现代认知心理学的思维观可以概括为：心理过程是信息的获取、储存、加工、使用和提取，并对信息加工采取一定的策略，且可以将计算机作为人的心理模型进行计算机模拟思维。

由上述思维观可见，不同学派对思维有不同的解释。他们都是从不同的角度来理解思维的，如联想主义与联结主义只注意到思维的运动形式，“顿悟说”仅仅看到思维的最后结果，行为主义混淆了思维与言语的界限，认知心理学虽然从信息加工的角度探讨了思维问题，但还没有一个完整的定义。我们认为，思维具有目的性、概括性与间接性等特点，思维体现在问题解决的过程中，因此思维是人脑对信息进行编码、加工、重组、转换、再储存的一系列操作，思维能力是个体利用原有知识对新的问题情境进行编码、加工、重组、转换、再储存的一系列操作的效率和质量。从这个概念上看，思维能力反映的是个体差异，它是相对稳定的心理特征，能力一旦形成后，就以一种较为稳固的操作方式来解决问题。但思维能力一定是要利用原有已积累的信息（知识）去解决新问题，而不是原来熟悉的问题，如果是迅速去解决原来熟悉的问题，那么，这是一种技能操作，不是一种思维能力的体现，因此思维能力的培养，绝对不能依靠题海战术、反复练习，这充其量是一种技能训练。特别是在教学过程中，区分知识传授、技能训练与思维能力培养的界限具有重要的现实意义。许多教学经验和我们的实验研究皆表明，知识掌握得好的学生不一定具有较强的思维能力，然而，思维能力强有利于学生对知识的掌握。

（二）思维能力和知识、技能的联系

首先，思维能力是掌握知识、形成技能的前提。个体思维能力较强，有利于对知识的掌握，有利于形成良好的技能。研究表明，培养儿童的思维能力可以促进学科知识的掌握。

其次，思维能力要通过学科知识表现出来，学科知识是思维能力的载体。具体来说，思维能力是一种抽象的、看不见、摸不着的东西。它要通过具体材料的操作才能表现出来。我们把作为思维能力载体的材料大致分成五类，即文字符号、数字符号、图形符号、实物操作和日常问题。思维能力和具体材料的关系如图3–2所示。

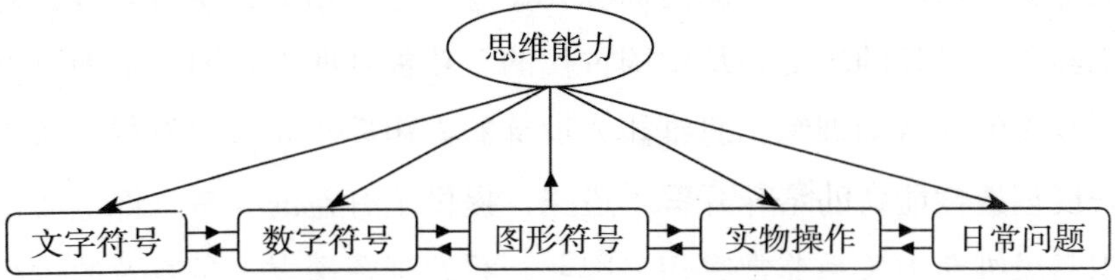

图3–2 思维能力和具体材料的关系
（图片来源：《小学数学教学心理学》）

尽管不同的材料所体现的思维能力有差异性，但其所要表现的思维能力在本质上是一致的。借此，我们可以利用学科知识的教学来训练儿童的思维能力。

再次，思维能力在学科知识材料上的体现是一个动态的过程。如果学生通过操作解决了同样的问题，那么，这类问题就成为他们的知识。例如，长方形是对边相等、四个内角是直角的封闭图形。这一类问题也可以叫作良好结构问题。如果教师预先告诉学生，学生要记住这些并非难事，但如果让学生自己去探究，从众多图形中去推论出长方形的特征也并非易事。为什么呢？因为前者属于知识传递，而后者反映的是学生的概括能力。因此，利用长方形的材料去训练学生，引导学生概括出长方形的特征，是一个概括能力的培养过程。如果教师直接告诉学生长方形的特征，然后让学生辨认长方形，这只是知识传递，并没有进行能力的培养。但是一旦学生概括出长方形的特征，这部分材料就成了学生自己的知识，而接下来要学的新知识又是进一步训练思维能力的材料，这样循环接踵。所以，思维能力体现在具体材料上是一个动态的过程。

最后，对已熟悉的知识进行反复操练，达到熟练的程度，这是一种技能训练。思维技能也是如此，当然，思维技能一旦形成，有利于思维活动的顺利进行，有利于人类解决复杂的问题，从而提高思维效率。

由此可见，思维能力、知识、技能是三个既有联系又有区别的概念。读者对这一点的认识非常重要。这是理解和掌握在学科教学中进行思维品质训练方法的关键。

三、数学思维能力训练的回溯与可能

从历史的角度看，思维能力训练并非今天才开始的，从古到今，思维能力训练经历了漫长的历史，从中国古代的七巧板到四大发明，从西方的形式训练到今天的元认知训练，思维能力训练的方法逐步完善和发展，这为我们今天开展创造性能力的培养开辟了道路，提供了有益的参考。综上所述，学科知识与思维能力关系非常密切，因此，我们试图探索一条有效的进行思维能力训练的途径，即把学科教学与思维能力紧密地结合起来，从前人的研究中，我们可以更好地了解数学思维能力的起源和发展的过程。

（一）数学思维能力训练的起源

综观我国古代教育，依稀可见数学思维能力训练的内容及方法。数学思维能力训练的起源最早可追溯到我国宋代七巧板的利用。据传，七巧板是由宋代的燕儿图演变而来的。“燕”与“宴”相通。“燕儿”是指由各种多边形组成的、可以错综分合的桌子，纵横排列成各种图形，按图设宴以娱宾客。七巧板是燕儿桌面图的一个缩影。

七巧板又称益智图。它的操作属于典型的发散式思维活动，操作的成果是形象转化；它的操作需要知觉的组织能力和空间的想象能力，而且通过图形中场的分解和组合，使儿童认识到整体与部分的关系；它的操作能使分解的任意性随需要与目的而转移，成功地完成一连串不可分割的动作作业，使动机受到不断强化，趣味无穷。显而易见，这有助于儿童创造力的发展。由此可知，七巧板既是儿童的玩具，又是进行数学思维能力训练的工具。

在西方，人们很早就认识到各种能力（注意力、记忆力、想象力、推理能力等）是可以经过训练由劣变优的。而若要训练某种能力，只要训练其形式即可。于是，人们对形式训练这种思维能力训练方法推崇备至。当时的教育家们认为，学习数学对培养注意力和推理能力都十分有效。结果，大量诸如拉丁文数学演算的形式使学生感到既枯燥又乏味，因而效果不佳。后来人们又陆续进行了诸如学习迁移的训练等。

（二）科学数学思维能力训练的开始

心理学家认为，科学的数学思维能力训练必须具有一定的目的、计划、程序和方法。以前，数学思维能力的训练与一般的思维能力训练往往混合在一起，因此，我们了解了一般思维能力训练的发展，也就知道了数学思维能力的训练情况。科学思维能力训练的开始，首推克劳福德。他的训练项目主要是提高工程师、经理、设计师等专业人员的思维能力。克劳福德要求受训者熟练地掌握属性罗列法，即列出产品的关键属性，然后提出改进的办法。例如，有这样一个问题："如何改进普通的粉笔？"首先，要列出粉笔包含的各种属性，如形状、大小、颜色、硬度等；然后，考虑如何改进这些属性，如增加颜色的种类、制作超长粉笔等。而后，众多思维能力训练的项目都是从克劳福德的属性罗列法派生出来的。

紧接着是美国创造学创始人奥斯本，首创了一种风暴思维法。这一方法最初用于广告的创造设计上。这种方法要求遵循四个原则。

（1）不加批判：参加者要按延迟评判的原则行动，思维风暴般涌现时不加任何评判。

（2）数量要求：参加者要有尽可能多的观点，不必考虑这些观点的质量。

（3）独创性要求：鼓励参加者产生奇怪的、不同一般的观点，不必考虑是否切实可行。

（4）联合和改进：对已提出的各种观点进行再创造。

奥斯本的风暴思维法影响大、流传广。此后，许多学者对此法进行了改良，产生了一系列新的方法。例如，德国创造学学者根据他们民族长于沉思的性格特点，改良了奥斯本的风暴思维法，并提出了一种以书面畅述为主的默写式智力激励法。此法规定：每次会议由6人参加，要求每位与会者必须在

5分钟内提出3个设想，故又称“635法”。

日本创造力开发研究所所长高桥，根据奥斯本的方法发展而成的卡片式智力激励法，又分为CBS法和NBS法。还有，比较著名的是日本三菱树脂公司创造的一种智力激励法，称MBS法。它纠正了奥斯本智力激励法中严禁批评的条例。

再就是布卢姆和布罗德受奥斯本的影响，他们把奥氏方法运用于学生的学习中，但很快发现，在小群体活动中，个体差异很大，优秀学生在解决问题时比一般学生所用的策略活、思考的角度广、解决问题的效率高。因此，他们提出的训练方法是补习生模仿和利用优秀学生所采用的程序。当补习生解决一个问题时，先让他们大声地报告出他们的思维，然后把优秀学生解决问题所用的程序告诉他们，并请他们用自己的话把自己没有用过而优秀学生用过的所有策略写下来，训练者帮助他们对此进行讨论、分析，然后让补习生分别采用刚刚讨论、分析过的那些技术解决另一个问题。经过10多次训练后，补习生解决问题的能力明显提高。

（三）数学思维能力训练的发展

从20世纪60年代到80年代初，由于认知心理学的兴起，数学思维能力与一般思维能力训练越来越受到人们的关注。无论是训练对象、训练内容还是训练方法都发生了很大变化。从训练对象来说，从原来的成人扩展到儿童、青少年乃至人的生命全程，还包括智力落后儿童的训练。从思维能力训练内容来看，有思维能力训练（如解决问题、归纳推理、隐喻理解等）、创造性思维能力训练、学习策略训练、元认知训练和思维态度训练等。从训练方法来说，有了很大发展。例如，戴维斯和罗弗顿所创立的主意核对单法，它是从克劳福德的属性罗列法发展而来的。操作过程是发给学生一张“进行物理变化的思考”单子，内容包括：①增加或减少一些东西；②改变颜色；③改变原材料；④重新安排原材料；⑤改变大小；⑥改变设计或型号。持有这些单子的学生被要求“尽可能多地列出有关的物理变化”。实验发现，持有核对单的学生明显比那些没有核对单的学生更能产生创造性主意。

而兹维费和艾伦认为，许多发明创造不是发明一项完全新的东西，而是对旧东西的重新组合。因此，他们认为仅仅罗列属性或改变某个属性是远远不够的，要先综合，即从所有的来源中收集有关元素，再系统分解，并把有关元素分成3～4个较大的变项，最后重新组合，使变项形成各种结构，即形成了多种创造性设想。由此，他们首创了形态分析技法。

1964年，日本喜多二郎吸收了奥斯本的风暴思维法和克劳福德的属性罗列法的基本思想，并提出了一种方法，即KT法（KT是他名字的字头）。KT法使用卡片收集大量资料和事实，从中提炼问题或产生构想和原理，进行的过程和风暴思维法类似。

有些学者开始把以上一般思维能力训练的方法迁移到学生的学习中，在学生的学习过程中，用此法训练儿童的数学思维。例如，数学家波利亚最早提出了启发式教学，并将其应用于数学教学中。波利亚把问题解决分为四个阶段，即理解问题、创设计划、完成计划和检查回顾。针对这四个阶段，他提出了一系列启发式策略，典型的有表征或理解问题的启发式、构设计划的启发式、执行计划的启发式。科温顿等对以上方法做了改进，提出了一个创造性思维能力训练项目。它是由16本自我指导小册子组成的，主要是通过一些启发式策略，训练五至六年级学生的六种技能。这六种技能为：①产生最初的念头；②以系统的方式思考；③受阻后以不同的角度考察问题；④专心注意重要的因素和事件；⑤提出一些深化问题和解决问题的方法；⑥避免匆匆下结论。

科温顿、克拉奇菲尔德和戴维斯对一般思维能力训练内容做了调整，采用侦探故事，设计了一套训练五、六年级儿童创造性思维的训练程序。这个程序运用了一本辅助练习册。这本练习册的内容是兄妹两人要侦探一系列案件。阅读者可以和两兄妹一起形成假设、收集证据、提出问题以便侦探案件。克拉奇菲尔德相信通过这些故事的直接训练，儿童的思维就能训练得更具有创造性。

心理学家在研究中发现，专家和新手在解决问题中所使用的策略有很大差异。造成这种差异的根本原因就在于专家与新手所拥有的专业知识在质和量上存在重大差异。于是有人提出，应重点训练完备的专业知识结构。梅耶利用FORAN语言知识，以大学生为对象，研究了两类知识的获得对解决问题的效应。结果表明，规则组被试是机械学习，只能就事论事；样例组被试是意义学习，能使新旧知识发生联系。因而，规则组能很好地完成不需要迁移的问题，而样例组则在需要迁移的问题上成绩突出。梅耶认为，良好的样例训练，精心制作和组织策略能使被试专业概念更为充实，专业知识更为完备，迁移的广度增强，问题解决的能力得到提高。

对于专业知识结构的训练难度较大，需要在专门的知识领域内进行，尤其需要以大量专业知识为基础。因此，目前这方面具体的训练研究还很少，但重视专业知识对思维和问题解决的影响已逐渐成为问题解决研究的一种趋势。

由于研究者发现专家与新手在解决问题中的策略差异，反映着思维方法的有效程度，灵活有效地使用策略，可以使问题完成得更好，因此，许多研究者开始重视对学生学习策略的研究和训练。比较有代表性的有克尼、次尼佐和弗拉维尔进行的复述策略训练，莱文、阿特金森、温斯坦等进行的精心制作策略训练，丹瑟里尔、霍利等进行的组织策略训练，这些训练都取得了一定的效果。

越来越多的研究表明，人们在解决问题过程中，策略的选择、解决问题的效率受元认知的影响。因此，许多研究者开始重视元认知的训练，涉及最多的主要是元记忆的训练与理解监控能力的训练。

元记忆是指学习者了解自己的记忆过程以及通过一定组织方式监控和调解这些过程的能力。有人把元记忆比喻为“水流的一个短暂状态”，它会随着新的记忆经验不断发生变化。

近年来，元记忆训练的研究方兴未艾，有令人目不暇接之势。比较典型的有Black和ollins对6.5～7.5岁儿童进行的类别表归纳策略训练；Borkowski，Levers，Gmenfelder对4～7岁儿童进行的配对联想精心制作策略训练；Gauanaush和Borkawski对8～9岁儿童进行的类别表的聚合复述策略训练；Kennedy和Miller对6～7岁儿童进行的复述策略价值的反馈训练；Krammer和Engh对8岁儿童进行的清单回忆任务的复述、对策略有效性的评估研究；Lawson和Ruelop对迟滞成人进行的系列回忆任务的累加复述研究；等等。

所有元记忆训练研究的结论是一致的，即元记忆训练能有效促使被试保持策略，至少对儿童来说是这样的。然而，这些研究都有一些缺陷。例如，①大部分研究仅以儿童为被试，通常是9岁或更小的儿童，且仅着眼于某一特定训练任务是否有效。②对策略的一般性没有什么研究。③大多数训练只讲究策略是否保持，而没有研究策略在其他任务中的迁移情况以及是否产生其他适宜的策略。这些缺陷是元记忆训练的进一步研究所必须注意的。

理解监控能力的训练常常要求学习者建立每个学习单元的学习目标，检验实现这些目标的程度，如果有必要还得修改实现这些目标的策略。通过对熟练阅读者和低劣阅读者进行比较，常常可以发现，后者往往缺乏使用监控理解的学习策略的活动。

帕里斯和迈尔斯比较了四年级学生中熟练阅读者与生疏阅读者的理解和记忆技能。他们主要通过三种手段检测学生理解那些既难又不规则的信息的能力，包括朗读中自发地自我改正（自发监控），直接强调出不懂的词和词组，观察学习行为。“自发监控”的测量是测试学生犹豫、重复或自己改正的不规则词和词组的百分比；“直接强调”的测量则是计算学生画出的不规则词和词组的百分比。最后，用口头提问和自由回忆测试学生的理解程度。在所有测试中，生疏阅读者均表现出缺乏理解监控，这个差异还与事后的口头提问和被试自己的回忆相一致。生疏阅读者主要表现出使用监控策略有缺陷。

梅钦鲍姆和阿萨纽对成功学习者的操作过程进行了分析，并让学生在教师或实验者的指导下进行模仿，然后公开自己的复述，最后达到不公开自己的复述。这项计划主要是帮助学生在引导和控制目标任务的操作中发展“自我解释”，旨在提高这样一些技能：①问题的辨别和限定或自我设问的能力（“我要做的是什么”）；②集中注意和反应以回答自我询问的能力（“现在，停下来，仔细重复一遍指导语”）；③安置标准或自我评估的自我强化能力（“好，我干得不错”）；④复制技能和校正错误的选择（“就这样吧，纵然出了错，我也能慢慢进步”）。博马里托和梅钦鲍姆1979年把这个模型中的一些策略教给七、八年级学生，用于控制他们的阅读理解。他们把找主要观点、对重要信息精心制作等策略置于自我指导训练程序，自我指导的主要内容是认知策略和自我解释的模仿。学生们先是大声地阅读然后默默地进行练习。学习维持了一个月，取得了较好的效果。

其他一些类似的理解监控能力的训练方法，如史密斯训练七年级学生在阅读前提出问题，并以此带动随后的阅读活动的方法；马克曼教给学生一种找出文章不一致处的错误的探查策略方法，都有一定的效果。

使用某种策略时，人的元记忆过程是如何进行的呢？测试一下使用某种策略是否比使用其他策略更有效，或是推广试用这种策略，看它是否适用于其他情境，或者隔一段时间后再测长时效果如何，也许还想试试使用该策略是不是需要花费太多的努力转向另一种策略。总之，对策略的使用效果进行一定的检验，这就是元记忆获取法。

目前，虽然元记忆策略的研究尚处于萌芽阶段，专家们对元认知策略的可训练性争论得难分难解，但我们认为对“MAPS”的研究具有重大意义，因为学习者如果掌握了这类策略，就能对大量需要认知策略干预的任务情境做出更主动、更有效的反应。

洛迪科等曾试图训练7～8岁儿童学会监控自己在不同策略下的行为表现，并按策略解释自己的行为变化。儿童在训练中所涉及的任务完全不同于随后的记忆任务。结果，训练组儿童都能够选择最有效的策略，也能及时调整自己的选择并说明自己之所以这样做的原因；而控制组儿童则不会解释自己的选择，有的则随便说些理由。

迄今为止，大部分“MAPS”都是一些理解监控能力的训练。

长期以来，人们把学习的好奇心、专心致志、焦虑等非智力因素看成由环境导致的一种行为反应，很少将思维过程与情绪反应联系起来考虑。现代心理学研究已逐步重视认知过程（如知觉或评价）对情绪产生的影响。例如，有人发现，担心考试失败的学生，往往把注意转向内部，认为自己无能，并有失败的期望，于是会产生一种螺旋效应，期望失败使学习成绩下降，成绩下降又加深了对学业的担心，从而产生更多的焦虑。

目前，已有的非智力因素训练主要是训练学生集中注意力、专心致志、控制焦虑、激发学习动机、有效地掌握时间等问题。这方面的训练大部分又集中于如何训练学生控制学习中的焦虑反应。

帮助学生减少焦虑的方法有不少。这些方法主要是一些临床疗法，如系统脱敏法、模仿脱敏法、认知矫正、焦虑控制训练及合理调整。另外，还有一些方法来源于一些传统领域，如学习技能、应试技能等训练。

高德弗里德等研究了合理调整策略对大学生减少考试焦虑的作用。这个研究开始让学生们观察一个使用自言自语的范例。这个范例通过自言自语将自我否定的情绪状态改变为积极、肯定的情绪状态。例如，将“我没法通过这次测验，我真笨”的自我评价改为“是的，我很有可能不失败，因为我已学习过了，即使我失败了，也不能说明我笨”。然后，让学生想象一个焦虑情境，并分析或评价这时进入自己头脑中的消极思想，同时以更合理、更积极的自我交谈取而代之，从而使焦虑减少。这个研究要求学生想象的焦虑情境有15个，且有一定层次。结果表明，这个方法对减少焦虑极为有效。

教会学生减少焦虑的策略训练可以和其他策略训练配合使用。例如，在博马里托和梅钦鲍姆的研究中，教师不仅示范有关问题解决的陈述，还配上用以减少挫折和焦虑反应的自我陈述。

在20世纪70年代和80年代之间，许多研究者吸收了前人一般思维能力训练的优点，在训练项目里突出表现出同时从不同侧面入手、范围扩展、训练步骤具体、操作性强及训练材料多样等。格拉瑟把这些思维能力训练项目归纳为四类。

（1）过程定向项目。这类项目主要是通过发展推理习惯和学习技能以起到改善一般的元认知和自我监测特征的作用。

（2）运用普遍熟悉的知识的项目。这些项目主要是采用一些人们熟悉的日常问题培养他们以自己的语言陈述问题、提出疑问、分析信息、产生新思想、检验假设和评价行动的能力。

（3）良好结构领域中问题解决启发式的项目。这是在正式的、结构完备的领域，如数学、物理等学科中的问题解决技能的训练。

（4）获得基本技能的逻辑思维的项目。这些项目是通过学习学校课程培养基本的思维技能。

比较典型的还有以色列心理学家R. 费厄斯坦提出的工具性强化（IE）认知结构矫正，利普曼的儿童的哲学，詹纳斯、阿米兰、弗里得尔等创立的矩阵概括分析（MDAN），爱德华、德波诺提出和实施的柯尔特思维能力训练计划，等等。这些都是数学思维能力训练与一般思维能力训练的先驱，为我们提供了宝贵的经验。

（四）在学科教学中进行思维品质训练的可能性

从以上所述可知，从思维能力训练的材料来看，涉及图形、数字、语言文字、实物操作等；从训练方式来看，有小群体活动，优劣组合活动，个体活动等；从训练思维结构来看，有思维过程训练、思维目的训练、思维监控训练、思维策略训练、思维的非智力因素训练等。其中有许多方面是值得我们借鉴的。然而，还有许多问题有待我们进一步去探讨。例如，以往的大部分一般思维能力训练都是在课外进行的，用增加时间的方式来达到思维能力训练的目的。因此，对于训练的效果很难做出合理的解释。这也是近几年学者争论的焦点之一。从训练的材料来看，大部分是学科知识以外的材料，尽管训练后有一定效果，但对学科知识掌握的直接效应不明显，长远效应也很难体现。也就是说，进行专业训练的学生长大成人，参加工作后能否比没有训练过的人有更多的创造性，很难确定，目前也未见到这方面的研究。尽管有学者已经注意到了在课堂教学中进行思维能力训练的必要性，但思维能力训练在教学实践中的地位依然并不显著。另外，以往的思维能力训练并没有重视思维的层次性和思维能力训练对象的个体差异。由此，我们经过教学实验得出利用学科知识诸如数学作为思维能力训练的材料有许多优点，其中主要的有下列五条。

（1）可以促进学科知识的掌握。林崇德教授已进行了10多年的实验研究，充分证明了这一点。经过训练的实验班，学生的数学学习成绩明显优于对照班。

（2）可以直接满足学生的实际需要。今天的学生要学的东西越来越多，如果学生不具有一种有效的数学思维能力，就很难快速掌握数学知识，也无法很好地择优淘劣。而在数学学科中进行思维能力训练的特点之一是寓掌握数学学科知识于学习好的学习方法之中。也就是说，在数学学科中进行思维能力训练可以使学生在学习好的学习方法的过程中，就已把数学学科知识掌握了。这样的双管齐下操作能使学生的需要得到终极满足。而在以往的训练中，由于采用的是课本知识以外的材料，学生感到和课堂的学习关系不大，因此兴趣不高，达不到好的效果。

（3）可以提高学生的学习效率，加速学生思维能力的发展。林崇德教授的研究表明，小学四年级是思维发展的一个飞跃期。经过数学思维品质训练后，这个转折点可以提前半年到一年。

（4）在减轻学生负担的同时也减轻了教师的负担。学生的学习效率提高了，教师可以充分利用课堂时间来完成教学任务，不需要在课外补课或加班加点。这样既有利于学生的全面发展，又有利于教师用更多的时间来研究数学教学，从而教得更好。以往的研究充分证明了这一点。

（5）在学科教学中进行思维能力训练，可以继承以往训练方法的优点，同时弥补以往单项训练计划的不足。例如，从训练内容来看，可以兼顾思维过程训练、思维监控训练、思维策略训练和思维的非智力因素训练等；从训练的活动方式来看，既有个体的独立思考，又可借鉴优秀生的数学思维技能，取长补短，使数学思维能力训练更加有效。

另外，考虑到思维的层次性和差异性，林崇德教授提出了“以训练学生的数学思维品质作为突破口，这样能使学生的数学思维能力全面发展”的观点。这一全新的观点还有待教育界同人全方位去把握，广泛运用于我国的教学实践，为提高全民族素质铺好奠基石。

第二节 小学数学思维品质教学

在学科教学中进行思维品质训练，教师具有双重任务，即教师一方面要进行思维品质的训练，另一方面又要完成传授知识的任务。这样就对教师的授课提出了全新的要求。教师不仅要理解某一学科的内在联系，从系统上去把握教材，而且必须具备驾驭课堂、随机应变的能力。因此，在进行思维品质训练前必须做好充分准备。这一准备就是教学设计，思维训练的教学设计就是根据思维训练的对象和内容，确定合适的训练起点与终点，有序、优化地安排训练诸要素，形成训练方案的过程。一个完整的思维训练设计是由目标设计、内容方法设计、训练过程设计、评价监控设计所构成的一个有机的整体。其中，思维训练目标既是思维训练的归宿，又是课堂思维训练的灵魂，不但对学生的课堂思维学习起着调节和控制作用，而且最终决定训练的起点，支配学生的发展方向和速度。因此，确立合适、良好的训练目标是教学设计最重要的任务。教学内容是进行思维训练的材料，如果没有材料或没有对材料进行精心的组织，那么训练的系统性与效果就会受到影响。训练方法和策略是达到目的的手段，是进行思维训练的关键，如果没有良好的方法，就不可能进行有效的训练。评价和监控是思维训练的检测手段，要通过不断的评价和监控为教师与学生提供反馈信息，使训练不会迷失方向。总之，教学设计是思维训练的起点。

一、小学数学思维品质训练的目标设计

如前所述，思维品质训练的目标设计是教学设计的重要环节。在思维品质训练中，教师所要做的第一步就是决定学习者将发生什么变化，也就是说，要决定思维品质训练的结果将是什么，并对此有一个明确的表述，这就

是所谓的思维品质训练目标。我们试图从思维品质训练目标的功能、理论与方法等方面来探讨目标设计。

（一）思维品质训练目标的功能

思维品质训练与一般的教学一样，必须有明确、具体的目标，有了目标就有了方向。思维品质训练目标概括起来有三种主要功能。

1. 定向功能

思维品质训练的目标一旦确定，教师就可以根据目标进行有计划、有步骤的思维品质训练。有了目标，教师就知道思维品质训练从什么地方开始、训练什么，同时也知道自己训练的终点是什么等。例如，在小学二年级的数学课中进行创造性思维的训练，要求教师在应用题教学中进行，一般要求学生掌握了某一类应用题后进行编题，编题是从简单的补充问题开始。例如，教师出了一道题：男生有26人，女生有20人，（　　　　）？

训练的目标是学生在同类题中能补充一个问题，二级目标是学生能补充两个问题。如果学生达到二级目标，教师可以引导学生从不同的角度去考虑问题，向三级目标进军，即补充三个问题。如果从累积的思路去想，可以把男女学生合起来；如果从大小的思路去想，可以比较男生和女生之间谁多、谁少。这里训练的目标是从不同的角度去想。如果确定了训练的具体目标是二级，那么教师操作时就非常清楚了，也就等于确定了这一节课具体的方向。因此，一个好的、具体的目标具有定向功能。

2. 指导功能

思维品质训练目标一旦确定后，教师就可以根据目标选用适当的教学策略、教学媒体、教学手段等。例如，教师要利用讲长方形的知识训练学生思维的概括性，如果学生仅仅从知觉特征去概括长方形的特征，那么教师可以选用提供变式策略来解决这类问题；如果学生无法找出长方形与正方形的共同点，区分出不同点，那么教师可以选用比较策略；等等。

教师要利用目标指导思维品质训练策略、手段的选用与应用，就必须确定学生思维品质训练结果的类型和同一类型的思维所处的水平。一旦训练类型和水平确定了，就可以应用后述的方法进行教学策略与手段的设计了。

3. 评价功能

教师在完成一节课、一个教学课题或一个教学单元后，就应该能自编测验题，测量思维品质训练的效果。其他教师或学校领导、教研员等听完课后同样要进行评价。评价有许多标准，如教学手段的应用情况、教师的训练思路、学生的参与程度、训练效果等。但最可靠和最客观的标准是训练目标是否达到、训练效果是否良好。一般来说，测量必须是针对目标的测量，如果测验题没有针对目标，则测量缺乏效度，除非是想考察思维成分之间的关系。例如，思维品质训练的目标是思维的概括性，而测量的是思维的灵活性，这样就反映不出训练的效果，评价也就缺乏可靠的依据。

同样，同行或领导在听课后进行评课，也必须首先考虑训练的目标。例如，有些经过精心准备的公开课，从表面看，学生积极举手发言，回答问题也很流利，在课堂讨论时，气氛也很活跃，有的听课教师认为这是一堂好课。然而，我们对这堂课进行了录像剖析，发现这位教师仅让几个好学生来回答问题，仅提问某一位学生就有19次！课堂讨论的次数有11次，可每次讨论的时间最长有1分12秒，最短5秒，平均只有25.6秒！任何一位有常识的教师都会质疑：这样的评价客观吗？我们仔细分析就会发现，这位教师是与个别好学生对话，但我们现在进行的集体授课，面对的是40~50名学生，不是个别学生，这样的课堂肯定不可能使大多数学生受益。事后我们做了调查，大部分学生对某些内容还不能掌握。另外，大家可以深思，课堂讨论5秒能讲几句话？这样的形式仅仅是为了表演，而不是为了让学生真正掌握知识、提高能力，更谈不上思维品质的培养。因此有了明确、具体的目标，我们就能用客观的方法与指标来评价一堂课或一个单元。

（二）目标设计的理论分类

要进行思维品质训练的目标设计，我们可以借鉴前人的研究和以往的经验。在以往的教学研究中，许多研究者提出了一些教学目标的分类，一般来说，教育目标可以分成认知目标、情感目标和动作技能目标三大类。

1. 认知目标

布卢姆等对目标的定义和分类进行了系统的研究。布卢姆认为，认知方面的目标包括知识、领会、应用、分析、综合和评价六级水平。

（1）知识。

知识指人们获得的实际信息，包括具体事实、方法、过程、理论等信息。所有这些都属于对信息的回忆。例如，回忆三角形的面积公式。

（2）领会。

领会指学生领悟教材、观念、事实和理论的能力。可以借助三种形式来表明对材料的领会：一是转换，即用自己的话或用与原先的表达方式不同的方式表达自己的思想；二是解释，即对一项信息加以说明或概述；三是推断，即估计将来的趋势（预期的后果）。例如，用自己的话来表达数的意义。

（3）应用。

应用指学生运用所学课程中原理或观点的能力，包括对概念、规则、方法、规律与理论的应用。例如，交给学生一些钱，要他们到商店去买东西，由此观察学生能否准确计算，以检查他们对加减法知识的应用。

（4）分析。

分析指学生能将整体材料分解成构成成分并理解其组织结构，包括部分的鉴别，分析部分之间的关系和认识其中的组织原理。例如，让学生分析一道四则混合计算的应用题。

（5）综合。

综合指学生集合部分组成新的整体的能力，主要包括形成新产品的能力、融合多种观点形成新理论的能力、超越现有认识水平的能力、提出新见解的能力、独创交流成果的能力。例如，学生综合分数、倍数、乘法和除法等编成新的应用题。

（6）评价。

评价指学生就特定目的去判断概念、教材与过程等价值的能力。它包括按材料内在的标准（如组织）或外在的标准（如与目的的适应性）进行价值判断。它处于认知的最高水平，包含了以上五种能力中的各种要素。如果学生能创造性地对客观事物进行判断、比较、检验、分析，那么他就达到了评价的水平。例如，评价两种解法、三种应用题的难度等。

2. 情感目标

情感领域的教育目标于1964年提出。其分类依据是价值内化的程度。情感目标可以分成接受、反应、形成价值观念、组织价值观念系统和价值体系个性化五种基本目标。

（1）接受。

接受指学生愿意专注于特定的现象或刺激，如专注于课堂教学活动、教科书、音乐等，即意识到或愿意注意某一刺激（如听或看）。从教学的角度看，它与引起、保持和支配学生的注意有关。其学习结果只是位于意识到某物的存在和有选择的注意之间。

（2）反应。

反应指学生积极参与活动，以某种方式做出反应。处于这一级水平的学生，不仅注意某种现象，而且以某种方式对它做出反应（如自愿解规定范围内的应用题），以及反应的满足（如以愉快的心情解题）等方面。

（3）形成价值观念。

形成价值观念指学生对特定的对象、现象或行为的价值或重要性的认识，包括接受某种价值标准（如希望提高小组的技能），偏爱某种价值标准和为某种价值标准做奉献（如为发挥集体的有效作用而承担义务）。它是以一组内部价值为依据的，学生需要通过外部行为去表达这些价值。其学习结果注重行为的连贯和足够的稳定。我们平常所设置的有关态度或鉴赏的教学目标都属于这类目标。

（4）组织价值观念系统。

组织价值观念系统与学生结合不同的价值、解决价值间的冲突以及建立一种内部协调的价值体系等有关，其重点在于价值的比较、联系和综合。其学习结果注重价值概念的形成（如认识自我对改善人与人之间关系的责任）、价值体系的建立等。与形成人生哲学有关的教学目标都属于这一类目标。

（5）价值体系个性化。

价值体系个性化指个体具有长时期控制自己的行为以至发展了个性化“生活方式”的价值体系。例如，学生将大部分业余时间花在数学上。因此，这种由价值体系控制的行为是经常性的、协调的和可预料的。其学习结果包括广泛的活动范围，但重在那些有代表性的行为或行为特征。

3. 动作技能目标

动作技能领域的教育目标分类比情感领域的教育目标分类更晚，而且出现了好几种分类法。其中，辛普森的分类相对好一点，他把动作技能教育目标分成六级。

（1）知觉。

知觉指学生通过感官，对动作、物体、性质或关系等的意识能力，以及进行心理、躯体和情绪等的预备调节能力。

（2）定向。

定向指对稳定的活动的准备，包括心理定向（心理准备）、生理定向（生理准备）和情绪准备（愿意活动）。

（3）有指导的反应。

有指导的反应指复杂动作技能学习的早期阶段，包括模仿和尝试错误。通过教师或一套适当标准可判断操作的适当性。

（4）机械动作。

机械动作指学习者的反应已成为习惯，能以某种熟练和自信水平完成动作。这一阶段的学习结果涉及各种形式的操作技能，但动作模仿并不复杂。

（5）复杂的外显反应。

复杂的外显反应指包含复杂动作模式的熟练动作操作。操作的熟练性以迅速、连贯、精确和轻松为指标。

（6）适应。

适应指技能的高度发展水平，学生能修正自己的动作模式以适应特殊的装置或满足具体情境的需要。

也有学者把动作技能分成以下六种目标。

一是反射动作，指对某些刺激做出的不由自主的动作（如眨眼反射、牵强发射、姿势调节等）。

二是基本的基础动作，由反射动作组合而成的天生的运动模式（如走、跑、跳、推、拉等）。

三是知觉能力，把通过感觉接收到的刺激转换成适当的运动（如模仿言语教学、躲开一个运动着的球、跳绳等）。

四是身体能力，指发展更熟练运动所需的基本运动和能力（如跳高、举重、基本的篮球练习等）。

五是熟练动作，要求一定效率的较为复杂的运动（如包含在跳舞、体育运动中的运动模式）。

六是非言语交流，通过身体运动进行交流的能力（如手势、面部表情、舞蹈动作等）。

对广大的教育工作者来说，动作技能方面的目标对特殊能力的培养具有重要意义，如精细艺术、职业技能教育和特殊教育等。但我们不能误认为动作技能仅仅是体育课和手工课上的教学目标，其他课程诸如数学、物理、化学也需要动作技能。例如，数学课中的画图、测量、用计算机计算等都需要专门的动作与手眼协调。

（三）数学思维品质训练目标的设计方法

数学思维品质训练目标设计的科学性和合理性直接关系到教师进行思维品质训练的效率和方向，因此，科学、合理地设计训练目标是一项重要的技术。具体可以通过以下程序进行目标的设计。

1. 确定学生原有的思维水平

在数学教学中进行思维品质训练要完成双重目标，一是学生对数学知识的理解和掌握；二是学生思维品质水平的提高。这样，我们在设计目标时就有两个目标。在实际教学中，许多教师是根据教学大纲来确定目标的，仅仅给出了一般性目标。在完成目标时，我们要根据教学对象做调整，不应该照搬，用一个形象的比喻：传统的教学过程是“老师牵着学生走”，不管学生的水平高或低，教师都按大纲的目标走。这样做的后果是教学效率受到严重影响。具体来说，学生对某一部分知识已经掌握，如果教师再去讲，就重复了，就是浪费时间。同样，如果学生对某一个知识点特别难理解，教师还是根据大纲目标按部就班地讲，那么学生就会跟不上，导致学生没有兴趣。因此，在确定具体的教学目标时一定要考虑本班学生的能力水平和原有的知识水平。在进行思维品质训练时，同样要考虑本班学生原有的思维水平。我们提出在进行思维品质训练时要“老师跟着学生走”，即跟着学生原有的思维发展水平来进行训练，这就是“水涨船高”。

学生思维水平的确定有多种方法，如测验法、访谈法、问卷法、提问法等。具体使用什么方法要根据训练的任务和材料来确定。在确定水平时要注意材料的差异以及与数学知识的关系。例如，思维深刻性的本质特征是概括，所以，我们常常用概括能力的发展水平来衡量思维深刻性的发展。

一般来说，小学生的概括能力可以分成一、二、三、四级水平。第四级水平是最高水平，能概括出事物的本质特征；第三级水平，描述能接近事物的本质特征，但不够精确；第二级水平，只考虑事物的一个方面，不够全面；第一级水平，仅是随机地回答问题或从表面进行观察，没有去抽象事物的本质特征。例如，在讲授能被25整除的数的特征时，学生显示出了不同的水平，教师以“375”这个数为例，各类学生回答如下：第一类学生认为只要看末一位数是否是5，如果是5，就能整除；第二类学生认为把各个数位上的数字加起来，即3+7+5=15，就是所得的商，所以能被25整除；第三类学生认为直接用除法算一算，就能判断能否整除了；第四类学生认为375可以分成300和75两个数，因为100和300都是25的倍数，所以，只要看75能否被25整除就可以了。从这里可以看出，第一、二类学生属于第一级水平，他们仅仅从375这个个别特征去判断、概括，没有考虑其他数，如105、335等。第三类学生属于第二级水平。这些学生仅从计算的结果上去考虑，但忽视了判断的速度以及3位数以上的数，因此，水平还是比较低的。第四类学生属于第三级水平，能看到75是判断能否被25整除的标准，水平较高，但还没有脱离具体数字。第四级水平应该能概括出：能否被25整除的数只要看末两位数能否被25整除就可以了。这是最高水平的。如果所教的学生大部分是属于第二级水平，那么，我们的训练目标应该是三级水平。从这里可见，水平的确定要根据材料的不同而有所变化。

当然，在思维训练中，我们还要了解学生的学习动机水平与学生的学习知识背景，或者说学生原获得的知识状况。例如，要用圆面积公式的知识来训练学生思维的灵活性，就首先要了解学生对长方形面积、正方形面积、三角形面积、梯形面积公式的掌握情况，只有学生掌握了以上面积公式，才能用原面积公式的知识来训练思维。

总之，学生的学习动机是思维品质训练的前提，原有的知识水平是基础，原有的思维水平是训练的起点。

2. 列出所要训练的内容和学生的思维水平

在进行思维品质训练前，我们要把思维训练的内容和要用的训练材料具体化。例如，要训练思维的灵活性，首先要确定思维灵活性的维度。我们认为思维的灵活性有发散思维、逆向思维和迁移思维三个维度，其实质就是迁移。从发展的角度看，思维按照是从单维到多维、从顺向到逆向的方向发展。在小学数学教学中，发散的起点可以是一道数学题，也可以是一个数或一个判断的问题。发散性通俗地讲就是从一点想开去，如一题多解，这里关键不在于结果有几解，而在于思考过程中怎样才能产生多解。例如，6+8=？这道题是发散的起点，对于小学一年级的学生要求解出14是很容易的，但是如果让学生想出多种解法就有一定的困难。没有经过训练的学生最多只有两种解法，实际上至少有四种解法：①确定基数是6，然后拨手指往上数8个；②确定基数是8，往上数6个；③把6分成2和4，2和8凑成10，再加4；④把8分成4和4，6加4等于10，再加4。这里蕴含着两种初步的发散思路。前两种是把基数的空间位置交换，就产生另一种解法。③④蕴含着分解和组合的发散思路。从这一材料来看，我们可以把每一种发散作为一级水平，如果学生只有一级水平，那么训练的目标就是二级水平。

如教师问学生能否找出能被25整除的三位数，找得越多越好。这样学生就会去找出很多，如350、125、500、275、150、100、325……这里的发散水平是根据发散的量来决定的，数量越多，水平越高。另外，要看学生发散的角度，如果学生找出的数是125、150、175、200、225……说明这位学生已经发现了数的规律，他的水平就比较高。

可逆，简单地说就是倒过来想，一般来说，学生容易顺着想，倒过来想就有一定的困难。例如，对于低年级的孩子，容易解决13+5=？的问题，但不易解决？+5=14的问题。后者就需要逆向思维才能解决。

迁移，就是指已获得的知识、技能、学习方法或学习态度，对学习新知识、新技能和解决新问题所产生的一种影响。这种影响可能是积极的，也可能是消极的，产生积极影响的称为正迁移，简称为迁移；产生消极影响的称为负迁移，或称为干扰。思维灵活性的本质特征就是迁移，主要指的是正迁移。例如，学生用交换位置、分解或组合数，能想出7+5=？的四种解法，如果在13−4=？的问题中同样也能想出四种方法，说明学生已经发生了发散性迁移。这是在同学科中发生的迁移，叫相似情境迁移。如果这种思考方法在其他学科中或在日常生活中发生，那么就是相异情境迁移。一般来说，相异情境迁移比相似情境迁移难得多。如果学生能在相异情境中发生迁移，就说明学生的迁移水平高。

3. 思维品质训练目标的表述

思维品质训练的目标一般有大目标、小目标、具体目标三个层次。如何合理、准确地表述目标问题？许多学者进行了长期研究，目前有代表性的表述方法主要有三种，即行为表述法、认知表述法与综合表述法。行为表述法强调用可以观察的或可以测量的行为来描述教学目标；认知表述法强调用内部心理过程来描述教学目标；综合表述法则强调以内部过程与外显行为结合起来描述目标。

我们通过了解前人的研究成果，来更好地表述思维品质训练目标。

（1）行为表述法。

行为表述法的代表是马杰，他提出编写行为目标必须具备三个要素，即行为表述、条件表述和标准表述。

行为表述指用可观察的、具体的行为来表述教学目标，以便教师能了解学生是否已经达到其目标。行为表述力求避免使用诸如“知道”“理解”“掌握”“欣赏”等描述内部心理过程的词语。因为对于这些词语的意义，各人都可以从不同角度、不同层面来理解，这会给教学目标的具体导向及检测带来困难。

表述行为的基本方法是使用一个动宾结构的短语，行为动词说明学习的类型，宾语则说明学习的内容。例如，能计算20以内的加减法；能用加法交换律进行简便计算；能比较长方形和正方形特征的异同；能列举三至五个质数与合数；等等。

条件表述指学习者在什么情况下表现行为，也就是说，在评定学习者的学习结果时，该在哪种情况下评定。例如，要求学习者操作计算机，要说明是在教师或说明书的指导下操作，还是独立操作。

行为产生的条件通常包括环境因素诸如空间、光线、温度、噪声等；人的因素如独立进行、小组进行，或在教师的指导下进行等；设备因素如工具、仪器、说明书、计算机等；信息因素如资料、教科书、笔记、图表、词典等；时间因素如速度、时间限制等；问题明确性因素，即提供什么刺激来引起行为。

在描述行为产生的条件时，要注意区分学习过程与学习结果产生的条件。例如，“通过一个月的训练，学生能……”这里的“通过一个月的训练”指的是学习过程，是非学习结果产生的条件。所谓的条件是用以评定学习结果的约束因素，说明在何种情况下来评定学习的结果。

标准是指衡量学习结果的行为的最低要求。对行为标准做出具体要求，是教学目标具有可测性的特点。标准表述一般与“好到哪种程度”“完整性如何”“在多少时间内”等问题有关。例如，按正确次序，把下列8个数按从大到小的次序排列；在发散性思维中至少80%正确；在5分钟内能计算50道算术题；等等。

（2）认知表述法。

格荣伦德提出教师应当最先以一般的术语（如理解、鉴赏）表述一个教学目标，然后用可观察的行为做例子使这个目标具体化。这些样例行为能为学生提供是否达到目标的依据。

（3）综合表述法。

这种方法融合了行为法和认知法，是相对比较完善的对具体目标的表述方法。

从以往研究的三种不同表述方法来看，每种表述方法都有其特点，行为表述法侧重于具体行为，认知表述法侧重于内部心理过程，而综合表述法介于两者之间，相对比较合理。不管哪种表述方法，对我们进行思维品质训练目标的表述都具有一定的启发。我们认为，一个科学的训练目标的表述要符合四项要求。

第一，思维训练目标的表述应是学生所要获得的结果，而不是教师的教学行为。

第二，思维训练目标的表述要尽可能明确、具体、可操作、可测量。

第三，思维训练目标的表述应反映学生学习结果的类型和层次。

第四，思维训练目标的表述要说明用什么数学材料来进行训练。

思维训练目标一般可以分成三级，一般目标是思维品质的维度，仅仅指出了思维训练的方向。有的教师在表述目标时若仅仅停留在这一级维度上，那么就显得太笼统、太模糊。例如，“在复习应用题时，着重培养学生思维的灵活性”“通过异分母分数加减法的教学，培养学生思维的深刻性和灵活性”等。二级目标尽管比一级目标小了一点，但还是比较模糊，不可操作，因此在具体到某节课或某个单元的教学时，目标的表述最好精确到操作目标，这样不仅使教师本人能具体可操作，也能使学生明确具体要做什么。

二、小学数学思维品质训练的材料设计

思维品质训练要有一定的材料，我们提出在学科教学中进行思维品质训练，把学科教学与思维品质训练结合起来，这样，学科教学的内容就是进行思维品质训练的材料。因此，小学数学课程的内容就是思维品质训练的材料，我们要充分理解小学数学课程的含义、与一般课程的关系以及课程数学与科学数学的关系。更好地重新设计训练材料，有利于思维品质训练的顺利进行。

（一）小学数学课程的基本概念

课程在中国古代的一般解释是“课业及其进程”，含有“学习范围和进程”的意思；在英语中是curriculum，它源于拉丁语的curses，原为“进行”或“跑动”的名词形式，有“跑道”的意思。现代对于课程的解释主要如下：有的强调学习对象、内容本身的独特意义，把课程视为“系统知识、智力技能和情感内容的复合物”；有的认为课程是经验和活动的教育组织与计划；也有的认为课程是学习者在学校的指导下，获得的全部经验；美国教育百科辞典对课程的解释是“课程是指在学校教师的指导下，出现的学习者学习活动的总体”。它包括学校的正式课程、课外活动及校园文化等，具体有教育目的、教学内容、教学活动与教学评价等。也有学者从三个层面理解课程概念，一是课程的教育哲学含义，强调了教育内容的确定取决于对教育本质的解释和对教育目的的认识；二是课程的法令性含义，侧重于揭示在一定的社会里教育行政主持者（或其集团）对于教育目的的认定，特别是对教育内容的规定性要求的重大关切；三是课程的实践性含义，指课程是在一种特殊的社会实践活动过程中，赖以达到教育目的的手段。具体来说，课程是实施教育过程的设计蓝图、原材料，是教育者的工作依托，是学生获得教育信息的来源。因此，小学数学课程是指根据一定的教育目的、学生的心理年龄特点而编排的系统的教学内容。它包括小学数学教育目的、教育内容、教学活动、教学评价方法等。

（二）小学数学课程与一般课程的关系

小学数学课程与一般课程的关系是特殊和一般的关系。一般课程论专门研究某一层次（高等、中等、初等）教育过程中的教育内容确定及其结构建

立的问题，而小学数学课程研究小学教育内容的确定与结构建立的问题。具体来说，小学数学课程要研究确定小学数学教育内容的客观（社会的、科学的、教育心理的）依据，确定小学数学教育内容的质量原则和数量标准；要分析小学数学教育内容合理结构的基本要素与教育功能；要评价已有的小学数学课程，也要总结出设计未来小学数学课程的基本原理。因此，小学数学课程是从属于一般课程论的，是一般课程论的理论体系和基本原理在小学数学课程论中的运用。其中，小学数学教材是课程理论的具体体现。

（三）小学课程数学与科学数学的关系

为了更好地把握小学数学的教材及学生的学习活动过程，我们还必须了解小学生数学的学习活动与科学数学的探索活动的关系。一般认为，小学生的数学学习活动与科学数学的探索活动是两种完全不同的活动，从活动的主体来看，小学数学学习活动的主体是小学生，科学数学探索活动的主体是全人类；从活动的客体来看，前者是前人已经获得的对客观世界数量关系与形式关系的认识结果，是良好结构问题，后者是客观世界中存在的或可能存在的未知数量与形式的关系，是不良结构问题；从活动方式来看，前者是在教育者的指导下的获取，后者是完全独立的探索；从活动性质来看，前者是传递活动，后者是创造活动；从活动目的来看，前者是获得数学知识与能力，后者是单纯地探索自然界中未知的数学规律。从上述区别中可见，学生要解决的是良好结构问题，而科学家要解决的是不良结构问题。良好结构问题是指问题的答案是指导者已知的，而不良结构问题则是问题的答案无人可知。因此，对数学家来说，要解决的是大量的不良结构问题，相对来说，科学数学探索活动完全是一种创造性活动。我们认为，小学课程的数学知识对于教师来说是一种良好结构问题，但对于学生来说是一种不良结构问题。因此，学生学习数学的过程不仅仅是一种被动的接受、获取，完全可以让学生去解决类似于科学家解决的不良结构问题，所不同的是活动的主体是在教师的引导下进行探索的主体。这样在活动方式上，学习可以是在教师引导下的一种独立探索活动；在活动性质上，学生不仅接受前人的知识，更重要的是进行类似于科学家的创造性活动；在活动目的上，就有了双重目标，学生既要获取数学知识，又要在能力上特别是在创造性能力上得到发展。

（四）小学数学思维品质训练中的教材设计

在一般的教学过程中，教材是既定的，教师只要按照教学大纲的要求，根据教学参考书来计划、安排教材，不需要对教材进行重新排序。而思维品质训练则不同，它是把既定的教材作为训练思维的材料；教学进度是根据学生思维品质发展的速度而定的；同时，不同的材料适用于不同层次的思维品质训练。因此，每一册教材甚至每一单元，教师都要根据训练思维的项目做适当的调整和设计。以数学为例，一般教材往往把加法和减法分开教学。但为了训练儿童分解与组合的思维品质，可以把加法和减法、乘法和除法结合在一起讲，这样便于思维品质的训练。一般来说，数学课中的概念、法则、定理、公式等课文材料适用于思维深刻性的训练；一题多解、题目变式等材料适用于思维灵活性的训练；重组应用题适用于训练儿童的创造性思维品质；运算题的材料可进行思维敏捷性的训练。其实，在进行思维品质训练时，思维敏捷性训练和思维批判性训练始终伴随着其他思维品质的训练。教师可以根据所教学生的特点以及所教材料做适当的侧重处理，以便准确把握思维品质训练的每一个过程，更有效地进行思维品质训练。

三、小学数学思维品质训练的过程设计

小学数学思维品质训练的过程设计是根据训练目的来设计训练的各个环节，包括制订计划、收集资料、选择一定的教学策略和教具及准备教案等。训练过程也是学生学习的过程，是思维能力提高的过程，是小学生认知结构的建构过程，是思维品质训练的直接体现。因此，训练过程的设计在小学数学思维品质训练的全过程中具有重要意义，设计的好坏直接关系到训练的进程、速度与效率。

（一）小学生数学思维品质促进的基本形式

小学生数学思维品质促进的基本形式是诱导探索式。诱导探索式是指在思维品质训练的进程中，根据学生原有的思维水平，教师设置一定的情境，诱导学生去探索知识结构中的规律，并对知识进行改组、加工、重组等一系列操作的过程。从这里可见，它不是一种接受式学习，即学习的内容以定论的形式展示给学生，条件、问题以及推导过程已叙述得很清楚，不需要学生去独立发现，只要能主动地从自己原有的认知结构中检索适当

的知识与之相连，并进行加工，从而扩大或改组、重建认知结构；也不是要单独依靠学生自己独立发现其间的数量关系、图形特征等，自己去发现结论。诱导探索式活动操作的第一步是，教师把学生要学的数学知识当作学生要解决的不良结构问题，当然，这种问题肯定是在学生原有基础知识之上的问题；然后让学生进行尝试操作，根据学生的操作，教师马上做出判断，确定学生的水平，再根据学生的水平，诱导学生向更高一级的思维水平发展；最后使学生解决问题，即发现规律或数量关系的意义等。例如，学生在学完不同三角形的图形后，教师要求学生能探索出三角形的内角和定理。教师首先呈现给学生的是各种学过的三角形形状，如锐角三角形、直角三角形、钝角三角形，或者是引导学生回忆不同类型的三角形，再呈现不同大小、不同方位的三角形。然后，教师可以这样诱导："请同学们想一想，这些不同的三角形有没有相同的地方？"如果学生水平低一点，教师还可以更具体一点地诱导："这些不同的三角形中，三个角有什么相同点？"再让学生对三角形纸片进行撕、拼、折、量等实际操作，使学生去探索发现"三角形内角和等于180°"的定理。后面我们还会结合不同的思维品质详述这一过程。

（二）制订计划

一般教学有教学计划，而思维品质训练具有双重内容。因此，训练计划要与平时的教学计划紧密结合。思维品质训练计划主要包括目标确定、内容安排、教学环节、时间安排以及学生的作业量等。目标的确定非常重要，因为要根据本班学生的思维水平来确定目标。首先，要了解所教班级学生的实际水平。例如，经过测查，发现本班学生的平均概括能力在二级水平，那么，这二级水平层面就是训练的起点。然后，根据班里学生的发展速度，来确定下一学期的目标：欲达三级或四级水平。其他的思维品质训练也同样如此。其次，教师根据自己的能力和操作熟练程度来确定训练哪几项品质，可以分别进行，也可以交替进行或并列进行。最后，确定目标时务必考虑学科知识是否都囊括在思维品质训练中了。当目标确定后，就要适当地安排时间，是在每节课中进行，还是每周安排2～3次，这要根据实际情况而定。一般要求每周不得少于2次，最好是每节课都进行，训练项目可以不同。

总之，进行思维品质训练，计划相当重要。它不仅给教师指明了方向，而且规定了所要完成的双重任务。

（三）收集资料

在学科教学中进行思维品质训练，单靠书本的材料是远远不够的。因此，教师必须根据训练任务，收集有关资料，主要是选择一些有一定水平差异的练习题，除去那些机械重复的题目。教师也可根据需要对所选择的题目做一些修正或改变，以适合学生或教师制作一些题目，并有计划地建立一些题库，以便备用。

（四）撰写教案

思维品质训练教案与平时的教案有很大差异，主要有以下几个方面。

首先，思维品质训练教案在结构上有其固定程序。训练不同层次的思维品质具有不同的程序。

其次，思维品质训练教案是弹性教案。弹性教案即指教案具有伸缩性。例如，原计划用一课时完成某一项训练任务，但实际上，学生原有的思维水平跟不上，结果不能完成所订的教学计划，这没关系，可以把没有完成的部分作为一个未解决的问题留给学生，待下一节课再继续。这和通常的教学不一样，不管学生懂不懂，教师必须讲完教案。有时候，教师准备好的材料并没有全部用上，因为学生已懂了，教师就不必再做重复无用的劳动，可以迅速过渡到下一个环节。这样也许一堂课可以讲完一节半的内容，甚至可以讲完两节课的内容。所以，教师备课最起码应备两课时以上，且务必是一个连续教案，其目的是便于随时调节。

再次，教案中的每一个问题、每一个环节都要精心设计、缜密安排。尽管上课时有的问题可随机应变，但是把握总体思路不能随心所欲，务必要有计划。

最后，在每一个问题的设计中，特别是对学生的回答结果没有把握的情况下，教师至少得考虑三种可能的情形。

（1）有可能一个学生也回答不了。

（2）有可能少数学生能回答。

（3）也可能大多数学生能回答。

这样设计，有利于教师随机应变。教师可根据学生当时的思维状态做适当的调节，有利于把握教学进度。一般来说，一开始进行思维品质训练，速度缓慢，但随着教师对学生了解的深入，对方法的熟练掌握，速度就越来越快。因此，教师备课时要注意这种变化规律。

总之，备课是进行思维品质训练的一个重要环节，备课的质量高低直接影响课堂效果和训练速度。

第三节 小学数学能力的主要结构

能力是人最基本的心理特征之一，培养小学生的学习能力是教学的首要任务，也是在教学中首先要提高的心理素质。如何进行教育改革，构建什么样的教学系统，最终要依据学生心理能力的发展。因此，能力问题历来是构成教学观点的基础。学生的数学能力与其数学知识、数学技能、智力技能和学习方法的掌握紧密相连。其中，智力中的思维能力是核心。然而，在数学教学中如何认识数学能力与智力、数学能力与一般能力、数学能力与数学知识的关系、数学能力的实质以及如何培养学生的数学能力等问题，一直是教育者所关心的问题，也是研究者所关注的问题。这里自然要涉及一个理论问题，即什么是能力？能力的结构怎样？许多中外研究者进行了多年的探索，提出了许多有价值的理论。但到目前为止，还没有一致的观点。本节主要论述数学能力与智力的关系、数学能力的实质以及数学能力的结构等问题。最后，提出小学生的数学能力结构，以供读者参考。

一、数学能力是智力的重要成分

长期以来，许多心理学者把数学能力作为智力的重要成分，小学数学能力是构成智力的要素之一。在智力理论中有许多不同的观点，概括起来无非有两种体系，一种是分层结构智力体系，另一种是成分结构智力体系。无论哪种体系，都把数学能力作为智力的特殊成分之一。

（一）分层结构智力体系中的数学能力

在分层结构智力体系中，数学能力是智力的一个特殊层次，如斯皮尔曼的两因素说，认为智力由贯穿于所有智力活动中的普遍因素（G）和体现在某一特殊能力之上的特殊因素（S）所组成。斯皮尔曼认为，正相关的普遍存在必定导致在所有各种作业中有一种共同的一般能力的存在，斯皮尔曼把一般能力当作G因素，也就是智力。所谓特殊因素就是人们完成某些特定的作业所必需的能力，其中数学能力属于特殊因素。从一般因素和特殊因素的关系来看，人们在完成智力活动时，活动中G因素越多，各种作业成绩的正相关就越高；活动中S因素越多，各种作业成绩之间的正相关就越低。

伯特通过因素分析研究认为，智力是按等级层次组织起来的，可以用一个广泛的一般因素来表示所有的智力操作，这种一般因素可以再分成几个群因素来说明不同类别的智力行为。他认为智力的最高层次是人类心理，第二层是一个一般因素和一个实际因素，第三层是联想，第四层是知觉，第五层是感觉。认为在联想水平上，有记忆、创造性联想、言语、言辞、数学等因素。可见，数学是在联想水平上的一个特殊因素。

弗农发展了伯特的理论，于1971年提出了智力层次理论。他认为智力的最高层次是一般因素；第二层是两个主要群因素（又称大因素群），包括言语—教育能力和实际机械能力；第三层是次级群因素（又称小因素群）；第四层是特殊因素。在弗农的智力层次结构理论里，数学能力是小因素群之一。

艾森克将因素分析方法和实验心理学方法结合起来研究智力，在1953年提出了智力三维结构模型。三个维度分别是心理过程（包括推理、记忆、知觉）、材料（包括语词、记数、空间）和品质（包括速度、质量）。到了20世纪70年代，艾森克提出“智力是由多种认识能力构成的总体”的观点，又提出了智力的层次模式。在此模式中，第一级是G因素，指人们在一切活动中必需的基本能力，如感觉、知觉、记忆、思维、想象等能力；第二级是特殊能力，即人们从事某种专业活动，保证成功地完成任务所需要的各种能力，如推理能力、词语理解能力、计算能力、空间能力；第三级是各种测验所测内容相应的特殊能力，如计算能力。在解决数学问题时需要理解数学符号的关系，有逻辑推理和概括能力、运算敏捷等能力，这些都是计算能力的具体表现。

另外，还有希来辛格和格德曼的二维结构理论认为，智力的第一层是言语、数和形的能力，第二层是规则应用能力、规则推理能力和学校各种学业测验成绩。在此，数学能力是第一层的智力内容。

（二）成分结构智力体系中的数学能力

成分结构智力是从智力的各个组成成分的角度来概括智力结构的，研究者都把数学能力作为智力的一种成分，如桑代克的特殊因素理论，该理论认为智力由填句、算术推理、词和领会指导所组成。

瑟斯顿根据自己创建的多因素分析方法，对斯皮尔曼的两因素理论进行了修订，提出了他的基本能力观点，即人的智力可以分成若干个基本能力因素，这些基本能力因素的不同搭配，就构成每个人独特的智力。这些基本能力有：言语能力，即理解并有效利用言语观念的能力；数字能力，即进行加、减、乘、除基本算术运算的能力；空间能力，即同空间物体和空间关系打交道的能力；知觉能力，即迅速而准确地识别对象的能力；记忆能力，即学习并保持信息的能力；推理能力，即认识并利用抽象关系的能力、概括和归纳过去经验以解决新问题的能力；词汇流畅能力，即迅速想起词汇的能力。在此，数学能力中的数字和空间能力是智力的成分之一。

卡特尔在斯皮尔曼和瑟斯顿的基础上，利用因素分析法，对两种理论进行了分析，他把瑟斯顿的基本能力因素结合成第二层较高级的因素。根据这个分析，卡特尔找出两类一般因素和三种较小因素。两类一般因素分为流体智力和晶体智力。流体智力代表一个人的基本神经生物学上的潜能，指洞察复杂关系的能力，相对不受教育与文化的影响，如知觉速度、机械记忆、识别图形关系等；晶体智力是指通过掌握社会文化经验而获得的智力，如词汇、言语理解、数字、常识等以记忆储存的信息为基础的能力。可见，在卡特尔的智力理论中，数学能力是属于晶体智力的成分。

吉尔福特的智力三维结构理论，认为智力由四种内容、五种操作和六种结果乘积的一百二十种因素所组成。

四种内容有图形（指图画或形象的利用）、符号（指通过数字和字母传递）、语义（指对文字含义的解释）、行为（指通过对别人行为的解释）。五种操作有认知（指对词或概念的含义的觉知）、记忆（指保持信息的能力）、发散思维（指创造性）、集中思维（指依据给定的零散信息得出有效的或合理的结论的能力）、评价（指举止方面的明智判断）。六种结果是单元（指单一的产物，如一个词或一个数字）、类别（指一类单元，如名词、物种）、关系（指单元与单元之间的关系，如相似或差别等）、系统（指行动的计划）、转化（指涉及某种改变）、蕴含（指进行预测）。在吉尔福特的智力三维结构中，数学能力是智力操作的内容之一。

1988年，吉尔福特更进一步指出，智力的三维结构模型由180种独立因素组成。其中内容包括五个因素，即视觉、听觉、符号、语义和行为；操作包括六个因素，即认知、短时记忆、长时记忆、集中思维、发散思维和评价；产物包括六个因素，即单元、类别、关系、转化、蕴含和应用。

加德纳在研究神童、天才个体、脑损伤病人的基础上，提出多元智力理论，他认为智力由语言智力、音乐智力、逻辑数学智力、空间智力、身体—动觉智力、人格智力组成。他认为逻辑数学智力同语言和音乐智力形成了对照，并非发源于听觉或发声的领域。它起源于人与对象世界的相互接触之中，即对客观对象的安排与重新安排，在确定它们的数量时，此种智力是人类智力的核心，它是指导人类历史、人类照应、人类难题、人类可能性、人类终极建设性或破坏性命运这些进程的一种智力。他还认为空间智力的核心能力是准确地知觉到视觉世界的能力，包括一个人对最初所知觉到的那些东西进行改造或修正的能力和重造视觉经验的某些方面的能力。

皮亚杰把认知、智力、思维和心理等视为同义语，认为智力的本质就是适应，使个体与环境取得平衡，并认为智力是一种图式结构，图式经过同化、顺应和平衡，构成新的图式结构，具有整体性、转换性和自调性等特征。在皮亚杰的智力研究中，数、形是主要内容。

认知心理学尽管在智力实质的理解上存在差异，但一般来说，均把智力理解为为了达到一定的目的，在一定心理结构中进行信息加工的过程，包括感觉输入受到转换、简约、加工、存储、提取和使用的全部过程，其中包括许多诸如模式识别、注意、记忆、视觉、表象、言语、问题解决、决策等心理技能。认知心理学关于智力结构的研究，以斯滕伯格提出的智力三元理论和唐斯、纳格勒尔提出的PASS模型智力理论最具代表性。

二、小学数学能力的实质

什么是数学能力？中外许多学者对此进行了探讨，但至今没有一个公认的观点。为了更好地理解数学能力的实质，我们还必须对数学能力与一般能力的关系进行了解，因此，下文重点论述数学能力与一般能力的关系以及数学能力的实质问题。

（一）数学能力和一般能力

什么是能力？能力是直接影响活动效率，使活动顺利完成的个性心理特征。也就是说，能力是在活动中形成、体现和发展的；能力是影响活动效果的，它的强弱会影响个体掌握某种活动的快慢、难易和巩固程度；能力是一种个性心理特征，个体身上经常地、稳定地表现出来的心理特点既有共同性，又有差异性。从信息加工的观点来看，能力是人脑对信息进行编码、加工、重组、转换、再储存的一系列操作效率和质量。

能力可分为一般能力和特殊能力。

一般能力是在许多基本活动中表现出来的，而且是各种活动都必须具备的能力。例如，注意力、观察力、记忆力、思维力和想象力都属于一般能力。这里的一般能力相对于数学能力而言，是作为主体的学生向客体接受、索取知识与技能不可或缺的心理过程及其表现形式，如观察能力、表达能力、理解能力、接受能力、思考能力、自学能力、操作能力、应用能力等。

特殊能力是在某种专业活动中表现出来的能力。例如，数学能力就是一种特殊能力，它是指在数学学习和数学发明创造中表现出来的能力。与知识有密切关系并且自成体系的能力，是重要的教学内容，是内在与外在相结合的产物。例如，灵敏的思维能力，通过想、说、做的过程，迅速地实现目标，其中“想”是思维活动，“说”是空间想象，也是非实体的抽象形式，最后作用于“做”，这是思维的外化过程，没有做无法表现思维的结果。因此，能力是高层次的教育活动。能力不是技能的熟练化，熟练的技能成为技巧，所谓“熟能生巧”就是这个道理。能力的重要基础是知识，真正掌握了知识才有转化为能力的可能，但是知识不能代替能力。一个能力强的人，可以促使他更好地学习知识，掌握知识，灵活地运用知识。一个能力弱的人，对知识的学习与掌握显得格外吃力，即使学到了一些知识，也不会灵活运用它解决问题，成为“死”知识。

学生学习数学除了应具备一般能力以外，还必须具备数学能力。数学能力是特殊能力，是学好数学不可或缺的能力。比如运算（计算）能力，逻辑推理能力（包括观察、分析、抽象、归纳、概括等一系列推理能力），类比能力，系统化和化归能力，空间想象能力，解决问题的能力等。我国关于中学数学的教学大纲指出："要重视能力的培养。掌握知识、技能和培养能力是密不可分、互相促进的，在教学中，要根据数学本身的特点，着重培养学生的运算能力、逻辑思维能力和空间想象能力，要使学生掌握分析、综合、归纳、演绎、概括、抽象、类比等重要的思想方法。同时，要重视培养学生的独立思考和自学能力。"

（二）数学能力的实质

究竟什么是数学能力？数学能力的实质是什么？这一系列问题是心理学家和教育家所关心的问题。某些著名的心理学家如比纳、桑代克、雷韦斯兹和皮亚杰等，还有某些著名的数学家如彭加勒和阿尔马尔等，都对数学能力的研究做出了很大贡献。还有像邓克尔、梅耶等实验心理学家，虽然他们不是直接研究数学能力，但他们在各自的研究中涉及了数学能力，并对数学能力的研究做出了重要贡献。尽管如此，但是目前对数学能力还没有一致的看法。

早在1918年，罗杰斯就把数学能力区分为再生的（与记忆功能有关）和创造的（与思维功能有关）两个方面。而贝兹认为数学能力是清楚地认识数学关系的内部联系和用数学概念正确思维的能力。温兹尔则认为数学能力是在数学材料中建立起有意义的联系的能力。布莱克韦尔认为数学能力是在定量关系（定量思维）范围内选择性思维和演绎推理的能力，后又解释成在数字、符号和几何形状范围内把一般原则运用于特殊情况的能力。列茨蔓则认为数学能力是在特殊情况下使用数学语言符号推理的能力。

从上述定义可见，他们把数学能力理解为一种特殊的思维能力。也有人把数学能力和智力的某种成分混合在一起，如魏德林认为数学能力是理解数学问题、符号、方法和证明的本质，学习以及在记忆中保持和再现它们，把这些与其他问题、符号、方法和证明联系起来的能力和解答数学题目时运用它的能力。

目前比较被认同的是克鲁捷茨基的观点，他认为数学能力是创造性（科学的）能力与一般性学习能力的结合体。所谓创造性能力是科学的数学活动方面的能力，这种能力能产生对人类有意义的新成果和新成就，对社会做出有价值的贡献；一般性学习能力是指学习（学会、掌握）数学（中小学数学课程）的能力，迅速而顺利地掌握适当的知识和技能的能力。这是从人类数学活动的两种方式上加以定义的，并没有揭示数学能力的本质。

我们认为要真正理解数学能力的本质，首先要了解数学的特性。从前述数学的特殊性可见，数学能力具有特殊性。它是一种特殊能力，属于智力的内容，但有别于一般的智力，也就是说，它不同于智力中的知觉、记忆、表象、思维、注意等能力，但在数学活动中，智力积极地参与其中。为此，我们认为，数学能力是人脑对数字、图形符号、数量、空间关系等信息进行编码、加工、重组、转换、再储存的一系列操作效率和质量。这里包含了两个过程，一个是学习过程，即储存信息的过程，也就是学习者获得数学知识的过程；另一个过程是重新组合数学信息的过程，也就是创造的过程。从能力的差异性来看，能力是反映个体差异的，这一种差异性主要体现在操作的效率和质量上。效率就是完成作业的速度，速度有快、慢之分，它反映了个体在操作时的差异。质量是完成作业的成功度和优劣程度，一方面是个体操作的成功程度，即做对了还是做错了；另一方面是完成作业的好坏，即使都完成了作业，但有的优秀，有的比较差，这些都是衡量个体数学符号系统操作水平的指标。因此，数学能力的本质是对数字符号系统进行操作的效率和质量。

（三）数学能力的结构

综上所述，数学能力是学生在学习数学过程中所表现出来的一种特殊能力，也是数学教学目的所要求的必须达到的能力。数学能力究竟由哪些成分组成？它的结构如何？对于这些问题，国内外的数学家、教育心理学家和数学教育工作者都给予了极大的关注，发表了许多有益的见解，但至今尚无统一的看法。学者们正在从不同的角度继续进行深入的探讨。

1. 数学能力结构的几种不同观点

在国外，关于数学能力结构的研究，早在20世纪初期就引起了心理学家的兴趣。如前所述，早在1918年心理学家罗杰斯就曾区别出两种数学能力：再现能力（与记忆功能有关的能力）和创造能力（与思维功能有关的能力）。在20世纪20年代，就有许多研究者探讨了数学能力的结构问题。例如，鲁思用内省法研究了数学能力结构，提出数学能力由抽象能力、空间概念能力、思维函数性质、演绎能力、空间关系和算术关系的辨别能力、较强的集中注意力组成。卡梅伦通过内省研究认为，数学能力由分析数学结构并把结构成分重新组合起来的能力、数和空间材料的比较与分类能力、应用一般原则和抽象数量进行运算的能力与想象能力组成。科梅雷尔则认为，数学能力是由清楚的逻辑思维、适当地使用逻辑方法、抽象能力、组合能力、空间概念和用空间形式进行运算的能力、批判性思维及舍弃错误的思路的能力、记忆组成。托马斯在他的著作《数学才能》一书中提出数学能力是由抽象能力、逻辑推理能力、特殊知觉、直觉力、运用公式的能力、数学想象能力组成。

从以上观点中可见，他们在研究数学能力时，一方面混淆了思维等一般智力和数学能力，把智力的一般能力诸如思维、记忆、注意等当作数学的特殊能力；另一方面没有考虑结构的系统性和层次性。

1952年，心理学家雷韦斯兹提出数学能力的两种基本形式：应用性能力（不经预试就能迅速地找出数学关系，并能在相似事例中应用适当信息的能力）和创造性能力（揭示那些无法从已有信息直接得出的相互关系的能力）。在此基础上，心理学家进一步运用因素分析法去分析数学能力中的各种因素。其中最有代表性的数学能力的研究当推瑞典心理学家魏德林。他在1958年出版的《数学能力》一书中证实了两个重要结论：推理因素（一般数学推理）在数学能力结构中是起决定性作用的因素；数学能力在一般智力中有它的根基。作者认为，“数学能力是理解数学的问题、符号、方法和证明的本质的能力；是学会它们，在记忆中保持和再现它们的能力；是把它们同其他问题、符号、方法和证明结合起来的能力；也是在解数学课题时运用它们的能力”。

心理学家皮亚杰从思维运算的角度对数学能力进行了富有成果的研究。他把思维看作一种认知活动，提出了思维运算结构的学说。皮亚杰在《数学结构和思维运算结构》一文中指出：“假如我们去追溯一个儿童意识中的算术、几何运算的发展和逻辑运算的特性，我们就会发现与数学结构完全一致的所有类型。”在我们看来，皮亚杰对数学能力研究的另一个重要贡献是，他揭示了儿童在概括化了的形式运算阶段，思维运算具有可逆性。这是从正反两个方向进行数学推理的思维灵活性的标志之一。

心理学家克鲁捷茨基为了对中小学生数学能力的性质和结构进行研究，曾经设想将依据数学思维的基本特征而确定的数学能力的组成成分分为以下九个方面。

（1）使数学材料形式化，即从内容中抽出形式，从具体的数量关系和空间形式中进行抽象，以及运用形式结构即关系和联系的结构进行运算的能力。

（2）概括数学材料的能力，即从不相关的材料中抽出最重要的东西，以及从外表不同的材料中看出共同点的能力。

（3）运用数和其他符号进行运算的能力。

（4）连续而有节奏地进行逻辑推理的能力，这和论证、具体化与演绎的需要有关。

（5）缩短推理过程的能力，即用缩短了的结构进行思维的能力。

（6）逆转心理过程的能力（从正方向思维转到逆方向思维）。

（7）思维的灵活性——从一种心理运算转向另一种心理运算的能力，从平凡而陈腐的影响束缚下解脱出来的能力。这种思维品质对数学家的创造性活动是很重要的。

（8）数学记忆，可以假定这也和数学科学的特点有关。这是对概括内容、形式化结构的逻辑模式的记忆。

（9）空间概念的能力。这与数学的一些分支如几何（尤其是立体几何）有着直接的关系。

克鲁捷茨基在数学能力的研究中，力图克服一些学者只重视结果而不注意分析思维过程的弊端，特别强调对学生解题思维过程的分析。实验方法既是教育性的，又是诊断性的。他设计的26个系列的一整套数学能力的测验，引人入胜，特别具有独创性。虽然某些题目在我们看来并不新奇，比较浅显，但这套试题为人们编制数学能力的测试提供了范例，令人瞩目。目前关于数学能力成分的研究还在继续。

我国现行中学数学教学大纲明确提出数学的三种基本能力：运算能力、空间想象能力和逻辑思维能力。这三种能力是由我国著名数学家华罗庚和关肇直于1958年提出来的。此后，国内数学教育工作者虽然提出过几十种数学能力的名称，但迄今为止，我国数学教育界一般仍将这三种能力看成数学能力的基本成分。

以林崇德为首的课题组经过十几年的研究提出中小学生的数学能力，应看作以数学概括为基础，将三种数学能力（运算能力、空间想象能力和逻辑思维能力）与五种思维品质组成十五个交结的开放性动态系统。林崇德认为，在这些能力中，数学的概括能力是一切思维能力的基础。以下论述的就是这一结构观。

2. 小学数学能力的结构

（1）小学数学的三种基本能力。

运算能力主要体现在整数、小数、分数、百分数、四则运算及其混合运算中所表现出来的正确、合理、灵活、熟练程度上，体现在数和式（包括繁分数、代数式、比、比例式、方程式——最基本的形式）的熟练而丰富的恒等变形上，体现在基本数量关系的等价变换的熟练、丰富和深刻上。

空间想象能力主要体现在对空间观念（一维、二维、三维空间中方向、方位、形状、大小等）的理解水平与几何特征的内化水平上，体现在简单形体（线、平面图形、长方体、圆锥体等）空间位置的想象变换（平移、旋转以及分割、割拼、补割等）上，体现在抽象的数学式子（算式与代数式等）给予具体几何意义的想象解释或表演能力上。

逻辑思维能力主要体现在对数学现象的比较分析和关于数学的特性、规律以及数量关系的归纳、假设、推断、检验、概括、演绎、分解、组合等活动中所表现出来的正确性、准确性、严谨性、完备性、敏捷性、深刻性、创造性及其自觉水平上。

（2）小学数学的思维品质。

林崇德认为，小学生数学能力的差异不仅表现在对于综合数学问题能否解答上，还表现在解答过程中运用数学思维技巧的科学性、灵活性及其广度、深度上，其外化表现主要是深刻性、灵活性、独创性、批判性和敏捷性水平状态，也就是基本数学思维品质。

数学思维的深刻性是学生对具体数学材料进行概括，对具体数量关系和空间形式进行抽象，以及在推理过程中思考的广度、深度、难度和严谨性水平的集中反映。一个数学思维深刻性水平高的学生，在数学活动中能够全面地、深入地、从准和从细地思考问题，善于抓住事物的本质、规律和内在联系，善于抽象概括、分类和推理，知识与技巧系统化水平高，解答问题力度大。

数学思维的灵活性是学生在数学思维活动中，思考的方向、过程与思维技巧的即时转换的集中反映。一个数学思维灵活性水平高的学生，思维流畅，富于联想，掌握较丰富的数学思维技巧，具备求异思维与求同思维兼容的、富有目标跟踪能力的特征，正向与逆向、横向与纵向以及扩张与压缩变换机智灵活，解答方法的选择合理恰当。

数学思维的独创性是学生在思维活动中，发现矛盾、提出假设并给予论证（或检验）、充分体现个性特征的创造性活动能力的集中反映。它是一种连续的而不是突然产生又消失的思维品质。小学生在构造应用题的过程中，思维就具有独特、发散与新颖的特点。一个数学思维独创性水平高的学生，在数学活动中善于归纳与猜测，求异意念强烈，思维发散水平高，新颖性强，有较强的进取心理。以数学教学为基点研究学生思维的独创性，并运用科学分析方法加以培养与发展，正日益广泛地成为教育科研工作者研究的热门课题。

数学思维的批判性是学生在思维活动中，严格估计思维材料、精细检验思维过程、自我控制和调节思维方向与过程的能力水平的集中反映。一个数学思维批判性水平高的学生，在数学活动中具有良好的思维自我意识（监控），善于从正、反两个方面和多角度评价论点或论据，能自觉排除干扰，克服负迁移，缜密、深刻的思索水平较高，数学自学能力和对他人的作业或推理进行评价的能力也较强。

数学思维的敏捷性是学生数学思维活动速度的集中反映。一个数学思维敏捷性水平高的学生，在数学活动中的外化表现是思路清晰，反应敏捷，推理与运算“跨度”大，解题耗时少。

上述五种思维品质是一个相互联系、密不可分的辩证统一体，但毕竟各有其特定的意义。

（3）对小学生数学能力结构的理解。

关于数学能力结构的提法越来越丰富，除了传统的三种能力和五种思维品质之外，还提到相应的一些思维能力。例如，顺向思维能力、逆向思维能力、分析与综合能力、归纳与演绎能力、假设与检验能力、类比与分类能力、模拟与想象能力等，这反映了人们对于数学能力结构认识的深入。我们认为：第一，数学能力结构应当包括传统的三种数学能力以及五种数学品质；第二，关于思维能力的其他提法与五种思维品质的提法，意思是接近的，可以纳入思维品质去考虑；第三，三种能力与五种思维品质（包括与思维品质相应的一些思维能力）不是并列的关系，而是交叉的关系。

第四节 小学数学能力的教学策略

小学阶段是学生学习方式、各种能力形成的关键时期。数学能力的培养是小学数学教学的一贯目标，特别是在新课改后，能力培养被放在相当重要的位置。当前的小学数学教育教学工作者应紧跟时代发展要求，围绕《义务教育数学课程标准（2011年版）》的基本精神，探寻学生的创新意识、应用意识、交流能力、猜测能力和审美能力的培养策略。以下简述创新意识和应用意识的培养策略。

一、数学创新意识的培养策略

改变传统的思维模式，更新教育观念和知识结构，培养创新型人才是当前我国基础教育面临的重要任务，创新教育已成为素质教育的核心内容。新课改以来，将培养学生的创新意识作为小学数学教学的一个重要任务已被广大教师所认同，但现实中，更重要的是探索在课堂教学中进行创新意识培养的规律，提出培养创新意识的有效策略。数学具有极强的抽象性、逻辑性和创新性，无论是数学知识的习得还是数学技能的运用，都特别强调创新。因此在数学教学中，如何培养小学生的创新意识，就成为当前数学教育工作者积极探讨研究的课题之一。

（一）创新意识与创新思维

创新意识是学习者能独立思考、主动发现问题并积极探求解决问题的思路和方法，从而充分发挥潜能的一种心理趋向。在数学教学中，创新意识是指对自然界和社会中的数学现象具有好奇心，不断追求新知，独立思考，会从数学的角度发现和提出问题，进行探索和研究。小学阶段是学生学习方式、思维能力形成的重要时期，是个体身心全面发展的奠基时期，也是培养创新意识的最佳时期。

创新思维是思维素质、思维心理、思维形式和思维效果的系统综合反映，是创新能力的关键与核心。广义的创新思维是指在实践创新过程中发挥作用的形式思维活动之总和。狭义的创新思维是指主体在创新实践中由已知探求未知，从而获得有价值的新观念、新方法和新技术的思维活动。想象、灵感和直觉是创新思维的三个精华品质，它们决定了创新活动的成果。在小学数学教学中，可以通过想象、灵感和直觉能力的培养来训练小学生的创新思维。

可以说，作为素质教育灵魂的创新教育，是以培养学生具有一定的创新意识、创新思维、创新能力及创新个性为主要目标的。其中，创新能力培养是创新教育的核心所在，创新意识是产生创新动机、进行创新思维、形成创新能力与创新个性的前提。创新思维是创新能力形成所必需的，通过影响创新活动的进行间接作用于创新意识。

（二）遵循学生的身心发展特点，培养学生的创新意识

创新是有意识的活动，需要一定的知识经验与能力的储备。对小学生而言，创新能力的培养与发展必须循序渐进。在小学数学教学中，必须重视培养学生的创新意识，使学生从小就想创新、敢创新，只有这样，才能为他们日后的创新发展打下坚实的基础。

数学学科具有较强的抽象性、逻辑性和广泛的应用性。小学生的理解能力和认知水平有限，其思维的基本特点是：从以具体形象思维为主要形式逐步过渡到以抽象逻辑思维为主要形式，而且这种抽象逻辑思维在很大程度上仍然是直接与感性经验相联系的，具有很强的具体形象性。因此在小学数学教学中，培养创新意识要从小学生的心理特点和需要出发，立足于数学学科自身的特点，以抽象性和逻辑性为基础，利用其应用广泛这一特点，寻找感性直观的材料吸引学生的注意力，激发学生创新的欲望、兴趣与动机。

1. 营造宽松氛围，促发创新欲望

现代心理学研究表明，学习者在学习中保持愉快和轻松，有利于发挥主动性和创新性，实现有意识和无意识的统一，释放巨大的学习潜能。只有在民主、愉快的学习氛围中，学生的学习热情才会高涨，才会积极思维，大胆探讨发现，主动解答发问，激烈讨论和实践评价，才能萌发创新意识，形成创新能力。

在小学数学教学中，教师要真正把学生当作学习的主人，营造一个平等、民主、和谐的教学环境。在课堂教学中，应主要发挥组织、引导、控制以及解惑的作用，要改变“一言堂”“满堂灌”的弊病，让学生多角度、全方位地思考，尊重学生的不同想法，保护学生自由想象和思考的积极性，使每位学生都有机会发言，都敢于发言，使学生体会到教师对他们的创新积极性和创新成果的尊重。

2. 优化教学方法，激发创新兴趣

创新教育首先要求教师有创新意识。因为教育教学本身就是一个创新的过程，教师的创新意识是培养学生创新能力的首要条件。教师必须改变以知识传授和单纯讲解、提问为中心的教学思路，在教学设计中以培养学生的创新意识和实践能力为目标，在教学思想和教学方式上大胆突破，确立创新性教学原则，充分挖掘教学内容中创新的生长点，激发学生的好奇心。乌申斯基说：“没有丝毫兴趣的强制学习，将会扼杀学生探求真理的欲望。”兴趣是创新的原动力，学生一旦有了兴趣，就会对所学知识进行积极思考、深入探究，甚至出现很有创意的想法。

在教学方法的选取上，教师应以构建学生主体地位为宗旨，突出对学生学习兴趣和思维能力的培养，突出师生的情感交流。在课堂上，教师可以使用教具、学具以及多媒体等电教手段，采用适宜的教学方法，让每个学生都真正参与到教学活动中，在数学学习中培养自己的创新兴趣，并把自己的创新品质重新带入数学学习中来。教师可以组织学生开展数学游戏和竞赛，甚至可以让学生走出课堂，联系学校、家庭和社会进行学习。对于低年级学生，还可以结合教学内容编写童话故事来激起学生的学习热情和创新兴趣。

3. 组织动手实践，体验创新乐趣

实践是培养创新意识必不可少的一个环节。数学规律往往是人们在实践中发现问题后提出，并通过科学实验加以验证的。数学知识大多因具有很强的抽象性而不容易理解，要解决这种抽象性和小学生思维的形象性之间的矛盾，就必须多组织学生动手操作，让学生在“做”中“想”，在“想”中“做”，以“做”促“想”，以“想”导“做”。通过活动，让学生尝试创新的过程，体验创新的乐趣，这样有利于学生养成注重实践、手脑并重、勇于创新的习惯，并使学生善于在实践中发现问题、解决问题，将创新意识落到实处。应该注意的是，鉴于小学生的身心发展特点，所选取的实践活动内容应该是符合小学生实际发展水平、贴近儿童生活的数学问题。

例如，在学习“长方体和正方体”后，教师可以把“要是将一个正方体截去一个角，还剩几个角”这一问题留给学生，让学生亲自动手实践，在尝试中寻求答案。截法不同，结果自然也不同。在这个实践活动中，每个学生都经历了从实践（动手）到意识（思考），再由意识（思考）到实践（动手）的过程，都能从中发现立体图形的一些规律。经常进行一些操作训练，就会增强学生手脑的协调性，使学生产生更多的奇思妙想，让创新意识在实践中产生、巩固、发展。

4. 确立主体地位，提供创新空间

创新意识培养的支点在于真正确立学生的主体地位，促进学生主动学习、自我发展。事实上，学生在数学学习过程中，用自己的方法去探索、发现和思考的问题才会真正成为对自己有价值的问题，由此而获得的知识才能真正掌握和正确应用。因此要给学生提供足够的创新空间。

（1）给学生足够的自主探索空间。学生学习知识的过程，是以原有的知识经验为基础，对新的知识信息进行加工、理解，主动建构新知识结构的过程。每个学生的智力发展、思维方式都不同。在课堂教学中，教师应当有意识地留给学生思考的空间，调动学生的积极性和自主性，让每个学生都有机会根据自己的体验，用自己的思维方式自由地、开放地去尝试创新、探索数学知识。学生通过主动探索活动，亲身体验获得知识的快乐，就会更乐于自主思考，激发更强的学习动机，还能在自主探索的过程中形成更强烈的研究精神和创新意识，掌握创新与科学研究的方法。

（2）给学生更多的合作学习机会。自主探索创新与合作交流应该并行不悖。合作学习是指在学生个体自主探索的基础上，让学生在小组或班级集体范围内，充分展示自己的思维方法及过程，相互讨论分析，揭示知识规律和解决问题的方法、途径，在合作交流中学会相互帮助，实现学习互补，增强合作意识。在课堂教学中，教师不妨多采用小组讨论等合作学习形式，并合理设置讨论问题的难度。在讨论中，教师应注意引导学生围绕问题、抓住关键，师生之间、生生之间围绕一个或几个问题相互交流信息，通过思维碰撞促进对问题的探索，这样可以使学生对数学问题的理解更加丰富和全面，可以发挥集体智慧，在获得知识、解决问题的过程中发散思维、学会创新。

（三）加强学生的思维训练，强化学生的创新意识

学生的创新意识、创新能力，不是一朝一夕就能形成的，而是靠平时长期、有意识地培养而形成的。创新离不开科学的方法和思维训练。在平时的教学中，教师要善于创设多种问题情境，多方向、多角度、多层次地激发学生去积极思维和操作，充分发挥学生的主体作用，使学生的创新具备基本的思维能力基础。

想象、灵感和直觉是创新思维的核心品质，都具有新颖性、突破性和独创性，是复杂的智能活动。想象、灵感、直觉作为非逻辑性方法对创新思维的培养至关重要。在教学中，教师只有综合考虑三者的作用，并且与逻辑性思维的培养相结合，才能使学生的创新具备基本的思维能力基础。学生通过创新思维的运用，体验创新的成功喜悦，进而强化创新意识。

1. 创设适宜环境，发展想象能力

想象是人们通过头脑中形象化的概括作用而改造和重组旧的记忆表象，并产生出新形象的一种特殊形式的思维活动。想象是创新的基础，是知识进化的源泉。教师在教学活动中要充分利用一切可供想象的空间，引导学生由单一思维向多向思维发展，拓展想象能力。

（1）营造想象氛围。心理安全和心理自由是小学生进行想象活动的必要条件，这需要一定的民主、宽松、和谐的课堂教学氛围。在现代教学中，教师要做学生想象活动的引导者、激发者、合作者。为培养学生的想象能力，教师必须消除学生对权威的“崇拜、迷信”思想，消除学生怕犯错误的恐惧心理，让学生敢想、有机会想。即使学生的想法显得过于简单，甚至有些荒诞，但也是一种创新，应该对其表示尊重并进行引导。这样才能进一步激起学生的想象，保护他们的创新意识。从课堂环境来说，应该结合数学学科的抽象性、逻辑性和应用的广泛性特点尽量为学生提供想象的机会。在课堂上，教师可设计一题多问、一题多变、看图编题、看式编题等活动。在课外，教师可组织数学兴趣小组、开展数学趣味竞赛等活动。

需要注意的是，想象并不是漫无边际地遐想。教师应引导学生在观察生活、联系生活实际的基础上进行想象。唯有这样的想象，才是有价值的、有生命力的。数学是抽象枯燥的，而现实生活是丰富多彩的，只有把两者联系起来，学生在学习数学时才不至于感到乏味、空洞。

例如，在教学“物体的平移和旋转”时，先安排学生把从生活中收集到的通过平移和旋转得到的各种漂亮图案在小组内交流；然后让学生想一想、说一说这些图案都是由哪些图案做怎样的变化而来的；最后引导学生动手做一做，尝试着变换出更多的花样。这一实践活动能使学生亲历从生活中获得感性材料、动手实践操作以及实际应用所学知识的过程，从而更好地理解平移，进一步发展空间想象能力。

（2）创设猜想情境。数学猜想实际上是一种数学想象，是人在探索数学规律、数学本质时的一种思维策略，它是建立在已有的事实经验基础上，运用非逻辑手段而得到的一种假设，是合理的推导。数学猜想能缩短解决问题的时间，使学生获得更多数学发现的机会，锻炼学生的数学思维。教师可以编制一些变换结论或缺少条件的“藏头露尾”的题目，提出一些开放性问题，鼓励学生大胆猜想。通过猜想，促使学生思考，此时，教师不要急于把答案说出来，而要“引在前”：“引”学生观察分析；“引”学生大胆设问；“引”学生各抒己见；“引”学生充分活动。让学生去猜想问题的结论，猜想解题的方向，猜想由特殊到一般的可能，猜想知识间的内在联系，让学生把各种各样的想法都讲出来，使学生真正成为学习的主人。

例如，在教学“三角形的内角和”时，先让学生把两个完全一样的直角三角形拼成一个长方形，得出直角三角形的内角和是180°，接下来让学生猜想锐角三角形、钝角三角形的内角和是多少。受某种思维障碍的影响，就有学生猜出锐角三角形的内角和小于180°，钝角三角形的内角和大于180°的错误答案。这时，教师可以让学生陈述自己的理由，以从中了解其思维过程，找出其合理与错误之处，然后在证明过程中有针对性地讲解，纠正学生的错误。由此可见，在教学中创设情境引导学生猜想，不但有利于充分调动学生的思维，还可使学生在猜想的过程中初步勾勒出知识的轮廓，从整体了解所学知识内容。

2. 鼓励多思勤练，学会捕捉灵感

历史上有很多发现、发明都是研究者一时灵感迸发的结果。灵感是人们由于某种诱因的作用而突发的一种非逻辑的思维活动，是一种直觉思维。

灵感的发生往往伴随着突破和创新，是认识上质的飞跃。灵感的产生不是凭空想象的，不是靠等待就能降临的。灵感的产生过程是有意识的活动，以艰辛的努力和实践为基础，而其出现却是一闪而过、极为短暂的。在小学数学教学中，教师应鼓励学生勤于思索、勤于练习，体验灵感迸发的美妙，学会及时捕捉灵感。教师可以应用数形结合、变换角度、类比形式等方法引导学生，促使学生直接越过逻辑推理而找到解决问题的突破口，引导学生体会灵感的产生，学会捕捉灵感。

3. 激发思维潜能，增强直觉能力

直觉是人脑对客观事物的一种迅速而直接的洞察或领悟，是人们自觉或不自觉地考虑某一问题时，头脑中突如其来的一种创新性设想。直觉思维指对感性经验和已有知识进行思考时，不受逻辑规则的约束，往往以偶然突发的形式出现，直接领悟事物本质的思维形式。和灵感一样，直觉思维的产生具有一定的偶然性，但绝不是无根据地胡思乱想，而是以丰富扎实的知识储备和大量的实践经验为基础。学生在勤学苦练、掌握扎实的数学基本知识之外，还必须广泛涉猎各科知识，以开阔眼界，扩大知识面，增强各学科知识之间的联系，为直觉的产生积蓄能量。教师在平常的教学中，要有意识地引导学生拓宽视野，要有计划、有目的地强化对学生直觉思维的训练，少一些机械重复的练习，多一些思考性的训练，最大限度地开发学生的潜能，训练学生的直觉思维能力。

直觉也不能脱离生活实际而存在。学生如果从实际生活出发，往往更容易形成数学直觉。教师要引导学生以数学的眼光去观察生活，对于学生大胆设想和直觉色彩浓厚的猜想活动，应该给予及时的鼓励，不能把层层推进的逻辑思维看成唯一合理的数学思维，否则极有可能局限学生的思维，影响学生创新活动的进行，对学生的创新意识产生弱化作用。

在小学数学教学中，教师应依据学科的特点与儿童的思维特点和成长规律，以创新意识的培养为突破口，在课堂教学中努力创设崇尚探究、追求创新的学习气氛，激发学生的创新兴趣，引导学生掌握创新技能、体会创新乐趣、形成创新人格。

二、数学应用意识的培养策略

数学源于生活，寓于生活，用于生活。数学教学的根本目的在于使学生获得解决在日常生活和工作中遇到的数学问题的能力，简言之，就是使学生能学以致用。因此，在数学教学中要注重培养学生的数学应用意识，让学生自觉运用数学化的思维去描述、分析和解决问题。

（一）培养小学生数学应用意识的必要性

数学的应用意识是运用数学知识的一种心理倾向性，具体表现为主动地运用数学思想方法寻求解决问题的途径和策略，当接受了新知识后能主动探索新知识的实际应用价值。

1. 培养21世纪高素质人才的实际需要

时代的发展需要更多的高素质人才，他们除了要学好丰富的理论知识之外，还必须学以致用，这样才能推动时代的发展。小学数学是基础教育的基础学科，是培养与提高人的文化素质和科学素养的重要组成部分。现行数学课程目标开宗明义，强调数学是日常生活和进一步学习必不可少的基础与工具，掌握一定的数学基础知识和基本技能，是我国公民应当具备的基本素养，也同时强调了学数学的目的始终是应用它去解决实际问题。对于数学应用意识的表现，《义务教育数学课程标准（2011年版）》中做了如下表述："认识到现实生活中蕴含着大量的数学信息，数学在现实世界中有着广泛的应用；面对实际问题时，能主动尝试着从数学的角度运用所学知识和方法寻求解决问题的策略；面对新的数学知识时，能主动地寻找其实际背景，并探索其应用价值。"因此在小学数学教学中，强调数学应用意识的培养，是素质教育的重要内容，是我国新课改的基本取向。要在小学数学教学中，有目的、有计划地培养学生的数学应用意识，为学生今后的学习与发展打下坚实的基础。

2. 提高教学效果的客观需要

小学数学是一门具有高度的抽象性、严密的逻辑性和广泛的应用性的科学。我国传统的小学数学教学，过多地强调数学化后的结果，过于强调"数学是理性的音乐"和"数学是科学的语言"，总是把它们作为现成的知识来教，只教给学生定义、规则和算法，忽视了数学发展过程，使学生只知其然而不知其所以然，把数学单纯理解为符号变换，使数学教学脱离生活实际，导致学生厌学，更难做到学以致用，从而严重影响了教学效果。

3. 体现数学的应用价值

数学的发展少不了数学应用的推动作用。实践是认识的源泉，又是检验认识正确与否的唯一标准，数学应用优化了实践，使实践理性化和最优化。由此可见，数学应用与实践活动是密不可分的，正是在“实践→创新→再实践”循环往复的过程中体现了数学的价值。

4. 数学应用的需要

随着科学的进步和社会的发展，数学的应用范围越来越广，对数学能力的要求不再局限于通常所说的计算能力、逻辑思维能力和空间想象能力，而是要看是否具有数学抽象的能力、数学符号变换的能力和数学应用的能力，是否能应用数学知识进行创造性思维，是否能提出新颖的方法去解决实际问题。数学应用能力的形成有赖于数学应用意识的确立。

（二）培养小学生数学应用意识的策略

《义务教育数学课程标准（2011年版）》将培养学生的数学应用意识放在了十分突出的位置，强调数学要联系学生的日常生活，鼓励学生用数学知识解决生活中的问题。在小学数学教学中，培养小学生的数学应用意识可从以下几个方面着手。

1. 引导学生从日常生活中寻找数学问题

引导学生寻找数学问题，是学生探索数学价值、培养数学应用意识的前提条件。学生不会发现数学问题，就不可能很好地应用所学的知识解决问题，这样，学生数学应用意识的培养就成了一句空话。美国人本主义心理学家罗杰斯认为，倘若要使学生全身心地投入学习活动，那就必须让学生面对对他们个人而言有意义的或相关的问题；如要让学生成为一个自由而有责任心的个体，就必须让他们直接面对各种现实问题。日常生活中有大量的数学问题，教师结合教学内容选择一些简单的问题让学生进行分析，对培养学生的数学应用意识尤为重要，同时也可以促进学生进一步理解所学的内容。例如，在教完“长方形的周长”之后，教师可以让学生自行组合成三四个人的小组，动手量一量教室内门框、窗框、镜框等的长与宽，并设计一下做这些物品需多少材料，再给出不同材料的单价，让他们计算比较如何选材才能既经济实惠，又能满足需要。

2. 引导学生感受数学的应用价值

在传统的小学数学教学中，教师很少讲授知识的来龙去脉和实际应用，即使是应用题教学，也只是展示事先编好的现成题目，学生只要根据几个必需的条件套用解答应用题的方法和步骤就能求得答案，却不知道如何灵活地处理信息。马克思曾指出：“一门学科只有成功地应用了数学时，才真正达到了完善的地步。”生活中充满着数学，教师要善于从学生的生活中抽象出数学问题，利用生活素材进行教学，激发他们的学习兴趣；消除学生对数学知识的陌生感，拉近数学和学生之间的距离，让学生切实感受到数学其实就在自己的身边，真正体会到数学学习的趣味性和数学的实用价值。例如，在“统计的初步认识”教学中，可以让学生收集自家一年内每个月的用水情况，通过收集、描述、分析数据的过程，对用水是否节约和今后用水量的趋势做出判断。这样既渗透了环保教育思想，又使学生感受到数学知识的应用。

3. 挖掘数学内容的实践价值

小学阶段的数学教学内容涉及数与代数、空间与图形、统计与概率、实践与综合应用等几大方面，这些内容在现代生产、生活和科技中都被广泛应用。在教学中，让学生认识到现实生产、生活中对这些数学知识的运用，能使学生真正体会到“数学有用、要用数学”，激发起他们的学习兴趣。例如，在教学“三角形的认识”时，教师就可以从学生熟悉的红领巾、自行车车架、桥架等引出三角形，再让学生通过推拉等实践活动认识三角形的稳定性，并运用这一特性来解决实际生活问题，如修补摇晃的椅子。这样可以使学生学得容易、学得深刻，收到事半功倍的效果。

4. 提供应用数学的机会

心理学研究表明，学习内容和学生熟悉的生活情境越贴近，学生自觉接纳知识的程度就越高。因此，教师在教学中要从学生熟悉的生活情境导入，要结合学生的认知特点和年龄特征，为他们提供一些简单而又贴近生活实际的问题。例如，股票、银行利息、生产成本等经济生活中的问题，最少材料、最优组合、最佳路线等优化方案的问题，储蓄、保险、分期付款、缴纳税费等日常生活中的问题。通过创设这些问题情境，把数学的应用隐藏在情境之中，诱导学生研究和发现问题的实质，充分发挥学生的主体作用，增强学生的数学应用意识。

5. 开展丰富多彩的数学实践活动

数学实践活动不仅是学生学习数学知识的认识活动和实践过程，也是培养学生数学观念、科学态度、合作精神的过程。开展丰富多彩的实践活动，可以锻炼学生的思维能力，使学生的思维品质得到优化，让学生在实践活动中不知不觉地形成数学应用意识。例如，可以开展“我是小税官”这样的社会实践活动。班委会成员研究并设计一个活动方案，组织全班学生进行模拟征税表演，内容主要有：带领全班学生到税收部门参观访问，了解《中华人民共和国个人所得税法》中关于个人所得税税率的条款；每位学生调查家庭成员（如父母等）的月收入情况，如需纳税的，算出应纳税金额；每位学生自编一些关于缴纳个人所得税方面的问题。这项活动在巩固分数应用题有关知识的同时，让学生进一步体会到了数学的作用和价值，全面提高了学生数学思维能力和解决实际问题的能力。对学生数学应用意识的培养、小学阶段的启蒙教育尤为重要，不仅能为学生今后形成数学建模思想奠定基础，而且也是培养学生创新精神与实践能力的有效途径。

第四章

小学数学有效教学策略

第一节　小学数学教学设计策略

一、小学数学课堂中教师追问的策略研究

著名教育家陶行知在《每事问》一诗中写道："发明千千万，起点是一问……智者问得巧，愚者问得笨。"提问是课堂教学的重要手段之一，是教师开启学生心智、促进学生思维、增强学生主动参与意识的基本控制手段。《教育方法与艺术全书》是这样给追问定义的：对某一内容或某一问题，为了使学生弄懂弄通，往往在一问之后又再次提问，穷追不舍，直到学生能正确解答为止，追问是课堂教学中对话策略的组成部分。我们都知道，课堂提问是课堂教学中一个很重要的组成部分。应该说，一次成功的追问能引导学生反思，让学生暴露真实的思维过程，有利于培养学生的批判性思维和问题意识，也便于教师把握教学，从而达到解决问题的目的。

笔者认为，在课堂教学中能否有效地实施追问策略，从某种角度讲，直接决定一堂课的成功与否。在数学课堂教学中，往往会出现这样的现象：当学生对一个问题回答不出时，教师就会又提出一个或一个以上的问题，试图用这一个或一个以上的问题来引导学生理解第一个问题。我们知道，好的课堂追问具有增进师生交流、激发学生学习兴趣、启迪学生思维、锻炼学生表达能力等教学功能。因此，数学课堂教学的效果在很大程度上也就取决于教师的追问技巧。

新课程要求教师不仅是一个组织者、引导者，同时也是一个追问者。追问式课堂教学方法要求围绕教学总目标设置一系列问题，将系列问题与课堂临时生成的问题进行整合，巧妙穿插，进行由浅入深、由此及彼的追问，以形成严密而有节奏的课堂教学流程。但如果课堂中学生始终处于被教师的问

题牵着走的被动学习状态，问题教学也就失去了其应有的意义。因此，为了探索出一套行之有效的教学方法，以使学生改变学习方法，提高学习兴趣，必须在课堂教学中加强课堂追问。那么，教师在教学过程中应如何进行有效追问呢？

（一）在学生错误时追问

学生在课堂中出现一些差错是不足为奇的，学生受知识经验、思维能力的限制，在学习过程中必然会遇到这样或那样的困难和障碍，进而产生一些错误或荒谬的信息。这时教师不应以一个“错”字堵住学生的嘴巴或把正确答案双手奉上，而应正确解读学生的错误。

正如陶行知所说：“你的教鞭下有瓦特，你的冷眼里有牛顿，你的讥笑中有爱迪生。”作为教师，我们应该对学生多一分理解，少一分苛求；多一分尊重，少一分指责。教师应该弄清学生产生错误的原因，把握合理的纠错时机和掌握正确的纠错方法，更为有效地为教学增添一些乐趣。在学生的错误之处适时地追问，可让学生有更多的机会阐述自己的想法，明确错误产生的原因，掌握正确的纠错方法，推动教学的动态生成，从而更有效地为教学服务。

案例1：教学“比较小数的大小”的片段

教师出示题目：比较0.1和0.01。

学生1：0.1小于0.01。

学生2：不对，0.1大于0.01。

教师：究竟谁说对了呢？

生（齐）：0.1大于0.01。

教师追问：那么为什么第一个同学错了呢？

学生3：可能他以为数位多的数就大。

教师：是啊，这和整数比较大小是有区别的。我们应该从高位开始比较，这道题中整数部分相等，我们就看十分位，十分位上1大于0，所以0.1大于0.01。

案例中出现错误的原因是学生将比较小数大小和比较整数大小的概念发生混淆。其实学生容易出错的地方往往就是教学的难点。教师在预设时应对难点有所预料，并且采取有针对性的处理方法。教师应该感谢犯错误的学生，他犯的错把教师和学生的目光都聚焦到了这个难点上。在这个前提之下，教师的有效追问就能化腐朽为神奇。

（二）在见解不同时追问

在教学过程中，学生对教学的内容会产生不同的想法，这说明他们认真思考了这个问题。教师要发挥数学的学科优势，鼓励学生多角度思考问题，发表自己独特的思考与见解。要培养这种品质，教师就要善于发现学生对同一个问题产生的不同意见，并巧妙地利用追问引导他们明白“真理越辩越明”，在争论中求真知。

案例2：教学“商的近似值”的片段

在教学48÷23（结果保留一位小数）时，学生有以下两种算法（见图4-1）：

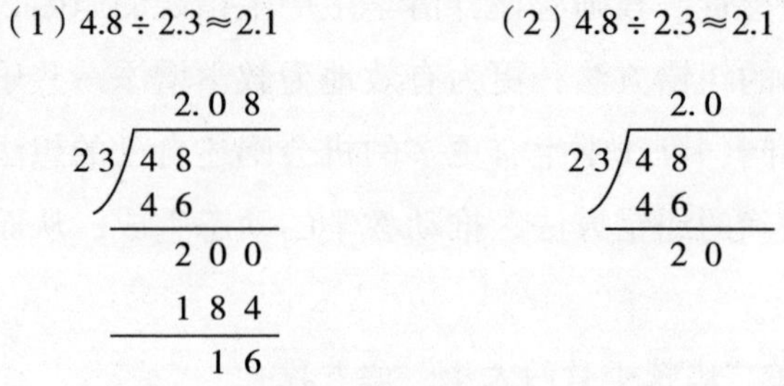

图4-1　学生的两种算法

（图片来源：《小学数学教学策略研究》）

师：老师发现你们的结果都是正确的，但是算法（2）的同学怎么只除到小数后的第一位就能决定结果了呢？

生：通过观察，我知道这时余数是20，它比除数23的一半还大，所以商一定是比5大的数，这样它就得向前进1，所以得出2.1。

教师总结：是的，你通过观察，在运算过程中发现了这么多捷径。所以，思考比较是一种非常好的学习方法。

在这个案例中，教师将学生的目光集中到对算式的比较上，学生通过比较自然会发现计算的道理，从而提高计算速度。另外，教师还可以在第一种解法的基础上进行加工，可以追问：“那我们能否给它加工一下呢？”对学生进行创造性思维的培养。正如陶行知所说：“儿童是有创造力的，这是千千万万祖先，至少经过五十万年与环境适应斗争所获得而传下来之才能之精华。”只有承认学生的创造力，才谈得上解放学生的创造力，充分发挥学生的创造力，让学生生成的资源起到点石成金的作用。

（三）在学生思维受阻时追问

在教学中，当学生思维遇到障碍或产生矛盾无法继续时，教师应设置恰当的追问以帮助学生突破难点、拓展思路，激发学生在更高层次继续思考。

案例3：教学“用口诀求商”的片段

生1：2÷2=4。

生2：2÷2=1。

师：究竟哪个答案对呢？

生（齐）：第二个。

教师追问：那为什么第一个同学会等于4呢？

生3：我想他可能本来不会，只是举手，还没有考虑。

师：我能看出来，他是动过脑筋才举手的。

生1：我在计算时想到二二得四，所以得数是4了。

教师追问：用口诀求商和算乘法时想口诀一样吗？

生4：我们应该想，几乘二得二，一乘二得二，所以商是1。

案例中，学生之所以发生错误，是因为学生初次用口诀求商时和用口诀算乘法发生混淆，从而思维遇到障碍产生矛盾。教师应适时追问帮助学生解决矛盾、突破难点、拓展思路，激发学生在更高层次继续思考。

（四）在学生理解不全面时追问

数学是思维的学科，学生在学习数学时主要是要学习思维的方法。课堂上，学生会充满热情地把自己思考的结果告诉教师和同学，可是，由于很多限制，学生的思考往往是不够全面的。这时，只要教师稍加引导，学生的发现就非常完美了。学生理解不全面是正常的，可是教师如果不能利用学生生成的不全面的资源，那将是非常大的资源浪费。

案例4：教学“解决问题的策略”的片段

课件出示例题：张老师要将2.5千克的香油分装在一些小玻璃瓶里，每个小瓶最多可装0.4千克香油，需要准备几个瓶子？

生1：2.5÷0.4=6.25～6（个）

生2：2.5÷0.4=6.25~7（个）

教师追问：在计算过程中两个同学的方法相同，但为什么他们最后估计出的数据不一样呢？

生1：我用学过的四舍五入法得出十分位上的2小于5，所以就应该舍去，结果就是6。

生2：我根据实际情况可以判断用6个瓶子装不完2.5千克的香油，所以我认为要用7个瓶子装，所以得7。

教师追问：请同学们讨论，如果你遇到这样的情况，你要用几个瓶子才能把油装完呢？

生议论：在这里，如果用6个瓶子那就要剩一些香油，所以必须要用7个。

师总结：求近似值的方法有很多种，除了前面学习的四舍五入法外，还有去尾法。我们应当从实际出发选择恰当的方法。

在这个片段中，其实教师的两次追问是层层递进的。

案例中的第一次追问“为什么他们最后估计出的数据不一样呢”，把学生的目光聚焦到结果的估计上，当大部分学生运用已学的四舍五入法认为答案是6时，教师不宜立刻加以否定。

正如陶行知所说：“有了疑难，就是成功的一半，疑难是创造之师，是学生追求真理、创造的内驱力，有了它，教师毋庸频挥教鞭，学生仍自进不息。”

教师应耐心地进行第二次追问：“如果你遇到这样的情况，你要用几个瓶子才能把油装完呢？”这时学生根据已有的生活经验就能判断出要用7个。其实这时他们的思想也是模糊的，只是根据已有经验进行判断，对去尾法的思想不了解，所以教师要充分利用好学生的创造力。

“问”是一种教学方法，更是一门教学艺术，要掌握好这门艺术，教师就应勤思考、多分析，努力优化课堂发“问”，“问”出学生的思维，“问”出学生的创造。

苏霍姆林斯基说：“教育的技巧并不在于能预见到课堂的所有细节，而在于根据当时的具体情况，巧妙地在学生不知不觉中做出相应的变动。”教学机智的形成不是一蹴而就的，需要我们不断实践、不断反思、不断总结，使教学机智从有痕到无痕，从偶然到常态。

二、“五步法”策略简析

美国教育心理学家罗伯特·M.加涅认为：“教学策略指导教师改进自己的教学，指导学生改进自己的学习，以达到最佳效益。”《义务教育数学课程标准（2011年版）》课程目标中提出：“要初步学会从数学的角度发现问题和提出问题，综合运用数学知识解决简单的实际问题，增强应用意识，提高实践能力，获得分析问题和解决问题的一些基本方法，体验解决问题方法的多样性，发展创新意识，学会与他人合作交流，初步形成评价与反思的意识。”

“教学有法，但无定法”，解决问题的教学策略多种多样，但每一种策略的侧重点及效果都有所不同。“五步法”旨在解决小学分数、百分数的一般乘除法问题。

（一）“五步法”的产生背景

分数、百分数解决问题部分是小学数学的一个难点，近几年在毕业班的教学中，发现大部分学生在分数与百分数解决问题上存在着这样的现象：付出的努力不少，成绩却并不理想，做题的错误率也比较高。为了改善这一现象，几年来，在分数、百分数解决问题的教学中，教育工作者结合小学生学习情况和自身教学实际，不断摸索，总结方法，逐渐让学生形成了一套解题方法——“五步法”，使教学效果得到了改善。

《义务教育数学课程标准（2011年版）》中指出：“数学教学活动必须建立在学生的认知发展水平和已有的知识经验基础之上，帮助他们在自主探索和合作交流的过程中真正理解和掌握基本的数学知识与技能、数学思想和方法，获得广泛的数学活动经验。”通过一定数量的题型练习，学生通过观察、归纳、小组讨论、探究等方法掌握数量关系和解题方法，并熟练掌握，形成技巧，达到熟练应用和创新的目的。“五步法”是在学生对分数、百分数知识有了系统的学习之后提出的。在一节复习分数、百分数解决问题的整理与复习课上，学生对分数、百分数解决问题的方法进行区别和类比后，整理出分数、百分数解决问题的三种类型：一是求分率，也就是求一个数是另一个数的几分之几（百分之几）；二是求比较量，求一个数的几分之几（百分之几）是多少；三是求标准量，已知一个数的几分之几（百分之几）是多少，求这个数。通过对三种类型进行类比，学生不难发现分数、百分数解决问题的解题重点、关键、方法都非常一致，第一种类型的解题关键在问题中，第二、三种类型的解题关键在含有分率的条件中。

（二）“五步法”的生成过程

下面是生成“五步法”的复习课中的实录节选。

出示题目：某学校有男生500人，女生的人数是男生的80%，女生有多少人？

师：这是刚才你们题单上的一道题，我们一起来读一读。读完题后你是怎样思考的？

生：看条件。

生：分析条件。

师：说一说你们分析的结果。

生：题上有两个条件。

生：这是一道百分数应用题。

师：你从哪里知道这是一道百分数应用题呢？

生：第二个条件，女生的人数是男生的80%。

师：你们认为这两个条件中哪个条件更重要呢？

生：第二个。

师：老师建议你们把这个条件用笔画上横线勾出来。

（学生勾出重要条件）

师：勾出的这个重要条件告诉了我们什么呢？

生：单位“1”。

生：单位“1”是男生的人数。

师：回答得很完整，请大家找出单位“1”。

师：知道了重要条件和单位“1”，你们能写出这道题的关系式吗？

生：能。

（学生写，教师巡视）

生：男生的人数×80%=女生的人数。

师：有了一个关系式，一道分数、百分数应用题就能马上列式了吗？

生：能。

生：不能。

师：能与不能可以说个理由吗？

生1：刚才做的这道题就能，直接列式为500×80%=400（人）。

生2：直接列式之前还要判断是不是求单位“1”，确定了这道题是求比较量才能列式。

师：学生1你赞成学生2的说法吗？

生1：赞成。

师：刚才学生2有一个字说得非常好。

（引导学生答出——判）

师：都思考好了，这道题我们就可以列式解答了。

（让一个学生上台板演，教师巡视学生的解题格式、单位、答语，提醒学生计算准确）

师：刚才我们读这道题后，用了五个动作来完成对这道题的解答，谁能来小结一下我们刚才解答这道题的五个步骤。

生小结：一勾，二找，三写，四判，五列。（教师板书）

师：这五个动作就是解答分数、百分数一般乘除问题的五个步骤，我们给这种方法取个名字——“五步法”。

（三）“五步法”的呈现形式

1. 一般书面呈现形式

例：某学校有男生500人，①女生的人数是②男生的80%，女生有多少人？

③男生的人数×80%=女生的人数。

④单位“1”已知，用乘法。

⑤列式为500×80%=400（人）。

答：略。

2. 具体呈现形式

一勾，勾出重要条件。

学生读题，往往目的不明确，也不仔细，让学生带着勾的指示，要求学生至少读两遍题，这是一种良好的数学阅读能力的培养，边读边用笔勾出题中重要的条件。而在分数、百分数问题中，所谓的重要条件也就是题中含有分数和百分数的条件或问题。勾最初是第一步在题上操作的过程，随着对方法的深入理解，勾的目的就是弄清题意。

二找，找准单位“1”。

这里的单位“1”，又叫标准量，它是对一个物体或一个整体的概括表述。在第一步勾出重要条件后，找到单位“1”是解题的突破口，利用好单位“1”，就成了解题的关键所在，也是对题意的进一步理解。而对单位“1”的准确找出，也要经过常规方法的总结，如“的”字前面，“是、占、比”后面，对一些隐藏的单位“1”的寻找需要多加训练，以使学生能准确、快速地找准单位“1”。

三写，写出关系式。

这一步很多教师都省略了，而有的教师在解答这类问题的时候，最初是要求学生必须写出来。写就是对解决问题的计划的拟订过程。这是对学生分析问题能力的一种培养。即使是很简单的解决问题的过程，也存在一定的数量关系，绝不能因为麻烦或者简单而忽视对数量关系的分析。这样一个强化的训练过程，到最后可以逐步放手让部分学生把这一步变成思考的过程。分数、百分数一般问题的关系式：单位“1”×对应分率=比较量。

四判，判断单位“1”是否已知，确定是用乘法还是除法解答问题。

这一步在解答时，可以是学生的思考过程，是对信息进行继续加工的过程，是拟订解题计划的过程，是判断能否一步解答的过程。能否在解答之前正确地拟订解答计划，是考查学生能力的重要标志之一。

五列，列式解答。

这是对信息进行加工的最后阶段，是最终实现计划的过程，也是对解答计划回顾反思的过程。

学生若能准确、熟练地操作前面四步，这一步就显得轻松了，只需要提醒学生列式和计算准确以及最后单位、答语的完整性。因此，这个阶段特别要注意培养学生细心认真的好习惯。

（四）“五步法”的策略依据

著名数学家波利亚在《怎样解题》一书中，将解题步骤分为厘清题目、拟订计划、执行方案和回顾四大步骤。“五步法”只是细化了的解题步骤。

一勾，二找，是审题，即厘清题目。

在数学学习中，审题是解题的第一步，同时也是无法省略的一个步骤，这一步骤就像头脑对四肢的指挥一样，对解题的其他步骤起着决定性作用。

从学生看到题目到动笔解决问题之间有一个非常重要的过程，这个过程就是审题。审，是认真分析，反复思考、推敲的意思；审题，就是在动笔做题之前，先认真分析，反复思考、推敲题目的含义和要求。

叶圣陶先生说："什么是教育？简单一句话，就是养成习惯。"解题时认真审题、周密思考是一个良好的习惯，这种良好习惯的养成会使学生真正成为学习的主人。在日常教学中，特别是在考试或是练习以后，学生经常会抱怨"都是自己粗心惹的祸"，因为粗心把会做的题做错。因为大多数学生常常对审题这一关键环节掉以轻心，导致最后"悔不当初"。勾和找两个动作是集中学生注意力，让学生对题目信息进行阅读、分析、思考和推敲的过程，它是主体的一种有目的、有计划的活动。

三写，四判，是拟订计划。

波利亚在《怎样解题》的第二步"拟订计划"中指出，寻找解决方法实际上就是找出已知数与未知数之间的联系，如果找不出直接联系，则不得不去考虑辅助问题，最终得出一个求解计划。当我们知道，或者至少大体上清楚，为了求解未知数，必须做哪些计算或要做哪些图时，我们就有了一个方案，从理解题目到构思一个解题方案是一个需要时间的过程。这个过程也需要教师有充分的耐心，让学生写，是对题目中数量关系的梳理；让学生判，即判断、思考、分析，是对解题方法和解题步骤的确定，这两步是拟订计划的关键。一道题究竟是用除法还是乘法计算，是一步还是两步，甚至三步、四步，都需要根据前面所写的关系式来判断分析。

五列，是执行方案。

执行解题方案，检查每一个步骤，解题方案给出了一个总体的框架，我们必须确信每个细节都符合这个框架，所以我们必须逐个检查所有细节，让每一点都非常清晰，不再有任何错误或含糊之处。

当然，解答分数、百分数问题中求单位"1"的问题，列式并不止一种，学生可以直接用算术法，也可以根据关系式列出方程来解答。学生最终用什么样的方式来呈现解题计划，教师只需提醒，不做要求。

（五）"五步法"的拓展

即便是相当优秀的学生，在得到了题目的答案并将整个论证简洁地写下来以后，也会合上书，去找别的事做。他们这样做，其实是遗漏了解题中一个重要而且有益的阶段——回顾。回顾完整的答案，重新斟酌、审查结果及导致结果的途径，能够使学生巩固知识，并培养他们的解题能力。一个好的教师必须理解这些，并使学生深刻地认识到：没有任何一个题目是彻底完成了的，总还会有些事情可以做；在经过充分的研究和洞察以后，我们可以对任何解题方法加以改进；而且无论如何，我们总可以深化我们对答案的理解。

从上面“五步法”的具体呈现中，显然未能看到回顾这一重要内容。于是教育学者总结出“五步法”后，有人对“五步法”进行了拓展。

师：这“五步法”中最关键的是什么？

（众生回答不一，引导学生归纳：找准单位“1”）

师：“五步法”能解决如刚才的分数、百分数乘除问题中一步解答的问题，对于稍复杂一点的乘除问题，它适用吗？（出示题目：修一条路，已经修了60%，已修的比剩下的多480米，这条路有多少米？）

（学生四人为一小组合作探究）

（待学生得出结论后，让学生汇报探究结果，请探究结果为“能”的小组分别汇报）

小组1：第一步，勾出含有分数的条件——已经修了60%。

小组2：第二步，找准单位“1”。

师：老师插一个问题，这道题的单位“1”怎样找？

生：这道题中的单位“1”是隐含的，需要先补充完整，也就是“已经修了（全长）的60%”，单位“1”是全长。

（教师示意接着说）

小组3：第三步，写出关系式，全长×60%＝已经修了的。

小组4：第四步，判断单位“1”是否已知。

师：具体说一说是怎样判断的。

生：我们通过关系式全长×60%=已经修了的，可以判断出，单位“1”未知，用除法计算，全长=已经修了的÷60%，可以求出单位“1”，但题中已知的量480米，并不是60%的对应量（对于学生提到的对应量和对应分率=单位“1”中的对应关系给予表扬和肯定），说明此题不能一步解答，还得继续写出关系式，全长×40%=剩下的，全长×60%-全长×40%=480，这样就可以列式解答了。

师：刚才结论为“不能”的小组，现在试着按刚才各个小组告诉你们的几步，看能不能列式解答。

小组5：能。

师：说一说你们是怎样列式的。

生1：480÷（60%-40%）。

师：有没有其他不一样的方法？

生：我们用列方程的方法。设这条路的全长为x米，根据最后一个关系式列式为$60\% x-40\% x=480$。

师：“五步法”对于较难一点的分数、百分数问题适用吗？你们的结论是什么？

生：“五步法”对于较难一点的分数、百分数问题同样适用。

正如波利亚所说：“如果不变化问题，我们几乎不能有什么进展。”通过以上问题，能有效培养学生的能力。学生对一道题解答过程的梳理，对已有知识经验的梳理，寻求解决分数、百分数一般乘除问题的“五步法”，小组合作对第二道题的探究，都是波利亚解题步骤最后一步“回顾”的完美体现。

第二节　小学生学习意识培养策略

创新是素质教育的核心，创新是一种精神。诺贝尔物理学奖得主美籍华人朱棣文曾一针见血地指出："中国学生学习很刻苦，书面成绩很好，但动手能力差，创新精神明显不足，这是与美国学生的主要差距。"这一评价非常中肯、切中时弊。那么，中国学生创新精神和创造能力是怎样失去的呢？根本原因在教育本身。考试频繁、死记硬背、作业机械重复，磨灭了学生学习的兴趣和好奇心，题海战术泯灭了学生的创造性思维。

在新课标的指导下，数学课堂教学必须牢固确立以学生为中心的教育主体观，以学生能力发展为重点的教育质量观，以完善学生人格为目标的教育价值观。教师应充分尊重学生的个体差异，把学生看作可发展的人、发展中的人，人人都有创造的潜能。学生要创造性地学数学，数学教学就要充满创新的活力。因此在数学课堂教学中，教师应注意培养学生的创新意识。

一、激发学生主动积极学习，培养创新思维

课堂教学形式单调、内容陈旧、知识面窄，严重影响了学生对数学的全面认识，难以激起学生的求知欲、创造欲。新课标指出："数学教学应从学生实际出发，创设有助于学生自主学习的问题情境。"从认识论意义上看，知识总是情境化的，而且在非概念水平上，活动和感知比概念化更加重要，因此只有将学生置于饱含吸引力和内驱力的问题情境中学习，才能进一步促进学生的主动发展。

教师要精心创设教学情境，有效调动学生主动参与教学活动，使其学习的内部动机从好奇逐步升华为兴趣、志趣、理想以及自我价值的实现。教师要就教学内容设计出富有趣味性、探索性、适应性和开放性的情境性问题，

并为学生提供适当的指导，通过精心设置支架，巧妙地将学习目标任务置于学生的最近发展区，让学生产生认知困惑，引起反思，形成必要的认知冲突，从而促成对新知识意义的建构。在创造性的数学教学中，师生双方都应成为教学的主体。在一节数学课的开始，教师若能从实际出发，巧妙地设置悬念性问题，将学生置于“问题解决”中，就可以使学生产生好奇心，从而激发学生的学习动机，使学生积极主动地参与知识的发现，这对培养学生的创新意识和创新能力是十分重要的。

例如，讲勾股定理时，教师可营造情境——建房施工放线，在没有三角板和量角器的情况下，怎样使拉出的线框每个角都是直角？这样设计，可迅速点燃学生思维的火花，使学生认识数学知识的价值，从而改变被动状态，培养学生主动学习的精神和独立思考的能力。

二、注重开放题的教学，提高创新能力

数学作为一门思维性极强的基础学科，在培养学生的创新思维方面有得天独厚的条件，而开放题的教学可充分激发学生的创造潜能，尤其对学生思维变通性、创造性的训练提出了更多新的可能性。所以，在开放题的教学中，选用的问题既要有一定的难度，又要为大多数学生所接受，既要隐含创新因素，又要留有让学生可以从不同角度、不同层次充分施展他们聪明才智的余地。例如，调查本校学生课外活动的情况，面对这个比较复杂的课题，教师一定要给学生以足够的时间和空间进行充分的探索与交流。首先学生要讨论的问题是用什么数据来刻画课外活动的情况，接着的问题是可以调查哪些课外活动情况。对此，学生可能有很多想法，对学生的想法教师不要急于肯定或否定，应让学生通过实际操作和充分讨论，认识到不同的样本得到的结果可能不一样，进而组织学生深入讨论：从这些调查数据中能做出什么判断？能想办法证实或反驳由这些数据得出来的结论吗？这是一个开放题，其目的在于通过学习提高学生发现问题、吸收信息和提出新问题的能力，注重对学生主动获取知识、重组应用能力的培养，从综合的角度培养学生的创新思维。

课程改革理念下的数学课堂应创设富有探索性、挑战性的问题，让学生自主探索和合作交流，这样不仅能更好地激发学生的学习兴趣，而且能培养

学生的创新意识和创造能力。在数学课堂教学过程中，教师要注重引导学生在课堂活动过程中感悟知识的发生、发展与变化，培养学生主动探索、敢于实践、善于发现的科学精神，将创新的教材、创新的教法与创新的课堂环境有机地结合起来，将对学生主动学习与创新意识的培养落到实处。

第三节　小学生学习能力培养策略

小学教育是基础教育，考分不是衡量其质量的唯一砝码。如何让小学生在轻松快乐中学习知识、健康成长，为今后顺利进入中学、大学打下良好的基础，对教师来说，是一个严峻的问题。笔者认为要让学生学有成效，就要注重培养学生的学习能力。

一、培养学生的学习兴趣

九年义务教育的普及，使小学生不再有升学压力，但是，如果教师不认真组织教学，关注学生的学习情况，培养学生的良好学习习惯，就可能使学生在学习中不同程度地存在着应付性和敷衍性学习，缺乏主动性、积极性，把学习当作一种负担，因而消极、被动地应付，没有热情。因此，教师必须培养学生的学习兴趣，变“要我学”为“我要学”“要好好学”。兴趣是求取知识、探究事物的心理倾向，它使人给予某些事物优先权，并带有积极的情绪色彩。兴趣对未来的活动起准备作用，对正在进行的活动起推动作用。因此，学生对学习有兴趣，就能在学习中产生愉快的情绪，自觉控制自己的注意力，合理分配自己的学习时间，从而有计划地学习。

教师培养学生的学习兴趣可以采取听、读、写、讲、议、做等方法：让学生听、读中外科学家、名人的学习故事，特别是他们少年时代的学习故事；写自己听、读故事的感受和生活中发生的故事；讲自己在学习中发生的故事；谈自己是怎样学习的；然后把故事中的启发落实到学习中去，在自觉和不自觉中对学习产生兴趣，从而提高学习积极性。

二、培养学生的想象能力

教师要教好学生，让学生学有所获，就必须搞好课堂教学，认真对待每一节课。要做到这点，教师必须有充分的准备，使每一堂课都内容丰富、情境生动。小学生有一个特点，就是好动。对学生的好动，教师应该有一个客观正确的认识。不要把学生的好动当作纪律差而一味地加以限制，抹杀小学生思维活跃、想象丰富的天性。心理学研究表明，在记忆过程中，小学生的手和嘴等多感官同时参加活动，就能使大脑皮层留下很多“同一意义”的痕迹，在大脑皮层的视觉区、运动区、语言区建立多种通道联系，就能强化记忆，提高记忆效果。想象比知识更重要，因为知识是有限的，而想象力概括着世界的一切，推动着社会的进步，并且是知识进化的源泉。想象力是人的智力结构中一个富有创造性的因素。因此，加强想象力的培养是培养学生创新精神的一条重要途径。在课堂教学中，对学生的好动行为，教师只能适度地加以控制，同时增加课堂内容的趣味性，将学生的注意力引到教学中去，使学生自觉地将课堂上的知识掌握。

三、培养学生的感知能力

要搞好课堂教学，教师要注重设置教学情境，培养学生在情境中的感知能力。情境教学是指在教学过程中，为达到既定的教学目的，从教学出发，制造或创设与教学内容相适应的场景或氛围，以引起学生的情感体验，帮助学生迅速而正确地理解教材内容，促使他们的心理机能全面和谐发展。只有美好和谐的课堂情境，才能让课堂充满创造、生命的活力。在课堂教学中，教师应该通过创设情境，打开学生的生活库藏，强化他们的体验，同时联系生活实际，展现情境，既给学生导流，加深理解，又给学生“开源”，促进学生对生活的热爱。教师还应该尽可能地运用实物，演示情境。俗话说“百闻不如一见”，这是人们认识客观事物的规律。实物演示的特点是直观性强，具体可感，有利于丰富学生的感性知识，帮助学生理解和验证间接知识，形成明确概念，培养学生的观察能力。

四、学生学习能力的培养与发展

学习能力是学生适应学习活动、直接影响学习活动效率，并顺利实现学习目标的个性心理特征。突出能力培养，使学生学会学习，是教学改革中的一个热点问题。

（一）两点认识

1. 能力与知识的关系

心理学认为，能力与知识（包括技能）是矛盾的统一体，知识是能力形成的基础，而能力又在一定程度上决定着知识可能取得的限度。掌握知识的难易和速度依赖于能力的发展，能力制约着知识的快慢、深浅、难易和巩固程度。从逻辑上讲，知识的掌握和积累是能力产生的必要条件；对学习能力的培养也必须以相应的知识为基础，能力在基础知识中产生，又反过来作用于基础知识。教学中重视能力培养，其本身就是学生学习知识的需要。

学习能力属于人的认知能力，它为将来学生发展专业能力和社会实践能力打下良好的基础。学习能力是由各种要素组成的复合体，它体现了学校教学活动对学生的各种要求。学科教学目的不只是传授学科基础知识，更重要的是通过学科知识和学习方法的学习，培养学生认识世界的观点和方法，培养学生继续学习的能力。21世纪是信息爆炸、网络普及的世纪，在这种形势下，对知识的运用分析能力要远比对知识的记忆能力来得重要。一个学生的成长，除了掌握一定的知识储量外，尤其重要的是看他是否有能力进行独立学习，是否善于收集、筛选信息，并善于灵活调动知识和技能去解决问题。未来学家认为，未来的文盲不再是不识字的人，而是没有学会怎样学习的人。为适应社会经济、科技不断发展的需要，学校必须培养“会学”“善学”的人才。

2. 学习能力的培养，应建立在“三个面向”的战略基础上

“教育要面向现代化、面向世界、面向未来”是邓小平同志站在战略高度给我国教育提出的指导方针。“面向现代化”是“三个面向”的基础，是核心，是教育的出发点和立足点，教育要面向现代化就是要按现代化要求来培养人才，能力培养也要适应现代化的要求。例如，计算机的使用就是用信息化带动教育现代化。计算机的熟练使用是每个学生的基本技能，在高中学

生还要学习软件设计。“面向世界”就是要树立对外开放的观念，要学习外国的先进科技和先进的管理理念，要加强国际交流，树立全球意识，因此学习外语就成为每个学生的基本技能，掌握一两门外语就显得特别重要。“面向未来”就是着眼于发展，培养21世纪的人才，树立终身学习的观念，因此加强创新能力培养就变得尤为重要。

为很好地贯彻“三个面向”的指导方针，在教学中要着力培养学生的创新意识、竞争意识、挫折意识与合作意识。

（1）创新意识。传统教育模式和方法的主要弊端是扼杀学生的创造性。从自然科学角度看，人类的文明史是短暂的，人类对自然界的许多认识还有不少局限，甚至不乏谬误之处，因此需要一代又一代的人有新的发现、新的创造。

（2）竞争意识。随着社会经济的发展，国际竞争越来越激烈，这种竞争实质上是人才的竞争。国家综合国力的提高将越来越取决于教育的发展，取决于科学技术和知识创新水平，同时还取决于人才的竞争意识。

（3）挫折意识。知识经济的资本基础是智慧资本，而智慧资本的核心是基础研究，并把基础研究成果迅速转化为现实生产力。这就决定了知识经济时代人才的竞争、智慧的竞争是十分激烈的。有竞争就会有失败和挫折。而未来人才最可贵的品质是善于竞争、不怕挫折，要有一种坚韧的精神，而这种精神的培养必须从中小学开始，必须在整个学习活动中进行刻苦学习、善于探索等教育。

（4）合作意识。知识经济的兴起促使人们形成一种与当前世界发展相适应的全方位的开放意识，地球变得越来越“小”，国际交往更加频繁和紧密。同时，随着科学的发展，交叉学科、边缘学科越来越多。所以，联合国教科文组织国际21世纪教育委员会把“学会共处”列为21世纪世界教育的四大支柱之一（四大支柱分别是学会求知、学会做事、学会共处、学会生存）。在整个教育活动中，我们应高度重视培养学生的合作意识。

（二）学习能力结构

学生的学习能力包括一般学习能力和学科能力。一般学习能力主要体现在认识能力上，适用于广泛的学习活动。认知能力是在学习过程中，通过认知方法的培养逐渐形成的。学生具备一般学习能力，有利于学习活动的进展和效率的提高。一般学习能力包括观察、记忆、注意、想象、思维等能力。

为适应学校教学活动和教学过程基本环节的各种要求，学生形成了以下学习能力：预习能力（阅读、提问能力），听课能力（听课、笔记等能力），复习能力（综合、归纳、总结能力），作业能力（写作、计算等能力），应考能力（综合运用、回忆再认能力等），交流能力（求师、讨论能力），检索能力（使用工具书、查阅文献、摘录资料等能力），组织学习能力（制订计划、选择方法等能力）等，这些能力也是一般学习能力。

（三）一般学习能力述略

1. 观察力

观察力是在有目的、有计划以及有思维积极参与的感知过程中逐步形成的一种比较稳定的认识特点。观察能力是有一定目的和组织的主动的知觉，是一种对当前事物进行分析和综合的能力。它是由人的生活经验和知识所决定的。观察力是智力结构的因素之一，是认识世界的窗口，是获得知识的源泉。观察是思维的触角，是有意知觉的高级形式，在教学中培养学生敏锐的观察力是使学生获取感性知识、形成概念和发展能力的基础。观察能力在学生的全部学习生活和其他活动中都是必需的。

观察力是科学素养的一个重要内容，凡是伟大的科学发现或成就都是与观察能力密切相关的。英国杰出的生物学家、进化论的奠基者达尔文历时5年环球旅行，在动植物和地质等方面进行了大量的观察与采集，在1859年出版了震惊世界的学术著作《物种起源》。他在叙述观察对他取得科学成就所起的作用时说："我既没有突出的理解力，也没有过人的机智，只是在观察那些稍纵即逝的事物并对其进行精细观察的能力上我可能在众人之上。"高级神经活动学说创始人巴甫洛夫特别重视观察在科学研究中的作用，他在实验大楼正面上方用大字书写他的警句："观察、观察、再观察。"

观察力是在感知过程中并以感知为基础形成起来的，脱离了感知就无所谓观察力。

现代科学证明，人的记忆组成包括85%的眼睛视觉和11%的耳朵听觉，再加4%的触觉和嗅觉，因而获得良好的观察力是记忆的关键。

运用观察力对事物进行观察，是获得知识的第一步。学习是一种认知过程，必须遵循从生动的直观到抽象思维的规律，即应先进行认真观察，以获得丰富的感性知识。

在学习中应从以下几个方面培养观察力。

（1）形成浓厚的观察兴趣。

在学习中，观察可以帮助学生获得大量丰富的感兴趣材料，可以帮助学生理解那些不易掌握的理论知识。在认真观察中，学生可以提高学习兴趣，激发求知的欲望。形成浓厚的观察兴趣是培养观察力的重要条件，兴趣可以提高学生观察力的敏锐性，有了广泛的兴趣，学生就会兴致勃勃地进行多种多样的观察。

（2）有明确的观察目的。

目的性是观察力最重要的品质，它保证观察按照一定方向和目标进行。观察前，要有周密的计划，要明确观察对象、观察要求、观察步骤和观察方法。

观察要有条理性，观察要全面、有条不紊。观察的条理性是循序渐进地进行观察不可或缺的心理条件。观察时，必须按规定做好记录，记录力求全面、详尽、准确、清楚。

（3）培养学生的敏感性。

观察力敏锐就是在观察中善于发现某些看来平平淡淡，一般人不易发现或容易忽略的东西。观察的敏锐性与一个人的知识、经验密切相关，一个知识渊博、经验丰富的人，很容易观察到许多有意义的东西，所以要教育学生学好基础知识。

（4）培养学生的坚持性。

有些知识需要长期、系统观察才能获得，如气象知识，只有坚持长期观测天气才能学到。有了坚持性，才能克服在观察中遇到的各种困难，把观察进行到底。观察力正是在复杂的环境中，在坚持不懈努力之中得到锻炼和提高的。

在坚持不懈的观察中，学生便可逐渐形成观察的习惯，良好的观察习惯，对提高学生的观察力具有重要意义。贝弗里奇说："培养积极的探究态度、注视事物的习惯，有助于观察力的发展。在研究工作中养成良好的观察习惯，比拥有大量学术知识更为重要，这种说法并不过分。"

2. 记忆力

记忆力是指能记住经历过的事物，并在一定条件下重现或在这事物重新呈现时确认曾感知过它。记忆包括识记、保持、回忆（再现）和认知（再认）。识记是在感知过程中进行的，是把知识经验铭刻在头脑中；保持则是使识记下来的知识经验，短期或长期地保留在头脑中，以至暂时不忘或长期甚至终生不忘。识记和保持是记忆过程中两个密切联系、不可分割的阶段，先有识记，后有保持。识记是保持的前提条件，保持是识记的继续。识记和保持的程度，只有通过事物的重现才能知道。重现有两种，一种是再现（再生），回忆就是再生的一种重要方式；另一种是再认（认知），再现和再认是记忆的两种表现形式。识记与保持是再现和再认的必要基础，再现和再认则是识记与保持的结果的证明，并能进一步巩固记忆的结果。

记忆是大脑的重要机能之一，记忆在人们的实践活动中有非常重要的作用。记忆力是智力活动的仓库和基础，记忆力在发展人的各种才能中起着重要作用，人的智力结构诸因素，都离不开记忆力，离开了记忆力，观察、想象、思维等认知活动都无法进行。人们借助于记忆把从感知获得的材料储存起来，同时借助记忆把思维的结果保存下来。通过记忆，人们既可积累个人的直接经验，又可利用别人的间接经验。记忆力是人们认知过程的基础，是人们顺利完成全部学习活动的必要前提。没有记忆，人在认知过程中就没有积累，就不可能继续学习。

人的记忆潜力是很大的。人脑的知识容量相当于美国国会图书馆藏书的50倍（据说该图书馆藏书1000多万册），也就是相当于5亿册书籍的知识总量。可惜由于种种原因，即使世界上记忆力最好的人，也未能达到这个记忆能力总量的1%。但是，只要用功，人的记忆力是可以得到发展提高的。

在学习中应从以下几个方面培养提高记忆力。

（1）培养良好的心态。

学生要有强烈的记忆愿望，愿望是记忆的动力。心理学认为，记忆时间长短和愿望息息相关。学生还要树立信心，唯恐记不住的畏难心理会使脑子懒散，而有一定会记住的信心，必然会增强记忆力。学生要保持愉悦的心境，学习前想想愉悦的事情，看看令人高兴的东西，听听优美的音乐，把学习与想象中的喜悦联系起来，心境就会平静下来，会大大提高记忆力。

（2）提高理解力。

在学生学习过程中，记忆与理解是紧密联系的。理解是加强记忆的基础，没有理解，就算能过目不忘，那也只是死的知识，是毫无用处的。复习是巩固记忆的基本条件，在学习中要把二者很好地结合起来。在理解基础上的记忆，可以收到事半功倍之效，有的学科还可凭理解推导出曾记忆的知识来，如数学。教师应改进教学，加强对教学过程的指导，让学生真正理解，真正学懂，帮助学生从感性认识形成概念，学会推理，提高学生的理解能力。

（3）充分运用记忆规律。

根据心理学的研究，人的记忆力发展的总趋势是，由无意记忆发展到有意记忆，由机械记忆发展到意义记忆，由直观形象记忆发展到语词的抽象记忆。学生要把直观形象与抽象记忆联系起来。记忆抽象的东西，必须有直观的形象为基础；理解、记忆直观的东西，也必须有语词的抽象的东西来支持。

（4）用联想促进记忆。

客观事物是彼此联系着的，人在认识客观事物时，会在头脑中形成复杂的有系统的联系。记忆与联想是紧密联系在一起的，它们如影相随。俄国生理学家巴甫洛夫认为，联想是由两个或几个刺激物同时或连续地发生作用而产生的暂时神经联系，记忆要依靠联想，而联想则是新旧知识建立联系的产物。

客观事物的联系，有的表现为互相依赖关系，有的表现为从属关系，有的表现为因果关系。教师在教学中应采取多种方式尽量引导学生去揭示事物之间的这些联系，用形象来掌握记忆对象，把在时空上、性质上相接近的事物，与学生已有的知识经验联系起来，给学生创造动脑的机会，进行联想记忆训练，增强学生记忆力。

（5）适当加强背诵。

背诵是我国传统的巩固知识、提高记忆力的有效方法。读是记忆、背诵的首要前提，熟读才能形成自然的背诵。只要目的明确、方法得当、读想并行，才能背诵得越多越好。学生要趁模仿力、记忆力强的时候，多背一些好文章和各科基础知识。记忆多了，知识领域广了，不但有利于增强对知识的理解，还有利于了解各事物之间的内部联系。

在背诵训练时，最好用朗读的办法。朗读属于运动记忆，默读属于视觉符号记忆，视觉符号记忆忘得快，而运动记忆可以维持较长时间，甚至终生不忘。

（6）找到适合自己的记忆方法。

记忆方法是因人而异的，多数人在安静的环境中记忆效果好，但有人边听音乐边学习比完全安静的环境记忆更好，有的人边听边写就能记住，有的人学完后经过复习才能记牢。所以，每个人都要分析自己最擅长的记忆办法，并灵活地综合运用。

3. 注意力

注意力是对一定事物的指向和集中，它是心理活动的动力特征。指向性和集中性是注意的两个基本特征。指向就是从众多事物中选择出人要反映的对象，注意的指向性表现人的心理活动具有选择性。这种选择性不仅表现为选取某种活动和对象，而且表现为心理活动对这些活动和对象的比较长时间的保持。注意的集中性是指人在选择对象的同时，对别的事物的影响加以抑制而不予理会，以保证对选择的对象的鲜明清晰的反映，而离开一切与活动无关的东西。注意具有选择、保持以及对活动的调节和监督功能。

注意在人的实践活动中起着重要作用。它是智力活动的警卫者、组织者和维持者。它能保证各种心理活动更及时、更正确地反映客观事物的变化，使人们能更好地适应环境和改造环境。注意根据被激活时有无目的以及是否需要意志努力，可以分为不随意注意（无意注意）、随意注意（有意注意）和随意后注意。没有预定目的，也不需要经过意志努力而实现的注意叫不随意注意。这是一种初级的、被动的注意，这种注意一般都能导致探索行为的出现，有利于人们正确地认识和改造客观现实，但也容易使人分心。有意地设定目的，必要时还需要一定意志努力的注意被称作随意注意，这是一种高级形式，它是在学习和其他活动中产生的。在学习和其他活动中必然有不少困难与单调的因素，这就需要有意注意来进行监督和调节。随意后注意是指有自觉目的，但不经意志努力就能维持的注意。它是在随意注意的基础上产生的。经常依靠意志努力来保持的随意注意会造成很大的心理紧张，而且容易疲劳，这就决定了随意注意在教学活动中有特别重要的意义。

教师应从以下几个方面培养学生的注意力。

（1）培养学生自觉的、有目的的注意力。

学习是复杂的认知过程，会遇到各种困难和干扰，只依靠不随意注意很难完成学习任务。教师要加强学习目的教育，激发学生的学习动机，启发其把注意力集中在学习上，强化自觉的、有目的注意能力。

（2）改进教学方法。

长期用同一种方式单调学习和工作，会引起大脑疲劳，使神经活动的兴奋性降低，难以维持注意。所以，教师要注意改进教学方法，要加强直观教学，讲课要丰富，逻辑性要强，这些对引起和保持学生的不随意注意都有重要意义。

（3）建立良好的师生协作关系。

教学是教师和学生双边活动的过程。在教学中，师生注意情感交流，相互信任和支持，形成良好的师生关系，这是建立课堂良好纪律和维持注意的强有力的因素。

4. 想象力

想象力是对头脑表象进行加工、改组，从而创立新思想、新形象的能力。想象力是高度发展的认识能力。想象力是以原有表象或经验为基础创造新形象的心理过程。人们以记忆中保存的表象材料为基础，经过分析与综合的加工作用，可以创造出没有知觉过甚至不存在的事物形象。所以说，人的创造是离不开想象的，想象力是人创造活动的必要条件，也可以说想象是创造的核心，没有想象便无创造可言。

什么是表象？表象是对以前感知过而当时不在眼前的事物形象的反映。换句话说，表象是在记忆中保留下来，活跃在人的头脑中的过去感知过的事物形象，亦即对事物的主观形象，而对事物的主观形象又是以事物的客观形象为基础的，没有事物的客观形象，就没有对事物的主观形象即表象。

表象具有直观形象性和初步概括性的特点。可以说，表象是感性认识和理性认识的一个中间环节。表象按其起源与表现形式来说可分为记忆表象和想象表象。感知过的事物在头脑中重现的形象叫记忆表象；由记忆表象或现有知觉形象改造而成的新形象叫想象表象。记忆表象与想象表象是密切联系的。记忆表象是想象表象的基础，想象表象是记忆表象的发展。

想象种类有不同的划分标准。从有无目的性看，想象可分为随意想象和不随意想象。人自觉地提出想象任务，根据自己的意向，有目的、有意识地想象叫随意想象；在刺激影响下，人不由自主地想起某种事物形象的过程叫不随意想象。根据想象内容的新颖性、创造性的不同，想象一般可分为再造想象和创造想象。再造想象是根据某些描述（形象的、语言文字的）而在头脑中构造出现实存在但从未见过的事物的形象，是一种依照词语的描述或根据图样、模型、符号等的描绘在人脑中产生新形象的心理过程。创造想象是根据已有表象，在头脑中构造出前所未有的新形象。这是一种根据一定目的任务，在刺激物的作用下，独立地创造出新事物形象的心理过程。人的想象力是在实践活动中逐渐形成和发展起来的。想象需要有丰富的表象做基础，而丰富的表象只有在实践中大量接触并观察客观事物才能形成。

想象是人类实践活动的必要条件。人在实践的各个领域都离不开想象。爱因斯坦说："想象比知识更为重要，因为知识是有限的，而想象力概括着世界上的一切，推动着进步，并且是知识进化的源泉。严格地说，想象力是科学研究中的实在因素。"

想象在学习中具有重大作用。学生的学习是认知的实践活动，想象在学习活动中是必不可少的。学生无论学习哪门学科，都离不开丰富的想象力，否则就难以领会教学内容。例如，数学就要求具有丰富、精确而又灵活的空间、时间和事物数量变化关系的想象能力。只有让想象进入学习中来，学习才会变得主动，才会生动活泼，才能把死的知识变为活的知识。

想象力的培养应使用以下方法。

（1）在各学科教学中培养。

教学是发展学生想象力的基本途径。语文教学中的阅读教学、教师的生动描述和范读，都可把学生引入情节所规定的情境中，可以激起学生浮想联翩，展开丰富的心理想象。数学课同样可以培养想象力，特别是空间想象能力。例如立体几何，教师引导学生在多变的条件下进行看图和画图练习，使学生建立起正确的空间概念；通过空间元素位置关系，几何体截面题及平面、空间图形转化等知识的教学，都可以培养学生的空间想象能力。音乐课可以使学生在音乐的旋律、节奏强烈的情感体验中，在诗化的歌词的体味中，在头脑中唤起、形成音乐形象或表象，激起音乐的丰富想象活动。美术课可通过绘画训练和欣赏美术名作引起学生丰富的艺术联想，发展学生的想象力。

（2）提高观察和思维力。

想象力的发展与观察力、思维力发展水平密切相关。想象是创造新形象的过程，它是以表象为基础的，表象越丰富，想象就越广阔；表象贫乏，想象也就枯竭了。

良好的观察力表现为观察事物的敏锐性、深刻性和精确性。表象是通过直接观察事物获得的，提高观察力才能丰富表象。因此在教学中，教师必须注意培养学生的观察力，使学生获得感性经验，不断丰富表象。特别是理科教学，要利用课堂演示和实验的有利条件，着力培养学生主动、积极进行观察的习惯，提高学生观察能力。想象和思维有着密切关系，青少年想象力的发展是随其思维力的发展而发展的。良好的思维力表现为善于运用思维活动的规律，揭示事物的本质和规律。

在教学中，教师要引导学生多问“为什么”，大胆探索，发展好奇心，指导学生运用分析、综合、比较、抽象、概括等思维过程来分析问题和解决问题，使学生形成正确的表象，发展学生的创造想象能力。

（3）培养学生大胆幻想、善于幻想的能力。

幻想是创造想象的特殊形式，是指向人们所希望的未来的一种想象。它往往成为创造想象的动力和必要条件，鼓舞人坚定地朝既定目标前进。幻想是青少年一种极其可贵的品质。

列宁指出：“有人认为只有诗人才需要幻想，这是没有理由的，这是愚蠢的偏见；甚至在数学上也是需要幻想的，甚至没有它就不可能发展微积分。”教师应珍视学生的幻想，多鼓励、引导并帮助他们把良好的愿望与崇高的理想结合起来，把幻想同创造想象结合起来，把幻想变成理想，并及时纠正那些不切实际的幻想（空想）和不良愿望。

（4）广泛开辟发展想象力的途径。

从想象内容上讲，它的丰富性、深刻性和清晰性有赖于知识经验的丰富。丰富的生活经验是提高人们想象力的重要因素。人的生活经验的多少，直接影响到想象的广度和深度。只有具备了广博的知识，积累了丰富的表象，并对某一领域进行深入思考、探究，才能进行创造想象。所以，教师要引导学生多参加科技、文体和社会活动，在广泛的活动中开阔眼界，激发他们的求知欲，丰富他们的知识经验，使他们头脑中的表象增多起来，促进想象的发展。

第五章

小学数学教师基本教学技能

第一节　小学数学教师的演示技能

演示技能是指教师在课堂上使用有关演示实验的技巧。这种技巧包括以下几个方面。

（1）对常用的演示仪器的使用。

（2）熟悉演示实验的主要结构和工作原理。

（3）具有操作的规范性行为，并对在操作过程中出现的简单故障能自行排除。

（4）在操作方式上进行示范表演，能引导学生边观察边思考，洞悉其本质，发现其规律，有利于学生运用已学过的知识解释生活现象及生产实践。

成功的演示实验在小学基础教学中已产生了明显的教学效果，因此教师有必要掌握演示实验的教学技能。

演示实验的性质和作用主要表现在以下几个方面。

一、演示实验的含义

演示实验指教师结合教学内容，结合所要传授的知识和技能，在课堂上操作表演的实验。它主要是把课堂上研究的教学内容所需的事物、现象展示在学生面前，为学生创造教学环境，让学生身临其境，引导学生观察思考，配合讲授或穿插学生讨论等方式完成课堂教学任务的一种教学技能。它的任务除了为教师讲授课本知识服务外，更重要的是使教师用自己的感情、思维方法、操作技能以及科学态度等通过表演潜移默化地影响学生，使学生受到深刻的感染，学到更多的知识。它的优点是能充分发挥教师的引导和示范作用，是培养学生学习兴趣，使学生掌握学习方法的重要途径。成功且精彩的演示实验会深深地打动学生的心，常常给学生留下难以忘记的印象，激起学生浓厚的学习兴趣，从而取得良好的教学效果。

二、演示实验在教学中的作用

演示实验在教学中占有重要地位，其作用可以概括为以下几个方面。

（1）演示实验是增加学生的感性知识，并使学生的感性认识上升到理性认识的重要手段。演示实验能将日常生活、生产实践不易观察到的现象或习以为常而不引人注意的现象突出地显示出来，使学生获得丰富的感觉，形成鲜明的表象，再通过思维建立正确的概念和规律，使学生养成科学的态度和方法。

（2）演示实验可使学生开阔眼界，扩大知识面。演示实验能将实际生活中表现得较为复杂的现象，在人为的条件下分解出有意义的部分并集中直观地显示出来，使学生真实地看到自然规律在一定条件下是如何运动、变化的，领悟到理论对实践的指导意义。

（3）演示实验能培养学生的观察、分析等思维能力。演示实验是教师在课堂上密切配合所讲授内容而做的实验，它要求学生快速而准确地从实验现象中抓住最主要的观察目标，分辨出强弱、先后、分合、大小、静动和快慢等；同时要求学生进行积极的思维活动，运用已掌握的知识对观察现象进行分析、综合、归纳，得出正确的结论。这一过程对培养学生分析、解决问题的能力有积极作用，同时也起到了开发智力的作用。

三、演示实验的基本要求和实施

（一）演示实验的基本要求

（1）科学性：演示实验能深刻揭示物质运动的内在规律，是传授知识的重要手段。因此，从实验的设计、操作到分析都必须实事求是，不允许有任何虚假，实验不成功应对学生说明不成功的原因。对于模拟的演示，要事先对学生说明，以免学生误解。

（2）目的性：在课堂教学中选择实验、设计包括演示实验在内的教学过程，都必须先从教学目标出发，并在演示过程中注意适当地讲解，引导学生观察思维，以求达到应有的目标。

（3）直观性：演示现象要明显，要使全班学生都能看清楚。这就要求实验的装置大型化、简单化，突出其基本结构原理，而不被那些次要的复杂结构所干扰；显示要清晰醒目，要增强对比度以突出观察目标。

（4）稳定性：演示装置要牢固，经得起反复操作和轻微震动；要有很好的可重复性，达到一做就能成功的效果。

（5）趣味性：演示实验多为定性实验，实验的趣味性能激发学生的学习兴趣和情感反应，使学生积极主动地投入教学活动中去。

（二）演示实验的实施

演示实验的实施涉及演示内容的选择、演示原理的设计改进、演示器材的准备和调试等问题。演示实验必须与以下几个方面紧密配合。

（1）演示实验的实施必须与课堂教学过程紧密配合。

（2）演示实验与电化教学手段紧密配合。

（3）课堂演示与开放的演示实验紧密配合。

教师在课堂上的演示实验是为课堂教学的目的要求服务的，主要有展示现象、引入课题、建立概念、推导公式原理、验证规律、测量数据等类型。各式各样的演示实验，其实验设计、仪器使用、操作规范、数据处理、实验素养等，都有教师对学生的直接影响。因此教师的演示必须规范化，做到动作准确、操作熟练。教师的大量演示，日积月累，能起到潜移默化的作用，成为学生亲自操作实验的榜样。演示实验的中心问题仍是“教”与“学”的问题，同样的演示实验在不同的教师手中操作，其效果也会不同，要达到最佳效果，关键是要提高教师的演示技能。

第二节 小学数学教师的讲解技能

一、讲解技能

讲解又称讲授，是教师利用语言及各种教学媒体，对知识的剖析和揭示，以引导学生理解重要事实，形成概念、原则、规律、法则等。显然，语言技能是讲解的一个条件，但讲解并非语言技能，讲解是用语言传授知识的一种教学方式。

二、讲解的作用

（一）培养学生的想象力

在课堂教学过程中，教师可以用生动且富有启发性的语言激起学生思想的涟漪，开阔他们的视野，引导他们进入无限的想象空间。

（二）揭示事物的联系、本质及规律

课堂上教师的讲解是在分析教材的基础上经过精心准备的，对于学生易于理解或通过探究能够解决的问题由学生自主学习完成；而对于过程比较复杂、理论比较深奥的内容，教师则通过讲解剖析事物的本质及规律，揭示知识结构之间的关系，将知识的层次性充分体现出来。

（三）引导和促进学生的思维

首先，生动、直观、形象的语言可以使学生获得感性知识，进而在学生进行观察和思考的过程中，在学生感性认识的基础上，教师再通过有条理、有逻辑的讲解，引导他们进行分析、比较，排除次要因素，抓住主要因素，对一系列事物的共性进行概括、归纳、综合，明确知识的基础性和本质特征，能有效引导学生思维的发展，促进他们思维水平的提高。

三、讲解技能的构成要素

（一）讲解结构

讲解结构是教师在分析学生情况和教学内容的基础上，对讲解过程次序的安排。这个技能要素是整个讲解教学活动成功的基本保证。一个事物的结构由构成该事物的关键因素和这些因素之间的关系组成。讲解结构是将讲解的总任务分解为若干个关键部分，每一部分都有一个明确的阶段性目标，并根据各部分讲解内容之间的逻辑意义和学生认识过程的规律，将各部分讲解内容安排成一个序列，并在讲解实施中正确、清晰地表现这个序列。

（二）讲解语言

讲解的实质是通过语言对知识进行剖析和揭示，展示其成分和发展过程，揭示其成分的内在联系。语言技能是讲解的一个基本条件。语言是思维的“外衣”，在数学课堂中，这件“外衣”要美、要得体、要和谐。使用语言的质量和方法，直接关系到信息接收的质量，更重要的是关系到学生在头脑中加工接收到的信息的速度和质量。在讲解过程中，教师要注意讲解的得体、停顿和吸引力等。

（三）使用例证

数学知识是抽象的，数学思维是一种高度抽象的思维。举例说明是进行学习迁移的重要手段，例证将熟悉的经验与新知识联系起来，是启发理解的有效方法。使用例证要注意以下几个问题。

（1）举例内容恰当。所举例证的内容要正确反映数学内容中的概念原理。

（2）例证要符合学生的认知水平。例证应是教学内容所涉及的一类事物中的典型事例，即概念规律的本质因素或稳定联系在例证中的表现形式是比较鲜明的，便于学生分析概括，符合学生的经验和兴趣。如果例证不易理解，例证所反映出来的问题不是单一的，就不易达到通过例证讲清数学事实的目的，甚至适得其反。

（3）要注重对例证进行分析。例证不在于多，而应对例证与原理之间的关系分析透彻，这样才能使学生举一反三。如果例证和所讲数学问题之间的关系在学生思维中并不明确，那么这种讲解就不起作用。

（4）正确使用正面例证和反面例证。学生容易从正面例证中获得新概念、新规律，在没有形成正确理解之前，对反面例证的否定是比较困难的，所以在引入新知识时，正、反面例证交叉使用容易造成混乱。在学生初步理解了新知识后，再使用反面例证可使学生加深理解。

（四）进行强调

强调是成功讲解的一个核心成分。强调将重要的关键信息从背景信息中突出出来，减少次要因素的干扰，有利于学生形成正确的认知结构。新的数学知识结构中的主要因素以及它们之间的关系，新知识与旧知识的关系，各种数学方法、数学思想，学生在学习中并不一定了解，数学教学中教师必须采用各种教学技能进行强调，也包括使用讲解语言进行强调。强调应注意：强调重点、强调关键、强调数学思想方法、强调数学学习方法等。

（五）形成连接

讲解结构中的系列化关键问题和相应的阶段性目标之间不是彼此孤立的，它们不仅有时间顺序，还有逻辑意义的联系。“形成连接”就是要将讲解中各部分之间逻辑意义的联系交代清楚。在讲解中，要仔细安排各种不同因素的先后次序，选择恰当的起连接作用的讲解说明词语，用以讲解、论证这些因素的关系，使讲解成为连贯、完整、系统的对某数学对象的阐述。

（六）获得反馈

讲解主要是教师讲、学生听，教师往往忽视学生的反应，只考虑按自己的感觉讲，结果很可能使讲解进程与学生的理解不同步，导致讲解缺乏针对性和交互性。教师的讲解应在学生认知水平的稍高处进行，这样对学生有引导作用。新知识的讲解，学生是否清楚、学生学得如何，教师时时刻刻都要清楚。教师及时了解学生的反馈，对讲解技能的使用至关重要。反馈过程中要注意：通过眼神和表情、提问和发问的反馈进行调控。

第三节　小学数学教师的提问技能

提问是一种特殊的教学语言，是启发学生思维、进行师生互动的主要方式。出色的提问可以引导学生去探求达成目标的途径，获得知识，养成善于思考的习惯和能力。从心理学角度讲，课堂提问是一种刺激。美国学者史蒂文斯研究发现，教师在讲课过程中，每分钟问2～4个问题，他将提问视为“有效教学的核心”。日本著名教育家斋藤喜博甚至认为提问是“教学的生命”。由此可见，科学教学活动中提问的内涵相当丰富。

一、运用提问技巧的目的

（一）启发思维，发展能力

学生解决问题的过程就是思维的过程，因为思维总是指向某个问题的。美国心理学家布鲁纳说：“向学生提出有挑战性的问题，可以引导学生发展智慧。”在引导学生建立科学概念、发现科学规律的过程中，穿插提问学生或教师自问自答，能调动（刺激）学生思维的积极性，刺激的程度和方式远远超出了一般的讲解。因为教师运用学生已有的知识或他们的社会、生活实践体验，设问诱导启迪学生，可以使学习内容与学生已有的知识关联起来，使新旧知识相互作用，从而形成新的概念与规律。

学生在回答问题过程中，要用自己的语言表达对所提问题的理解和看法，既能逐步学会快速地组织语言，准确地表达自己的观点，又能很好地锻炼语言表达的逻辑性和灵活性。提问对培养学生的思维能力、口头表达能力和书面表达能力非常有益。

（二）反馈信息，调控教学

通过提问所接收到的语言反馈信息，比其他形式的反馈信息更具有准确性、具体性、即时性和简洁性。它可以使教师当堂了解学生对知识的理解和掌握程度，及时调控教学程序，改变教学策略，使学生更加积极主动地参与教学活动。通过提问调控教学是多方面的。

二、问题的设计

课堂提问的主要目的是促进学生认知能力的发展，因此问题的设计要符合学生认知发展的规律。

皮亚杰认为，人的认知自降生以后要经历若干不同质的阶段而达到成人的完成阶段。

在此基础上，皮亚杰用平衡化过程来解释学生对外界刺激的心理变化过程。皮亚杰把儿童在各个阶段的逻辑叫作“图式”，完全按这一图式逻辑解释外界刺激的意义，谓之同化。但是，当儿童能动地作用于外界，发现在他的原有图示中不能同化外界刺激时，儿童就得变更图示本身，这就是调节（或称顺应）。新的图示产生出来以便同化外界，形成一种平衡状态，这个过程就是平衡化过程。新的图示是否能够产生，不仅与外界刺激有关，还取决于儿童所处的心理发展阶段。依据皮亚杰的理论，我们可以得到这样的结论：学生认知能力的发展是指通过同化与调节在各个认知阶段的循环往复，原有的平衡被打破，新的平衡又建立起来，从而使认知由低级向高级发展。

用皮亚杰的平衡化过程来理解，课堂的教学目标是我们希望学生在一节课结束时应该形成的新图示，课堂教学过程是帮助学生不断调节原有图示，逐步形成新图示的过程，教学内容是学生形成新认知图示的物质载体，提问是促进学生认知不断发展的催化剂。因此，设计问题的时候既要对学生所学教学内容进行分析，也要对学生原有认知图示进行分析，这样才能设计出合理的问题，引导学生认知能力的发展。

（一）课程标准、教材和学情分析

把课程标准、教材和学情三者贯通融合是教师将学习内容与学习对象联系起来的桥梁，是教师确定教学目标、设计问题和教学活动的根本依据。

1. 课程标准分析

课程标准是国家课程的基本纲领性文件，是国家对基础教育课程的基本规范和质量要求，它体现国家对不同阶段的学生在知识与技能、过程与方法，情感态度与价值观等方面的基本要求，规定各门课程的性质、目标、内容框架，提出教学和评价建议。

课程标准是相对固定和稳定的，课程标准的实现需要将课程标准的要求在每一节课堂中落小、落细和落实。

2. 教材分析

教材是落实课程标准的载体，教材内容是“用什么教”的问题，是师生教学活动的中介。不同地区和学校根据各自的地域、学校特点选择不同版本的教材，但最终实现的目标都是课程标准的要求。

教材分析是教师备好课、上好课的基础保障，是教师在制订教学计划、设计教学预案前，要做的一项很重要又很基础的工作。教材分析要站在学科课程标准的高度，研究教材、研究教法。

教材分析通常要从三个层面进行。

（1）在制订学期教学计划之前进行全册教材的整体分析。

教师必须对全册教材有较全面的了解，领会教材的总体要求和内容结构。只有这样，才能很好地把握教材，增强制订教学计划的针对性，提高设计教学预案的实效性。

（2）单元教材分析。

现在教材通常是以单元的方式编排的，可以使内容相对集中、知识点更加突出，体现了多元的教育目标，便于学生从不同角度认识和研究问题。单元教材分析主要是分析单元的教学目标及教学重难点，了解整个单元的教学内容在全册教材总体要求下的编排、结构思路，这也是每节课教材分析和教学设计的基础条件。

（3）每节课的教材分析。

每节课的教材分析是每节课教案中要进行的教材分析，是整体教材分析的主体部分。但是，教材内容不等同于教学内容。教材内容要经过教师的加工处理和教学化过程才能转变成教学内容。一般从以下几个方面进行每节课的教材分析。

① 说明教材内容在整个学科和整册教材中的位置。

② 分析该内容在单元教材中的前后联系。

③ 分析教材的关键内容及教学重点。

④ 分析对教材的处理及教学设想。

3. 学情分析

学生是课堂的真正主体，教师只有充分了解自己的学生，对学生进行学习前的各种情况分析，才能有效利用学生的最近发展区完成各项学习活动，从而做到有的放矢。因此，学情分析是教师确定教学目标、设计教学活动的重要依据。通常学情分析从宏观和微观两个层面进行。

（1）宏观层面主要对学生年龄特征进行分析。根据皮亚杰儿童发展阶段理论，不同年龄段儿童的认知有其独特的逻辑，有一贯性。处于某一阶段的儿童的认知方式由前一阶段派生出来，又引导后一阶段的认知。这种阶段顺序是不容颠倒也不能超越的。所以，把握学生年龄认知特点和其特有的逻辑，能帮助教师选择合适的教学方法。

（2）微观层面主要对学生知识结构进行分析。针对一节课的教学目标，分析学生要达到目标要求已经具备的知识内容、技能方法有哪些，实现目标的困难因素有哪些，从而帮助教师确定教学过程的难点及其突破难点的方法。

（二）教学目标、核心问题及问题链

1. 教学目标

教学目标也是学生的学习目标，是教师对学生达到的学习成果或最终行为的明确阐述。通过教材分析和学情分析，明确的教学重点和教学难点能够帮助教师有效调整教学目标，使教学目标的设定更加合理，比较准确地确定在学生“跳一跳能够摘到桃子”的地方。

教学目标是教师进行课堂教学设计的依据，一切教学活动都是围绕教学目标来进行和展开的，每一个教学目标的实现都需要相应的教学活动来完成。

2. 核心问题

提问是促进学生认知能力发展的有效形式，尤其是能够引起学生认知结构不平衡的提问，在符合学生发展阶段的条件下更有利于认知能力的发展，提问技能既适用于归纳概括的学生认知过程，也适用于演绎推理的学生认知过程。因此在一个相对完整的教学活动中，教师往往会提出一系列问题引导学生积极思考、主动探索，促进学生思维，发展学生的认知能力，从而实现教学目标。

根据皮亚杰平衡化教学过程理论，在教学过程中，每一个教学活动的目的都是实现一定的学习目标（相对于学生来说，教案中的教学目标是学生的学习目标）。如果该学习目标不能被学生原有的认知图示完全同化和顺应，就需要学生变更原有的认知图示，形成更适合的、新的认知图示以便同化外界，形成新的平衡。那么，这个新的认知图示就是该学习目标的核心问题。因此，核心问题的确定离不开对学习内容及学生认知情况的分析，只有在此分析基础上明确学习的重点和难点，才能准确把握教学活动中的核心问题。

3. 问题链

皮亚杰的平衡化教学过程理论对提问如何才能引起学生有价值的思考有指导作用。"发展阶段说"说明提问中对学生所要求的思考任务应该符合学生相应发展阶段的思维方式。这包括在一系列的提问中，那些用学生已有的图示就可以完全同化的问题也是有价值的，如记忆型问题。而且在一个问题中，问题的条件应该是学生利用已有的图示可以将其完全同化。在问题的思维任务中，如果没有学生可以直接同化的成分，则问题的解决就失去了必要的条件。"平衡化过程"说明只有同化没有调节的提问不能促进学生认知能力的发展，所以在教学中应该有能引起学生认知结构发生变化的问题，这类问题的作用就是使学生产生不平衡。

因此，课堂上要能够引起学生的思考，所设计的问题要符合学生认知发展规律，需要设计不同认知层次的问题。问题链就是与核心问题密切相关、围绕核心问题设计的一系列不同类型的问题，在这些问题中，包括学生用已有的知识就可以回答的，即用学生已有的图示可以完全同化的；也包括学生不能完全靠已有的知识正确回答的，能够引起学生认知冲突的问题，即能引起学生认知结构发生变化的问题。这系列问题有条不紊、前后贯通，使所有问题成为一个系统整体，从不同的认知层次引导学生进行思考，逐步达成对核心问题的共识。

三、问题的提出

课堂提问技能是心智技能与动作技能相互配合、共同作用的一种教师教学基本技能。课堂提问的心智技能包括：教师能够根据教学目标、教学内容和学生情况设计不同层次、类型的问题，并能够在课堂中选择恰当的提问时机、回答问题的对象和方式（学生单独回答、全体回答、小组讨论），能够根据学生对问题的回答进行正确的反馈和引导。课堂提问的动作技能包括教师在课堂上提出问题时的语调、语气、表情、停顿、手势、走动等行为。

提问技能是一项综合性技能，既体现出教师的个人素养与修养，如语言的运用、人际关系的处理等，又反映了教师的课堂教学理念，如是教师引导学生自己探索问题的答案，还是牵着学生的鼻子让学生亦步亦趋地跟着走。因此在课堂教学活动中，如何将设计好的问题恰当地提出是课堂提问有效性的关键。在课堂中提出问题要关注以下几个方面。

（一）提问措辞

提问措辞是指教师在提问过程中的语言应用，包括提问导引语、提问用词、表述问题，是教师提问技能在课堂上提出问题时的展现。

1. 导引语

导引语是教师用以引出问题的语句。教师在讲出问题之前所用的过渡性语言，如“下面请大家思考这样一个问题……”或“有这样一个问题我们请一位同学来回答……”等。使用导引语会使提问显得和缓，从而给学生一种和蔼的感觉。特别是用“请”作为导引语，更可以表现出教师亲切友好的态度。教师在提出问题前先这样讲导引语也可起到推动和激励学生积极回答提问的作用，如教师在提问前这样说：“老师现在要问一个比较复杂的问题，咱们看哪位同学能正确回答……”

2. 提问用词

提问用词是指问题设计的语言要准确、明白、简洁，要适合学生的心理发展水平和知识能力水平。提问句直接影响学生思考问题时的思维活动，因此，问句中动词的表述要恰当地定位学生思维的层次。问句的措辞不同，问题的类型就可能发生变化，如问句：“你能举一些哺乳动物的例子吗？”“能”这个字就把问题界定在封闭状态，学生可能会直截了当地说“不能”。但是，如果教师这样问学生：“说说看你都知道哪些哺乳动物？”“说说”这个动词与“知道哪些”就把问题放置到一个开放的境界中，一方面排除了学生拒绝回答的可能；另一方面也体现了教师对学生的充分信任，有助于学生自信心的建立，学生会欣然打开记忆之门，整理思路努力回答问题。同样一个问题，用不同的措辞表述，使得本来封闭的问题具有了一定的开放性，给了学生更多的思考余地。

教师的某些习惯性问句，往往会导致在课堂上提出太多封闭性问题，占用很多课堂时间，却不能起到促进学生思维的作用，如“你知道吗？”“你懂不懂？”“是不是？”“你会吗？”等等。其实，换一种提问措辞，这样的问题就可以转换成开放性问题，如“你知道吗？”如果变成“说说看你知道……”“你懂不懂？”“你会吗？”变成“你来试试……”等，这样提出问题，就用动词表达了要求学生进行思考的过程，可以促使学生进行真正的思维活动。

3. 表述问题

教师在表述问题的时候要使用简洁自然的、与学生认知水平相符合的课堂语言，而不是日常语言或太专业的学术语言；以充满感情的语言提出问题，语言要清晰、生动，言语中要透露出关怀。表述问题的语速要适中，符合学生年龄特点。提出问题的时候要环视课堂，并与学生进行眼神的接触和交流，示意对他们的回答很感兴趣。

（二）停顿节奏

教师提出问题后，学生需要一个思考整理的过程，停顿节奏是指教师在完成一个完整的提问的过程中要有必要的等待时间和合适的语速。提出问题后的等待和学生回答问题后的等待是新教师容易忽视的提问过程。

1. 提出问题后的等待

研究发现，很多教师在提出问题之后，几乎不到1秒就要求学生进行回答，对于成绩较差的学生，等待的时间甚至会更少。在没有马上得到一个答案的时候，很多教师就会下意识地给学生提出一个具有引导性的问题。教师提出问题后，学生需要倾听并理解教师所提出的问题，不仅要理解问题的意义，而且需要理解回答问题所需的思维水平，然后组织语言回答问题。这些步骤会花费不同的学生不同的时间，因此，教师在提出问题之后，一定要有一个等待的时间。在等待的时间内，教师不需要讨论、启发、重复该问题，只要保持安静。时间的长短取决于问题的难度以及学生思考和参与的方式。

2. 学生回答问题后的等待

大部分教师在学生做出回答后，马上给予反馈或继续下一步。研究者发现，如果在学生回答问题后，能够等待3～5秒，给学生一段思考的时间，学生会倾向于对他们的答案进行详细阐述，他们的答案会变得更加复杂，他们会用证据来支持他们的答案。有时，他们可能会对自己的答案进行发问，对自己的答案进行评价，这表明学生在进行更深一步的思考。同样，这段等待的时间能够让教师思考对于学生有帮助的反馈。

研究还表明，越高水平的问题所要求的脑力活动越复杂，往往会要求更长的等待时间。同时，等待时间的增加能够使教师和学生的口头问答达到更高的认知水平。新教师在学生回答问题后往往容易马上进行反馈或继续其他内容，因此，新教师在学生做出回答之后，暗示自己不要着急，有意识地等待几秒，慢慢就会养成这种等待的习惯。

3. 语速

提问的语速是由提问的类型决定的。低级认知提问由于问题比较简单，可以用较快的速度叙述。而高级认知提问针对的是比较复杂的问题，除应有较长时间的停顿外，还应仔细、缓慢地叙述，从而使学生对问题有清晰的印象。

（三）合理分配

合理分配是指教师的提问应该有计划、有目的地在全体学生中分配。根据学生认知程度的不同，尽可能关注到每一个学生。

（四）反馈探寻

反馈探寻是教师在提问过程中了解学生思维、促进学生认知发展的重要手段。反馈探寻不仅可以帮助学生形成正确的答案，更重要的是它是师生交流的极好机会。

1. 给予学生恰当的帮助

学生回答问题大体要经过倾听问题、理解问题、默答、说出答案四个步骤。学生回答问题遇到困难的时候，教师要判断学生是在哪个步骤上出了问题，并给予恰当的口头启发。在倾听问题时遇到困难，可能是学生没有认真听讲，或有些学生集中注意力有困难，教师可能需要简单重复一下问题，或直接询问学生是否需要重复这个问题。

很多学生在自我默答的时候需要帮助，他们不知道回答这个问题需要用哪些知识。当学生说“我不知道”或“我不记得”的时候，教师要给予必要的提示和线索，如提示关键词，或提出另外可能会引导学生得出答案的简单问题，或提醒学生学习过的相关材料或者学习该知识时的一些情境等，或将问题分解，采用层层递进、由浅入深、化难为易的方式提问。

2. 对于不正确回答的反馈

学生在课堂上回答教师提问时，会受到心理、知识、语言、思维诸方面的影响，很难确切回答问题。不管学生的回答是否令人满意，教师都要给予恰当的反馈。尤其对于回答错误的学生，要适时启发引导，理解学生的思想，给予学生圆满表达自己思想的机会。

对于一些简单的、记忆性的问题，如果学生给出一个不正确的答案，教师可以直接告诉学生回答是错误的，可以再请其他学生回答。

对于高级认知类型的问题，学生给出一个不正确的回答后，教师要带着对学生答案真正感兴趣以及尊重学生思维的态度来探查、理解学生的思维过程，以便修正教学，帮助学生达到更高的思维层次。教师可以询问学生："你能告诉我，你这样说的原因吗？""你能告诉我，你是怎样得到这个答案的吗？"当学生的答案含混不清时，教师要进行澄清性探查，帮助学生消除困惑，建立自信。教师可以询问学生："你能告诉我，你在说……的时候是什么意思吗？""你能就……给我一个例子吗？""你能用另外的话表述你的答案吗？"等等。

3. 对于不完整回答的反馈

对于高级认知类型的问题，如果学生给出的回答基本上正确，但又不太完整或太宽泛、太一般，这说明学生回答问题的认知水平比问题要求的认知水平低，教师可以通过进一步的探查使学生回答得更加完善，从而帮助学生在已有认知的基础上达到更高的水平。

4. 对于正确回答的反馈

对于一些简单的、记忆性的问题，如果学生给出一个正确的答案，教师可以直接告诉学生回答正确。

对于高级认知类型的问题，教师可能需要探查学生是否经过正确的推理，得出正确的回答，如"为什么你认为这是对的？""这背后的理念是什么？""你有什么样的证据来支持该结论？"等等。

对于正确回答了问题的学生，根据情况，可以提出一些帮助学生进行深入思考的问题来引发学生的更多反应和问题，如"你是怎样决定的？""你是怎样形成这样的结论的？""是什么因素使你想到了这些？""你能想出其他方法来解决这个问题吗？”等等。

5. 恰当地应用表扬

表扬是一种特殊类型的反馈，应用恰当能够积极强化学生的学习和行为。教师在应用表扬的时候，要注意表扬的频率、分布和质量几个问题。

研究表明，表扬需要的频率和表扬的强化程度会随着学生的年龄、发展和能力水平而变化。年龄较小的学生比年龄较大的学生更需要表扬，成绩比较差的学生比成绩好的学生需要更多的表扬。而且，表扬一定要有充分的根据，并建立在事实的基础上，真诚地表达出来，这样才能起到积极的强化作用。因此，在学生通过努力回答出问题的时候，教师要根据学生的情况和特点给予及时的表扬，尤其要关注成绩较差的学生。